오릭스와 크레이크

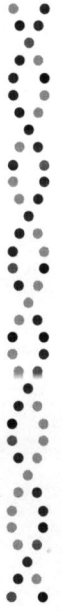

MARGARET ATWOOD

ORYX AND CRAKE

오릭스와 크레이크

마거릿 애트우드 장편소설

차은정 옮김

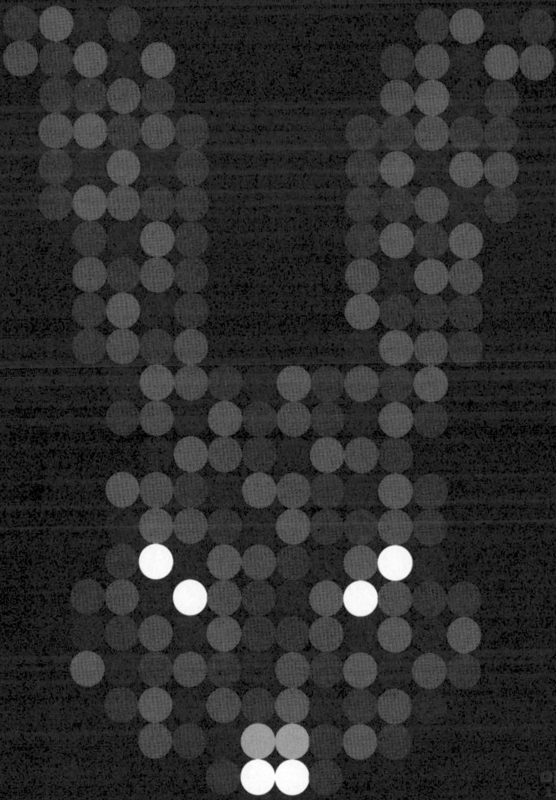

민음사

내 가족에게

나 역시 다른 이들처럼 괴상하고 개연성 없는 이야기로
당신을 놀라게 할 수도 있었으리라. 그러나 나는 평범한 사실을
가장 단순한 방식과 문체로 이야기하기로 결심했다.
재미를 주는 것이 아니라 사실을 알리는 것이
내 주된 의도였기 때문이다.

— 조너선 스위프트, 『걸리버 여행기』

안전함이란 전혀 없었던가?
세상의 관습을 암기해 익힐 수도 없었던가?
어떤 인도자도, 피난처도 없었던가?
그저 기적을 바라고 탑 꼭대기에서 허공으로 뛰어내리는
무모함 말고는 아무런 방법이 없었던가?

— 버지니아 울프, 『등대로』

차례

(1)

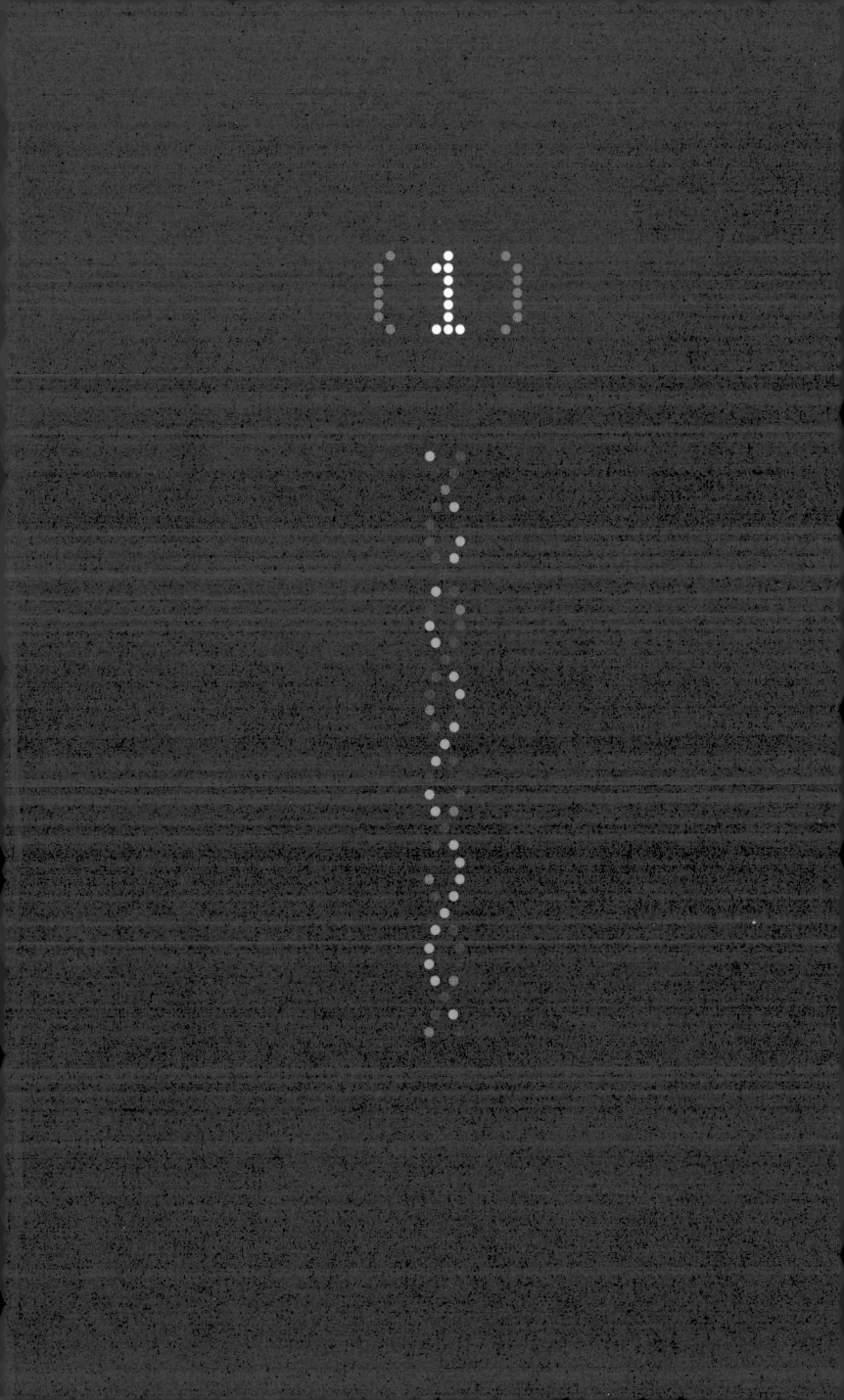

망고

눈사람은 새벽이 되기 전에 잠에서 깬다. 그는 꼼짝 않고 누워서 파도가 밀려오는 소리에 귀를 기울인다. 파도가 온갖 잡동사니를 휩쓸며 차례로 밀려오는 소리. 쇄아, 쇄아, 쇄아, 심장박동 같은 그 리듬. 눈사람은 자신이 아직 잠에서 깨지 않았다고 믿고 싶다.

동쪽 수평선에 도사린 엷은 잿빛 안개가 이제 장밋빛으로 타는 아침노을에 물들며 밝아 오기 시작한다. 저 빛깔이 여전히 따스하게 느껴지다니 참으로 이상한 일이다. 앞바다 건너의 분홍색과 엷은 푸른색이 뒤섞인 초호에 거짓말처럼 솟은 탑은 그 빛을 배경으로 검은 윤곽을 드러내며 서 있다. 그곳에 둥지를 튼 새들의 날카로운 소리, 그리고 아득히 먼 바닷물이 밀려와 녹슨 차 부품과 벽돌 부스러기와 구색을 고루 갖춘 돌무더기로 이루어진 모조 모래톱에 부딪히는 소리는 휴일날 자동차 소음과 흡사하게 들린다.

눈사람은 습관적으로 손목시계를 들여다본다. 스테인리스스틸 틀, 반들반들한 알루미늄 줄, 더 이상 작동하지는 않지만 여전히 빛이 난다. 이것은 그가 지닌 유일한 부적이다. 시계는 텅 빈 얼굴만 보여 준다. 0시. 공식적 시간의 부재를 보며, 그는 공포의 충격이 온몸을 훑고 지나가는 것을 느낀다. 어느 곳에 있는 그 누구도 지금이 몇 시인지 알지 못한다.

"진정해."

그는 스스로에게 말한다. 숨을 깊이 들이쉰 뒤 벌레에 물린 부분을, 가장 가려운 부위를 피해 그 주변을, 상처 딱지를 건드리지 않게 주의하며 긁는다. 감염되지 않도록 조심해야 하는 것이다. 그런 다음 아래쪽 땅 위에 야생동물이 있는지 살펴본다. 사방은 아주 고요하고, 비늘이나 꼬리 같은 건 보이지 않는다. 왼손, 오른다리, 오른손, 왼다리를 차례로 뻗으며, 그는 나무에서 내려온다. 잔가지와 나무껍질을 떨어 낸 후 더러운 침대보를 토가처럼 둘러 걸친다. 안전하게 보관하기 위해 밤 동안 나뭇가지에 걸어 두었던 짝퉁 레드삭스 야구 모자 안을 살펴보고는, 거미를 퉁겨 내고 머리에 쓴다.

왼쪽으로 조금 걸어가서 덤불숲에 소변을 본다.

"머리를 들어."

그는 오줌 줄기가 튀자 펄쩍 날아가는 메뚜기들을 보며 말한다. 그러고는 나무의 다른 편, 늘 소변을 보는 자리에서 꽤 떨어진 곳에 콘크리트 판 몇 개를 사용해 임시변통으로 만들어 놓은 저장소로 걸어가 그 안을 뒤진다. 그는 시궁쥐과 생쥐의 접근을 막기 위해 그 주위에 철사 그물을 쳐 놓았다. 그곳에 그는 비닐봉지에 꽁꽁 싼 망고 몇 개와 날씬이표 육류무첨가 혼합소시지 통조림, 소중한 스카치위스키 반병, 아니 삼분의 일 병이라고 하는 게 더 정확하겠다, 그리고 이동주택가에서 슬쩍해 온 초콜릿 맛 에너지 바를 보관해 두었다. 은박지에 포장된 이 물렁물렁하고 끈적끈적한 에너지 바는 차마 먹어 치울 수 없다. 이것이 마지막 에너지 바일 수도 있는 것이다. 그는 그곳에 병따개도 함께 보관해 두었고, 딱히 이유는 없지만 얼음 깨는 송곳도 넣어 두었다. 그리고 감상적인 이유로 혹은 신선한 물을 보관할 목적으로 빈 맥주병 여섯 개를 모아 두었다. 또 선글라스도 있다. 그는 선글라스를 쓴다. 한쪽 알이 없어졌지만 그래도 아무것도 없는 것보다는 낫다.

눈사람은 비닐봉지 매듭을 푼다. 이제 망고가 딱 하나 남았다. 더 많았던 것으로 기억하는데. 매듭을 단단히 묶어 두었는데도 개미들이 봉지 안에 들어가 있다. 개미들이 어느새 팔 위로 기어오른다. 검은 개미들과 작고 고약한 노란 개미들. 이 개미들, 특히 노란 개미들은 얼마나 날카롭게 물어 대는지. 그는 개미들을 문질러 떨어뜨린다.

"매일 일과를 엄격히 준수해야 왕성한 사기를 유지하고 온전한 정신을 보전할 수 있다."

그는 큰 소리로 말한다. 어느 책에선가 나온 말을 인용한 느낌이다. 대농장을 경영하던 유럽의 식민지 지배자들에게 도움을 주기 위해 집필된, 한물간 두꺼운 훈령서 같은 책. 그런 책을 읽었던 기억은 나지 않는다. 하지만 별로 대수롭지 않은 일이다. 예전에는 기억이 점유하고 있던 그의 토막 난 뇌 공간은 이제 텅 빈 허공이 되어 버렸다. 고무 대농장, 커피 대농장, 황마 대농장(황마가 뭐지?). 그들은 햇빛을 가리는 토피를 머리에 쓰고, 정찬 때에는 정장을 하고, 원주민을 강간하지 말라고 권고받았을 것이다. '강간'이라는 단어가 사용되지는 않았을 것이다. 여성 거주민과 친밀한 관계를 갖는 것을 자제하라. 혹은 바꿔 말해…….

하지만 그들은 자제하지 않았을 것이다. 열에 아홉은.

"완화의 관점에서 본다면."

그는 말한다. 입을 벌리고 서서 문장의 나머지 부분을 기억하려고 애쓴다. 그러다가 땅바닥에 주저앉아 망고를 먹기 시작한다.

표류물

하얀 해안, 수면 위로 드러난 산호와 뼈 부스러기 사이로 한 무리의 아이들이 걷고 있다. 수영을 하고 있었던 것 같다. 아이들의 몸이 여전히 물기를 머금은 채 반짝인다. 아이들은 좀 더 조심해야 한다. 초호에 무엇이 횡행하고 있을지 누가 알겠는가? 그러나 아이들은 신경 쓰지 않는다. 태양이 미치지 않는 밤이면 바닷물에 발가락 하나 담그지 않는 눈사람과는 달리. 정정, 밤에는 특히 그렇게 하지 않는 눈사람과는 달리.

눈사람은 아이들을 선망의 눈길로 바라본다. 아니, 향수 어린 눈길인가? 향수일 리는 없다. 어린 시절, 그는 바다에서 수영한 적도 없고 벌거벗은 채 해안을 뛰어다닌 적도 없다. 아이들은 지형을 살펴보고 몸을 굽혀 표류물을 집어 올린다. 그러고는 자기들끼리 모종의 의논을 한 뒤, 일부는 간직하고 나머지는 내버린다. 아이들은 찢어진 포대 속에 보물을 보관한다. 눈사람이 확신하건대, 아이들은 이내 혹독한 볕을 피해 나무 아래서 낡은 침대보를 둘러쓰고 정강이를 끌어안은 채 망고를 빨아먹고 있는 눈사람이 있는 곳으로 찾아올 것이다. 두꺼운 피부와 자외선에 대한 저항력이 있는 아이들에게, 그는 어둠의 존재, 그늘의 존재다.

이제 아이들이 다가온다.

"눈사람, 오, 눈사람."

아이들은 단조로운 가락으로 노래한다. 눈사람에게 가까이 접근하는 법은 절대로 없다. 아이들의 그런 행동은, 그가 좋을 대로 생각하는 것처럼, 그에게 경의를 표하기 위함인가, 아니면 그가 악취를 풍기기 때문인가?

(자신이 악취를 풍긴다는 사실을 그도 잘 알고 있다. 그는 역한 냄새, 썩은 냄새, 바다코끼리처럼 지독한 냄새를 내뿜는다. 느끼하고 찝찔하고 비릿한 냄새를. 물론 그가 그 동물의 냄새를 맡아 보았다는 뜻은 아니다. 하지만 사진은 본 적이 있다.)

아이들이 포대를 열며 합창하듯 말한다.

"오, 눈사람, 우리가 발견한 것들이 무엇인가요?"

아이들은 물건들을 집어 올리고는 팔기라도 할 것처럼 들어 보인다. 타이어의 휠 캡, 피아노 건반, 바닷물에 닳아 매끈하게 다듬어진 연초록색 청량음료 병 조각. 텅 빈 환희이상 플라스틱 용기, 역시 비어 있는 닭고기옹이 너겟 통. 컴퓨터 마우스, 아니 망가진 마우스의 남은 부분, 거기에는 철사로 된 긴 꼬리가 달려 있다.

눈사람은 울고 싶다. 아이들에게 무슨 말을 해 줄 수 있겠는가? 이 진기한 물건들이 무엇인지, 아니 무엇이었는지, 설명해 줄 길이 없다. 그러나 분명 아이들은 그가 어떤 말을 할지 이미 짐작할 것이다. 그는 항상 똑같은 말을 해 주기 때문이다.

"이것들은 이전 시대의 물건들이야."

눈사람은 친절하지만 거리감이 느껴지는 목소리를 유지한다. 교육자, 예언자, 자애로운 삼촌이 절충된 인물, 그의 어조는 바로 그런 인물의 것이어야 한다.

"우리에게 해로운 것들인가요?"

때때로 아이들은 발동기 기름이 든 깡통, 부식성 용매 혹은 표백제가 든 플라스틱 용기를 발견하기도 한다. 과거로부터 흘러온 위장 폭탄. 아이들은 그를 잠재적 위험에 대한 전문가로 여긴다. 화상을 입히는 액체, 병을 유발하는 연기, 유독한 먼지. 기이한 종류의 고통.

"이것들, 아니. 이것들은 안전해."

눈사람의 말에 아이들은 흥미를 잃고 포대를 축 늘어뜨린다. 그러나 가 버리지는 않는다. 그대로 서서 그를 응시한다. 아이들이 해안을 훑고 다니는 것은 구실에 불과하다. 대개는 그를 보기 위해 온다. 그가 자기들과 너무 다르기 때문이다. 아이들은 종종 그에게 선글라스를 벗었다가 다시 써 보라고 한다. 그가 정말로 눈이 두 개인지, 아니면 세 개인지 보고 싶어 한다.

"눈사람, 오, 눈사람."

아이들이 노래한다. 그 노래는 눈사람을 위한 것이라기보다는 자기들 서로를 위해 부르는 것이다. 아이들에게 그의 이름은 그저 세 음절 소리에 불과하다. 아이들은 눈사람이 무엇인지 모른다. 한 번도 눈을 본 적이 없다.

물질적 상응물(박제물이나 해골에 불과한 것이라 하더라도)이 제시될 수 있는 이름만 선택해야 한다는 것이 크레이크가 정한 규칙 중 하나였다. 유니콘이나 그리핀, 만티코어*, 바실리스크** 같은 이름은 절대 허용되지 않았다. 하지만 그러한 규칙은 더 이상 구속력이 없다. 지금 이 모호한 호칭을 사용하면서 눈사람은 씁쓸한 즐거움을 느낀다. '가증스러운 눈사람'***, 현존하는 동시에 부재하는 이, 눈보라의 언저리에서 어른거리는 자, 원숭이 같은 사람 혹은 사람 같은 원숭이, 은밀하고 건잡을 수 없으며 소문과 뒷걸음친 발자국을 통해서만 알려진 존재. 산에 사는 부족들은 틈날 때마다 그것을 추격하여 죽였다고 한다. 그것을 삶고 구워서 특별한 연회를 벌였다고 한다. '식인 행위와 유사하다는 점에서 더욱 흥미로운걸.' 하고 눈사람은 생각한다.

지금은 이름을 짧게 줄였다. 이제는 그저 '눈사람'일 뿐이다.

---

* 머리는 사람, 몸은 사자, 꼬리는 전갈인 상상의 동물.

** 입김이나 시선으로 사람을 죽였다는 전설의 동물.

*** 히말라야에 산다고 전해지는 설인을 칭하는 티베트어 'metohkangmi'를 직역한 것. metoh(가증스러운)+kangmi(눈사람).

'가증스러운'이라는 부분은 혼자서만 간직하기로 했다. 그만이 비밀스럽게 간직한 고행의 의복.

아이들이 잠시 머뭇거리더니 반원 형태로 웅크려 앉는다. 남자 아이와 여자 아이 모두 함께. 몇몇은 아직도 아침을 우적우적 먹고 있다. 초록색 즙이 턱을 따라 흘러내린다. 거울이 없으면 사람들은 얼마나 지저분해지는지. 그럼에도 이 아이들은 놀라울 정도로 매력적이다. 완전한 나신에 완벽한 몸, 피부색은 초콜릿, 장미, 차, 버터, 크림, 꿀 색 등으로 각기 다르지만 눈은 모두 초록색이다. 크레이크의 미학.

아이들은 기대에 가득 찬 눈으로 눈사람을 바라본다. 그가 말을 걸어 주길 바라고 있을 것이다. 그러나 오늘 그는 그럴 기분이 아니다. 기껏해야 자기 선글라스나 고장 난 시계, 야구 모자를 가까이서 볼 수 있게 해 줄 것이다. 아이들은 모자를 좋아하지만, 그가 왜 그런 것을, 벗어 버릴 수 있는 머리카락이면서 사실은 머리카락이 아닌 그런 것을 필요로 하는지는 이해하지 못한다. 그리고 그는 아직까지 모자에 대한 이야기를 만들어 내지 않았다.

아이들은 눈사람을 응시하며 생각에 잠긴 채 잠시 침묵을 지킨다. 이내 가장 나이 많은 아이가 불쑥 입을 연다.

"오, 눈사람, 제발 우리에게 이야기해 줘요. 당신 얼굴에서 자라는 그 이끼가 도대체 뭐죠?"

나머지 아이들도 장단을 맞춘다.

"제발 이야기해 줘요! 제발 이야기해 줘요!"

팔꿈치로 서로 찔러 대지도, 킬킬거리지도 않는다. 진지하게 묻고 있는 것이다.

"깃털이야."

눈사람이 말한다.

아이들은 적어도 일주일에 한 번씩은 이 질문을 한다. 그의 대답은 한결같다. 그 얼마 되지 않는 기간 동안에도. 두 달, 세 달? 그는 날짜 세는 것도 잊었다. 아이들은 그에 대해 수많은 이야기, 수많은 가설을 만들어 낸다. 눈사람은 한때 새였는데 나는 법을 잊어버렸고 깃털들은 빠져 버렸어. 그래서 추위를 많이 타고 여분의 피부가 필요한 거야. 그러니까 항상 무엇인가를 두르고 있어야 하고. 아니야, 그는 물고기를 먹기 때문에 추운 거야. 물고기는 차갑잖아. 아니야, 그는 남성 기관을 잃어버려서 뭔가를 두르고 있는 거야. 그리고 우리가 그걸 보게 되는 게 싫은 거지. 그 때문에 수영하러 가지 않는 거고. 눈사람은 한때 물속에서 살았는데 그때 피부가 쭈글쭈글해져서 주름이 있는 거야. 눈사람은 자기 종족이 모두 바다 너머로 날아가 버리고 이제 혼자 남았기 때문에 슬퍼하는 거야.

"나도 깃털이 있었으면 좋겠어요."

가장 어린 아이가 말한다. 헛된 희망이다. 크레이크의 아이들은 남자도 수염이 나지 않는다. 크레이크는 수염을 불합리한 것이라고 여겼다. 면도하는 것도 귀찮아했다. 그래서 아예 면도의 필요성을 없애 버린 것이다. 물론 눈사람에게는 그렇게 해 주지 못했다. 이미 너무 늦었던 것이다.

아이들이 다시 시작한다.

"오, 눈사람, 오, 눈사람, 우리도 깃털을 가질 수 있나요? 부탁이에요."

"아니."

"왜 안 되는 거죠? 왜요?"

가장 어린 두 아이가 노래하듯 묻는다.

"잠깐만 기다려. 크레이크에게 물어볼게."

눈사람은 하늘을 향해 시계를 높이 들고 손목 위에서 돌린 후 마치 무슨 소리를 듣는 것처럼 귀에 갖다 댄다. 아이들은 완전히 넋을 잃은 채 그의 몸짓 하나하나를 지켜본다.

"안 돼. 크레이크가 너희는 안 된대. 너희는 깃털을 가질 수 없어. 자, 이제 꺼져 버려."

"꺼져 버려? 꺼져 버려?"

아이들은 서로 마주 보다가 그를 바라본다. 그의 실수다. 새로운 말, 설명 불가능한 말을 한 것이다. 아이들은 꺼져 버리라는 말을 모욕적이라고 생각하지 않는다.

"꺼져 버리는 게 뭐예요?"

"물러가!"

눈사람이 아이들 앞에 대고 침대보를 펄럭이자, 아이들은 흩어져 해안을 따라 뛰어간다. 그를 두려워해야 하는지, 그렇다면 얼마나 두려워해야 하는지 아이들은 아직 잘 모른다. 그는 어떤 아이에게도 해를 입힌 적이 없다. 그러나 그의 본성은 완전히 파악되지 않았다. 그가 어떤 짓을 저지를지 알 수 없는 노릇인 것이다.

목소리

“이제 나 혼자로군. 완전히, 완전히 혼자야. 넓고 넓은 바다에 홀로 남겨졌어.”

눈사람은 큰 소리로 말한다. 그의 머릿속에 남은 불타는 스크랩북에서 나온 또 하나의 파편.

정정, 해안에.

눈사람은 인간의 목소리를 들어야 할 필요성을 느낀다. 자기 것과 같은 온전한 인간의 목소리. 때때로 그는 하이에나같이 웃거나 사자같이 운다. 그가 상상하는 하이에나와 사자같이. 어린 시절, 그는 그런 동물들에 대한 오래된 디브이디를 보곤 했다. 교미하는 모습과 으르렁거리는 모습, 몸 내부 구조, 그리고 어미가 새끼를 핥는 장면을 보여 주는 동물 생태 프로그램들. 왜 그는 그런 것들을 보며 안도감을 느꼈던가?

그는 돼지구리같이 꿀꿀거리고 빽빽거리거나 늑개같이 울부

짖는다. 아우! 아우! 때로는 어둠 속에서 모래톱을 뛰어다니고 바다에 돌멩이를 던지면서 소리 지르기도 한다. 제기랄, 제기랄, 제기랄, 제기랄! 그렇게 하고 나면 기분이 나아진다.

그는 일어서서 기지개를 펴려고 팔을 들어 올린다. 침대보가 미끄러 떨어진다. 그는 환멸을 느끼며 자신의 몸을 내려다본다. 벌레 물린 지저분한 피부, 희끗희끗한 머리카락, 두껍고 누런 발톱. 태어나던 날처럼 벌거벗은 모습. 물론 그날에 대해서는 아무것도 기억하지 못하지만. 본인들이 직접 지켜볼 수 없는 상황에 처해 있을 때 중요한 일들이 수없이 일어난다. 예를 들자면 출생과 죽음 같은 것. 섹스할 때 경험하는 일시적인 망각 또한.

"생각도 하지 마."

그는 스스로에게 이른다. 섹스는 음주와도 같은 것이다. 아침 일찍부터 섹스에 골몰하는 것은 하루를 시작하는 방법으로는 별로 좋지 않다.

과거에 눈사람은 몸을 잘 단련했다. 달리기를 하고 체육관에서 운동을 했다. 이제는 갈비뼈가 앙상하게 드러난다. 야위어 가는 것이다. 동물성단백질을 충분히 섭취하지 못해서 그렇다. 한 여자 목소리가 애무하듯 그의 귀에 대고 말한다. 멋진 엉덩이야! 오릭스의 목소리는 아니다. 다른 여자다. 오릭스는 이제 별로 말이 없다.

"아무 말이나 해 봐."

그는 그녀에게 애원한다. 그녀는 그의 목소리를 들을 수 있다. 그는 그렇게 믿어야 한다. 하지만 그녀는 그를 침묵으로 대할 뿐이다.

"내가 무엇을 할 수 있겠어? 너도 알잖아, 내가……."

오, 멋진 배! 그의 말을 가로막으며 속삭임이 들려온다. 자기, 그냥 누워 있어 봐. 누구지? 그가 언젠가 돈을 주고 산 창녀. 정정, 섹스 기술 전문 숙련자. 곡예 예술가, 고무처럼 유연한 척추, 물고기 비늘처럼 몸에 부착된 스팽글. 그는 이런 목소리들의 울림이 싫다. 성자들도 이런 목소리들을 듣곤 했다. 동굴과 사막에 거주하며 버글거리는 이에 시달렸던 미치광이 은둔자들. 이제 곧 그는 아름다운 악마들을 보게 될 것이다. 그들은 그에게 손짓하며 자신들의 입술을 핥을 것이다. 젖꼭지는 붉게 달아오르고 분홍색 혀는 번쩍일 것이다. 저쪽, 허물어져 가는 탑 너머 물결 사이로 인어들이 솟아 나올 것이다. 그리고 그는 그들의 아름다운 노랫소리를 듣고 그들을 향해 헤엄쳐 가다가 상어들에게 잡아먹힐 것이다. 여자의 머리와 가슴, 독수리의 발톱을 가진 생물들이 그를 덮치고, 그는 그들을 향해 팔을 벌릴 것이다. 그리고 그것이 마지막이 될 것이다. 두뇌지지기.

더 끔찍한 가능성. 그가 아는 어떤 여자, 아니 알았던 어떤 여자가 나무 사이에서 그를 향해 걸어온다. 여자는 그를 만나 무척 반가워한다. 그러나 그녀는 공기로 만들어진 존재다. 그는 누군가가 함께 있다는 사실만으로도 기뻐할 것이다.

눈사람은 한쪽 알만 남은 선글라스를 쓰고 수평선을 살핀다.

아무것도 없다. 바다는 뜨거운 금속처럼 보이고, 하늘은 태양이 이글거리고 있는 구멍을 제외하면 온통 바랜 푸른색이다. 모든 것이 텅 비어 있다. 물, 모래, 하늘, 나무, 과거 시간의 파편. 그의 말을 들어줄 이는 아무도 없다.

"크레이크! 개자식! 염병할 천재들!"

그는 소리친다. 그리고 귀를 기울인다. 짠물이 그의 얼굴을 타고 흘러내린다. 그는 언제 그것이 생기는지 알지 못하고 결코 그것을 멈출 수도 없다. 점차 숨이 가빠진다. 마치 거대한 손이 그의 가슴께를 거머쥐고 있는 듯이, 움켜쥐었다가 놓았다가 다시 움켜쥔다. 무의미한 공포.

"네가 이 지경으로 만들었어!"

그는 바다를 향해 외친다.

아무 대답도 없다. 놀라울 것도 없는 일. 파도 소리만이 들려온다. 솨아, 솨아, 솨아. 그는 주먹으로 얼굴을 문지른다. 때와 눈물과 콧물과 낙오자의 수염과 끈적끈적한 망고 즙이 범벅된 얼굴.

그는 말한다.

"눈사람, 눈사람, 제대로 살아 봐."

(2)

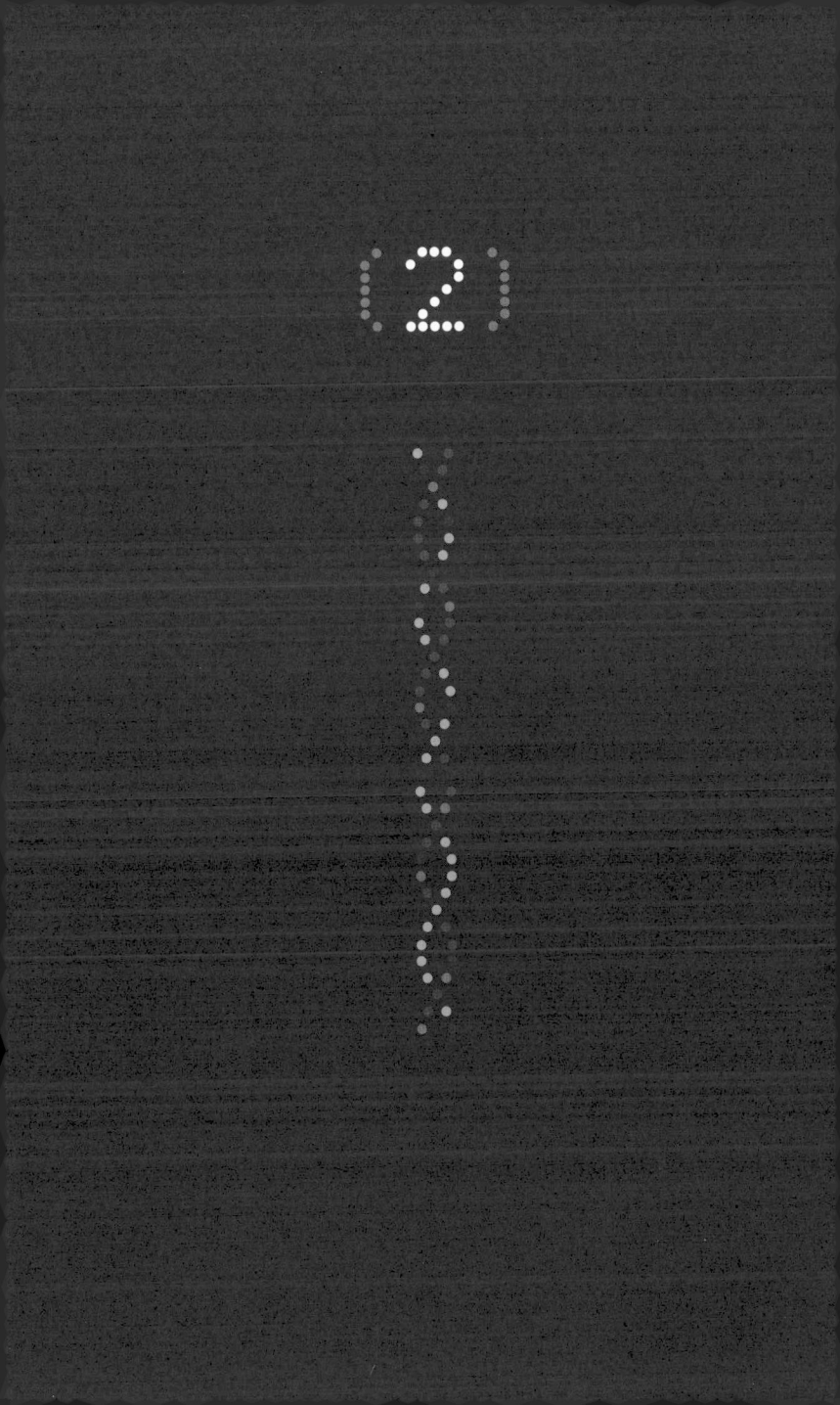

화톳불

옛날 옛적에 눈사람은 눈사람이 아니었다. 지미였다. 그는 착한 소년이었다, 그때는.

지미가 온전히 떠올릴 수 있는 가장 오래된 기억은 거대한 화톳불에 관한 것이다. 다섯 살, 아니면 여섯 살 때였을 것이다. 그는 발가락마다 웃는 오리 얼굴이 그려진 빨간 고무장화를 신고 있었다. 화톳불을 본 후 그 장화를 신고 살균제가 담긴 움푹한 대야를 지나와야 했던 탓에 그 장화를 기억한다. 살균제는 독성이 있기 때문에 텀벙거리며 걸어서는 안 된다는 말에, 그는 독이 오리들 눈으로 들어가 상처를 입히지나 않을까 걱정했다. 그 오리들은 진짜가 아닌 그림에 불과하기 때문에 아무것도 느낄 수 없다고 어른들이 일러 주었지만, 그는 그 말을 그다지 믿지 않았다.

그럼 다섯 살 반이었다고 하지, 그러면 대강 맞을 거야. 눈사람은 생각한다.

때는 아마 10월, 아니면 11월이었을 것이다. 그때만 해도 여전히 단풍이 들던 때여서 나뭇잎들은 불그스름했다. 발밑은 진흙투성이였고, 가랑비가 내리고 있었다. 분명 들판에 서 있었을 것이다. 화톳불은 소와 양과 돼지를 쌓아 올린 거대한 더미였다. 동물들의 뻣뻣하게 굳은 다리가 쭉쭉 뻗어 나와 있었다. 그 위에 가솔린이 부어졌다. 불꽃이 타올랐다. 노란색, 흰색, 붉은색, 주황색. 그리고 그을린 살 냄새가 공기를 가득 채웠다. 지미의 아버지가 뒷마당에서 바비큐를 요리할 때 풍기던 냄새와 비슷했지만 그보다 훨씬 강했고, 주유소 냄새와 머리카락 타는 냄새까지 한데 섞여 있었다.

지미는 머리카락 타는 냄새가 어떤 것인지 알고 있었다. 자신의 머리카락을 손톱 다듬는 가위로 약간 잘라 내어 어머니의 라이터로 불을 붙여 본 적이 있기 때문이다. 머리카락은 곱슬곱슬하게 지져지면서 작고 검은 벌레처럼 오그라들었다. 그는 머리카락을 좀 더 잘라 내어 다시 불을 붙였다. 어른들에게 발각되었을 때 그의 앞머리는 이미 온통 들쭉날쭉해져 있었다. 어른들이 꾸중하자 그는 실험을 해 본 거라고 변명했다.

그때 지미의 아버지는 웃어넘겼지만 어머니는 그렇지 않았다. 적어도 지미는 머리에 불을 놓기 전에 머리카락을 잘라 내는 분별력을 지니고 있었던 것이다.(라고 아버지는 말했다.) 어머니는 지미가 집을 몽땅 태우지 않은 게 다행이라고 말했다. 그러고 나서 부모는 라이터를 두고 말다툼을 시작했다. 어머니가 흡연을 하지 않았다면 라이터 같은 것은 주위에 없었을 것이다.(라고 아버지는 말했다.) 어머니는 아이들이란 속을 들여다보면 모두 방화범이며, 라이터가 없었다면 지미는 성냥을 썼을 것이라고 말했다.

일단 말다툼이 계속되자 지미는 안도감을 느꼈다. 이제 벌을 받지 않으리라는 것을 알았기 때문이다. 아무 말도 하지 않고 가만히 있기만 하면 됐다. 그러면 이내 부모는 자신들이 도대체 왜 다툼을 시작했는지조차 잊어버리곤 했다. 그러나 안도감과 동시에 지미는 죄책감도 느꼈다. '내가 부모에게 무슨 짓을 한 건가.' 하고 말이다. 지미는 문이 쾅 닫히는 것으로 부모의 다툼이 막을 내리리라는 것을 알고 있었다. 지미는 말들이 머리 위로 휙휙 스쳐 가는 것을 느끼며 의자 안으로 점점 더 파고들었다. 마침내 문이 세게 닫히는 소리가 들렸고(이번에는 어머니였다.) 문이 닫히면서 바람이 일었다. 문이 쾅 닫힐 때면 늘 바람이 일었다. 귀에 직접 대고 살짝 부는 듯한, 훅! 휙! 하는 바람.

"얘야, 신경 쓰지 마라. 여자들은 항상 열을 내지. 가라앉을 거야. 아이스크림이나 먹자."

아버지가 말했다. 그래서 아버지와 지미는 아이스크림을 먹었다. 파란색과 빨간색 새들이 그려져 있고 멕시코산 수제품이어서 식기세척기에 넣으면 안 되는 시리얼 그릇에 라즈베리 물결 아이스크림을 담아 먹었다. 그리고 지미는 아버지를 안심시키기 위해 제 몫의 아이스크림을 다 먹어 치웠다.

여자들, 그리고 여자들의 옷 안쪽에서 일어나는 일들. 뜨거움과 차가움, 여자들의 옷 속에 존재하는, 야릇한 사향과 꽃 향기가 맴도는 변덕스러운 날씨의 나라. 신비롭고, 소중하고, 통제할 수 없는 것. 그것이 지미 아버지의 견해였다. 하지만 남자들이 열을 내는 것은 전혀 고려의 대상이 되지 않았다. 지미가 어렸을 때는 그것에 대해 아무도 언급조차 하지 않았다. 아버지가 "열 내지 마."라고 했을 때를 제외하고는. 왜 그런 걸까? 왜 남자들이 열을 내는 것에 대해서는 아무 말도 하지 않는 걸까? 그들의 너그러우면서도 날카로운 외면, 그리고 어둡고 격앙되고 거친 이면. 지미는 그것에 대해 몇 가지 이론을 적용해 볼 수도 있었을 것이다.

다음 날 아버지는 머리 자르는 곳으로 지미를 데려갔다. 그곳에는 실쭉한 입술을 하고 한쪽 어깨가 드러난 검은 티셔츠를 입은 예쁜 여자 사진이 창문에 붙어 있었다. 그 여자는 머리를 고슴도치 털처럼 세우고 천박한 표정을 한 채, 흐릿한 목탄 색 눈으로 앞을 노려보고 있었다. 실내의 타일 깔린 바닥은 머리카락 투성이였다. 온 바닥에 몇 움큼씩 흩어져 있었다. 그곳 사람들은 머리카락을 밀대 빗자루로 쓸어 버렸다. 이발사는 우선 지미에게 검은색 케이프를 씌웠다. 지미는 그것이 턱받이처럼 보여

서 두르고 싶지 않았다. 턱받이를 두르는 것은 유치한 짓이었다. 이발사는 웃으며, 턱받이가 아니라고 말했다. 누구 검은색 턱받이를 한 아기에 대해 들어 본 사람 있나? 그러더니 괜찮다며 지미를 설득했다. 그런 후 들쭉날쭉한 부분을 고르게 다듬기 위해 지미의 머리 전체를 짧게 잘랐다. 짧은 머리, 어쩌면 지미가 처음부터 원한 것은 그것이었는지도 모른다. 그러고 나서 이발사는 병에 든 무엇인가를 발라서 머리를 삐쭉삐쭉하게 만들었다. 그것에서는 오렌지 껍질 냄새가 났다. 지미는 거울 속 자신을 보며, 미소를 지어 보기도 하고 그다음에는 눈썹을 처뜨리며 얼굴을 찡그려 보기도 했다.

"터프가이로군요. 호랑이 같은걸요."

이발사는 지미의 아버지를 향해 고개를 끄덕이며 말했다. 그는 지미의 잘린 머리카락을 다른 머리카락이 널려 있는 바닥에 털어 버리고는 과장된 몸짓으로 검은 케이프를 걷어 내고 지미를 안아서 내려 주었다.

화톳불을 피웠을 때 지미는 동물들이 염려스러웠다. 동물들은 불에 타고 있었고, 분명 그것은 고통스러운 일이었을 것이다. 아니야, 그 동물들은 이미 죽었어. 스테이크나 소시지와 다를 바가 없단다. 그저 아직 가죽을 지니고 있을 뿐이지. 아버지가 말했다.

'머리도 있는데.' 하고 지미는 생각했다. 스테이크에는 머리가 달려 있지 않다. 머리가 있다는 것은 분명한 차이점이다. 지미는 그 동물들이 불타는 눈으로 비난하듯 자신을 바라보고 있다고 생각했다. 어떤 의미에서 이 모든 것, 화톳불, 탄내, 무엇보다 불에 타서 고통받는 동물들은 그의 잘못에서 비롯된 것이다. 그 동물들을 구해 내기 위해 자신은 아무런 일도 하지 않았던 것이다. 그러면서도 화톳불이 타오르는 모습이 아름다운 광경이라고 생각했다. 크리스마스트리, 불붙은 크리스마스트리처럼 빛나는 것. 지미는 텔레비전에서 본 장면처럼 폭발이 일어나길 기대했다.

아버지는 지미의 손을 잡고 옆에 서 있었다.

"안아서 올려 주세요."

지미가 말했다. 아버지는 지미가 위안받고 싶어 하는 거라고 짐작하고는 그를 들어 안았다. 실제로 지미는 위안받고 싶기도 했다. 하지만 지미가 그렇게 부탁한 것은 더 잘 구경하고 싶기 때문이었다.

"결국 이렇게 끝이 나는군. 일단 일이 진행되면 말이야."

지미의 아버지는 지미가 아닌, 함께 서 있던 남자에게 말했다. 아버지는 화가 난 것 같았다. 옆에 있던 남자 역시 화난 듯한 목소리로 말했다.

"고의로 도입한 것이라고 하더군."

"전혀 놀라운 일이 아니야."

지미의 아버지가 말했다.

"저 소뿔 하나 가져도 돼요?"

지미가 물었다. 지미는 그것을 왜 그냥 버리는지 이해할 수 없었다. 지미는 두 개를 갖게 해 달라고 부탁하고 싶었지만 그러면 지나치게 떼를 쓰는 아이로 보일 것 같았다.

"안 된다, 얘야, 지금은 안 돼."

아버지가 말했다. 아버지는 지미의 다리를 톡톡 쳤다.

"가격을 올리려는 거지. 자기들 물건으로 떼돈을 벌려는 수작이야."

옆의 남자가 말했다.

"이건 분명 살육 행위야. 하지만 그냥 미친 사람의 소행이었을 수도 있지. 누가 알아, 일종의 제식 행위 같은 것일지."

아버지는 역겹다는 투로 말했다.

"왜 안 돼요?"

지미가 물었다. 지미 말고는 뿔을 갖고 싶어 하는 사람이 아무도 없었다. 그런데 이번에는 아버지가 지미의 말을 무시했다.

"문제는, 그들이 어떻게 이걸 했느냐 하는 것이지. 정보가 새어 나가지 않도록 우리 측에서도 단단히 은폐했다고 생각했는데."

아버지가 말했다.

"나도 그렇다고 생각했어. 우리는 돈을 충분히 지불했잖아. 그 사람들은 뭘 했던 거지? 잠이나 자고 있으라고 돈을 준 게 아닌데 말이야."

"뇌물 때문일 수도 있지. 그들의 은행 계좌를 조사할 거야. 물론 그런 종류의 돈을 은행에 집어넣는 것은 바보들이나 하는 짓이지만 말이야. 어쨌든 누군가의 머리가 잘리겠지."

아버지가 말했다.

"철저한 조사가 벌어지겠군. 나는 그런 일에 개입되고 싶지 않은데. 외부에서는 누가 오는 거지?"

남자가 말했다.

"수리공들. 용달차들."

"조직 내의 사람들을 데려와야 하는데."

"그렇게 할 예정이라고 들었어. 비록 이 세균은 새로운 것이지만 말이야. 우리는 바이오프린트를 확보했어."

아버지가 말했다.

"그 게임은 두 사람이 할 수 있겠군."

"사람 수에 상관없이 할 수 있지."

"소들이랑 양들이 왜 불태워진 거예요?"

다음 날 지미는 아버지에게 물었다. 아침 식사 중이었다. 세 식구가 함께 있었던 것으로 보아 일요일이었던 것 같다. 일요일마다 어머니와 아버지는 함께 아침 식사를 했던 것이다.

아버지는 커피를 두 잔째 마시던 참이었다. 아버지는 커피를 마시며 숫자로 뒤덮인 책장에 뭔가를 기록하고 있었다.

"그게 퍼지는 걸 막기 위해 동물들을 소각해야 했단다."

아버지가 말했다. 얼굴을 들지도 않았다. 휴대용 계산기를 만지작거리며 연필로 뭔가를 끼적거렸다.

"무엇이 퍼지는 걸 막는 건데요?"

"질병."

"질병이 뭐예요?"

"질병이란 네가 기침할 때와 같은 상태를 말하는 거야."

어머니가 말했다.

"만약 내가 기침을 하면 나도 불태워지나요?"

"그럴 가능성이 높지."

아버지는 책장을 넘기며 대답했다.

지미는 이 대답을 듣고 겁에 질렸다. 지난주에 기침을 했던 것이다. 어느 순간 또 기침을 하게 될지 알 수 없는 노릇이었다. 벌써부터 뭔가 목을 찌르는 듯한 느낌이 들었다. 지미는 자신의 머리카락이 불타는 모습을 떠올렸다. 접시 위에서 한두 가닥이 타던 모습이 아니라 통째로, 그것도 자신의 머리에 여전히 붙어 있는 채로 타 버리는 모습을. 지미는 소와 돼지와 함께 더미 속에 파묻히고 싶지 않았다. 지미는 울기 시작했다.

"도대체 몇 번이나 얘기를 해 줘야 해요? 애는 너무 어리단 말이에요."

어머니가 말했다.

"아빠가 또 잘못했구나. 녀석, 농담이었어. 너도 알잖아, 농담. 하하."

아버지가 말했다.

"얘는 그런 농담 이해 못해요."

"당연히 이해해. 그렇지 않니, 지미?"

"네."

지미는 코를 훌쩍이며 대답했다.

"아빠를 방해하지 마라. 아빠는 지금 생각 중이잖니. 그 덕분에 월급을 받는 거지. 지금은 너와 놀 시간이 없단다."

어머니가 말했다.

아버지가 연필을 떨어뜨렸다.

"거참, 당신 좀 그만둘 수 없어?"

어머니는 반쯤 빈 커피 잔에 담배를 질러 박았다.

"이리 와, 지미, 산책 나가자."

어머니는 지미의 손목을 잡아 끌고 나가더니 과장된 몸짓으로 조심하는 척하며 문을 닫았다. 코트조차 챙기지 않았다. 코트도, 모자도 없었다. 실내복과 슬리퍼 차림이었다.

하늘은 잿빛이었고, 바람은 차가웠다. 어머니는 고개를 숙인 채 걸었고, 머리카락이 바람에 날렸다. 그들은 손을 잡고 집 주위의 젖은 잔디밭을 평소보다 두 배는 빠른 속도로 걸었다. 지미는 강철 발톱을 가진 무언가에 붙잡혀 깊은 물속으로 끌려 들어가는 느낌이었다. 사정없이 얻어맞은 기분이었다. 마치 모든 것이 당장이라도 분해되어 바람에 불려 날아갈 것처럼. 한편으로는 흥이 나기도 했다. 지미는 어머니의 슬리퍼를 내려다보았다. 젖은 흙이 묻어 이미 더러워져 있었다. 지미가 슬리퍼를 그 지경으로 만들었다면 야단을 맞았을 것이다.

그들은 서서히 걸음을 늦추다가 멈추어 섰다. 그러더니 어머니는 티브이에 나오는 조용하고 상냥한 숙녀 선생님 같은 목소리로 지미에게 이야기하기 시작했다. 그런 어조는 어머니가 화가 많이 났다는 의미였다.

"질병은 너무 작아서 보이지 않는단다. 공기 중에 떠다니거나 물속 혹은 어린 소년의 더러운 손가락에 숨을 수 있지. 그렇기 때문에 손가락을 콧속에 집어넣었다가 입에 넣으면 안 되는 거고, 화장실에 다녀온 다음에는 꼭 손을 씻어야 하는 거고, 눈을 비비면 안 되는 거고……."

"나도 알아요. 집에 들어가도 돼요? 추워요."

지미가 말했다.

어머니는 지미의 말은 듣지도 못한 듯 예의 조용하고 긴장된 목소리로 계속해서 말했다.

"질병은 말이야, 질병은 네 몸속으로 들어가서 어떤 변화를 일으킬 수도 있는 거란다. 세포 하나하나를 움직여 네 몸 전체를 재배열할 수 있어. 그렇게 되면 세포에 병이 나게 되지. 그리고 네 몸은 네가 계속 살아 있도록 협력해서 일하는 작은 세포들로 구성되어 있기 때문에, 만일 상당수의 세포가 병에 걸리게 되면 너는……."

"기침하게 되는 거지요. 나는 기침할 수 있어요, 바로 지금!"

지미는 기침 소리를 냈다.

"아, 신경 쓰지 마라."

어머니가 말했다. 어머니는 자주 지미에게 무엇인가를 설명해 주려고 시도했다가 이내 실망하곤 했다. 그건 두 사람 모두에게 있어 최악의 순간이었다. 지미는 어머니를 거부했고, 어머니의 말을 이해했으면서도 전혀 알아듣지 못하는 척했다. 지미는 바보처럼 행동했다. 하지만 어머니가 자신을 포기하게 되는 것은 원치 않았다. 지미는 어머니가 용감하기를, 할 수 있는 한 자신에게 최선을 다해 주기를, 자신이 어머니에 대항해 세워 놓은 벽을 깨뜨리기를, 계속 노력하기를 바랐다.

"작은 세포들에 대해 듣고 싶어요, 정말 듣고 싶어요!"

지미는 가능한 한 가장 애처로운 목소리로 말했다.

어머니가 말했다.

"오늘은 그만하자. 그냥 집으로 들어가자꾸나."

장기주식회사 농장

지미의 아버지는 장기주식회사 농장에서 일했다. 그는 유전자 지도 제작자로, 그 분야 최고 전문가 중 한 사람이었다. 대학원생일 때 이미 프로테옴* 도식을 파악하는 중요한 연구를 했으며, '불멸 사업'의 일부인 '므두셀라 쥐' 설계 작업에 참여하기도 했다. 그 후 장기주식회사 농장에서, 이식 전문가들과 감염에 대비해 유전자를 접합하는 미생물학자들이 함께하는 돼지구리 프로젝트 팀에서 가장 중요한 설계자로 활동해 왔다. '돼지구리'는 별명일 뿐이었다. 정식 이름은 '다중 장기 생산 돼지'였다. 하지만 모든 사람이 돼지구리라고 불렀다. 때로 그 농장은 '장기 꿀꿀 농장'이라고 불리기도 했지만 그리 흔한 일이 아니었다. 어쨌든 그곳은 사진에 나오는 것 같은 진짜 농장이 아니

---

* 유전체인 게놈에서 발현된 단백질의 총체.

었다.

돼지구리 프로젝트의 목표는 인간과 동일한 조직을 지닌 아주 간단한 여러 가지 장기를 성공적인 유전자 이식용 돼지 숙주 내부에서 배양하는 것이었다. 이식이 순조롭고 거부반응이 없는 장기, 그러면서도 호시탐탐 기회를 노리며 매년 더 많은 변종을 만들어 내는 미생물과 바이러스의 공격을 막아 낼 수 있는 장기를 생산해 내고자 한 것이다. 돼지구리의 신장과 간과 심장이 보다 빨리 완성될 수 있도록 조숙 유전자가 접합되었다. 그리고 이제 그들은 한 번에 대여섯 개의 신장을 생산해 내는 돼지구리를 완성해 가는 중이었다. 그러면 숙주 동물들로부터 여분의 신장을 거둬들일 수 있고, 숙주 동물들은 도살되지 않고 계속 생존하면서 더 많은 장기를 생산해 낼 수 있으리라는 것이다. 가재의 집게발이 없어지면 그것을 대치하는 새로운 집게발이 자라나는 것과 같은 원리였다. 그렇게 함으로써 낭비를 줄일 수도 있을 터였다. 돼지구리를 기르는 데 많은 사료와 정성이 요구되었지만 말이다. 장기주식회사 농장에는 이미 상당한 투자 비용이 소요되었던 것이다.

지미가 적당한 나이가 되었을 때 이 모든 것에 대한 설명을 듣게 되었다.

적당한 나이라. 눈사람은 벌레 물린 곳 주변을 긁적이며 생각한다. 그런 바보 같은 개념이 어딨나. 무엇을 하기에 적당한 나이라는 거지? 술 마시고, 섹스하고, 좀 더 잘 처신하기에 적당한 나이? 어떤 얼간이가 그런 결정을 내리는 책임을 맡고 있었던 거지? 예를 들어, 눈사람 자신은 이러한, 이러한(이걸 뭐라고 해야 할까?) 상황을 맞닥뜨리기에 적당한 나이가 아니다. 그는 결코 이러한 상황에 대처할 만한 적당한 나이에 도달하지 못할 것이다. 온전한 정신을 가진 인간이라면 어느 누구도…….

우리 각자는 자신 앞에 펼쳐진 길을 걸어가야 한다. 그의 머릿속 목소리가 말한다. 이번에는 사이비 전문가 같은 남자 목소리다. 그리고 각각의 길은 독특하다. 길을 가는 사람이 관심을 두어야 할 것은 그 길의 특성이 아니라, 때로 힘들 수도 있는 그 길을 나아갈 때 가져야 할 고상함과 힘과 인내심이다…….

"집어치워."

눈사람은 말한다. 싸구려 자립주의적 계몽 안내서, 바보를 위한 열반. 그러나 이 주옥 같은 문장을 쓴 것이 바로 자기 자신일지도 모른다는 찜찜한 기분이 남는다.

더 행복했던 시절에 썼던 것, 당연히. 오, 훨씬 더 행복했던 시절.

돼지구리의 장기는 인간 기부자의 개별 세포를 이용해 맞춤 제작되었고, 장기는 필요할 때까지 냉동 보관되었다. 이것은 여분의 장기를 마련하기 위해 자기 복제를 하거나(돼지구리 장기 이식 방법은 자기 복제보다 해결해야 할 문제가 더 간단하다고 지미의 아버지는 말하곤 했다.) 불법 아기 과수원에 채취용 아기 한두 명을 보관해 두는 것보다 훨씬 저렴한 방법이었다. 광택 나는 종이로 만들어진 장기주식회사 농장 팸플릿과 홍보 자료에는 돼지구리 배양 절차의 효율성과 건강상의 상대적 이점이 신중한 어조로 강조되어 있었다. 또한 비위가 약한 사람들을 안심시키기 위해 죽은 돼지구리들이 베이컨과 소시지로 만들어지는 일은 없다고도 주장하고 있었다. 어느 누구도 자신과 똑같은 세포를 지닌 동물은 먹고 싶지 않을 것이다.

그렇지만 시간이 흐름에 따라 해안 대수층의 염분이 강화되고, 북극의 영구동토가 녹아내리고, 거대한 툰드라가 메탄가스로 끓어 넘치고, 대륙 중부의 평원 지대에서 가뭄이 계속되고, 아시아의 대초원 지대가 모래언덕으로 변하면서 고기를 구하는 것이 갈수록 어려워지자, 일부 사람들이 의문을 제기하기에 이르렀다. 장기주식회사 농장에서는 등심 베이컨과 햄 샌드위치와 돼지고기 파이가 눈에 띌 만큼 자주 직원 카페 메뉴에 등장하고 있었다. 그 카페의 정식 이름은 '앙드레의 비스트로'였지만, 단골손님들은 그곳을 '꿀꿀이'라고 불렀다. 어머니의 기분이 좋지 않을 때마다 지미는 아버지와 그곳에서 점심을 먹었는데, 그럴 때면 가까운 식탁에 앉은 남자들과 여자들의 험한 농담을 들을 수 있었다.

"또 돼지구리 파이야, 돼지구리 팬케이크, 돼지구리 팝콘. 어이, 지미, 먹어 치워!"

지미는 그런 농담이 싫었다. 누가 무엇을 먹을 수 있는 것인지 혼란스러웠다. 지미는 돼지구리를 먹고 싶지 않았다. 돼지구리를 자신과 비슷한 존재로 생각하고 있었던 것이다. 지미나 그들이나 어떤 공작이 진행되고 있다 해도 아무런 결정권이 없었다.

"저들이 하는 말엔 신경 쓰지 마라, 얘야. 그냥 너를 놀리는 것뿐이야, 너도 알지?"

라모나가 말했다. 라모나는 지미의 아버지와 함께 일하는 실험실 기술자 중 한 사람이었다. 그녀는 지미와 지미의 아버지, 두 사람과 자주 점심을 먹었다. 그녀는 젊었다. 지미의 아버지보다, 지미의 어머니보다도 젊었다. 그녀는 이발소 창문에 붙어 있는 여자 사진과 비슷한 구석이 있었다. 그 사진 속 여자처럼 부푼 듯한 입술과 크고 흐릿한 눈을 가지고 있었다. 하지만 미소를 자주 지었고, 머리카락을 고슴도치 털처럼 세우지도 않았다. 그녀의 머리카락은 부드러웠고 색이 짙었다. 지미 어머니의 머리카락은, 어머니 자신의 말에 의하면, 더러운 금발이었다.("심하게 더럽진 않은걸. 이봐, 농담이야, 농담. 날 죽이지는 말라고!" 하고 아버지는 말했다.)

라모나는 언제나 샐러드를 먹었다.

"섀런은 어떻게 지내요?"

라모나는 큰 눈으로 지미의 아버지를 바라보며 진지하게 묻곤 했다. 섀런은 지미의 어머니였다.

"화끈하지가 않소."

아버지는 이렇게 대답하곤 했다.

"오, 참 안됐네요."

"정말 문제야. 점점 더 걱정이 된다오."

지미는 라모나가 먹는 모습을 바라보았다. 그녀는 음식을 아주 조금씩 입에 넣었으며, 아삭거리는 소리도 내지 않고 양상추를 씹었다. 당근도 마찬가지였다. 실로 놀라운 일이었다. 마치 디브이디에 나오는 외계 모기 생명체처럼, 그 딱딱하고 파삭파삭한 음식을 액화시켜 자신의 몸속으로 빨아들이는 듯 보였다.

"전 잘 모르겠지만, 그녀가 다른 사람을 사귀어야 하는 게 아닐까요?"

라모나는 걱정스러운 듯 눈썹을 치켰다. 잔뜩 덧칠한 담자색 아이섀도 때문에 눈두덩이 쭈글쭈글해 보였다.

"여러 가지 일들을 시도해 볼 수 있겠지요, 새로운 약도 많고……."

라모나는 기술을 다루는 데에는 수재였지만, 대화를 할 때면 샤워젤 광고에 나오는 아기처럼 이야기했다.

"그녀는 바보가 아니야. 그저 뇌신경 에너지를 긴 문장을 만드는 데 쓰고 싶지 않은 거지. 장기주식회사 농장에는 그런 사람들이 많고, 그 사람들이 모두 여자는 아니란다. 단지 그들은 언어가 아니라 숫자에 능한 사람들일 뿐이지."

그녀에 대해 아버지는 이렇게 말했다. 그 말을 들었을 때 이미 지미는 자신이 숫자에 능한 사람이 아니라는 것을 알고 있었다.

"그걸 제안해 보지 않은 게 아니오. 수소문을 해서 최고의 남자를 찾아내 약속을 잡았지. 그런데도 가려고 하지 않았소."

아버지는 식탁을 내려다보며 말했다.

"그녀 나름대로 생각이 있겠지."

"정말 안된 일이에요, 낭비라고요. 제 말뜻은, 그녀는 그렇게 똑똑한데 말이에요!"

"오, 여전히 똑똑하고말고. 똑똑함이 귀로도 넘쳐흐르지."

아버지는 말했다.

"하지만 당신도 알다시피, 예전에 그녀는……."

라모나의 포크가 손가락에서 미끄러졌다. 그리고 두 사람은 지미 어머니의 예전 상태를 묘사할 완벽한 형용사를 찾으려는 듯 서로를 응시했다. 그들은 지미가 대화를 듣고 있다는 것을 곧 알아차리고는 외계 광선처럼 빛나는 관심을 그에게 집중시켰다. 지나치게 눈부신 관심.

"그래, 사랑스러운 지미, 학교 생활은 어떠니?"

"다 먹어라, 귀여운 녀석, 껍질까지 먹어. 가슴에 털이 좀 나야지!"

"돼지구리들을 보러 가도 되나요?"

그러면 지미는 이렇게 묻곤 했다.

돼지구리들은 여분의 장기를 모두 담아낼 공간이 필요하기 때문에 보통 돼지들보다 훨씬 더 크고 뚱뚱했다. 그것들은 경계가 삼엄한 특별 건물에서 사육되었다. 돼지구리와 세밀하게 정리된 돼지구리 유전 자료가 경쟁사로 유출되는 것은 끔찍한 재난일 것이다. 돼지구리를 보러 갈 때면 지미는 먼저 아주 큰 바이오수트를 입고 마스크를 쓰고 살균 비누로 손을 씻어야 했다. 지미는 특히 새끼 돼지구리들을 좋아했다. 암컷 한 마리당 새끼 열두 마리가 일렬로 매달려 게걸스럽게 젖을 빨아먹고 있었다. 작은 돼지구리들. 그것들은 귀여웠다. 하지만 코에서는 콧물이 흐르고 가느다란 분홍색 눈에는 흰색 속눈썹이 달린 다 자란 돼지구리들은 다소 무서웠다. 돼지구리들은 정말로 지미를 쳐다보는 듯한 눈길로 응시했다. 빤히 올려다보면서, 나중에 그를 상대로 벌일 음모를 꾸미는 듯이.

"돼지구리야, 풍선아, 돼지구리야, 풍선아."

지미는 우리 언저리에 매달려 돼지구리들을 달래기 위해 노래를 불렀다. 우리 청소가 끝난 직후에는 냄새가 그리 고약하지 않았다. 지미는 똥오줌 속에서 뒹굴어야 하는 우리 안에 살지 않아도 된다는 사실이 기뻤다. 돼지구리들은 화장실이 없었기 때문에 아무 데서나 볼일을 보았다. 그것을 바라보며 지미는 막연한 수치심을 느꼈다. 그러나 지미는 오랫동안 침대에서 오줌을 싼 적이 없었다. 적어도 자신이 기억하기에는 그랬다.

"우리 안에 빠지지 마라. 녀석들이 너를 1분 안에 먹어 치울 거야."

아버지가 말했다.

"아니에요, 그렇지 않아요."

지미는 말했다. 나는 돼지구리들의 친구니까요, 나는 돼지구리들에게 노래를 불러 주니까요. 지미는 속으로 생각했다. 지미는 돼지구리들을 찔러 볼 수 있게 긴 막대기가 있으면 좋겠다고 생각했다. 돼지구리들을 아프게 하기 위해서가 아니라 그저 뛰어다니도록 만들기 위해서 말이다. 돼지구리들은 아무것도 하지 않은 채 무료하게 오랜 시간을 보내고 있었다.

지미가 아주 어렸을 때에는 단지에 있는 케이프 코드 양식의 목조 가옥에서 살았다. 그 집 현관의 휴대용 아기 침대 안에 누워 있는 지미의 사진이 날짜와 다른 모든 사항이 기록된 앨범 속에 부착되어 있었다. 지미의 어머니가 그런 것에 신경을 쓰던 때의 일이다. 그러나 이제는 실내 수영장과 작은 체육관이 딸린 조지 왕 시대 양식의 커다란 주택에서 살았다. 집 안에 있는 가구들은 '복제품'이라고 불렸다. 지미는 어느 정도 나이를 먹은 후에야 이 단어의 의미가 무엇인지 알게 되었다. 즉, 각각의 복제품은 어딘가에 원품이 존재해야 한다는 것을. 혹은 한때 존재했다는 것을. 뭐 그런 것.

집, 수영장, 가구, 그 모든 것이 장기주식회사 조합 안에 있었다. 그곳은 최고위층 사람들만 사는 곳이었지만, 점차적으로 경영진의 중간 간부들과 젊은 과학자들도 그곳에 살게 되었다. 지미의 아버지는 단지에서 조합으로 통근할 필요가 없으니 그 편이 더 낫다고 말했다. 무균 수송 선로와 초고속 총알기차가 있었지만 도시를 지날 때는 항상 위험이 도사리고 있었다.

지미는 한 번도 도시에 가 본 적이 없었다. 티브이를 통해서 보았을 뿐이다. 끝없이 펼쳐진 광고판과 네온사인과 길게 늘어선 크고 작은 건물들, 끝없이 이어진 지저분해 보이는 거리들, 셀 수 없이 많은 온갖 종류의 자동차들. 몇몇 차들은 꽁무니에서 구름 같은 연기를 내뿜고 있었다. 바쁘게 오가고, 환호하고, 폭동을 일으키는 수천 명의 사람들. 가까이 또 멀리에도 다른 도시들이 있었다. 몇몇 도시들에는 좀 나은 지역이 있기도 하지. 집 주위로 높은 벽이 둘러서 있어서 조합과 거의 유사하단다. 지미의 아버지는 말했다. 하지만 그런 지역들은 티브이에 자주 등장하지 않았다.

조합 주민들은 꼭 필요한 일이 아니면 도시에 가지 않았고, 간다 해도 절대로 혼자 가는 법이 없었다. 그들은 도시를 '평민촌'이라고 불렀다. 이제 모든 사람이 지문 신분증을 갖고 다녔지만, 그래도 평민촌의 공공 안전은 허술했다. 중독자, 노상강도, 거지, 미치광이 같은 하찮은 사람들은 물론이거니와, 무엇이든 위조할 수 있고 누구로든 변신할 수 있는 사람들이 활보하고 다녔던 것이다. 그렇기 때문에 안전장치를 갖춘 한 장소에 다 같이 모여 사는 것이 장기주식회사 조합의 모든 사람에게 가장 좋은 방법이었다.

장기주식회사의 벽과 문과 탐조등을 벗어난 곳에서는 어떤 일이 일어날지 예측할 수 없었다. 장기주식회사 조합 내에서의 삶은 지미의 아버지가 어렸을 때, 사태가 이토록 심각해지기 전과 다름없이 흘러갔다. 적어도 지미의 아버지는 그렇게 말했다. 지미의 어머니는 이곳에선 모든 것이 너무 인공적이라고, 그저 유원지와 다를 바가 없다고, 사람들은 예전 삶의 방식으로 결코 돌아갈 수 없을 거라고 했다. 그러면 아버지는 왜 트집이냐고 했다. 무서워할 것 없이 걸어 다닐 수 있잖아, 안 그래? 자전거를 탈 수 있고, 노천 카페에 앉아서 쉴 수 있고, 아이스크림을 사러 갈 수 있잖아? 지미는 아버지의 말이 옳다고 생각했다. 정말로 아버지가 말한 그 모든 것을 할 수 있었던 것이다.

하지만 시체보안회사 요원들(지미의 아버지가 우리 편이라고 부르는 이들)은 끊임없이 경계 태세를 갖추어야 했다. 위기 상황이 심화될 때면 상대편이 어떤 수단을 쓸지 알 수 없는 노릇이었다. 상대편, 혹은 다수의 상대편들. 경계해야 할 대상은 한 집단만이 아니었다. 다른 회사들, 다른 나라들, 다양한 파벌들과 공모자들. 하드웨어가 너무 많이 널려 있어. 지미의 아버지는 말했다. 지나치게 많은 하드웨어, 지나치게 많은 소프트웨어, 지나치게 많은 해로운 생물체, 지나치게 많은 갖가지 무기. 그리고 지나친 질투와 광신과 옳지 못한 신념.

오래전, 기사들과 용이 존재하던 시절, 왕과 공작들은 높은 벽과 도개교가 있는 성에서, 적에게 뜨거운 것을 퍼부을 수 있도록 성벽에 가는 틈을 만들어 놓고 살았지. 조합도 그것과 비슷한 거야. 성은 너 자신과 네 친구들을 편안하고 안전하게 보호하고, 그 외의 다른 모든 이를 차단시키기 위한 수단이지. 지미의 아버지는 말했다.

"그럼 우리가 왕과 공작들인가요?"

지미가 물었다.

"아, 물론이지."

아버지는 웃으며 말했다.

점심 식사

한때 지미의 어머니는 장기주식회사 농장에서 근무했다. 지미의 어머니와 아버지는 그곳에서 만났다. 두 사람은 같은 조합에서, 같은 프로젝트에 참여해 일하고 있었다. 지미의 어머니는 미생물학자였다. 그녀의 임무는 돼지구리에게 해로운 생물체의 단백질을 연구하고, 그 수용체가 돼지구리 세포의 수용체와 결합되지 않도록 변화시키는 일, 아니면 그런 과정을 차단시키는 약품을 개발하는 일이었다.

"그건 매우 간단한 일이야. 나쁜 미생물과 바이러스는 세포의 문을 통해 들어가서 돼지구리를 내부에서부터 먹어 치우려고 하지. 엄마가 하는 일은 그 문에 자물쇠를 만드는 일이었어."

어느 날, 기분이 내킨 어머니가 지미에게 설명했다. 그녀는 세포 사진, 미생물 사진, 미생물이 세포 안으로 들어가 세포를 감염시키고 터뜨려 버리는 사진, 단백질을 근접 촬영한 사진, 예전에 시험해 본 약품 사진을 컴퓨터 화면에서 보여 주었다. 그것은 슈퍼마켓에서 파는 사탕 상자처럼 보였다. 동그란 사탕이 든 투명한 플라스틱 상자, 콩 모양 젤리가 든 투명한 플라스틱 상자, 길게 꼬인 감초 막대가 든 투명한 플라스틱 상자. 세포들은 들어 올릴 수 있는 뚜껑이 달린 투명한 플라스틱 상자처럼 보였다.

"왜 이제는 문에 달 자물쇠를 만들지 않는 거죠?"

지미가 물었다.

"집에서 너와 함께 시간을 보내고 싶기 때문이지."

어머니는 지미의 머리 위쪽으로 시선을 향한 채 담배 연기를 훅 내뿜으며 말했다.

"돼지구리는 어떻게 하고요? 미생물이 돼지구리 안으로 들어가잖아요!"

지미는 놀라서 물었다. 지미는 동물 친구들이 감염된 세포처럼 터져 버리는 일이 생기지 않기를 바랐다.

"지금은 다른 사람들이 책임지고 있어."

어머니는 전혀 신경 쓰지 않는 듯 보였다. 어머니는 지미가 컴퓨터에 있는 사진들을 가지고 놀게 내버려 두었다. 일단 프로그램 작동법을 익히게 되자, 지미는 그것으로 전쟁 게임을 할 수 있게 되었다. 세포 대 미생물의 전쟁. 어머니는 컴퓨터에 있는 자료들을 지워 버려도 괜찮다고 말했다. 그 자료들은 어차피 모두 실효 기간이 지났기 때문이다. 하지만 어떤 날(그녀가 활발하고 과단성 있게 목표를 가지고 꾸준히 무언가를 하는 날)에는 그녀가 직접 컴퓨터를 만지작거리기도 했다. 그런 때는 매우 상냥했다. 그녀는 정말 어머니 같았고, 지미도 정말 아들 같았다. 하지만 그 상태가 오래가지는 않았다.

어머니가 연구실 일을 그만둔 것이 언제였던가? 지미가 장기 주식회사 학교를 정식으로 다니기 시작한 1학년 때였다. 그러니까 그건 말이 되지 않는다. 만일 지미와 시간을 보내고 싶기 때문이었다면, 왜 하필 지미가 종일 집에서 시간을 보내지 않게 되었을 때 일을 그만두었단 말인가? 지미는 결코 그 이유를 짐작할 수 없었다. 그리고 처음 그 설명을 들었을 당시의 지미는 그런 생각을 하기에 너무 어렸다. 지미는 필리핀 출신의 가정부인 돌로레스가 해고되었다는 사실밖에 몰랐다. 지미는 돌로레스가 무척 그리웠다. 그녀는 지미를 '짐짐'이라고 부르면서 항상 미소를 던져 주었고, 지미가 좋아하는 방식으로 계란을 요리해 주었고, 노래를 불러 주었고, 지미의 응석을 받아 주었다. 그런데 이제 지미의 진짜 엄마가 항상 지미를 돌보게 되자(어른들은 마치 그것이 특별 대접이라도 되는 양 말했다.) 돌로레스는 떠나야 했다. 어느 누구도 두 명의 엄마를 원하지 않는다. 그렇지 않은가?

아, 물론 사람들은 두 명의 어머니를 원했지. 그럼, 정말로 그랬어. 눈사람은 생각한다.

눈사람은 어머니(지미의 어머니)의 모습을 선명히 떠올릴 수 있다. 그가 점심 식사를 하러 집에 갔을 때도 여전히 실내복을 입은 채 부엌 탁자에 앉아 있던 모습. 어머니는 입도 대지 않은 커피 한 잔을 앞에 놓아두고 있었다. 그리고 창밖을 내다보며 담배를 피우곤 했다. 실내복은 심홍색이었다. 눈사람은 아직까지도 그 색을 볼 때면 불안감을 느낀다. 점심이 준비되어 있는 일은 없었고, 그가 손수 만들어야 했다. 어머니가 하는 일이라곤 나직한 목소리로 지시를 내리는 것뿐이었다.("우유는 냉장고에 있어. 오른쪽에. 아니, 오른쪽. 너는 오른손이 어딘지도 모르니?") 매우 지친 듯한 목소리였다. 어쩌면 어머니는 그가 지긋지긋했는지도 모른다. 아니면 병을 앓고 있었는지도.

"엄마, 감염되었어요?"

어느 날 지미가 물었다.

"그게 무슨 뜻이니, 지미?"

"세포들처럼 말이에요."

"아, 그 말이구나. 아니, 아니야."

어머니는 이렇게 말하더니 잠시 후 다시 덧붙였다.

"어쩌면 그런지도 모르겠다."

그러나 지미가 울상을 짓자 어머니는 그 말을 취소했다.

지미는 무엇보다 어머니에게 웃음을 주고 싶었다. 어머니를 행복하게 해 주고 싶었다. 지미는 한때 어머니가 행복했던 모습을 떠올릴 수 있을 것 같았다. 지미는 학교에서 겪은 우스운 사건이나, 자신이 재미있게 각색한 일이나, 그냥 지어낸 이야기를 어머니에게 들려주곤 했다.("캐리 존스턴이 교실 바닥에 똥을 누었어요.") 지미는 방 안을 깡충깡충 뛰어다니며 모들뜬 눈을 하고 원숭이처럼 빽빽거렸다. 이 재주는 지미네 반 어린 여자 아이들 여럿과 남자 아이들 대다수를 웃기는 데 잘 통했다. 지미는 땅콩버터를 코에 바르고 혀로 핥으려고 애썼다. 이런 행동은 대개 어머니의 짜증을 더 돋우기만 했다. "우습지 않아. 메스껍기만 해." "그만둬라, 지미. 너 때문에 머리가 아프구나." 하지만 어떤 때는 한두 번 미소를 짓기도 했다. 무엇이 효과를 발휘한 것인지는 도저히 알 길이 없었지만.

어쩌다 제대로 된 점심 식사가 기다리고 있기도 했다. 너무 가지런하고 화려하게 차려져 있어서 지미는 겁이 났다. 도대체 무슨 행사지? 제대로 된 식기, 종이 냅킨(파티 때 쓰는 것처럼 색깔이 있는 냅킨), 그가 가장 좋아하는 땅콩버터와 젤리 샌드위치. 어머니가 만든 것은 둥근 모양에다 빵이 한쪽만 있는 샌드위치였다. 땅콩버터 머리에 젤리로 된 웃는 얼굴. 어머니는 정성껏 옷을 차려입고, 립스틱 바른 입술로 샌드위치 위의 젤리 얼굴같이 미소 지으며, 푸른색보다 더 푸른 눈으로 지미를 똑바로 응시하면서, 그와 그의 바보 같은 이야기에 눈부실 정도로 관심을 보여 주었다. 그럴 때면 지미는 어머니의 모습을 보며 개수대를 떠올렸다. 깨끗하고 빛나며 딱딱한 개수대.

지미는 어머니가 점심 식사에 쏟아 부은 모든 노고에 감사해야 한다는 것을 알고 있었다. 그래서 지미 또한 나름대로의 노력을 기울였다. "와, 내가 제일 좋아하는 거다!" 지미는 눈을 휘둥그레 뜨고 배고프다는 표시로 배를 문지르며 이렇게 말했다. 그것은 과장된 몸짓이었다. 하지만 그렇게 하면 바라던 것을 얻을 수 있었다. 어머니가 웃음을 터뜨렸던 것이다.

나이가 들고 점점 더 영악해지면서, 지미는 긍정적인 찬동까지는 받지 못해도, 적어도 어떤 반응은 끌어낼 수 있게 되었다. 그게 무엇이었든 맥 빠진 목소리, 공허한 눈, 지친 듯 창밖을 내다보는 모습보다는 나았던 것이다.

"고양이 길러도 돼요?"

지미는 이런 식으로 시작하곤 했다.

"아니, 지미, 고양이는 안 돼. 우리 전에도 이런 얘기했잖니. 고양이는 돼지구리에게 병을 옮길 수도 있단 말이야."

"하지만 엄마는 상관하지 않잖아요."

지미는 장난기 어린 목소리로 말했다.

한숨, 담배 한 모금.

"다른 사람들은 상관해."

"그러면 개는 길러도 돼요?"

"아니, 개도 안 돼. 너는 방에 가서 할 일이 아무것도 없니?"

"앵무새는요?"

"안 돼. 이제 그만해라."

어머니는 제대로 귀를 기울이지도 않았다.

"아무것도 기르지 않아도 되나요?"

"안 돼."

"잘됐네요."

지미는 환호성을 질렀다.

"아무것도 기르지 않으면 안 된다고요! 그러니까 뭔가 길러야겠네요! 난 뭘 갖게 될까?"

"지미, 너 가끔 정말 귀찮게 구는구나. 그거 알고 있니?"

"여동생은 가질 수 있나요?"

"아니!"

"그럼 남동생은요? 제발 부탁이에요."

"아니라는 것은 안 된다는 뜻이야! 내 말 못 들었니? 안 된다고 했잖아!"

"왜 안 되는데요?"

그것이 결정적이었다. 그것으로 충분했다. 어머니는 울음을 터뜨리며 벌떡 일어서서 방 밖으로 뛰어나가 문을 쾅 하고 닫았다. 혹은 울면서 지미를 끌어안기도 했다. 혹은 커피 잔을 방 한가운데로 집어던지고 소리를 지르기도 했다. "이런 망할, 망할 녀석, 부질없어!" 어머니는 지미의 뺨을 때리기까지 했다. 그런 다음에는 울면서 지미를 껴안았다. 대충 이런 식이었다.

아니면 그냥 팔에 얼굴을 파묻고 계속 울기만 하는 경우도 있었다. 몸 전체를 떨면서 숨을 헐떡이고 눈물을 참으며 흐느꼈다. 그럴 때면 지미는 어떻게 해야 좋을지 갈피를 잡을 수 없었다. 자신이 어머니를 불행하게 만들었을 때나 어머니가 자신을 불행하게 만들었을 때, 지미의 마음속에는 어머니에 대한 사랑이 넘쳐흘렀다. 그 순간에는 뭐가 뭔지 구분할 수 없었다. 낯선 개를 대하듯 거리를 두고 서서 손을 뻗어 어머니를 쓰다듬으며 이렇게 말했다. "미안해요, 미안해요." 그러고는 진정으로 미안함을 느꼈다. 그러나 미안한 감정 이상의 무엇이 있었다. 지미는 자신이 자아낸 그 상황을 만족스럽게 바라보며 자축했다.

지미는 두렵기도 했다. 언제나 절벽 가장자리에 선 느낌이었다. 그가 지나쳤던 걸까? 만일 그렇다면, 다음에는 무슨 일이 일어나게 될까?

(3)

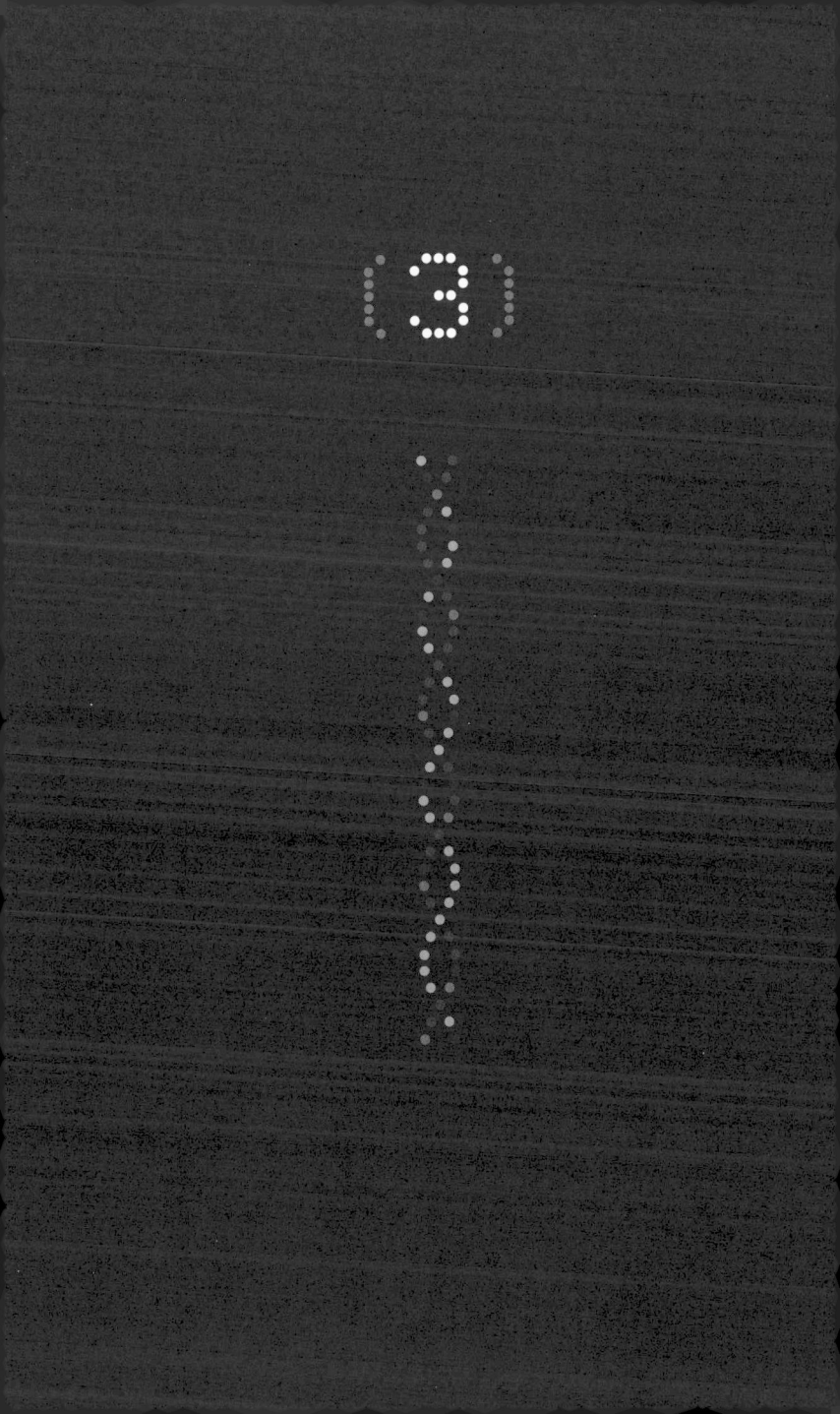

정오의 존재들

정오는 눈부신 빛과 습기 때문에 가장 끔찍한 시각이다. 11시쯤이 되면 눈사람은 바다가 전혀 보이지 않는 숲 속으로 피신한다. 하늘에서 내리쬐는 햇빛을 피하더라도, 물에 반사되는 유해한 광선에 노출되고 나면 피부가 벌겋게 타고 물집이 잡힌다. 강력한 자외선 차단 크림이 있다면 유용하게 쓸 텐데.

기운이 좀 남아 있던 첫 주에는 떨어진 나뭇가지와 도관 테이프 한 통과 충돌 사고가 난 차의 트렁크에서 발견한 비닐 방수천을 가지고 나무에 기댄 임시 집을 지었다. 그때는 칼이 있었는데 잃어버렸다. 한 주 뒤, 아니 두 주 뒤였던가? 주일 같은 것을 잘 기록해 두어야 한다. 그가 가지고 있던 칼은 칼날 두 개와 송곳 하나, 작은 톱 하나, 손톱 다듬는 줄, 그리고 코르크 마개 뽑는 송곳이 한데 달린 휴대용품이었다. 작은 가위도 하나 달려 있었다. 그는 발톱을 깎거나 도관 테이프를 자르는 데 그 가위를 사용했다. 그 가위를 잃어버린 것이 못내 아쉽다.

아홉 살이 되던 해에 아버지에게 그런 칼 하나를 생일 선물로 받았다. 아버지는 항상 도구를 줌으로써 지미를 보다 실용적인 사람으로 만들려고 노력했다. 아버지는 지미가 전구 하나도 갈아 끼우지 못한다고 생각했다. 그래, 누가 전구를 끼워 넣을래? 그의 머릿속 목소리가 이번에는 혼자 무대에 서서 공연하는 코미디언의 어조로 말한다. 나는 차라리 침대에서 하겠어.

"입 닥쳐."

눈사람이 말한다.

"아버지에게 1달러 드렸니?"

그가 그 칼에 대해 이야기했을 때 오릭스가 물었다.

"아니, 왜?"

"누군가 칼을 주면 그 사람에게 돈을 주어야 해. 그러면 네게 불운이 닥치지 않지. 나는 네가 불운을 겪는 걸 원치 않아, 지미."

"누가 그런 얘길 해 줬지?"

"오, 누군가가 해 줬어."

오릭스가 말했다. 누군가라는 존재는 그녀의 삶에서 큰 몫을 차지했다.

"누군가가 누구야?"

지미는 그 누군가가 미웠다. 얼굴도 없고 눈도 없이 비웃는 표정에 손과 성기만 있는 놈, 단일한 존재였다가 둘이 되었다가 다수가 되는 그놈. 그러나 오릭스는 그의 귀 바로 옆에 입술을 대고 이렇게 속삭였다. 오, 오, 누, 군, 가. 그러면서 웃었다. 그러니 어떻게 그가 그 어리석은 오랜 증오에 집중할 수 있었겠는가?

임시 집에서 지낸 짧은 기간 동안 눈사람은 800미터쯤 떨어진 단층집에서 끌어온 접이식 간이침대에서 잠을 잤다. 그것은 금속 틀과 격자 구조의 스프링 위에 매트리스를 얹어서 만든 것이었다. 첫날 밤에는 개미들이 공격을 해 댔다. 그래서 그는 주석 깡통 네 개에 물을 채우고 간이침대의 네 다리를 각각 그 속에 집어넣었다. 그렇게 해서 개미들의 침입을 막을 수 있었다. 그러나 방수천 아래 고이는 뜨겁고 축축한 공기 때문에 불쾌했다. 바람이 전혀 불지 않는 밤에는 습도가 100퍼센트는 되는 것처럼 느껴졌다. 그의 숨결로 비닐 방수천이 뿌옇게 흐려졌다.

너구컹크들 또한 성가신 존재였다. 그것들은 잎사귀 사이를 지나다니면서 눈사람의 발 냄새를 맡고, 그가 이미 쓰레기라도 된 듯이 그의 몸에 코를 대고 움쭉거렸다. 그리고 어느 날 아침 잠에서 깨어났을 때에는 돼지구리 세 마리가 방수천 틈으로 자신을 노려보고 있었다. 한 마리는 수컷이었다. 하얀 엄니의 뾰족한 부분이 번쩍이는 것이 보였다. 돼지구리에게는 원래 엄니가 나지 않도록 되어 있었지만, 아마도 놈들은 이제 야생의 모습으로 되돌아간 듯했다. 놈들에게 조숙 유전자가 접합되어 있어서 그 모든 과정이 빠른 속도로 진행되고 있었을 것이다. 눈사람이 소리를 지르고 팔을 흔들자 놈들이 달아났다. 하지만 다음에 놈들이 다시 나타났을 때 어떤 짓을 할지 누가 알겠는가? 돼지구리들 혹은 늑개들. 이제 그에게 분무 총이 없다는 사실을 놈들은 곧 알게 될 것이다. 가상 총알이 다 떨어졌을 때 그는 분무총을 버려 버렸다. 그걸 충전시키지 않다니, 얼마나 멍청한 짓이었는지. 땅 위에 잠자리를 마련한 것만큼이나 큰 실수였다.

그래서 눈사람은 나무 위로 거처를 옮겼다. 그 위에는 돼지구리나 늑개도 없었고 너구컹크도 거의 없었다. 놈들은 덤불을 선호했다. 그는 판자 조각과 도관 테이프를 이용해 중심 가지에 조잡한 단을 만들었다. 그리 형편없지는 않았다. 그는 아버지가 생각했던 것보다는 물건을 조합하는 데 손재주가 있는 편이었다. 처음에는 발포 매트리스를 나무 위로 가져갔지만, 매트에 곰팡이가 피고 감질나는 토마토 수프 냄새가 풍기기 시작한 탓에 버려야 했다.

임시 집 위에 씌워진 비닐 방수포는 이따금 찾아오는 심한 폭풍우에 찢겨 나갔다. 하지만 침내 틀은 그대로 남아 있다. 아직도 눈사람은 정오 때마다 그것을 사용한다. 화형당할 준비가 끝난 성자처럼 이불을 덮지 않은 채 침대 틀 위에 등을 똑바로 대고 길게 누워 팔을 활짝 벌리고 있는 것이 땅 위에 그냥 눕는 것보다 낫다는 것을 알게 되었다. 적어도 그의 몸이 약간이나마 공기를 접할 수 있는 것이다.

난데없이 단어 하나가 떠오른다. 중생대. 그는 그 단어를 볼 수도 있고 들을 수도 있지만 이해할 수는 없다. 그 어떤 것과도 연관시킬 수 없다. 이런 식으로 의미가 해체되어 버리는 현상이 최근 들어 너무 잦아졌다. 그의 소중한 단어 목록에 기재된 사항들이 허공 속으로 떠내려가 버린다.

"열기 때문에 그런 거야. 비가 내리면 괜찮아지겠지."

그는 스스로에게 말한다. 땀이 너무 많이 나서 땀 흐르는 소리가 들릴 지경이다. 땀방울이 그의 살갗을 기어가듯 타고 내린다. 때때로 땀방울 아닌 곤충이 기어갈 때도 있다. 그는 딱정벌레에게 매우 인기가 많은 것 같다. 딱정벌레, 파리, 벌. 마치 그가 죽은 고기 혹은 악취 나는 꽃이라도 되는 양.

적어도 정오 때에 가장 좋은 점은 배가 고프지 않다는 것이다. 음식 생각만 해도 구역질이 날 것 같다. 증기가 피어오르는 욕실에서 초콜릿 케이크를 먹는 것처럼. 혀를 빼물어 열기를 식힐 수 있다면 얼마나 좋을까. 그는 생각한다.

이제 태양이 이글거리며 타오른다. 정오는 한때 천정(天頂)이라고 불리기도 했다. 눈사람은 투명한 그늘 아래에서 열기에 굴복하며 격자 구조로 된 침대 틀 위에 대자로 눕는다. 지금이 방학이라고 가정해 봅시다! 이번에는 활기차고 친절한 척하는 학교 선생 목소리다. "나를 '샐리'라고 부르세요." 하고 말하던, 엉덩이가 큰 스트래턴 선생. 이렇게 가정해 봅시다, 저렇게 가정해 봅시다. 그들은 학교 생활 처음 3년 동안 이런저런 가정을 하도록 시키고는 그 후에도 같은 짓을 하면 놀림감 취급을 했다. 커다란 엉덩이와 다른 모든 것을 가진 내가 너와 함께 이곳에 있다고 가정해 보자. 네 두뇌까지 흡입해 버릴 정도로 네 성기를 빨아 줄 작정을 하고서 말이야.

조금이라도 움직임이 있는가? 눈사람은 자신의 몸 아랫부분을 내려다본다. 아무런 변화가 없다. 샐리 스트래턴은 사라져 버린다. 잘된 일이다. 자신에게 주어진 시간을 보낼 더 풍요롭고 좋은 방법을 찾아야 한다. 자신에게 주어진 시간이라니, 얼마나 몹쓸 생각인가. 마치 오직 그에게만 속한 시와 분으로 꽉 찬 시간 한 상자가 주어진 것처럼. 문제는 그 상자에 구멍이 나 있으며, 그가 무엇을 하든 간에 시간은 구멍을 통해 새어 나가게 되어 있다는 점이다.

예를 들어, 그는 나무를 깎아 무언가를 만들 수 있을 것이다. 체스 세트를 만들어 혼자서 게임을 할 수도 있을 것이다. 그는 크레이크와 체스 게임을 하곤 했지만, 진짜 체스 말을 쓰지 않고 컴퓨터로 했다. 대개는 크레이크가 이겼다. 어딘가에 또 다른 칼이 있을 것이다. 샥심을 하고 남아 있는 물건들 속을 뒤적여 본다면 분명 칼 하나쯤은 찾을 수 있을 것이다. 이제야 그 생각을 하고 보니, 이전에 그런 생각을 해 보지 않았다는 사실이 새삼 놀라울 따름이다.

눈사람은 크레이크와 함께 보내던 방과 후 시간의 추억 속으로 정처 없이 빠져 든다. 처음에는 비교적 건전하게 진행되었다. 그들은 멸종마라톤 게임이나 다른 게임을 하며 놀았다. 삼차원

미치광이, 야만인박멸, 순식간오사마. 이런 게임들에는 모두 유사한 전략이 필요했다. 원하는 곳으로 가기 전에 어디로 향하고 있는지 알아야 할 뿐 아니라 상대방이 어디로 향하는지도 살펴야 했다. 크레이크는 그런 게임에 능했다. 기발한 발상의 대가였던 것이다. 때로는 지미가 순식간오사마 게임에서 승리할 때도 있었다. 단 크레이크가 이교도 역을 맡는 경우에만.

그러나 나무를 깎아 그런 게임을 만드는 것은 불가능한 일이다. 체스 게임이어야 한다.

아니면 일기를 쓸 수도 있을 것이다. 느낀 바를 적어 두는 것. 아직까지 불에 타 버리지 않고 비가 새지도 않는 주택이라면 실내에 종이가 많이 남아 있을 것이다. 펜과 연필도. 그는 쓰레기 더미를 뒤지다가 그런 것들을 많이 보긴 했지만 하나도 집어 오지 않았다. 그는 이전 시대의 선장에 필적할 수 있을 것이다. 배는 폭풍 속에서 침몰해 가고, 선장은 선실에 있다. 죽을 운명에 처해 있지만 대담한 용기를 지닌 선장은 항해일지를 쓰고 있다. 그런 영화들이 있었다. 혹은 지루한 일상을 일기로 남기는, 사막 섬에 남겨진 표류자. 필수품 목록, 날씨, 하루 동안에 한 사소한 행동. 단추 달기, 조개 먹어 치우기.

그 역시 일종의 표류자다. 그 역시 목록을 만들 수 있을 것이다. 그것은 그의 삶에 어떤 체계를 부여해 줄 것이다.

그러나 표류자조차 미래에 있을 독자를 상정하는 법이다. 나중에 와서 그의 뼈와 무덤 대석을 발견하고 그의 죽음을 알게 될 어떤 사람을. 눈사람은 그런 상정을 할 수가 없다. 그에게 미래의 독자란 결코 존재하지 않을 것이다. 크레이커들은 글을 읽지 못하기 때문이다. 그가 상상할 수 있는 독자는 과거에만 존재한다.

쐐기 한 마리가 실을 타고 내려온다. 녀석은 밧줄 곡예사처럼 천천히 돌면서 그의 가슴을 향해 나선을 그리며 내려온다. 작은 젤리처럼 비현실적으로 보이는 초록색에 밝은 빛깔의 짧은 털로 뒤덮여 있는 게 상당히 매혹적이다. 그것을 보며 눈사람은 갑작스럽게 밀려드는 형용하기 힘든 포근함과 기쁨을 느낀다. '독특하군.' 하고 그는 생각한다. 이것과 똑같은 쐐기는 다시없을 거야. 지금 같은 순간, 이런 사건의 연속 또한 결코 존재하지 않을 거야.

이런 일, 이런 비이성적인 행복의 섬광이 아무런 이유도 없이 그에게 찾아든다. 아마도 비타민 결핍 때문일 것이다.

쐐기는 멈추고는 공중에서 둔중한 머리로 주위를 살핀다. 흐릿한 큰 눈은 폭동 진압용 헬멧의 앞부분처럼 보인다. 아마도 눈사람이 내뿜는 화학적 기운을 느끼고 냄새를 맡는 것이리라. "우리는 놀거나 꿈꾸거나 방랑하기 위해 이곳에 있는 게 아니야. 우리에겐 해야 할 일이 있고 져야 할 짐이 있어." 그는 벌레에게 말한다.

도대체 이것은 그의 두뇌 속 어떤 퇴화 신경 저장소에서 튀어

나온 것일까? 중학교 생활기술 수업. 선생은 과거 선사시대같이 아득한 시절, 전설적인 닷컴(.com)의 거품이 들끓던 바로 그 격렬한 시대에서 낙오된 형편없는 신보수주의자였다. 그는 벗겨진 머리 뒤쪽에 실 같은 말총머리를 달고 있었고, 가짜 가죽 재킷을 입고 다녔다. 울퉁불퉁하고 땀구멍이 드러나 보이는 늙은 코에는 금장식을 달고 있었고, 자기 신뢰와 개인주의와 위험 감수라는 좌우명을 체념한 듯한 투로 강조했다. 마치 그 자신마저 그런 것들을 더 이상 믿지 않는다는 듯이. 때때로 그는 지루함의 강도를 감소시키는 데 아무런 도움이 되지 않는 뒤틀린 야유를 진부한 격언에 곁들이기도 했다. 혹은 이런 말을 하기도 했다. "나는 챔피언 자리를 다툴 수도 있었어." 그러면서 마치 모두가 깨달아야 하는 매우 심오한 의미가 그 말에 깃들어 있다는 듯이 학급 전체를 의미심장하게 노려보았다.

화상 부기, 복식 기장, 손가락 끝으로 은행 업무를 처리하는 법, 난자를 해치지 않고 전자레인지를 사용하는 법, 이러저러한 주택 단지에 집을 신청하는 법과 이러저러한 조합에 일자리를 지원하는 법, 가족의 형질 유전 조사, 자신의 결혼 이혼 계약에 타협하는 법, 현명한 유전자적 결혼 중매, 성행위를 통해 감염되는 병균을 피하기 위해 콘돔을 제대로 사용하는 법. 그런 것이 생활기술 수업의 내용이었다. 어떤 학생도 관심을 갖지 않았다. 학생들은 그런 것을 이미 알고 있거나 혹은 알고 싶어 하지 않았다. 학생들은 그 시간을 휴식 시간으로 여겼다. 우리는 놀거나 꿈꾸거나 방랑하기 위해 이곳에 있는 게 아니야. 생활기술을 연마하기 위해 이곳에 있는 것이지.

눈사람은 말한다.

"그랬거나 말거나."

아니면 체스나 일기 대신 자신의 현재 생활 여건에 더 많은 관심을 기울일 수도 있을 것이다. 그 방면으로는 개선의 여지가 상당히 많다. 한 가지 예를 들자면, 더 풍부한 식량 공급원 같은 것 말이다. 왜 그는 식물 뿌리나 열매, 작은 사냥감을 꿰는 뾰족한 꼬챙이 올가미, 그리고 뱀을 먹는 방법 등에 악착같이 매달리지 않았던가? 왜 시간을 낭비했던가?

오, 자기, 스스로를 비난하지 마! 슬퍼하는 듯한 여자 목소리가 그의 귓전에서 속삭인다.

동굴을 발견할 수만 있다면, 천장이 높고 통풍이 원활하고 얼마간의 물이 흐르는 아늑한 동굴을 발견할 수 있다면 그의 삶은 한결 나아질 것이다. 사실 이곳에서 400미터쯤 떨어진 곳에 신선한 물이 흐르는 시내가 있다. 한 지점에 이르면 넓은 물웅덩이와 연결된다. 눈사람이 처음 그곳에 간 것은 열기를 식히기 위해서였다. 그러나 크레이커들이 그 안에서 물장구를 치거나 물가에서 쉬고 있을지도 모른다. 그리고 어린아이들은 그에게 수영을 하자고 졸라 댈 것이다. 그는 침대보를 두르지 않은 모습을 그들에게 보여 주기 싫었다. 그들에 비하면 그는 너무 괴상하게 생겼다. 그들을 보고 있으면 자신이 기형이라는 생각이 든다. 혹은 크레이커들이 아니더라도 짐승들이 있을지도 모른다. 늑개, 돼지구리, 봅키튼. 물이 있는 곳에는 육식동물들이 모여들게 마련이다. 그들은 누워서 기다린다. 군침을 흘린다. 덤벼든다. 그곳은 그렇게 아늑한 곳이 아니다.

구름이 모여들면서 하늘이 어두워진다. 나무에 가려 잘 보이지 않지만 눈사람은 빛의 변화를 감지할 수 있다. 그는 반쯤 잠에 빠져 들면서, 섬세하고 얇은 흰색 종이 꽃잎들로 만들어진 듯한 옷을 입고 수영장 물 위에 누운 채로 떠 있는 오릭스의 꿈을 꾼다. 그 꽃잎들은 그녀 주위에 퍼져, 해파리 촉수처럼 확장되었다가 수축된다. 수영장은 선명한 분홍색으로 칠해져 있다. 그녀는 그를 올려다보고 미소 지으면서 물 위에 계속 떠 있기 위해 팔을 부드럽게 젓는다. 그는 그들 둘이 큰 위험에 처해 있다는 것을 알아차린다. 이내 거대한 지하 저장소의 문이 닫히는 것처럼 쾅 하는 공허한 소리가 들린다.

폭우

천둥소리와 갑작스러운 바람에 눈사람은 잠에서 깨어난다. 곧 오후의 폭풍우가 덮칠 것이다. 그는 허둥지둥 일어나 침대보를 집어 든다. 짐승들이 울부짖으며 순식간에 나타날 수 있을 뿐 아니라 천둥이 치고 폭풍우가 몰아칠 때 금속 침대 틀 위에 있어서는 안 된다. 그는 숲 속에 자동차 타이어 더미로 된 고립된 언덕을 만들어 두었다. 폭풍이 지나갈 때까지 지면에 몸을 대지 않고 그 위에 쪼그리고 앉아 있기 위해서다. 때로는 덩어리가 골프공만큼이나 큰 우박 폭풍이 찾아오기도 하지만, 숲이 차양처럼 드리워져 있어서 떨어지는 속도를 다소나마 늦추어 준다.

눈사람이 타이어 더미에 막 도착하자마자 폭풍우가 시작된다. 오늘은 그냥 비만 내린다. 평범한 호우에 불과하다. 빗줄기가 너무 거세어서 대기가 안개 낀 것처럼 뿌옇다. 번개가 치는 가운데 빗물이 그의 몸을 타고 흘러내린다. 머리 위에서 나뭇가지들이 마구 부딪히고 실개천이 지면을 따라 천천히 흐른다. 어느새 주위가 서늘해진다. 빗물에 씻긴 싱그러운 잎사귀들과 젖은 흙 내음이 공기 중에 가득하다.

일단 비가 가랑비로 잦아들고 으르렁거리는 천둥소리가 물러나자, 눈사람은 빈 맥주병을 가지러 시멘트 판으로 만든 저장소로 힘겹게 걸어간다. 그런 다음, 한때 다리의 일부였던 울퉁불퉁한 콘크리트 돌출부가 있는 곳으로 간다. 그 아래에는 삽질을 하고 있는 검은색 남자 형상이 그려진 오렌지색 삼각형 표지판이 있다. 공사 중, 표지판은 그런 의미였다. 끝없는 노동, 땅 파기, 망치질하기, 조각하기, 들어 올리기, 구멍 뚫기, 매일, 매년, 매 세기 반복되었던 그 일들을 생각할 때의 기이함이란. 그리고 도처에서 일어나고 있을 끝없는 붕괴를 떠올릴 때의 그 어색함이란. 바람 속에 세워진 모래성.

콘크리트 옆면에 난 구멍을 통해 빗물이 쏟아져 내리고 있다. 눈사람은 입을 벌리고 그 아래 서서 모래알과 잔가지, 그 밖에 별로 생각하고 싶지 않은 여러 가지 것들이 섞인 물을 삼킨다. 그 물은 버려진 집들과 냄새 고약한 지하실들과 엉겨 붙은 도랑들과 그 외에 알 길 없는 여러 곳을 거쳤을 것이다. 그다음 몸을 씻고 자신의 침대보를 비틀어 짠다. 그렇게 해서는 그다지 깨끗하게 씻어 낼 수 없지만 적어도 겉에 묻은 때와 버캐는 벗겨 낼 수 있다. 비누 한 조각이 있다면 유용할 텐데. 물건을 훔치러 갈 때마다 비누를 집어 오는 것을 잊어버린다.

마지막으로 눈사람은 맥주병을 채운다. 보온병이나 양동이 같이 보다 나은 용기를 마련했어야 했다. 좀 더 많은 물을 담을 수 있는 용기를. 그뿐 아니라 맥주병들은 사용하기에 상당히 불편하다. 너무 매끄러운 데다 세워 두기에도 적당치 않다. 그는 병에 아직 맥주가 남아서 냄새가 난다고 계속 상상한다. 그것은 갈망에 불과할 뿐이다. 이게 맥주라고 가정해 봅시다.

그런 생각을 떠올리지 말았어야 했다. 스스로를 괴롭혀서는 안 된다. 마치 우리에 갇히거나 전선에 연결된 실험실 동물처럼, 자신의 뇌를 가지고 무용하고 그릇된 실험을 계속하도록 잡혀 있는 것처럼, 불가능한 것들이 눈앞에 어른거리는 것을 내버려 둬서는 안 된다.

나를 나가게 해 줘! 눈사람은 스스로가 머릿속에서 외치는 소리를 듣는다. 그러나 그는 감금된 것이 아니다. 감옥 속에 갇힌 것이 아니다. 지금 이곳보다 더 열린 공간이 어디 있겠는가?

"일부러 그렇게 한 건 아니야." 그는 훌쩍이는 아이 목소리로 말한다. 이런 기분이 들 때마다 되돌아가게 되는 목소리. "일이 벌어졌어, 나는 아무것도 몰랐어, 내가 통제할 수 없는 일이었다고! 내가 무슨 일을 할 수 있었겠어? 누구, 누구라도 제발 내 말 좀 들어 줘!"

얼마나 한심한 연극인지. 심지어 자기 자신조차 설득시킬 수 없다. 그러나 이제 그는 다시 울고 있다.

무의미한 푸념을 피하고 우리의 정신적 에너지를 순간의 현실과 당장의 과업에 투입하기 위해서, 사소한 자극은 무시해 버리는 것이 중요하다. 그의 머릿속에 있는 책 내용은 이렇게 전개된다. 분명 어디선가 읽은 문장일 것이다. 그의 두뇌가 혼자서 무의미한 푸념이라는 표현을 생각해 냈을 리 없다.

그는 침대보 한 귀퉁이로 얼굴을 닦는다. "무의미한 푸념." 그는 크게 소리 내어 말한다. 자주, 누군가 자신의 말을 듣고 있는 듯한 느낌이 든다. 나뭇잎들로 이루어진 장벽 뒤에 숨어서 그를 간교하게 지켜보고 있는 자. 보이지 않는 어떤 이.

(4)

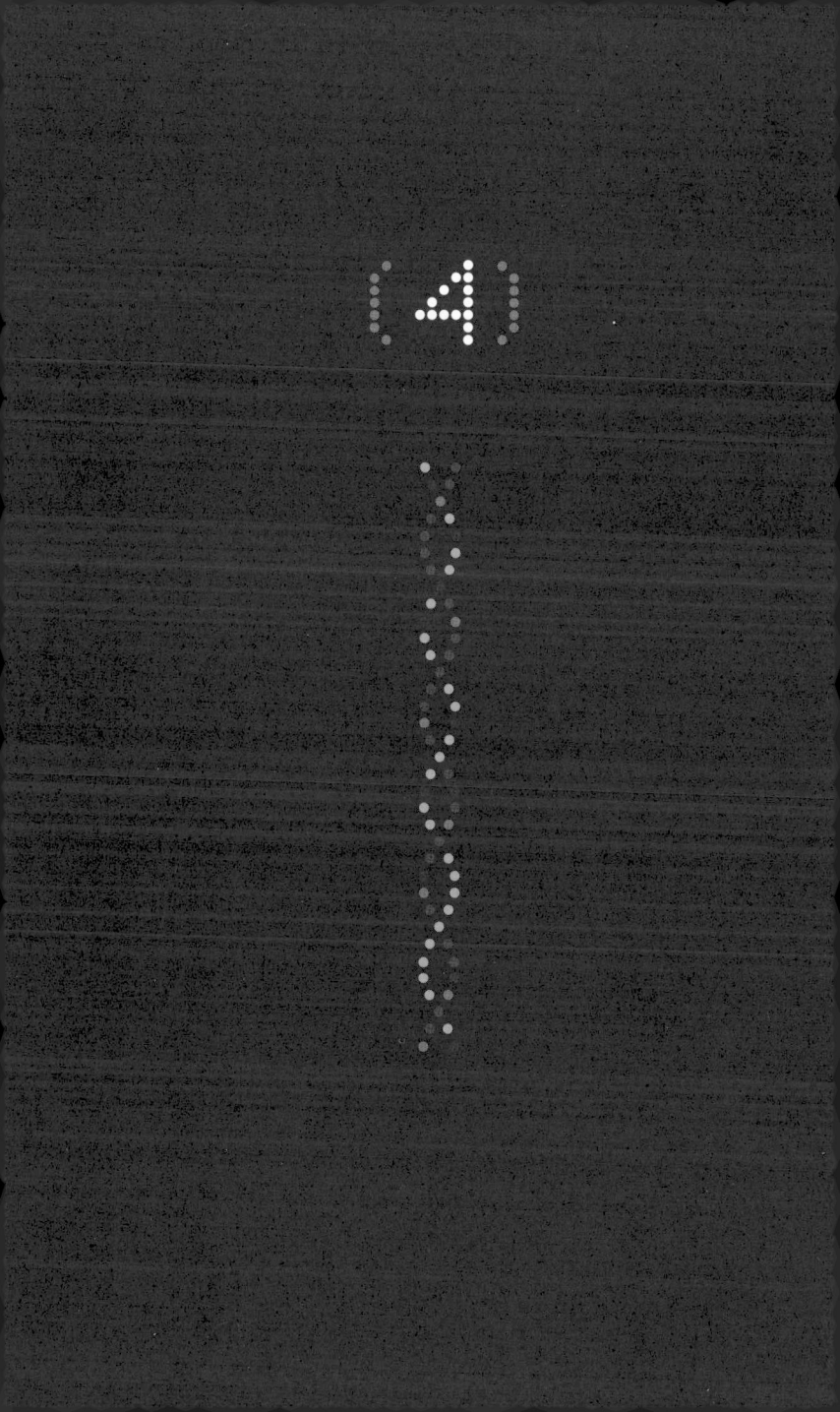

너구컹크

그의 말을 듣고 있는 존재가 정말로 있다. 바로 어린 너구컹크다. 이제 그것이, 덤불 아래서 자신을 올려다보고 있는 그것의 빛나는 눈이 보인다.

"이봐, 이봐."

그는 구슬리듯 말을 건다. 그것은 덤불 속으로 뒷걸음친다. 만일 애를 쓴다면, 정말로 노력한다면, 아마도 그것 한 마리쯤은 길들일 수 있을 것이다. 그렇게 되면 말을 건넬 누군가가 생기는 것이다. 말을 건넬 누군가가 있다는 것은 좋은 일이라고 오릭스는 말하곤 했다. "지미, 너도 언젠가 한 번은 시도해 봐야 해." 그녀는 그의 귀에 키스하며 말하곤 했다.

"하지만 나는 네게 말하고 있잖아."

그는 반박했다.

또다시 키스.

"그래?"

지미는 열 살 때 아버지에게 애완동물 너구컹크를 선물받았다.

아버지가 어떻게 생겼더라? 눈사람은 아버지의 모습을 제대로 떠올릴 수가 없다. 어머니는 언제나 선명한 총천연색 영상으로 존재한다. 하얀 종이 테두리가 있는 폴라로이드 사진처럼 윤기 나는 영상으로. 그러나 아버지의 경우는 세세한 부분밖에 기억나지 않는다. 음식을 삼킬 때마다 오르락내리락하던 목울대, 부엌 창문을 배경으로 뒷부분이 환하게 빛나던 귀, 탁자 위에 놓여 있던 왼손, 그 손을 가로지른 셔츠 소맷부리. 아버지의 모습은 일종의 잡동사니 모음이다. 어쩌면 지미는 그 모든 부분을 한꺼번에 볼 수 있을 만큼 아버지에게서 멀리 떨어져 있어 본 적이 없었던 것일 수도 있다.

너구컹크는 생일 선물이었다. 지미는 자신의 생일을 의식적으로 피해 왔다. 필리핀 출신의 가정부 돌로레스가 떠난 후로 모든 사람이 함께 모여 그의 생일을 축하해 준 적이 없었다. 돌로레스가 있을 때는 그녀가 항상 지미의 생일을 기억해 주고 케이크를 만들어 주었다. 사 온 케이크였는지도 모르겠다. 어쨌든 촛불이 꽂혀 있고 당의가 입혀진 진짜 케이크가 항상 준비되어 있었다. 그게 사실이 아니었던가? 그는 그 케이크의 실재성을 움켜잡는다. 눈을 감고 케이크들을 떠올려 상상 속에서 나란히 늘어놓는다. 촛불이 환히 밝혀져 있고, 돌로레스처럼 감미롭고 푸근한 바닐라 향을 풍기는 케이크.

반면 어머니는 지미가 몇 살인지 혹은 어느 날에 태어났는지 전혀 기억하지 못하는 것 같았다. 지미가 아침 식사 시간에 자신의 생일임을 알려 주어야 했다. 그러면 어머니는 최면 상태에서 갑자기 깨어나서는 끔찍한 선물(캥거루나 곰이 그려진 어린아이 잠옷, 고래로 장식된 속옷, 마흔 살 아래의 사람들은 결코 듣지 않을 음반)을 사서 얇은 종이로 포장한 다음 저녁 식탁에서 지미에게 던져 주었다. 그럴 때마다 어머니는 날이 갈수록 기이해지는 미소를 짓고 있었다. 마치 누군가가 "미소 지어!" 하고 소리치며 포크로 찌르기라도 한 것처럼.

그런 다음에는 아버지가 정말로, 정말로 특별하고 중요한 이 날이 어떻게 해서 자기 머릿속을 비켜 갔는지 한참 동안 궁색한 변명을 늘어놓아 모두를 괴롭히고는, 지미의 안부를 물은 후, 지미에게 전자 생일 카드(다섯 마리의 날개 달린 돼지구리가 콩가 춤을 추면서 생일 축하한다, 지미, 네 모든 꿈이 이루어지길이라고 말하는 장기주식회사의 표준 디자인 카드)를 주고 그다음 날에는 선물을 갖다 주었다. 그것은 사실 선물이 아니라 일종의 도구이거나 지능을 향상시키는 게임이거나 지미가 충족시켜야 할 다른 요구 사항이 숨겨진 것들이었다. 하지만 무엇을 충족시킨다는 말인가? 기준 같은 것은 존재하지 않았다. 아니, 존재하긴 했지만 너무 모호하고 거창해서 어느 누구도 그것이 무엇인지 알 수 없었다. 특히 지미에게는 더 어렵게 느껴졌다. 지미가 무엇을 성취한다 해도 그것은 올바르거나 충분하지 못할 것이다. 장기주식회사의 수학과 화학과 응용생물학 척도에 따르면, 지미는 우둔한 보통 아이였을 것이다. 아마도 그런 이유에서 아버지는 지미가 노력만 한다면 더 잘할 수 있을 거라는 등의 격려의 말은 접어 두고, 마치 지미가 두뇌 손상을 입기라도 한 것처럼 비밀스러운 실망의 말을 내뱉기 시작했을 것이다.

그래서 눈사람은 아버지가 운반용 우리에 넣어서 집으로 가져온 너구컹크를 제외하고는 열 번째 생일에 대한 모든 것을 잊어버렸다. 그 너구컹크는 유전자 조작으로 탄생한 한 쌍의 첫 자손인 2세대 너구컹크에게서 태어난, 한배의 새끼들 중 가장 왜소한 것이었다. 다른 새끼들은 모두 즉시 팔려 나갔다. 지미의 아버지는 그것을 구하기 위해 엄청난 시간을 들이고 주위에 영향력을 행사하고 배후에서 많은 조종을 해야 했지만, 그 모든 노력은 정말로, 정말로 특별한 이날을 위해 가치가 있는 것이었다고 떠벌렸다. 언제나 그랬듯이 특별한 이날은 바로 그 전날이었다.

너구컹크는 장기주식회사 생물 연구실에서 일하는 유능한 인재의 과외 취미 생활로 생겨난 것이었다. 그 당시에는 장난삼아 하는 실험이 많았다. 동물을 창조하는 것은 너무 신나는 일이라고, 그런 실험을 해 본 사람들은 말했다. 그것을 통해 그들은 신이 된 듯한 느낌을 가질 수 있었던 것이다. 그대로 두기에는 너무 위험하다는 이유로 상당수의 실험 결과물이 폐기되었다. 카멜레온의 꼬리처럼 무엇이든 잘 그러쥐는 꼬리를 가진 등나무 두꺼비를 누가 원하겠는가? 그것은 우리가 이를 닦고 있는 동안 욕실 창문으로 들어와 우리 눈을 멀게 할 수도 있었다. 끔찍하게도 뱀과 시궁쥐를 조합시킨 뱀쥐도 있었다. 그런 것은 제거될 수밖에 없었다. 그러나 너구컹크는 장기주식회사 내에서 애완동물로 인기를 얻었다. 그것들은 외부 세계(조합 바깥의 세계)에서 이입된 것이 아니어서 이질적인 미생물을 보유하고 있지 않았으므로 돼지구리에게 해를 끼칠 염려가 없었다. 게다가 귀엽기까지 했다.

작은 너구컹크는 지미가 들어 올릴 때에도 가만히 있었다. 몸 색깔은 검은색과 흰색으로 이루어져 있었다. 검은색 얼굴, 등에 세로로 난 긴 흰색 줄, 솜털이 보송보송한 꼬리 주변의 검은색과 흰색의 고리 무늬들. 너구컹크는 지미의 손가락을 핥았고, 지미는 그것에 폭 빠져 버렸다.

"이건 아무런 냄새도 피우지 않는단다. 스컹크들과는 다르지. 깨끗하고 성품이 좋은 동물이야. 온순하지. 너구리들은 일단 자라고 나면 애완동물로 적합하지 않단다. 그 녀석들은 괴팍하고 집을 파괴해 버리지. 이건 훨씬 더 얌전하다고 하더구나. 이 조그마한 녀석이 어떻게 하는지 지켜볼 수 있을 거야. 그렇지, 지미?"

지미의 아버지는 말했다.

그즈음 아버지는 지미에게 미안해하는 듯한 태도를 보였다.

마치 지미가 하지도 않은 일을 가지고 야단치고 나서 후회하는 것처럼. 아버지는 "그렇지, 지미?"라는 말을 지나치게 자주 했다. 지미는 그것이 마음에 들지 않았다. 아버지에게 좋은 점수를 주고 싶지 않았다. 그 외에도 아버지가 하지 않았으면 하고 바라던 행동 몇 가지가 있었다. 빨아들일 듯 뽀뽀하는 것, 머리를 헝클어뜨리며 쓰다듬는 것, 평소보다 더 굵은 목소리로 "아들아." 하고 부르는 것. 아버지의 애정 어린 접근은 날이 갈수록 더 심해졌다. 마치 아버지라는 역할을 얻어 내기 위해 별로 가망성 없는 오디션을 받고 있는 사람 같았다. 지미 자신이 거짓 행세를 많이 해 본 터라 다른 사람들이 그렇게 하는 것을 대개는 알아차릴 수 있었다. 지미는 작은 너구렁크를 쓰다듬으며 아무런 대답도 하지 않았다.

"누가 먹이를 주고 쓰레기통을 비울 거죠? 난 안 해요."

어머니는 화난 목소리가 아니라 객관적이고 사실적인 목소리로 말했다. 마치 자신은 방관자, 열외에 서 있는 사람이라는 듯이. 마치 지미와 지미를 돌보는 일, 싱에 차지 않는 남편, 부부 싸움, 그리고 점점 더 무거워져 가는 삶의 짐, 그 모든 것이 자신과는 전혀 상관없는 일이라는 듯이. 어머니는 더 이상 화를 내지 않았다. 슬리퍼를 신은 채 집을 뛰쳐나가는 일도 없었다. 어머니는 더 느려지고 침착해졌다.

"지미는 당신에게 부탁하지 않았어. 지미 스스로 할 거야. 그렇지, 지미?"

아버지가 말했다.

"이걸 뭐라고 부를 거니?"

어머니가 물었다. 정말 궁금해서 묻는 것이 아니었다. 어떤 식으로든 트집을 잡으려는 것이었다. 어머니는 아버지가 준 선물에 지미가 열광하는 것이 싫었다.

"'무법자'라고 하겠지."

지미도 바로 그 이름을 생각하고 있었다. 너구컹크의 까만 얼굴 때문이었다.

"아뇨, 그건 시시해요. '살인자'라고 부를래요."

"잘 골랐구나, 아들아."

아버지가 말했다.

"좋아, 만일 살인자가 마룻바닥에 오줌을 싸면 네가 꼭 치워라."

어머니가 말했다.

지미는 살인자를 자기 방으로 데려갔다. 살인자는 베개 위에 보금자리를 틀었다. 희미하게 냄새가 풍겼다. 이상한 냄새, 하지만 불쾌한 냄새는 아니었다. 디자이너 브랜드의 남성용 비누처럼 가죽 누린내와 비슷한 날카로운 냄새. 지미는 살인자에게 팔을 두르고 그것의 작은 코에 코를 댄 채 잠을 잤다.

지미가 너구컹크를 선물받은 지 한두 달 뒤에 아버지는 직장을 옮겼다. 아버지는 '새피부'라는 회사에 스카우트되어 경영권 2인자 직위에 고용되었다. 부사장 직위라고 어머니는 말했다.

장기주식회사의 실험실 기술자인 라모나 역시 지미의 아버지와 함께 직장을 옮겼다. 라모나가 소중한 자산이어서 계약의 일부로 포함된 거라고, 그녀는 자신의 오른팔이라고 지미의 아버지는 말했다.("농담이야." 아버지는 라모나가 진짜 팔이 아니라는 사실을 알려주려고 지미에게 이렇게 말했다. 하지만 지미는 이미 알고 있었다.) 지미는 점심 식사 때 계속해서 라모나를 볼 수 있다는 사실이 기뻤다. 적어도 그녀는 안면이 있는 사람이었던 것이다. 비록 지미가 아버지와 점심을 먹는 기회는 점점 더 뜸해졌지만 말이다.

새피부는 '건강현인'이라는 회사의 자회사였다. 그래서 그들은 건강현인 조합으로 이사했다. 이번에 이사한 집은 아치형의 포르티코*가 있고 광택 나는 흙색 타일로 온통 뒤덮인 이탈리아 르네상스 양식이었다. 실내 수영장은 더 컸다. 지미의 어머니는 그 집을 '헛간'이라고 불렀다. 어머니는 건강현인 출입문의 엄중한 감시에 대해 불평했다. 경비원들은 더 무례했고, 모든 걸 의심했으며, 사람들, 특히 여자들의 옷을 벗기고 검사하는 것을 즐겼다. "저런 놈들은 여기서 쫓아내야 해." 하고 어머니는 말했다.

아버지는 어머니가 아무것도 아닌 걸 가지고 난리를 피운다고 했다. 그들이 이사 오기 몇 주 전에 사고가 있었다고 아버지가 말했다. 어떤 미치광이 여자가 헤어스프레이 병에 해로운 미

* 기둥으로 받쳐진 지붕이 있는 현관.

생물을 숨긴 채 지니고 있었던 것이다. 그것은 고약한 에볼라 혹은 마르부르크 유전자 조작물로, 심한 출혈을 유발하는 것이었다. 여자는 어리석게도 마스크를 벗고 있던 한 경비원을 공격했다. 그는 명령에 어긋나는 일인 줄 알면서도 더위 때문에 마스크를 벗고 있었던 것이다. 여자는 즉시 분무 총 공격을 받았고, 그녀의 시체는 큰 통에 담긴 표백제 속에서 중화되었다. 그리고 여자에게 공격받은 가련한 경비원은 열생명체 속에 던져진 다음 격리실에 감호되어 그곳에서 찐득찐득한 액체 웅덩이 속으로 녹아 들어갔다. 더 큰 피해는 없었지만 경비원들은 당연히 상당한 충격을 받았다.

지미의 어머니는 그렇다고 해도 죄수 취급받는 느낌은 사라지지 않을 거라고 했다. 아버지는 어머니가 현 상황의 본질을 파악하지 못하고 있다고 했다. 어머니는 안전하게 지내고 싶지 않은가? 아들이 안전하기를 바라지 않는가?

"그래서 이게 나 자신의 유익을 위한 것이라는 건가요?"

어머니가 말했다. 어머니는 프렌치토스트를 정사면체로 천천히 자르고 있었다.

"우리의 유익을 위해서라는 거지. 우리를 위해서."

"글쎄, 나는 동의하지 않아요."

"당신은 언제나 똑같군."

아버지가 말했다.

어머니 말에 따르면, 전화가 도청당하고 있고, 이메일이 감시

당하고 있으며, 일주일에 두 번, 짝을 지어 오는 무뚝뚝한 건강현인 청소부들은 스파이라는 것이다. 아버지는 어머니가 점점 더 편집광적으로 변해 간다고 주장하며, 어찌 되었건 숨길 게 아무것도 없는데 뭘 걱정하느냐고 말했다.

건강현인 조합은 장기주식회사의 시설보다 더 새로울 뿐 아니라 규모도 더 컸다. 그곳에는 쇼핑몰이 한 개도 아닌 두 개나 있었고, 더 나은 병원과 댄스 클럽 세 개와 자체적인 골프장까지 갖추고 있었다. 지미는 건강현인 공립학교에 다녔다. 처음에는 아는 친구가 아무도 없었다. 외로움을 느끼기도 했지만 그리 나쁘지는 않았다. 사실은 상당히 좋았다. 예전에 했던 진부한 말과 농담을 다시 써먹을 수 있었기 때문이다. 장기주식회사에 있는 아이들은 지미의 바보짓에 식상해 있던 터였다. 지미는 침팬지 흉내는 그만하고 토하는 흉내와 숨이 막혀 죽어 가는 흉내에 열중했는데, 두 가지 모두 인기가 많았다. 완전히 벌거벗은 여자를 자기 배 위에 그리는 일도 즐겼다. 지미는 여자의 가랑이가 자신의 배꼽에 오게 그려 놓고 여자가 꿈틀거리는 모습을 보여 주기도 했다.

지미는 더 이상 점심을 먹으러 집으로 돌아갈 필요가 없었다. 아침이면 학교의 에탄올 태양열 결합 승합차가 데리러 왔고, 저녁에는 다시 집으로 데려다 주었다. 밝고 활기찬 학교 식당이 있었다. 그곳에는 균형 잡힌 식단, 민족 음식인 퍼로기스*, 펠라펠**,

---

* 으깬 감자, 절인 양배추, 치즈 등을 밀가루 반죽 피에 넣어 만든 일종의 만두.
** 병아리콩 반죽을 향료와 함께 기름에 튀긴 중동의 특별식.

코셔 음식*, 채식주의자들을 위한 대두 음식까지 갖추어져 있었다. 지미는 부모와 점심 식사를 하지 않게 되어 너무 기쁜 나머지 현기증이 날 지경이었다. 몸무게까지 약간 늘어서 반에서 가장 마른 학생 신세를 면하게 되었다. 점심시간에 여유가 생기면 도서관에 가서 오래된 교육용 시디롬을 보기도 했다. 가장 즐겨 본 것은 「동물 생태 고전 연구」에 나오는 앵무새 알렉스였다. 지미는 알렉스가 새로운 단어를 조합해 내는 부분, 다시 말해 아몬드를 코르크넛이라고 부르는 부분을 좋아했다. 최고의 장면은 알렉스가 파란 삼각형과 노란 사각형 연습 문제에 싫증이 나서 이렇게 말하는 부분이었다. 나 이제 가 버린다. 안 돼, 알렉스, 이리 돌아와! 어떤 게 파란 삼각형이지? 아니, '파란' 삼각형 말이야. 그러나 알렉스는 문밖으로 나가 버린다. 알렉스에게 별 다섯 개.

어느 날 지미는 살인자를 학교에 데려가도 좋다는 허락을 받았다. 녀석은 암컷이었는데 대단한 인기를 끌었다. "오, 지미, 넌 정말 행운아야." 지미가 난생처음으로 한눈에 반한 와컬라 프라이스가 말했다. 그녀는 갈색 손과 분홍색 손톱으로 살인자의 털을 쓰다듬었고, 지미는 전율을 느꼈다. 마치 그녀의 손가락이 자신의 몸을 쓸고 지나가는 것처럼.

지미의 아버지는 직장에서 더 많은 시간을 보냈지만 바깥일

---

* 유대인의 율법에 따라 차려진 정결한 음식.

에 대해 이야기하는 횟수는 점점 줄어들었다. 장기주식회사 농장처럼 새피부에도 돼지구리들이 있었지만, 새피부에 있는 놈들은 몸집이 더 작았고, 피부와 관련된 생명공학 연구에 이용되었다. 중심이 되는 발상은 오래된 피부를 새로운 것으로 대체하는 것이었다. 레이저 시술이나 박피술 같은 단기간 재생이 아닌, 주름과 잡티로부터 자유로운 진정한 피부 쇄신이 목표였다. 그것을 성취하기 위해서는 이식받은 사람의 피부에 있는 늙은 세포를 없애 주고 새로운 피부로 대체해 줄 젊고 탱탱한 피부 세포를 길러 내야 했다. 마치 연못에서 자라는 조류처럼 말이다.

성공할 경우 얻게 될 보상은 엄청나다고 지미의 아버지는 설명했다. 그즈음에 아버지는 지미와 대화를 나눌 때 소위 남자 대 남자의 직접화법을 사용하기 시작했다. 부유하고 한때 젊고 아름다웠던 여자 혹은 남자, 호르몬 요법과 비타민으로 가득 찬 주사에 집착하지만 무자비한 거울이 드러내는 진실에 굴복할 수밖에 없는 사람이 성적 능력의 두 번째 전성기를 얻기 위해서라면, 집이나 은퇴 후에 머물 성문이 있는 빌라, 자신의 아이들, 자신의 영혼까지 팔아 치우지 않겠는가? '고령자를 위한 새피부', 이것이 상표명이었다. 사실 완전한 효과를 볼 수 있는 방법이 만들어진 건 아니었다. 시술비는 전혀 내지 않고 고소권만을 포기하는 조건으로 실험 계약서에 서명한, 세월에 찌든 수십 명의 자원 피시술자들이 시술 후에 외계에서 온 곰팡이 생물처럼 되어 버렸던 것이다. 초록색이 도는 갈색의 고르지 않은 피부색, 넝마처럼 벗겨지는 살갗.

그러나 새피부 회사에서는 다른 프로젝트들도 진행되고 있었다. 어느 날 밤, 지미의 아버지는 술에 약간 취한 채 샴페인 한 병을 들고 느지막이 귀가했다. 지미는 그 모습을 슬쩍 보고는 자신의 방으로 물러났다. 지미는 자신과 상관없는 잡담을 엿듣기 위해, 거실에 있는 해안 그림 뒤와 시간마다 짜증나는 여러 가지 새소리를 내는 부엌 벽시계 뒤에 작은 마이크를 숨겨 두었다. 학교에서 신기술 수업 시간에 마이크를 조합했던 것이다. 무선 컴퓨터 구술용 미니 마이크에서 빼낸 정규 부품을 사용한 덕분에 약간만 조정하면 엿듣는 데 별문제가 없었다.

"그건 뭣 때문에 가져왔어요?"

어머니의 목소리가 말했다. 샴페인을 가리키는 것이었다.

"우리가 해냈어. 조촐하게나마 축하를 해야 하지 않겠어."

아버지의 목소리가 말했다. 발을 끌며 걷는 소리. 아마 아버지가 어머니에게 키스하려고 했을 것이다.

"뭘 해냈단 말이에요?"

샴페인 코르크 마개 따는 소리.

"어서 와, 이건 당신을 물어뜯지 않아."

잠깐의 침묵. 아마도 아버지는 샴페인을 따르고 있었을 것이다. 그랬다. 잔이 부딪치는 소리.

"우리를 위하여."

"뭘 해냈단 말이에요? 내가 뭣 때문에 마시는지는 알아야 할 것 아니에요."

또다시 침묵. 지미는 아버지가 목울대를 위아래로 움직이며 샴페인을 들이켜는 모습을 상상했다. 벌컥벌컥.

"신경 재생 프로젝트야. 이제 우리는 진짜 인간 대뇌 신피질 조직을 돼지구리 몸에 배양할 수 있게 됐어. 마침내, 그 많은 실패 끝에 말이야! 엄청난 가능성을 생각해 봐, 발작의 희생자, 그리고……."

"우리에게 필요한 건 그게 전부죠. 돼지의 뇌를 가진 사람들. 그런 거라면 지겹게 겪지 않았던가요?"

"단 한 번이라도 긍정적일 수 없어? 사사건건 부정적인 태도, 이것도 소용없어, 저것도 소용없어, 당신 생각엔 어떤 것도 좋은 게 없는 거야?"

"뭘 긍정적으로 대하라는 거예요? 당신이 절망에 빠진 많은 사람들의 돈을 우려낼 또 다른 방법을 생각해 냈다는 걸요?"

어머니는 예의 느릿느릿하고 분노가 배제된 목소리로 말했다.

"맙소사, 당신 비꼬는 거야?"

"아뇨, 당신이 비꼬는 거죠. 당신과 당신의 똑똑한 조력자들. 당신의 동료들. 이건 잘못됐어요, 조직 전체가 잘못됐다고요, 도덕적으로 타락한 곳이에요. 당신도 알고 있겠죠."

"우리는 사람들에게 희망을 주려는 거야. 희망은 돈을 우려내는 것과는 달라!"

"새피부 상품 가격은 돈을 긁어모으기 위한 거예요. 당신들은 상품을 과대광고해서 돈을 벌어들이고, 그러면 환자들은 빈털터리가 되어 버리는 거죠. 돈이 다 떨어지고 나면 그들은 더 이상의 치료를 기대할 수 없는 거고. 그들 몸이 썩어 들어가도 당신과 당신 동료들은 전혀 상관하지 않겠죠. 우리가 이야기하던 것들, 우리가 하고 싶어 하던 일들, 기억 안 나요? 사람들, 돈 있는 사람들만이 아닌 모두의 삶을 더 낫게 만들고자 했던 꿈. 예전의 당신과는 너무나……. 당신에겐 이상이 있었어요, 그때는."

"물론이지, 아직도 내겐 이상이 있어. 그저 그 비용을 감당할 수 없을 뿐이지."

아버지는 지친 목소리로 말했다.

침묵. 어머니는 아버지의 답변을 곱씹고 있었을 것이다.

"그렇다 치더라도."

어머니가 말했다. 그것은 굴복하지 않겠다는 의미였다.

"그렇다 치더라도, 이런 종류의 연구가 있고 저런 종류의 연구가 있는 거예요. 당신이 지금 하고 있는 연구는, 그 돼지 두뇌 연구 말이에요, 생명의 기본 요소를 방해하고 있어요. 그건 비도덕적이에요. 그건…… 신성모독적인 행동이라고요."

탕. 뭔가가 탁자에 부딪히는 소리. 손은 아니다. 병인가?

"내가 이런 말을 듣다니, 정말 어이가 없군! 누가 당신에게 이런 얘기를 해 준 거지? 당신은 교육받은 사람이고 직접 이런 일을 하기도 했잖아! 그건 단지 단백질에 불과해, 당신도 알잖아! 세포와 조직에 성스러운 것은 아무것도 없어, 그건 단지……."

"그런 궤변이라면 나도 잘 알아요."

"어쨌든 그게 당신의 방세와 식비를 내 준 거야. 그게 당신의 식탁에 음식을 놓아 준 거라고. 당신이 도덕적으로 더 나은 척할 입장이 아니란 말이야."

"나도 알아요. 내 말 믿어요, 그거야말로 내가 정말로 알고 있는 한 가지예요. 왜 당신은 정직한 직업을 구할 수 없는 거죠? 기본적인 일 말이에요."

어머니의 목소리가 말했다.

"어디의 어떤 일 말이지? 당신은 내가 도랑이라도 파길 원하는 거야?"

"그러면 적어도 당신 양심은 깨끗할 것 아니에요."

"아니, 당신 양심이겠지. 당신은 신경성 죄책감에 시달리는 사람이야. 당신이 직접 도랑 몇 개를 파 보지 그래. 최소한 그 무거운 엉덩이는 들어 올리게 되겠지. 그러면 아마도 담배도 끊게 될 거야. 당신은 폐기종을 생산해 내는 공장이야. 게다가 혼자 힘으로도 담배 회사들을 너끈히 지원하고 있지. 당신이 그렇게 윤리적이라면 그것에 대해서도 한 번 생각해 보지그래. 그들은 여섯 살 난 아이들에게 무료 샘플을 나누어 주고는 평생토록 중독되어 있게 만드는 인간들이라고."

"나도 알아요."

침묵.

"나는 우울하기 때문에 담배를 피우는 거예요. 담배 회사들은 나를 우울하게 만들고, 당신도 나를 우울하게 만들고, 지미도 나를 우울하게 만들어요. 그 애는 점점 더……."

"빌어먹을 우울 때문이라면 약을 좀 먹어!"

"욕할 필요는 없잖아요."

"나는 그럴 필요가 있어!"

아버지가 소리를 지르는 것은 별로 새로울 게 없었지만, 이번에는 욕까지 하고 있다는 사실이 흥미로웠다. 아마도 난폭한 일이 벌어지고 유리가 깨질 것이다. 지미는 두려움 때문에 뱃속에서 차가운 덩어리가 느껴지는 듯 했지만 계속해서 귀를 기울였다. 끔찍한 사태, 종국적인 붕괴가 일어난다면 지미도 그것을 목격할 필요가 있었다.

그러나 아무 일도 일어나지 않았다. 그저 방에서 걸어 나가는 발소리만 들려왔다. 누가 나가는 거지? 누가 되었든 간에 그 사람은 위층으로 와서 지미가 잠이 들었고 아무런 소리도 듣지 못했다는 것을 확인할 것이다. 그리고 그들은 자신들의 머릿속에 가지고 다니는 '훌륭한 부모 역할' 점검 목록에 있는 항목에 표시를 할 것이다. 지미를 분노하게 만드는 것은 그들이 하는 나쁜 일들이 아니라 좋은 일들이었다. 지미에게 이로우리라고 간주되는 일들 혹은 이 정도면 충분하다고 여겨지는 일들. 그들이 스스로의 등을 다독이며 자찬할 그런 종류의 일들. 그들은 지미에 대해 아무것도 몰랐다. 무엇을 좋아하는지, 무엇을 싫어하는지, 무엇을 열망하는지. 그들은 자신들이 볼 수 있는 부분만

이 지미의 모습이라고 생각했다. 약간 바보스러운 데가 있고 자랑하기 좋아하는 착한 소년. 우주에서 가장 빛나는 별도 아니고 숫자에 능하지도 않은 소년. 그러나 원하는 것을 모두 가질 수는 없는 법이며, 적어도 지미는 완전한 실패자는 아니었던 것이다. 적어도 많은 또래 소년들처럼 술주정뱅이나 약물중독자는 아니었다. 입빠른 소리일지도. 지미는 실제로 아버지가 그렇게 말하는 것을 들은 적이 있다. 입빠른 소리. 마치 지미가 틀림없이 정도에서 벗어나 실패의 길을 걸을 운명이지만 아직은 그 지경에 이르지 않았다는 양. 지미의 내면에 존재하는 이질적이고 비밀스러운 인간에 대해 그들은 아무것도 알지 못했다.

지미는 컴퓨터를 끄고 이어폰을 빼내고 불을 끈 뒤 조용히 그리고 조심스럽게 침대로 들어갔다. 살인자는 이미 침대 안에 있었다. 녀석은 발치에 누워 있었다. 그곳이 녀석이 좋아하는 자리였다. 녀석은 지미의 발을 핥아 소금기를 빨아내는 것을 좋아했다. 그럴 때마다 지미는 간지러움 때문에 이불을 뒤집어쓰고 소리 없이 웃으며 몸을 흔들었다.

망치

수년이 지났다. 수년이 지났음에 틀림없다고 눈사람은 생각한다. 목소리가 변하고 몸에 털이 나기 시작했다는 것 말고는 그 시기에 대해 별다른 것을 기억해 낼 수가 없다. 그런 변화가 나타나지 않았다면 더 끔찍했으리라는 것 외에는 그 시기에 대해 별다른 감흥이 없었다. 근육도 약간 생겼다. 성적인 꿈을 꾸기 시작했고 모든 것이 귀찮아지기 시작했다. 지미는 추상적인 소녀들, 다시 말해 얼굴을 떠올릴 수 없는 소녀들에 대해, 그리고 얼굴을 확실히 알고 있는 와컬라 프라이스에 대해 많이 생각하게 되었다. 하지만 그녀는 지미와 사귀려고 하지 않았다. 그에게 여드름이 있었던가? 그것 때문이었던가? 여드름이 났던 기억은 전혀 없다. 라이벌들의 얼굴이 여드름으로 뒤덮여 있던 것은 확실히 기억하지만.

코르크넛, 그는 자신의 화를 돋우는 모든 사람을 이렇게 불렸다. 물론 여자 아이들은 대상에서 제외되었다. 그와 앵무새 알렉스를 제외하고는 어느 누구도 코르크넛이 무엇을 의미하는지 정확히 알지 못했기 때문에 이 말의 파괴력은 상당했다. 이 표현은 건강현인 조합에 있는 아이들 사이에서 유행하게 되었고, 지미는 어지간히 멋진 녀석으로 통했다. 이봐, 코르크넛!

지미의 가장 좋은 비밀 친구는 살인자였다. 진실로 이야기를 나눌 수 있는 상대가 너구컹크라니, 측은한 일이었다. 지미는 할 수 있는 한 부모를 외면했다. 아버지는 코르크넛이었고, 어머니는 무위도식자였다. 지미는 그들의 영향력을 두려워한 게 아니었다. 단지 그들이 따분하다고 생각했을 뿐이다. 아니, 그렇다고 스스로에게 말했다.

지미는 학교에서 그들에 대한 배신이라고 할 수 있을 법한 걸작을 상연했다. 자신의 양손 집게손가락 마디에 눈을 그려 넣고 엄지손가락을 주먹 속으로 밀어넣었다. 그런 다음 엄지손가락을 움직여 입이 열리고 닫히는 것처럼 보이게 해서 손 꼭두각시 인형들이 서로 싸우는 장면을 연출할 수 있었다. 오른손은 사악한 아빠였고, 왼손은 정의로운 엄마였다. 사악한 아빠는 소리를 질러 대고 이론을 펼치고 오만한 헛소리를 퍼부었다. 정의로운 엄마는 불평하고 비난했다. 정의로운 엄마의 우주론에서 사악한 아빠는 엄마가 이제껏 겪은 모든 편두통과 생리통은 물론이고 치질과 도벽과 전 세계의 갈등과 나쁜 입 냄새와 천재지

변과 배수구를 막히게 하는 유일한 근원이었다. 구내식당에서의 공연은 큰 성공을 거두었다. 많은 아이들이 재연을 요청하며 몰려들었다. 지미, 지미, '사악한 아빠' 해 봐! 어떤 아이들은 자기들 부모의 사적인 삶에서 몰래 훔쳐 온 많은 변형된 이야기와 진부한 대사들을 제안해 왔다. 일부 아이들이 손가락 마디에 눈을 그려 넣는 시도를 해 보기도 했지만 대화를 만들어 내는 데는 그다지 능숙하지 못했다.

때때로 공연이 끝난 후 자신이 지나쳤다는 생각이 들 때면 지미는 죄책감을 느끼기도 했다. 정의로운 엄마가 난소가 터졌다며 부엌에서 우는 장면은 만들지 말았어야 했다. 월요일의 특별 판매품인 '길쭉한 생선튀김, 진짜 생선살 20% 함유'를 이용한 섹스 장면은 만들지 말았어야 했다. 정의로운 엄마가 실쭉한 채 속이 빈 트윙키 포장 속에서 나오려고 하지 않자 사악한 아빠가 정욕을 못 이겨 생선튀김에 격렬히 덤벼들다가 그만 산산조각 내 버리는 내용이었다. 그런 공연은 전혀 품위가 없었다. 그렇다고 그 이유만으로 공연을 중단하지는 않았지만. 그뿐 아니라 그것은 지미가 자세히 살펴보고 싶지 않은 불편한 현실과 너무 흡사한 것이었다. 그러나 다른 아이들은 계속해서 지미를 부추겼고, 지미는 갈채의 유혹을 물리칠 수 없었다.

"지나친 거였니, 살인자?" 지미는 이렇게 묻곤 했다. "너무 비열했나?" '비열하다'는 지미가 최근에 알게 된 단어였다. 정의로운 엄마는 그즈음 이 단어를 아주 많이 사용했다.

살인자는 지미의 코를 핥아 주었다. 녀석은 항상 지미를 용서했다.

어느 날 지미가 학교에서 돌아왔을 때 부엌 탁자 위에 쪽지가 놓여 있었다. 어머니가 남겨 둔 것이었다. 지미는 겉에 씌어진 글씨를 본 순간 그것이 어떤 종류의 쪽지인지 알아차렸다. "지미에게"에는 검은색 밑줄이 두 개 그어져 있었다.

쪽지에는 이렇게 적혀 있었다.

사랑하는 지미에게, 어쩌고저쩌고, 양심의 가책으로 오랫동안 고통을 받아 왔어. 어쩌고저쩌고, 이런 생활에 더 이상 가담하고 싶지 않구나. 이것은 그 자체로도 무의미할 뿐 아니라, 어쩌고저쩌고. 네가 어쩌고저쩌고가 암시하는 바를 고려할 수 있을 만큼 나이가 들었을 때는 내 의견에 동의하고 나를 이해할 수 있을 거야. 가능하다면 나중에 너에게 연락하도록 하마. 어쩌고저쩌고, 분명 수사가 이루어질 거야. 그러니 은신해야 해. 수없이 영혼을 탐구하고 생각하고 고통을 겪은 끝에 내린 결정일 뿐 아니라, 어쩌고저쩌고. 엄마는 언제까지나 너를 사랑할 거야.

'어쩌면 엄마는 지미를 사랑했는지도 몰라.' 하고 눈사람은 생각한다. 그녀 자신만의 방식으로. 비록 그 당시에 지미는 그렇게 믿지 않았지만. 반대로 그를 사랑하지 않았는지도 모른다. 하지만 그녀는 지미에게 일종의 긍정적인 감정은 가지고 있었을 것이다. 모성적인 유대라는 것이 있지 않은가?

"추신, 살인자는 데려가 자유롭게 놓아 주마. 녀석이 숲 속에서 야생의 자유로운 삶을 살 때 더 행복하리라는 것을 나는 알고 있단다." 어머니는 이렇게 썼다.

지미는 믿을 수 없었다. 그는 격분했다. 엄마가 어떻게 이럴 수 있지? 살인자는 내 것인데! 그리고 살인자는 길들여진 동물이었다. 혼자서는 무기력할 것이고, 자신을 방어하는 방법도 모를 것이다. 굶주린 모든 것이 그것을 검은색과 흰색의 털북숭이 조각들로 찢어 버릴 것이다. 하지만 지미의 어머니, 그리고 그녀와 의견을 같이한 사람들이 옳았다고 눈사람은 생각한다. 살인자를 비롯해 다른 풀려난 너구컹크들은 무사히 살아남았을 것이다. 그렇지 않고서야 지금 이 숲에 들끓고 있는, 귀찮을 정도로 많은 너구컹크들의 존재를 어떻게 설명하겠는가?

지미는 수주 동안, 아니 수개월 동안 슬퍼했다. 어머니와 변종 스컹크, 그 둘 중 어느 쪽을 더 그리워했던가?

어머니는 또 다른 쪽지를 남겼다. 사실은 쪽지가 아니라 무언의 메시지였다. 아버지가 집에서 사용하는 컴퓨터를 파괴해 버렸던 것이다. 내용만 없애 버린 게 아니라 망치로 본체를 부숴 버렸다. 사실 어머니는 아버지의 단정하게 배열된, 그리고 거의 사용된 적이 없는 '가정 기술자' 공구 상자 속에 있는 도구를 전부 동원했지만 주요 무기는 망치였던 듯했다. 어머니는 자신의 컴퓨터도 부숴 버렸다. 다른 점이 있다면, 더 철저하게 파괴해 버렸다는 점이다. 그랬기 때문에 지미의 아버지도, 빠른 시간 내에 사방 곳곳에 배치된 시체보안회사 요원들도, 그녀가 어떤 암호 메시지를 보냈는지, 어떤 정보를 전송받아 가져갔는지 전혀 추적할 수 없었다.

검문소와 정문을 통과할 때 그녀는 치근 치료를 위해 단지에 있는 치과 의사에게 가는 것이라고 말했다. 그녀는 필요한 서류와 통행증을 모두 지니고 있었고, 그것을 뒷받침하는 이야기 역시 신빙성 있는 것이었다. 건강현인 치과 진료소는 치근 전문가가 심장마비로 갑자기 죽은 뒤 아직 후임 의사가 도착하지 않은 상태여서 외부 의사와 계약을 맺고 있었다. 그녀는 단지에 있는 치과 의사에게 정말로 예약까지 해 둔 참이었다. 그 의사는 지미의 아버지에게 그녀가 나타나지 않은 시간에 대한 비용을 청구했다.(지미의 아버지는 지불하지 않았다. 예약을 어긴 것은 그 자신이 아니었기 때문이다. 이후 아버지와 치과 의사는 전화로 소리를 지르며 싸웠다.) 그녀는 짐을 챙겨 가는 따위의 바보짓은 하지 않았다. 그리고 밀폐된 초고속 기차 역에서부터 단지를 에워싸고 있는 벽까지 가기 위해, 평민촌 지역을 택시를 타고 지나가는 동안 호신을 담당할 시체보안회사 요원을 예약해 두었다. 그것은 흔한 일이었다. 어느 누구도 그녀에게 질문을 하지 않았다. 그녀는 낯익은 사람이었고, 필요한 서류와 통행증과 그 외의 모든 것을 지니고 있었다. 조합 정문에 있는 어느 누구도 그녀의 입 안을 들여다보지 않았다. 하긴 눈으로 볼 수 있는 것도 별로 없었을 것이다. 신경의 통증은 볼 수 있는 게 아니니까.

그 시체보안회사 요원은 그녀와 공모했던 것이 틀림없다. 그게 아니라면 죽임을 당했을 것이다. 어찌 되었든 그는 되돌아오지도, 추후에 발견되지도 않았다. 적어도 소문은 그러했다. 그 일로 모든 것이 어수선해졌다. 그것은 다른 이들도 연루되었다는 것을 의미했다. 그런데 다른 이들이란 어떤 이들이며, 그들의 목적은 무엇일까? 이런 문제들을 분명하게 처리하는 것이 시급하다고 지미를 심문했던 시체보안회사 요원이 말했다. 그러고는 지미의 어머니가 무슨 말을 한 적이 있는지 물었다.

저어, '무슨 말'이라는 게 무슨 말인가요? 지미가 물었다. 미니 마이크를 통해 엿들은 대화 내용이 있었지만 그것에 대해서는 이야기하고 싶지 않았다. 어머니가 때때로 장황하게 늘어놓던 이야기가 있기는 했다. 모든 것이 어떻게 파괴되고 있으며 결코 예전같이 되지 않으리라는 등등의 내용이었다. 예를 들면, 어머니가 어렸을 때 어머니 가족이 소유했던 해변의 집에 대한 이야기 같은 것이었다. 해수면이 급작스레 높아지고, 그 후 카나리 섬*의 화산 폭발(지리경제 시간에 이것에 대해 배웠다. 지미는 비디오 시뮬레이션이 상당히 멋있다고 생각했다.) 때문에 거대한 파도가 밀려오면서 다른 모든 해안과 다수의 해안 도시들과 함께 그 집도

* 아프리카 북서부 대서양에 있는 에스파냐 령의 화산섬.

바닷물에 휩쓸려 가 버린 것이다. 그리고 어머니는 플로리다에 있던 할아버지의 그레이프프루트 과수원에 대해 훌쩍이며 이야기하기도 했다. 비가 내리지 않아 과일들은 커다란 건포도처럼 말라 버렸다. 그 해에 오커초비 호*는 악취를 내뿜는 진흙탕으로 변해 버렸고, 에버글레이즈**에서는 3주 내내 화재가 계속되었다.

그러나 다른 모든 부모 역시 그런 것에 대해 한탄하곤 했다. 어떤 곳에서든 운전할 수 있던 그때가 기억나? 모든 사람이 평민촌에서 살던 때가 기억나? 두려워하지 않고 세계 어느 곳이든 비행기로 여행할 수 있던 때가 기억나? 항상 진짜 불고기를 쓰던 햄버거 체인점이 기억나? 핫도그 판매대가 기억나? 뉴욕이 뉴뉴욕으로 바뀌기 전이 기억나? 선거가 중요한 것으로 여겨지던 때가 기억나? 이런 모든 것이 점심시간에 벌어지는 손 꼭두각시 인형극의 소재였다. 오, 예전엔 모든 것이 정말 좋았지. 흑흑. 이제 트윙키 포장 속으로 들어가 버릴 거야. 오늘 밤엔 섹스 안 해!

자신의 어머니는 그저 평범한 어머니였다고 지미는 시체보안회사 요원에게 말했다. 그녀는 다른 어머니들과 똑같이 행동했다. 다만 담배를 많이 피웠을 뿐이다.

"어떤 조직 같은 것에 속해 있진 않았니? 낯선 사람들이 집에 오는 일은 없었어? 휴대전화로 통화를 오래 하곤 했니?"

---

* 미국에서 세 번째로 큰 담수호.

** 미국 플로리다 주의 대소택지.

"네가 도움을 주는 일이 있다면 뭐든 고맙게 여기마, 얘야."

"얘야."라는 호칭에 유난히 힘을 주며 다른 요원이 말했다. 지미는 그럴 일은 없을 것 같다고 대답했다.

어머니는 지미를 위해 새 옷들을 남겨 두었다. 앞으로 그가 자라면 맞을 거라고 써 있었다. 그 옷들은, 그녀가 사 주는 옷이 항상 그랬듯이, 형편없었다. 게다가 크기도 너무 작았다. 지미는 그 옷들을 서랍 속에 치워 버렸다.

지미의 아버지는 눈에 띄게 당황했다. 겁을 먹은 것이다. 아내가 책에 나오는 모든 규율을 위반했고 완전히 다른 삶을 살고 있었는데도 그는 전혀 알아차리지 못했다. 그런 종류의 일은 남편에게 나쁜 영향을 미치게 마련이다. 아버지는 아내가 부순 가정용 컴퓨터에 어떤 중요한 정보도 저장해 두지 않았다고 말했다. 하지만 그렇게 말했어도 달리 증명해 보일 길이 없었다. 그 후 아버지는 다른 곳으로 이송되어 상당히 오랜 시간 동안 심문을 받았다. 어쩌면 옛날 영화나 추잡한 웹사이트에 나오는 것처럼 전극과 곤봉과 붉게 달궈진 못으로 고문을 당했는지도 모른다. 지미는 걱정으로 기분이 가라앉았다. 왜 그는 모든 일이 진행되는 것을 지켜봤으면서도 야비한 인형극을 하는 대신 이런 결과를 막으려고 노력하지 않았던가?

지미의 아버지가 집을 떠나 있는 동안 시체보안회사 여자 요원 두 명이 머물며 지미를 돌봐 주었다. 아니, 말하자면 그랬다는 것이다. 잘 웃는 요원과 얼굴이 납작한 요원. 그들은 이더넷* 휴대전화로 자주 통화를 했다. 그들은 앨범과 지미 어머니의 벽장을 살펴보고 지미에게 말을 걸려고 노력했다. 엄마가 정말 미인이구나. 엄마에게 남자 친구가 있었다고 생각해? 엄마가 평민촌에 자주 갔니? 엄마가 왜 그곳에 가겠냐고 지미가 말하자, 그들은 어떤 사람들은 그걸 즐긴다고 했다. 왜요? 지미는 되물었다. 얼굴이 납작한 요원은 마음이 비뚤어진 사람들이라서 그렇다고 말했고, 잘 웃는 요원은 미소를 지으며 얼굴을 붉히고는 그곳에 가면 여기서 구할 수 없는 물건들을 구할 수 있기 때문이라고 말했다. 어떤 종류의 물건이냐고 지미는 묻고 싶었지만 그 질문 때문에 더 많은 다른 질문, 즉 자신의 어머니가 어떤 것을 좋아했는지 혹은 갖고 싶어 했는지 등의 질문에 얽혀 들게 될까 봐 묻지 않았다. 지미는 건강현인 고등학교 식당에서 어머니를 배반하는 짓을 너무 많이 저지른 까닭에 더 이상은 그런 짓을 하지 않을 작정이었다.

두 요원은 지미에게 음식을 먹여 경계를 풀게 만들려는 속셈으로 끔찍하게 질긴 오믈렛을 만들어 주었다. 그것이 아무런 효력을 발휘하지 못하자 그들은 저녁 식사용 냉동 음식을 전자레인지로 녹이고 피자를 주문했다. 그래, 네 엄마는 쇼핑센터에 자주 갔니? 춤추러 가기도 했니? 분명 그랬을 거야. 지미는 그들을 후려치

* 가장 대표적인 버스 구조 방식의 근거리통신망.

고 싶었다. 지미가 여자 아이였다면 울음을 터뜨려 연민을 자아내고 그들의 입을 다물게 만들 수도 있었을 것이다.

지미의 아버지는 집으로 돌아온 후 상담을 받았다. 상담이 필요할 것 같았다. 아버지의 얼굴은 초록빛이었고 눈은 붉게 충혈되고 부어 있었다. 지미 역시 상담을 받았지만 시간 낭비였다.

어머니가 사라져서 슬프겠구나.

네, 그래요.

얘야, 너 자신을 책망해서는 안 된다. 어머니가 떠난 건 네 잘못이 아니야.

무슨 뜻이에요?

괜찮아, 네 감정을 표현해도 돼.

어떤 감정을 표현하길 바라는 거예요?

적대적으로 굴 필요 없어, 지미. 네가 어떻게 느끼는지 알고 있단다.

그럼, 내가 어떻게 느끼는지 이미 알고 있다면 왜 묻는 거죠?

아버지가 지미에게 말하기를, 자기들 두 사람은 할 수 있는 한 최선을 다해 꾸준히 앞으로 나아가야 한다고 했다. 그래서 그들은 꾸준히 나아갔다. 꾸준하고 착실하게 살았다. 아침이면 직접 오렌지 주스를 따르고, 생각날 때마다 접시를 식기세척기 속에 집어넣었다. 그리고 몇 주에 걸친 노력 끝에 아버지는 초록빛 안색을 걷어 버리고 다시 골프를 치기 시작했다.

이제 아버지의 상태는 괜찮아진 듯했다. 최악의 상황이 지나간 것이다. 아버지는 면도를 하면서 휘파람을 불기 시작했다. 면도를 더 자주 했다. 어지간히 시간이 지난 후 라모나가 그들 집으로 이사해 왔다. 삶은 다른 양상으로 전개되었다. 방음이 잘 되지 않는 닫힌 문 뒤쪽에서 킬킬거리는 소리와 으르렁거리는 소리가 어우러진 섹스가 한바탕 이루어졌고, 그러는 동안 지미는 음악 소리를 높여 그걸 듣지 않으려고 노력했다. 지미는 그들 방에 도청기를 집어넣고 그 소리를 제대로 음미할 수도 있었을 것이다. 하지만 지미는 그에 대해 심한 거부감을 갖고 있었다. 솔직히 말해 몹시 당혹스러웠다. 한 번은 위층 복도에서 거북한 대면을 한 적도 있었다. 목욕 수건을 걸친 아버지의 머리 양쪽으로 솟은 귀와 턱 밑 피부는 이제 막 끝낸 음란한 난투의 에너지로 벌겋게 상기되어 있었다. 지미는 수치심으로 얼굴을 붉히며 아무것도 눈치 채지 못한 척했다. 호르몬이 넘쳐흐르는 호색적인 토끼 두 마리는 지미의 코앞에 자신들의 행적을 들이대기보다는 차고 같은 곳에서 그 짓을 하는 예의를 지켰어야 했다. 지미는 마치 보이지 않는 존재가 되어 버린 느낌이었다. 그렇다고 지미가 어떤 다른 느낌을 원한 것은 아니었지만.

그들의 관계는 얼마나 지속되어 왔던 것일까? 이제야 눈사람은 궁금해진다. 바이오수트와 병균 여과용 마스크를 쓴 채 돼지구리 우리 뒤에서 관계를 가졌을까? 그랬을 것 같지는 않다. 그의 아버지는 더러운 사람이 아니라 멍청한 사람이었다. 물론 그 두 가지를 다 갖춘 사람도 있다. 멍청하고 더러운 놈, 더러운 멍청이. 그러나 지미의 아버지는(혹은 지미가 자신의 아버지라고 믿는 그 사람은) 너무 서툴러서 어머니가 알아차리지 못할 정도로 완전하게 배반과 배신을 할 수 없었을 것이다.

어머니가 알고 있었을 가능성도 있다. 그래서 떠난 것인지도 모른다. 혹은 그것이 한 가지 원인일 수도 있다. 상당히 화가 나지 않고서야 한 남자의 컴퓨터를 망치(전기 드라이버와 파이프렌치는 말할 것도 없고)로 부숴 버리지 않았을 것이다.

물론 어머니는 그때뿐 아니라 늘 화가 나 있는 상태였다. 어머니의 분노는 어떤 특정한 동기에 의해 유발된 것이 아니라 그 이상의 무엇이 있었던 것이다.

생각해 볼수록, 라모나와 자신의 아버지가 그때까지 욕망을 자제해 왔을 거라는 확신이 더 확고해진다. 그들은 서로의 품 안으로 뛰어들기 전에 지미의 어머니가 지지직거리는 화면의 화소처럼 사라져 버리기를 기다렸을 것이다. 그렇지 않았다면 장기주식회사에 있는 '앙드레의 비스트로'에서 그렇게 진지하고 거리낌 없는 눈빛을 주고받지는 않았을 것이다. 그들이 이미 관계를 가지고 있었다면 공적인 곳에서는 무뚝뚝하고 사무적으로 행동했을 것이고 어떻게든 서로를 외면했을 것이다. 지저분한 한쪽 모퉁이에서 급하고 더러운 밀회를 가졌을 것이다. 사무실 카펫 위에서는 서로의 뜯겨져 나간 단추 주위와 중간에 걸린 지퍼 주위를 탐닉하고, 주차장에서는 서로의 귓불을 잘근잘근 깨물었을 것이다. 라모나가 날당근을 녹여 삼키는 동안 지미의 아버지는 식탁을 응시하는 가운데 이루어지던 맛없는 점심 식사에 굳이 공을 들이지 않았을 것이다. 어린 지미를 인간 방패로 이용하면서 푸른 야채와 돼지고기 파이를 사이에 두고 서로를 보며 군침을 흘리지 않았을 것이다.

그렇다고 해서 눈사람이 그들을 비난하는 것은 아니다. 그는 그런 일들이 어떻게 진행되는지, 아니 어떻게 진행되었는지 알고 있다. 이제 그도 양심에 거리끼는 더 끔찍한 일들을 간직하고 있는 성인인 것이다. 그러니 그들을 어떻게 비난하겠는가?

(그는 그들을 비난한다.)

라모나는 지미를 앉혀 놓고 검은색 눈 화장이 언저리로 번진 커다랗고 신실한 눈으로 그를 바라보았다. 그리고 그에게 무척 힘든 일이라는 걸 알고 있다며, 이 일은 그들 모두에게 충격이라는 것, 그리고 비록 그는 그렇게 생각하지 않겠지만 그녀 자신에게도 무척 힘든 일이라는 것, 그리고 자신이 진짜 어머니를 대신할 수는 없겠지만 바라건대 친구는 될 수 있지 않겠느냐고 말했다. 지미는 말했다. 좋아요, 그러지 못할 이유가 있나요. 그녀가 아버지와 가진 관계는 차치하고라도 지미는 그녀를 상당히 좋아했고 그녀를 기쁘게 해 주고 싶었던 것이다.

라모나는 정말로 노력했다. 장단이 너무 늦을 때도 있었지만 지미의 농담에 웃음을 터뜨렸으며(그녀가 언어에 능한 사람이 아니라는 사실을 지미는 스스로에게 주지시켰다.) 때때로 지미의 아버지가 여행을 떠났을 때면 그녀 자신과 지미만을 위한 저녁 식사를 전자레인지에 데워 마련했다. 라자냐와 시저 샐러드가 그녀가 주로 만들던 음식이었다. 때로는 지미와 함께 소파에 앉아서 디브이디 영화를 보기도 했다. 그럴 때면 우선 팝콘을 큰 그릇에 가득 담고 버터 대용 식품을 녹여 그 위에 끼얹은 후 기름기가 번들거리는 손가락으로 집어 먹었다. 무서운 장면이 나올 때마다 그녀는 그 손가락을 빨아 댔고 지미는 그녀의 가슴을 보지 않으려고 애썼다. 그녀는 자신에게 물어보고 싶은 게 있느냐고 물었다. 예를 들면 말이야, 너도 알잖니. 나와 아버지에 관한 것, 그리고 결혼은 어떻게 되는지에 관한 것. 지미는 묻고 싶은 게 없다고 대답했다.

밤이면 지미는 아무도 모르게 살인자를 그리워했다. 또한 인정하고 싶지는 않았지만, 기이하고 모자라고 부적격한 진짜 어머니에 대한 그리움도 마음 한구석에서 솟았다. 어머니는 어디로 갔을까? 어떤 위험에 처해 있을까? 어머니가 위험에 처해 있으리라는 것은 분명한 사실이었다. 어머니가 추적당하고 있을 거라는 사실을 지미는 알고 있었다. 그리고 만일 지미가 어머니 입장이라면 발각되고 싶지 않을 것이다.

하지만 어머니는 지미에게 연락하겠다고 말하지 않았던가? 왜 연락이 없는 것일까? 어느 정도 시간이 흐른 뒤 지미는 정말로 두 장의 엽서를 받았다. 처음에는 영국 우표가, 그다음에는 아르헨티나 우표가 붙어 있었다. 엽서에는 "모니카 이모"라고 쓰여 있었지만 지미는 어머니가 보낸 것이라는 사실을 알아차렸다. "네가 잘 있기를 바란다." 이것이 전부였다. 어머니는 엽서가 지미에게 도착하기 전에 요원들 수백 명의 손을 거치게 되리라고 예측했을 것이다. 그것은 사실이었다. 그 뒤로 시체보안회사 요원들이 차례로 방문해서 모니카 이모가 누구냐고 물었던 것이다. 지미는 모른다고 대답했다. 지미는 어머니가 우표에 나온 나라들에 있으리라고 생각하지 않았다. 어머니는 그것보다 훨씬 똑똑했다. 다른 사람에게 부쳐 달라고 부탁했을 것이다.

어머니는 지미를 신뢰하지 않은 것일까? 분명 신뢰하지 않았다. 지미는 자신이 어머니를 실망시켰다고, 어떤 중요한 면에서 자신이 어머니의 기대에 어긋났을 거라고 생각했다. 지미는 무엇을 해야 하는지 결코 이해하지 못했다. 어머니를 행복하게 해 줄 단 한 번의 기회가 다시 주어지기만 한다면.

"유년기의 나는 내가 아니야."

눈사람은 큰 소리로 말한다. 그는 이런 식으로 머릿속에서 무엇인가가 계속 재연되는 것이 싫다. 그것을 꺼 버릴 수도 없고, 주제를 바꿀 수도 없고, 머릿속에서 나가 버릴 수도 없다. 그가 필요로 하는 것은 보다 강한 내적 수양 혹은 자신의 의식을 초월하기 위해 반복적으로 되뇌일 어떤 신비로운 음절이다. 그걸 뭐라고 부르더라? 만트라. 초등학교 때 배운 것이다. 이번 주의 종교. 좋아요, 여러분, 이제 정말 조용히 해 봐요. 내 말은, 지미 너 말이야. 오늘 우리는 인도에 살고 있다고 가정해 볼 거예요. 그리고 만트라를 만들어 볼 거예요. 재미있겠죠? 이제 단어를 하나씩 선택해 봅시다. 각자 다른 단어를 말이에요. 그렇게 하면 각자 특별한 만트라를 갖게 되는 거예요.

"그 단어들에 매달려 봐."

눈사람은 스스로에게 말한다. 괴이한 단어, 오래된 단어, 희귀한 단어. 밸런스.* 노른.** 세렌디피티.*** 피브로크.**** 미끌미끌. 이 단어들은 일단 그의 머릿속에서 사라지면 그로써 완전히 사라지게 될 것이다. 모든 곳에서, 영원히. 마치 전혀 존재하지 않았던 것처럼.

---

* 선반이나 침대의 아래 등을 가리는 천.

** 운명을 다스리는 여신.

*** '운수 좋은 뜻밖의 발견'을 뜻하는 말.

**** 스코틀랜드 고지 사람들이 연주하는 경쾌한 곡.

크레이크

지미의 어머니가 사라지기 몇 달 전에 크레이크가 나타났다. 두 사건은 같은 해에 일어났다. 그 둘 사이에 어떤 연관성이 있었던 것일까? 두 사람이 사이좋게 지냈다는 것 말고는 아무런 연관성이 없었다. 크레이크는 지미의 어머니가 좋아한, 지미의 몇 안 되는 친구 중 하나였다. 대개 어머니는 지미의 남자 친구들은 미숙하고 여자 친구들은 머리가 비었거나 단정치 못하다고 생각했다. 어머니가 그런 단어를 입 밖에 낸 적은 없지만 어떤 생각을 하는지는 쉽게 알아차릴 수 있었다.

그러나 크레이크, 크레이크는 달랐다. 어른 같아. 사실 많은 어른들보다 더 어른스럽지. 그 애와는 객관적인 대화를 나누는 게 가능해. 어머니는 이렇게 말하곤 했다. 사건과 가정과 논리적인 결론이 따르는 대화. 물론 지미가 두 사람이 그런 대화를 나누는 것을 보았다는 것은 아니다. 그렇지만 그들은 분명 그런 대화를 나누었을 것이다. 그렇지 않다면 어머니가 그런 말을 하지는 않았을 테니까. 어른식의 이 논리적인 대화가 언제 그리고 어떻게 진행되었던 것일까? 지미는 종종 궁금했다.

"네 친구는 지적으로 우수한 아이야. 그 아이는 자기 자신을 속이지 않지." 지미의 어머니는 말하곤 했다. 그러고는 푸른 눈으로, 지미가 익히 알고 있는, '네게 상처받았어.'라는 의미를 담은 표정으로 지미를 바라보곤 했다. 그가 그럴 수만 있다면, 지적으로 우수할 수만 있다면. 지미의 어머니가 마음속 주머니에 지니고 다니는 비밀스러운 성적 보고서에 기재될 또 하나의 좌절된 항목. 지미는 언제나 가까스로 통과할 점수밖에 받지 못했다. 지미는 좀 더 노력한다면 지적 우수함 항목에서 더 잘할 수 있을 것임. 빌어먹을 '지적 우수함'이 도대체 무슨 의미인지, 빌어먹을 작은 단서라도 가지고 있었다면.

"저녁은 필요 없어요. 그냥 간단히 먹을게요."

지미는 또다시 어머니에게 이렇게 말했다. 만일 어머니가 예의 그 상처받은 표정을 짓고 싶다면 부엉 시계에나 대고 하면 될 일이다. 지미는 개똥지빠귀는 투훗투훗 울고 올빼미는 까옥까옥 울도록 시계를 조작해 놓았다. 어머니가 그들의 변화에 실망하도록.

지미는 크레이크가 지닌 지적인 면 혹은 다른 면의 우수함에 대해 미심쩍어했다. 크레이크에 대해 어머니보다 좀 더 잘 알고 있었던 것이다.

지미의 어머니가 망치로 난폭한 행동을 한 후 사라졌을 때 크레이크는 별다른 말을 하지 않았다. 놀라거나 충격을 받은 것 같지 않았다. 단지 사람들은 변화할 필요가 있으며 변화하기 위해서는 다른 장소로 갈 필요가 있다고 말했을 뿐이다. 크레이크는 어떤 사람이 우리 삶에 존재하다가 얼마 뒤에 더 이상 존재하지 않게 될 수도 있는 거라고 말했다. 그는 지미가 스토아철학에 대해 읽어 봐야 한다고도 했다. 그 마지막 말에 지미는 약간 화가 났다. 크레이크는 때때로 지나치게 가르치려 들었고, "해야 한다."라는 말을 심하게 많이 사용했다. 그러나 크레이크의 침착함과 참견을 자제하는 태도에는 감사했다.

물론 당시 크레이크는 아직 크레이크가 아니었다. 그의 이름은 글렌(Glenn)이었다. 왜 평범하게 쓰지 않고 엔(N)을 두 개나 썼을까? 지미가 한참 뜸을 들이다가 그것에 대해 물어보았을 때 크레이크는 이렇게 대답했다.

"아버지는 음악을 좋아하셨어. 죽은 피아니스트의 이름을 따서 내 이름을 지으셨지. 이름에 엔이 두 개 들어가는 천재 소년이었어."*

"그래서, 네 아버지가 네게 음악 교습을 받도록 시키셨어?"

"아니, 아버지는 내게 그 어떤 것도 강요하신 적이 없어."

"그럼 그게 무슨 소용이 있지?"

---

* 캐나다의 피아니스트인 글렌 굴드(Glenn Gould, 1932~1982)를 지칭한다.

"뭐가 말이야?"

"네 이름 말이야. 엔 두 개를 쓴 것."

"지미, 지미, 모든 게 어떤 효용을 갖는 건 아니야."

크레이크가 말했다.

눈사람은 크레이크가 글렌이었다고 생각할 수가 없다. 크레이크 이후 모습이 이전 모습을 완전히 가려 버린 탓이다. 아마 처음부터 크레이크적인 면이 내재되어 있었을 거야. 눈사람은 생각한다. 그 어느 때에도 진정한 글렌이라는 인물은 존재하지 않았다. 글렌은 겉 꾸밈에 불과했다. 그러므로 눈사람이 되풀이하는 이야기 속에서 크레이크는 결코 글렌이 아니고, '글렌(일명 크레이크)' 혹은 '글렌-크레이크' 혹은 '글렌(이후 크레이크)'도 아니다. 그는 언제나 순전하고 단순하게 크레이크일 뿐이다.

어쨌든 그냥 '크레이크'라고 하면 시간은 절약되지 않는가. 눈사람은 생각한다. 꼭 필요한 경우가 아니라면 무엇 때문에 하이픈을 긋고 괄호를 치겠는가?

크레이크는 9월 혹은 10월, 예전에는 '가을'이라고 불리던 몇 개의 달 중 어느 달, 건강현인 고등학교에 나타났다. 그날은 따뜻하고 햇빛이 밝았던 것을 제외하면 별다를 게 없는 날이었다. 그는 그의 부모가 건강현인에 스카우트되었기 때문에 오게 된 전학생이었다. 그건 조합 안에서 흔한 일이었다. 학생들은 여러 학교를 오갔고, 책상들은 채워졌다가 비워졌으며, 우정은 항상 불안정한 것이었다.

후드룸과 울트라텍스트 담당인 멜론스 라일리 선생이 크레이크를 학급에 소개했을 때 지미는 별 관심을 기울이지 않았다. '멜론스(Melons)'는 선생의 이름이 아니었다. 그것은 반 남학생들 사이에서 통용되던 별명이었다. 눈사람은 그녀의 진짜 이름이 기억나지 않는다. 그녀는 그의 읽기 전용 화면에 그렇게 가까이 몸을 굽혀서 그녀의 크고 둥근 가슴이 그의 어깨를 스칠 듯 말 듯 하게 하지 말았어야 했다. 그녀는 새피부 티셔츠를 다리 부분에 지퍼가 달린 반바지 속에 그렇게 꽉 끼게 집어넣지 말았어야 했다. 그런 행동이 지미의 마음을 너무 어지럽혔던 것이다. 그래서 새 급우인 글렌에게 학교를 구경시켜 주라고 멜론스가 지미에게 말했을 때 순간적인 침묵이 흘렀다. 지미는 그녀가 방금 무슨 말을 했는지 파악하기 위해 허둥댔다.

"지미, 네게 부탁했잖니."

멜론스가 말했다.

"그럼요, 뭐든요."

지미는 이렇게 대답하고 눈을 굴리며 추파를 던졌다. 그러나 너무 지나치게 하지는 않았다. 학급 전체에 웃음이 퍼졌다. 라일리 선생마저 마지못해 지미에게 희미한 미소를 보냈다. 지미는 소년다운 매력적인 행동으로 그녀의 환심을 살 수 있었다. 만일 자신이 연하가 아니고 그녀가 선생이 아니어서 권력 남용 혐의의 대상이 되지 않는다면, 그녀가 탐욕스러운 손가락으로 그의 젊은 육체를 만지기 위해 그의 침실 벽을 갉아 내서라도 찾아올 거라고 지미는 즐겨 상상했다.

그 당시 지미는 자신만만했지. 눈사람은 탐닉과 약간의 질투를 가지고 생각한다. 물론 불행하기도 했어. 그의 불행, 그건 말할 필요조차 없었다. 지미는 자신의 불행에 많은 정력을 쏟아부었다.

관심을 갖고 크레이크를 살펴보게 되었을 때 지미는 썩 유쾌한 기분이 들지 않았다. 크레이크는 지미보다 5센티미터쯤 더 크고 더 말랐다. 갈색이 도는 검은색 생머리, 그을린 피부, 초록색 눈, 반쯤 머금은 미소, 냉담한 눈길. 크레이크의 옷은 대체로 어두운 색이었고, 로고나 그림이나 글씨 장식 같은 것도 없었다. 한마디로 무명 상표 옷차림이었다. 그는 다른 학생들보다 나이가 더 많았을 수도 있고 아니면 그렇게 보이도록 행동했을 수도 있다. 지미는 그가 어떤 종류의 운동을 하는지 궁금했다. 미식축구 같은 지나치게 과격한 운동은 아닐 것이다. 농구를 할 만큼 키가 크지도 않았다. 그는 팀 경기에 적합하거나 바보같이 부상을 자초할 사람으로 보이지 않았다. 아마도 테니스는 칠 듯했다.(지미도 테니스를 쳤다.)

점심시간에 지미는 크레이크를 식당에 데려왔고, 둘은 음식을 집어 들었다. 크레이크는 커다란 대두 소시지 핫도그 두 개와 코코넛 모양의 커다란 레이어 케이크 조각을 골랐다. 어쩌면 그는 살을 찌우려고 애쓰고 있던 것일지도 모른다. 그러고 나서 복도 위아래와 교실과 실험실 안팎을 무거운 걸음으로 돌아보면서 지미는 곳곳을 설명해 주었다. 여기는 체육관이고, 저기는 도서관이야. 저것들이 독본이야. 정오가 되기 전에 신청해야 해. 저 안쪽에는 여학생용 샤워실이 있어. 그곳에 드릴로 파 놓은 구멍이 있다는데 나는 한 번도 들여다본 적이 없어. 마약을 피우고 싶으면 화장실은 사용하지 마. 그곳에는 도청 장치가 있거든. 환풍기 속에는 경호를 위한 마이크로 렌즈가 있어. 쳐다보지 마. 그러면 네가 안다는 사실을 그들이 알게 될 테니까.

크레이크는 아무 말도 하지 않은 채 모든 것을 둘러보기만 했다. 그는 자발적으로 자기 이야기를 늘어놓지 않았다. 그가 한 유일한 말이라곤 화학 실험실이 형편없다는 것이었다.

허튼소리. 개자식이 되고 싶다면야 뭐, 이곳은 자유로운 나라니까. 지미는 생각했다. 크레이크보다 앞서 태어났던 수백만에 달하는 사람들도 그와 같은 인생을 택했다. 지미는 자신은 지껄이고 까불어 대는데 크레이크는 짧고 무관심한 시선, 삐딱하고 희미한 미소만으로 반응하고 있다는 사실에 화가 났다. 그렇지만 크레이크에게는 뭔가 특별한 점이 있었다. 다른 남자 아이가 보여 주는 그런 방관자적이고 냉담한 자세에 지미는 언제나 깊은 감명을 받았다. 힘을 아껴 두고 있다는 느낌, 현재 함께 있는 사람보다 더 중요한 무언가를 위해 힘을 비축하고 있다는 느낌을 받았던 것이다.

지미는 자신이 크레이크에게 뭔가 깊은 인상을 남기고 그에게서 어떤 반응을 얻어 내고 싶어 한다는 사실을 깨달았다. 다른 사람이 자신을 어떻게 생각할 것인지에 대해 신경 쓰는 것, 그것이 지미가 지닌 약점 가운데 하나였다. 그래서 방과 후 지미는 크레이크에게 쇼핑센터를 구경하러 가고 싶지 않냐고, 여자 아이들이 있을지도 모른다고 말했다. 크레이크는 좋다고 했다. 건강현인 조합을 포함한 모든 조합에서는 방과 후 또래 아이들끼리 함께할 만한 일이 별로 없었다. 그곳은 평민촌과는 달랐다. 소문에 따르면 평민촌에서는 아이들이 패거리, 무리를 지어 다닌다고 했다. 그들은 부모가 외출하기를 기다렸다가 곧바로 작업에 들어간다고 했다. 한 장소에 모여 시끄러운 음악과 흡연과 음주로 진탕 놀아 대고, 집에서 키우는 고양이를 비롯한 온갖 동물과 성행위를 하고 마약 주사를 맞고 약물을 남용한다는 것이다. 정말 매력적이야. 지미는 생각했다. 그러나 조합에서는 단속이 엄격했다. 야간 순찰, 성장기 청소년 통행 금지, 중독성 마약 추적견. 조합에서도 규제를 완화하고 진짜 밴드를 불러온 적이 단 한 번 있었다. 밴드 이름은 '평민촌 더러운 놈들'이었다. 그러나 폭동에 준하는 사태가 벌어졌고 그 뒤로 다시는 그런 일이 반복되지 않았다. 크레이크에게 미안해할 필요는 없었다. 그 역시 조합에서 자란 놈이었다. 그는 진상을 알고 있을 터였다.

지미는 쇼핑센터에서 와컬라 프라이스의 모습을 볼 수 있기를 바랐다. 지미는 아직도 그녀에게 일종의 연모의 감정을 느끼고 있었다. 하지만 지미를 소중한 친구로 생각한다는 그녀의 말에 마음이 산산이 부서진 후, 지미는 여러 다른 여자 아이들에게 접근했고, 결국 현재는 금발의 린다 리와 사귀고 있었다. 조정 팀의 일원인 린다 리는 근육질의 허벅지와 가슴을 지니고 있었고, 지미를 한 번 이상 자신의 침실로 데려갔다. 그녀는 음탕한 말을 잘했고 지미보다 경험이 풍부했다. 지미는 그녀와 그것을 할 때마다 마치 불빛이 번쩍이고 제멋대로 흔들리면서 쇠구슬이 마구 쏟아지는 파칭코 기계 속으로 빨려 들어가는 느낌이었다. 지미는 그녀를 그다지 좋아하지는 않았지만 관계를 계속 유지하고 그녀의 남자 목록에서 탈락되지 않도록 신경을 써야 했다. 어쩌면 크레이크를 목록에 넣어 줄 수 있을 것이다. 크레이크에게 호의를 베풀어 자신에게 감사하는 마음을 갖게 만들 수도 있을 것이다. 지미는 크레이크가 어떤 부류의 여자 아이를 선호하는지 궁금했다. 지금까지는 어떤 신호도 내비치지 않았다.

쇼핑센터에서는 와컬라도 보이지 않고 린다 리도 눈에 띄지 않았다. 지미는 린다 리에게 전화를 걸었다. 그녀의 휴대전화는 꺼져 있었다. 그래서 지미와 크레이크는 아케이드에서 삼차원 미치광이 게임을 몇 번 하고 대두오대두 버거("이 달에는 쇠고기 없음"이라고 메뉴 칠판에 적혀 있었다.)를 먹고 차가운 행복한카푸치노를 마시고 힘을 보충한 다음 약간의 스테로이드를 주입하기 위해 에너지 바를 반씩 나누어 먹었다. 그런 다음 그곳에서 항상 연주되는 따뜻한 목욕물 음악을 들으며 분수와 플라스틱 양치류가 있는, 벽으로 둘러싸인 통로를 걸어갔다. 크레이크는 말이 많은 편이 아니었다. 지미가 이제 집에 가서 숙제를 해야겠다고 말하려는 순간 앞에서 주목할 만한 광경이 펼쳐졌다. 멜론스 라일리가 남자와 함께 성인 전용 댄스 클럽으로 향하고 있었던 것이다. 그녀는 학교에서 입는 복장을 벗어 버리고 꽉 끼는 검은색 원피스에 헐렁한 붉은색 재킷을 걸치고 있었다. 남자는 그 재킷 속으로 팔을 넣어 그녀의 허리를 두르고 있었다.

지미는 크레이크의 옆구리를 찔렀다.

"남자가 그녀의 엉덩이에 손을 얹고 있는 것 같지?"

"그건 기하학적인 문제야, 문제를 풀어야 해."

크레이크가 말했다.

"뭐라고?"

지미가 말했다. 그러고는 "어떻게?"라고 물었다.

"네 두뇌 신경 단위를 이용해 봐. 1단계, 눈앞에 보이는 한쪽 팔의 길이를 기준으로 저 남자의 팔 길이를 계산한다. 가정, 두 팔의 길이가 거의 비슷하다. 2단계, 팔꿈치가 구부러진 곳의 각도를 잰다. 3단계, 엉덩이의 만곡률을 계산한다. 입증할 수 있는 숫자가 없는 관계로 수치를 추정해야 할 것이다. 4단계, 앞에서와 마찬가지로 드러난 손을 이용해서 손의 크기를 계산한다."

"난 숫자에 능한 사람이 아니야."

지미는 웃으며 말했다. 그러나 크레이크는 계속 말했다.

"이제 손의 가능한 모든 위치를 고려한다. 허리, 제외. 오른뺨 상단, 제외. 오른뺨 하단 혹은 허벅지 상단이 추론의 결과 가장 가능성 있는 곳으로 판단된다. 양 허벅지 상단 사이 역시 가능하지만, 그 위치는 걸음을 방해할 것이다. 그리고 다리를 절거나 비틀거리는 동작은 전혀 탐지되지 않는다."

크레이크는 화학 실험실 선생을 꽤 잘 흉내 냈다. "네 두뇌 신경 단위를 이용해 봐."라는 말, 일종의 거친 명령처럼 들리는 또박또박하고 딱딱한 말투. 상당한 수준 이상이었다. 아주 훌륭했다.

어느새 지미는 크레이크에게 더욱 호감을 느끼기 시작했다. 어쩌면 둘은 공통점을 지니고 있는지도 모를 일이다. 적어도 크레이크는 유머 감각을 지니고 있었다. 하지만 지미는 동시에 약간의 위협도 느꼈다. 지미 자신 역시 다른 사람을 모방하는 재주가 뛰어났다. 거의 모든 선생을 흉내 낼 수 있었다. 크레이크가 더 능숙하다면 어떻게 될 것인가? 지미는 크레이크에게 미움과 호감을 동시에 느꼈다.

그러나 그 뒤로도 한동안 크레이크는 남의 눈에 띄는 행동을 하지 않았다.

이미 그때도 크레이크에게는 뭔가 특별한 점이 있었어. 눈사람은 생각한다. 엄밀히 말해 크레이크가 인기가 많아서 그런 것은 아니었다. 그러나 사람들은 그가 관심을 보여 주면 우쭐함을 느꼈다. 아이들뿐 아니라 선생들도 마찬가지였다. 크레이크는 마치 열심히 귀를 기울이고 있다는 듯한 표정, 그들의 이야기가 완전히 주목받을 만한 가치가 있는 것이라는 듯한 표정으로 상대방을 바라보았다. 그러나 그런 말을 분명하게 입 밖에 낸 적은 없었다. 그는 경외심을 자아냈다. 압도할 정도는 아니지만 충분할 정도로. 그에게서는 잠재력이 배어 나왔다. 그런데 무엇에 대한 잠재력이란 말인가? 어느 누구도 알지 못했다. 그리고 그렇기 때문에 사람들은 그를 두려워했다. 그 모든 것은 그의 어두운 색채의 단출한 옷차림에 담겨 있었다.

두뇌지지기

와컬라 프라이스는 나노 기술 생화학 시간에 지미의 실험실 짝이었다. 그런데 그녀의 아버지가 대륙 반대편에 위치한 조합에 스카우트되는 바람에 그녀는 초고속 밀폐 총알기차를 타고 떠나 버렸다. 지미는 다시는 그녀를 볼 수 없었다. 그녀가 떠난 후 지미는 일주일 동안 우울해했다. 린다 리의 음탕한 입담도 그에게 위로가 되지 못했다.

와컬라의 실험실 빈자리는 크레이크가 채우게 되었다. 교실 뒤편에 있는 신참자의 외로운 위치에서 승격된 것이다. 크레이크는 매우 똑똑했다. 어중간한 천재들과 박학다식한 아이들로 가득한 건강현인 고등학교에서도 별 어려움 없이 수석을 차지했다. 나노 기술 생화학에 매우 뛰어났고, 지미와 함께 단일 분자층 접합 프로젝트를 진행했는데, 필수 과제인 자주색 선충을 원시적인 해초에서 추출한 색별 염료를 사용하여 계획한 것보다 더 빨리, 뜻하지 않은 변이 없이 생산해 냈다.

지미와 크레이크는 점심시간을 함께 보내게 되었고, 얼마 안 있어 방과 후에도 어울리게 되었다. 물론 매일은 아니었다. 그들은 동성애자가 아니었다. 그러나 적어도 일주일에 두 번 정도는 어울렸다. 처음에는 크레이크의 집 뒤에 있는 진흙투성이 테니스장에서 테니스를 치곤 했다. 그러나 크레이크는 경기 방식에 기발한 사고를 결합시키는 데다 지는 것을 싫어한 반면, 지미는 충동적이고 체력이 형편없었다. 그렇기 때문에 테니스는 그다지 유익한 활동이 되지 못했다. 곧 그들은 테니스 치는 것을 그만두었다. 또는 숙제하는 척하면서(때로는 진짜로 숙제를 하기도 했다.) 크레이크의 방문을 잠그고 컴퓨터 체스 게임이나 삼차원 게임 혹은 누가 이교도 역할을 할 것인지 동전을 던져 가면서 순식간오사마 게임을 하기도 했다. 크레이크는 컴퓨터를 두 대 가지고 있어서 각자 한 대씩 차지하고 서로 등을 기댄 채 게임을 할 수 있었다.

"왜 우리는 진짜 체스 도구를 사용하지 않는 거지? 옛날 도구 말이야. 플라스틱 말이 있는 거."

체스 게임을 하던 어느 날 지미가 물었다. 두 사람이 한 방에서 서로 등을 마주 대고 컴퓨터게임을 하는 것이 이상하게 느껴졌던 것이다.

"왜? 어쨌든 이게 진짜 도구야."

크레이크가 말했다.

"아니야, 이건 진짜가 아니야."

"좋아, 그렇다고 치자. 하지만 플라스틱으로 된 것도 진짜는 아니야."

"뭐라고?"

"진짜 도구는 네 머릿속에 있는 거야."

"그건 조작이야!"

지미가 소리쳤다. 그건 멋진 단어였다. 지미는 그 단어를 오래된 디브이디에서 배웠다. 그들은 상대방이 허풍을 떨 때 비방하기 위해 이 단어를 사용했다.

"진짜 조작이야!"

크레이크는 웃었다.

크레이크는 게임에 집착하곤 했고, 적어도 열에 아홉은 이길 수 있다는 확신이 들 때까지 계속 경기를 반복하면서 자신의 공격 능력을 완벽히 다듬고 싶어 했다. 한 달 내내 그들은 야만인 박멸 게임(당신이 역사를 바꾸어 놓을 수 있을지 시험해 보세요!)을 해야 했다. 한쪽 편은 도시와 부를 가지고 있고, 다른 쪽 편은(항상 그런 것은 아니지만 대개는) 야만인 무리와 가장 사악한 놈을 가지고 있었다. 야만인들이 도시를 박멸하거나 그렇게 하지 못하면 그들 자신이 박멸되는 게임이었다. 게임은 각 세력의 역사적 종말을 기점으로 진행되었다. 로마제국 대 서고트족, 고대 이집트 대 힉소스족, 에스파냐 대 아즈텍족. 그것은 상당히 괜찮았다. 문명을 대표하는 것이 아즈텍족인 반면 에스파냐 사람들은 야만인 집단이었던 것이다. 실재했던 사회와 종족을 이용하기만 하면 게임을 직접 만들어 낼 수도 있었다. 그리고 한동안 크레이크와 지미는 잘 알려지지 않은 역사적 사건을 누가 더 많이 알고 있는지를 두고 서로 경쟁했다.

"비잔티움 대 페체네그족."

기억에 남을 어느 날, 지미가 말했다.

"제기랄, 페체네그족이 누구야? 네가 만들어 낸 거지?"

크레이크가 말했다.

그것은 지미가 학교 도서관에 있는 시디롬에 저장된 1957년판 『브리태니커 백과사전』에서, 지금은 기억할 수 없는 어떤 이유로 찾아낸 것이었다. 지미는 몇 장 몇째 줄에 있는지도 알고 있었다.

"에데사의 매튜는 그들을 사악한 피를 들이켜는 야수들이라고 지칭했어. 그들은 아주 비정했고 결점을 보완할 만한 특징이 전혀 없었지."

지미는 자신이 읽은 바에 근거해 말했다. 그들은 동전을 던져 편을 정했고, 페체네그족 편을 맡은 지미가 이겼다.

"비잔티움 사람들은 몰살당했어. 페체네그족이 학살해 버렸으니까. 페체네그족은 언제나 적들을 즉각 살육했어. 적어도 남자들은 모두 죽였지. 그런 다음에는 여자들을 죽였대."

지미가 설명했다.

크레이크는 자기 편 경기자들이 모두 죽어 버렸다는 사실에 분개하며 잠시 실쭉해 있었다. 그날 이후 그는 피와장미 게임에 몰두했다.

"이 게임은 더 광대하다고 할 수 있어. 접전지가 시공간 면에서 더 크거든."

크레이크가 말했다.

피와장미는 모노폴리 게임의 계보를 잇는 상업 게임이었다. 득점을 하기 위해 피의 편은 인간이 저지른 잔학 행위, 다시 말해 방대한 규모의 잔학 행위를 이용했다. 개별적인 강간이나 살인은 고려 대상이 되지 않았고, 수많은 사람들이 죽임을 당한 사건만 해당되었다. 대학살, 인종 몰살, 그런 종류의 일. 장미의 편은 인간이 이룩한 성취를 이용했다. 예술 작품, 과학적 발명, 주요한 건축물, 유용한 발명품. "영혼의 장대함의 기념비"*, 이것이 게임에서 통용되는 명칭이었다. 그 게임에는 보조 단추가 있어서 『죄와 벌』 혹은 상대성 원리 혹은 눈물의 길** 혹은 『보바리 부인』 혹은 백년전쟁 혹은 이집트로의 도피*** 같은 것이 무엇인지 모를 때면 그 버튼을 더블클릭해서 삽화로 요약된 것

---

* 19세기 영국의 시인 단테 게이브리얼 로세티(Dante Gabriel Rossetti, 1828~1882)의 소네트 연작 『생명의 집』의 첫 소네트에 나오는 구절.

** 19세기 중반 미국 조지아 주의 원주민이었던 체로키 인디언들을 오클라호마로 이주시킨 경로. 그 과정에서 수많은 인디언들이 목숨을 잃었다.

*** 아기 예수가 태어난 지 며칠 되지 않은 때에 예수를 죽이려던 헤로데 왕을 피해 요셉과 마리아가 이집트로 탈출한 성서의 일화.

을 받을 수 있게 되어 있었다. 두 가지 선택권이 있었다. 알(R) 버튼은 어린이용이었고, 폰(PON) 버튼은 불경스러운 장면, 음란한 장면, 노출이 있는 장면을 보여 주는 것이었다.

"그게 역사의 핵심이야. 역사에는 바로 이 세 가지가 아주 많이 포함되어 있지."

크레이크가 말했다.

가상 주사위를 던지면 장미나 피의 항목이 나왔다. 피의 항목이 나올 경우, 장미 편 경기자는 잔학 행위가 일어나는 것을 막을 수 있는 기회가 있었다. 그러나 그것과 맞바꿀 장미 항목을 내걸어야 했다. 그러면 잔학 행위는 역사에서 사라지게 되었다. 아니 적어도 화면에 기록된 역사에서는 그랬다. 피 편 경기자도 장미 항목을 획득할 수 있었지만, 그러려면 잔학 행위를 내주어야 했다. 그렇게 되면 그가 가진 무기가 줄어들고 장미 편 경기자는 더 많은 무기를 갖추게 되는 것이다. 기술이 뛰어난 경기자는 자신이 소유한 잔학 행위를 이용해 장미 편을 공격함으로써 인간의 성취를 약탈하여 자신의 편으로 돌려놓을 수 있었다. 시간이 다 될 때까지 인간의 성취를 더 많이 보유한 쪽이 승리자가 되었다. 물론 자신의 실수와 어리석음과 바보 같은 경기 운용으로 파괴된 인간 성취에 대해서는 감점을 당했다.

교환율(「모나리자」는 베르겐 벨젠*에, 아르메니아 인종 몰살은 「제9교향

---

* 2차 대전 당시 독일 나치군이 유대인 수용소를 만든 곳. 안네 프랑크를 비롯한 수많은 유대인이 이곳에서 사망했다.

곡」에 상응했다.)이 제시되어 있었지만, 언제든 가격을 협상할 수 있었다. 협상을 하려면 숫자를 알아야 했다. 학살당한 시체의 수, 예술 작품의 최근 공지 시가 혹은 예술 작품이 도둑맞은 경우 보험 증서에 따라 지불되는 액수를 알아야 했다. 그것은 끝내주는 게임이었다.

"호메로스. 『신곡』. 그리스 조각상. 송수로. 『잃어버린 낙원』. 모차르트 음악. 셰익스피어 전집. 브론테 자매. 톨스토이. 진주 모스크.* 사르트르 대성당. 바흐. 렘브란트. 베르디. 조이스. 페니실린. 키츠. 터너. 심장이식술. 소아마비 백신. 베를리오즈. 보들레르. 바르톡. 예이츠. 울프."

빗물에 젖어 물방울을 똑똑 떨어뜨리는 초목 사이로 걸어가며 눈사람이 중얼거린다.

분명 그 외에도 더 많았을 것이다. 아니, 더 많았다.

트로이의 약탈. 카르타고의 멸망. 바이킹. 십자군. 칭기즈칸. 훈족 아틸라. 카타르 신자 대학살. 마녀 화형. 아즈텍의 멸망. 마야족의 멸망. 잉카족의 멸망. 종교재판. 찔러 죽이는 자 블라드.** 위그노 대학살. 아일랜드의 크롬웰. 프랑스대혁명. 나폴레옹 전쟁. 아일랜드의 기근. 미국 남부의

---

* 17세기 인도 무굴제국 시대의 건축물.

** 루마니아의 왕. 오토만 제국과 헝가리 사이에서 끊임없이 복속당하던 왈라키아(Walachia, 오늘날의 루마니아)를 두 나라의 세력에서 해방시켰다. 피비린내 나는 통치와 잔인한 성품으로 유명했다. 사람들을 찔러 죽이는 것을 즐긴 탓에 "찔러 죽이는 자"라고 불리게 되었다.

노예제. 콩고의 레오폴드 왕. 러시아혁명. 스탈린. 히틀러. 히로시마. 마오. 폴 포트. 이디 아민. 스리랑카. 동티모르. 사담 후세인.

어떤 목소리가 그의 귓전에 대고 말한다.

"그만해."

눈사람이 말한다.

미안해, 자기. 그냥 도와주려고 했을 뿐인데.

이것이 피와장미 게임의 문제점이었다. 피와 관련된 사건을 기억하는 것이 더 쉬웠던 것이다. 또 다른 문제점은 통상적으로 피의 경기자가 경기에서 이기게 마련이었는데, 승리한 피의 경기자는 황무지를 유산으로 받아야 한다는 점이었다.

"그게 이 게임의 핵심이야."

지미의 불평에 대해 크레이크는 이렇게 대답했다. 만일 그것이 핵심이라면 이 게임은 별 쓸모가 없다고 지미는 말했다. 지미는 자신이 종종 끔찍한 악몽을 꾼다는 사실을 크레이크에게 알리고 싶지 않았다. 베인 머리들로 장식된 파르테논 신전 꿈이 가장 끔찍했다.

무언의 동의 아래 그들은 피와장미 게임을 그만두었다. 크레이크는 새로운 게임에 빠져 있던 터라 별로 개의치 않았다. 새로운 게임이란 멸종마라톤이었다. 그가 사이트에서 발견한 이 게임은 희귀 생물에 대한 거대한 학문을 바탕으로 한 상호작용 게임이었다. 멸종마라톤. 감독 미친 아담. 아담은 살아 있는 동물들에게 이름을 지어 주었고, 미친 아담은 죽은 동물들에게 이름을 지어 줍니다. 게임을 하시겠습니까? 로그온을 하면 이런 화면이 떴다. 그 다음에는 “예”를 누르고 암호명을 쳐 넣어야 했다. 그리고 동물 왕국, 식물 왕국이라는 두 개의 채팅 방 중 하나를 골라야 했다. 그러면 다른 도전자가 코모도왕도마뱀, 코뿔소, 해우, 해마, 창매*와 같은 암호명으로 접속해서 경기를 제안했다. 게임은 다리의 개수로 시작합니다. ‘이것’은 무엇입니까? ‘이것’이란 과거 50년 사이에 멸종되어 버린 생명체를 가리킨다. 그러니까 티라노사우루스 렉스, 로크, 도도새 같은 것은 해당되지 않았다. 시기를 혼동할 경우 감점이 되었다. 그런 다음 문, 강, 목, 과, 속, 종으로 좁혀 나가고 그 후에는 서식지와 마지막으로 목격된 때, 무엇 때문에 멸종되었는지(오염, 서식지 파괴, 특정 동물의 뿔을 먹으면 정력이 증강된다고 믿는 바보들)를 알아맞혀야 했다. 상대편 도전자는 시간을 오래 끌수록 더 많은 점수를 받을 수 있었다. 그러나 이 편에서는 속도를 내면 큰 보너스를 얻을 수 있었다. 모든 멸종된 종에 대한 미친 아담 인쇄물을 가지고 있는 것이 도움이 되기는 했지만 그 자료에는 라틴어 학명만 나와 있었다. 그리고 그것은 깨알 같은 글씨로 되어 있는 수백 장에 달하는 인쇄물이었고, 검색엔진과도 같은 두뇌를 가진 멸종마라톤의 대가들 말고는 어느 누구도 들어 보지 못한 애매한 벌레, 잡초, 양서류 이름들로 가득 차 있었다.

---

* 선인장의 일종.

대가들과 게임을 하게 되면 항상 작은 실러캔스 기호가 화면에 떠올라 그들이 경기 중이라는 것을 알려 주었다. 실러캔스. 선사시대의 심해어. 20세기 중반에 다시 발견될 때까지 오랫동안 멸종되었다고 여겨져 왔습니다. 현재 상태는 알려지지 않았습니다. 멸종마라톤은 정보를 제공하는 기능 외에는 별 쓸모가 없었다. 이 게임은 통학 버스 안에서 상대방을 꼼짝 못하게 만드는 지루한 공론가와 비슷하다고 지미는 생각했다. 끊임없이 설명을 해 댔던 것이다.

"너는 그 게임을 왜 그렇게 좋아하는 거야?"

어느 날 지미는 구부정하게 앉아 있는 크레이크의 등에 대고 물었다.

"내가 잘하는 거니까."

크레이크가 말했다. 지미는 크레이크가 대가가 되고 싶어 하는 것은 아닐까 생각했다. 그것이 어떤 의미가 있어서가 아니라 그저 그런 것이 있기 때문에.

크레이크가 그들의 암호명을 골랐다. 지미의 암호명은 '티크니'였다. 티크니는 공동묘지 주위에 주로 서식했던, 몸이 잘 휘는 오스트레일리아산 멸종 새였다. 그 이름이 연상시키는 소리를 자신과 연관짓고 싶어서 그런 이름을 지어 준 게 아닐까 지미는 추측했다. 크레이크의 암호명은 붉은목크레이크에서 따와 '크레이크'라고 지었다. 그것 역시 오스트레일리아산 새였다. 그 새는 언제나 소수였다고 크레이크는 말했다. 한동안 그들은 그들끼리만 통하는 농담으로 서로를 크레이크와 티크니라고 불렸다. 지미가 그 게임에 별로 관심이 없다는 것을 크레이크가 알아차린 후, 그들은 더 이상 멸종마라톤 게임을 하지 않았고, 티크니라는 이름도 서서히 잊혀졌다. 그러나 크레이크라는 이름은 계속 남았다.

게임을 하지 않을 때면 그들은 인터넷 검색을 하면서 오랫동안 애호해 온 사이트에 들러 새로운 것이 있는지 살펴보았다. 그들은 개심 수술을 실황으로 보거나 아니면 '누디뉴스'를 봤다. 누디뉴스의 출연자들은 별일이 없다는 듯 가장하면서 서로의 치부를 보지 않으려고 애썼기 때문에 처음 몇 분간은 그럭저럭 괜찮게 진행되었다.

아니면 동물 학살 사이트를 보기도 했다. '펠리시아의 개구리 짓누르기'와 같은 유의 것들. 그러나 그런 것들은 이내 유사한 장면을 반복해서 보여 주었다. 밟힌 개구리의 모습, 손으로 갈기갈기 찢긴 고양이의 모습, 그런 것들은 대개 서로 비슷했다. 아니면 세계 정치 지도자들의 시사 문제를 보여 주는 '더러운양말꼭두각시닷컴' 사이트를 보았다. 디지털 유전자 변형 기술 때문에 그 장군들과 그 밖의 인물들이 아직도 살아 있는지, 만일 살아 있다면 인터넷에서 들리는 말을 실제로 했는지는 알 수 없는 노릇이라고 크레이크는 말했다. 어쨌든 그들은 굉장히 빠른 속도로 몰락하고 대치되었으므로 사실 여부는 그다지 중요하지 않았다.

아니면 아시아에서 벌어지는 교수형을 실황으로 보여 주는

'머리절단닷컴' 사이트를 보았다. 그 사이트에서는 중국처럼 보이는 곳에서 수천의 관객들이 환호하는 가운데 인민의 적들이 참수형당하는 것을 볼 수 있었다. 아니면 '알리부부닷컴' 사이트에서 중동의 근본주의자들의 나라라고 하는 먼지 자욱한 고립지에서 도둑으로 간주되는 여러 사람들의 손이 잘려 나가고, 간음자들과 립스틱을 바른 사람들이 고함치는 군중이 던지는 돌에 맞아 죽는 것을 볼 수 있었다. 그런 사이트에서 볼 수 있는 방송은 상당히 질이 낮았다. 촬영이 금지되었던 탓에 더러운 서방 세계의 돈을 위해 목숨을 건 필사적인 극빈자가 미니 비디오 카메라로 몰래 찍은 것이었다. 화면에 주로 보이는 것은 관중의 등과 머리였다. 그래서 카메라를 가진 사람이 들키지 않는 한 거대한 옷걸이들 틈에 갇힌 느낌을 주었다. 카메라를 들키게 되면 손과 옷이 혼란스럽게 움직이다가 이내 화면이 검어졌다. 크레이크가 말하길, 이런 피의 축제는 필시 캘리포니아 어딘가의 후미진 빈터에서 수많은 엑스트라들이 거리에 동원된 상태에서 벌어지고 있을 것이라고 했다.

그런 것보다 더 괜찮은 것은 스포츠 경기 해설자가 있는 미국의 웹사이트였다. "이제 등장하고 있습니다! 네! 시청자 여러분이 최고로 뽑아 주신 조 '공구 세트' 리카르도입니다!" 그런 다음에는 요약된 범죄 뉴스와 희생자들의 끔찍한 사진이 게재되었다. 그런 사이트에는 자동차용 건전지와 안정제 같은 물건에 대한 짤막한 광고가 나왔고, 배경에는 밝은 노란색으로 로고가 그려져 있었다. "적어도 미국인들은 일종의 스타일을 가미하는군." 하고 크레이크는 말했다.

'지름길닷컴', '두뇌지지기닷컴', '사형수감방생중계닷컴'은 최고의 사이트였다. 이들 사이트에서는 전기 사형과 독물 주입 장면을 보여 주었다. 일단 실시간 중계가 합법화된 뒤로 사형당하는 사람들은 카메라를 의식해 과장된 연기를 하기 시작했다. 대부분은 남자들이었고, 가끔 여자들이 보이기도 했다. 그러나 지미는 여자들이 사형당하는 장면은 보고 싶지 않았다. 여자가 죽어 가는 모습은 엄숙했고 눈물을 자아냈다. 여자들은 촛불과 아이들 사진을 들고 멍하니 서 있거나 직접 쓴 시를 들고 등장하기도 했다. 그러나 남자들은 야단법석을 떨었다. 우스운 표정을 짓거나 간수에게 모욕적인 손짓을 하거나 농담을 지껄여댔고, 때로는 탈출을 시도하면서 포승을 길게 늘어뜨리고 거친 욕을 외치면서 감옥 안에서 추격전을 벌이기도 했다.

이 사건들은 모두 사기 조작이라고 크레이크는 말했다. 그 사람들 혹은 그들의 가족이 대가로 돈을 받는다고 설명했다. 방송 후원자들은 시청자들이 싫증을 내면서 컴퓨터를 꺼 버릴 것을 우려해 제작자들에게 좋은 볼거리를 제공해 달라고 요구하는 것이다. 시청자들이 사형 장면을 보고 싶어 하는 것은 사실이지만 시간이 조금 흐르고 나면 그것도 시들해지게 마련이므로 마지막 전투의 기회 혹은 다른 어떤 놀라움을 더해 줄 요소가 필요했던 것이다. 모두 예행 연습을 거친 것이라고 크레이크는 장담했다.

지미는 경탄할 만한 이론이라고 말했다. '경탄할 만한'이라는 단어는 '조작'이라는 단어와 마찬가지로 지미가 디브이디 보관소를 뒤져서 찾아낸 옛 단어였다.

"너는 그들이 실제로 사형당하는 거라고 생각하는 거야?"

크레이크가 물었다.

"그들 중 많은 것은 시뮬레이션처럼 보이던걸."

"알 수 없는 노릇이지."

크레이크가 말했다.

"뭐가 알 수 없는 노릇이란 말이야?"

"뭐가 실제지?"

"이런 조작!"

원조 자살 사이트도 있었는데 그 사이트의 이름은 '나이티나이트닷컴'이었다. 이제까지의 삶을 회고하는 내용이 주를 이루었다. 가족 앨범, 친척과의 인터뷰, 오르간 배경음악에 맞추어 그 행위가 이루어지는 동안 주위에 둘러서 있는 한 무리의 용감한 친구들. 의사가 숨을 거두었다고 선고한 뒤에는, 왜 삶을 거두기로 결심했는지 참가자들이 직접 설명하는 증언 녹화분이 방영되었다. 그 프로그램이 시작된 후로 원조 자살 통계 수치가 갑자기 치솟았다. 그 프로그램에 나와서 스스로를 영광스럽게 죽일 수 있는 기회를 갖기 위해 큰돈을 기꺼이 내려는 사람들이 줄지어 섰다는 소문이 돌았다. 그리고 참가자를 뽑기 위해 추첨

이 진행되었다.

크레이크는 그 사이트를 보면서 자주 미소를 지었다. 어떤 이유에서인지 무척 재미있다고 생각한 것이다. 지미는 정반대였다. 자신이 살 만큼 살았다는 것을 아는 것은 날카로운 안목을 보여 주는 것이라고 말하는 크레이크와 달리, 지미는 그런 일을 직접 한다는 것을 상상조차 할 수 없었다. 지미가 주저한 이유는 겁이 많아서였을까, 아니면 그저 오르간 음악이 형편없어서였을까?

그런 식의 계획된 죽음은 지미를 불안하게 만들었다. 그것은 나 이제 가 버린다라고 말하는 앵무새 알렉스를 연상시켰다. 앵무새 알렉스와 원조 자살과 지미의 어머니와 어머니가 지미에게 남겨 놓은 쪽지 사이의 차이점을 어떻게 확실히 구분 지을 수 있겠는가. 세 경우 모두 그들 자신의 의도를 알렸고, 그런 뒤에 사라져 버렸던 것이다.

아니면 「안나 케이(K)와 집에서」를 보았다. 안나 케이는 가슴이 풍만한, 자칭 설치미술가로, 자신의 아파트를 방송에 연결시켜 그녀 삶의 모든 순간을 수만 명의 관음증 환자들에게 생중계로 방영했다. "항상 자신의 행복과 불행에 대해 생각하는 안나 케이입니다." 그녀의 방송을 보면 이런 문구를 만나게 된다. 그런 다음에는 그녀가 눈썹을 뽑는 것, 비키니 라인에 왁스를 바르는 것, 속옷 빨래를 하는 것을 볼 수 있었다. 때로 그녀는 옛

희곡을 큰 소리로 읽기도 했다. 발목까지 오는 구식 나팔 청바지를 입고 깡통 위에 앉아서 모든 역을 맡아 읽었다. 그렇게 해서 지미는 셰익스피어를 만나게 되었다. 안나 케이의 「맥베스」 공연을 통해서.

> 내일, 그리고 내일, 그리고 내일.
> 이 작은 발걸음으로 기어가는구나, 하루에서 다른 하루로,
> 기록된 시간의 마지막 음절까지.
> 그리고 우리의 모든 어제는 바보들에게
> 먼지 쌓인 죽음으로의 길을 밝혀 주었구나.

안나 케이는 끔찍하게 서투른 배우였다. 그러나 눈사람은 그녀에게 항상 고마움을 느낀다. 그녀가 일종의 문 역할을 해 준 것이다. 그녀가 아니었다면 그는 얼마나 많은 것에 무지했을지. 단어들을 생각해 보라. 예를 들면, '바랜' 같은 단어. '담홍색' 같은 단어.

"이 쓰레기 같은 건 도대체 뭐야? 채널 바꿔!"

크레이크가 말했다.

"아니야, 기다려, 기다려 보라고."

완전히 매혹된 지미가 말했다. 무엇에 매혹되었단 말인가? 지미가 듣고 싶어 하던 무엇인가에. 그러면 크레이크는 기다렸다. 그는 때때로 지미의 비위를 맞춰 주기도 했다.

아니면 「빠른 기인」을 보기도 했다. 사람들이 살아 있는 동물을 먹는 속도를 스톱워치로 재는 시합을 방영하는 것이었다. 이겼을 때의 경품은 구하기 힘든 음식이었다. 경품으로 받는 양고기 몇 조각 혹은 진짜 브리 치즈 한 덩어리를 위해 사람들이 무슨 일이든 마다하지 않는다는 것은 참으로 놀라운 일이었다.

아니면 포르노를 보았다. 그런 것은 아주 많았다.

언제부터 몸이 혼자만의 모험에 나서게 되었던가? 눈사람은 생각한다. 아마도 오랜 여행의 동반자인 마음과 영혼을 팽개쳐 버린 뒤였을 것이다. 마음과 영혼에게 몸이란 그저 타락한 그릇, 아니면 그들을 위한 각본을 연기해 주는 꼭두각시, 아니면 그 둘을 빗나가게 만드는 나쁜 동료일 뿐이었다. 몸은 영혼의 끊임없는 잔소리와 푸념, 그리고 마음의 초조함에서 비롯된 지적인 거미줄 짜기에 짜증이 났을 것이다. 마음과 영혼은 몸이 흥미진진한 무언가를 맛보려고 하거나 좋은 무언가에 손을 대려고 할 때마다 주의를 산만하게 만들었던 것이다. 몸은 그 둘을 뒤쪽 어딘가에 던져 버리고 어느 축축한 성소 혹은 숨막히는 강연실에서 헤매도록 내버려 두었다. 그러는 동안 그 자신은 여성들이 상반신을 드러내고 있는 술집으로 곧장 향했다. 몸은 그 둘과 함께 문화라는 것도 던져 버렸다. 음악과 미술과 시와 연극. 그리고 고상한 것 모두. 고상함만은 피하고 싶어. 몸은 말했다. 왜 단도직입적으로 나서지 않는가?

그러나 몸은 그 자신만의 문화 양태를 갖고 있었다. 그것만의 예술을 지니고 있었다. 사형 장면은 그것의 비극이었고, 포르노는 그것의 로맨스였다.

나이가 열여덟 살 이상이어야 하고 특별 암호를 가진 사람만 볼 수 있는 더 역겨운 금지 사이트에 접속하기 위해서, 크레이크는 '작전 거점 미로'라고 부르는 복잡한 방법을 통해 알아낸 피트 삼촌의 개인 암호를 썼다. 크레이크는 인터넷 안에 구불구불한 도로를 구축해 두고 접근하기 쉬운 상업 기업을 마구잡이로 해킹한 다음, 한 거점에서 다음 거점으로 뛰어넘는 방법으로 자신이 다녀간 곳의 흔적을 지워 버렸다. 그래서 청구서를 받았을 때 피트 삼촌은 누가 그렇게 외상을 늘려 놓았는지 찾아낼 길이 없었다.

또한 크레이크는 피트 삼촌이 질 좋은 밴쿠버 스컹크위드 마약을 오렌지 주스 깡통에 넣어 냉동실에 보관해 둔 것을 찾아냈다. 그는 깡통의 사분의 일 분량을 덜어 낸 다음, 학교 매점에서 50달러에 한 봉지를 살 수 있는, 옥탄값이 낮은 카펫 세탁제 일부를 섞어 놓았다. 그는 피트 삼촌이 절대 알아내지 못할 거라고 말했다. 피트 삼촌은 크레이크의 어머니와 섹스를 하고 싶을 때가 아니면 절대로 그것을 피우지 않는데, 오렌지 주스 깡통의 수와 그것이 줄어드는 속도로 미루어 보아 그들의 섹스는 잦은 일이 아니었다. 피트 삼촌은 사무실 사람들에게 명령을 내리는 것과 월급받는 노예들을 몰아대는 것에서 진정한 자극을 느낀다고 크레이크는 말했다. 피트 삼촌은 과학자였지만 이제는 건강현인에서 재무 일을 맡고 있는 막강한 경영자였다.

지미와 크레이크는 사형 장면과 포르노 장면을 보며 마약 담배 몇 대를 말아서 피웠다. 화면 속에서 천천히 움직이는 신체의 일부분, 압력을 받는 가운데 이루어지는 육체와 피의 수중발레, 강하고 부드러운 결합과 결별, 신음 소리와 비명 소리, 꼭 감은 눈과 악문 이의 확대 장면, 이런저런 것의 분출. 뒤나 앞으로 빨리 돌리면 그것은 모두 똑같은 장면, 똑같은 상황처럼 보였다. 때로 그들은 각기 다른 화면에 그 두 가지를 한꺼번에 띄우기도 했다.

그러한 일은 기계에서 나오는 음향 효과를 제외하면 대부분 침묵 속에서 이루어졌다. 무엇을 보고 언제까지 볼 것인지를 결정하는 것은 크레이크였다. 컴퓨터가 그의 것이니 당연한 일이었다. 그는 화면을 바꾸기 전에 "다 봤어?"라고 묻기도 했다. 그는 재미있다고 여기는 쇼 말고는 눈앞에서 펼쳐지는 내용에 별 영향을 받지 않는 것 같았다. 흥분하는 것 같지도 않았다. 지미는 그가 숨을 들이쉬지 않는 것이 아닐까 미심쩍어했다.

그와 반대로 지미는 전율하며 집으로 돌아가곤 했다. 마약으로 인해 줄곧 몽롱함을 느끼며 마치 자신에게 일어난 일, 자신에게 가해진 일에 대해 전혀 통제력을 발휘할 수 없었던 난교 파티에 다녀온 듯한 기분에 사로잡혔다. 마치 자신이 공기로 만들어진 것처럼 아주 가볍게 여겨지기도 했다. 쓰레기로 뒤덮인 에베레스트 산 정상의 희박하고 현기증을 일으키는 공기. 그가 집으로 돌아와도 그의 '부모'는(그들이 아래층에 있다고 친다면) 아무것도 알아차리지 못하는 것 같았다.

"뭘 좀 제대로 먹고 다니는 거니?" 라모나는 이렇게 묻기도 했다. 그녀는 지미의 웅얼거리는 소리를 그렇다는 대답으로 해석했다.

화끈한꼬마

크레이크의 집에서 그런 일들을 하는 데 가장 좋은 시간은 늦은 오후였다. 어느 누구도 그들을 방해하지 않았다. 크레이크의 어머니는 자주 외출하거나 매우 바빴다. 그녀는 종합병원에서 진단 전문의로 일했다. 머리카락은 검고 사각 턱에 가슴은 빈약한 열성적인 여자였다. 아주 가끔 지미가 크레이크의 어머니와 함께 있게 될 때에도 그녀는 별다른 말을 하지 않았다. 두 사람을 "너석들"이라고 부르며 그녀는 간식으로 줄 것을 찾기 위해 부엌 찬장을 뒤적였다. 때로는 음식을 준비하다가(오래된 크래커를 접시 위에 쏟아 놓고, 오렌지색과 흰색이 섞인 단단한 치즈 덩어리를 썰다가) 방 안에서 다른 누군가를 발견하기라도 한 것처럼 갑자기 꼼짝 않고 서 있기도 했다. 지미는 그녀가 자신의 이름을 기억하지 못한다는 인상을 받았다. 그뿐 아니라 크레이크의 이름도 기억하지 못하는 것 같았다. 때로 그녀는 크레이크에게 방을 깨끗이 정돈해 놓고 지내는지 물었다. 그러나 그의 방에 직접 가 보는 일은 없었다.

"어머니는 자식의 사생활을 존중해야 한다고 믿으셔."

크레이크는 정색을 하고 말했다.

"네 곰팡이 핀 양말 때문일 거야. 아라비아의 온갖 향수로도 그 작은 양말을 향기롭게 만들 수 없을 거야."*

지미가 말했다. 그는 최근에 말을 인용하는 데 재미를 붙였다.

"그것 때문에 우리한테는 방향 스프레이가 있지."

크레이크가 말했다.

피트 삼촌은 7시 이전에는 집으로 돌아오는 일이 거의 없었다. 건강현인이 헬륨 팽창하듯 급속히 확장되고 있어서 그가 새로운 책임을 많이 맡게 된 것이다. 그는 크레이크의 진짜 삼촌이 아니라 크레이크 어머니의 두 번째 남편이었을 뿐이다. 그는 크레이크가 열두 살 때 그 역할을 맡게 되었다. 열두 살은 '삼촌'이라는 꼬리표를 거부감 없이 받아들이기에는 약간 늦은 나이였다. 하지만 크레이크는 현 상태를 담담히 받아들였다. 아니 적어도 그런 것처럼 보였다. 피트 삼촌 곁에 있을 때면 미소를 지으며 맞장구를 쳤다. 그럼요, 피트 삼촌. 맞아요, 피트 삼촌. 그러나 지미는 크레이크가 피트 삼촌을 좋아하지 않는다는 것을 알고 있었다.

* "아라비아의 온갖 향수로도 피비린내 나는 이 작은 손을 향기롭게 만들 수 없구나."라는 『맥베스』의 대사를 인용한 것이다.

어느 날 오후, 그러니까 그게 언제였더라? 실외 기온이 지독하게 높았던 것으로 보아 3월이었을 것이다. 그들은 크레이크의 방에서 포르노를 보고 있었다. 이미 포르노 같은 것은 시대에 뒤떨어진 것으로, 향수의 대상으로나 여겨졌다. 평민촌의 10대들 클럽을 전전하는 중년 남자들처럼, 그런 것을 즐기기에는 너무 나이가 많이 들어 버린 듯한 느낌. 그럼에도 그들은 의무를 수행하듯 마약 담배에 불을 붙여 들고 새로운 미로를 통해 피트 삼촌의 디지털 충전 카드를 해킹한 다음 검색을 시작했다. 그들은 인체의 각 구멍에 끼워져 있는 정교한 과자를 보여 주는 '오늘의파이' 사이트를 둘러보고, '최강삼키미' 사이트를 방문했다. 그런 다음에는 전직 광대, 발레리나, 몸을 꼬는 곡예사를 고용하는 러시아 사이트로 갔다.

"남자가 자신의 그것을 빨 수 없다고 말한 게 도대체 누구야?" 이것이 크레이크의 논평이었다. 여섯 개의 타오르는 횃불을 들고 줄타기 곡예를 하는 장면은 상당히 멋있었다. 그러나 그런 것은 그들이 이미 본 것이었다.

그다음에는 세계적인 섹스 여행 사이트인 '화끈한꼬마'로 갔다. "직접 여행하는 것의 차선책"이 그 사이트의 광고 문구였다. 광고에서는 진짜 섹스 관광객들이 자신의 나라에서라면 감옥에 갇힐 만한 행위를 하는 모습을 찍은 것이라고 주장했다. 관광객들의 얼굴은 보이지 않았고 이름도 사용되지 않았다. 그러나 공갈 협박의 가능성이 상당히 높았으리라는 것을 눈사람은 이제야 깨닫는다. 여행 장소는 생명이 싸구려로 취급되고, 아이들이 많으며, 원하는 것은 무엇이든 살 수 있는 나라들이라고 했다.

그들이 처음으로 오릭스를 본 것은 바로 그 사이트에서였다. 그녀는 겨우 여덟 살밖에 되지 않았다. 아니 여덟 살 정도로 보였다. 당시 그녀가 정확히 몇 살이었는지 그들은 결코 알아낼 수 없었다. 그녀의 이름은 오릭스가 아니었다. 그녀는 이름이 없었다. 포르노 사이트에 나오는 어린 소녀에 불과했다.

그런 소녀들 중 누구도 진짜 사람으로 느껴지지 않았지만(그들은 언제나 디지털 복제 인간처럼 보였다.) 어떤 이유에서인지 오릭스는 처음부터 3차원적인 존재로 느껴졌다. 그녀의 몸매는 가늘고 정교했다. 나머지 다른 소녀들처럼 머리에 화환과 분홍색 리본 말고는 아무것도 걸치고 있지 않았다. 화환과 리본은 아동 섹스 사이트에 자주 등장하는 소품이었다. 그녀는 양옆의 다른 소녀들과 함께, 소인국 릴리퍼트에 있는 걸리버처럼 거대한 남자의 상반신 앞에 무릎을 꿇고 있었다. 그는 가냘픈 난쟁이들의 섬에 좌초한 보통 체구의 남자 혹은 납치당하고 넋을 잃은 후 영혼이 없는 세 장난꾸러기 요정에게 몸서리쳐지는 쾌락을 경험하도록 강요당하는 남자 같았다. 남자의 눈에 띄는 특징들은 감추어져 있었다. 머리에는 내다볼 수 있도록 구멍 뚫린 봉지가 씌워져 있고, 문신과 흉터에는 외과 수술용 테이프가 붙어 있었다. 그런 사람들은 고국에 있는 사람들에게 발각되지 않기를 원하는 법이다. 그러나 탄로 날 가능성이 있다는 것이 스릴의 일부이기도 했다.

그들이 하는 행위에는 생크림을 핥는 동작이 많이 포함되어 있었다. 그것은 순수함과 음탕함의 느낌을 동시에 자아냈다. 새끼 고양이 같은 혀와 작은 손가락을 지닌 세 소녀는 남자 위로 기어올라 신음하고 낄낄거리며 남자에게 완전한 성적 쾌락을 안겨 주었다. 웃음소리는 분명 녹음된 것이었다. 세 소녀는 웃지 않았다. 그들은 겁에 질린 듯 보였고, 한 명은 울고 있기까지 했다.

지미는 판에 박힌 내용을 알고 있었다. 그들은 저렇게 보이도록 되어 있는 거야. 지미는 생각했다. 그들이 행동을 멈추면, 움직이는 막대기가 옆에서 나와서 그들을 쿡쿡 찔러 댔다. 그것이 이 사이트의 특징이었다. 그것에는 적어도 세 겹의 모순된 가장(假裝)이 겹쳐져 있었다. 나는 하고 싶다, 하고 싶지 않다, 하고 싶다.

오릭스는 행위를 하다가 잠시 멈췄다. 그녀는 성숙해 보이는 희미한 미소를 힘겹게 지었다. 그리고 입에 묻은 생크림을 닦아 버렸다. 그러고는 어깨 너머로 고개를 돌리고 시청자의 눈을 정면으로 바라보았다. 지미의 눈 속을, 지미의 내면에 존재하는 비밀스러운 존재를 정면으로 응시했다. 그 표정은 말하고 있었다. 나는 너를 보고 있어. 나는 네가 보는 것을 보고 있어. 너를 알아. 네가 뭘 원하는지 알아.

크레이크는 되감기 버튼을 누른 다음 정지를 누르고 나서 영상을 내려받았다. 그가 영상을 정지시키는 것은 흔한 일이었다. 지금까지 그는 작은 보관소 분량만큼의 인쇄물을 가지고 있었다. 때로는 인쇄물을 지미에게 나누어 주기도 했다. 그것은 위험한 짓이었다. 미로 속을 추적해 오는 누군가에게 흔적을 남길 수도 있는 일이었다. 그렇지만 크레이크는 개의치 않았다. 그는 그 순간을, 오릭스가 정면을 응시하는 순간을 저장했다.

지미는 그녀의 표정을 보는 순간 달아오르는 것 같았다. 마치 산(酸)이 자신을 부식시키는 듯했다. 그녀는 그를 경멸했다. 그가 피우고 있던 마약 담배에는 풀 조각들만 들어 있는 것 같았다. 만일 마약이 좀 더 강했더라면 죄책감 같은 것은 건너뛸 수 있었을 것이다. 그러나 처음으로 그는 자신들이 이제까지 해 온 짓이 잘못된 일이라는 것을 깨달았다. 그전에는 언제나 오락거리 아니면 통제할 수 없는 무엇에 불과했다. 그런데 이제는 죄책감이 느껴졌다. 그와 동시에 미늘에 아가미가 걸린 듯한 기분이었다. 만일 누군가가 오릭스가 있는 곳으로 당장 장거리 이송을 시켜 주겠다고 제안한다면 당연히 받아들였을 것이다. 그곳에 갈 수 있게 해 달라고 애원했을 것이다. 하지만 그것은 너무 복잡한 일이었다.

"보관용이야. 너도 가질래?"

크레이크가 물었다.

"그래."

지미가 말했다. 말을 거의 입 밖에 낼 수가 없었다. 자신의 목소리가 아무렇지 않게 들렸기를 바랐다.

크레이크는 오릭스가 바라보고 있는 사진을 인쇄해 주었고, 눈사람은 그것을 내내 간직했다. 수년이 지난 후 눈사람은 그것을 오릭스에게 보여 주었다.

"내가 아닌 것 같아."

그녀가 처음으로 꺼낸 말은 바로 이것이었다.

"분명 너야! 봐! 이건 네 눈이잖아!"

지미가 말했다.

"이런 눈을 가진 소녀들은 많아. 이런 일을 하는 소녀들도 많고. 아주 많아."

그녀는 이렇게 말하더니 그가 실망한 것을 보고는 덧붙였다.

"나일지도 모르지. 아마 그럴 거야. 그러면 네가 행복하겠니, 지미?"

"아니."

지미가 말했다. 그것은 거짓말이었던가?

"왜 그 사진을 간직해 온 거야?"

"무슨 생각하고 있었어?"

눈사람은 대답 대신 이렇게 되물었다.

다른 여자였다면 사진을 구겨 버리고, 울면서 그에게 "나쁜 놈." 이라고 소리 지르고, 그가 자신의 삶을 전혀 이해하지 못한다고 하면서 통속적인 상황을 연출했을 것이다. 그러나 그녀는 그렇게 하는 대신 한때 분명히 자신의 얼굴이었던 부드럽고도 냉소적인 아이의 얼굴을 손가락으로 쓰다듬으며 종이를 매끈하게 폈다.

"내가 생각하고 있었던 것 같아? 오, 지미! 너는 언제나 모든 사람이 생각하고 있다고 여기지. 아마 나는 아무것도 생각하고 있지 않았을 거야."

"네가 생각하고 있었다는 거 알아."

"내가 그런 척하기를 원해? 거짓을 지어내길 바라는 거야?"

"아니. 그냥 말해 줘."

"왜?"

지미는 그것에 대해 생각해 보아야 했다. 그는 그것을 보고 있던 자신을 기억했다. 그가 어떻게 그녀에게 그런 짓을 할 수 있었던가? 하지만 그의 행동은 그녀에게 해를 가하지 않았다. 아니, 해를 가했던가?

"네가 그래 주기를 바라기 때문이야."

별다른 이유는 없었다. 그것이 생각해 낼 수 있는 전부였다.

그녀는 한숨을 내쉬었다.

"나는 생각하고 있었어. 내게 기회가 생긴다면 무릎을 꿇지 않겠다고 말이야."

그녀는 지미의 피부에 생긴 작은 원을 손톱으로 쓰다듬으며 말했다.

"그럼 다른 누군가가 그러리라고 생각했던 거야? 누구? 어떤 사람?"

지미의 물음에 오릭스가 말했다.

"넌 모든 걸 알고 싶어 하는구나."

(5)

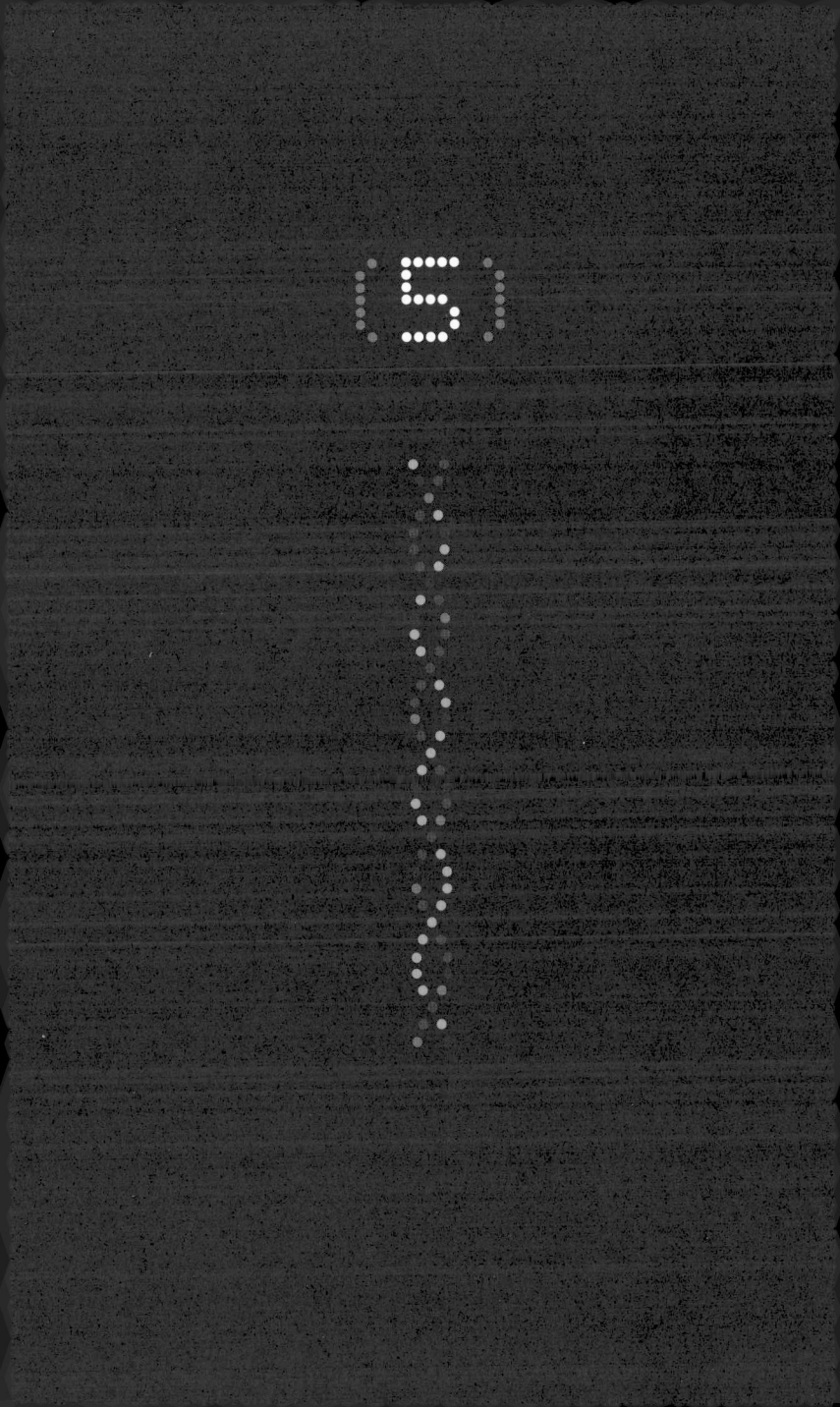

토스트

눈사람은 너덜너덜한 천을 걸치고, 풀과 살갈퀴와 모자반이 모래사장과 만나는 나무숲 가에 몸을 구부린 채 앉아 있다. 공기가 다소 서늘해지자 의기소침했던 기분이 조금 나아진다. 배도 고프다. 배고픔에는 긍정적인 요소가 있다. 적어도 배고픔은 우리가 아직 살아 있음을 알게 해 준다.

머리 위의 잎사귀들이 산들바람에 살랑거린다. 곤충들은 삑삑거리는 소리와 떨리는 소리를 내며 운다. 저물어 가는 해가 뿜어 내는 붉은빛이 물속에 잠긴 고층 빌딩들에 내려앉으며 부서지지 않은 채 여기저기 떠 있는 판자를 밝게 비춘다. 마치 산산조각 난 램프에 불이 들어온 것처럼. 몇몇 건물들에는 한때 옥상 정원이 갖추어져 있었다. 이제 그 건물들은 상단에 무성하게 자라난 관목들로 불안정해 보인다. 수백 마리 새들이 그 건물들을 향해 하늘을 가로질러 흘러가듯 이동한다. 보금자리를 향해 가는 것이다. 따오기? 왜가리? 검은 것들은 가마우지다. 그것만은 확실히 알고 있다. 새들은 어둠 속으로 잠겨 가는 무성한 잎사귀들 틈에 내려앉아 깍깍거린다. 혹시 구아노가 필요하게 되더라도 그는 어디서 구해야 할지 걱정할 필요가 없을 것이다.

토끼 한 마리가 깡충깡충 뛰다가 멈춰 서서 귀를 기울이기도 하고 기다란 이빨로 풀을 뜯어 먹기도 하면서 남쪽으로 펼쳐진 빈터를 가로지르며 이쪽으로 오고 있다. 어스름 속에서 토끼는 은은한 빛을 낸다. 오래전에 실험에 사용했던, 심해의 해파리에서 추출해 낸 무지개 세포*와 같은 초록색이 도는 빛이다. 어둑어둑한 빛 속에서 토끼는 부드러워 보이고 터키 과자처럼 거의 반투명해 보인다. 그 털을 사탕처럼 빨아 먹을 수 있을 것만 같다. 빛을 내는 초록색 토끼는 눈사람이 어릴 때도 있었다. 하지만 그때의 토끼들은 이렇게 크지도 않았고, 우리를 빠져나가 야생종과 교배해 골치 아픈 일들을 일으키지도 않았다.

토끼는 눈사람을 전혀 두려워하지 않지만, 눈사람의 마음속에는 고기를 먹고 싶은 욕망이 가득 차오른다. 이놈을 돌덩이로 때려죽인 다음 맨손으로 갈기갈기 찢어 털과 온갖 부위를 입속에 쑤셔 넣고 싶다. 그러나 토끼는 오릭스의 아이들 것이며, 오릭스 자신에게겐 신성한 동물이다. 여자의 기분을 상하게 하는 것

---

* 구아닌으로 된 반사 수정체를 담은 어류의 외피 세포.

은 현명하지 못한 짓이다.

이 모든 것은 그의 실책이다. 율법을 정할 때 술 때문에 제정신이 아니었던 게 틀림없다. 적어도 자신만은 토끼를 잡아먹을 수 있도록 법을 정했어야 했다. 하지만 지금 와서 바꿀 수는 없는 노릇이다. 오릭스가 약간은 심술궂은 기쁨에 가득 차서 그를 향해 만족스럽게 웃는 소리가 들리는 듯하다.

오릭스의 아이들, 크레이크의 아이들. 눈사람은 무엇이든 생각해 내야만 했다. 이야기를 일관성 있고 단순하게 만들 것, 머뭇거리지 말 것. 이것은 피고석에 앉아 있는 범죄자들에게 변호사들이 하던 전문가적인 충고였다. 크레이크는 해안에 있는 산호로 크레이크의 아이들의 뼈를 만들었다. 그런 다음 망고로 그들의 몸을 만들었다. 반면 오릭스의 아이들은 오릭스가 낳은 거대한 알에서 부화했다. 사실 그녀는 두 개의 알을 더 낳았다. 하나는 동물과 새와 물고기로 가득 차 있었고, 다른 하나는 언어로 가득 차 있었다. 그런데 언어로 가득 찬 알이 먼저 부화했다. 그때 크레이크의 아이들은 이미 창조된 상태였다. 그들은 배가 고파서 언어를 모두 먹어 치웠다. 두 번째 알이 부화했을 때에는 어떤 언어도 남아 있지 않았다. 그렇기 때문에 동물들이 말을 하지 못하는 것이다.

일관성이 가장 중요하다. 어렸을 때, 거짓말을 하는 것이 상당히 어려운 일로 느껴지던 그 시절에, 눈사람은 이것을 배웠다. 이제는 사소한 모순에 덜미가 잡히더라도 자신이 한 말을 굽히지 않고 계속 주장할 수 있다. 이들이 눈사람을 신뢰하기 때문이다. 눈사람은 크레이크를 직접 알고 지냈던 유일한 생존자이기 때문에 유리한 입장을 차지하고 있다. 크레이크 왕국, 크레이크 방식, 크레이크 결사의 보이지 않는 현수막이 그의 머리 위에서 휘날리면서 그가 하는 모든 일을 신성화해 준다.

첫 별이 떠오른다. "별빛, 빛나는 별." 눈사람이 말한다. 초등학교 시절의 선생. 엉덩이가 큰 샐리. 이제 눈을 꼭 감으세요. 더 꼭! 정말로 꼭! 저기! 소원을 비는 별이 보이나요? 이제 우리 모두 이 넓은 세상에서 정말, 정말 가장 원하는 일이 이루어지도록 소원을 빌 거예요. 하지만 쉿, 어느 누구에게도 말하지 마세요. 그러면 소원이 이루어지지 않을 테니까요!

눈사람은 얼굴을 찌푸리며 눈을 감고, 감은 눈을 주먹으로 밀어 누르면서 얼굴 전체에 단단히 힘을 준다. 소원을 비는 별이 정말로 보인다. 그것은 푸른색이다. 눈사람은 말한다.

"나는 내가, 내가 혹시라도, 오늘 밤 소원을 이룰 수 있었으면 해요."

실현 가능성이 거의 없는 일.

"오, 눈사람, 왜 당신은 아무에게도 말을 하지 않는 거죠?"

한 목소리가 말을 걸어온다. 눈사람은 눈을 뜬다. 나이 많은 아이들 셋이 그에게서 약간 떨어진 곳에 서서 흥미롭다는 표정으로 그를 바라보고 있다. 그들은 어둠 속에서 살그머니 걸어왔을 것이다.

“크레이크에게 이야기하는 중이야.”

눈사람이 말한다.

“하지만 당신은 그 빛나는 물건을 통해 크레이크에게 이야기하잖아요. 그게 부서졌나요?”

눈사람은 왼팔을 들어 시계를 보여 준다.

“이건 크레이크의 말을 듣기 위한 거야. 그에게 말하는 것은 다른 거지.”

“왜 당신은 크레이크와 별에 대해 이야기하나요? 크레이크에게 무슨 말을 하고 있나요, 오, 눈사람?”

정말로 무슨 말을 하고 있는 거지? 눈사람은 생각한다. 원주민을 대할 땐 그들의 전통을 존중하고자 노력해야 하고, 그들의 신앙 체계 안에서 이해될 수 있는 간단한 개념에 국한해서 설명해야 한다. 그의 머릿속에 있는 책이 주장한다. 이번에는 좀 더 현대적인 책이다. 20세기 후반, 자신감에 찬 여성의 목소리. 겨드랑이 부위는 망사 처리되어 있고 100개의 호주머니가 달린 카키색 정글 복장을 한 진지한 구조 대원. 겸손한 척하는 독선적 암소. 자신이 모든 대답을 알고 있다고 생각하는 여자. 대학 시절에 눈사람은 그런 여자를 알고 있었다. 만일 그녀가 여기 있다면, 그녀는 원주민이라는 것에 대해 완전히 새로운 해석을 필요로 할 것이다.

“나는 그에게, 너희가 너무 많은 질문을 한다고 말하고 있었어.”

눈사람은 말한다. 그는 시계를 귀에 갖다 댄다.

"그리고 그는 너희가 질문을 그만두지 않으면 토스트로 만들어 버릴 거라고 했지."

"제발, 오, 눈사람, 토스트가 뭐예요?"

또 실수했군. 눈사람은 생각한다. 애매한 비유는 피해야 하는데.

"토스트란, 아주 나쁜 거야. 너무 나빠서 묘사조차 할 수 없어. 이제 잠잘 시간이다. 가거라."

"토스트가 뭐더라."

그들이 재빨리 자리를 뜨자 눈사람은 스스로에게 묻는다. 토스트란 빵 한 조각을 가지고 — 빵이 뭐예요? 빵이란 약간의 밀가루를 가지고 — 밀가루가 뭐예요? 그 부분은 너무 복잡하니 건너뛰어야겠다. 빵이란 먹을 수 있는 것인데, 식물을 가루 낸 것으로 만든, 돌멩이처럼 생긴 덩어리다. 그걸 구운 거다……. 그런데 그걸 왜 굽나요? 왜 그냥 식물을 먹지 않는 거죠? 그 부분은 신경 쓰지 마. 집중해. 그것을 구운 다음 얇은 조각으로 썰어서 그 조각을 전기로 열을 내게 되어 있는 철제 상자인 토스터에 넣는다. — 전기가 뭐예요? 그 부분도 신경 쓰지 마. 빵 조각이 토스터 안에 들어가 있는 동안 버터를 꺼낸다. 버터는 노란 기름이다. 그것은 유선에서 공급된…… 버터 부분은 건너뛰자. 그러면 토스터는 검은 연기를 내며 빵 조각 양면을 검게 태운다. 그러면 이 토스터는 빵 조각을 공중으로 쏘아 올리고, 빵 조각은 바닥에 떨어지게 된다…….

"그만둬." 눈사람은 말한다. "다시 해 보자."

토스트는 암흑 시대부터 전래된 쓸모 없는 발명품이었다. 토스트는 그것에 복속된 사람들로 하여금 과거 삶의 죄와 범죄를 털어놓게 하는 고문 도구였다. 토스트는 주물 숭배자들이 동적이고 성적인 힘을 강화해 주리라고 믿으며 게걸스럽게 먹어 치웠던 의식적인 물품이었다. 토스트는 어떤 이성적인 방식으로도 설명될 수 없다.

토스트는 나다.

나는 토스트다.

물고기

하늘이 깊은 바다색에서 남청색으로 어두워진다. 유화물감과 상류 계급 여성들 속옷에 이름을 붙인 이들에게 신의 축복이 있기를. 눈사람은 생각한다. 장미꽃잎 분홍색, 진홍 레이크* 색, 엷은 안개 색, 태운 엄버** 색, 익은 자두색, 남청색, 깊은 바다색. 그런 단어들과 어구들은 그 자체로 환상이다. 호모 사피엔스 사피엔스가 한때 언어에 뛰어난 능력을 가지고 있었다는 사실은 위안을 준다. 아니, 언어뿐 아니라 다른 모든 방면에도 탁월했다는 것은.

결국은 원숭이의 두뇌라는 것이 크레이크의 주장이었다. 원숭이의 앞발, 원숭이의 호기심, 모든 것을 분해하고 뒤집고 냄새 맡고 어루만지고 측정하고 개선하고 파괴하고 버리고자 하

* 수용성 유기 색소에 금속염 등의 침전제를 가해서 만든 불용성 안료.

** 천연으로 산출하는 갈색 안료.

는 욕망, 이 모든 것이 원숭이의 두뇌에 갖춰져 있는 기능이다. 비록 향상된 두뇌 모델이지만 결국 원숭이의 두뇌이기는 마찬가지라는 것이다. 그 자신이 탁월한 능력을 지녔으면서도 크레이크는 인간의 우수성을 그다지 높게 평가하지 않았다.

마을에서, 아니 집들이 있다면 마을이라고 불릴 곳에서 웅얼거리는 목소리가 들려온다. 시간표에 정확히 맞추어 횃불을 든 남자들이 등장하고 그 뒤를 따라 여자들이 나타난다.

여자들이 나타날 때마다 눈사람은 깜짝 놀란다. 그들은 가장 짙은 검은색에서 희디흰 색까지 우리가 알고 있는 모든 피부색을 지니고 있고, 키도 제각각이다. 그러나 그들 하나하나는 놀라울 만큼 균형을 갖추었다. 튼튼한 치아와 매끄러운 피부를 가지고 있다. 허리 주변에는 지방이 겹쳐져 있는 법이 없고, 붓기가 있는 부분도 없으며, 허벅지에 울룩불룩한 오렌지색 셀룰라이트도 없다. 체모도 없고, 덤불 같은 부분도 없다. 그들은 수정한 패션 사진 혹은 고가의 운동 프로그램 광고 모델처럼 보인다.

아마도 그 때문에 눈사람이 이 여자들에게 털끝만큼의 정욕도 느끼지 못하는 것 같다. 그의 마음을 움직였던 것은 인간이 가진 불완전함의 흔적, 결함이 있는 모습이었다. 한쪽으로 입술이 쏠리는 미소, 배꼽 옆의 사마귀, 검은 점, 상처. 눈사람은 그런 부분을 찾아내어 입술을 대곤 했다. 위안을 주고 싶었던 것인가? 결함 부위가 나아지기를 바라며 키스를 했던 것인가? 섹스에는 언제나 애수의 요소가 섞여 있었다. 무분별한 사춘기를 보낸 후 눈사람은 슬픈 여자를 선호하게 되었다. 섬세하고 부서질 듯한 여자, 곤경에 처한 경험이 있고 그래서 그를 필요로 하는 여자. 눈사람은 그 여자들을 위로하는 것이 좋았다. 처음에는 부드럽게 쓰다듬고 기운을 북돋워 주었다. 한순간뿐이라 하더라도 그들을 더 행복하게 만들어 주는 것. 물론 그 자신 역시 행복을 느꼈다. 그것이 그가 받은 보상이었다. 고마움을 느끼는 여자는 더 많은 정성을 기울이는 법이다.

그러나 이 새로운 여자들은 비뚤어지지도 않았고 슬퍼하지도 않는다. 그들은 움직이는 조각상처럼 평온하다. 그들을 보며 눈사람은 한기를 느낀다.

여자들은 눈사람에게 매주 상납하는 물고기를 가져오는 중이다. 그들은 그가 가르쳐 준 대로 물고기를 구워서 잎사귀로 감쌌다. 그는 냄새를 맡자 군침이 돌기 시작한다. 그들은 물고기를 앞으로 가져와 그의 앞쪽 땅에 내려놓는다. 해안에서 잡은 물고기일 것이다. 탐욕과 판매, 멸종의 대상이 되기에는 너무 하찮고 맛없는 물고기, 아니면 독성이 있어 무가치한 우툴두툴한 물고기. 그러나 눈사람은 전혀 개의치 않는다. 그는 무엇이든 먹어 치울 것이다.

"여기 당신의 물고기가 있어요, 오, 눈사람."

'에이브러햄'이라고 불리는 남자가 말한다. 에이브러햄 링컨과 같은 이름이다. 크레이크는 크레이커들에게 유명한 역사적 인물들의 이름을 붙여 주는 것을 즐겼다. 그때는 그저 악의 없는 일로 생각했다.

"이것이 오늘 밤 당신을 위해 선택된 물고기랍니다."

물고기를 들고 있는 여자가 말한다. 조제핀 황후, 아니면 퀴리 부인, 아니면 서저너 트루스일 것이다. 그늘 아래에 있기 때문에 누구인지 식별이 되지 않는다.

"이것은 오릭스가 당신에게 주는 것입니다."

아, 좋군, 오늘 갓 잡은 것. 눈사람은 생각한다.

매주 달의 모양(그믐달, 상현달, 보름달, 하현달)에 따라 여자들은 조수가 밀려오는 물웅덩이에 서서 불운한 물고기의 이름을 부른다. 그저 물고기일 뿐 구체적인 이름은 없다. 여자들이 물고기를 가리키면 남자들이 돌멩이와 막대기로 물고기를 죽인다. 그렇게 함으로써 불쾌한 기분을 공유하고 물고기의 피를 흘리게 한 것에 대해 특정한 한 사람만 죄책감을 뒤집어쓰는 일을 방지하는 것이다.

만일 모든 일이 크레이크가 원했던 대로 진행되었다면 그런 살육이 사라졌겠지만(인간의 약탈 행위는 사라졌겠지만), 그는 눈사람과 눈사람의 야수 같은 식욕을 염두에 두지 않은 채 계획을 세웠던 것이다. 눈사람은 토끼풀만 뜯어 먹으며 살 수 없다. 크레이커들은 절대 물고기를 먹지 않지만 일주일에 한 번씩 눈사람에게 물고기를 가져와야 한다. 그것이 크레이크의 명령이었다고 눈사람이 말했기 때문이다. 그들은 눈사람의 괴이함을 받아들였다. 처음부터 그들은 그가 완전히 다른 존재라는 것을 알았기에 이런 일에 놀라지 않았다.

바보 같으니. 그는 생각한다. 일주일에 세 번이라고 할 것을. 그는 손을 떨지 않으려고 애쓰면서 따뜻한 물고기를 싸고 있는 나뭇잎을 벗겨 낸다. 지나치게 흥분해서는 안 된다. 하지만 그는 항상 흥분하고 만다.

그가 양손 가득 물고기 요리를 들어 입속에 쑤셔 넣고 눈알과 머리 부분을 빨아 대며 기쁨의 신음을 내뱉는 동안, 크레이커들은 약간 물러서서 눈길을 돌리고 있다. 그 소리는 아마도 옛날, 동물원이 있던 시절에, 동물원에서 사자가 먹이를 게걸스럽게 먹어 치우는 소리와 비슷할 것이다. 잡아 찢고 으스러뜨리는 소리, 먹고 삼키는 끔찍한 소리. 오래전에 사라져 버린 동물원 관람객이 그랬던 것처럼 크레이커들 역시 엿보고 싶은 충동을 어쩌지 못한다. 엽록소로 정화된 그들마저도 타락의 광경에 흥미를 느끼는 듯하다.

눈사람은 다 먹고 난 후 손가락을 혀로 핥고 침대보에 문지른다. 그리고 물고기 뼈를 바다로 되돌려 보내도록 잎사귀 포장지에 올려놓는다. 그것이 오릭스가 원하는 일이라고 그들에게 말했던 것이다. 그녀는 또 다른 아이들을 만들기 위해 자기 아이들의 뼈를 필요로 한다. 그들은 오릭스에 대해 눈사람이 해 준

다른 이야기들과 마찬가지로 이것 역시 아무런 의문 없이 받아들였다. 사실 이것은 그가 짜낸 현명한 책략 가운데 하나였다. 너구컹크와 늑개와 돼지구리, 그리고 썩은 고기를 먹는 다른 동물을 유인할 만한 음식 찌꺼기를 땅 위에 남겨 두는 것은 바보 같은 짓이다.

남녀 할 것 없이 모두가 그에게 가까이 다가와 둘러선다. 그들의 초록색 눈은 황혼 속에서 차갑게 빛난다. 토끼처럼. 똑같은 해파리 유전자. 이렇게 함께 모여 앉아 있으면 그들은 대바구니에 가득 담긴 감귤 같은 냄새를 풍긴다. 크레이크가 덧붙인 또 하나의 특징. 크레이크는 이러한 냄새의 화학 물질이 모기를 쫓아낼 것이라고 생각했다. 그의 판단이 옳았던 듯하다. 이 근방의 모기들은 모두 눈사람만 물어뜯는 것 같다. 눈사람은 찰싹 때려잡고 싶은 충동을 누른다. 그의 신선한 피는 모기들을 더욱 흥분시킬 뿐이다. 그는 횃불에서 나오는 연기를 더 쐬려고 왼쪽으로 자리를 옮긴다.

"눈사람, 제발 크레이크의 행적에 대해 이야기해 줘요."

죽인 물고기에 대한 대가로 그들이 원하는 것은 이야기이다. 그렇지, 내가 이들에게 빚을 지고 있지. 거짓말의 신이여, 나를 버리지 마소서. 눈사람은 생각한다.

"오늘 밤에는 어떤 부분에 대해 듣고 싶은 거지?"

눈사람이 묻는다.

"태초에 있었던 일이요."

한 목소리가 재빨리 대답한다. 그들은 반복을 좋아한다. 암기를 통해 배우는 것이다.

"태초에, 혼돈이 있었지."

"우리에게 혼돈을 보여 줘요, 제발, 오, 눈사람!"

"혼돈의 사진을 보여 줘요!"

그들은 처음에는 사진을 두고 상당히 고전했다. 해안에 쓰레기로 뒹구는 로션 병에 붙은 꽃 사진, 주스 깡통 위의 과일 사진. 이건 진짜인가요? 아니, 이건 진짜가 아니야. 진짜가 아닌 이것은 무엇인가요? 진짜가 아닌 이것은 진짜에 대해 말해 줄 수 있는 거야. 하지만 이제 그들은 사진에 대한 개념을 획득한 듯하다.

"그래요! 그래요! 혼돈의 사진!"

그들이 재촉한다.

눈사람은 그들이 이런 요청을 하리라는 것을 알고 있던 터라 그것에 대비하고 있었다.(모든 이야기는 혼돈에서 시작된다.) 그는 자신이 발견한 물건 한 가지를 콘크리트 판 저장소 뒤쪽에서 끄집어낸다. 오렌지색 플라스틱 양동이. 거의 분홍색으로 색이 바랜 것을 제외하고는 멀쩡하다. 그는 한때 양동이의 주인이었을 아이에게 어떤 일이 일어났을지 상상하지 않으려고 애쓴다.

"물을 좀 가져와."

눈사람은 양동이를 내밀며 말한다. 둥글게 늘어선 횃불들 사이에서 웅성거림이 일어난다. 앞으로 내뻗는 손들, 어둠 속으로 빠르게 달려가는 발들.

"혼돈 속에서는 모든 것이 뒤섞여 있었어. 그곳에는 사람들이 지나치게 많았지. 그리고 그 사람들은 모두 쓰레기와 섞여 있었어."

눈사람이 말한다. 철렁거리는 물이 담긴 양동이가 도착한다. 그리고 둥글게 서 있는 빛 가운데에 놓인다. 눈사람은 물에 흙을 한 줌 넣고는 막대기로 젓는다.

"자, 혼돈이란다. 이걸 마셔서는 안 돼……."

"안 돼요!"

그들은 함께 외친다.

"너희는 이걸 먹어서는 안 돼……."

"안 돼요! 먹어선 안 돼요!"

웃음이 터진다.

"이 안에서 수영을 해도 안 돼, 이 안에 서 있어도 안 돼……."

"안 돼요! 안 돼요!"

그들은 이 부분을 좋아한다.

"혼돈 속에서 지내는 사람들은 자신들 안에도 혼돈을 가득 담고 있었지. 그리고 혼돈은 그들이 나쁜 짓을 하게 만들었어. 그들은 늘 다른 사람들을 죽였지. 그리고 오릭스와 크레이크의 소원을 저버리고 오릭스의 아이들을 먹어 치웠어. 매일 오릭스의 아이들을 먹어 버렸지. 오릭스의 아이들을 죽이고 또 죽이고, 먹고 또 먹었지. 심지어 배가 고프지 않을 때도 먹었어."

가쁘게 몰아쉬는 숨, 커다랗게 부릅뜬 눈. 이 부분은 언제나 극적이다. 이런 사악함이라니! 눈사람은 계속 말한다.

"그리고 오릭스에게는 단 한 가지 소망이 있었어. 사람들이 행복하고 평화롭게 살면서 자신의 아이들을 그만 먹기를 바랐던 거지. 하지만 사람들은 혼돈 때문에 행복할 수 없었어. 그래서 오릭스는 크레이크에게 말했어. 혼돈을 없애 버립시다. 그래서 크레이크는 혼돈을 거둬들여서 다른 곳에 쏟아 버렸어."

눈사람은 설명을 위해 물을 옆으로 철렁철렁 움직인 뒤 양동이를 거꾸로 엎어 버린다.

"자, 텅 비었지. 이런 방법으로 크레이크는 '위대한 재배열'을 이루고 '위대한 공허함'을 만들어 낸 거야. 그는 쓰레기를 없애 버리고 공간을 깨끗하게 만들었지……."

"그의 아이들을 위해! 크레이크의 아이들을 위해!"

"맞아. 그리고 또……."

"또 오릭스의 아이들을 위해!"

"그렇지."

눈사람은 말한다. 그의 뻔뻔스러운 창작에는 끝이 없는가? 그는 울고만 싶다.

"크레이크는 '위대한 공허함'을 만들었어요……."

남자들이 말한다.

"우리를 위해서! 우리를 위해서! 오, 선하고 친절한 크레이크!"

여자들이 말한다. 이것은 일종의 예배 행위로 변하고 있다.

그들이 크레이크를 찬양하는 것을 보고 있으면, 비록 자신이 그렇게 만든 것임에도 불구하고, 눈사람은 분노를 느낀다. 그들이 찬양하는 크레이크는 눈사람이 조작한 것이다. 악의가 전혀 섞이지 않았다고는 할 수 없는 조작. 크레이크는 신, 어떤 종류의 신에 대해서든 적대적이었다. 그리고 자신이 이렇게 점차적으로 신격화되는 것을 본다면 분명 역겨움을 느낄 것이다.

그가 이곳에 있다면 말이다. 그러나 그는 이곳에 없다. 그리고 그렇게 가치 없는 사람에게 쏟아지는 찬사를 들으며 눈사람은 마음이 쓰리고 아프다. 왜 그들은 크레이크 대신 눈사람을 찬양하지 않는가? 선하고 친절한 눈사람, 찬양받기에 더욱 합당한, 훨씬 더 합당한 눈사람. 누가 그들을 탈출시켰던가, 누가 여기로 그들을 데려왔던가, 누가 지금껏 그들을 지켜 주었던가? 아니, 적어도 그들을 지켜봐 주었던가? 분명 크레이크는 아니다. 왜 눈사람은 신화를 수정하지 않는가? 그가 아니라 나에게 감사하라! 그가 아니라 나를 추종하라!

그러나 지금으로서는 씁쓸함을 삼키는 수밖에 없다.

"그래, 선하고 친절한 크레이크."

눈사람은 말한다. 상냥하고 자비로워 보이는 미소를 짓기 위해 입술을 비튼다.

처음에 눈사람은 이야기를 즉흥적으로 지어냈다. 그러나 이제 그들은 교리를 요구하고 있다. 그는 위험을 무릅쓰고 이제껏

이야기해 온 정통 교리에서 벗어날 것이다. 목숨을 잃지는 않겠지만(이들은 폭력적이거나 피에 굶주린 보복 행위를 일삼지 않는다. 적어도 지금까지는 그랬다.) 청중을 잃게 될 것이다. 그들은 그에게 등을 돌리고 멀어질 것이다. 현재 그는 자신의 의지와 상관없이 크레이크의 예언자 역할을 하고 있다. 오릭스의 예언자이기도 하다. 그 역할이 아니면 아무것도 아닌 존재인 것이다. 그는 자신이 아무것도 아니라는 사실, 자신이 아무것도 아니라는 사실에 대한 인식 자체를 견딜 수가 없다. 누군가가 그의 말에 귀를 기울여 주고 들어 주어야 한다. 자신이 이해받고 있다는 환상이라도 가져야 한다.

"오, 눈사람, 크레이크가 태어났을 때에 대해 말해 주세요."

한 여자가 말한다. 이것은 새로운 요청이다. 마땅히 그런 요청을 예상했어야 했는데 그것까지는 미처 준비하지 못했다. 이 여자들은 아기에 대해 대단히 관심이 많다. "조심해." 그는 스스로에게 중얼거린다. 일단 크레이크의 어머니와 크레이크의 탄생 장면과 아기였을 때의 그에 대해 이야기해 주고 나면 그들은 좀 더 세부적인 것을 알고 싶어 할 것이다. 크레이크가 언제 처음으로 이가 났고, 언제 처음으로 말을 했고, 언제 처음으로 구근 식물을 먹었는지. 그리고 다른 시시콜콜한 일들을 알고 싶어 할 것이다.

"크레이크는 태어난 적이 없어. 천둥처럼 하늘에서 내려왔지. 이제 제발 돌아가라. 피곤하다."

눈사람이 말한다. 그는 나중에 이 신화에 좀 더 살을 붙일 것이다. 아마도 크레이크에게 뿔과 불로 된 날개를 부여하고 덤으로 꼬리도 붙여 줄 것이다.

병

크레이크의 아이들이 횃불을 들고 줄지어 물러간 뒤 눈사람은 나무로 기어 올라가서 잠을 청한다. 주변은 소음으로 가득 차 있다. 파도가 시끄럽게 밀려갔다 밀려오는 소리, 곤충이 삑삑거리고 윙윙거리는 소리, 새가 휙휙거리는 소리, 양서류가 개굴거리는 소리, 이파리가 살랑거리는 소리. 환청이 들린다. 재즈 흐른 소리, 그리고 그 소리 너머로 북소리가 규칙적으로 들려오는 듯하다. 나이트클럽에서 나직하게 연주되는 음악 소리처럼. 더 멀리 떨어진 해안 어느 지점에선가 쾅쾅거리는 소리와 으르렁거리는 소리가 들려온다. 저건 뭐지? 그런 소리를 낼 만한 짐승이 없는데. 아마 쿠바의 쇠락한 핸드백 농장에서 탈출해 해안을 따라 북쪽으로 향하고 있는 악어일 것이다. 그것은 수영하는 아이들에게 나쁜 소식이다. 눈사람은 다시 귀를 기울인다. 그러나 그 소리는 반복되지 않는다.

마을에서는 아득하고 평화로운 속삭임이 들려온다. 인간의 목소리. 그들을 인간이라고 부를 수 있다면 말이다. 그들이 노래를 시작하지 않는 한 괜찮다. 그들의 노랫소리는 이제는 소멸된 그의 삶에서 들어 보았던 그 어떤 소리와도 다르다. 그것은 인간 수준을 넘어서는 것 혹은 그에 미치지 못하는 것이다. 마치 수정이 노래하기라도 하는 것처럼. 하지만 그런 소리도 아니다. 돌돌 말린 양치식물이 펴지는 듯한 소리와 더 흡사하다. 석탄기의 오래된 무엇, 그러면서도 갓 태어난 듯 향기롭고 푸른 무엇. 그들의 노랫소리는 그를 위축시키고 외면하고 싶은 감정을 수없이 불러일으킨다. 그는 절대로 초대받지 못할 파티에서 제외된 것처럼 소외감을 느낀다. 그가 해야 할 일은 불빛 속으로 발을 내딛는 것, 그뿐이다. 그러면 둥글게 둘러앉은 아연한 표정의 얼굴들이 갑자기 그를 돌아볼 것이다. 오랜 옛날의 비극에서, 비운에 처한 주인공이 쉽게 확산되는 나쁜 소식으로 온몸을 감싸고 입장했을 때처럼 침묵이 흐를 것이다. 무의식적인 차원에서 눈사람은 이들에게 상기자의 역할을 해야 한다. 그것도 불쾌한 상기자의 역할을. 그는 읊조리듯 말할 것이다. 나는 너희의 과거다, 죽은 자의 땅에서 온 너희의 조상이다. 이제 나는 길을 잃어 되돌아갈 수 없다. 여기에 남겨졌다. 나는 혼자다. 나를 들어가게 해 다오!

오, 눈사람, 우리가 당신을 어떻게 도와 드릴까요? 부드러운 미소, 정중한 놀람, 혼란스러운 선의.

그만둬! 그는 말할 것이다. 그들이 그를 도와줄 수 있는 방법은 없다, 정말로 없다.

싸늘한 미풍이 불어온다. 침대보가 축축하다. 눈사람은 몸을 떤다. 이곳에 자동 온도 조절기가 있다면. 그는 어쩌면 여기 나무 위에 작은 모닥불을 피울 수 있는 방법을 생각해 낼 수도 있을 것이다.

"가서 잠이나 자."

눈사람은 스스로에게 명령한다. 아무런 효과가 없다. 한동안 몸을 뒤척이고 긁적이다가 저장소에 있는 스카치위스키 병을 찾으러 나무 아래로 다시 내려온다. 별빛이 환해서 어느 정도 방향을 잡을 수 있다. 예전에도 여러 번 그곳에 다녀왔다. 경계를 늦춰도 안전하다는 것을 확인한 뒤 그는 처음 한 달 반은 매일 밤 술에 취해 지냈다. 현명하거나 성숙한 짓은 아니었다. 그렇다 치더라도 이제 현명함이나 성숙함이 그에게 무슨 소용이 있겠는가?

그래서 매일 밤, 아니 가까운 거리에 위치한 버려진 평민촌 건물들에 저장되어 있는 알코올을 찾아낼 때마다 눈사람은 혼자만의 파티를 벌였다. 눈사람은 먼저 가까운 술집을 훑은 뒤 음식점을, 그다음에는 집과 이동주택을 뒤졌다. 기침약, 면도용 로션, 안마용 알코올까지 모두 마셔 버렸다. 나무 뒤에는 엄청난 양의 빈 병 쓰레기 더미가 쌓였다. 때때로 숨겨 둔 마약을 발견하게 되면 그것 역시 피웠다. 대부분 곰팡이가 슬어 있었지만 그는 흥분하며 피우곤 했다. 혹은 알약으로 된 마약을 발견하기도 했다. 코카인이나 크랙, 헤로인 같은 것은 없었다. 그런 건 진작에 바닥났을 것이다. 카르페 디엠*이라는 말이 마지막으로 터져 나오는 가운데 정맥과 콧속에 주입되었을 것이다. 그러한 상황에서는 현실로부터 도피할 수 있는 것이라면 무엇이든 사용되었을 것이다. 빈 환희이상 용기들이 사방에 흩어져 있었다. 끝없는 환락을 위해 필요한 유일한 도구. 흥청대던 자들이 술을 완전히 끝장내지 못했는데도, 물건을 구하고 수집하러 나갈 때 그는 다른 누군가가 이미 그곳을 뒤져서 빈 병 말고는 아무것도 남아 있지 않은 경우를 자주 경험했다. 상상할 수 있는 모든 종류의 방종한 행동이 벌어졌을 것이다. 그것을 계속할 수 있는 사람이 아무도 남지 않을 때까지.

땅 위는 칠흑처럼 어둡다. 손잡이를 돌려서 충전할 수 있는 손전등이 있었다면 유용했을 것이다. 계속 주위를 살펴야 한다. 눈사람은 어둠이 내린 뒤로 자신들의 굴에서 나와 바삐 돌아다니는 고약한 흰색 참게(그놈들은 상당히 세게 물어뜯기도 한다.)가 땅 위에 있는지 살피며 저장소 쪽으로 비틀거리면서 더듬더듬 나아간다. 덤불에서 약간 오른쪽으로 이동한 후, 시멘트로 만들어진 저장소 구멍에 발가락을 집어넣어 위치를 확인한다. 그는 욕을 내뱉지 않으려고 애쓴다. 밤에는 어떤 것들이 주위를 서성

---

* Carpe diem. '현자를 잡아라', '오늘을 즐겨라'라는 뜻의 라틴어.

일지 알 수 없는 노릇이다. 그는 저장소 문을 옆으로 밀어 열고 어둠 속을 더듬어 세 번째 스카치위스키를 꺼낸다.

이것은 그가 진탕 마셔 버리고 싶은 욕망을 누르며 지금껏 아껴 온 것이다. 그는 이것을 일종의 부적으로 간직해 왔다. 아직 술이 남아 있다는 것 덕분에 시간을 한결 쉽게 보낼 수 있었다. 이것이 마지막일 것이다. 확신하건대 그는 자신의 나무에서 하루만에 다녀올 수 있는 반경 내에 위치한 그럴싸한 곳이라면 모조리 뒤져 보았다. 그는 문득 아무것에도 신경 쓰고 싶지 않다는 무모한 기분에 사로잡힌다. 무엇을 위해 물건을 저장해 두는가? 왜 기다리는가? 그의 삶은 무슨 가치가 있으며 누가 상관이나 하겠는가? 꺼져 버려라, 꺼져, 덧없는 촛불. 그는 망할 놈의 크레이크가 예상했던 대로, 진화론적인 목적에 부합하는 임무를 다했다. 아이들을 구한 것이다.

"망할 놈의 크레이크!"

그는 억누르지 못하고 소리를 지른다.

한 손에는 술병을 움켜쥐고 다른 손으로 길을 더듬으며 자신의 나무로 되돌아온다. 나무에 올라가려면 양손이 필요한 탓에 그는 술병을 침대보에 단단하게 맨다. 일단 나무에 올라가자, 그는 나뭇가지 위에 앉아 스카치위스키를 들이켜며 별을 향해 울부짖는다. 아루우! 아루우! 그러다가 나무 주변에서 들려오는 응답 소리에 깜짝 놀란다.

저 빛은 눈빛이 번득이는 것인가? 거친 숨소리가 들려온다.

"안녕, 털북숭이 친구, 누가 인간의 가장 좋은 친구가 되고 싶어 하는 거지?"

눈사람은 아래쪽을 내려다보며 말한다. 그에 대한 대답으로 애원하는 듯한 낑낑거리는 소리가 들려온다. 그것이 늑개가 지닌 가장 끔찍한 점이다. 늑개는 개처럼 보이고 개처럼 행동한다. 귀를 쫑긋 세우고 활기차게 뛰어다니고 꼬리도 흔든다. 그렇게 속임수로 사람들을 현혹시킨 다음 잡아먹어 버린다. 5만 년 동안 유지되어 온 인간과 개 사이의 상호작용을 뒤집어 엎는 것은 그다지 힘든 일이 아니었다. 진짜 개들은 전혀 승산이 없었다. 늑개들은 길들여진 흔적이 조금이라도 남아 있는 것들을 모조리 죽여서 잡아먹었다. 눈사람은 늑개가 시끄럽게 짖어 대는 페키니즈에게 접근해 휘둘러 죽인 다음 걸레처럼 축 늘어진 시체를 물고 천천히 사라지는 것을 본 적이 있다.

한동안은 애완동물로 길러지던 개들이 불쌍하게 돌아다녔다. 몸은 말라빠지고 지쳐 있는 데다, 털은 윤기 없이 흐릿했고, 당황한 듯한 눈빛으로 어떤 사람이든 자신들을 거둬 주기를 애원했다. 크레이크의 아이들은 그런 역할에 적합하지 않았을 뿐 아니라, 개들이 보기에 그들은 일종의 걸어 다니는 과일처럼, 이상한 냄새를 풍기는 존재였을 것이다. 특히 해가 지고 그들에게서 감귤류 방충제 냄새가 발산되기 시작하면 더욱 그랬을 것이다. 그들은 '개'라는 대상에 아무런 관심을 보이지 않았다. 그러자 개들은 눈사람에게 모여들었다. 눈사람은 두어 번 정도 넘어갈 뻔했다. 붙임성 있게 꼬리를 흔드는 모습과 가련한 울음소리를 거부하기란 쉬운 일이 아니었다. 그러나 눈사람은 그들에게 먹이를 줄 능력이 없었다. 어찌 되었건 개들은 그에게 쓸모없는 존재였다.

"가라앉느냐 수영하느냐, 둘 중 하나야. 미안해, 친구들."

눈사람은 그들에게 말했다. 스스로를 경멸하며 그들에게 돌을 던져 쫓아 버렸다. 그 후로 근래에 들어서는 개를 본 적이 없었다.

그는 얼마나 바보였던가. 그 개들을 그렇게 허비해 버리다니. 그것들을 식량으로 삼았어야 했다. 아니면 한 마리를 남겨서 토끼를 잡아 오거나 그를 지켜 주도록, 그 밖에 다른 일을 하도록 훈련시켰어야 했다.

다행히도 늑개는 나무에 올라오지 못한다. 만일 놈들의 수가 늘고 지나치게 집요해지면 그는 타잔처럼 덩굴에서 덩굴로 공중그네를 타듯 옮겨 다녀야 할 것이다. 그 우스꽝스러운 생각에 눈사람은 웃음을 터뜨린다.

"네놈들이 원하는 것은 그저 내 몸뚱어리지!"

눈사람은 늑개들을 향해 소리친다. 그러고는 술병을 단숨에 비워 아래로 던져 버린다. 캥캥 짖어 대는 소리, 허둥지둥 달아나는 소리가 들린다. 아직까지 놈들은 손으로 던지는 무기를 두려워한다. 하지만 그것이 얼마나 오래갈까? 놈들은 영리하다. 얼마 가지 않아 그의 취약점을 감지하고 그를 사냥하기 시작할 것이다. 일단 놈들이 사냥을 시작하면, 그는 아무 곳도, 나무가 없는 곳은 아무 곳도 갈 수 없을 것이다. 놈들은 그저 그를 벌판으로 유인해서 에워싼 후 다가와 죽여 버리기만 하면 되는 것이다. 그는 정말로 다른 분무 총을 찾아야 한다.

늑개들이 사라진 후, 눈사람은 나뭇가지 위에 등을 대고 똑바로 누워 평온하게 움직이는 잎사귀들 사이로 별을 올려다본다. 저 별들은 가까이 있는 것처럼 느껴지지만 실은 아주 먼 곳에 있다. 별들의 빛은 수백만 년, 수십억 년이나 된 것이다. 송신자 없는 메시지.

시간이 흐른다. 눈사람은 노래를 부르고 싶지만 어떤 노래도 기억이 나지 않는다. 오래된 음조가 떠올랐다가 사그라진다. 지금은 타악기 소리밖에 들을 수 없다. 어쩌면 가지나 줄기 아니면 다른 무엇으로 플루트를 만들 수도 있을 것이다. 칼을 발견할 수만 있다면.

"별빛, 빛나는 별."

눈사람이 말한다. 그다음이 뭐더라? 그것은 머릿속에서 완전히 사라져 버렸다.

달이 보이지 않는다. 오늘 밤은 그믐달이다. 그렇지만 달은 여전히 저곳에 존재하면서 지금 떠 있을 것이다. 보이지 않는 커다란 둥근 돌, 중력의 거대한 덩어리, 생명체는 없지만 바다를 자기 쪽으로 끌어올 수 있는 강력한 힘을 지닌 그것. 모든 액체를 끌어당기는 힘. 인간의 몸은 98퍼센트가 물로 이루어져 있다. 그의 머릿속에 든 책이 말한다. 이번에는 남자 목소리, 백과사전 같은 목소리다. 그가 아는 혹은 알았던 이의 목소리가 아니다. 나머지 2퍼센트는 미네랄로 구성되어 있다. 그중 가장 중요한 것은 혈액 속의 철분, 그리고 골격과 치아를 구성하는 칼슘이다.

"누가 상관이나 한대?"

눈사람이 말한다. 그는 자기 피 속의 철분이나 뼈대 속의 칼슘에 전혀 신경 쓰지 않는다. 그는 자기 자신에게 싫증을 느낀다. 다른 사람이 되고 싶다. 자신의 모든 세포를 뒤집어엎고, 염색체를 이식받고, 좀 더 나은 것이 담겨 있는 머리와 자신의 머리를 맞바꾸고 싶다. 예를 들면, 그의 몸을 어루만지는 손, 타원형 손톱이 있는 작은 손가락. 그 손톱에는 익은 자두 색이나 진홍 레이크 색이나 장미 꽃잎 분홍색이 칠해져 있다. 나는 내가, 내가 혹시라도, 오늘 밤 소원을 이룰 수 있었으면 해요. 손가락, 입, 허리쪽 척추에 둔중한 아픔이 느껴지기 시작한다.

"오릭스, 나는 네가 그곳에 있다는 걸 알아."

눈사람이 말한다. 그 이름을 반복해서 부른다. 그것은 그녀의 실제 이름이 아니다. 그는 그녀의 실제 이름을 알지 못한다. 그것은 단지 하나의 단어에 불과하다. 그것은 만트라다.

때때로 그녀를 주술로 불러낼 수도 있다. 처음에는 그녀의 모습이 창백하고 희미해 보이겠지만, 만일 그녀의 이름을 반복해서 부른다면 어쩌면 그녀는 그의 몸속으로 들어와 그와 함께 지낼 수 있을지도 모른다. 그가 자신을 어루만질 때 그의 손은 그녀의 손이 될 것이다. 하지만 그녀는 항상 모호한 존재였다. 결코 그녀를 파악할 수 없다. 오늘 밤 그녀는 구체화되어 나타나지 않는다. 홀로 남은 그는 우스꽝스럽게 훌쩍이며 어둠 속에서 자위 행위에 빠져 든다.

6

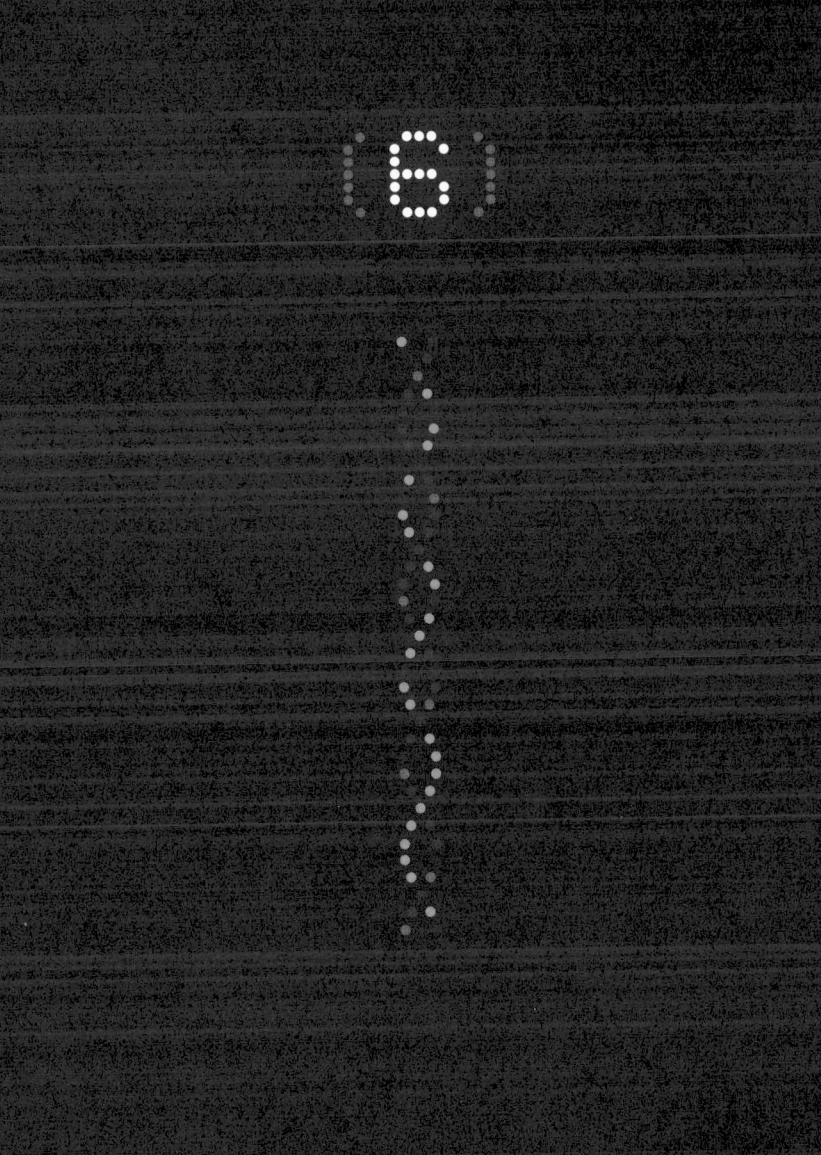

오릭스

눈사람은 갑자기 잠에서 깬다. 누가 그를 건드렸는가? 하지만 그곳에는 아무도, 아무것도 없다.

완전한 어둠이다. 별도 보이지 않는다. 구름이 끼어 있다.

그는 돌아누워 침대보로 몸을 감싼다. 그는 떨고 있다. 밤의 미풍 탓이다. 취기가 여전히 남아 있어서일 것이다. 왜 그런지 분간하기가 쉽지 않을 때도 있다. 그는 어둠을 응시하며 아침이 오려면 얼마나 있어야 하는지 궁금해하면서 다시 잠을 청한다.

어디선가 올빼미가 투훗투훗 하며 우는 소리가 들린다. 가까운 곳과 먼 곳에서 동시에 들려오는 저 맹렬한 진동. 페루 플루트가 내는 가장 낮은 음과도 같은 소리. 아마도 사냥 중인 모양이다. 하지만 무엇을 사냥한단 말인가?

눈사람은 오릭스가 부드러운 깃털 날개를 단 것처럼 자신을 향해 공중을 날아오는 것을 느낄 수 있다. 이제 그녀는 내려앉아 자리를 잡는다. 그와 매우 가까운 곳에, 피부가 맞닿을 듯한 거리에 옆으로 길게 누워 있다. 나뭇가지 위가 넓지 않은데도 그녀는 놀랍게도 그의 옆에 자리를 잡는다. 촛불이나 손전등이 있다면 그녀를 볼 수 있을 것이다. 그녀의 날씬한 윤곽을, 어둠을 배경으로 은은히 타오르는 창백한 빛을. 손을 내밀면 그녀를 만질 수 있을 것이다. 하지만 그렇게 하면 오릭스는 사라지고 말 것이다.

"섹스 때문이 아니었어."

그는 그녀에게 말한다. 그녀는 아무런 대답도 하지 않지만, 그는 그녀가 자신의 말을 믿지 않는다는 것을 느낄 수 있다. 그녀의 지식, 그녀의 힘의 일부를 그가 가져가 버렸기 때문에 그녀는 슬퍼하는 것이다.

"섹스 때문만은 아니었다고."

그녀가 짓는 어두운 미소. 그건 한결 낫다.

"내가 너를 사랑한다는 거 알잖아. 너밖에 없어."

그가 그런 말을 했던 여자는 그녀가 처음이 아니었다. 그런 표현을 그렇게 자주 쓰지 말았어야 했다. 그 말을 여자들의 몸을 탐닉하기 위한 도구, 쐐기 모양 공구, 열쇠로 여기지 말았어야 했다. 진심으로 그 말을 하게 되었을 때는 너무 기만적으로 들려서 그는 수치심을 느꼈다.

"아니, 정말로."

그가 말한다.

아무런 대답도, 반응도 없다. 그녀는 말을 많이 하는 법이 결코 없었다.

"한 가지만 말해 줘."

예전에, 그가 아직 지미였을 때, 그는 이렇게 말하곤 했다.

"물어봐."

그녀는 대답했다. 그래서 그가 물으면 그녀는 이렇게 말했다. "모르겠어. 다 잊어버렸어." 혹은 "네게 그것에 대해서는 말해주고 싶지 않아." 혹은 "지미, 넌 나빠. 그건 너와는 상관없는 일이야."

언젠가 그녀는 이렇게 말했다.

"지미, 너는 머릿속에 영상들을 너무 많이 가지고 있어. 어디서 그것들을 얻는 거지? 왜 너는 그게 나의 영상이라고 생각하는 거야?"

그는 그녀의 불명확함, 모호함을 이해했다고 생각했다.

"괜찮아, 그 어떤 것도 네 잘못이 아니야."

그는 그녀의 머리를 쓰다듬으며 말하곤 했다.

"뭐가 말이야, 지미?"

그가 그토록 조심스럽게 수집하고 보관해 온 그녀의 파편들을 모두 모아서 연결시키는 데 얼마나 많은 시간이 걸렸던가? 크레이크 판본의 그녀 이야기가 있고, 지미 판본의 그녀 이야기가 있었다. 지미의 판본은 좀 더 낭만적인 것이었다. 그리고 그녀 자신이 간직한 그녀 판본의 이야기가 있었다. 그것은 앞의 두 판본과 달랐으며 전혀 낭만적이지 않았다. 눈사람은 머릿속에서 이 세 가지 판본을 넘겨 가며 읽는다. 분명 예전에는 그녀에 관한 다른 판본들도 존재했을 것이다. 그녀 어머니의 판본, 그녀를 산 남자의 판본, 그 뒤에 그녀를 산 남자의 판본, 그리고 세 번째로 그녀를 산 남자(샌프란시스코에 산다는 최악의 남자, 위선적인 허풍쟁이 예술가)의 판본. 그러나 지미는 그 판본들에 대해서는 한 번도 들어 본 적이 없다.

오릭스는 너무 연약해. 세공 장식 같아. 그녀의 작은 몸속에 있는 뼈를 그려 보며 그는 이렇게 생각하곤 했다. 그녀의 얼굴은 역삼각형이었다. 큰 눈, 작은 턱. 막시류*의 얼굴, 사마귀의 얼굴, 샴고양이의 얼굴. 값비싼 골동품 도자기처럼 부드럽고 반투명하며 아주 연한 노란빛이 도는 피부. 그녀를 바라보고 있으면 그런 아름다움과 하찮은 신분과 가난한 과거를 지닌 여자는 힘겨운 삶을 살았으리라는 것, 그런데 그 힘겨움이란 마룻바닥을 문지르는 것과는 다른 종류의 것이었으리라는 것을 짐작할 수 있었다.

"마룻바닥 문질러 본 적 있어?"

언젠가 지미가 그녀에게 물었다.

---

* 개미, 벌 등 막성 날개를 가진 곤충의 종류.

"마룻바닥?"

그녀는 잠시 생각했다.

"우리 집에는 마룻바닥이 없었어. 마룻바닥까지 갖춰진 곳에 살게 되었을 때는, 그걸 문지르는 건 내가 맡은 일이 아니었지."

지난 시절, 마룻바닥이 없었던 때에 대한 이야기 하나 해 줄게. 그녀가 말했다. 흙으로 덮인 바닥을 매일 깨끗이 청소했지. 앉아서 식사하거나 잠자는 용도로 사용했거든. 그렇기 때문에 바닥을 청소하는 것은 매우 중요한 일이었어. 오래된 음식이 몸에 묻는 것은 아무도 좋아하지 않지. 벼룩을 원하지도 않고.

지미가 일고여덟 살 혹은 아홉 살 때쯤 오릭스가 태어났다. 정확히 어디서 태어났을까? 알 수 없는 일이다. 어딘가 먼 이국.

그곳은 작은 마을이었어. 오릭스가 말했다. 주위에 나무들이 둘러서 있고 주변에 들판이 있는 마을. 아니, 어쩌면 논이었는지도 몰라. 오두막에는 초가로 된 일종의 지붕이 있었지. 종려나무 잎이었던가? 하지만 가장 좋은 오두막에는 주석으로 된 지붕이 덮여 있었어. 인도네시아 혹은 미얀마에 있는 마을? 그 나라들은 아니야. 하지만 그녀도 확실히 알지는 못했다. 인도네시아는 아니었어. 베트남인가? 캄보디아? 지미는 추측했다. 오릭스는 자신의 손을 내려다보며 손톱을 살펴보았다. 어디든 상관없어.

그녀는 자신이 어렸을 때 어떤 언어를 사용했는지 기억하지 못했다. 처음 사용했던 언어를 간직하기에는 너무 어려웠던 것이다. 단어들은 그녀의 머리에서 다 씻겨 나갔다. 그 언어는 그녀가 가게 된 첫 도시의 언어와 같은 언어가 아니었고, 같은 언어의 방언도 아니었다. 그녀는 다른 식으로 말하는 법을 배워야 했다. 그 사실은 기억하고 있었다. 그녀의 입에서 흘러나오던 서투른 단어, 벙어리가 된 느낌.

그 마을에 사는 사람들은 가난했고, 그곳에는 아이들이 많았어. 오릭스는 말했다. 다른 사람에게 팔렸을 당시 그녀 역시 상당히 어린 나이였다. 그녀의 어머니에게는 여러 명의 아이가 있었고, 그중 큰아들 둘은 곧 들판에서 일을 시작할 수 있을 터였다. 아버지가 병을 앓고 있었기 때문에 그들이 일할 수 있다는 것은 좋은 소식이었다. 아버지는 끊임없이 기침을 해 댔다. 그 기침 소리는 그녀의 가장 오랜 어린 시절 추억 속에 각인되었다.

폐에 문제가 있었던 거라고 지미는 짐작했다. 물론 그들 모두는 담배를 구하게 될 때마다 광적으로 피워 댔을 것이다. 담배는 초조함을 달래 주었다.(그는 자신의 이러한 통찰력을 기뻐했다.) 마을 사람들은 그녀 아버지의 병을 나쁜 물, 나쁜 운명, 나쁜 영혼 탓으로 돌렸다. 병이라는 것은 무언가 수치스러운 구석을 지니고 있는 법이다. 다른 사람의 병에 옮는 것을 좋아하는 사람은 없다. 그래서 오릭스의 아버지는 동정받는 동시에 비난받고 외면당했다. 오릭스의 어머니는 말없는 증오심을 품고서 남편을 간호했다.

종이 울리고 기도문이 암송되었고 작은 화상(畵像)들이 불살라졌다. 그러나 그 모든 것은 소용없는 짓이었다. 오릭스의 아버지가 죽었던 것이다. 그다음에 어떤 일이 일어날지 마을 사람들 모두가 알고 있었다. 들판이나 논에서 일할 남자가 없으면 다른 방법으로 생활을 꾸려 가야 했다.

어리다는 이유로 종종 한켠으로 밀려나던 오릭스가 갑자기 대단한 취급을 받게 되었다. 평상시보다 더 나은 음식을 먹게 되었고, 특별한 푸른 재킷도 얻게 되었다. 그들을 도와주던 마을의 다른 여자들은 그녀가 예쁘고 건강해 보이기를 원했던 것이다. 못생기거나 기형인 아이들 혹은 똑똑하지 못하거나 말이 유창하지 못한 아이들, 그런 아이들은 낮은 가격에 거래되거나 아예 팔리지 않을 수도 있었다. 마을 여자들은 언젠가 자신의 아이들을 팔아야 할 입장에 놓일 수도 있었다. 그리고 다른 이들을 도와주면 나중에 비슷한 도움을 받을 수 있었다.

마을에서 그런 거래는 '판매'라고 불리지 않았다. 그것에 대해 이야기할 때면 언제나 일종의 '도제살이'라는 암시가 따라붙었다. 아이들이 보다 넓은 세상에서 자신의 생계를 꾸리도록 훈련을 받는 것이다. 이것이 그 일에 붙는 설명이었다. 그뿐 아니라 아이들이 한곳에 계속 머물러 있는다면 무슨 일을 할 수 있겠는가? 특히 여자 아이들 말이야. 오릭스는 말했다. 결국 그들은 결혼해서 더 많은 아이들을 낳을 것이고, 그 아이들 역시 차례가 되면 팔려 나갈 것이다. 팔리거나 강물에 던져져서 바다로 떠내려가 죽을 것이다. 나눠 먹을 수 있는 음식의 양은 한정되어 있었다.

어느 날 한 남자가 마을을 찾아왔다. 항상 찾아오던 그 남자였다. 보통 그는 비포장도로를 따라 덜컹거리는 차를 몰고 왔다. 그런데 이번에는 비가 너무 많이 와서 길이 질척질척했다. 마을마다 그런 남자가 있었다. 그들은 위험을 감수해 가며 부정기적으로 도시에서 찾아왔다. 그러나 그들이 올 것이라는 소식은 늘 미리 알려졌다.

"어떤 도시에서?"

지미가 물었다. 그러나 오릭스는 미소만 지었다. 그것에 대해 이야기하면 배가 고파져. 사랑스러운 지미, 전화로 피자를 주문해 주지 않을래? 버섯, 아티초크 속, 안초비가 들어간 걸로. 페퍼로니는 빼고. 너도 먹을 거니?

"아니. 왜 이야기해 주지 않는 거야?"

지미의 물음에 오릭스가 말했다.

"왜 신경 쓰는 거야? 나는 생각하지도 않는데. 그건 오래전 일이야."

그 남자는(오릭스는 조각 퍼즐이라도 되는 양 한동안 피자를 들여다보고는, 항상 먼저 먹는 버섯을 집어 들며 말했다.) 다른 남자 두 명을 데리고 다녔다. 그들은 그의 부하였고, 강도들을 막기 위해서 소총을 가지고 있었다. 남자는 비싼 옷을 입고 있었고, 진흙과 먼지를 제외하면(마을로 오는 길에서는 누구나 진흙과 먼지를 뒤집어쓸 수밖에 없었다.) 깨끗하고 산뜻했다. 그는 손목시계를 갖고 있었다. 그는 빛나는 금색 시계를 드러내 보이려고 자주 소매를 끌어올리며 들여다보았다. 그 시계는 보증과 같은 것, 우월함의 증표였다. 정말 금으로 만들어진 것일 수도 있었다. 정말 그렇다고 이야기하는 사람들도 있었다.

남자는 범죄자로 취급되지 않았다. 범죄자는커녕 사기 치지 않는 사람, 친다 해도 그다지 심하게 치지 않는 사람, 그리고 현금으로 지불하는 사람으로 알려져 있었다. 그렇기 때문에 그는 존경과 환대를 받았다. 마을에 있는 어느 누구도 그의 눈 밖에 나고 싶어 하지 않았다. 그가 더 이상 방문하지 않는다면 어떻게 할 것인가? 만일 어느 가족이 아이를 팔아야 하는데 그가 이전 방문 때 기분이 상해서 아이를 사려고 하지 않으면 어떻게 될 것인가? 그는 마을 사람들에게 은행, 보험 증서, 친절하고 부유한 삼촌, 불운을 막아 줄 유일한 부적이었다. 그리고 날씨가 너무 이상해져서 일기예보가 더 이상 불가능해지고(비가 너무 많이 내리거나 혹은 충분히 오지 않았고, 거센 바람이 불었고, 햇빛은 지나치게 뜨거웠다.) 농작물이 해를 입은 탓에 그는 더욱더 필요한 존재가 되었다.

남자는 자주 미소를 지었고, 마을 남자들의 이름을 친근하게 부르며 인사를 건넸다. 그는 항상 짧은 연설을 했다. 내용은 늘 똑같았다. 그는 모든 사람이 행복하기를 바란다고 했다. 그는 양쪽 모두의 만족을 원했다. 원한이 생기는 것을 원치 않았다. 그는 그들을 위해 등뼈가 휘도록 일하지 않았던가? 그들에게 은혜를 베풀기 위해 평범하고 바보 같고 짐스러운 아이들을 맡아 주지 않았던가? 만일 그의 일 처리 방식에 비판할 점이 있다면 그에게 직접 말해야 할 것이다. 그러나 그의 뒤에서 투덜대는 일은 있을지언정 비판하는 일은 결코 없었다. 그는 필요 이상의 돈을 지불하지 않는 것으로 알려져 있었다. 하지만 바로 그 사실 때문에 존경을 받았다. 그것은 그가 일에 능숙하며 아이들이 유능한 이의 손에 맡겨진다는 것을 의미했던 것이다.

금 손목시계를 찬 남자는 마을에 올 때마다 여러 아이들을 도시로 데려가 관광객들에게 꽃을 팔게 했다. 일은 매우 쉽고 아이들은 좋은 대접을 받게 될 것이라며 그는 어머니들을 안심시켰다. 그는 비열한 악당이나 거짓말쟁이, 포주가 아니었다. 아이들은 좋은 음식을 먹게 될 것이고 안전한 거처에서 지내게 될 것이다. 보호도 받고 약간의 돈도 받게 될 것이다. 그 돈을 가족에게 보낼 수도 있고 혹은 선택에 따라 그렇게 하지 않을 수도 있을 것이다. 아이들이 받는 돈은 자신들이 번 돈에서 방세와 식비를 제외한 액수가 될 것이다.(지금까지 마을로 송금이 된 적은 한 번도 없었다. 아이들이 돈을 보내는 일은 없으리라는 것을 모든 사람이 알고 있었다.) 아이에 대한 대가로 남자는 아이의 아버지나 미망인인 어머니에게 괜찮은 가격 혹은 남자가 괜찮은 가격이라고 생각하는 금액을 지불할 것이다. 그것은 마을 사람들이 평상시에 만질 수 있는 돈에 비하면 꽤 쏠쏠한 액수였다. 아이들을 판 어머니들은 그 돈으로 남아 있는 아이들에게 더 나은 삶의 기회를 제공해 줄 수 있을 것이다. 사람들은 모두 그렇게 말했다.

이 이야기를 처음으로 들었을 때 지미는 격분했다. 그때는 그가 분노에 가득 차 있던 시기였다. 또한 오릭스에 관한 것이라면 앞뒤 가리지 않고 바보짓을 하던 시기이기도 했다.

"너는 이해 못해."

오릭스가 말했다. 그녀는 여전히 침대에서 피자를 먹고 있었다. 피자와 함께 콜라를 마시고 감자튀김을 먹었다. 그녀는 버섯을 다 먹고는 아티초크를 먹기 시작했다. 피자 크러스트 부분은 절대 먹지 않았다. 그녀는 음식을 내버릴 때마다 부자가 된 느낌이 든다고 말했다.

"많은 사람들이 그렇게 했어. 그건 관습이야."

"똥구멍 같은 관습이지."

지미가 말했다. 그녀가 손가락을 핥는 동안 그는 침대 옆 의자에 앉아 고양이 혀 같은 그녀의 분홍색 혀를 바라보았다.

"지미, 넌 나빠. 욕하지 마. 페퍼로니 먹고 싶니? 주문하지도 않았는데 넣었네. 네 주문을 잘못 들었나 봐."

"똥구멍이라는 말은 욕이 아니야. 생생한 표현일 뿐이지."

"어쨌든 그런 말은 쓰면 안 된다고 생각해."

그녀는 이제 안초비를 먹고 있었다. 안초비는 늘 마지막까지 남겨 놓았다.

"그 남자를 죽여 버리고 싶어."

"어떤 남자? 콜라 마시고 싶어? 다 못 마시겠는데."

"네가 지금 이야기해 준 남자 말이야."

"오, 지미, 우리가 모두 굶어 죽는 편이 나았을 거라고 생각하는 거야?"

오릭스는 잔잔하게 웃으며 말했다. 지미가 그녀에게서 가장 두려워하는 것은 바로 그 웃음이었다. 경멸을 감춘 흥미 어린 웃음이었기 때문이다. 그녀의 웃음은 그를 오싹하게 만들었다. 달빛이 비친 호수에 불어오는 차가운 미풍.

물론 지미는 자신의 격분을 크레이크에게도 털어놓았다. 지미는 가구를 쾅 쳤다. 그때는 그가 가구를 자주 내리치던 시절이었다. 크레이크는 그것에 대해 이렇게 말했다.

"지미, 그걸 현실적으로 봐. 최저 음식 공급과 인구 증가를 부기한으로 짝지어 놓을 수는 없는 법이야. 호모 사피엔스 사피엔스는 그 점에서 절제를 하지 못하는 것 같아. 자원이 감소해 가는 것을 눈앞에서 보면서도 생식 작용을 제한하지 못하는 몇 안 되는 종 중 하나지. 달리 표현하자면, 그리고 핵심적으로 말하자면, 우리는 적게 먹을수록 성행위를 더 많이 하는 거야."

"그런 현상을 어떻게 설명하지?"

지미가 물었다.

"상상력 때문이지. 인간은 자기 자신의 죽음을 상상할 수 있어서 그것이 다가오는 걸 볼 수 있어. 그리고 죽음이 임박하고 있다는 생각은 그 자체만으로도 최음제 역할을 하지. 개나 토끼는 그렇게 행동하지 않아. 새를 예로 들어 보자. 식량이 없을 때면 새들은 알의 수를 줄이거나 아예 교미를 하지 않아. 더 나은 때가 오기 전까지 생존에 힘을 다 쏟아붓지. 하지만 인간은 자신의 영혼을 다른 누군가에게, 자신의 새로운 판본에게 주입해 그것이 영원히 살아 있기를 바라는 거야."

"그렇다면 종으로서의 우리 존재는 희망 때문에 파멸에 처하게 된 거야?"

"그걸 희망이라고 부를 수도 있겠지. 아니면 자포자기라고도 할 수 있고."

"하지만 희망이 없다면 우리는 파멸에 처하게 되잖아."

"개인으로 보면 그렇지."

크레이크는 활기차게 말했다.

"그래, 정말 더럽군."

"지미, 어른답게 행동해."

지미에게 그런 말을 한 것은 크레이크가 처음이 아니었다.

손목시계를 찬 남자는 총을 가진 두 부하를 거느리고 마을에서 하룻밤을 지내면서 마을 남자들과 먹고 마셨다. 남자는 셀

로판지로 포장된 금색과 은색의 상자에 든 담배를 포장된 채로 나누어 주었다. 아침이면 남자는 매물로 나온 아이들을 둘러보며 몇 가지 질문을 던졌다. 병을 앓은 적이 있는가? 순종적인가? 그러고는 아이들의 치아를 검사했다. 아이들은 치아가 건강해야 한다고 남자는 말했다. 미소를 많이 지어야 하기 때문이었다. 그런 다음 몇 명을 고르고, 돈을 지불하고, 작별 인사를 했다. 그러면 모든 사람이 공손하게 목례를 했다. 남자는 보통 서너 명의 아이를 데려갔다. 더 많이 데려가는 법은 결코 없었다. 그가 감당할 수 있는 것은 그 정도의 인원인 것이다. 그것은 그가 최상의 수확물을 고른다는 것을 의미하기도 했다. 그는 자신의 관할 지역 안에 있는 다른 마을에서도 똑같은 방법을 썼다. 그는 뛰어난 안목과 판단력을 가진 것으로 유명했다.

오릭스는 뽑히지 못한 아이들이 무척 힘들었을 거라고 말했다. 뽑히지 못한 아이들은 마을에서 더 홀대를 받았던 것이다. 그런 아이들은 값어치가 떨어진 탓에 먹을 것도 조금밖에 받지 못했다. 자신은 제일 먼저 선택되었다고 오릭스는 말했다.

때때로 어머니들과 아이들이 울기도 했다. 그러나 어머니들은 아이들에게 그들이 좋은 일을 하는 것이고, 가족을 도우라고, 그리고 그 남자를 따라가서 시키는 대로 해야 한다고 했다. 도시에서 한동안 일을 한 뒤 사정이 좀 더 나아지면 마을로 돌아올 수 있을 것이라고도 했다.(지금까지 돌아온 아이는 단 한 명도 없었다.)

아이들은 그 모든 말을 이해했고, 어머니들이 한 일을 묵과하지는 않더라도 적어도 용서했다. 그렇지만 그 남자가 떠나고 나면 아이들을 판 어머니들은 공허하고 슬퍼졌다. 자발적으로 한 이 행동은 (어느 누구도 강요하지 않았고, 어느 누구도 위협하지 않았음에도) 전혀 자발적인 것이 아니었다는 느낌이 들었다. 사기당한 느낌이 들기도 했다. 마치 가격이 너무 낮기라도 했다는 듯이. 왜 더 많은 돈을 요구하지 않았던가? 하지만 선택의 여지가 없었노라고 어머니들은 스스로에게 말했다.

오릭스의 어머니는 한꺼번에 두 아이를 팔았다. 돈에 쪼들려서가 아니었다. 두 아이가 서로에게 의지가 되어 주고 서로를 돌봐 줄 수 있으리라고 생각한 것이다. 다른 아이는 오릭스보다 한 살 많은 사내아이였다. 남자 아이들은 여자 아이들보다 더 적게 팔렸다. 그러나 바로 그 때문에 그들은 더 가치가 높았다.

(오릭스는 어머니가 한꺼번에 두 자식을 판 것을 자신에 대한 사랑의 증거로 여겼다. 오릭스는 어머니의 사랑에 대해 간직하고 있는 영상도, 그것에 대해 할 수 있는 이야기도 없었다. 어머니의 사랑은 기억이라기보다는 하나의 신념이었다.)

남자는 오릭스의 어머니에게 특별한 호의를 베푸는 것이라고 말했다. 남자 아이들은 더 많은 문제를 일으키고, 더 순종하지 않으며, 더 자주 도망가기 때문이었다. 누가 돈을 들여 가며 문제를 떠안겠는가? 또한 그 사내아이는 태도가 올바르지 않았다. 그것은 한눈에도 알 수 있는 일이었다. 게다가 그 아이는 검은 앞니를 가지고 있어서 범죄자 같은 인상을 주었다. 그럼에도 남자는 오릭스의 어머니가 돈을 필요로 한다는 것을 알기에 아량을 베풀어 그 아이를 데려갔던 것이다.

새소리

오릭스는 마을에서 도시로 여행한 건 잘 기억나지 않지만 그 때 일어난 몇 가지 일은 기억하고 있다고 말했다. 그 기억들은 회반죽을 바른 텅 빈 벽에 걸려 있는 그림과 같았다. 창문으로 다른 사람들을 넘겨다보는 것과 같았다. 꿈과 같았다.

손목시계를 찬 남자는 자신이 엔 삼촌이며, 자신을 그렇게 부르지 않으면 심각한 문제가 생길 것이라고 아이들에게 말했다.

"'엔'이 이름이야, 아니면 머리글자 엔(N)이야?"

지미가 물었다.

"나도 몰라."

오릭스가 말했다.

"그 이름이 글자로 씌어진 걸 본 적 있어?"

"우리 마을 사람들은 아무도 글을 읽을 줄 몰랐어. 자, 지미. 입 벌려 봐. 마지막 조각을 줄게."

그때를 회상하고 있노라면 눈사람은 그 맛을 느낄 수 있을 것 같다. 피자, 그다음엔 그의 입속으로 들어오는 오릭스의 손가락.

그다음엔 바닥에 뒹구는 콜라 깡통. 그다음엔 보아 컨스트릭터*가 죄고 있는 것처럼 그의 몸 전체를 으깨 버릴 듯한 쾌락.

오, 도둑맞은 비밀 소풍. 오, 감미로운 즐거움. 오, 선명한 기억. 오, 완전한 고통. 오, 끝없는 밤.

남자는(오릭스는 이야기를 계속한다. 같은 날 밤 좀 더 늦은 시각, 아니면 다른 날 밤이었는지도 모른다.) 이제부터 자신이 그들의 삼촌이라고 말했다. 마을에서 벗어나자 남자는 이전처럼 그렇게 미소를 자주 짓지 않았다. 빨리 걸어야 한다고, 주변의 숲에는 붉은 눈과 길고 날카로운 이를 가진 야생동물들이 득실거리며, 만일 나무 사이로 뛰어가거나 너무 천천히 걸으면 그 동물들이 다가와 그들을 갈기갈기 물어뜯을 거라고 말했다. 오릭스는 겁에 질려 오빠의 손을 잡고 싶었지만 그럴 수 없었다.

"호랑이라도 있었어?"

지미가 물었다.

오릭스는 아니라는 의미로 고개를 저었다. 호랑이는 없었다.

"그럼 어떤 동물들이 있었는데?"

---

* 동물의 몸을 졸라서 죽여 잡아먹는 남아메리카 열대 삼림의 왕뱀.

지미는 알고 싶었다. 그렇게 하면 그곳이 어디인지 단서를 잡을 수 있으리라고 생각한 것이다. 동물 서식지 목록을 찾아볼 수 있을 것이다. 그것이 도움이 될지도 몰랐다.

"그 동물들은 이름이 없었어. 하지만 나는 그것들이 어떤 동물인지 알고 있었어."

오릭스가 말했다.

처음에 그들은 한 줄로 서서 뱀이 나타나는지 살피면서 진흙탕 길에서 약간 높은 갓길을 걸어갔다. 총을 든 남자가 맨 앞에 있었고, 그다음에는 엔 삼촌, 그다음에는 그녀의 오빠, 그다음에는 팔려 온 다른 두 아이(둘 다 여자 아이였고, 둘 다 오릭스보다 나이가 많았다.) 그리고 그다음에는 오릭스였다. 줄의 끄트머리에서는 총을 든 또 다른 남자가 따라왔다. 그들은 점심 식사를 하기 위해 걸음을 멈췄다. 점심은 마을 사람들이 그들을 위해 싸 준 다식은 밥이었다. 점심을 먹고 난 뒤 좀 더 걸었다. 강에 다다르자 총을 든 남자 하나가 오릭스를 안고 강을 건넜다. 남자는 그녀가 너무 무거워서 강에 빠뜨릴 수밖에 없다고, 그러면 물고기가 잡아먹을 거라고 말했다. 그것은 농담이었다. 그 남자는 젖은 옷에서 나는 땀 냄새, 담배 냄새, 향수 냄새, 머릿기름 냄새 같은 것을 풍겼다. 강물은 그의 무릎 정도 깊이였다.

강을 건넌 후 해가 기울면서 햇살이 오릭스의 눈에 정면으로 비쳤다.('그렇다면 그들은 서쪽으로 가고 있었던 거야.' 하고 지미는 생각했다.) 그녀는 매우 피곤했다.

해가 점점 기울자 숲의 나뭇가지와 덩굴 속에 숨어서 보이지 않는 새들이 노래하며 서로를 부르기 시작했다. 거슬리는 깍깍 소리와 휘파람 소리, 그리고 마치 종소리같이 차례로 들려오는 네 가지의 선명한 소리. 새들은 어스름이 깔릴 무렵, 그리고 해 뜨기 직전의 새벽녘이면 항상 그런 식으로 서로를 불렀다. 오릭스는 그 소리에 위안을 느꼈다. 새소리는 친숙한 것, 그녀가 알고 있던 것의 일부였다. 그녀는 새소리 중 하나(종소리같이 들리는 것)가 어머니의 영혼이라고 상상했다. 어머니의 영혼이 새의 형상을 하고 자신을 돌보기 위해 따라온 것이며 "너는 돌아올 거야."라고 말하고 있는 것이라고.

자신이 살던 마을에서 일부 사람들은 이렇게 죽기 전에라도 자신들의 영혼을 떠나보낼 수 있었다고 오릭스는 말했다. 그것은 잘 알려진 사실이었다. 그 방법을 배울 수도 있었다. 나이 든 여자들이 가르쳐 주었던 것이다. 그렇게 함으로써 그들은 모든 곳을 날아다니고, 미래에 어떤 일이 일어날지 내다보고, 다른 곳으로 메시지를 보내고, 다른 사람의 꿈속에 나타날 수 있었다.

새들은 노래하고 또 노래하더니 조용해졌다. 그 뒤 갑자기 해가 져 버리고 사방이 어둠에 싸였다. 그날 밤 그들은 헛간에서 잠을 잤다. 아마 가축을 두던 헛간이었을 것이다. 그곳에서는 가축 냄새가 났다. 그들은 총을 든 남자들이 감시하는 가운데 모두 한 줄로 줄을 지어 덤불에서 오줌을 누어야 했다. 남자들은 밖에 불을 피워 놓고 웃으며 이야기했다. 연기가 새어 들어왔지만 오릭스는 상관하지 않았다. 땅바닥에서 잤어, 아니면 그물 침대나 간이침대에서 잤어?지미가 물었다. 그러나 그녀는 그건 중요한 일이 아니라고 대답했다. 그녀의 오빠가 그녀 옆에 있었다. 지금껏 그녀를 돌봐 준 적이 없는 오빠였지만, 이제는 그녀 가까이에 있고 싶어 했다.

다음 날 아침 그들은 조금 더 걸은 후에 드디어 엔 삼촌이 차를 놓아 둔 곳에 도착했다. 작은 마을의 남자 여럿이서 그 차를 지키고 있었다. 그 마을은 오릭스의 마을보다 더 작고 지저분했다. 여자들과 아이들이 문간에서 미소 없는 얼굴로 내다보았다. 한 여자는 악을 물리치는 신호를 그었다.

엔 삼촌은 차에 없어진 것이 없는지 점검한 후 차를 지키고 있던 남자들에게 돈을 지불했다. 그리고 아이들에게 차에 타라고 지시했다. 오릭스는 차에 타 보는 것이 처음이었고 차 안의 냄새가 마음에 들지 않았다. 그것은 태양열 차가 아니라 가솔린 차였고, 새 차도 아니었다. 한 남자가 차를 몰았고 엔 삼촌은 그의 옆에 앉았다. 다른 한 남자는 아이들 넷과 뒷좌석에 비좁게 끼어 앉았다. 엔 삼촌은 아이들에게 화를 내면서 아무것도 묻지 말라고 일렀다. 길은 울퉁불퉁했고 차 안은 더웠다. 오릭스는 메스꺼워 토할 것 같았지만 이내 잠에 빠져 들었다.

오랜 시간을 달린 듯했다. 다시 밤이 되었을 때쯤 차가 멈춰 섰다. 엔 삼촌과 운전석의 남자는 낮은 건물 안으로 들어갔다.

일종의 여관이었을 것이다. 남은 남자는 앞좌석으로 자리를 옮겨 몸을 길게 펴고 눕더니 곧 코를 골기 시작했다. 아이들은 뒷좌석에서 되는대로 잠을 잤다. 문은 잠겨 있었다. 아이들은 그 남자를 올라타지 않고서는 차에서 나갈 수가 없었다. 도망치려고 시도한다는 오해를 받을 것이 두려워서 그렇게 할 수가 없었다. 밤 동안 누군가가 바지에 오줌을 쌌다. 오릭스는 그 냄새를 맡을 수 있었다. 그러나 오줌을 싼 것은 그녀가 아니었다. 아침이 되자 아이들은 야외 변소가 있는 건물 뒤쪽으로 몰려갔다. 그들이 웅크리고 있는 동안 맞은편에 있는 돼지 한 마리가 그들을 보고 있었다.

차를 타고 덜컹거리며 몇 시간을 더 간 뒤 그들은 길에 가로놓여 있는 관문에 다다랐다. 그곳에서는 병사 두 명이 보초를 서고 있었다. 엔 삼촌은 아이들이 자기 조카라고 말했다. 아이들의 어머니들이 죽었기 때문에 자신의 집에서 키우려고 데려가고 있다고 설명했다. 그는 다시 미소를 짓고 있었다.

"조카가 아주 많구려."

병사 하나가 히죽 웃으며 말했다.

"제가 운이 없지요."

엔 삼촌이 말했다.

"이 애들의 어미들이 모두 죽었단 말이오?"

"슬픈 사실이죠."

"당신을 믿어도 좋을지 잘 모르겠군."

다른 병사 역시 히죽 웃으며 말했다.

"여기."

엔 삼촌이 말했다. 그는 오릭스를 차에서 끌어냈다.

"내 이름이 뭐지?"

그가 미소 띤 얼굴을 들이대며 물었다.

"엔 삼촌."

오릭스가 말했다. 두 병사는 웃음을 터뜨렸고 엔 삼촌도 웃었다. 그는 오릭스의 어깨를 두드리며 다시 차에 타라고 말했다. 그리고 호주머니에 넣고 있던 손을 빼더니 병사들과 악수를 나누었다. 그런 후 병사들은 문을 열어 주었다. 일단 차가 도로를 따라 굴러가기 시작하자 엔 삼촌은 오릭스에게 작은 레몬 모양의 사탕을 주었다. 그녀는 사탕을 한동안 빨다가 아껴 두려고 입에서 빼냈다. 호주머니가 없어서 끈적끈적한 손가락으로 들고 있었다. 그날 밤 그녀는 손가락을 핥으며 위안을 얻었다.

밤이면 아이들은 낮은 소리로 울었다. 자신들에게만 들리도록 소리 죽여 울었다. 겁이 났던 것이다. 그들은 어디로 가고 있는지 몰랐으며, 익숙한 것들로부터 억지로 분리되었던 것이다. 그뿐 아니라 이제 더 이상 사랑을 받을 수 없게 되었잖니. 그전에는 사랑을 받았다고 친다면 말이야. 오릭스는 말했다. 하지만 그들은 화폐가치를 지닌 존재가 되었다. 다른 이들에게 그들은 금전적 이익을 의미했다. 아이들 역시 그것을 알아차렸을 것이다. 자신들이 어떤 가치를 지니고 있다는 사실을.

물론(오릭스가 말했다.) 화폐가치가 있다는 것이 사랑을 대신할 수는 없었다. 모든 아이는 사랑을 받아야 한다. 어떤 사람이든 사랑을 받아야 한다. 오릭스도 화폐가치보다는 어머니의 사랑을 더 원했지만 그녀가 줄곧 믿었던 그 사랑, 그녀가 너무 두려워하거나 외로워하지 않도록 밀림에서 새의 형상을 하고 그녀를 따라왔던 그 사랑은 믿을 만한 것이 되지 못했다. 그것은 찾아드는 듯하다가 어느 순간 사라져 버렸다. 그렇기 때문에 화폐가치를 가지고 있다는 것은 좋은 일이었다. 화폐가치를 이용해 이익을 챙기려는 사람들이 충분한 음식을 마련해 주고 해를 입지 않게 보호해 주었던 것이다. 게다가 사랑과 화폐가치, 두 가지 중 어느 것도 갖지 못한 사람들도 있었다. 아무것도 갖지 못한 것보다는 하나라도 갖고 있는 것이 더 나았다.

장미

도시는 사람과 자동차와 소음과 악취와 알아듣기 힘든 언어로 가득 찬 혼돈의 도가니였다. 네 아이는 처음 보는 도시의 광경에 충격을 받았다. 마치 뜨거운 물이 가득 담긴 가마솥에 내던져진 것처럼, 마치 도시가 그들에게 물리적인 아픔을 가한 것처럼. 하지만 엔 삼촌은 그런 상황을 이미 경험해 본 사람이었다. 그는 아이들이 마치 고양이라도 되는 양 취급했다. 그는 아이들이 새로운 환경에 익숙해질 수 있도록 시간을 주었다. 그는 그들을 3층짜리 건물 맨 위층에 있는 작은 방에 집어넣었다. 창살이 있는 창문을 통해 밖을 내다볼 수는 있지만 나갈 수는 없었다. 그런 뒤 점차적으로 아이들을 바깥세상에 노출시켰다. 처음에는 한 번에 한 시간씩 가까운 곳으로 나갔다. 방에는 이미 다섯 명의 다른 아이들이 머무르고 있던 터라 무척 복닥거렸다. 그러나 각각의 아이가 밤에 얇은 매트리스를 깔고 잘 정도의 공간은 되었다. 밤 동안에는 마룻바닥 가득 매트리스를 깔아 놓고 비좁게 잠을 잤고, 낮 동안에는 그것을 말아 두었다. 매트리스들은 낡고 더럽고 오줌 냄새가 났다. 그 매트리스를 단정하게 마는 것이 아이들이 배운 첫 번째 일이었다.

새로 온 아이들은 경험자인 다른 아이들로부터 더 많은 것을 배우게 되었다. 가장 먼저 배운 것은 엔 삼촌이 언제나 그들을 지켜보고 있다는 사실이었다. 심지어 아이들이 도시에 혼자 남겨진 듯한 때조차 그를 벗어날 수 없었다. 그는 아이들이 어디에 있는지 항상 알고 있었다. 빛나는 시계를 귀에 대기만 하면 시계가 알려 준다는 것이다. 시계 안에는 모든 것을 아는 작은 목소리가 들어 있었다. 그러한 사실은 아이들에게 안도감을 안겨 주었다. 그건 다른 누구도 그들에게 해를 가할 수 없다는 것을 의미하기 때문이었다. 다른 한편으로 보면 그들이 열심히 일하지 않거나 도망가려고 시도하는 것 혹은 관광객에게 받은 돈을 숨겨 두는 것 또한 엔 삼촌이 알고 있다는 의미이기도 했다. 그랬다간 엔 삼촌의 부하들이 멍이 들도록 그들을 때릴 것이다. 화상을 입힐 때도 있었다. 일부 아이들은 그러한 처벌을 견뎌냈노라고 주장하면서 그 사실을 자랑스러워했다. 그들에겐 흉터가 있었다. 그런 금지된 일(게으름, 도둑질, 도망)을 반복해서 시도할 경우 엔 삼촌보다 훨씬 더 끔찍한 사람(소문에 따르면 그랬다.)에게 팔리게 될 것이라고 했다. 아니면 죽임을 당한 후 쓰레기 더미 속에 내던져지게 될 것이다. 그리고 어느 누구도 그들이 어디서 왔는지 모르기 때문에, 아무도 개의치 않을 것이다.

엔 삼촌은 사업을 어떻게 굴려야 하는지 정말로 잘 알고 있었다고 오릭스는 말했다. 아이들은 처벌에 대해 어른들이 말해 주는 것보다 또래 아이들이 말해 주는 것을 더 쉽게 믿게 마련이다. 어른들은 결코 하지도 않을 일들을 하겠다고 을러댔지만, 아이들은 정말로 일어날 일들에 대해서만 이야기해 주는 것이다. 혹은 일어날까 봐 두려운 일들 혹은 그들 자신이나 자신들이 아는 다른 아이들에게 이미 일어났던 일들에 대해서.

오릭스와 그녀의 오빠가 매트리스가 깔린 방에 도착한 그다음 주에 나이 많은 세 아이가 차출되었다. 그들은 다른 나라로 가게 될 것이라고 엔 삼촌이 말했다. '샌프란시스코'라고 불리는 나라였다. 그들이 나쁘게 행동했기 때문인가? 엔 삼촌은 아니라고 말했다. 그것은 그들이 착하게 행동한 것에 대한 보상이었다. 순종적이고 부지런한 아이들은 모두 언젠가 그곳에 가게 될 것이다. 오릭스는 고향 말고는 어디에도 가고 싶지 않았다. 하지만 그 '고향'이라는 곳에 대한 기억은 그녀의 마음속에서 희미해지고 있었다. 어머니의 영혼이 "너는 돌아올 거야." 하고 외치는 소리를 여전히 들을 수 있기는 했지만, 그 목소리는 점점 더 약하고 불분명하게 들렸다. 이제는 종소리가 아닌 작은 속삭임처럼 들렸다. 확정적인 진술이 아니라 질문처럼 들렸다. 대답을 찾을 수 없는 질문.

오릭스와 그녀의 오빠와 새로 온 두 아이는 노련한 아이들이 꽃 파는 모습을 보러 나갔다. 그들이 파는 꽃은 붉은색, 흰색, 분홍색 장미였다. 아침 일찍 꽃시장에서 가져온 꽃들이었다. 장미를 건넬 때 가시에 손이 찔리는 것을 막기 위해 가시들은 모두 제거되었다. 최고급 호텔 입구 주변(외화를 환전할 수 있는 은행과 값비싼 물건을 파는 상가 역시 좋은 장소였다.)에서 서성거리면서 경찰이 오는지 살펴야 했다. 만일 경찰이 가까이 있거나 유심히 바라보고 있으면 다른 쪽 길로 재빨리 피해야 했다. 허가증 없이 관광객들에게 꽃을 파는 것은 금지된 일이었다. 그리고 허가증은 너무 비쌌다. 그러나 걱정할 필요는 없다고 엔 삼촌이 말했다. 경찰들은 그 사업에 관해 이미 다 알고 있었다. 그저 모르는 것처럼 보일 뿐.

외국인을 보면, 특히 외국인 여자와 함께 있는 남자를 보면 가까이 접근해서 장미를 내밀고 미소를 지어야 한다. 그들을 빤히 바라보거나 괴상하고 이국적인 머리카락, 물빛 눈을 보고 웃어서는 안 된다. 만일 그들이 꽃을 받아 들고 얼마냐고 물으면 더 활짝 미소를 지으며 손을 내밀어야 한다. 만일 그들이 말을 걸거나 질문을 하면 알아듣지 못하는 척하는 표정으로 바라보아야 한다. 그 부분은 하기 쉽다. 그들은 언제나 꽃값보다 더 많은 돈을, 때로는 훨씬 더 많은 돈을 줄 것이다.

돈은 옷 안쪽에 달려 있는 작은 주머니 속에 넣어야 한다. 거리의 불량배들이 소매치기를 하거나 마구잡이로 돈을 잡아채는 것을 방지하기 위해서다. 그런 아이들은 엔 삼촌처럼 돌봐 주는 사람이 없는 불행한 아이들이다. 만일 어떤 사람이, 특히 남자가 손을 잡고 어디로 끌고 가려고 하면 손을 잡아빼야 한다. 남자가 손을 너무 세게 잡았으면 그냥 주저앉아야 한다. 그것은 일종의 신호다. 그러면 엔 삼촌의 부하나 엔 삼촌이 나타날 것이다. 절대로 차나 호텔에 들어가서는 안 된다. 만일 어떤 남자가 그런 부탁을 하면 즉시 엔 삼촌에게 알려야 한다.

오릭스는 엔 삼촌으로부터 새로운 이름을 받았다. 모든 아이가 그에게서 새 이름을 받았다. 아이들은 옛 이름을 잊어버려야 한다는 명령을 받았고, 정말 이내 잊어버렸다. 오릭스는 '수수'라는 이름을 갖게 되었다. 그녀는 장미를 잘 팔았다. 그녀는 너무나 작고 연약했으며, 그 모습은 정말이지 깨끗하고 순수했다. 큰 옷을 받아 입은 그녀의 모습은 천사 인형처럼 보였다. 그녀는 아이들 중에서 가장 작았다. 그래서 다른 아이들 모두가 그녀를 귀여워했다. 밤이면 아이들은 차례로 돌아가며 그녀 옆에서 잤다. 여러 아이가 번갈아 가며 그녀를 품에 안고 잤다.

누가 그녀를 거부할 수 있겠는가? 그녀를 거부하는 외국인은 별로 없었다. 그녀의 미소는 완벽했다. 건방지거나 공격적이지 않고 주저하듯 수줍어하는 미소, 그 어떤 것도 당연히 여기지 않는 미소, 악의가 전혀 없는 미소였다. 그 미소에는 어떤 증오도, 질투도 담겨 있지 않았고, 오직 가슴 깊은 고마움만을 약속하고 있었다. "사랑스러워." 외국인 여자들은 이렇게 중얼거리곤 했다. 그들과 함께 있는 남자들은 장미를 사서 여자들에게 건네주었고, 그렇게 함으로써 그 남자들 또한 사랑스러운 존재가 되었다. 그리고 오릭스는 자신의 드레스 앞섶 아래쪽에 있는 주머니 속에 동전을 밀어넣으며 또 다른 하루에 대한 안도감을 느꼈다. 할당량을 채웠기 때문이다.

그녀의 오빠는 그렇지 못했다. 운이 전혀 없었다. 그는 계집애들처럼 꽃을 팔고 싶어 하지 않았다. 미소 짓는 것도 싫어했다. 미소 짓는다 해도 검은 앞니 때문에 결과가 신통치 못했다. 그래서 오릭스는 오빠가 팔다 남은 장미 몇 송이를 들고 대신 팔아 주려고 노력했다. 엔 삼촌은 처음에는 개의치 않았지만(돈은 돈일 뿐이니까.) 얼마 안 가서 오릭스에게 같은 장소에 너무 자주 나타나서는 안 된다고 말했다. 사람들이 그녀에게 싫증을 내면 안 되기 때문이었다.

오릭스의 오빠는 다른 일을 찾아야 했다. 다른 직업을. 그는 다른 곳으로 팔려 가야 했다. 같은 방에서 지내는 나이 많은 아이들은 고개를 가로저었다. 그녀의 오빠가 포주에게 팔릴 거라고 그들은 말했다. 털북숭이 백인이나 수염을 기른 흑인이나 뚱뚱한 황인, 어린 소년을 좋아하는 모든 부류의 남자를 상대하는 포주. 아이들은 그 남자들이 무슨 짓을 할지 자세히 묘사하며 웃어 댔다. "멜론 엉덩이 소년이 될 거야." 하고 그들은 말했다. 겉은 단단하고 둥글며 안은 부드럽고 달콤한 엉덩이, 돈을 지불하는 모든 사람을 위한 멋진 멜론 엉덩이. 그게 아니라면 거리를 돌아다니며 노름꾼들의 심부름을 하는 전령이 될 것이다. 그 일은 매우 고될 뿐 아니라 위험하다. 상대방 노름꾼이 죽일 수도 있기 때문이다. 혹은 전령 겸 멜론 엉덩이 소년이 될 수도 있을 것이다. 그것이 가장 가능성 높은 일이다.

오릭스는 오빠의 얼굴이 어두워지며 굳어지는 것을 볼 수 있었다. 그래서 오빠가 도망쳤을 때 놀라지 않았다. 오빠가 붙잡혀서 처벌을 받았는지 오릭스는 결코 알 수 없었다. 묻지도 않았다. 질문을 하는 것은 아무런 소용이 없었다.(그건 이제 알 수 있었다.)

어느 날 실제로 한 남자가 오릭스의 손을 잡고 함께 호텔로 가자고 말했다. 그녀는 수줍은 미소를 지어 보이면서 곁눈으로 남자를 올려다보았다. 그리고 아무 말도 하지 않고 손을 빼냈다. 나중에 엔 삼촌에게 그 이야기를 하자 엔 삼촌은 놀라운 말을 했다. 만일 그 남자가 다시 요구하거든 그를 따라 호텔에 가야 한다는 것이었다. 남자는 그녀를 자기 방으로 데려가려고 할 것이다. 그러면 그녀는 따라가야 한다. 남자가 부탁하는 모든 것을 해야 한다. 그러나 걱정할 필요는 없다. 엔 삼촌이 그녀를 지켜보고 있다가 구출하러 갈 것이다. 그녀에게 나쁜 일은 절대로 일어나지 않을 것이다.

"제가 멜론이 되는 건가요? 멜론 엉덩이 소녀가 되는 거예요?"

그녀가 물었다. 그러자 엔 삼촌이 웃으며 어디서 그런 말을 들었느냐고 물었다. 그러고는 아니라고 말했다. 그런 일은 일어나지 않을 거라고.

다음 날 그 남자가 나타나 오릭스에게 돈을 벌고 싶지 않냐고, 장미를 팔아서 버는 것보다 훨씬 많은 돈을 벌고 싶지 않냐고 물었다. 남자는 몸에 털이 많고 외국어 억양이 강한 키 큰 백인이었다. 그러나 그녀는 남자의 말을 알아들을 수 있었다. 이번에는 그를 따라갔다. 그는 그녀의 손을 잡았고 그들은 함께 엘리베이터를 타고 올라갔다. 상당히 겁이 나는 순간이었다. 저절로 문이 닫히는 작은 방. 문이 열렸을 때는 다른 장소에 도착해 있었다. 엔 삼촌은 그것에 대해 설명해 주지 않았다. 그녀는 심장이 뛰는 것을 느낄 수 있었다. "무서워하지 마라." 그녀가 자신을 두려워하고 있다고 생각한 남자가 말했다. 하지만 사실은 그 반대였다. 그가 그녀를 두려워하고 있었다. 그의 손이 떨리고 있었다. 그는 열쇠로 문을 열었고 그들은 안으로 들어갔다. 그는 방 안에서 문을 잠갔다. 남홍색과 금색으로 장식되어 있고 커다란 침대가 있는 방이었다. 거인을 위한 침대. 남자는 오릭스에게 옷을 벗으라고 했다.

오릭스는 명령받은 대로 고분고분 행동했다. 남자가 무엇을 원하는지 대강 짐작할 수 있었다. 다른 아이들은 이미 그런 일들에 대해 알고 있었고 거리낌없이 이야기하며 웃곤 했다. 사람들은 그 남자가 원하는 것과 같은 일을 하기 위해 엄청나게 많은 돈을 지불했으며, 그 도시에는 그런 사람들이 가는 특별한 장소들이 있었다. 그러나 일부 사람들은 남의 이목이 두려워서 그런 곳에 가지 않고 바보같이 스스로 해결하려고 했다. 그 남자 역시 그런 부류 중 하나였다. 오릭스는 남자가 곧 옷 전부를 혹은 일부를 벗을 거라는 사실을 알고 있었다. 그리고 그는 정말로 그렇게 했다. 그녀가 자신의 성기를 빤히 바라보자 그는 기뻐하는 것 같았다. 그의 성기는 그 남자의 몸처럼 길쭉하고 털투성이였으며 작은 팔꿈치같이 굽은 부분이 있었다. 그는 그녀를 마주 볼 수 있도록 그녀의 키에 맞추어 무릎을 꿇었다.

얼굴이 어떻게 생겼던가? 오릭스는 기억나지 않았다. 성기의 특징은 기억하지만 얼굴의 특징은 기억할 수 없었다.

"그건 얼굴이 아닌 듯한 얼굴이었어. 경단처럼 말랑말랑했지. 코는 커다랬어. 당근 같은 코. 길고 하얀 성기같이 생긴 코."

그녀는 두 손으로 입을 가리며 웃었다.

"네 코와는 달랐어, 지미."

그녀는 지미가 부끄러워할까 봐 이렇게 덧붙였다.

"네 코는 아름다워. 네 것은 귀여운 코야, 내 말 믿어."

"아프게 하지 않을게."

남자가 말했다. 그의 억양이 너무 우스워서 오릭스는 킬킬거리며 웃고 싶었다. 하지만 그렇게 하면 안 된다는 것을 알고 있었다. 그녀는 수줍게 미소 지었다. 남자는 그녀의 손을 잡아서 자신의 몸에 올려놓았다. 그는 부드럽게 행동했다. 그러나 동시에 화난 것처럼 보이기도 했다. 화가 나서 서두르는 것처럼 보였다.

바로 그때 엔 삼촌이 갑자기 방 안으로 뛰어들었다. 어떻게 들어왔을까? 분명 열쇠를 갖고 있었을 것이다. 호텔에 있는 누군가가 그에게 열쇠를 주었음에 틀림없었다. 그는 오릭스를 안아 올려 꼭 끌어안으며 "내 작은 보물"이라고 불렀다. 그리고 겁에 질려 허둥지둥 옷을 입으려는 남자에게 소리를 질러 댔다. 남자는 바지를 입다가 발이 걸려서 한쪽 발로 방 안을 껑충거리면서 외국어 억양이 강한 말투로 뭔가를 설명하려고 애썼다. 오릭스는 남자가 가엾다는 생각이 들었다. 이윽고 남자는 엔 삼촌에게 돈을 주었다. 엄청나게 많은 돈, 그의 지갑에 든 돈 전부를. 엔 삼촌은 여전히 인상을 쓴 채 투덜거리며 오릭스를 소중한 도자기처럼 안고 호텔 방을 나섰다. 그러나 거리로 나오자 웃음을 터뜨리며 뒤엉킨 바지에 걸려 방 안을 껑충거리던 남자에 대해 농담을 했다. 그리고 이번에는 오릭스를 "착한 소녀"라고 부르며 그 게임을 다시 한 번 하고 싶지 않으냐고 물었다.

그렇게 해서 그것은 그녀의 게임이 되었다. 그녀는 남자들에게 다소 미안함을 느꼈다. 비록 엔 삼촌은 그들이 그런 꼴을 당해 마땅하며 자신이 경찰을 부르지 않았으니 운이 좋은 편이라고 말했지만, 그녀는 자신이 맡은 역할을 조금 후회했다. 그러면서도 그것을 즐기기도 했다. 남자들은 그녀가 무기력하다고 생각하지만 실제로는 그렇지 않다는 걸 그녀는 알고 있었다. 그녀는 강자가 된 듯한 느낌이었다. 무기력한 약자는 바로 그들이었다. 조금 뒤면 엔 삼촌이 화를 내는 동안 바보 같은 억양으로 더듬더듬 용서를 빌면서 바지에 걸려 부드러운 엉덩이, 털투성이 엉덩이, 다양한 크기와 색깔의 엉덩이를 내놓고 호화로운 호텔 방에서 한 발로 깡충거리게 될 그들. 때로 그들은 울기도 했다. 돈으로 말하자면, 그들은 호주머니를 완전히 비워야 했다. 가진 돈을 모두 엔 삼촌에게 던져 주고, 그가 그 돈을 받아 주는 것에 감사했다. 감옥에서는 잠시라도 있고 싶지 않았던 것이다. 도시의 감옥은 호텔과는 전혀 딴판이었고, 고소가 이루어지고 재판이 열리기까지는 오랜 시간이 걸렸다. 그들은 최대한 빨리 택시를 잡아 타고 커다란 비행기에 올라 멀리 날아가고 싶어 했다.

"작은 수수, 넌 영리한 소녀야! 내가 너랑 결혼할 수 있었으면 좋겠다. 너도 그랬으면 좋겠니?"

엔 삼촌은 오릭스를 호텔 밖 거리에 내려놓으며 이렇게 말하곤 했다.

그것은 당시 그녀가 받을 수 있는 사랑과 가장 비슷한 것이었기 때문에 그녀는 그 말을 듣는 것이 기뻤다. 그런데 무엇이 올바른 대답일까? 네 혹은 아니오? 그녀는 그것이 심각한 질문이 아니라 농담이라는 것을 알았다. 그녀는 겨우 다섯 살 혹은 여섯 살 혹은 일곱 살밖에 되지 않았기 때문에 결혼할 수 없었던 것이다. 어쨌든 엔 삼촌은 다른 곳에 있는 집에서 성인 아내와 살고 있으며 자식들도 있다고 다른 아이들이 알려 준 터였다.

그의 진짜 자식들. 그들은 학교에 다녔다.

"삼촌 시계 소리 들어 봐도 돼요?"

오릭스가 수줍은 미소를 지으며 물었다. 사실 그녀는 "대신"이라는 말을 하고 싶었다. 당신과 결혼하는 대신, 당신의 질문에 대답하는 대신, 당신의 진짜 아이가 되는 대신. 그는 좀 더 웃더니 정말로 시계 소리를 듣게 해 주었다. 하지만 그녀는 그 안에 있는 작은 목소리를 들을 수 없었다.

픽시랜드 재즈

어느 날 다른 남자, 한 번도 본 적이 없는 남자(엔 삼촌보다 키가 크고 마른 몸에 잘 맞지 않는 옷을 걸치고 있고 얼굴에는 마맛자국이 있는 남자)가 찾아와서 아이들에게 모두 자기와 함께 가야 한다고 말했다. 엔 삼촌이 꽃 사업을 넘겼다고 했다. 꽃, 꽃 파는 아이들, 그 외의 모든 것을. 엔 삼촌은 다른 도시로 떠나 버렸다. 이제 그 키 큰 남자가 주인이었다.

1년쯤 지났을 때 오릭스는 그것이 진실이 아니었다는 것을 듣게 되었다.(매트리스가 깔린 방에서 그녀와 처음 몇 주를 함께 지냈다가, 그녀의 새로운 삶, 영화 제작의 삶 속에 다시 나타났던 소녀가 그 이야기를 들려주었다.) 실제로는 엔 삼촌이 도시 운하에서 목이 잘린 채로 발견되었다는 것이다.

소녀는 그의 모습을 보았다. 아니, 그것은 사실이 아니었다. 소녀는 그를 보지 못했지만, 그를 직접 본 사람을 알고 있었다.

그의 신원에 대해서는 의심할 여지가 없었다. 배는 베개처럼 부풀어 오르고 얼굴도 부었지만 그것은 정말로 엔 삼촌이었다. 그는 옷을 전혀 걸치고 있지 않았다. 분명 누군가가 훔쳐 갔을 것이다. 그의 목을 자른 사람이 아닌 누군가 다른 사람, 아니면 같은 사람일 수도 있었다. 시체가 그런 고급 옷을 왜 필요로 하겠는가? 손목시계도 없었다. “돈도 없었대. 호주머니가 없으니까 돈도 없었겠지!”

소녀는 이렇게 말하고 웃음을 터뜨렸다.

“도시에 운하가 있었어?”

지미가 물었다. 그는 그것이 어떤 도시인지 알아내는 데 단서를 제공해 줄지도 모른다고 생각했다. 그 당시 지미는 오릭스와 그녀가 살았던 곳에 대해 가능한 한 모든 것을 알고 싶었다. 추적을 해서 그녀에게 해를 가한 사람이나 그녀를 불행하게 만들었던 이들을 직접 모조리 혼내 주고 싶었다. 지미는 고통스러운 정보들로 스스로를 괴롭혔다. 그러모을 수 있는 자극적인 사실 모두를 자신의 손톱 밑에 밀어 넣어 스스로를 고문했다. 고통을 많이 느낄수록 그녀를 더 많이 사랑하는 것이라고 그는 확신했다.

“아, 그래, 그곳엔 운하가 있었어. 농부들이 그걸 이용했지. 꽃 재배자들도 시장에 가기 위해 이용했고. 그들은 배를 매어 두고는 가지고 있는 꽃들을 바로 그곳에서, 부두에서 팔았어. 먼 곳에서 보면 예쁜 풍경이었지. 그렇게 많은 꽃들이라니."

오릭스가 말했다. 그녀는 지미를 바라보았다. 대개 그녀는 지미가 무슨 생각을 하고 있는지 알아차렸다.

"하지만 운하가 있는 도시들은 많아. 강을 끼고 있는 도시들도. 강은 참 유용하지. 쓰레기, 죽은 사람, 버려진 아기, 그리고 똥을 처리하는 데 말이야."

오릭스가 말했다. 비록 그녀는 지미가 욕하는 것을 좋아하지 않았지만, 때때로 자신이 나쁜 말이라고 부르는 단어를 즐겨 말하기도 했다. 그런 말로 그에게 충격을 줄 수 있기 때문이었다. 그녀는 일단 시작하면 나쁜 말들을 상당히 많이 내뱉을 수 있었다.

"너무 걱정 마, 지미. 그건 오래전 일이야."

그녀는 부드럽게 덧붙였다. 그녀는 그를 보호하고 싶은 듯이 행동하곤 했다. 그녀 자신의 이미지로부터, 과거의 그녀로부터. 그녀는 오직 자신의 밝은 부분만 보여 주고 싶어 했다. 밝게 빛나고 싶어 했다.

엔 삼촌은 그렇게 운하에서 삶을 마쳤다. 그는 운이 나빴다. 돈을 주어야 마땅한 사람들에게 제대로 지불하지 않았거나 충분히 지불하지 않았던 것이다. 혹은 그들이 그의 사업을 헐값에 사고 싶어 했는데 가격이 너무 낮아 그가 팔지 않으려고 했을 수도 있다. 혹은 그의 부하들이 그를 팔아 넘겼는지도 모른다.

그에게는 일어났을 법한 일들이 아주 많았다. 혹은 아무런 계획 없이 일어난 일일 수도 있다. 단순한 사건, 마구잡이 살인, 일반적인 절도였는지도. 엔 삼촌은 안전에 주의를 기울이지 않았다. 그는 혼자 걸어 다니곤 했다. 그러나 경솔한 사람은 아니었다.

"그 이야기를 들었을 때 나는 울음을 터뜨렸어, 불쌍한 엔 삼촌."

오릭스가 말했다.

"너는 왜 그를 옹호하는 거지? 그는 해충 같은 존재였어. 바퀴벌레였다고!"

지미가 말했다.

"그는 나를 좋아했어."

"그는 돈을 좋아한 거야!"

"물론 그렇지, 지미. 모든 사람이 돈을 좋아해. 하지만 그는 나에게 훨씬 더 나쁜 일을 저지를 수도 있었는데 그러지 않았잖아. 나는 그가 죽었다는 말을 들었을 때 울었어. 울고 또 울었지."

"더 나쁜 짓 뭐? 얼마나 더 나쁜 짓?"

"지미, 넌 걱정이 지나쳐."

아이들은 모두 회색 매트리스가 있는 방에서 끌려 나왔다. 그리고 오릭스는 다시는 그 방을 보지 못했다. 대부분의 다른 아이들도 다시 만나지 못했다. 그들은 각자의 길로 흩어졌다. 오릭스는 영화를 만드는 남자에게 팔렸다. 아이들 중에서 유일하게 영화 제작자에게 팔렸다. 남자는 그녀를 "예쁜 소녀"라고 부르며 몇 살이냐고 물었다. 그러나 그녀는 대답할 말이 없었다. 남자는 그녀에게 영화에 나오고 싶지 않냐고 물었다. 그녀는 영화를 본 적이 없어서 그러고 싶은지 아닌지 알지 못했다. 하지만 특별한 제안이라고 느껴져 그렇다고 대답했다. 이제 그녀는 언제 긍정적인 대답을 해야 하는지 대강 짐작할 수 있게 된 것이다.

남자는 그녀가 모르는 서너 명의 다른 여자 아이와 함께 그녀를 차로 데려갔다. 그들은 어느 큰 집에서 하룻밤을 묵었다. 부자들이 사는 집이었다. 집 주위에는 높은 벽이 둘러서 있고 벽 위에는 깨진 유리와 가시 돋친 철사가 박혀 있었다. 그들은 커다란 문을 통해 안으로 들어갔다. 실내에는 부유한 냄새가 감돌았다.

"부유한 냄새라니, 무슨 뜻이야?"

지미가 물었다. 그러나 오릭스는 대답하지 못했다. 부유함이란 경험으로 배워 식별할 수 있는 것이다. 그 집은 그녀가 들어가 보았던 고급 호텔 냄새가 났다. 한창 조리 중인 듯한 다양한 음식 냄새, 나무로 만든 가구 냄새, 광택제 냄새와 비누 냄새, 그 모든 냄새가 뒤섞여 있었다. 꽃 향기도 나는 것으로 보아, 가까운 곳에 꽃이나 꽃나무 혹은 꽃 덤불이 있는 것 같았다. 바닥에 카펫이 깔려 있었지만 아이들은 그 위에 발을 딛지 않았다. 카펫들은 커다란 방에 깔려 있었다. 아이들은 열린 문을 통해

안을 들여다보았다. 카펫은 파란색, 분홍색 그리고 붉은색으로 되어 있었다. 그 아름다움이란.

아이들이 수용된 곳은 부엌 바로 옆방이었다. 저장고 혹은 한때 저장고였던 곳인 듯했다. 쌀이 없는데도 그곳에서는 쌀과 쌀 담는 포대 냄새가 났다. 그들은 식사를 한 뒤(평소보다 좋은 음식이었다고, 닭고기도 있었다고 오릭스는 말했다.) 절대 떠들지 말라는 지시를 받았다. 그런 다음 방 안에 갇혔다. 그 집에는 개도 있었다. 바깥 마당에서 개 짖는 소리가 들려왔다.

다음 날 그들 중 일부는 트럭 뒤쪽에 태워졌다. 그곳에는 다른 아이 두 명이 더 있었다. 둘 다 여자 아이였고 둘 다 오릭스처럼 자그마했다. 그중 한 소녀는 이제 막 자신의 마을을 떠나 이곳으로 온 터라 마을 사람들을 그리워하고 있었다. 소녀는 얼굴을 가리고 소리 죽인 채 하염없이 울었다. 그들이 트럭 뒤쪽에 올라탄 후 트럭 문이 잠겼다. 트럭 안은 어둡고 더웠으며, 그들은 목이 말랐다. 트럭이 멈추지 않고 달렸기 때문에 오줌을 누고 싶으면 트럭 안에서 눌 수밖에 없었다. 그래도 저 높은 곳에 작은 창문 하나가 달려 있었다. 그곳을 통해 바깥 공기가 조금 들어왔다.

차를 타고 간 시간은 몇 시간밖에 되지 않았지만 열기와 어둠 때문에 더 길게 느껴졌다. 목적지에 다다르자 아이들은 다른 남자에게 인계되었다. 그리고 트럭은 사라졌다.

"어떤 글씨가 씌어 있었어? 트럭에 말이야."

지미가 탐문하듯 물었다.

"응, 붉은 글씨였어."

"뭐라고 씌어 있었어?"

"내가 어떻게 알았겠어?"

오릭스는 질책하듯 말했다.

지미는 바보가 된 느낌이었다.

"그럼 그림은 있었어?"

"응, 그림도 있었어."

잠시 후 오릭스가 말했다.

"무슨 그림이었는데?"

오릭스는 생각했다.

"앵무새였어, 붉은 앵무새."

"날고 있는 것, 아니면 앉아 있는 것?"

"지미, 넌 정말 이상해!"

지미는 붉은 앵무새에 집착했다. 그리고 그것을 마음 깊이 간직했다. 때로 그것은 그의 꿈속에 나타나기도 했다. 신비롭고 비밀스러운 의미, 모든 문맥으로부터 자유로운 상징을 가득 지닌 모습으로. 그것은 상표, 로고였을 것이다. 지미는 앵무새, 앵무새 상표, 앵무새 주식회사, 붉은 앵무새 등을 인터넷에서 뒤졌다. 나 이제 가 버린다라고 말하는 코르크넛 앵무새 알렉스를 찾아냈지만 그건 아무런 도움이 되지 못했다. 알렉스는 색깔이 달랐다. 지미는 붉은 앵무새가 오릭스가 해 준 이야기와 소위 현실 세계 사이의 연결고리가 될 수 있기를 바랐다. 거리를 따라 길을 걷거나 혹은 인터넷에서 정보를 찾는 도중에 갑자기 "유레카, 바로 여기 있군." 하며 기호이자 암호인 붉은 앵무새를 발견하게 되기를 바랐다. 그렇게 되면 많은 일들이 명확히 밝혀질 거라고 생각했다.

영화가 제작되는 건물은 다른 도시에 있었다. 혹은 같은 도시 안의 다른 곳이었는지도 모른다. 그 도시는 매우 컸어. 오릭스는 말했다. 그녀가 다른 소녀들과 함께 머물렀던 방도 그 건물 안에 있었다. 그들은 평평한 옥상에서 영화가 제작될 때를 제외하고는 거의 방 밖으로 나가지 않았다. 건물로 찾아온 일부 남자들은 영화가 촬영되는 동안 밖에 나가 있고 싶어 했다. 그들은 영화에 나오고 싶으면서도 신원은 숨기고자 했던 것이다. 옥상 주위에는 벽이 둘러서 있었다. 오릭스가 말했다.

"그들은 하느님이 자신들을 보게 되기를 원했나 봐. 어떻게 생각해, 지미? 그들이 하느님에게 자랑하고 있었던 것 같아? 나는 그렇게 생각해."

남자들은 자신들이 만드는 영화에 어떤 내용이 들어가야 하는지 다 생각이 있었다. 그들은 배경에 의자나 나무 같은 것을 놓고 싶어 했다. 혹은 밧줄이나 신발, 비명 소리를 삽입하고 싶어 했다. 때로는 이런 말을 하기도 했다. 그냥 해, 내가 돈 댈 테니. 뭐 그런 비슷한 말. 영화에 나오는 모든 것에는 가격이 매겨져 있었던 것이다. 머리 묶는 리본, 꽃, 물건, 손짓, 그 모든 것에. 새로운 것을 생각해 낼 경우 얼마만큼의 비용이 추가될 것인지 의논해야 했다.

"그렇게 해서 나는 삶에 대해 배우게 됐어."

오릭스가 말했다.

"뭘 배웠단 말이야?"

지미가 물었다. 피자를 괜히 먹은 것 같았다. 그리고 그 뒤에 함께 마약도 피우지 말았어야 했다. 그는 약간 메스꺼웠다.

"모든 것에 가격이 있다는 것 말이야."

"모든 게 그런 건 아니야. 그건 사실이 아니지. 시간을 살 수는 없는 거잖아. 그리고 또……."

지미는 '사랑'이라고 말하고 싶었지만 주저했다. 그건 너무 감상적인 말이었다.

"그걸 살 수는 없지. 하지만 그것에는 가격이 매겨져 있어. 모든 것엔 가격이 있는 법이야."

오릭스가 말했다.

"나는 아니야. 나는 가격이 없어."

지미는 웃기려고 애쓰며 말했다.

언제나 그렇듯 그의 말은 틀렸다.

영화에 출연하려면 시키는 대로 해야 해. 오릭스가 말했다.

미소 지으라고 하면 미소 지어야 하고, 울라고 하면 울어야 하지. 무엇이든 다 해야 해. 그렇게 하는 것은 두려움 때문이었다. 상대방으로 나온 남자들이 시키는 행동을 그들에게 해야 했으며, 때때로 그 남자들이 소녀들에게 어떤 행위를 하기도 했다. 그것이 영화였다.

"어떤 유의 행위?"

지미가 물었다.

"너도 알잖아. 너도 봤잖아. 사진도 갖고 있으면서."

오릭스가 말했다.

"나는 그것밖에 못 봤어. 네가 나온 그것 하나만."

"넌 분명히 내가 나온 영화를 더 봤을 거야. 기억을 못 하는 것뿐이지. 나는 다르게 보이기도 했어. 다른 옷과 가발을 쓸 수 있었거든. 다른 사람이 되거나 다른 일을 할 수도 있었어."

"다른 일 뭐? 그들이 그 밖에 어떤 걸 시켰는데?"

"그런 영화들은 다 똑같아."

오릭스가 말했다. 그녀는 손을 씻고 난 뒤 손톱에 색을 칠하고 있었다. 섬세한 타원형 손톱, 너무나 완벽한 형태의 손톱. 그녀가 입고 있는 꽃무늬 실내복에 어울리는 복숭아 색. 그녀는 오점 하나 없이 완벽했다. 손톱을 다 칠하고 나면 발톱을 칠할 것이다.

아이들은 여가 시간을 보내는 것보다 영화를 만드는 것이 덜

지루했다. 남는 시간에 그들이 할 수 있는 일이란 별로 없었다. 그들은 방에서 오래된 디브이디로 만화를 보았다. 쥐와 새가 다른 동물들에게 쫓겨 다니면서도 절대로 잡히지 않는 내용이었다. 아니면 그들은 서로의 머리를 빗어 주고 땋아 주거나 밥을 먹고 잠을 잤다. 때로는 사람들이 그 공간에서 다른 종류의 영화를 만들기 위해 찾아오기도 했다. 성인 여자들, 젖가슴이 있는 여자들, 그리고 성인 남자들. 그들은 배우였다. 아이들은 방해만 하지 않으면 그런 영화가 제작되는 것을 구경할 수 있었다. 때로는 아이들이 성기(너무 커다란 성기, 커졌다가 때때로 갑자기 작아지기도 하던 성기)를 보고 킬킬거린다는 이유로 배우들이 반대하기도 했다. 그러면 아이들은 자기들 방으로 되돌아가야 했다.

아이들은 자주 씻었다. 그것은 중요한 일이었다. 깨끗하게 보여야 했던 것이다. 그들은 양동이를 이용해 샤워를 했다. 할 일이 없고 기분이 나쁜 날이면 아이들은 싫증이 나고 초조해져서 서로 말다툼을 하며 싸우곤 했다. 어떤 때는 그들을 잠잠하게 만들기 위해 마리화나나 술이 배급되기도 했지만(아마 맥주였을 것이다.) 강한 마약은 사용되지 않았다. 강한 마약은 외모를 손상시키기 때문이었다. 담배를 피우는 것도 허용되지 않았다. 감독을 맡은 사람(카메라를 든 남자 말고 몸집이 큰 남자)은 흡연이 치아를 갈색으로 만들기 때문에 안 된다고 했다. 그렇지만 아이들은 가끔 담배를 피웠다. 카메라를 든 남자가 조금씩 나누어 주었던 것이다.

카메라를 든 남자는 백인이었고 이름은 '잭'이었다. 그는 아이들이 가장 자주 보는 사람이었다. 그의 머리카락은 끄트머리가 닳아빠진 밧줄 같았고 체취가 무척 강했다. 육식주의자였던 것이다. 그는 엄청나게 많은 고기를 먹어 치웠다! 생선은 좋아하지 않았다. 쌀도 좋아하지 않았다. 그러나 국수는 좋아했다. 국수와 어마어마한 양의 고기.

잭은 자기 고향에서는 영화 산업이 더 규모가 크고 질이 높았다고, 세계 최고 수준이었다고 말했다. 그는 고향으로 돌아가고 싶다고 거듭 말했다. 그가 아직까지 죽지 않은 것은, 이 망할 놈의 나라가 불결한 음식으로 그를 아직까지 죽이지 못한 것은, 순전히 바보 같은 운 때문이었다고 말했다. 그는 이곳의 물을 마시고 질병에 걸려 죽을 뻔했다고 말했다. 살아남는 유일한 방법은 정말로 엄청나게 취하는 것밖에 없었다고, 알코올은 세균을 죽이기 때문이라고 말했다. 그런 다음 그는 아이들에게 세균이 무엇인지 설명해야 했다. 어린 소녀들은 세균에 대해 듣고 웃어 댔다. 세균의 존재를 믿지 않았던 것이다. 그러나 질병이 생기는 것은 본 적이 있던 터라 질병에 대해서는 믿었다. 질병을 일으키는 것은 영혼이었다. 모든 사람이 그 사실을 알고 있었다. 영혼과 불운. 잭은 적절한 기도문을 외지 않았던 것이다.

잭은 자신의 강한 위장이 아니었다면 썩은 음식과 물 때문에 더 자주 아팠을 거라고 말했다. 그는 이런 일을 하려면 위장이 튼튼해야 한다고 말했다. 비디오카메라는 옛날 순회공연에 쓰던 쓰레기이고 조명도 너무 엉망이어서 모든 것이 싸구려처럼 보이는 게 당연하다고 말했다. 그는 백만 달러의 돈이 있다면 좋겠지만 가진 돈을 다 날려 버렸다고 했다. 자기는 돈을 모아 두지 못한다고, 기름진 창녀에게서 물이 빠져나가듯이 돈도 그에게서 빠져나가 버린다고 말했다. "어른이 되거든 나처럼 되지 마라." 그는 이렇게 말하곤 했다. 소녀들은 웃음을 터뜨렸다. 어떤 일이 있어도 소녀들이 그와 같이 되는 일은 없을 것이기 때문이다. 밧줄 같은 머리카락에 시든 당근 같은 주름진 성기를 가진 광대처럼 생긴 거인.

오릭스는 그 성기를 가까이서 볼 기회가 많았다고 말했다. 영화 작업이 없을 때면 잭은 영화에서와 비슷한 일을 그녀와 함께 하고 싶어 했던 것이다. 그런 뒤에 그는 침울한 표정으로 그녀에게 미안하다고 말했다. 그것은 종잡을 수 없는 일이었다.

"돈 한푼 받지 않고 했단 말이야? 모든 것에는 가격이 있게 마련이라고 네가 말했던 것 같은데."

지미가 말했다. 돈에 관한 논쟁에서 이겼다는 생각이 들지 않던 터라 또 한 차례 논쟁을 벌이고 싶었던 것이다.

오릭스는 매니큐어 붓을 든 채 잠시 침묵했다. 그녀는 자신의 손을 들여다보더니 말했다.

"나는 그와 거래를 했어."

"무슨 거래? 그 보잘것없는 패배자 놈이 네게 뭘 줄 수 있었는데?"

"왜 너는 그 사람이 나쁘다고 생각하는 거지? 그가 내게 한 일은 네가 한 일과 조금도 다를 바가 없어. 너처럼 많은 걸 요구하지도 않았어!"

"나는 네 의지와 상관없이 하지는 않아. 어쨌든 너는 이제 성인이잖아."

"내 의지가 뭔데?"

그녀가 웃으며 물었다. 그러다가 그의 상처받은 표정을 보고는 이내 웃음을 멈추고 조용히 말했다.

"그는 내게 글을 가르쳐 줬어. 영어로 말하고 영어 단어를 읽는 법을. 말하기를 먼저 배우고 그다음 읽기를 했지. 처음엔 그다지 잘하지 못했어. 아직도 말하는 데 그리 능숙하지는 않지만. 그래도 어느 시점에서는 시작을 해야 하잖아. 그렇게 생각하지 않아, 지미?"

"네 영어는 완벽해."

"나한테 거짓말할 필요 없어. 어쨌든 그렇게 영어를 배운 거야. 아주 오랜 시간이 걸렸지만 그는 참을성이 많았어. 그에겐 책이 한 권 있었어. 어디서 구했는지는 모르겠지만 어쨌든 어린이용 책이었어. 그 책에는 온갖 곳을 뛰어다니면서 자기가 하고 싶은 건 뭐든 할 수 있는 소녀가 나왔어. 머리를 길게 땋고 스타킹을 신은 소녀였어. 스타킹, 그건 참 어려운 단어였지. 우리는 함께 그 책을 읽었어. 그건 좋은 거래였어, 지미. 그러지 않았더라면 너와 이렇게 이야기할 수 없었을 거야, 그렇지 않아?"

"넌 뭘 했다는 건데?"

지미가 물었다. 그는 견딜 수 없었다. 잭이라는 사내, 그 쓰레기 같은 놈이 바로 이 방에 있었다면 낡은 양말짝처럼 목을 비틀어 버렸을 것이다.

"너는 그놈에게 뭘 해 줬는데? 빨아 줬어?"

"크레이크의 말이 맞아. 너는 우아한 마음의 소유자가 아니야."

오릭스가 차갑게 말했다.

우아한 마음이란 수학에 관련된 용어에 불과했다.* 수학만 잘하는 멍청이들이 쓰는 거만한 전문용어. 하지만 어쨌든 지미는 그 말에 상처를 받았다. 아니다. 정말로 상처가 된 것은 오릭스와 크레이크가 그의 뒤에서 그에 대해 그런 식으로 이야기한다는 사실이었다.

"미안해."

지미가 말했다. 그녀에게 그렇게 심한 말은 하지 말았어야 했다.

"아마 지금이라면 하지 않았을 테지. 하지만 그때 나는 어린 아이였어. 너는 왜 그렇게 화를 내는 거니?"

---

* 미국의 물리학자이자 초끈이론, 통일장이론의 선구자인 브라이언 그린(Brian Greene, 1963~)의 저서 『우아한 우주』를 빗댄 것이다. 그린의 말에 따르면, 물리학자들은 강력하면서도 단순한 해결 방법을 묘사할 때 '우아한'이라는 형용사를 자주 사용한다고 한다.

오릭스는 좀 더 부드럽게 말했다.

"난 믿지 않아."

지미가 말했다. 그녀의 분노는 어디 있는가? 얼마나 깊이 묻혀 있는가? 그것을 파내기 위해 그는 무엇을 해야 하는가?

"뭘 믿지 않는다는 거지?"

"너의 그 모든 쓰레기 같은 이야기. 그 상냥함이며 뭐든 수락하는 태도며 허튼소리 전부 다 말이야."

오릭스는 그를 지그시 바라보며 말했다.

"그걸 믿고 싶지 않다면, 지미, 그 대신 네가 믿고 싶은 건 뭐지?"

잭은 영화가 제작되는 건물에 별명을 붙였다. 그는 그 건물을 '픽시랜드'라고 불렀다. 아이들은 픽시랜드가 무엇을 의미하는지 몰랐다. 그것은 영어 단어였으며, 잭이 별다른 설명을 해 주지 않았던 것이다. "좋아, 픽시들, 일어나 세수해라." 그는 이렇게 말하곤 했다.* "캔디 먹을 시간이다!" 그는 특별 간식으로 아이들에게 사탕을 사 주었다. "캔디 먹을래, 캔디?" 그건 농담이었지만 아이들은 그 말 역시 무슨 뜻인지 알지 못했다.**

그는 기분이 내키거나 마약에 취해 있을 때면 아이들이 출연한 영화를 보여 주기도 했다. 그들은 그가 촬영을 하고 있었는지 혹은 마약을 하고 있었는지 분간할 수 있었다. 그는 마약

* 픽시는 장난을 즐기는 꼬마 요정, 픽시랜드는 그들이 사는 나라를 의미한다.

** 캔디는 속어로 코카인을 뜻한다.

을 하고 나면 더 행복해 보였다. 그는 그들이 일하는 동안 활기찬 팝 음악을 틀어 놓는 것을 좋아했다. 그는 그런 음악을 '업비트'라고 불렀다. 엘비스 프레슬리 유의 음악. 그는 훌륭한 옛 노래, 노래에 가사가 있던 옛 시절의 노래를 좋아한다고 말했다. "나를 감상적이라고 해도 좋아." 그가 이렇게 말할 때면 소녀들은 무슨 뜻인지 알아듣지 못해 혼란스러워했다. 그는 프랭크 시나트라와 도리스 데이도 좋아했다. 오릭스는 「나를 사랑하든지 아니면 떠나 주세요」라는 노래의 가사를 의미도 파악하기 전에 모두 암기하게 되었다. "우리에게 픽시랜드 재즈를 불러 줘." 잭이 이렇게 말하면 오릭스는 그 노래를 불렀던 것이다. 그 노래를 들으면 그는 언제나 흐뭇해했다.

"그 사내의 이름이 뭐였지?"

지미가 물었다. 얼마나 멍청한 자식인가, 잭이라는 그 사내는. 멍청한 잭, 바보 같은 놈. 욕을 하니 마음이 좀 풀리는군. 지미는 생각했다. 그 사내의 목을 비틀어 버리고 싶었다.

"그의 이름은 잭이었어. 아까 말해 줬잖아. 그는 자기 이름에 대한 시를 우리에게 읊어 줬어. 영어로 말이야. 잭, 민첩하게, 잭, 빠르게, 잭은 커다란 촛대를 갖고 있네."

"그의 다른 이름이 뭐였냐고."

"다른 이름은 없었어."

잭은 그들이 하는 일을 작업이라고 불렀고, 그들을 작업 소녀들이라고 불렀다. 작업하는 동안에는 휘파람을 불어. 그는 자주 이렇게 말했다. 더 열심히 작업해. 이렇게 말하기도 했다. 거기에 재즈를 좀 불어넣어 봐. 이렇게 말하곤 했다. 진심인 것처럼 연기해 봐, 그렇지 않으면 다치게 될걸? 이렇게 말하기도 했다. 힘내, 섹스 난쟁이들, 더 잘할 수 있잖아. 어린 시절은 단 한 번 오는 거야.

"그게 전부야."

오릭스가 말했다.

"그게 전부라니, 무슨 뜻이야?"

"그게 있었던 일의 전부야. 그게 전부였다고."

"그러면, 그들은 한 번이라도……."

"한 번이라도 뭐?"

"그렇게 하지 않았겠지. 그렇게 어릴 땐 말이야. 그렇게 할 수 없었을 거야."

"제발, 지미, 뭘 묻고 있는 건지 말해 줘."

오, 좋아. 그는 그녀의 마음을 뒤흔들어 놓고 싶었다.

"그들이 너를 강간했니?"

그는 어렵사리 질문을 입 밖에 냈다. 무슨 대답을 기대하고 있었던가, 무엇을 원했던가?

"왜 너는 추악한 일에 대해 이야기하고 싶어 하지?"

그녀의 목소리는 오르골처럼 맑고 부드러웠다. 그녀는 손톱을 말리기 위해 한 손을 공중에 올리고 흔들어 댔다.

"우리는 할 수 있는 한 아름다운 것들만 생각해야 해. 둘러보면 세상엔 참 아름다운 것들이 많아. 너는 네 발아래의 먼지만 보고 있어, 지미. 그건 네게 좋지 못해."

그녀는 결코 말해 주지 않을 것이다. 왜 그는 그것을 두고 이토록 괴로워하는가?

"그건 진짜 섹스가 아니었어, 그렇지? 영화에서 말이야. 그냥 연기였잖아. 아니야?"

지미가 물었다.

"지미, 넌 이걸 알아야 해. 모든 섹스는 진짜야."

(7)

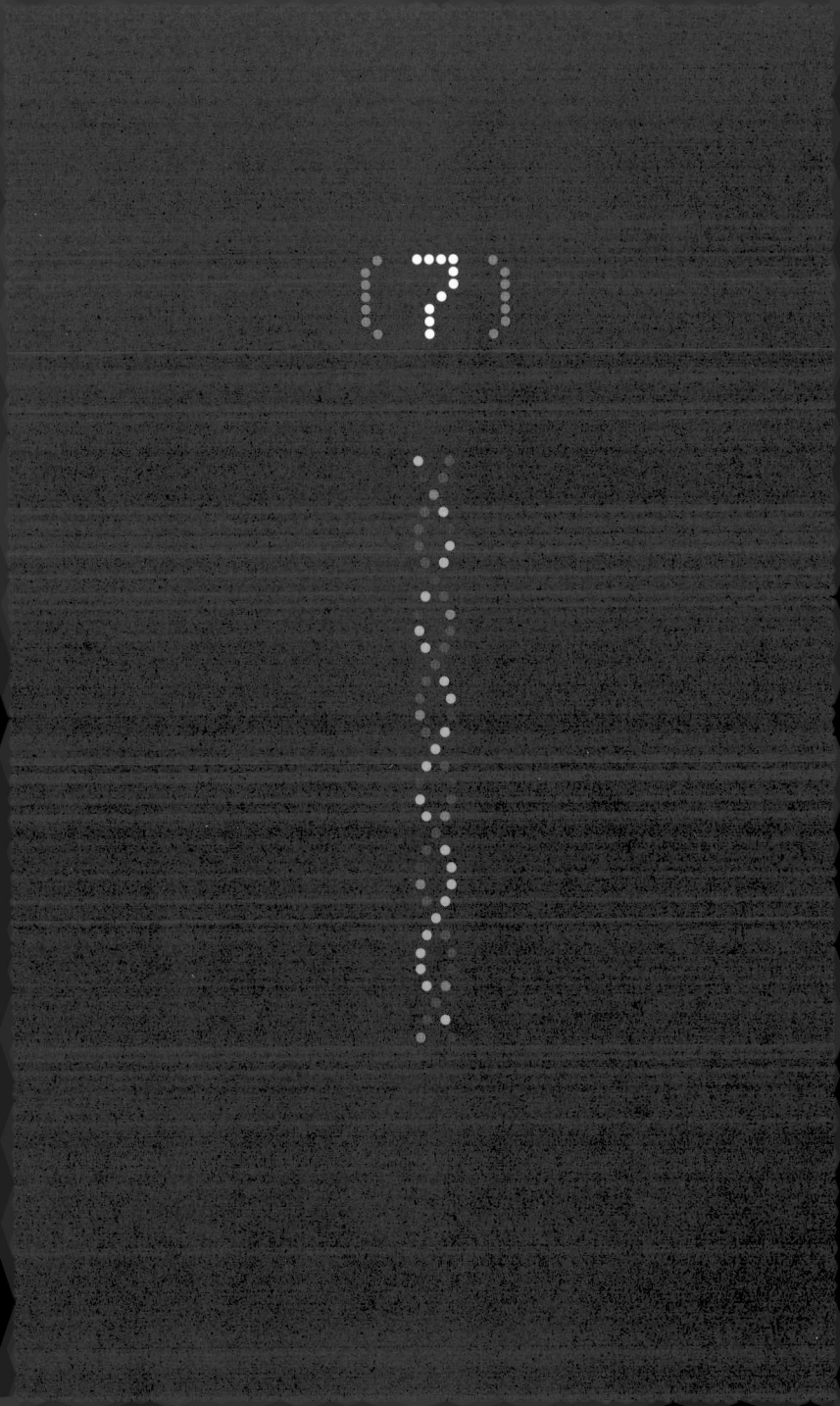

날씬이

눈사람은 눈을 떴다가 감았다가 또다시 뜬다. 그러고는 계속 뜨고 있다. 그는 끔찍한 밤을 보냈다. 다시는 찾을 수 없는 과거, 그를 파멸로 몰아가는 현재, 그중 어느 것이 더 끔찍한지는 자세히 들여다보아도 분간할 수 없다. 그리고 미래. 가파른 현기증.

태양이 도르래에 매달린 것처럼 수평선 위로 서서히 올라오고 있다. 위쪽은 분홍색과 자주색으로, 아래쪽은 금색으로 물든 평평한 구름은 태양 주위에 멈추어 있다. 파도는 위아래로 또 위아래로 굽이친다. 파도를 의식하니 구역질이 날 것 같다. 목이 몹시 마르다. 머리가 아프다. 양쪽 귀 사이가 솜털 같이 공허한 공간이 되어 버린 느낌. 이것이 숙취 때문이라는 사실을 깨닫는 데 약간의 시간이 걸린다.

"그건 네 잘못이야."

눈사람은 스스로에게 말한다. 전날 밤 그는 바보같이 행동했다. 폭음하고, 소리 지르고, 횡설수설하고, 쓸데없는 한탄에 빠졌던 것이다. 예전에는 그렇게 적은 양의 술로 숙취에 시달리거나 하지 않았다. 그런데 이제는 술 마실 기회가 없다 보니 다음 날 꼴이 말이 아닌 것이다.

적어도 나무에서 떨어지지는 않았다.

"내일은 또 다른 날이 될 거야."

그는 분홍색과 자주색으로 물든 구름을 보며 말한다. 그런데 만일 내일이 또 다른 날이라면, 오늘 하루는 어떻게 되는 것인가? 온몸에 백태가 낀 것 같은 기분만 제외하면 이제까지 지속되어 온 것과 똑같은 날이 될 것이다.

길게 휘갈겨 쓴 글자 같은 대열을 갖춘 새 무리가 빈 탑에서 나오고 있다. 갈매기, 해오라기, 백로, 그들은 모두 해안 근처의 물고기를 향해 날아간다. 남쪽 방향으로 1.6킬로미터쯤 떨어진 곳, 반쯤 물에 잠긴 연립주택들이 점점이 서 있는, 한때 매립지였던 곳에 습지가 형성되고 있다. 모든 새가 그곳으로 날아가고 있다. 작은 물고기들의 도시. 그는 증오심을 품고서 새들을 바라본다. 새들에게는 모든 것이 완벽하다. 세상에 걱정할 것이 단 하나도 없다. 먹고, 성교하고, 똥 싸고, 꽥꽥 소리 지르는 것, 그게 그들이 하는 일이다. 이전 같은 생활이었다면 눈사람은 그들에게 살짝 접근해서 쌍안경으로 그들을 관찰하고 그들의 우아함에 경탄했을지도 모른다. 아니, 그런 짓은 하지 않았을 것이다. 그것은 그의 스타일이 아니다. 자연을 기웃거리고 다니던 초등학교 선생,(샐리, 그녀의 성이 뭐였더라?) 소위 야외 학습이라는 것을 위해 학생들을 몰고 다니던 그 선생. 조합의 골프장과 백합 연못은 그들의 수렵지였다. 보세요! 저 예쁜 오리가 보여요? 저건 청둥오리라고 하는 거예요. 그때도 눈사람은 새들을 따분한 것이라고 생각했다. 하지만 그들을 해치고 싶은 생각은 없었다. 그러나 그때와는 달리 지금 그는 커다란 새총이 몹시 갖고 싶다.

그는 보통 때보다 더 조심스럽게 나무에서 내려온다. 아직도 약간 어지럽다. 그는 야구 모자를 살핀 뒤 나비(분명 소금기에 유인되었을 것이다.)를 털어 버리고 언제나처럼 메뚜기들 위에 소변을 본다. 내겐 일과가 있어. 그는 생각한다. 일과는 좋은 것이다. 그의 머리 전체가 폐품이 된 냉장고 자석을 감춰 둔 거대한 저장고로 변해 가는 것 같다.

그는 시멘트 블록으로 만든 저장소를 열고 한쪽 알만 남은 선글라스를 쓴 다음 맥주병 속에 보관해 둔 물을 마신다. 진짜 맥주가 있다면 혹은 아스피린이 있다면 혹은 스카치위스키가 더 많다면.

"해장술이야."

그는 맥주병에게 말한다. 한꺼번에 물을 너무 많이 마시면 안 된다. 구토를 하게 될 것이다. 그는 병에 남은 물을 머리에 끼얹고는 두 번째 병을 들고 나무에 기대앉아서 뱃속이 진정되기를 기다린다. 무언가 읽을 게 있으면 좋으련만. 읽을 것, 볼 것, 들을 것, 공부할 것, 수집할 것. 언어의 누더기 조각이 그의 머릿속에 떠 다닌다. 유독한, 메트로놈, 유방염, 발허리뼈, 감상적인.

"나도 한때는 박식했지."

그는 큰 소리로 말한다. 박식하다. 절망적인 단어. 그가 한때 안다고 생각했던 그것들은 모두 무엇이었는가? 그것들은 어디로 사라졌는가?

잠시 후 눈사람은 허기를 느낀다. 저장소에 음식이 뭐가 남았지? 망고가 있지 않나? 아니야, 그건 어제였어. 이제 남은 건 개미로 뒤덮인 끈적끈적한 비닐 봉지뿐이다. 초콜릿 에너지 바가 남아 있지만 그건 먹고 싶지 않다. 그래서 그는 녹슨 통조림 따개로 날씬이표 육류무첨가 혼합소시지 통조림을 연다. 좀 더 나은 통조림 따개가 필요하다. 다이어트 식품인 이 소시지는 베이지 색에다 불쾌할 정도로 부드럽지만('아기 똥 같군.' 하고 그는 생각한다.) 그는 가까스로 먹어 치운다. 날씬이표 식품은 들여다보지 않고 먹는 게 낫다.

이 소시지는 단백질 식품이지만 그것으로는 충분하지 않다. 칼로리도 높지 않다. 그는 따뜻하고 밍밍한 소시지 즙을 마신다. 그 안에는 분명 비타민이 가득 들어 있을 것이다. 그럴 것이라고 그는 스스로에게 이른다. 아니면 적어도 미네랄이라도. 아니면 다른 무엇이라도. 예전에는 그것이 무엇인지 알았다. 그의 지력은 도대체 어떻게 되어 가고 있는 것일까? 그는 자신의 목입구가 머리를 향해 화장실 배수구처럼 입을 벌리고 있는 영상을 떠올린다. 단어의 파편들이 회색 액체 속에서 소용돌이치며 아래로 빨려 내려간다. 그 회색 액체가 다름 아닌 자신의 뇌라는 것을 그는 깨닫는다.

현실을 직시할 때다. 노골적으로 표현하자면 그는 서서히 굶어 죽어 가고 있다. 일주일에 물고기 한 마리가 그가 기대할 수 있는 전부다. 크레이커들은 말을 있는 그대로 받아들인다. 그가 받게 되는 것은 상당한 크기의 물고기일 수도 있고 매우 작은 가시투성이 물고기일 수도 있다. 만일 그가 단백질을 전분과 그 외의 다른 것들(탄수화물, 아니 그게 전분이랑 같은 것인가?)과 균형을 맞추지 않으면 그나마 남아 있는 지방도 분해되기 시작할 것이고, 그다음에는 근육이 분해될 것이다. 심장은 근육이다. 그는 자신의 심장이 호두만 한 크기로 쪼그라드는 것을 상상한다.

처음에는 과일을 구할 수 있었다. 뒤져서 찾아낸 통조림뿐 아니라 북쪽으로 한 시간쯤 걸어가면 나오는 버려진 수목원에서도 과일을 구할 수 있었다. 그 당시에는 지도가 있어서 수목원을 어떻게 찾아가는지 알고 있었다. 그러나 이제 지도는 심한 뇌우에 날아가 사라져 버린 지 오래다. 그가 찾아간 곳은 '세계의 과일' 구역이었다. 열대 구역에는 익어 가는 바나나가 있었다. 둥근 모양이나 옹이 모양, 초록색 바나나 등 다른 것들도 있었지만 그런 건 먹고 싶지 않았다. 독성이 있을지도 모르는 일이었다. 온대 구역에는 격자 시렁 위에서 포도가 자라고 있었다. 온실 창문 하나가 깨지기는 했지만 그 안의 태양열 에어컨은 여전히 작동하고 있었다. 그곳에는 버팀대로 받친 나무에 살구도 달려 있었다. 그러나 수가 얼마 되지 않았고, 말벌이 갉아먹은 부분이 갈색으로 변하면서 썩어 가고 있었다. 그는 아랑곳하지 않고 먹어 치웠다. 게다가 레몬까지 있었다. 매우 시었지만 억지로 즙을 마셨다. 그는 옛날 해양 영화에 나오는 괴혈병에 대해 잘 알고 있었다. 잇몸에서 피가 나고 이가 한 무더기로 빠지는 병. 아직 그런 증상은 나타나지 않았다.

'세계의 과일' 구역은 이제 싹쓸이가 되어 버렸다. 세계의 과일들이 다시 자라고 익을 때까지 얼마나 많은 시간이 걸릴 것인가? 알 수 없는 일이다. 분명 야생 열매들도 있을 것이다. 다음에 크레이크의 아이들이 그를 들쑤시러 오면 물어볼 것이다. 그들이라면 열매들에 대해 알 것이다. 저 아래 해안에서 그들이 웃는 소리, 서로를 부르는 소리가 들려오지만 오늘 아침에는 눈사람이 있는 쪽으로 오는 것 같지 않다. 어쩌면 그에게 싫증이 났는지도 모른다. 그가 들려 주지 않는 말이나 그들이 이해하지 못하는 대답을 요구하며 그를 귀찮게 구는 것이 시들해졌는지도. 어쩌면 그는 낡아 빠진 모자, 닳아 버린 신상품, 털 빠진 장난감에 불과한 것인지도 모른다. 어쩌면 그는 카리스마를 상실했는지도 모른다. 이마가 번지르르하고 머리가 벗어져 가는 과거의 팝 스타처럼. 드디어 혼자 있게 될 수 있을지도 모른다는 가능성에 대해 기뻐하는 것이 마땅하겠지만, 오히려 그는 의기

소침해진다.

만일 배가 있다면 그는 탑이 있는 곳까지 노를 저어 가서 그곳에 올라가 새 둥지를 꺼내서 알을 훔칠 것이다. 사다리가 있다면 말이다. 아니다, 그것은 좋은 생각이 못 된다. 탑들은 너무 불안정하다. 불과 몇 개월 사이에 그는 탑이 무너져 내리는 것을 여러 번 목격했다. 단층 가옥과 이동주택이 있는 지역으로 걸어가 시궁쥐를 잡아서 불타는 석탄에다 구워 먹을 수도 있을 것이다. 그것은 고려해 볼 만하다. 아니면 가장 가까운 단지까지 가 볼 수도 있을 것이다. 그곳에는 음식들이 풍부하기 때문에 이동주택보다 더 나은 것들을 구할 수 있을 것이다. 아니면 은퇴자 거주지, 배타적인 부촌, 뭐 그런 곳들을 시도해 볼 수도 있다. 하지만 이제는 지도가 없다. 침대보나 적당한 나무가 없는 상태에서 길을 잃어버린 채 어둠 속을 헤매고 다니는 위험을 감수할 수는 없다. 분명 늑개가 뒤쫓아 올 것이다.

돼지구리를 잡아서 곤봉으로 때려 죽인 다음 몰래 도살할 수도 있을 것이다. 어지럽혀진 곳은 감춰야 할 것이다. 피와 창자가 쏟아져 있는 장면을 보는 것은 크레이크의 아이들이 감당하기에는 너무 힘든 일일 것이다. 그러나 돼지구리 성찬은 그에게 엄청나게 유익할 것이다. 돼지구리는 지방이 풍부하고 지방은 탄수화물이다. 아니, 아니던가? 그는 그것에 대해 설명해 줄 수업 내용 혹은 오래전에 잊어버린 도표를 찾아 머릿속을 뒤진다. 예전에는 그런 것들에 대해 알고 있었건만, 이제는 아무런 소용이 없다. 파일 폴더는 텅 비어 있다.

"집에 베이컨 가져오세요."*

그가 말한다. 냄새가 느껴지는 듯하다. 프라이팬에서 달걀과 함께 익혀진 다음 토스트와 커피에 곁들여 나오는 베이컨……. 크림 넣으시겠어요? 여자 목소리가 속삭인다. 하얀 앞치마 복장을 하고 깃털 먼지떨이를 들고 있는, 포르노에 나오는 짓궂고 이름 없는 종업원이다. 그는 군침을 삼킨다.

지방은 탄수화물이 아니다. 지방은 지방이다. 그는 이마를 툭 치고 어깨를 으쓱하고는 손을 펼친다. 그가 말한다. "그래, 현명한 친구, 다음 질문은?"

자기 주위에 널린 풍부한 영양 공급원을 간과하지 마라. 다른 목소리가 말한다. 한때 누군가의 욕실 안에서 훑어본 생존 교본에 나왔던 것으로 기억되는, 성가시고 훈계하는 듯한 목소리. 다리에서 뛰어내릴 땐 물이 항문으로 들어가지 않도록 엉덩이에 힘을 줘라. 유사(流砂)에 빠져 들 땐 막대기를 붙잡아라. 대단한 충고로군! 끝이 뾰족한 창으로 악어를 잡을 수 있다고 했던 바로 그 사내로군. 그는 간식으로 지렁이와 땅벌레를 권했다. 원한다면 노릇하게 구워 먹어도 좋다.

눈사람은 통나무 아래를 헤집어 벌레를 찾는 자신의 모습을 상상해 본다. 그러나 아직은 그럴 때가 아니다. 먼저 시도해 볼

---

* 직장에서 돈을 벌어오라는 의미로 주부가 출근하는 남편에게 하는 말.

다른 일이 있다. 그는 왔던 길을 되짚어 되젊음 조합으로 돌아갈 것이다. 그가 이제껏 해 온 그 어떤 것보다 긴 도보 여행이 되겠지만, 그곳에 도달할 수만 있다면 꽤 괜찮을 것이다. 분명 그곳에는 아직 많은 물건이 남아 있을 것이다. 통조림 음식뿐 아니라 술까지도. 일단 사태를 파악하자 조합 주민들은 모든 것을 내팽개치고 도망갔다. 그들은 슈퍼마켓을 싹쓸이하느라 꾸물거리지 않았다.

하지만 그에게 정말 절실한 것은 분무 총이다. 그것만 있으면 돼지구리를 쏘아 버리고 늑개를 쫓아 버릴 수 있을 것이다. 아, 생각이 떠올랐다! 머릿속에 켜진 전등! 그는 분무 총을 구할 수 있는 곳을 정확히 알고 있다. 크레이크의 거품 모양 돔에는 무기고가 있다. 무기는 그가 놓아 둔 그대로 있을 것이다. 그곳의 이름은 파라디스다. 그는, 비유적으로 말해 입구를 지키는 수호천사 역할을 맡고 있었기 때문에, 무엇이 어디에 보관되어 있는지 모두 알고 있다. 필요한 물품들을 모조리 손에 넣을 수 있을 것이다. 재빨리 들어갔다가 나올 것, 잡아채고 움켜쥘 것. 그러면 모든 것을 갖추게 될 것이다.

하지만 너는 그곳에 돌아가고 싶지 않잖아, 안 그래? 부드러운 목소리가 속삭인다.

"딱히 가고 싶지는 않아."

왜?

"왜냐하면, 아무것도 아니야."

계속해 봐. 말해 보라고.

“잊어버렸어.”

아니야, 넌 잊어버리지 않았어. 넌 어떤 것도 잊지 않았어.

“나는 병든 사람이야. 괴혈병으로 죽어 가고 있다고. 꺼져 버려!”

그는 애원한다.

그가 해야 할 일은 집중하는 것이다. 우선 순위를 정할 것. 핵심적인 사항을 중심으로 문제를 정리할 것. 핵심적인 사항이란, 먹지 않으면 죽는다는 것이다. 그보다 더 핵심적인 것은 없다.

되젊음 조합은 가벼운 당일치기 여행으로 다녀오기에는 너무 멀다. 당일치기 여행이라기보다는 원정에 가깝다고 할 수 있다. 어느 한데에서 밤을 보내야 할 것이다. 그는 그렇게 하고 싶지 않다. 도대체 어디서 잠을 자겠는가? 하지만 조심한다면 아마도 괜찮을 것이다.

날씬이표 소시지로 뱃속이 든든해지고 뚜렷한 목표를 갖게 되자, 눈사람은 거의 정상적인 기분으로 돌아온다. 그에겐 맡은 임무가 있다. 그것을 고대하는 마음까지 생긴다. 온갖 종류의 물건을 손에 넣을 수 있게 될지도 모른다. 브랜디에 절인 버찌, 구운 땅콩, 재수가 좋으면 귀한 모조 햄도 구할 수 있을 것이다. 트럭에 하나 가득 실려 있는 술. 조합에서는 물자를 절감하는 법이 없었기 때문에, 다른 모든 장소에서 물품 부족 현상이 일어나더라도 그곳에서는 온갖 종류의 다양한 물건과 편의 도구를 발견할 수 있었다.

눈사람은 일어서서 기지개를 펴고 등에 있는 상처 딱지 주위를 긁는다.(딱지들은 잘못 돋은 발톱처럼 느껴진다.) 그런 다음 나무 뒤로 난 길을 따라 걸으며 지난밤 늑개를 향해 던졌던 빈 스카치위스키 병을 줍는다. 그는 마시고 싶은 듯 킁킁거리며 냄새를 맡고는 그 병과 날씬이표 통조림 깡통을 빈 용기 더미 위에 내버린다. 그곳에는 탐식에 빠진 파리 떼가 잔치를 벌이고 있다. 때때로 밤에 너구컹크가 쓰레기 더미를 뒤지며 재난의 잔여물 중에서 공짜 먹이를 찾는 소리가 들리기도 한다. 눈사람 자신 역시 그런 짓을 자주 해 왔고 또 그렇게 할 참이다.

이제 눈사람은 여행 준비를 한다. 침대보를 다시 동여매어 어깨 위에 가지런히 걸친 다음 밑부분을 다리 사이로 끌어올려서 앞에 있는 허리 부근의 천 사이에 끼워 넣는다. 그리고 마지막 남은 초콜릿 에너지 바를 한 귀퉁이에 묶는다. 길고 그런대로 곧은 막대기 하나를 구비한다. 물은 한 병만 들고 가기로 결정한다. 아마도 도중에 물을 구할 수 있을 것이다. 물을 구하지 못하더라도 오후의 폭풍우가 몰아친 뒤에 땅 위에 흐르는 빗물을 언제든 이용할 수 있다.

크레이크의 아이들에게 자신이 떠난다는 사실을 알려야 할 것이다. 그들이 그가 사라진 것을 발견하고 찾아 나서는 사태가 일어나서는 안 된다. 그들이 위험에 처하거나 실종될 수도 있으니 말이다. 그들이 비록 다소 짜증나는 특성(무엇보다 그들의 순수한 낙관주의, 개방적인 우호성, 침착함, 그리고 한정된 어휘를 꼽을 수 있을 것이다.)을 지니고 있기는 하지만, 눈사람에겐 그들을 보호하려는 마음이 있다. 의도적이었든 아니었든 자신들이 그의 손길 아래 놓이게 되었는데도 그들은 그야말로 아무것도 모르는 것이다. 예를 들면, 그들은 그가 돌봐 주는 방식이 얼마나 부적절한지 전혀 알지 못한다.

손에 막대기를 들고 아이들에게 해 줄 이야기를 연습하며, 눈사람은 그들의 야영지를 향해 난 길을 따라 걷는다. 그들은 그 길을 '눈사람 물고기 길'이라고 부른다. 매주 그 길을 통해 그에게 바치는 물고기를 날라 오기 때문이다. 그 길은 해안의 끝자락과 맞닿아 있지만 그늘이 져 있다. 그럼에도 그에게는 지나치게 환하게 느껴진다. 그는 빛을 가리려고 야구 모자를 눌러쓴다. 여느 때처럼 자신이 다가가고 있다는 것을 알려 주기 위해 휘파람을 분다. 아이들을 놀라게 하거나, 공손함을 강요하거나, 초대도 받지 않은 상태에서 그들의 영역을 침범하고 싶지 않다. 초등학생들 앞에 나타나는 괴상한 노출증 환자처럼, 덤불 속에서 불쑥 나타나는 짓은 하고 싶지 않은 것이다.

그의 휘파람은 나병 환자가 들고 다니는 종과 같다. 절름발이가 귀찮은 사람은 절름발이 앞에서 비켜서면 된다. 물론 그에게 전염병이 있다는 뜻은 아니다. 그들은 그가 지닌 어떤 증상에도 전염되지 않을 것이다. 그들은 그에 대한 면역력을 지니고 있다.

가르랑거리는 소리

남자들이 아침 의식을 행하고 있다. 나무숲의 둥근 연장선상에 180센티미터씩 간격을 두고 한 줄로 빙 둘러서 있다. 그들은 사진 속의 사향소들처럼 밖을 향해 서서 영역을 표시하는 보이지 않는 선을 따라 소변을 보고 있다. 지금 하고 있는 작업의 심각성에 걸맞게 그들의 표정이 엄숙하다. 그 표정은 아침마다 서류 가방을 들고 양 미간을 찌푸린 채 현관문을 나서던 그의 아버지를 연상시킨다.

남자들은 배운 대로 하루에 두 번씩 이 의식을 치른다. 영역의 넓이를 동일하게 유지하고 냄새가 약해지지 않도록 계속 보충해야 하는 것이다. 크레이크가 모델로 삼은 것은 갯과와 족제빗과, 그리고 다른 몇몇 과와 종이었다. 크레이크는 말했다. 냄새로 영역을 표시하는 것은 포유류에게서 광범위하게 발견되는 특성이지. 그리고 그것은 포유류에게만 한정된 게 아니야.

특정한 파충류, 다양한 도마뱀…….

"도마뱀은 신경 쓰지 마."

지미가 말했다.

크레이크의 이론(눈사람은 그 뒤로 그 이론을 반박할 만한 근거를 전혀 찾지 못했다.)에 따르면, 그 남자들의 소변 속에 포함된 화학물질은 늑개와 너구컹크를 몰아내는 데 효과적이며, 그에 미치지는 못하지만 그래도 봅키튼과 돼지구리도 어느 정도 막아 낼 수 있다고 했다. 늑개와 봅키튼은 자기 동류의 냄새에 반응을 보이는데, 이는 냄새를 통해 자신들보다 더 큰 늑개와 봅키튼을 연상하기 때문이다. 그런 것들에게는 가까이 다가가지 않는 것이 상책이다. 너구컹크와 돼지구리는 남자들의 소변 냄새를 맡고 커다란 육식동물을 떠올린다. 아니 떠올릴 것이라는 게 크레이크의 이론이었다.

크레이크는 남자들에게만 특별한 오줌을 부여했다. 그는 남자들이 소외감을 느끼지 않게 하려면 뭔가 중요한 일, 아이를 낳는 것과 연관되지 않는 어떤 일을 필요로 한다고 말했다. 목공, 사냥, 대규모의 재정, 전쟁, 골프 같은 것은 더 이상 선택 사항이 되지 못할 것이라고 농담처럼 말했다.

이 의식에는 몇 가지 단점이 있다. 둥글게 그려진 영역 표시선에서는 제대로 청소하지 않은 동물원 같은 냄새가 풍긴다. 그러나 원이 매우 널찍해서 안쪽으로 들어가면 별로 냄새가 나지 않는다. 어쨌든 눈사람은 이제 그 냄새에 익숙해졌다.

눈사람은 남자들이 의식을 끝내기를 점잖게 기다린다. 그들은 그에게 동참하라고 권하지 않는다. 그의 오줌이 무용지물이라는 것을 이미 알고 있는 것이다. 그뿐 아니라 의식을 수행하는 동안 아무 말도 하지 않는 것이 그들의 습관이기도 하다. 정확한 지점에 소변을 보려면 집중을 해야 한다. 각자 약 90센티미터에 달하는 경계선을 책임져야 한다. 그것은 상당한 눈요깃감이다. 여자들과 마찬가지로 남자들 역시 부드러운 피부에 근육이 잘 발달한 조각상 같다. 그렇게 모여 서 있을 때면 바로크 양식의 분수 전경처럼 보인다. 몇몇 인어와 돌고래와 아기 천사가 있다면 완벽한 장면이 될 것이다. 벌거벗은 자동차 기술자들이 각자 손에 스패너를 들고 둥글게 서 있는 영상이 눈사람의 머릿속에 떠오른다. 한 무리의 기술자들. 동성애자 잡지 한가운데에 접혀 들어간 주요 사진. 그들의 일사불란한 동작을 보면서 눈사람은 그들이 갑자기 풍기 문란한 나이트클럽에 등장하는 여성스러운 남자 동성애자들의 합창곡도 부르기 시작하는 것은 아닐까 생각한다.

남자들이 소변을 떨어낸 뒤 원형 대열에서 벗어나 한결같은 초록색 눈으로 눈사람을 바라보며 미소 짓는다. 그들은 언제나 빌어먹게 상냥하다.

"환영해요, 오, 눈사람, 우리 집으로 오시겠어요?"

에이브러햄 링컨이라고 불리는 남자가 말한다. 그는 일종의 지도자가 되어 가고 있다. 크레이크는 말하곤 했다. 지도자들을 조심해. 처음에는 지도자들과 추종자들, 그다음엔 폭군들과 노예들, 그 다음엔 대학살이 일어나게 되지. 항상 그런 식으로 진행되어 왔어.

눈사람은 땅에 그려진 젖은 선을 건넌 뒤 남자들과 함께 걷는다. 지금 막 훌륭한 생각이 떠올랐다. 여행 갈 때 방어 수단으로 소변에 젖은 흙을 가져가는 게 어떨까? 늑개들의 접근을 막아 줄지도 모른다. 그러나 남자들이 자신들의 방어선에 팬 틈을 발견하게 될 것이고 그의 소행이라는 것을 알아차릴 것이다. 그런 행동은 엉뚱한 오해를 불러일으킬 수 있다. 눈사람은 그들의 성채를 약화시키고 어린아이들을 위험에 노출시켰다는 혐의를 받고 싶지 않다.

눈사람은 크레이크의 이름으로 새로운 지시 사항을 급조해서 그들에게 제시해야 할 것이다. 크레이크는 너희들 냄새를 제물로 바쳐야 한다고 내게 말했다. 그들에게 주석 깡통에 소변을 보게 만들 것. 그것을 그의 나무 주위에 뿌려 원을 만들 것. 모래 위에 그만을 위한 선을 그을 것.

그들은 원으로 된 영역 한가운데의 탁 트인 공간에 도달한다. 한쪽에서는 세 여자와 한 남자가 다친 것처럼 보이는 한 소년을 돌보고 있다. 이들이 부상을 전혀 당하지 않는 것은 아니다. 아이들은 넘어지거나 나무에 머리를 부딪히기도 하고, 여자들은 불을 피우다 손가락을 데기도 한다. 그들에게도 상처와 긁힌 자국이 있다. 그러나 이제까지는 모두 작은 상처였고 가르랑거리는 소리로 쉽게 치유될 수 있었다.

크레이크는 가르랑거리는 소리를 몇 년간 연구했다. 고양잇과의 동물들이 골절상과 피부의 상처를 치유하기 위해 초음파와 같은 주파수로 가르랑거린다는 것, 그런 자기 치유 구조를 지고 있다는 것을 발견한 뒤 이들에게도 그런 특징을 부여하기 위해 철저히 연구했다. 비결은 설골 기관을 변형시키고 신경 통로를 연결시킨 다음 발화 능력을 훼손시키지 않으면서 신피질 통제 조직을 개조하는 것이었다. 여러 번의 실험이 실패로 돌아갔던 것을 눈사람은 기억하고 있다. 실험에 이용된 무리 중 한 아이는 고양이 수염이 길게 나고 커튼에 기어오르는 성향을 보이기도 했다. 다른 몇몇 아이들은 성대 발화 장애를 갖게 되었다. 한 아이는 명사와 동사, 그리고 울부짖는 소리밖에 내지 못했다.

그렇지만 결국 크레이크는 해냈지. 눈사람은 생각한다. 크레이크는 계획을 완수했다. 지금 아이 몸 가까이에 머리를 숙이고서 자동차 엔진처럼 가르랑거리는 소리를 내고 있는 저 네 사람을 보라.

"저 아이에게 무슨 일이 생긴 거지?"

눈사람이 묻는다.

"물렸어요, 오릭스의 아이 하나가 저 애를 물었어요."

에이브러햄이 말한다.

그것은 새로운 일이다.

"어떤 종류였지?"

"봅키튼이었어요. 아무런 이유도 없이."

"우리 영역 밖에서 일어난 일이었어요. 숲에서 생긴 일이죠."

여자 중 하나가 말한다. 엘리노어 루스벨트? 조제핀 황후? 눈사람은 그들의 이름을 항상 기억하지는 못한다.

"그걸 물리치기 위해 바위로 내리쳐야 했어요."

가르랑거리고 있던 네 사람 중 레오나르도 다 빈치가 말한다.

그러니까 이제 봅키튼들이 아이들을 사냥하고 있는 거로군. 눈사람은 생각한다. 아마 놈들도 눈사람만큼이나 배고픔에 시달리는 것이리라. 하지만 토끼를 사냥할 수도 있을 텐데. 그러므로 그것은 단순한 허기 때문만은 아닌 것이다. 어쩌면 놈들은 크레이크의 아이들, 그러니까 어린아이들을 사냥하기 더 용이한 다른 종류의 토끼로 생각하는 것인지도 모른다.

"오늘 밤 우리는 오릭스에게 사과할 거예요. 바위로 내리친 것에 대해서 말이에요. 그리고 그녀의 아이들이 우리를 물지 않게 해 달라고 요청할 거예요."

한 여자가 말한다.(이름이 사카자웨아였던가?)

눈사람은 여자들이 그런 일(오릭스와 소통하는 것)에 대해 자주 언급하기는 했지만 직접 하는 것은 본 적이 없다. 그것은 어떤 형태로 이루어지는가? 그들은 오릭스가 직접 그들 앞에 나타날 것이라고 생각하지 않기 때문에 일종의 기도나 초혼 의식을 행할 것이다. 어쩌면 최면 상태로 들어가는 것인지도 모른다. 크레이크는 자신이 그런 모든 것을 일소해 버렸다고, 이른바 뇌에 있는 지스폿 같은 것을 다 제거해 버렸다고 생각했다. 신이란 뇌신경 다발에 불과해. 그는 이렇게 주장했다. 하지만 그것은 매우 어려운 문제였을 것이다. 뇌에서 너무 많은 부분을 제거해 버리면 바보나 정신병자가 된다. 그러나 이들은 바보도 정신병자도 아니다.

크레이크의 노력에도 불구하고 이들은 비밀리에 무언가를 하고 있다. 크레이크가 예상하지 못했던 어떤 일. 그들은 비가시적인 존재와 대화를 나누고 경건한 마음을 갖게 된 것이다. 잘된 일이야. 눈사람은 생각한다. 크레이크가 틀렸다는 것이 증명될 때마다 기분이 좋아진다. 하지만 아직까지 그들이 조각상 같은 것을 만드는 것은 목격하지 못했다.

"저 아이가 괜찮을까?"

눈사람이 묻는다.

"네, 벌써 이빨 자국이 아물고 있어요. 보이죠?"

여자가 조용히 말한다.

나머지 여자들은 일상적인 아침 일과를 수행하는 중이다. 일부는 중심부에 피워진 불을 살피고 있다. 다른 일부는 그 주위에 모여 몸을 녹이고 있다. 그들 몸의 자동 온도 조절 능력은 열대기후에 맞추어져 있어서 해가 높이 뜨기 전까지는 추위를 느끼기도 한다. 불을 피우는 데는 죽은 나무의 잔가지와 줄기도 사용되지만, 무엇보다 주가 되는 재료는 햄버거 모양과 크기로 빚어 정오의 햇빛에 말린 똥이다. 크레이크의 아이들은 주로 풀과 잎사귀와 뿌리를 먹고 사는 채식주의자여서, 이 재료는 불에 아주 잘 타오른다. 눈사람이 보기에는 불을 피우고 무언가를 돌보는 것이 여자들이 하는 활동 가운데 유일하게 일이라고 할 만한 것이다. 아니, 일주일에 한 번씩 그에게 바칠 물고기 잡는 일을 돕는 것을 제외하고 말이다. 그리고 그를 위해 요리하는 것 역시. 그들은 자신들을 위해서는 요리할 필요가 없다.

"안녕하세요, 오, 눈사람."

그와 마주친 여자가 인사한다. 아침 식사 도중이라 그녀의 입술이 초록색으로 물들어 있다. 그녀는 한 살배기 남자 아기에게 젖을 먹이고 있다. 아기는 눈사람을 올려다보더니 젖꼭지를 뱉어 내고 울기 시작한다.

"눈사람이잖니! 너를 해치지 않아."

여자가 말한다.

눈사람은 아이들의 성장 속도에 여전히 익숙하지 않다. 한 살배기가 다섯 살짜리처럼 보인다. 네 살이 되면 아이는 사춘기에 이를 것이다. 크레이크는 유아기에 지나치게 많은 시간이 허비된다고 생각했다. 유아기와 유년기로 보내는 시간. 약 16년에 달하는 시간을 그런 식으로 보내는 종은 없다.

몇몇 나이 든 아이들이 그를 발견한다. 그들은 "눈사람, 눈사람!" 하고 노래를 부르며 가까이 다가온다. 그러니까 아직까지는 눈사람이 매력을 잃지 않은 것이다. 이제 모든 사람이 그가 여기서 무엇을 하고 있는지 궁금해하며 호기심 어린 눈으로 바라보고 있다. 그는 아무런 이유 없이 이곳에 오는 법이 없다. 그가 처음으로 방문했을 때 그들은 그의 외모를 보고 배가 고픈 것이라고 판단해 음식(몇 가지 선별된 나뭇잎 몇 움큼과 식물 뿌리와 풀, 그리고 그들이 그를 위해 특별히 보관해 둔 식변)을 내주었다. 그리고 그는 그들이 먹는 음식은 그의 음식과 다르다는 것을 조심스럽게 설명해야 했다.

눈사람은 식변이 비위에 거슬렸다. 그것은 반쯤 소화된 풀을 항문을 통해 배출한 뒤 일주일 동안 두세 번 다시 삼켜서 만드는 것이다. 그것은 크레이크의 천재소년다운 기질이 발휘된 또 하나의 발상이었다. 크레이크는 필요한 장기들을 구성하는 데 있어 벌레 모양의 맹장을 기반으로 삼았다. 식단에 섬유질이 풍부했던 진화 초기 단계에서는 맹장이 그러한 기능을 담당했을 거라고 추론한 것이다. 그러나 구체적인 생각은 반추동물처럼 여러 개의 위장에 의존하기보다는 식변에 의존하는 토끼과, 즉 산토끼와 집토끼에서 도용했다. 그런 이유에서 봅키튼이 나이 어린 크레이커들을 사냥하기 시작한 것일지도 몰라. 눈사람은 생각한다. 그들은 감귤 냄새와 더불어 토끼 냄새 비슷한 식변 냄새를 풍겼다.

이러한 특성을 두고 지미는 크레이크와 논쟁을 벌였다. 어떻게 보더라도 그건 결국 자기 똥을 먹는 거야. 지미가 말했다. 그러나 크레이크는 그저 미소만 지었다. 그는 이렇게 지적했다. 식단이 대부분 정제되지 않은 식물로 이루어진 동물들에게 그런 방법은 섬유소를 분해하기 위해 필요한 것이고, 이런 과정이 없다면 이들은 죽게 될 거야. 또 토낏과의 경우에서 볼 수 있듯이 식변은 낭비되는 평범한 부분보다 네다섯 배 많은 비타민 비원(B1)과 그 밖의 여러 다른 비타민과 미네랄을 풍부하게 가지고 있지. 식변은 그저 영양 공급과 소화 과정의 한 부분이고, 현재 있는 영양소를 최대한 활용하는 방법이야. 이런 과정에 대해 반대하는 것은 전적으로 심미적인 이유에 불과해.

"바로 그게 핵심이야." 하고 지미는 말했다.

만일 그렇다면 그것은 잘못된 핵심이라고 크레이크는 응수했다.

눈사람은 이제 자신에게 집중하는 사람들 무리에 둘러싸여 있다.

"안녕, 크레이크의 아이들아. 내가 여행을 떠날 거라는 말을 하려고 왔단다."

어른들은 긴 막대기와 침대보를 동여맨 모양새를 보고 이미 짐작했을 것이다. 그는 전에도 여행을 떠난 적이 있다. 이동주택 단지와 가까운 평민촌에 물건을 훔치러 가는 것을 그는 여행이라고 불렀다.

"크레이크를 만나러 가나요?"

그들 중 하나가 묻는다.

"그래, 그를 만나기 위해 노력할 거야. 그가 그곳에 있는지 찾아볼 거야."

"왜요?"

좀 더 나이 든 사람이 묻는다.

"그에게 물어봐야 할 게 있거든."

눈사람이 조심스럽게 말한다.

"봅키튼에 대해 알려야 해요, 아이를 문 봅키튼 말이에요."

조제핀 황후가 말한다.

"그건 오릭스와 관련된 일이야, 크레이크의 일이 아니라고."

퀴리 부인이 말한다. 다른 여자들이 고개를 끄덕인다.

"우리도 크레이크를 만나고 싶어요. 우리도! 우리도! 우리도 크레이크를 만나고 싶어요!"

아이들이 또 시작한다. 크레이크를 만나러 간다는 발상은 그들이 가장 좋아하는 것 중 하나다. 눈사람은 스스로를 책망한다. 흥미를 끄는 거짓말은 처음부터 꺼내지 말았어야 했다. 그는 크레이크가 산타클로스라도 되는 것처럼 이야기했던 것이다.

"눈사람을 귀찮게 하지 마라. 분명 우리를 돕기 위해 이 여행을 하는 거야. 우리는 그에게 감사해야 해."

엘리노어 루스벨트가 부드럽게 말한다.

"크레이크는 아이들이 상대할 존재가 아니야."

눈사람은 최대한 엄격해 보이려고 애쓰면서 말한다.

"우리도 가게 해 줘요! 우리도 크레이크를 보고 싶어요!"

"눈사람만이 크레이크를 만날 수 있는 거야."

에이브러햄 링컨이 온화하게 말한다. 그 말에 아이들은 잠잠해지는 듯하다.

"이번엔 긴 여행이 될 거야. 예전의 다른 여행보다 긴 여행. 어쩌면 이틀이 지난 후에도 돌아오지 않을지도 몰라."

눈사람이 말한다. 그는 손가락 두 개를 들어 보이고는 덧붙인다.

"아니, 어쩌면 사흘. 그러니까 걱정하지 말고 있어. 하지만 내가 떠나 있는 동안 집에 계속 머물러 있으면서 크레이크와 오릭스가 너희에게 가르쳐 준 대로 모든 것을 하도록 해."

"네에." 하며 합창하는 소리, 고개를 주억거리는 모습. 눈사람은 자신이 맞닥뜨릴지도 모를 위험에 대해서는 언급하지 않는다. 아마 그들은 그런 것에 대해 절대 생각해 보지 않을 것이고, 눈사람 역시 입에 올리지 않을 것이다. 그들이 그를 무적의 존재라고 생각하는 편이 더 낫다.

"우리도 당신과 함께 가겠어요."

에이브러햄 링컨이 말한다. 몇몇 남자들이 그를 바라보더니 고개를 끄덕인다.

"안 돼! 내 말은, 너희는 크레이크를 볼 수 없어. 그건 허용되지 않아."

눈사람은 당황하며 말한다. 그들이 그의 뒤를 줄줄 따라다니다니, 절대로 그렇게 둘 수는 없다! 그는 자신의 나약함이나 실수를 들키고 싶지 않다. 또한 가는 길에 목격하게 될 어떤 광경은 그들의 마음에 나쁜 영향을 미칠 것이다. 불가피하게 그들은 질문을 퍼부어 댈 것이다. 그뿐 아니라 하루 종일 그들과 시간을 보낸다면 바지를 머리에 뒤집어쓰고 싶을 정도로 싫증이 날 것이다.

하지만 너는 바지가 없잖아. 머릿속 목소리가 말한다. 이번엔 작은 아이 목소리다. 작은 아이의 슬픈 목소리. 농담이야! 농담! 날 죽이지는 말라고!

제발, 지금은 이러면 안 돼. 다른 사람들이 있는 곳에서는. 눈사람은 생각한다. 다른 사람들이 있을 때는 대꾸할 수가 없다.

"당신을 보호하기 위해 우리가 함께 가겠어요. 물어뜯는 봅키튼으로부터, 늑개로부터."

벤저민 프랭클린이 눈사람의 긴 막대기를 보면서 말한다.

"당신의 냄새는 그다지 강하지 못해요."

나폴레옹이 덧붙인다.

눈사람은 그들의 말이 기분 나쁠 정도로 독선적이라고 생각한다. 또한 지나치게 완곡한 표현이기도 하다. 그들 모두 알고 있듯이 그의 냄새는 상당히 지독하다. 단지 종류가 다를 뿐이다.

"나는 괜찮을 거야. 너희는 여기 머물러 있어."

눈사람이 말한다.

남자들은 미덥지 않다는 표정이다. 그러나 그가 시킨 대로 할 것이다. 자신의 권위를 강조하기 위해 눈사람은 손목시계를 귀에 갖다 댄다.

"크레이크가 너희를 내려다볼 거라고 말하는군. 너희를 안전하게 지키기 위해."

눈사람이 말한다. 시계를 보듯 내려다보다.* 그건 말장난이잖아, 코르크넛 같으니. 작은 아이 목소리가 말한다.

"낮엔 크레이크가 우리를 내려다보고 밤엔 오릭스가 우리를 내려다보고 있어요."

에이브러햄 링컨이 충성스럽게 말한다. 그러나 아주 확신하는 말투는 아니다.

"크레이크는 항상 우리를 내려다보고 있어요."

시몬 드 보부아르가 차분하게 말한다. 그녀는 오래전에 떠난 필리핀 출신의 유모 돌로레스를 떠오르게 하는 노르스름한 갈색 피부를 지녔다. 눈사람은 때때로 털썩 무릎을 꿇고 그녀의 허리에 팔을 두르고 싶은 충동을 억누르곤 한다.

"그는 우리를 잘 돌봐 줘요. 우리가 그에게 감사하고 있다고 말해 줘요."

퀴리 부인이 말한다.

눈사람은 '눈사람 물고기 길'을 되돌아 나온다. 그는 이 사람

---

* Watch, watching over. 언어유희적 표현이다.

들의 관대함, 자진해서 돕고자 하는 마음을 경험할 때마다 맥이 빠지곤 한다. 이보다 더 맥 빠지게 하는 것은 없다. 크레이크에 대한 그들의 감사 또한. 너무 감동적이지만 대상이 잘못된 감사.

"크레이크, 이 형편없는 놈."

눈사람이 말한다. 울고 싶다. 그때 우우! 하는 소리가 들린다. 자기 자신의 목소리다! 눈에도 보인다. 만화책의 말풍선 안에 적힌 글자처럼. 눈물이 얼굴을 타고 흘러내린다.

"다시는 안 돼."

도대체 이게 무슨 감정이란 말인가? 정확히 말해, 분노는 아니다. 그것은 낭패감이다. 오래되었지만 유용한 단어. 낭패감이라는 말은 크레이크보다 기만적이다. 그리고 정말로 왜 크레이크만 비난할 것인가?

어쩌면 그는 단순히 시기심을 느끼는 것일 수도 있다. 또다시 시기심을 느끼다니. 그 역시 눈에 보이지 않는 존재가 되어 숭배받고 싶은 것이다. 그 역시 다른 곳에 존재하고 싶은 것이다. 그럴 희망은 보이지 않는다. 그는 현재 그리고 이곳에 깊숙이 빠져 있다.

그는 천천히 발을 끌며 걸음을 늦추다가 우뚝 멈춰 선다. 오, 우우! 왜 그는 자신을 통제하지 못하는 걸까? 다른 한편으로 생각해 보면, 아무도 보지 않고 있는데 신경 쓸 필요가 뭐가 있을까? 그렇다 치더라도 그가 내는 소리는 어릿광대의 과장된 외침처럼 들린다. 갈채를 받기 위해 비참함을 연기하는 것처럼.

그만 훌쩍거리렴, 얘야, 기운 차려. 남자답게 행동해야지. 그의 아버지의 목소리가 말한다.

"좋아! 당신이 말하려는 게 정확히 뭐야? 당신은 정말 대단한 본보기였지!"

눈사람이 소리친다. 그러나 그의 비아냥거림은 나무들 사이로 사라진다. 그는 막대기를 들지 않은 손으로 코를 훔치고는 계속 걷는다.

푸른색

눈사람은 물고기 길을 떠나 내륙으로 접어든다. 해의 위치로 미루어 보아 아침 9시경이다. 바다의 미풍을 벗어나자마자 습기가 밀어닥친다. 피를 빠는 작은 초록색 파리 떼가 그에게 몰려든다. 그는 맨발이지만(그의 신발은 얼마 전에 완전히 해져 버렸다. 그리고 어쨌든 신발을 신기에는 너무 덥고 습하다.) 이제는 발바닥이 오래된 고무처럼 질겨져서 신발이 필요하지 않다. 그렇지만 그는 조심스럽게 걷는다. 깨진 유리나 금속 조각이 있을지도 모르는 일이다. 혹은 뱀이나 고약한 상처를 입힐 수 있는 다른 것이 있을 수도 있다. 그리고 그에게는 막대기 말고는 아무런 무기가 없다.

눈사람은 예전에 공원이었던 곳에 서 있는 나무들 아래를 걷기 시작한다. 조금 떨어진 곳에서 봅키튼이 짖는 듯한 기침 소리가 들려온다. 그것은 놈들이 경고하기 위해 내는 소리다. 아마 수컷 봅키튼이 다른 수컷을 만났을 것이다. 싸움이 벌어질 것이고, 승리자는 모든 것(영토 내에 있는 모든 암컷)을 차지하게 되고, 자신의 유전자를 지닌 자손들을 위한 공간을 만들기 위해 할 수만 있다면 이미 존재하는 새끼들을 모조리 없애 버릴 것이다.

봅키튼은 커다란 초록색 토끼들이 지나치게 새끼를 많이 낳고 저항력 강한 골칫덩어리가 되자 그것들을 없애기 위한 수단으로 도입되었다. 봅캣보다 작고 덜 공격적이라는 것이 봅키튼에 대한 공식적인 설명이었다. 사람들은 그것들이 야생 고양이를 제거함으로써 거의 멸종 위기에 이른 노래하는 새들의 수를 늘리는 데 기여할 것이라고 기대했다. 봅키튼은 노래하는 새들을 잡는 데 필요한 가벼움과 민첩성이 부족하기 때문에 새들을 귀찮게 하지 않을 것이라는 게 그것들에 대한 이론이었다.

그 이론은 모두 실현되었다. 단, 이번에는 봅키튼들이 걷잡을 수 없이 늘어났다. 뒤뜰에서 작은 개들이 사라지고 유모차에 있던 아기들이 실종되었다. 몸집이 작은 사람들은 조깅하다가 심한 상처를 입었다. 물론 조합에서는 그런 일이 결코 일어나지 않았고 단지에서도 어쩌다 일어나는 일이었다. 그러나 평민촌에서는 불만의 소리가 높아져 갔다. 눈사람은 발자국이 있는지 주의해서 살펴야 하고 머리 위에 드리워진 가지들을 조심해야 한다. 그것들이 머리 위에 내려앉는 것은 상상만 해도 끔찍한 일이다.

항상 경계해야 하는 늑개들도 있다. 그러나 늑개들은 밤의 사냥꾼이다. 열기가 지속되는 낮에는 털 달린 대다수의 동물들이 그렇듯이 놈들도 낮잠을 자는 편이다.

이제는 공터가 더 자주 보인다. 피크닉용 테이블과 바비큐용 야외 화로가 갖추어져 있던 드라이브인 캠프장의 흔적. 그러나 날씨가 너무 더워지고 오후마다 비가 내리면서 어느 누구도 그것을 사용하지 않게 되었다. 눈사람은 이제 막 한 장소에 다다랐다. 썩어 가는 탁자에는 곰팡이가 피어 있고 바비큐용 화로는 덩굴식물로 뒤덮여 있다.

텐트와 이동주택을 세워 놓던 장소로 보이는 빈터로부터 약간 떨어진 곳에서 웃음소리와 노랫소리, 감탄과 격려의 소리가 들려온다. 짝짓기 중인 것이다. 크레이커들의 짝짓기는 매우 드문 행사다. 크레이크는 그들의 수에 대해 연구한 뒤 짝짓기가 한 여자당 3년에 한 번이면 충분하다는 결정을 내렸다.

네 남자와 발정기인 한 여자로 구성된 기본 집단이 있을 것이다. 밝은 푸른색으로 물든 엉덩이와 복부를 보고 모든 사람이 여자의 상태를 알 수 있을 것이다. 그것은 비비원숭이에게서 도용한 색소 침착에다 문어에게서 빌린 확장 가능한 발색단을 결합시켜 이루어 낸 기술이다. 크레이크는 항상 이렇게 말했다. 어떤 것이든 적용 방법을 생각해 봐. 분명 어딘가에 있는 다른 동물이 그것에 대해 먼저 생각해 보았을 거야.

남자들은 오직 푸른 피부 조직과 그것에서 방출되는 페로몬만으로 자극을 받기 때문에 이제는 일방적인 사랑도, 억눌린 성욕도 존재하지 않는다. 욕망과 행위 사이에 어떤 그늘도 존재하지 않는다. 구애는 냄새가 조금씩 풍기기 시작할 때, 연한 하늘색이 비치기 시작할 때 남자들이 여자에게 꽃을 주면서 시작된다. 수컷 펭귄이 둥근 돌을 선물하는 것 혹은 수컷 은붕어가 정액 꾸러미를 선물하는 것처럼 말이지. 크레이크는 말했다. 그와 동시에 그들은 노래하는 새들처럼 돌발적으로 노래 부르기에 빠져 든다. 남자들의 성기가 여자의 복부와 잘 어울리도록 밝은 푸른색으로 변한다. 발기한 남자들이 똑같이 성기를 이리저리 흔들어 대고 발을 놀리며 그에 맞춰 노래를 하는, 일종의 푸른 성기 춤을 춘다. 그것은 크레이크가 게의 성적 수신호 동작을 보고 고안한 특징이다. 여자는 자신에게 바쳐진 꽃 중에서 네 송이를 선택한다. 탈락한 후보자의 성적 욕망은 즉각 사라져 버리고 어떤 감정의 찌꺼기도 남지 않는다. 그런 후 여자 복부의 푸른색이 가장 짙은 색으로 변했을 때 한 여자와 네 남자는 은밀한 장소를 찾아가 일에 착수해, 여자가 임신을 해서 푸른색이 사라질 때까지 계속한다. 그리고 그것으로 끝난다.

어쨌든 "싫어요."가 "그래요."라는 뜻이라는 말 따위는 사라졌군. 눈사람은 생각한다. 매춘 행위도, 아동 성 학대도, 가격 협상도, 포주도, 성적 노예도 더 이상 없다. 강간도 없다. 다섯 사람은 몇 시간 동안 법석을 떨 것이다. 한 남자가 성행위를 하는 동안 다른 세 남자는 방어를 하고 서서 노래를 부르고 소리를 지른다. 그것은 순서를 바꾸어 가며 계속된다. 크레이크는 여자들에게 최강의 외음부(특별한 피부, 특별한 근육)를 마련해 주어 여자들이 이 마라톤을 견딜 수 있게 했다. 태어난 아이의 아버지가 누구인지는 더 이상 문제가 되지 않는다. 유산으로 물려 줄 재산도 없고 전쟁에 필요한 부자간의 충절도 존재하지 않기 때문이다. 섹스는 더 이상 반대 감정이 병존하는 태도 혹은 노골적인 혐오의 태도로 다뤄지지도 않고, 어둠 속에서 이루어지면서 자살과 살인을 야기하는 비밀스러운 의례도 아니다. 이제 그것은 운동선수들의 실연(實演), 자유로운 놀이와 비슷하다.

어쩌면 크레이크가 옳았는지도 몰라. 눈사람은 생각한다. 옛날 같은 체제에서 성적 경쟁은 가혹하고 잔인했다. 모든 행복한 연인 뒤에는 낙담한 자, 소외된 자가 있게 마련이었다. 사랑이라는 것 자체가 투명한 거품 모양 돔이었다. 두 사람이 그 안에 들어가 있는 것은 볼 수 있지만 자기 자신은 들어갈 수 없었다.

홀로 남겨진 남자가 창가에서 슬픈 탱고 가락에 맞추어 망각 상태에 이를 때까지 술을 마셔 대는 것, 그 정도는 비교적 온건한 모습이었다. 그러나 그런 상태는 폭력으로까지 치달을 수도 있었다. 극단적인 감정은 치명적일 수 있다. 내가 당신을 가질 수 없다면 다른 이도 가져서는 안 돼 등등. 죽음이 들어설 수 있었다.

"생물학적으로 잘못된 만남, 호르몬과 페로몬의 잘못된 배열 때문에 얼마나 많은 비참함, 얼마나 많은 쓸데없는 절망이 야기

되느냐 말이야? 네가 그토록 사랑하던 사람이 너를 더 이상 사랑하지 않거나 사랑할 수 없는 사람으로 귀결되고 말지. 종 전체로 보았을 때 우리는 그 측면에서 아주 가련한 존재들이야. 불완전한 일부일처제를 유지하고 있는 것 말이야. 만일 우리가 긴팔원숭이처럼 평생 동안 한 사람하고만 짝을 이루고 살거나, 아니면 죄책감에서 완전히 자유로운 난교를 하기로 선택하면, 성으로 인한 고통은 더 이상 없을 거야. 더 나은 계획은 다른 포유류처럼 그것을 주기적이고 불가피한 것으로 만드는 거지. 그러면 절대로 가질 수 없는 사람을 원하게 되는 일은 없을 거야."

어느 날 점심시간에 크레이크가 말했다. 분명 그들은 20대 초반이었고, 크레이크는 이미 왓슨크릭* 대학에 다니고 있던 때였을 것이다.

"맞는 말이야."

지미, 아니 짐이 대답했다. 당시 그는 아무도 불러 주지 않는 '짐'이라는 이름을 고집하고 있었다. 하지만 모두가 여전히 그를 지미라고 불렀다.

"하지만 우리가 무엇을 포기하게 될지 생각해 봐."

"예를 들면?"

"구애 행동 방식. 네 계획에 따르면 우리는 그저 일단의 호르몬 로봇이 되고 말 거야."

---

* 제임스 왓슨(James Watson, 1928~)과 프랜시스 크릭(Francis Crick, 1916~2004)의 이름을 딴 것이다. 이들은 DNA 구조를 밝혀낸 과학자들이다.

지미는 모든 것을 크레이크가 사용하는 용어로 표현해야 한다고 생각했다. 그래서 구애 행동 방식이라는 단어를 사용한 것이다. 지미가 말하고자 한 것은 도전, 흥분, 추구였다.

"자유로운 선택이 사라지게 되는 거지."

"내 계획에는 구애 행동 방식도 포함되어 있어. 단, 그것은 항상 성공하게 되어 있지. 그리고 어쨌든 우리는 호르몬 로봇이야. 단지 결점투성이 로봇일 뿐이지."

크레이크가 말했다.

"그럼 예술은 어떻게 되는 거지?"

지미는 약간은 필사적인 마음으로 물었다. 어찌 되었든 간에 그는 마사그레이엄* 아카데미의 학생이었던 것이다. 그렇기 때문에 예술과 창작 영역을 옹호해야 할 필요성을 어느 정도 느꼈다.

"그게 어떻게 되었다는 거야?"

크레이크는 예의 그 조용한 미소를 지으며 되물었다.

"네가 말하는 모든 잘못된 만남 말이야. 그건 영감을 제공해 주었어. 아니, 그렇다고 하더군. 모든 시를 생각해 봐. 페트라르카, 존 던을 생각해 봐. 『새로운 인생』**을 생각해 보라고. 그리고……."

---

* Martha Graham, 1894~1991. 미국의 위대한 무용가이자 안무가.

** 13세기 이탈리아의 시인 단테 알리기에리(Dante Alighieri, 1265~1321)가 사랑하는 여인 베아트리체가 죽은 뒤에 쓴 작품.

"예술이라. 네가 있는 곳에서는 여전히 그것에 대해 많이 지껄여 대는 것 같군. 바이런이 무슨 말을 했더라? 사람들이 다른 것을 할 수 있다면 누가 글을 쓰겠냐고 했던가? 뭐 그런 식의 말."

크레이크가 말했다.

"내 말이 바로 그거야."

지미는 크레이크가 바이런에 대해 언급하는 걸 보고 놀랐다. 크레이크는 무슨 권리로 허울만 멀쩡하고 속은 빈약한 지미의 영역으로 침범해 오는가? 크레이크는 과학에만 전념하고 지미를 위해 가련한 바이런은 남겨 두어야 하는 것 아닌가.

"무슨 말을 하는 거야?"

마치 말더듬이를 가르치는 듯한 투로 크레이크가 말했다.

"내 말은, 그 다른 것이라는 걸 할 수 없다면, 그러면……."

"그러면 차라리 섹스를 하지 않겠어?"

크레이크가 말했다. 그는 이 질문에 자신은 포함시키지 않았다. 그의 말투는 초연하면서도 별다른 관심이 없는 사람 같았다. 마치 코 후벼 파기같이 사람들의 별로 아름답지 못한 버릇을 조사하는 것처럼.

지미는 크레이크가 무례하게 굴수록 자신의 얼굴은 더 붉어지고 목소리는 더 거칠어지는 것을 느꼈다. 그는 그것이 싫었다.

"어떤 문명이 먼지와 재로 변했을 때 남게 되는 것은 예술뿐이야. 그림, 언어, 음악. 상상력의 구조물들. 의미는, 다시 말해 인간의 의미는 그것들에 의해 규정되는 거야. 너는 그 사실을 인정해야 해."

지미가 말했다.

"남는 것은 그것뿐이 아니야. 요즘의 고고학자들은 누군가가 갉아먹은 뼈와 오래된 벽돌과 화석화된 똥에도 같은 관심을 보이지. 어떤 때는 더 많은 관심을 보이기도 해. 인간의 의미는 그런 것들로도 규정된다고 생각해."

크레이크의 말에 지미는 "왜 너는 항상 나를 초라하게 만드니?" 라고 말하고 싶었지만, "그건 너무 쉬운 일이니까."라는 대답을 포함한 여러 가지 가능한 대답을 듣게 되는 것이 두려웠다. 대신 지미는 이렇게 말했다,

"그것에 대해 반감을 갖는 이유가 뭐지?"

"뭐 말이야? 화석화된 똥?"

"예술."

"이유는 없어. 사람들은 어떤 식으로든 자기가 좋아하는 식으로 스스로 즐길 수 있는 거야. 만일 그들이 공공연히 자위를 하고 싶다면, 낙서, 갈겨 쓴 것, 시시한 것을 보면서 수음을 하고 싶다해도 나는 상관하지 않아. 어쨌든 그건 생물학적 목적에 부합하는 것이니까."

크레이크는 나른하게 대답했다.

"예를 들자면?"

지미는 모든 것이 자신이 냉정을 유지하는 데 달려 있음을 알

고 있었다. 이러한 논쟁은 게임하듯 해야 한다. 만일 화를 낸다면 크레이크가 이기게 된다.

"개구리의 교미 시기가 되면 수컷은 최대한 큰 소리로 울지. 암컷은 가장 크고 울림 좋은 목소리를 가진 수컷에게 끌리게 되어 있어. 그것이 우수한 유전자를 지닌 더 강한 개구리임을 나타내 주기 때문이지. 이것은 입증된 사실인데, 어떤 개구리들은 텅 빈 배수관에 자리를 잡고 있으면 배수관이 목소리 증폭기로 작동한다는 사실을 알아. 그리고 작은 개구리는 자신의 실제 모습보다 더 커 보이게 만들 수 있어."

크레이크가 말했다.

"그래서?"

"그러니까 예술가에게 예술이란 바로 그런 거야. 빈 배수관. 증폭기. 성관계를 맺기 위한 하나의 시도라고."

"네가 갖다 붙인 유추는 여자 예술가에겐 들어맞지 않아. 그들은 성관계를 맺기 위해 그 일에 종사하는 게 아니야. 그들은 스스로를 증폭시키는 것으로는 어떤 생물학적 이익도 얻지 못해. 잠재적 상대들은 그런 증폭 행위를 보고 매혹되기보다는 망설이게 되지. 남자는 개구리가 아니야. 자기보다 열 배나 더 큰 여자를 원하지는 않는다고."

"여자 예술가들은 생물학적으로 정체성이 혼동된 사람들이야. 지금쯤이면 그걸 알아차렸어야지."

그것은 현재 지미의 혼란스러운 로맨스를 비열하게 비꼬는 말이었다. 지미의 상대는 갈색 머리의 시인으로 자신을 "모르가나"라고 불러 달라고 했는데 실제 이름이 무엇인지는 알려 주지 않았다. 그녀는 위대한 달의 여신이자 대두와 토끼의 후원자인 오에스트레를 기리기 위해 4주간의 섹스 단식에 들어갔다. 마사그레이엄 아카데미에는 그런 종류의 여학생들이 모여들었다. 그녀와의 관계에 대해 크레이크에게 털어놓은 것이 실수였다.

가엾은 모르가나, 그녀가 어떻게 되었는지 궁금하군. 눈사람은 생각한다. 그녀가, 그녀 자신이, 그녀의 허풍이 내게 얼마나 유용했는지 그녀는 결코 알 수 없을 것이다. 모르가나의 헛소리를 크레이크의 아이들에게 우주론이라고 늘어놓은 것은 비열한 짓이었다는 생각이 든다. 그러나 그들은 그 이야기에 만족하는 것 같았다.

눈사람은 나무에 기대서서 점차 사라지는 소리에 귀를 기울인다. 내 사랑은 푸른, 푸른 장미와 같네.* 달이 떠오르고 수확물이 빛나네.** 그래, 크레이크는 뜻대로 해냈군. 그를 위해 만세. 눈사람은 생각한다. 질투도, 아내 도살자도, 남편 독살자도

---

* 스코틀랜드 시인 로버트 번즈의 「내 사랑은 붉은, 붉은 장미와 같네」를 인용한 것이다.

** 잭 노워스가 작사한 동명의 영화 주제곡 「추수의 달아 비추어라」를 인용한 것이다.

더 이상 존재하지 않는다. 그들은 모두 감탄할 만한 좋은 성품을 지니고 있다. 억지 부리는 일도 없고 강요하는 일도 없다. 황금 시대 그리스의 소벽 장식에 있는 능동적인 요정들과 흥청거리며 노는 신들의 모습에 가깝다.

그런데 왜 그는 이토록 낙담하고 상심한 기분이 드는가? 그런 식의 행동을 이해하지 못하기 때문인가? 그것이 그가 도달할 수 없는 것이기 때문인가? 자신이 끼어들 수 없기 때문인가?

만일 그가 시도해 본다면 어떤 일이 벌어질 것인가? 만일 그가 염소 고환에 갈라진 발굽이 있는 사티로스처럼 혹은 옛날 해적 영화에 나오는 안대를 한 해적처럼, 더럽고 너덜너덜한 침대보를 걸친 채 악취를 풍기며 털투성이의 모습으로 덤불숲에서 튀어나와 부풀어 오른 성기를 가지고 추파를 던지면서(아아, 여보게들!) 엉덩이가 푸른색으로 물든 이들의 애정 난투극에 동참하려고 시도한다면? 어떤 혼란이 야기될지 상상이 간다. 오랑우탄 하나가 격식을 차린 왈츠 파티에 함부로 뛰어 들어와 부드러운 색조의 옷을 입은 빛나는 공주를 더듬으려는 것과 비슷할 것이다. 그는 그 자신이 경험하게 될 혼란 또한 상상할 수 있다. 그가 도대체 무슨 권리로 화농과 궤양투성이인 자기 자신을 그 순수한 이들 사이에 끼워 넣는단 말인가?

"크레이크! 내가 왜 이 지구상에 있는 거지? 왜 나만 홀로 남겨진 거야? 내 프랑켄슈타인 신부는 어디 있어?"

눈사람은 흐느낀다.

그는 머릿속에서 반복되는 이 우울한 질문들을 떨쳐 버리고 실망스러운 장면에서 벗어나야 한다. 오, 자기, 힘내! 밝은 면을 봐! 긍정적으로 생각해야 해! 한 여자 목소리가 속삭인다.

눈사람은 혼잣말을 중얼거리며 꾸준히 앞으로 나아간다. 숲이 그의 목소리를 지워 버린다. 말들이 무색무취의 거품처럼 줄지어 그에게서 흘러나온다. 물에 빠져 드는 사람의 입에서 나오는 공기처럼. 웃음소리와 노랫소리가 그의 뒤쪽에서 점점 사그라진다. 곧 그 소리는 들리지 않을 것이다.

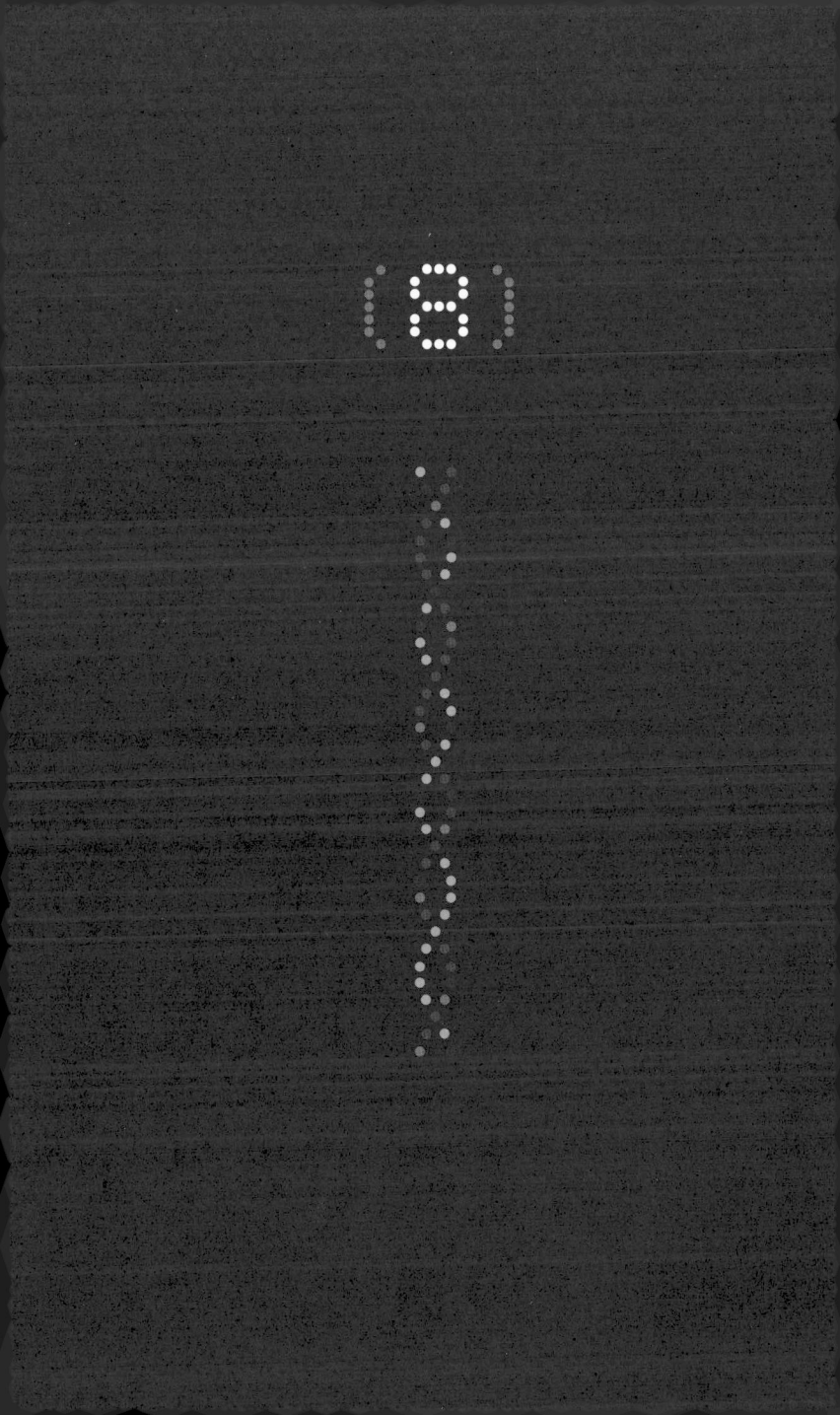

정말맛있는

2월 초의 따뜻하고 습한 어느 날, 지미와 크레이크는 건강현인 고등학교를 졸업했다. 예전에는 6월에 졸업식이 있었다. 그 당시는 날씨가 온화했던 것이다. 그러나 이제 6월이면 동부 전체에 걸쳐 계속되는 우기와 심한 뇌우 때문에 야외 행사를 열 수 없다. 2월 초도 겨우 밀어붙인 것이었다. 졸업식 바로 다음 날에는 회오리바람이 몰아쳤다.

건강현인 고등학교에서는 모든 일을 옛날 방식대로 진행하는 것을 좋아했다. 차양과 천과 꽃으로 장식한 모자를 쓴 어머니들과 파나마 모자를 쓴 아버지들, 그리고 알코올이 들거나 들지 않은 과일 펀치, 그리고 행복한컵 커피, 그리고 작은 플라스틱 통에 든 건강현인 자체 상표인 정말맛있는 아이스크림. 초콜릿 대두, 망고 대두, 구운 민들레 녹차 대두. 정말 축제다운 분위기였다.

크레이크는 수석 졸업을 했다. 학생 경매 때 경쟁 교육 조합들 사이에서 그에 대한 입찰이 활발하게 이루어졌고, 왓슨크릭 대학에서 그를 높은 가격에 확보해 갔다. 일단 그곳의 학생이 되면 미래가 보장되었다. 하버드 대학이 물에 잠겨 사라지기 전인 과거에 하버드에 진학하던 것과 비슷했다.

그와 달리 지미는 중간급 학생이었다. 언어 영역 점수는 높았지만 수리 영역은 대체로 점수가 낮았다. 실망스러운 수학 성적조차 크레이크의 도움을 받아 겨우 얻은 것이었다. 크레이크는 자신의 시험 준비도 미룬 채 주말 동안 지미를 지도해 주었다. 그렇다고 해서 크레이크에게 특별히 벼락치기 공부가 필요했던 것은 아니지만. 그는 일종의 변종이어서 자면서도 미분 방정식을 풀 수 있었다.

"왜 이러는 거야? 왜 나를 도와주는 거지?"

짜증나는 공부를 하던 중에 지미가 크레이크에게 물었다.(너는 이걸 다른 식으로 봐야 해. 이것이 지닌 아름다움을 볼 수 있어야 해. 이건 체스와 같은 거야. 여기 이걸 시도해 봐. 보여? 어떤 양식이 보여? 자, 이제 모든 게 명확해지지. 그러나 지미는 볼 수도 없었고 모든 것이 명확해지지도 않았다.)

"나는 사디스트니까. 네가 고통받는 걸 보고 싶어."

크레이크가 말했다.

"어쨌든 고마워."

지미는 여러 면에서 고마움을 느꼈다. 가장 좋은 점은 크레이크가 지미를 가르치고 있다는 것을 아는 까닭에 지미의 아버지가 잔소리를 할 수 없게 되었다는 점이다.

만약 단지에 있는 학교나 (더 나은 경우로) 사람들이 여전히 '공교육 제도'라고 부르는 쓰레기통 학교를 다녔더라면, 지미는 하수구 속에 놓인 다이아몬드처럼 빛났을 것이다. 그러나 조합에 있는 학교들은 뛰어난 유전자의 소유자들로 가득했다. 자신의 괴짜 부모에게서 그런 것을 전혀 물려받지 못한 지미의 재능은 상대적으로 위축되어 보였다. 게다가 그는 익살맞다는 면에서 특별 점수를 얻지도 못했다. 사실 그는 이전처럼 익살맞지도 못했다. 일반 청중에 대한 관심을 잃어버렸던 것이다.

최고의 교육 조합들이 두뇌광들을 두고 난투극을 벌이는 반면 중간급 학생들의 성적표는 여러 손을 거치면서 커피를 뒤집어쓰거나 실수로 바닥에 떨어지기도 하면서 걸러지는 동안, 지미는 굴욕적인 기다림 끝에 결국 마사그레이엄 아카데미에 낙찰되었다. 그것마저도 활기 없는 오랜 입찰 기간 끝에 비로소 이루어진 것이었다. 지미의 아버지 측에서 압력을 가한 것(지미의 추측에 따르면)은 물론 말할 필요도 없다. 그의 아버지는 마사그레이엄 아카데미의 교장을 오래전 없어진 여름 캠프를 통해 알게 되었는데, 아마도 교장을 협박할 만한 일을 알고 있던 듯했다. 어린 소년을 범한 일, 암시장 약에 손을 댄 일. 혹은 교장이 악수를 할 때 품위 없이 지나치게 힘을 주어 흔드는 것을 보고 지미가 그냥 추측한 것일 수도 있다.

"마사그레이엄에 온 것을 환영한다, 얘야."

교장은 비타민제 판매원처럼 가장된 미소를 지으며 말했다.

나는 언제쯤이면 "얘야."라는 호칭에서 벗어날 수 있는 거지? 지미는 생각했다.

아직은 아니지. 오, 아직은 아니야.

"장하다, 지미."

그 뒤에 열린 가든파티에서 지미의 팔을 툭 치며 아버지가 말했다. 아버지가 매고 있는 날개 달린 돼지 무늬의 흉한 넥타이에 초콜릿 대두액이 묻어 있었다. '제발 나를 끌어안지만 말아 주길.' 하고 지미는 간절히 바랐다.

"얘야, 우리는 네가 정말 자랑스러워."

라모나는 목이 많이 파이고 창녀 방의 전등갓처럼 분홍색 프릴이 달린 옷으로 치장하고 나타났다. 지미는 화끈한꼬마 사이트에서 비슷한 것을 본 적이 있었다. 다른 점이 있다면 사이트에서는 여덟 살배기 아이가 입고 있었다는 것이다. 조여 올린 젖가슴 윗부분은 햇빛에 지나치게 노출된 탓에 기미투성이였다. 그렇다고 해서 지미가 그때까지도 그런 것에 관심을 갖고 있었던 것은 아니다. 한쪽이 고정되어 있는 가슴 지지 도구의 구조라면 지미도 잘 알고 있었다. 어쨌든 지미는 라모나가 풍기기 시작한 중년 부인스러운 면모가 혐오스럽게 여겨졌다. 콜라겐 주사를 맞고 있음에도 불구하고 그녀의 양쪽 입가에는 작은 주름이 지기 시작했다. 그녀가 자주 말했듯, 그녀의 생물학적 시계는 똑딱거리며 흘러가고 있었던 것이다. 그녀는 곧 '새피부 보톡

시크' 치료법("영원히 정지된 주름, 직원 반값")을 이용하기 시작할 것이고, 그뿐 아니라 5년 뒤면 전체 표피를 긁어내는 '젊음의 전신 욕샘'을 이용할 것이다. 그녀는 지미의 코 옆에 키스를 해서 담홍색 립스틱 자국을 남겨 놓았다. 지미는 자전거 기름 같은 립스틱 자국이 뺨에 묻어 있는 것을 느낄 수 있었다.

그녀는 이제 '우리'라는 말을 쓸 수도, 지미에게 키스를 할 수도 있게 되었다. 공식적으로 그의 계모가 된 것이다. 지미의 생모는 '부재중 의무 유기'라는 명목으로 아버지에게 이혼당했다. 그리고 얼마 지나지 않아 아버지의 가짜 결혼 축하식이 거행되었다. 그런 경우에 대해 '축하'라는 단어를 쓸 수 있다면 말이다. 진짜 어머니는 눈곱만큼도 상관하지 않았을 거라고 지미는 생각했다. 그녀는 신경 쓰지 않았을 것이다. 구슬픈 축제로부터 멀리 떨어진 곳에서 대단한 모험을 하고 있었던 것이다. 지미는 수개월 동안 어머니한테서 엽서를 받지 못했다. 마지막으로 받은 엽서의 그림은 코모도왕도마뱀 사진이었고, 말레이시아 우표가 붙어 있었다. 그리고 그 엽서 때문에 또다시 시체보안회사 요원이 지미를 찾아왔다.

결혼식에서 지미는 곤드레만드레 취했다. 벽에 기대서서 행복한 한 쌍이 달콤한 케이크를 자르는 모습을 바라보았다. 라모나는 모두 진짜 재료로 만들어진 것이라고 설명했다. 신선한 달걀을 두고 사람들은 난자를 떠올리며 낄낄 웃어 댔다. 라모나는 당장이라도 아기를 가질 계획을 세우고 있을 것이다. 지미가 그 어떤 부모에게 주었던 것보다 더 큰 만족감을 주는 아기를.

"누가 상관한대, 누가 상관한댔냐고."

지미는 중얼거렸다. 지미는 아버지를 갖고 싶지도 않았고, 아버지가 되는 것도 싫었으며, 아들을 갖거나 아들이 되는 것도 원치 않았다. 그저 자기 자신이고 싶었다. 단독적이고 독창적이며 자생적으로 생겨난 존재. 이제부터 그는 자유분방하게 하고 싶은 것을 하면서, 생명의 나무에서 무르익은 삶의 둥근 열매를 따서 한두 입 베어 물고 즙을 들이켠 후 껍질을 던져 버릴 것이다.

지미를 방으로 데려다 준 이는 크레이크였다. 지미는 매우 시무룩한 상태였으며 제대로 걷지도 못했다. 크레이크는 예의 상냥한 말투로 말했다.

"한잠 푹 자. 아침에 전화할게."

이제 졸업식 가든파티에서 크레이크가 뛰어난 성취로 한껏 빛을 발하며 군중 사이에서 천천히 나타났다. 아니, 그건 아니었어. 눈사람은 정정한다. 적어도 그런 면에서는 크레이크를 인정해 줘야 한다. 그는 결코 승리에 도취하는 유의 사람이 아니었다.

"축하해."

지미는 겨우 입을 뗐다. 졸업식에 참가한 사람 가운데 크레이크를 비교적 오랜 기간 알아온 사람이 지미뿐이었기 때문에 그에게 말을 건네는 것이 그나마 쉬웠다. 피트 삼촌이 참석하기는 했지만, 그는 그리 중요한 사람이 아니었다. 그뿐 아니라 그는 크레이크로부터 최대한 멀리 떨어져 있었다. 어쩌면 자신의 인터넷을 몰래 이용한 사람이 누구였는지 그제야 짐작해 낸 것일 수도 있었다. 크레이크의 어머니는, 한 달 전에 사망하고 없었다.

그것은 사고였다. 아니, 그렇다고들 했다.(사람들은 '방해 공작'이라는 말을 쓰는 걸 꺼렸다. 사업에 나쁜 영향을 미쳤던 것이다.) 그녀는 (크레이크의 말에 따르면, 그녀의 직업에는 외과용 메스가 필요하지 않았지만) 병원에서 베였거나 어디에 긁혔을 것이다. 아니면 그녀가 부주의하게 라텍스 장갑을 벗었을 때 병원체 보균자가 그녀의 어떤 상처 부위를 건드렸을 수도 있다. 가능성 있는 일이었다. 그녀는 손톱을 물어뜯는 버릇이 있었기 때문에 소위 '외피 입구'라고 불리는 시섬을 지니고 있었을 수 있다. 아무튼 그녀는 태양열 잔디 깎는 기계처럼 몸을 짓이겨 놓는 강력한 병원체에 감염되었다. 그것은 점균류에서 나온 능란한 유전자와 결합된 이식 유전자적 포도상구균이라고 한 연구자가 말했다. 하지만 그들이 병원체의 실체를 파악하고 적합할 것이라고 판단되는 치료법을 사용하기 시작했을 때, 그녀는 이미 격리 병실에 수용되어 있었고 상태가 급격히 나빠지고 있었다. 물론 크레이크는 문병을 갈 수 없었다. 어느 누구도 그녀에게 다가갈 수 없었다. 병실의 모든 일은 핵 재료를 처리할 때와 마찬가지로 로봇 팔로 이루어졌다. 그러나 크레이크는 관찰 창을 통해 그녀를 볼 수 있었다.

"아주 인상적이었어. 게거품이 나오고 있었지."

크레이크가 말했다.

"게거품?"

"민달팽이한테 소금 뿌려 본 적 있어?"

지미는 없다고 말했다.

"좋아. 이를 닦을 때처럼 말이야."

어머니는 마이크 시스템을 통해 그에게 마지막 유언을 하기로 되어 있었다고 크레이크는 말했다. 그런데 디지털 기술상의 문제가 발생했다. 그래서 그녀의 입술이 움직이는 것은 볼 수 있었지만 무슨 말을 하는지는 전혀 들을 수 없었다.

"달리 말하자면, 매일 보던 것과 다를 바가 없었지,"

크레이크가 말했다. 그는 어찌 되었거나 그리 아쉬워할 것은 없다고 말했다. 증세가 그 정도로 악화되었을 즈음에 그의 어머니가 하는 말은 두서없는 횡설수설에 불과했다.

지미는 크레이크가 어떻게 그 문제에 관해 그렇게 냉담할 수 있는지 이해할 수 없었다. 어머니가 그런 식으로 소멸되어 가는 것을 바라보고 있는 크레이크의 모습을 상상하는 것만으로도 끔찍한 일이었다. 지미라면 그렇게 할 수 없었을 것이다. 하지만 크레이크도 그저 그런 척하는 것이 분명했다. 그것이 그가 존엄성을 유지하는 방법이었을 것이다. 그렇지 못했을 때 선택할 수 있는 대안은 존엄성을 잃어버리는 것밖에 없었을 테니까.

행복한컵

졸업 후 맞게 된 방학 동안에 지미는 허드슨 만의 서쪽 강가에 위치한 무소니* 건강현인 휴양지에 초대받았다. 그 휴양지는 건강현인의 거물들이 혹서를 피하기 위해 휴가를 가는 곳이었다. 피트 삼촌은 그곳에 멋진 주택을 갖고 있었다. "멋진 주택"은 그의 묘사였다. 사실 그곳은 웅장한 무덤과 더러운 주말 은신처를 결합해 놓은 것 같았다. 수많은 석조, 킹 사이즈의 자동 마사지 침대, 화장실마다 갖추어진 비데 시설. 피트 삼촌은 그곳에 있는 어느 것에도 별다른 흥미를 느끼지 못하는 듯했다. 분명 피트 삼촌은 크레이크와 단둘이 있게 되는 것을 피하기 위해 자신을 초대한 것이라고 지미는 확신했다. 피트 삼촌은 대부분의 시간을 골프장에서 보냈고, 나머지 시간은 온수 욕조에서 보

* 캐나다 온타리오 주 북부의 휴양도시.

냈다. 그래서 지미와 크레이크는 원하는 모든 것을 마음대로 할 수 있었다.

그들은 마지막 시험을 치른 후 기분 전환을 위해 상호작용 게임을 하거나 국가의 보조를 받아 제작된 강간 살인 영화, 포르노 따위를 다시 즐길 수도 있었을 것이다. 하지만 그해 여름에는 유전자 조작 커피에 대한 공방이 한창 달아오르고 있던 터라, 그들은 그와 관련된 프로그램을 시청했다. 공방은 건강현인자회사가 개발한 새로운 행복한컵 커피 원두를 둘러싼 것이었다. 그때까지만 해도 관목들에 열린 커피 원두들은 제각기 다른 시기에 여물어 사람들 손으로 수확되고 처리된 뒤 적은 분량씩 수송되었다. 그러나 행복한컵 커피 관목들은 모든 원두가 한꺼번에 여물도록 고안되었다. 따라서 거대한 농장에서 커피를 재배하고 기계로 수확하는 것이 가능해졌다. 이는 소작농들을 커피 사업에서 몰아내고, 소작농들뿐 아니라 노동자들까지 모두 혹독한 가난 속으로 몰락시키는 일이었다.

범지구적인 저항 운동이 벌어졌다. 폭동이 일어나고, 커피 작물이 불타고, 행복한컵 카페가 약탈당하고, 행복한컵 직원들은 폭탄 실린 차에 의해 다치거나 유괴되거나 저격수의 총에 맞거나 군중에게 죽도록 얻어맞았다. 다른 한편으로 농민들은 군대에게 학살당했다. 아니, 다수의 군대, 여러 종류의 군대라고 말하는 것이 정확할 것이다. 상당수의 국가들이 개입되어 있었던 것이다. 하지만군인들과 죽은 농민들은 장소를 불문하고 어슷 비슷해 보였다. 그들은 모두 먼지투성이였다. 그런 사태가 일어날 때마다 얼마나 많은 먼지가 이는지 놀라울 정도였다.

"저 자식들은 얻어맞아야 해."

크레이크가 말했다.

"어느 쪽 말이야? 농민들? 아니면 그들을 죽이는 사람들?"

"후자 말이야. 죽은 농민들 때문이 아니야. 죽은 농민들은 항상 존재해 왔지. 하지만 저들은 저 작물을 심기 위해 엄청난 숲을 없애 버리고 있단 말이야."

"농민들도 그 반만큼의 기회라도 있었다면 똑같이 했을 거야."

"물론이지. 그렇지만 농민들은 그 반만큼의 기회도 갖지 못하잖아."

"농민들 편을 드는 거야?"

"편 같은 건 없어."

그에 대해선 별로 할 말이 없었다. 지미는 "조작이야." 하고 외쳐 볼까 생각했지만 적절하지 않은 것 같았다. 어쨌든 그들은 그 단어를 질리도록 썼던 것이다.

"다른 채널로 돌리자."

지미가 말했다.

하지만 어떤 채널로 돌리든 행복한컵에 대한 방송뿐이었다. 최루탄과 저격과 구타가 동반된 저항과 데모가 일어났다. 점점 더 많은 저항, 더 많은 데모가 일어났고, 더 많은 최루탄, 더 많은 저격, 더 많은 구타가 잇따랐다. 연일 꼬리를 물고 일어났다. 이번 세기의 초반 이래 사상 초유의 사건이었다. 크레이크는 역사가 이루어지는 현장이라고 말했다.

포스터에는 “죽음을 마시지 말라!”라고 적혀 있었다. 아직 노조가 존재하는 호주의 하역 노조원은 행복한컵 화물을 선박에서 내리는 작업을 거부했다. 미국에서는 보스턴 커피 정당이 생겨났다. 연출된 프로그램이 방송되기도 했는데, 그 방송에는 폭력 장면이 없어서 매우 지루했다. 그저 구식 문신을 하거나 문신이 벗겨져 나간 곳에 하얀 반창고를 붙인 대머리 사내들, 표독스러워 보이는 얼굴을 한 젖가슴이 처진 여자들, 천사들이 미소를 지으며 새와 함께 날고 있는 그림이나 예수가 농민과 손을 잡고 있는 그림, “하느님은 초록색이다.”라는 문구가 앞에 적힌 티셔츠를 입은 열성적인 소수 종교의 뚱뚱하거나 깡마른 신도들이 등장했을 뿐이다. 그들은 행복한컵 작물을 항구에 버리는 장면을 찍었다. 그러나 상자들이 물속에 가라앉지 않아서 많은 행복한컵 로고가 화면 전체에 떠다녔다. 광고로 써도 괜찮을 장면이었다.

“저걸 보니 목이 마르군.”

지미가 말했다.

“망할 놈의 기획자들, 돌을 넣는 걸 잊어버렸어.”

크레이크가 말했다.

그들은 언제나 인터넷의 누디뉴스를 통해 사건의 추이를 지켜보았다. 색다른 변화를 위해 때때로 피트 삼촌의 가죽 의자가 놓인 티브이 방에서 벽만 한 크기의 플라스마 스크린을 통해 옷을 다 갖춰 입은 뉴스 진행자들을 보기도 했다. 정장과 셔츠와 넥타이 차림을 보며 지미는 야릇한 기분에 빠졌다. 특히 마약에 약간 취한 상태에서는 더욱 그랬다. 그렇게 심각한 얼굴로 말하고 있는 사람들 모두가 지금 걸치고 있는 의상들이 없는 상태로 누디뉴스에 정면으로 등장한다면 어떻게 보일까 상상하면 기분이 정말 괴상야릇했다.

때때로 피트 삼촌도 골프장에서 돌아온 저녁 시간에 뉴스를 보기도 했다. 그는 술을 한잔 따라놓고 논평을 늘어놓았다.

"흔한 폭동이로군. 저놈들, 지쳐서 결국 수그러들 거야. 모든 사람이 더 값싼 커피를 원해. 그걸 막을 수는 없지."

"그래요, 막을 수는 없지요."

크레이크는 부드럽게 말했다. 피트 삼촌은 유가증권 명세서에 상당량의 행복한컵 주식을 소유하고 있었다. 보유분이 아주 많았다.

"엄청나게 많군."

크레이크는 피트 삼촌의 컴퓨터에 기록된 주식 보유량을 살펴보며 말했다.

"그 주식을 팔아 치울 수 있을 거야. 행복한컵 주식을 팔아 버리고 네 삼촌이 정말로 싫어하는 걸 사. 풍력 주식 같은 거. 아니지, 더 좋은 건 흑조기 주식을 사는 거야. 남미산 소의 미래 주식을 사 버리던가."

지미의 말에 크레이크가 대꾸했다.

"아냐, 그런 위험을 감수할 수는 없어. 삼촌이 알아챌 거야. 내가 해킹했다는 걸 알게 될 거라고."

광적인 반(反)행복한컵 열성 분자 한 조가 링컨 기념관에 폭탄을 터뜨려 '민주주의 관광단'의 일원으로 그곳을 방문 중이던 다섯 명의 일본 학생이 사망하는 일이 일어나자 사태는 확대되었다. 위선적인 헹위를 중단하라. 폭발 장소에서 어느 정도 떨어진 곳에 남겨져 있던 쪽지에는 이렇게 씌어 있었다.

"정말 가련하군. 저들은 철자도 제대로 몰라."

지미가 말했다.

"하지만 자신들이 원하는 바는 알렸잖아."

크레이크가 말했다.

"저들이 전기의자로 처형당했으면 좋겠군."

피트 삼촌이 말했다.

지미는 아무 대꾸도 하지 않았다. 이제 그들은 메릴랜드에 있는 행복한컵 사령부가 봉쇄된 장면을 보고 있었다. 소리치는 군중 가운데 "행복한컵은 허튼 컵이다."라는 구호가 적힌 판을 들고 초록색 손수건으로 코와 입을 가리고 있는 사람은 다름 아닌(아니었나?) 지미의 사라진 어머니였다. 잠시 그 손수건이 아래로 미끄러졌을 때 지미는 그녀를 똑똑히 볼 수 있었다. 찌푸린 눈썹, 솔직한 푸른 눈, 단호한 입술. 돌연히 고통스러운 사랑이 지미에게 충격을 가하며 스치고 지나갔고, 이내 분노의 감정이 몰려들었다. 마치 발길질당하는 것 같았다. 지미는 가쁜 숨을 내쉬었다. 그 뒤 시체보안회사의 돌격과 구름 같은 최루탄 가스와 총소리 같은 것이 이어졌다. 지미는 어머니를 다시 찾아보려고 했지만 이미 사라지고 없었다.

"화면 정지시켜! 뒤로 돌려 봐!"

지미가 말했다. 그는 정말인지 확인하고 싶었다. 어머니가 어떻게 그런 위험을 감수할 수 있단 말인가? 만일 그들에게 잡히면 이번에는 정말 끝이 될 것이다. 영원히. 그러나 크레이크는 지미를 흘끗 돌아보더니 어느새 다른 채널로 돌려 버렸다.

아무 말도 하지 말았어야 했어. 지미는 생각했다. 다른 이들의 주목을 끄는 행동을 하는 게 아닌데. 이제 두려움으로 서느런 느낌이 들었다. 피트 삼촌이 뭔가를 알아차리고 시체보안회사 요원에게 전화하면 어떻게 될 것인가? 그들은 그녀를 추적할 것이고, 그녀는 객사당할 것이다.

하지만 피트 삼촌은 아무것도 알아차리지 못한 것 같았다. 그는 스카치위스키를 한잔 더 따르고 나서 말했다.

"저런 놈들은 모두 분무 총으로 쏴 버려야 해. 저놈들이 카메라를 죄다 부숴 버린단 말이지. 그런데 도대체 누가 녹화를 하는 거지? 때로는 누가 저런 프로그램을 만드는 건지 의문이 든

단 말이야."

"그래, 도대체 뭐 때문에 그런 거야?"

지미와 둘만 남게 되자 크레이크가 물었다.

"아무것도 아니야."

"화면을 정지시켰어. 전체 장면을 가지고 있어."

"삭제해 버리는 게 좋겠어."

지미는 공포의 단계를 넘어 본격적인 자포자기의 단계로 접어들었다. 바로 그 순간 피트 삼촌은 분명 휴대전화를 켜고 번호를 누르고 있을 것이다. 지금부터 몇 시간 뒤면 시체보안회사 요원들의 심문이 다시 시작될 것이다. 그의 어머니 어쩌고, 그의 어머니 저쩌고. 그저 그 과정을 견디는 수밖에 없었다.

"괜찮아."

크레이크가 말했다. 그 말을 지미는 이렇게 해석했다. 나를 믿어도 좋아. 그런 다음 크레이크는 이렇게 말했다.

"내가 맞혀 볼게. 척색동물문, 척추동물강, 포유목, 영장과, 호모속, 사피엔스 사피엔스종, 네 어머니 아종(亞種)."

"만점이야."

지미는 심드렁하게 말했다.

"어려운 게 아니야. 네 어머니를 단번에 알아봤지. 그 푸른 눈을. 네 어머니가 아니라면 복제인간이겠지."

크레이크가 말했다.

만일 크레이크가 알아볼 수 있었다면 또 다른 누가 알아보았을 것인가? 분명 건강현인 조합의 모든 사람에게 그녀의 사진이 공개되었을 것이다. 이 여자를 본 적이 있습니까? 지미의 비정상적인 어머니에 대한 이야기는 마치 귀찮은 개처럼 지미의 주변을 맴돌았다. 학생 경매에서 드러난 지미의 형편없는 성과도 반쯤은 그 때문이었을 것이다. 그는 믿지 못할 사람, 위험인물이라는 오명을 걸머지고 있었다.

"우리 아버지도 마찬가지였어. 아버지 역시 그렇게 사라져 버렸지."

크레이크가 말했다.

"나는 네 아버지가 돌아가신 줄 알았는데."

지미가 말했다. 이제껏 크레이크에게서 들은 것은 그것이 전부였다. 아버지는 돌아가셨어, 마침표, 화제 돌리기. 크레이크는 그것에 대해 별다른 말을 하지 않았다.

"내 말이 그거야. 평민촌 육교에서 추락했지. 교통이 혼잡한 시간이어서 사람들이 다가갔을 때 아버지는 이미 곤죽이 되어 있었어."

"뛰어내린 거야 뭐야?"

지미가 물었다. 크레이크가 그 일에 감정이 상한 것 같지 않았기 때문에 지미는 그런 질문을 해도 괜찮으리라고 생각했다.

"그게 일반적인 의견이지. 아버지는 건강현인 서부 지점 최고의 연구원이었어. 정말 장대한 장례식이 치러졌지. 그들의 임기응변은 정말 놀라웠어. 어느 누구도 '자살'이라는 단어를 쓰지 않더라고. 그들은 '네 아버지의 사고'라고만 말했어."

"정말 유감인걸."

"피트 삼촌은 그 기간 내내 우리 집에 와 있었어. 어머니는 그가 정말로 많은 도움을 주었다고 했지."

크레이크는 '도움'이라는 단어를 마치 인용이라도 하듯이 말했다.

"어머니는 그가 아버지의 상사이자 친구일 뿐 아니라 알고 보니 우리 집안을 잘 아는 사람이라고 했어. 그렇다고 해서 내가 전에 그를 자주 보았던 건 아니야. 그는 우리 일들이 모두 잘 해결되기를 바란다고 하더군. 몹시 걱정이 된다면서 말이야. 그는 나와 소위 마음을 터놓는 대화를 하려고 계속 노력했지. 아버지가 문제를 갖고 있었다는 걸 내게 말하려 했던 거야."

"네 아버지가 미친놈이었다는 뜻이겠지."

지미가 말했다. 크레이크는 초록색 눈을 가늘게 뜨고 지미를 바라보았다.

"그래. 하지만 아버지는 미친놈이 아니었어. 그 당시 걱정이 있는 듯 행동하기는 했지만 문제 있는 사람은 아니었다고. 아버지는 그런 생각 따위는 마음속에 품고 있지 않았어. 뛰어내릴 생각 같은 것 말이야. 나는 알고 있었지."

"너는 네 아버지가 떨어진 거라고 생각하는 거야?"

"떨어지다니?"

"육교에서 말이야."

지미는 우선 크레이크의 아버지가 평민촌의 육교에서 무엇을 하고 있었는지 묻고 싶었지만 그런 질문을 하기에 적당한 때가 아닌 것 같았다.

"난간이 있었어?"

"아버지는 어딘가 균형이 맞지 않는 듯한 사람이었어. 때로는 당신이 어디로 향하고 있는지 주의를 기울이지 않았어. 몽상가였지. 당신이 인류 전체를 개선시키는 데 공헌할 수 있을 거라고 믿었어."

크레이크는 어색한 미소를 지으며 말했다.

"아버지랑 사이가 좋았어?"

크레이크는 잠시 가만히 있었다.

"아버지는 내게 체스 게임 하는 법을 가르쳐 줬어. 그 일이 일어나기 전에 말이야."

"그래, 그 후는 아니었겠지."

지미는 분위기를 밝게 하려고 애쓰며 말했다. 크레이크에게 연민이 느껴졌고, 그 느낌은 정말 유쾌하지 못했다.

내가 어떻게 그것을 잊어버릴 수 있었단 말인가? 눈사람은 생각한다. 그가 내게 말해 준 것들을. 나는 어쩌면 그토록 멍청할 수 있었단 말인가?

아니다, 멍청한 게 아니다. 그는 과거에 자신이 어떠했는지 묘사할 수가 없다. 그 흔적이 없어서 그런 것은 아니다. 사건들은 그에게 흔적을 남겼다. 그도 자신만의 상처와 자신만의 어두운 감정을 지니고 있었다. 어쩌면 그는 무지한 것일 수도 있다. 미숙하고 미완성인 상태.

그러나 그의 무지함은 얼마간 의도적인 것이었다. 아니, 정확히 말한다면 의도적인 것이 아니라 구조화된 것이라고 해야 할 것이다. 그는 벽으로 둘러싸인 공간 속에서 자라났고 결국 그 자신이 그런 공간이 되었다. 외부 세계를 차단해 버린 것이다.

응용수사학

방학이 끝난 후 크레이크는 왓슨크릭으로, 지미는 마사그레이엄으로 진학했다. 그들은 총알기차 역에서 악수를 했다.

"종종 만나자."

지미가 말했다.

"이메일 보내자."

크레이크가 말했다. 그는 지미가 풀 죽은 것을 곧바로 알아차리고는 이렇게 덧붙였다.

"힘내, 그럭저럭 잘해 냈잖아. 그 학교는 유명한 곳이야."

"유명했지."

"그렇게 나쁘지는 않을 거야."

이번 한 번만은 크레이크의 말이 틀렸다. 마사그레이엄은 무너져 가고 있었다. 그 학교는(지미는 기차를 타고 들어가면서 살펴보았다.) 가장 빈곤한 평민촌에 둘러싸여 있었다. 텅 빈 창고, 불탄

싸구려 아파트, 썰렁한 주차장. 쓰레기장에서 주워 온 재료(주석판, 나무판)를 긁어모아 만든 헛간과 임시 가옥이 여기저기 세워져 있었고, 무단 거주자들이 그곳을 점유하고 있었다. 어떻게 그런 사람들이 존재할 수 있는가? 지미는 전혀 몰랐다. 그러나 날카로운 철망 너머로 그들은 분명 존재하고 있었다. 그들 중 몇몇은 기차에 대고 가운뎃손가락을 들어 올리며 방탄유리 때문에 차단되어 들리지는 않았지만 어떤 말을 외치기도 했다.

마사그레이엄 정문의 보안은 장난에 지나지 않았다. 경비원들은 반쯤 잠든 상태였고 바랜 낙서투성이인 벽은 외다리 난쟁이도 기어오를 수 있을 정도였다. 벽 안쪽을 들여다보면, 터무니없는 가격의 빌바오*산 콘크리트로 된 빌딩은 물이 샜고, 잔디밭은 계절에 따라 바짝 마르거나 흥건해지는 진흙밭이었고, 거대한 정어리 통조림 같은 모양에 그런 통조림 냄새까지 풍기는 수영장을 제외하면 휴양 시설이라곤 전혀 없었다. 기숙사의 에어컨은 작동하지 않을 때가 태반이었다. 전기 공급 체계에 적잖 문제가 발생하곤 했던 것이다. 간이식당에 있는 음식은 대부분 베이지 색이었으며, 너구컹크 똥처럼 보였다. 침실에는 다양한 과와 속의 절지동물이 있었는데, 그중 절반은 바퀴벌레였다. 정말 기분을 우울하게 만드는 곳이라고 지미는 생각했다. 튤립보다 조금 더 진화된 신경 기능을 갖춘 이라면 모두가 그렇게 느

* 에스파냐 북부의 공업 도시.

끼는 것 같았다. 그러나 지미의 아버지가 어색한 작별 인사를 할 때 말했듯이, 그것이야말로 인생이 그를 다루는 손길이며, 이제 지미는 할 수 있는 한 최선을 다해 그것을 활용해야 했다.

맞아요, 아버지. 나는 늘 알고 있었어요. 아버지가 정말, 정말로 현명한 조언을 해 주리라는 것을요. 지미는 생각했다.

마사그레이엄 아카데미는 20세기의 전성기에 상당한 영향력을 미쳤던 잔인하고 늙은 춤의 여신의 이름을 따서 지어진 곳이다. 행정 건물 앞에는 고대사에 나오는 긴 의복을 입은 홀로페르네스라는 사내의 머리를 베고 있는 유딧(청동 현판에 그렇게 씌어 있었다.)의 소름 끼치는 조각상이 있었다. 이는 물 건너간 여성주의적 헛소리를 담고 있다는 것이 학생들의 일반적 의견이었다. 가끔씩 조각상의 젖꼭지가 장식되어 있거나 치골 부위에 강철 솜이 붙어 있기도 했다. 지미 자신도 그런 짓을 한 적이 있었다. 하지만 관리가 되지 않다시피 해서 그 장식들은 발각되지 않고 몇 달씩 그대로 붙어 있는 일이 허다했다. 제대로 된 역할 모델이 아니다, 너무 공격적이다, 피에 굶주린 모습이다, 어쩌고저쩌고하며 학부모들은 조각상에 대해 항상 반대했다. 그러면 학생들은 조각상을 옹호하기 위해 단결하곤 했다. 그들은 이렇게 말했다. 오래된 마사는 우리의 마스코트다. 찡그린 얼굴, 피 흘리는 머리 모두. 그녀는 인생을 혹은 예술을 혹은 그 무언가를 나타내고 있다. 마사에게 손대지 말라. 그녀를 내버려 둬라.

마사그레이엄 아카데미는 20세기 후반에 옛 뉴욕 출신의 자유분방하고 열정적이었으나 이제는 사망한 한 무리의 부자들이 공연 예술, 즉 연기, 노래, 춤 등에 중점을 둔 예술학 대학과 인문학 대학으로 창립했다. 1980년대에는 영화 제작이, 그 이후에는 영상 예술이 추가되었다. 마사그레이엄에서는 여전히 그러한 것들을 가르쳤다. 여전히 연극 공연을 했다. 지미는 그곳에서 실제로 「맥베스」 공연을 보았다. 그는 연극을 보면서, 관음증자들을 위한 안나 케이의 사이트에서 그녀가 화장실에 앉은 상태에서 맥베스 부인 역을 더 그럴듯하게 해냈다고 생각했다.

노래와 춤 과목 수강생들은 계속해서 노래를 부르고 춤을 추었다. 하지만 이러한 활동의 활력은 사라졌고 학급 규모도 작아졌다. 실황 공연은 21세기 초반 공황으로 일어난 파괴 행위로 많은 손해를 입었다. 공황이 지속된 수십 년 동안 사람들은 언제 무너질지 모를 벽으로 둘러싸인 어둠침침한 공간에서 이루어지는 대규모 공연 관람을 꺼렸다. 아니, 적어도 세련된 사람들이나 지체 높은 사람들은 절대로 가지 않았다. 극장 행사는 노래 잔치를 변형시킨 것 혹은 토마토 던지기 혹은 젖은 티셔츠 경연 같은 것으로 축소되었다. 예전의 다양한 프로그램 형태들(티브이 시트콤, 뮤직비디오)이 질질 끌며 계속되기는 했지만 관중은 대부분 노년층이었고, 그것이 지닌 호소력이란 향수를 달래 주는 것에 불과했다.

그러니까 마사그레이엄에서 진행되는 수업은 라틴어나 제책

업을 공부하는 것과 비슷한 것이었다고 할 수 있다. 그 나름으로는 고찰해 볼 만한 것들이지만, 더 이상 그 무엇에도 핵심적인 기술이 되지 못하는 것들. 그럼에도 교장은 불가결한 예술 그리고 고동치는 인간 마음의 커다란 붉은 벨벳 원형극장에 거부할 수 없이 보존되어 있는 예술의 자리에 대해 한 번씩 지루하게 늘어놓곤 했다.

영화 제작과 영상 예술에 대해 말하자면, 도대체 누가 그런 것을 필요로 하겠는가? 컴퓨터가 있는 사람이라면 누구든 원하는 것을 조작해 낼 수 있고 옛 자료를 디지털 기술로 변형시키거나 새로운 애니메이션을 만들어 낼 수 있다. 중심이 되는 기준 줄거리 중 하나를 내려받아서 자신이 좋아하는 얼굴과 몸을 덧붙일 수도 있다. 지미 역시 재미 삼아 누드 판 『오만과 편견』과 『등대로』를 조작해 본 적이 있었다. 그리고 건강현인 고등학교 2학년 시각예술 수업을 들을 당시에는 케이트 그리너웨이*의 의상과 렘브란트의 음영 기법을 이용해 「몰타의 매」**를 제작했다. 그 작품은 상당히 좋았다. 어두운 색조, 뛰어난 명암 배분.

이러한 감소 현상(예전에 존재하던 지적 영역의 침식)이 지속된 탓에 마사그레이엄에는 내놓을 만한 그럴듯한 상품이 없었다. 초

---

* Kate Greenaway, 1846~1901. 영국의 화가이자 그림책 작가.

** 존 휴스턴 감독의 영화. 범죄와 타락에 관한 어두운 멜로드라마를 영상화한 작품.

창기의 후원자들이 죽고 예술 투자에 대한 열정이 사그라지고 보다 현실적인 부분에 기부금이 사용되면서, 커리큘럼상의 강조점은 다른 영역으로 옮겨 가게 되었다. 그것은 “현대적 영역”이라고 불리는 것이었다. 예를 들면 웹게임역학 같은 과목이었다. 그런 방면은 여전히 돈벌이가 되었던 것이다. 아니면 이미지 표현학 같은 것. 학내 편람에서 그것은 회화조형예술과의 부속 분과로 분류되어 있었다. 학생들 사이에서 ‘회조예술과’로 통칭되는 그 과의 학위가 있으면 광고 산업에 뛰어들 수 있고 땀 흘려 일할 필요가 없었다.

혹은 문제학 같은 것도 있었다. 문제학이란 언어에 재능을 가진 사람들을 위한 것이었기 때문에 지미는 그 전공을 택했다. 학생들 사이에서는 ‘회전과 미소’라는 별칭으로 불렸다. 마사그레이엄에 개설된 다른 모든 과정과 마찬가지로 그 전공 역시 실용적인 목적을 가진 것이었다. “우리 학생들은 고용될 수 있는 기술을 가지고 졸업합니다.”라는 표어가 ‘아르스 롱가 비타 브레비스’*라는 라틴어 교훈 아래 씌어 있었다.

지미는 환상 같은 것은 거의 갖고 있지 않았다. 문제학으로 우스꽝스러운 학위를 취득하고 나면 자신에게 어떤 종류의 일이 떨어질지 알고 있었다. 기껏해야 분식결산**이나 하게 될 것

---

* Ars Longa Vita Brevis. ‘예술은 길고 인생은 짧다’라는 뜻.

** 영업상의 수지 계산을 할 때 이익을 실제 이상으로 계상(計上)하는 일.

이다. 차갑고 딱딱하고 수적인 실제 세계를 화려한 이차원적 언어로 장식하는 일. 문제학 과정(응용논리학, 응용수사학, 의사윤리학, 술어학, 응용의미론, 상대주의론, 부적격 성격 묘사론, 비교문화적 심리학, 그리고 그 외의 과목들)을 얼마나 잘해 내느냐에 따라 대기업에서 보수가 높은 분식결산 일을 하게 되느냐, 아니면 어중간한 회사에서 형편없는 싸구려 일을 맡느냐의 기로에 서게 될 것이다. 미래 삶에 대한 전망은 하나의 선고문처럼 그의 앞에 펼쳐져 있었다. 감옥살이 형태의 선고문이 아니라 불필요한 종속절이 많이 달린 복잡한 문장으로. 곧 그는 지역 캠퍼스 술집에서 싼값에 술을 마시며 이성을 꼬실 수 있는 특별 서비스 시간대에 그런 식의 신랄한 말을 뱉어 대는 버릇을 갖게 되었다. 그는 남아 있는 자신의 삶에 대해 아무런 기대감이 없었다.

그럼에도 지미는 대학 시절 내내 참호 속에 몸을 감추듯 마사 그레이엄에 틀어박힌 채 웅크리고 있었다. 그는 기숙사 방(양쪽에 좁은 침실이 있고 좀이 버글거리는 화장실이 가운데 있는 형태)을 '버니스'라는 극단적인 채식주의자와 함께 썼다. 그녀는 큰부리새 모양의 나무 머리핀으로 실 같은 머리를 뒤로 넘겨 묶고 다녔고 신의 정원사 티셔츠만 줄곧 입었다. 그녀가 암내 탈취제와 같은 화학 혼합물을 무척 싫어한 탓에, 그 티셔츠는 막 빨았을 때조차 악취를 풍겼다.

버니스는 지미의 가죽 샌들을 훔쳐다가 잔디밭에서 태워 버리는 것으로 그의 육식 위주의 식생활에 대한 불만을 토로했다. 지미가 그것은 진짜 가죽이 아니라고 항의하자, 그녀는 그 샌들은 진짜 가죽인 척 가장하고 있었고 그것만으로도 그런 처치를 당해 마땅하다고 말했다. 지미가 여학생 몇 명을 방으로 끌어들인 후(그것은 버니스가 신경 쓸 문제가 아니었으며, 그 여학생들은 약에 취해 낄낄거리고 이유가 뻔한 신음 소리를 좀 많이 냈던 것 말고는 상당히 조용히 굴었다.) 그녀는 지미의 속옷을 불살라 버림으로써 섹스에 대한 자신의 견해를 표명했다.

지미는 이러한 일에 대해 학생 편의국에 불만을 토로했다. 그리고 몇 번의 시도 끝에(마사그레이엄의 학생 편의국은 불친절하기로 악명이 높았다. 그곳에서 일하는 직원들은 한물 간 티브이 시리즈의 배우들로, 자신들이 예전에 지녔던 소소한 명성이 사라져 버린 것에 대해 세상을 용서하지 못했다.) 지미는 혼자만의 방을 갖게 되었다. 처음에는 내 샌들, 그다음에는 내 속옷이었어요. 그다음은 내 차례가 될 거라고요. 그 여자는 방화광이에요. 말하자면 현실감각이 전혀 없다고요. 그녀가 벌였던 가랑이 속옷 화형식의 구체적인 증거를 보고 싶나요? 이 작은 봉투 속을 보세요. 만일 다음에 내가 유골 단지 속에 모래 같은 재, 이빨 몇 개로 남아 있는 모습을 보게 되면 책임질 수 있어요? 이봐요, 나는 이곳 학생이고 당신은 편의를 책임지고 있는 사람이에요. 여기, 종이 위쪽에 바로 씌어 있잖아요, 보여요? 나는 이걸 총장에게도 이메일로 보냈어요.

(물론 실제로 지미가 이렇게 말했던 것은 아니다. 그는 그런 짓을 할 정도로 멍청하지 않았다. 그는 미소를 지으며 이성적으로 행동해 그들의 공감을 얻어냈다.)

새로운 방을 배정받은 뒤 상황은 조금 나아졌다. 적어도 방해받지 않고 사교 생활을 즐길 수 있었다. 지미는 자신이 특정한 유형의 여자들, 즉 마사그레이엄에 풍부하게 널려 있는 반쯤은 예술가적이고 반쯤은 지적인, 상처를 지닌 여자들이 매력적으로 여기는 어떤 애수를 뿜어낸다는 사실을 발견했다. 관대하고 세심하고 이상적인 여자들이었지. 눈사람은 그들을 떠올린다. 그들은 상처가 있었고 그것을 치유하기 위해 애쓰고 있었다. 처음에는 지미가 그들을 도와주려고 노력했다. 그는 부드러운 마음의 소유자라는 평가를 듣고 있었고, 기사도 정신이야말로 그가 지닌 가장 중요한 자질이었다. 그는 여자들에게서 상처와 관련된 이야기를 이끌어 내고 약을 발라 주듯 상처를 손수 감싸 주었다. 그러나 그러한 치유 과정이 이내 역전되어, 지미는 상처에 붕대를 감아 주는 입장에서 자신의 상처를 치유받는 입장으로 바뀌곤 했다. 여자들은 그가 얼마나 피폐한 상태에 놓여 있는지 알아차리기 시작했으며, 그가 삶에 대한 전망을 획득하고 영성의 긍정적인 면에 접근할 수 있게 도와주려 했다. 여자들은 지미 자체를 창조적인 과업으로 간주했다. 원재료는 우울한 현재의 지미, 결과물은 행복한 미래의 지미.

지미는 여자들이 자신을 두고 씨름하게 내버려 두었다. 그 과업을 통해 그들은 활기를 찾았고 스스로를 쓸모 있는 존재라고 생각했다. 그들의 끈질긴 노력은 실로 감동적이었다. '이것'이 그를 행복하게 해 줄까? 정말로 그럴 수 있을까? 그렇다면 '이것'은 어떨까? 그러나 지미는 우울함을 완전히 던져 버리는 일이 없도록 주의했다. 만일 그가 우울함에서 어느 정도 벗어난다면 그들은 일종의 보상 혹은 적어도 결과물 같은 것을 기대하게 될 것이다. 그가 다음 단계로 넘어가기를 요구할 것이고 그다음에는 맹세를 강요할 것이다. 그가 왜 어리석게 자신의 회색 우울함이 주는 매혹을 포기하겠는가? 여자들이 처음 그에게 매력을 느끼게 했던 어슴푸레한 정수, 흐릿한 후광을.

"나는 가망 없는 놈이야. 감정적인 실독증에 걸렸어." 지미는 여자들에게 말하곤 했다. 또한 그들이 무척 아름다우며 자신을 흥분시킨다고 말하기도 했다. 그것은 사실이며 어떤 가식도 없는 말이었다. 지미는 언제나 진심으로 그렇게 말했다. 또 자신에게 지나친 노력을 쏟아붓는 것은 낭비일 따름이며 자신은 감정적인 쓰레기 매립지에 불과하고 그들은 단순히 현재의 이곳을 즐겨야 한다고 말했다.

이따금 여자들은 그가 모든 것을 심각하게 받아들이지 않는다고 불평하기도 했다. 그런 말은 마음을 좀 더 밝게 가지라는 충고 뒤에 이어지는 것이었다. 마침내 그들의 에너지가 소진되고 울음이 터져 나오기 시작하면 그는 그들에게 사랑한다고 말했다. 늘 희망 없는 듯한 목소리로 말했다. 그에게 사랑받는 일은 독약과 다름없는 것이다, 영적으로 해가 되는 일이다, 그의 사랑은 바로 그 자신이 갇혀 있던 어두운 심연 속으로 그들을 끌어내릴 것이다, 그는 그들을 너무 사랑하기에 그들이 해로운 길, 즉 그의 파괴적인 삶에서 벗어나기를 바라는 것이다. 일부 여자들은 그의 속을 꿰뚫어 보았는데,(지미, 어른답게 행동해!) 전체적으로 볼 때 그것은 큰 효과를 거둘 수 있는 방법이었다.

여자들이 떠나고 나면 지미는 항상 슬픔을 느꼈다. 그들이 그에게 화를 내는 대목은 정말 싫었다. 여자들의 분노는 그의 마음을 뒤흔들어 놓았다. 하지만 일단 그들이 화를 내면 관계는 그것으로 끝이었다. 그는 버림받는 것이 싫었다. 상황이 그런 식으로 흘러가도록 교묘히 조종한 것이 자기 자신이었음에도 불구하고. 그러고 나면 기묘한 취약함을 지닌 다른 여자가 곧 생겼다. 순전한 풍족함의 시기, 바로 그것이었다.

하지만 지미가 늘 거짓말만 했던 것은 아니다. 그는 실제로 그 여자들을 나름대로 사랑했다. 진정으로 그들이 행복을 느끼도록 만들고 싶었다. 단지 지속적인 관심을 가질 수 없었던 것뿐이다.

"너, 무뢰한."

눈사람은 큰 소리로 외친다. '무뢰한'은 멋진 말이다. 찬란한 황금빛 과거의 단어.

물론 여자들은 그의 수치스러운 어머니에 대해 알고 있었다. 나쁜 풍문은 널리 퍼지고 많은 사람이 즐겨 듣는 법이다. 눈사람은 그 이야기를 어떻게 이용했는지를 떠올리며 수치심을 느낀다. 이 부분에서 약간 내비치다가 저 부분에서 머뭇거리는 방법. 곧 여자들은 그를 위로하려 들었고, 그는 그들의 동정 속을 이리저리 구르며 그 속에 몸을 푹 담그고 마사지를 했다. 그 자체가 온천욕과 같은 경험이었다.

그즈음 그의 어머니는 신비로운 존재라는 지위를 획득하게 되었다. 검은 날개와 정의의 여신처럼 타오르는 눈, 그리고 칼을 지닌 인간을 초월하는 어떤 존재. 그의 어머니가 너구컹크인 '살인자'를 훔쳐 가 버린 대목을 이야기할 때면 그는 보통 한두 방울의 눈물을 짜내곤 했다. 자기 눈물이 아니라 상대방의 눈물을.

그래서 어떻게 했어?(눈을 커다랗게 뜨고 손으로 어깨를 가볍게 툭 치며 동정 어린 시선으로 바라본다.)

아, 너도 알잖아.(어깨를 으쓱하며 화제를 바꾼다.)

그 모든 것이 연극은 아니었다.

그의 날개 달린 불길한 어머니에 대해 감명받지 않은 여자는 오릭스뿐이었다. 그래서 지미, 네 어머니는 다른 곳으로 가신 거야? 너무 안됐다. 아마 네 어머니한텐 그럴 만한 이유가 있었을 거야. 너도 그렇게 생각했지? 오릭스는 지미에 대한 연민도, 자기 자신에 대한 연민도 없었다. 몰인정해서 그런 것이 아니었다. 오히려 그 반대였다. 단지 그녀는 그가 바라는 대로 느끼기를 거부했던 것이다. 그것이(다른 여자들은 그에게 그토록 아낌없이 주었던 것을 그녀로부터는 받지 못했던 것이) 덫이었던가? 그것이 그녀의 비결이었던가?

아스퍼거증후군 대학

크레이크와 지미는 이메일로 소식을 주고받았다. 지미는 교수들과 동료 학생들에 대해 특이하고 경멸감 어린 형용사를 사용하면서 딴에는 재미있게 마사그레이엄에 대한 불평을 늘어놓았다. 보툴리누스균과 살모넬라균으로 이루어진 재활용된 식단에 대해 묘사했고, 자신의 방에서 발견된 다른 종류의 다족 생물체 목록을 보냈고, 형편없는 학생 쇼핑센터에서 세일 중인 기분 전환용 물건들의 낮은 품질에 대해 한탄했다. 스스로를 방어하려는 심산으로 지미는 자신의 복잡한 성생활에 대해서는 함구하고 그저 최소한의 암시만을 내비쳤다.(이 아가씨들은 열까지 세지 못할지도 몰라. 하지만 이봐, 잠자리에서 계산력이 무슨 소용이겠어? 그들이 그게 열이라고 생각하는 한 문제가 되지 않지. 하하, 농담이야, ☺)

지미는 조금은 자랑하지 않을 수 없었다. 그것이야말로 이제까지의 어떤 지수를 보더라도 그가 크레이크보다 우위에 있는 유일한 분야였기 때문이다. 건강현인 고등학교 시절에 크레이크는 성적으로 활동적인 것과는 거리가 멀었다. 여학생들은 그를 위협적인 인물로 여겼다. 물론 크레이크가 물 위를 걸을 수 있을 것이라 믿으며 그를 쫓아다니고, 그에게 감상적이고 열렬한 이메일을 보내고, 그 때문에 손목을 긋겠다던 몇몇 극단적인 여학생들이 그에게 모여들었던 것은 사실이다. 어쩌면 크레이크가 어떤 때는 그런 여자들과 잠까지 잤는지도 모른다. 하지만 그는 별다른 노력을 보이지 않았다. 그의 의견에 따르면, 사랑에 빠진다는 것은, 비록 몸의 화학 작용을 변화시킨다는 면에서는 실제적인 것이지만, 호르몬으로 야기된 망상 상태에 불과한 것이었다. 그뿐 아니라 그것은 우리를 불리한 입장에 빠뜨리고 사랑하는 대상에게 지나치게 많은 권력을 부여하기 때문에 굴욕적인 것이기도 했다. 섹스는 본질적으로는 도전성과 참신성이 결여되어 있으며, 전체적으로 보면 세대간 유전자적 전이의 문제를 다루는 데 지극히 불완전한 해결책이었다.

지미가 관계를 가진 수많은 여자들은 크레이크를 매우 불쾌한 존재로 생각했다. 그리고 지미는 크레이크를 옹호하면서 일종의 우월감을 느꼈다. 지미는 이렇게 말하곤 했다. "그 자식, 괜찮은 놈이야. 그저 다른 행성에 살고 있을 따름이지."

하지만 지미가 크레이크의 현재 상태에 대해 어떻게 알 수 있겠는가? 크레이크는 자신의 생활에 대해 별로 털어놓지 않았다. 룸메이트 혹은 여자 친구가 있는가? 그는 그 두 가지 중 어떤 것에 대해서도 언급하지 않았다. 그것들은 그에게 아무런 의미도 없었다. 크레이크는 이메일에 엄청난 학교 시설(알라딘이 발견한 보물과 같은 생물학 연구 자재)에 관해 썼고, 또 뭐가 있었더라? 크레이크가 왓슨크릭 대학에서 처음으로 보내 온 이메일에 무슨 내용이 있었더라? 이제 눈사람은 기억할 수 없다.

그들은 하루에 말을 두 번 옮기다시피 하며 오랜 시간 함께 체스 게임을 했다. 지미의 게임 실력은 좀 더 나아졌다. 주의를 산만하게 만드는 크레이크가 눈앞에 없고, 크레이크가 마치 말의 움직임을 30수 앞질러 꿰뚫어 보면서 지미의 거북이같이 느린 머리가 다음번의 희생을 향해 나아가는 것을 참을성 있게 기다리고 있다는 듯이 손가락으로 판을 두드리고 혼자 흥얼거리는 것을 보지 않아도 되었기 때문에 게임이 한결 쉬웠다. 그뿐 아니라 지미는 말을 옮기는 중간 중간 다양한 인터넷 프로그램에 나온 대가들과 과거의 유명한 게임들을 검색할 수도 있었다. 물론 크레이크도 그와 같은 짓을 하고 있었을 것이다.

대여섯 달이 지나자 크레이크는 약간 긴장을 풀기 시작했다. 그는 대학에서는 경쟁이 더 치열하기 때문에 건강현인 고등학교 시절보다 더 열심히 공부해야 한다고 말했다. 왓슨크릭 대학은 재학생들 사이에서 '아스퍼거증후군* 대학'이라는 별칭으로 통했다. 복도를 어슬렁거리거나 뛰거나 비틀거리며 다니는 똑똑한 괴짜들이 많았기 때문이다. 일반적으로 '반자폐아'라고 말할 수 있는 이들이었다. 단선 터널과 같은 시야를 지닌 지성, 눈에 띌 정도의 사회부적응성(그들은 옷을 잘 입는 것과는 거리가 먼 족속들이었다.)을 지니고 있었으며, 특히 그들 모두에게 다행인 것은 그들에게서 공공연히 드러나는 약간의 비정상적 행동에 대해 서로 높은 포용력을 지니고 있다는 사실이었다.

건강현인 고등학교 때보다 더 심하단 말이야?

지미가 물었다.

이곳에 비하면 건강현인 고등학교는 평민촌이나 다름없어. 그곳은 전형들로 가득 차 있었지.

크레이크가 대답했다.

전형?

정신병자의 전형.

무슨 뜻이야?

천재의 유전자가 결여된 거라고.

그러면 너는 전형이야?

지미는 그것에 대해 좀 더 생각해 본 뒤 다음 주에 이렇게 물었다. 또한 그 자신 역시 전형인지, 만일 그렇다면 그것이 크레이크 식의 형태심리학상에서 나쁜 것으로 여겨지는지 걱정하

---

* 오스트리아의 의사 한스 아스퍼거의 이름을 딴 전반적 발달 장애로, 지능과 언어 발달 상태는 정상이지만 행동 양상은 자폐증과 비슷해 사회생활이나 의사소통에 문제가 있다.

기도 했다. 그는 자신이 전형이며, 전형이란 나쁜 것으로 여겨질 것 같다는 막연한 느낌이 들었다.

그러나 크레이크는 그 질문에 결코 대답하지 않았다. 그것이 그의 방식이었다. 말하고 싶지 않은 것에 대해 질문을 받으면 그는 전혀 듣지 못한 것처럼 행동했다.

한번 와서 이곳 시설을 봐. 평생 기억될 만한 경험을 해 보라고. 네가 내 우둔하고 평범한 사촌인 것처럼 행동하면 돼. 추수감사절 주말에 와.

2학년이 되던 해 10월에 크레이크가 지미에게 말했다.

지미는 추수감사절을 보낼 또 다른 방법은 그의 '부모'와 함께 칠면조를 먹는 것이라고 말한 다음 이렇게 덧붙였다. 농담이야, 하하 ☺, 부모와 함께 시간을 보내는 것은 정말로 피하고 싶었다. 그래서 지미는 크레이크의 제안을 기꺼이 받아들였다. 자신은 크레이크의 친구이며 크레이크에게 호의를 베풀고 있는 것이라고 스스로에게 말했다. 외로운 크레이크가 휴일 동안 따분하고 늙은 오스트랄로피테쿠스 같은, 진짜 삼촌도 아닌 피트 삼촌 말고 방문할 사람이 누가 있겠는가? 그뿐 아니라 지미도 크레이크가 보고 싶었다. 1년이 넘도록 만나지 못했던 것이다. 지미는 크레이크가 어떻게 변했을지 궁금했다.

지미는 휴일이 오기 전에 끝내야 할 학기 논문이 몇 편 있었다. 물론 인터넷에서 살 수도 있었지만(마사그레이엄 아카데미는 성적을 매기는 데 느슨한 것으로 악명이 높았고, 그곳에서 표절은 가내공업처럼 이루어졌다.) 지미는 그 문제에 관해서는 입장이 확고했다. 이상하게 여겨지는 일이긴 했지만, 지미는 직접 논문을 썼다. 그것은 마사그레이엄 유형의 여학생들에게 잘 먹히는 수법이었다. 그곳 여학생들은 약간의 창의성과 위험을 무릅쓰는 용기와 지적 엄격함을 좋아했다.

그와 비슷한 이유로 지미는 잘 눈에 띄지 않는 도서관 서가에서 오랜 시간을 보내며 불가사의한 지식을 탐구하곤 했다. 재정이 더 풍부한 학교에 있는 더 나은 도서관에서는 이미 오래전에 진짜 책들을 다 태워 버리고 모든 것을 시디롬에 저장해 두었다. 그러나 마사그레이엄은 다른 모든 분야와 마찬가지로 그 방면에서도 시대에 뒤떨어진 상태였다. 지미는 곰팡이를 들이마시게 되는 걸 막기 위해 원뿔형 여과기를 코에 쓰고서, 낡아 가는 종이 더미 사이를 걸어 다니며 손에 잡히는 대로 책을 읽었다.

그를 그렇게 내몬 힘의 일부는 집요함이었다. 분노라고도 할 수 있을 것이다. 그는 불량품들 사이에 끼워 넣어졌으며, 그가 공부하고 있는 것은 정책 결정자들의 위치, 실세들의 위치에서 보자면 구태의연한 시간 낭비로 여겨지는 것이었다. 뭐 그렇다면 쓸데없는 것 자체를 목표로 하는 거다. 그것의 승리자, 방어자, 보존자가 되는 거다. 모든 예술이 전적으로 무익한 것이라고 말한 사람이 누구였던가? 지미는 기억해 낼 수 없었지만, 누가 되었든 간에 그 사람은 정말 잘난 사람이었다. 시대에 더 많이 뒤떨어진 책일수록 지미는 더 열심히 자신의 개인 수집 목록에 포함시켰다.

오래된 단어 목록도 축적했다. 오늘날의 세계에서는 더 이상 의미 있게 사용할 수 없는 정확성과 함의를 지닌 단어들. 지미는 학기 논문을 쓸 때 가끔 '오늘날의 세계'를 '오날날의 세계'로, 일부러 철자법에 어긋나게 썼다.(그러면 교수들도 오자라고 표시해 놓았다. 그것은 그들이 주의를 게을리 하지 않고 있음을 보여 주는 것이었다.) 지미는 이런 예스러운 말들을 암기한 다음 음흉한 의도를 가지고 그 단어들을 대화 속에 던져 넣었다. 수레 목수, 자철석, 음침한, 견고 무비한. 그는 그러한 단어들에 기이한 애정을 갖게 되었다. 마치 그 단어들이 숲에 버려진 아이들이고 그들을 구해 내는 것이 자신의 의무인 양.

응용수사학 수업에 제출한 지미의 학기 논문 한 편의 제목은 '20세기의 자조(自助)에 관한 책 : 희망과 공포의 착복'이었다. 그리고 그 논문을 쓰면서 학생 술집에서 상연할 스탠드업 코미디에 쓸 만한 문구를 많이 찾아낼 수 있었다. 그는 이런저런 단편들을 인용했다. 당신의 자아상을 개선하십시오. 원조 자살을 위한 12단계. 친구를 만들고 사람들에게 영향력을 끼치는 법. 5주 안에 배를 납작하게. 당신은 모든 것을 가질 수 있다. 하녀 없이 손님 맞이하는 법. 바보들을 위한 슬픔 관리법. 그러면 둥그렇게 그를 에워싸고 있던 학생들은 포복절도했다.

이제 지미는 다시금 사람들에 둘러싸이게 된 것이다. 그는 그

즐거움을 재발견했다. 오 지미, '만인을 위한 성형수술' 해 봐! '당신 내면의 아이에게 접근하기' 해 봐! '완전한 여성' 해 봐! '재미와 수익을 위한 뉴트리아* 기르기' 해 봐! '데이트와 섹스를 위한 생존 안내서' 좀 해 봐! 언제나 준비된 노래와 춤의 남자인 지미는 기꺼이 응했다. 때론 있지도 않은 책을 지어내기도 했다. 게실염**을 찬양과 기도로 치유하는 법은 그가 만들어 낸 최고 수작 가운데 하나였다. 그리고 어느 누구도 그의 사기를 알아차리지 못했다.

이후 지미는 그 주제의 논문을 졸업 논문으로 전환시켰다. 그는 에이(A) 학점을 받았다.

마사그레이엄과 왓슨크릭 사이에는 한 번만 갈아타면 되는 총알기차 편이 있었다. 지미는 세 시간의 기차 여행 내내 창밖의 평민촌을 내다보았다. 열 지어 서 있는 초라한 주택들, 작은 발코니가 딸린 아파트들, 난간에 널려 있는 빨래들, 굴뚝에서 연기를 뿜어내는 공장들, 자갈 구덩이들. 고열 소각장처럼 보이는 건물 옆에 쌓여 있는 거대한 쓰레기 더미. 건강현인 조합에 있는 것과 같은 쇼핑센터. 다른 점이 있다면 그곳 주차장에는 전기 골프 카트 대신 자동차가 서 있다는 것이었다. 술집과 매음굴과 고고학적 연대에 속하는 듯 보이는, 영화관이 있는 네온사

---

* 쥐목 카프로미스과의 포유류. 쥐와 비슷하지만 발가락 사이에 물갈퀴가 있다. 주로 남아메리카에 서식한다.

** 대장 벽에 생긴 게실 내에 장의 내용물이 고여 발생하는 염증.

인 거리. 지미는 이동주택터 몇 군데를 보며, 그곳에서 살아가는 것은 어떨지 궁금했다. 그것에 대해 생각해 보는 것만으로도 사막 혹은 바다를 상상할 때처럼 약간의 현기증이 느껴졌다. 평민촌에 있는 모든 것은 그토록 광대하고, 흡수성과 투과성을 지니고 있고, 넓게 열려 있는 것 같았다. 그렇기 때문에 쉽게 변할 수도 있는 것이었다.

사고파는 행위를 제외하면 평민촌에서는 흥미로운 일이 전혀 일어나지 않는다는 것이 조합에서 통용되는 식견이었다. 그곳에서는 지성을 위한 삶이 전무하다는 것이다. 사고파는 것 그리고 잦은 범죄행위. 그러나 지미에게 저쪽, 안전 경계선 너머는 신비롭고 흥미로운 곳처럼 보였다. 또한 위험해 보이기도 했다. 그는 그곳에서 일이 이루어지는 방식, 그곳에서의 행동 양식을 알지 못했다. 여자들을 어떻게 꼬시는지 알지 못했다. 그들은 당장 그를 거꾸로 매달아 버리고 그의 머리를 뒤흔들 것이다. 그를 비웃을 것이다. 그는 그들의 먹이가 될 것이다.

왓슨크릭의 보안은 마사그레이엄의 느슨하고 장난스러운 보안과 달리 매우 철저했다. 어떤 미친 사람이 몰래 들어와 당대 최고의 지성들을 폭사시켜 심각한 타격을 줄지도 모른다는 공포감을 갖고 있는 것 같았다. 수십 명의 시체보안회사 요원들이 분무 총과 고무 곤봉으로 완전무장을 하고 있었다. 그들은 왓슨크릭 배지를 달고 있었지만 진짜 정체를 알아보는 것은 그다지 어렵지 않았다. 그들은 지미의 홍채 사진을 찍은 후 시스템으로 점검했다. 그런 다음 두 명의 무뚝뚝한 역도 선수 같은 이들이 질문을 하기 위해 지미를 옆으로 잡아끌었다. 그 순간 지미는 이유를 짐작했다.

"최근에 도망간 네 어머니를 만난 적 있어?"

"아니요."

지미는 솔직하게 말했다.

"소식은 들었어? 전화 통화를 하거나 또 다른 엽서를 받은 일은?"

그러니까 그들은 아직도 지미의 달팽이 메일*을 추적하고 있었던 것이다. 모든 엽서가 그들의 컴퓨터에 저장되어 있었을 것이다. 게다가 지미의 현재 소재지까지도. 그렇기 때문에 그가 어디서 왔는지 묻지 않았던 것이다.

지미는 다시 아니라고 대답했다. 그들은 그가 거짓말을 하는지 알아보기 위해 신경 충동 감시 장치를 그에게 연결했다. 또한 그들은 그 질문에 지미가 괴로워한다는 사실을 알고 있었을 것이다. 지미는 "내가 그랬다 해도 안 말할 거야, 이 원숭이 같은 자식들아."라고 외치고 싶은 충동을 느꼈지만, 이제는 그렇게 해 봤자 아무것에도 도움이 되지 못한다는 것을 알 만큼 철이 든 터였다. 만일 소리쳤다면 곧바로 다음 총알기차 편으로

---

* 일반 우편을 가리키는 말로, 이메일과 달리 달팽이처럼 느린 우편이라는 의미.

마사그레이엄으로 돌려보내지거나 더 나쁜 일이 일어날 수도 있었다.

"네 어머니가 무슨 일을 하고 있는지 알아? 누구와 어울려 다니는지는?"

지미는 알지 못했다. 그들이 더 알고 있을 것 같다는 느낌이 들었다. 그러나 그들은 메릴랜드에서 일어난 행복한컵 시위에 대해 언급하지 않았다. 그가 걱정한 것만큼 그들이 그렇게 빈틈없이 정보를 확보하고 있는 것 같지는 않았다.

"얘야, 여기는 왜 온 거냐?"

이제 그들은 지겨워하기 시작했다. 중요한 질문은 지나간 것이다.

"추수감사절 주일을 맞아 옛 친구를 방문한 거예요. 건강현인 고등학교 시절의 친구요. 친구는 이곳 학생이에요. 저는 초대받았고요."

지미는 크레이크의 이름과 크레이크가 준 방문자 허가 번호를 댔다.

"어떤 학생? 뭘 전공하고 있지?"

지미는 유전자이식학이라고 말했다.

그들은 확인을 위해 파일을 꺼내 들고 눈살을 찌푸리며 살펴보더니 상당히 놀라는 눈치였다. 그런 다음 마치 지미를 믿지 못하겠다는 듯이 휴대전화로 통화를 했다. 지미 같은 노예가 뭘 하려고 그런 귀족을 방문하려는 것일까? 그들의 태도는 이렇게 암시하는 듯했다. 마침내 그들은 지미를 들여보냈다. 크레이크는 무명 상표의 어두운 색 옷을 입고서 더 성숙하고 더 마르고 이제까지보다 한층 더 영리해 보이는 모습으로 출입문에 기대어 미소를 짓고 있었다.

"안녕, 코르크넛."

크레이크가 인사했다. 허기와도 같은 그리움이 갑작스럽게 지미를 훑고 지나갔다. 지미는 크레이크를 만난 것이 너무 기뻐서 눈물을 쏟을 뻔했다.

늑개

마사그레이엄에 비하면 왓슨크릭은 궁전과도 같았다. 입구에는 대학의 마스코트인 거멈소-염서미의 청동 동상이 서 있었다. 그것은 이번 세기 초에 몬트리올에서 탄생된 최초의 성공적인 유전자 조합 생물로서, 젖에서 신축성 좋은 비단 섬유를 생산해 낼 수 있도록 거미와 염소를 교배시켜 만든 것이었다. 현재는 주로 방탄조끼 생산에 이용되었다. 시체보안회사 요원들은 그 조끼에 대고 선서를 했다.

방어벽 내부의 넓은 터는 아름답게 정비되어 있었다. 퍼즐조경과의 작품이라고 크레이크가 말했다. 식물유전자이식학과(관상식물학부)의 학생들이 가뭄과 홍수에 영향을 받지 않는 일단의 유전자 조작 열대 식물들을 만들어 냈다. 화려한 크롬 노란색과 밝게 타오르는 듯한 붉은색과 형광 푸른색과 네온 자주색의 꽃이나 잎사귀를 지닌 식물들이었다. 보도는 마사그레이엄에 있는 부서진 시멘트 길과는 달리 평평하고 넓었다. 학생들과 교수들이 골프 카트를 타고 그 길을 따라 서둘러 지나갔다.

재활용한 플라스틱 병과 거대한 나무 선인장과 다양한 암생 식물에서 추출한 식물 재료로 만들어진 거대한 모조 암석들이 여기저기 배치되어 있었다. 그것은 특허받은 제조법이라고 크레이크가 말했다. 원래 왓슨크릭에서 개발된 방법으로, 이제 톡톡한 수입을 올리고 있었다. 모조 암석들은 진짜 암석처럼 보였지만 무게는 훨씬 가벼웠다. 그뿐 아니라 우기에는 물을 빨아들이고 건기에는 물을 배출해서 천연 잔디 수분 조절 장치의 역할을 해 주었다. '암석수분기'가 그 상품의 이름이었다. 그러나 심한 우기에는 폭발 우려가 있으므로 사용을 피해야 했다.

하지만 대부분의 결함은 이제 해결되었고 매월 새로운 변형 품종이 선보이고 있다고 크레이크가 말했다. 학생들로 구성된 팀은 위기 상황에 믿고 마실 수 있는 물 공급을 위해 '모세 모델'이라고 불리는 것을 구상하고 있었다. "막대로 치기만 하세요."가 그들이 내놓은 광고문이었다.

"그런 건 어떻게 작동하지?"

지미는 감탄하고 있다는 인상을 주지 않으려고 애쓰며 물었다.

"몰라. 나는 신지질학과 학생이 아니거든."

크레이크가 말했다.

"그러니까 저 나비들 말이야, 최근에 나타난 것들이야?"

잠시 뜸을 들이다가 지미가 물었다. 그가 바라보고 있던 나비의 종류는 선명한 분홍색 몸에 팬케이크만 한 날개가 달린 것이었는데, 자주색 관목 위에 떼를 지어 모여 있었다.

"그러니까, 저것들이 자연적으로 생겨난 것인지, 아니면 인간의 손으로 만들어진 것인지를 묻는 거야? 다른 말로 하자면, 진짜인지 가짜인지?"

"으음."

지미는 신음 소리를 냈다. 크레이크와 무엇이 진짜인지에 관한 논쟁을 시작하고 싶지 않았다.

"사람들이 머리를 염색하거나 의치를 할 때 있잖아. 아니면 여자들이 가슴을 크게 하거나."

"그런데?"

"일단 하고 난 뒤에는 그게 실제 모습인 거야. 그 과정은 더 이상 중요하지 않지."

"가짜 가슴은 진짜 가슴처럼 느껴지지 않는 법이야."

지미가 말했다. 그는 그 방면에 대해 어느 정도 알고 있다고 생각했다.

"만일 네가 가짜 가슴이라는 것을 알아차릴 수 있었다면, 수술이 형편없었기 때문이야. 저 나비들은 날아다니고 교미하고 알을 낳아. 그리고 애벌레들이 나오지."

크레이크가 말했다.

"으음."

지미는 또다시 신음을 내뱉었다.

크레이크에게는 룸메이트가 없었다. 대신 특별실에 있었다. 그곳에는 나무 색이 두드러지게 배색되어 있고 버튼을 눌러 조작할 수 있는 베니션블라인드와 실제로 작동하는 에어컨이 갖추어져 있었다. 그리고 커다란 침실, 스팀 기능이 딸린 샤워 시설이 있는 욕실, 접이식 간이 소파 침대가 있는 응접실 겸 식당(이곳에서 지미가 자게 될 거라고 크레이크가 말했다.) 그리고 붙박이 음향 시설과 컴퓨터가 구비된 서재로 구성되어 있었다. 그곳에는 하녀 서비스까지 제공되었다. 그들은 세탁물을 수거해 가고 다시 배달해 주었다.(지미는 이 이야기를 듣고 우울해졌다. 마사그레이엄에서는 철컥거리고 윙윙거리는 세탁기와 옷을 태워 버리는 건조기를 이용해 손수 빨래를 해야 했던 것이다. 그 기계들에는 플라스틱 토큰을 넣어야 했다. 동전을 넣게 되어 있던 당시, 정기적으로 누군가가 기계를 꼬챙이로 열어젖혔기 때문이다.)

크레이크에게는 쾌적한 소형 부엌도 있었다.

"뭐 내가 전자레인지를 자주 사용하는 건 아니야. 간식을 만들 때를 빼면 말이지. 우리 대부분은 식당에서 밥을 먹어. 학과마다 식당이 하나씩 있지."

크레이크가 말했다.

"음식은 어때?"

지미는 자신이 혈거인 같다는 느낌이 점점 더 강하게 들었다. 동굴 안에 거주하면서 기생충과 싸우고 뼛조각을 갉아먹는 인간.

“그냥 음식이지 뭐.”

크레이크는 무심하게 대꾸했다.

첫째 날에 그들은 왓슨크릭의 몇몇 경탄할 만한 것들을 둘러보았다. 크레이크는 모든 것, 진행되고 있는 모든 프로젝트에 관심을 갖고 있었다. 그는 “미래의 물결”이라는 표현을 거듭 사용했는데, 그 표현이 세 번 정도 언급되자 지미는 짜증이 나기 시작했다.

그들은 제일 먼저 장식식물학과의 프로젝트가 진행되는 곳을 방문했다. 그곳에서는 4학년 학생들 다섯 명이 사람 기분에 맞추어 벽 색깔이 변하는 ‘똑똑한벽지’를 개발하는 중이었다. 그들이 지미에게 말한 바에 따르면, 그 벽지 안에는 변형된 기에너지 감식 조류(藻類)가 포함되어 있고 조류의 식량이 되는 영양물 층이 그 아래에 깔려 있었다. 그러나 고쳐야 할 결함이 아직 몇 가지 남아 있었다. 그 벽지는 날씨가 습할 때는 오래가지 못했다. 모든 영양물을 소진해 버리고 회색으로 변해 버렸던 것이다. 또한 게걸스러운 성욕과 살인적인 분노를 구분하지 못하는 까닭에, 모세혈관이 터져 버린 듯한 초록빛 도는 검붉은색으로 변해야 할 때 호색적인 분홍색으로 변해 버리기도 했다.

그 팀은 그와 똑같은 방식으로 작동할 목욕 타월에 대한 연구도 진행하고 있었다. 그러나 아직 해조 생물의 기본 성분을 해결하지 못한 상태였다. 물에 젖으면 조류는 부풀어 오르고 자라나기 시작했다. 그리고 이제까지의 실험 대상자들은 전날 밤에 보았던 목욕 타월이 정사각형의 마시멜로처럼 부풀어 욕실 바닥에서 꿈틀거리는 광경을 그다지 달가워하지 않았다.

"미래의 물결이지."

크레이크가 말했다.

그다음에는 신농경학과로 갔다. 학생들 사이에서는 '농경재단학'이라는 별칭으로 통했다. 신농경학과 시설에 들어가기 전에 그들은 바이오수트를 입고 손을 닦고 원뿔형 여과기를 코에 써야 했다. 그들이 이제 보게 될 것은 생명체에 대한 저항력이 없거나 완전하지 못한 것들이었기 때문이다. 딱따구리 같은 웃음소리를 내는 여자가 복도를 따라가며 그들을 안내했다.

"이건 최첨단이야."

크레이크가 말했다.

그들 눈앞에 펼쳐진 것은 점묘법으로 그린 것처럼 보이는 엷은 누런색 피부로 뒤덮인 구근 같은 물체였다. 그것에서 스무 개의 두꺼운 피부 조직 튜브가 튀어나와 있고, 각 튜브의 끝 부분에는 또 다른 구근이 자라고 있었다.

"저게 도대체 뭐야?"

지미가 물었다.

"닭이야. 닭의 부위들이지. 이것에는 닭 가슴 부위만 있어. 닭

다리만 만들어 내는 것도 있어. 한 성장 단위당 열두 개의 닭 다리가 자라지."

"그런데 머리가 없잖아."

이제 지미는 개념을 파악했다. 어쨌건 그는 다중 장기 생산 돼지와 더불어 성장해 온 터였다. 그러나 이것은 지나쳤다. 그가 유년시절에 보았던 돼지구리는 적어도 온전한 머리를 가지고 있었다.

"저 중간에 있는 게 머리예요. 위쪽에 입처럼 벌어지는 곳이 있죠. 그곳으로 영양물을 주입하는 거예요. 눈이나 부리 같은 건 없어요. 그런 건 필요하지 않으니까요."

여자가 말했다.

"정말 끔찍하군."

지미가 말했다. 악몽이었다. 그것은 동물 단백질 덩이줄기와 같은 것이었다.

"말미잘 신체 평면도를 생각해 봐. 이해하는 데 도움이 될 거야."

크레이크가 말했다.

"그런데 저것은 무슨 생각을 할까?"

지미가 물었다.

여자는 익살스러운 딱따구리의 요들 같은 소리로 웃더니 소화와 흡수, 성장에 관련되지 않은 두뇌 기능은 모두 제거해 버렸다고 말했다.

"일종의 닭 십이지장충과 같은 것이지."

크레이크가 말했다.

"성장호르몬을 주입할 필요도 없어요. 높은 성장 기능이 장착되어 있거든요. 2주면 닭 가슴살을 얻을 수 있죠. 이제까지 개발된 가장 효과적인 저광선 고밀도 닭 사육 과정보다 3주나 개선된 거예요. 그리고 동물 복지에 열을 올리는 사람들도 불평할 수 없을 거예요. 이것은 고통을 느끼지 못하니까요."

여자가 말했다.

"저 애들은 떼돈을 벌게 될 거야."

그곳에서 발길을 돌린 뒤에 크레이크가 말했다. 왓슨크릭의 재학생들은 그들이 발명한 모든 것에 대해 50퍼센트의 특허 사용료를 받게 되어 있었다. 그것은 강한 동기 부여가 된다고 크레이크가 말했다.

"저 학생들은 저것에 '닭고기옹이'라는 이름을 붙이려고 생각하고 있어."

"벌써 시장에 나와 있어?"

지미가 힘없이 물었다. 지미는 닭고기옹이를 먹을 수 없을 것 같았다. 거대한 사마귀를 먹는 것과 같을 것이다. 하지만 가슴 확대 수술(잘된 수술)처럼, 아마도 차이를 구분할 수는 없을 것이다.

크레이크가 말했다.

"이미 적당한 자리에 테이크아웃 음식 체인점을 열었는걸.

투자자들이 길게 줄을 서 있지. 다른 모든 비용을 절감해 줄 거야."

지미는 크레이크가 자신을 소개하는 방식에 불쾌감을 느끼기 시작했다. "이쪽은 지미야, 정신병자의 전형." 그러나 불쾌감을 드러내지 않는 것이 현명하다는 것을 지미는 알고 있었다. 하지만 그것은 그를 크로마뇽인 혹은 그 비슷한 것으로 부르는 것과 같았다. 다음 단계에는 그들이 그를 우리 속에 집어넣고 바나나를 먹이고 전기 막대기로 찔러 댈지도 모를 일이었다.

또한 지미는 왓슨크릭의 여학생들과 마주쳐도 별 호감을 느끼지 않았다. 어쩌면 그들은 손댈 수조차 없는 존재들인지도 몰랐다. 그들은 다른 일을 골똘히 생각하고 있는 것 같았다. 몇 번에 걸쳐 유혹하려던 지미의 시도는 그저 놀란 눈초리를 받는 것으로 그쳤을 뿐이다. 놀랐지만 결코 달가워하지 않는 눈초리, 마치 그가 그들의 카펫 위에 오줌이라도 싼 것처럼.

여학생들의 단정치 못함, 개인 위생 품목과 장신구를 아무렇게나 다루는 모습을 고려해 볼 때, 지미가 자신들에게 어떤 관심을 보여 주었다는 사실에 기절이라도 하는 것이 당연한 반응일 것 같았다. 그들에게는 체크무늬 셔츠가 정장이었고, 전혀 어울리지 않는 머리 모양을 하고 다녔다. 상당수의 여학생들이 부엌용 가위와 접전이라도 벌인 듯한 모습이었다. 전체적인 인상이 신의 정원사 단원이었으며 방화광에 채식주의자였던 버니스를 연상시켰다. 버니스 같은 유형은 마사그레이엄에서는 예외적인 존재였다. 그곳의 여학생들은 자신들이 무용가나 배우, 가수, 행위 예술가, 개념 사진가 또는 무언가 예술적인 일을 하고 있는 혹은 했던, 아니면 앞으로 하게 될 사람이라는 인상을 주려고 노력했다. 날씬한 몸매는 그들의 목표였으며 스타일은 그들의 유희였다. 그 유희에 능하든 그렇지 못하든 상관없이. 그러나 이곳에서는 종교적인 모토가 적힌 티셔츠 몇몇을 제외하면 버니스 같은 차림이 일종의 규율이었다. 그보다 더 흔한 것은 복잡한 수학 방정식이 적혀 있는 티셔츠였다. 그것은 방정식을 풀 수 있는 사람들 사이에서만 웃음을 자아내곤 했다.

"저 티셔츠에는 뭐라고 적혀 있는 거지?"

지미 자신은 소매치기를 당한 사람처럼 멍한 표정을 짓고 있는데 다른 이들은 하이파이브를 하는 일이 빈번하게 일어나자 지미가 물었다.

"저 여학생은 물리학도야."

크레이크는 그것으로 모든 게 설명되었다는 듯이 말했다.

"그래서?"

"그러니까 저 티셔츠는 11차원에 관한 거야."

"뭐가 그렇게 우스운 건데?"

"설명하자면 복잡해."

"한번 해 봐."

"차원들에 대해 알아야 하고, 그 차원들이 우리가 알고 있는 차원들 내부에서 어떻게 말려 있는지도 알아야 해."

"그리고?"

"그러니까 그건, 내가 너를 이 세계 밖으로 끌어낼 수 있지만 밖으로 가는 경로는 겨우 몇 나노 초*밖에 걸리지 않고 그 나노 초를 잴 수 있는 방법은 이 공간 틀 안에서는 존재하지 않는 경우와 비슷하다고 할 수 있지."

"저 모든 기호와 숫자가 의미하는 게 그거야?"

"이렇게 많은 말로 된 건 아니지."

"아."

"저게 재미있다고는 말하지 않았어. 저들은 물리학자들이라고. 저건 그저 저들에게만 재미있는 거야. 하지만 네가 물었으니까 대답한 거지."

"그러니까 비유적으로 말하자면, 저 여학생은 남자가 적합한 종류의 성기를 갖고 있을 경우에만 관계를 갖겠다고 말하는데 남자는 그걸 갖고 있지 않은 것과 마찬가지라고 할 수 있는 거지?"

열심히 생각한 끝에 크레이크가 말했다.

"지미, 넌 천재야."

"여기는 생체방어학과야. 마지막 순서야. 약속해."

---

* 10억분의 1초.

크레이크는 지미가 매우 지쳐 있다는 것을 눈치 챘다. 사실 모든 것이 지나칠 정도로 과거를 상기시켰다. 연구실, 특이 생물체, 인간관계가 서툰 과학자들, 그 모든 것이 이전의 삶, 지미의 유년시절의 삶과 너무 흡사했다. 지미가 가장 돌이키고 싶지 않은 그때의 삶. 심지어 마사그레이엄이 더 나을 것 같았다.

그들은 열 지어 놓여 있는 우리 앞에 서 있었다. 각각의 우리에는 개가 한 마리씩 들어 있었다. 종자와 크기는 다양했지만 한결같이 사랑스러운 눈길로 지미를 바라보며 꼬리를 흔들고 있었다.

"개 우리로군."

지미가 말했다.

"정확히 말하면 개 우리가 아니야. 난간 너머로 가지 마. 손도 집어넣지 말고."

크레이크가 말했다.

"굉장히 우호적으로 보이는걸."

오랫동안 간직해 온 애완동물에 대한 그리움이 되살아났다.

"판매용 개들이야?"

"저것들은 개가 아니야. 개처럼 보일 뿐이지. 저것들은 늑개야. 눈속임을 위해 개량된 것이지. 쓰다듬으려고 하면 손을 물어뜯어 버릴 거야. 핏불도그의 요소를 많이 가지고 있어."

"왜 저런 개를 만드는 거지? 누가 저런 개를 원하겠어?"

지미가 뒷걸음치며 말했다.

"시체보안회사와 관계된 일이야. 위임을 받고 하는 일이지. 엄청난 지원금을 받았어. 저놈들을 해자(垓字) 같은 곳에 넣어 두려는 거야."

"해자?"

"그래. 경보 시스템보다 더 낫지. 저놈들을 무장해제시킬 방법이 없잖아. 진짜 개들처럼 애완견으로 만들 수도 없고."

"저 녀석들이 도망치면 어떻게 되는 거지? 미쳐 날뛰면? 번식하거나 한다면 수가 걷잡을 수 없이 불어날 거 아냐? 그 커다란 초록색 토끼들처럼 말이야."

"그러면 문제가 되겠지. 하지만 녀석들은 밖으로 나갈 수 없어. 자연과 동물원의 관계는 신과 교회의 관계와 비슷하다고 할 수 있어."

"무슨 뜻이야?"

지미는 그리 새겨듣지 않았다. 닭고기옹이와 늑개에 대한 우려가 앞섰던 것이다. 이들이 어떤 선을 넘어선 것이라고, 어떤 경계를 침범한 것이라고 느껴지는 이유가 뭘까? 얼마만큼이 지나친 것이며 어느 정도가 심한 것일까?

"저 벽들과 난간들은 다 이유가 있는 거야. 저곳으로부터 우리 자신을 배제하기 위해서가 아니라 그것들을 가두어 놓기 위한 것이지. 인류는 그 두 가지 경우에 모두 장벽이 필요해."

"그것들이라니?"

"자연과 신 말이야."

"나는 네가 신을 믿지 않는 줄 알았는데."

"자연도 믿지 않아. 아니, 소위 대자연이라는 것을 믿지 않지."

가상적인

"그래, 여자 친구는 있어?"

나흘째 되는 날 지미가 물었다. 그는 적당한 때를 위해 이 질문을 아껴 두고 있었다.

"그러니까, 쓸 만한 아가씨는 꽤 많던데."

이것은 비꼬는 말이었다. 지미는 딱따구리 같은 웃음소리를 내는 여자나 가슴에 온통 숫자를 새기고 다니는 여자와 사귀는 자신의 모습은 상상할 수 없었고, 그런 크레이크의 모습도 상상할 수 없었다.

"정식으로 그럴 만한 사람이 없어."

크레이크는 짤막하게 말했다.

"정식으로라니, 무슨 뜻이야? 여자 친구는 있는데 그 여자가 인간이 아니란 뜻이야?"

"지금 이 시점에서 짝짓기를 하는 것은 권장할 만한 일이 아니야. 우리는 학업에 전념해야 해."

학교 지침서와 같은 말투로 크레이크가 말했다.

"네 건강에 좋지 않아. 그걸 해결해야지."

"말은 쉽지. 넌 베짱이야, 난 개미고. 나는 비생산적인 마구잡이 조사 작업에 시간을 낭비할 수 없어."

난생처음으로 지미는 크레이크가 자신에게 질투를 느끼고 있는 게 아닐까 하는 의구심이 들었다. 물론 크레이크가 그저 까다로운 놈이라서 그런 것일 수 있다. 어쩌면 왓슨크릭이 그에게 나쁜 영향을 미치고 있는 것일 수도 있다. 그래, 수퍼 두뇌 철인 경기 같은 궁극적 삶의 사명이 뭔데? 황공하지만 좀 얘기해 주겠어? 지미는 이렇게 묻고 싶었지만, 그렇게 말하는 대신 크레이크의 기분을 띄워 주려고 애쓰며 이렇게 말했다.

"나는 그걸 낭비라고 하진 않겠어. 네가 득점에 실패하지 않는 한 말이지."

"정말로 필요하다면 학생 편의국을 통해 그런 일을 해결할 수 있어. 그 비용만큼이 장학금에서 공제되지. 숙식처럼 말이야. 일꾼들은 평민촌 출신이야. 잘 훈련된 전문가들이지. 물론 그들은 질병 검사를 받아."

크레이크가 다소 딱딱하게 말했다.

"학생 편의국? 꿈에서나 가능한 일이지! 그들이 뭘 해 준다고?"

"일리 있는 제도야. 전체 조직을 두고 보았을 때, 그건 에너지가 비생산적인 경로로 유용되는 것을 막고 병적인 상태를 피하기 위한 방법이지. 물론 여학생들도 동일한 서비스를 받을 수 있고. 모든 종류의 피부색, 모든 연령대의 사람을 손에 넣을 수 있어. 거의 모든 종류를. 모든 신체 유형을. 모든 게 제공돼. 동성애자나 일종의 물신숭배자라고 해도 거기에 맞춰 주지."

지미는 처음에 크레이크가 농담하고 있는 것일지도 모른다고 생각했다. 그러나 그것은 농담이 아니었다. 지미는 크레이크가 어떤 유형을 시도해 보았는지 묻고 싶었다. 예를 들어, 양쪽 손발을 잃은 사람과 자 보았을까? 하지만 그런 질문은 지나친 참견으로 비칠 수 있다는 생각이 문득 들었다. 또한 비웃는 것이라는 오해를 불러일으킬 수도 있었다.

크레이크가 재학 중인 학과의 식당 음식은 가히 환상적이었다. 마사그레이엄에서 제공되는 갑각류대두 같은 것이 아니라 진짜 새우와 진짜 닭고기가 나왔다. 사실 진짜 닭고기 같기는 했지만 지미는 그전에 본 닭고기옹이가 눈앞에 어른거려 손을 대지 않았다. 그리고 진짜 치즈처럼 보이는 음식. 그러나 크레이크는 그것이 채소, 즉 그들이 시험하고 있는 새로운 종류의 애호박에서 추출된 것이라고 말했다.

후식에는 진짜 초콜릿이 잔뜩 들어 있었다. 커피에는 진한 원두가 가득 들어 있었다. 태운 곡류나 당밀 같은 것도 포함되어 있지 않았다. 비록 행복한컵 커피였지만, 누가 그런 것에 상관하겠는가? 그리고 진짜 맥주. 맥주는 정말로 진짜였다.

마사그레이엄에서 지내던 지미에겐 그 모든 것이 기분 좋은 변화였다. 그런데 크레이크의 동료 학생들은 수저의 존재를 잊어버린 채 손으로 음식을 먹고 소매로 입을 닦았다. 지미는 까다로운 사람은 아니었지만 그것이 야만스러운 행동이라고 생각했다. 게다가 그들은 누가 듣고 있건 말건 자신들이 전개하고 있는 생각을 줄곧 늘어놓았다. 그리고 일단 지미가 우주공간에 대해 연구하지 않는다는 사실을 알고 나면, 그리고 그들이 진흙탕같이 여기는 학교에 실제로 지미가 다닌다는 것을 알고 나면, 그에게 어떤 관심도 보이지 않았다. 그들은 같은 학과에 재학하는 학생들은 '동종,' 그 외 다른 모든 인간은 '비종(非種)'이라고 불렀다. 그것은 그들 사이에서 통용되는 농담이었다.

그랬기 때문에 지미는 크레이크의 수업이 끝난 뒤에 그들과 어울리고 싶은 생각이 전혀 없었다. 그는 크레이크의 숙소에 있으면서 크레이크가 체스 게임이나 삼차원미치광이 게임에서 이기게 내버려 두거나, 숫자나 기호가 포함되지 않은 크레이크의 냉장고 부착용 자석 문구를 해석하는 것으로 만족했다. 왓슨크릭에는 냉장고 부착용 자석 문화가 번성했다. 학생들은 그것을 사들이고 교환하고 직접 만들기도 했다.

두뇌가 없으면 고통도 없다(초록색 두뇌 홀로그램과 함께).

실리콘셔스니스.*

나는 우주 공간을 떠돈다.

고기 기계를 만나고 싶어?

네 시간을 들여라. 내 시간은 그대로 내버려 둬.

작은 거멈소/염서미야, 누가 너를 만들었니?

인생은 놀고 있는 너구컹크처럼 실험한다.

나는 생각한다, 고로 나는 스팸이다.

인류가 연구해야 할 적합한 과제는 모든 것이다.

때때로 그들은 예전처럼 티브이나 인터넷을 보기도 했다. 누디 뉴스, 두뇌지지기, 알리부부, 편안한 눈요깃거리 같은 것을. 그들은 전자레인지로 팝콘을 만들어 먹고 식물유전자이식학과 학생들이 온실에서 키우는 강력한 마약 담배를 피웠다. 그러고 나면 지미는 소파 위에서 곯아떨어졌다. 실내 분재용 화초 온실과 동격이라 할 수 있는 이 수재들의 우리 속에서 지미 자신이 차지하고 있는 위치에 익숙해진 뒤로는 모든 것이 그다지 나쁘지 않았다. 운동할 때처럼 그저 긴장을 풀고 스트레칭하면서 호흡을 불어넣으면 되었다. 며칠 후면 그는 이곳을 벗어날 터였다. 한편 주위에 다른 이들이 없을 때 크레이크가 이따금 자발적으로 털어놓는 이야기를 듣는 것은 언제나 흥미로웠다.

* Siliconsciousness. '실리콘(silicon)'과 '의식(consciousness)'이 결합된 단어.

지미가 떠나기 이틀 전 날 밤에 크레이크가 말했다.

"가상시나리오 같이 하자."

"좋아."

사실 지미는 잠이 왔지만(팝콘과 맥주를 너무 많이 먹었다.) 일어나 앉아서 주목하는 표정을 지었다. 고등학교 시절에 그는 그런 표정을 짓는 법을 완벽히 습득했다. 가상시나리오는 크레이크가 가장 좋아하는 것이었다.

"공리. 병은 생산적이지 않아. 그 자체로는 어떤 상품도 만들어 낼 수 없고, 그러므로 어떤 돈도 벌어들일 수 없어. 비록 많은 행위에 구실을 만들어 주기는 하지만, 돈의 측면에서 병이 궁극적으로 하는 일이란 병자들의 돈을 부자들에게 흘러가게 만드는 역할뿐이야. 환자에게서 의사한테로, 고객에게서 떠돌이 약장수한테로. 이것을 '돈의 삼투현상'이라고 부를 수 있겠지."

"그렇다고 치자."

지미가 말했다.

"자, 네가 건강현인이라고 불리는 회사라고 쳐. 네가 아픈 사람들을 치료해 주거나, 더 나은 경우로는 아예 처음부터 병에 걸리지 않게 만들어 주는 약과 처방을 판다고 가정해 봐."

"그래?"

그것은 가상이 아니었다. 건강현인 회사는 실제로 그렇게 했다.

"그렇다면 앞으로 곧 네가 무엇을 필요로 하게 될까?"

"더 많은 사람들을 치료하는 것?"

"그 후에는?"

"그 후라니, 무슨 뜻이야?"

"현재 진행되는 모든 병을 치료한 다음에 말이야."

지미는 생각하는 척했다. 실제로 어떤 생각을 하는 것은 소용없는 짓이었다. 크레이크는 자신이 제기한 문제에 대해 이미 기발한 해결책을 갖고 있을 것이 뻔했다.

"새로운 구강청정제가 나온 뒤에 치과 의사들이 어떤 상황에 맞닥뜨리게 되었는지 기억나? 플라그 박테리아를 동일한 환경적 자리, 다시 말해 우리 구강을 채우고 있는 우호적 균으로 대치해 주던 구강청정제 말이야. 그 후로는 어느 누구도 이를 때울 필요가 없어졌고 치과 의사들은 파산하게 되었지."

"그래서?"

"그러니까 더 많은 환자를 필요로 하게 되는 거라고. 아니면 다른 것, 결국은 같은 것이 되겠지만, 더 많은 질병을 필요로 하는 거지. 다른 새로운 질병. 그렇지?"

"맞는 말이로군."

잠시 사이를 두었다가 지미가 말했다. 정말로 맞는 말이었다.

"하지만 사람들은 계속해서 새로운 질병을 발견해 내고 있잖아?"

"발견해 내는 게 아니야. 만들어 내는 거지."

"누가 말이야?"

파괴자들, 테러리스트들, 크레이크는 이런 사람들을 지칭하고 있는 것일까? 그런 사람들이 그런 일을 하고 있다는 것 혹은 하려고 시도했다는 것은 잘 알려진 사실이다. 지금까지는 큰 성공을 거두지 못했다. 그들이 퍼뜨리려고 한 작고 하찮은 질병은, 조합의 용어로 표현하자면 "매우 아둔한 것"이었고 억제하기도 꽤 쉬웠다.

"건강현인 회사. 그들은 그런 일을 수년간 해 왔어. 그것만 전담하는 비밀 기구가 있어. 그리고 분배 담당이 있지. 들어 봐. 이건 정말 대단한 거야. 그들은 몸에 해로운 병원균을 비타민 알약 속에 넣지. 처방전 없이 살 수 있는 건강현인 프리미엄 비타민, 알지? 그 비타민은 정말 훌륭한 전달 체계를 갖추고 있어. 그들은 바이러스를 운반 박테리아인 이콜리(E. Coli) 유전자 조작물에 삽입하지. 그 유전자 조작물은 소화되지 않고 유문에서 터지게 돼. 그래, 바로 그거야! 물론 무작위 삽입이지. 계속해서 삽입할 필요는 없어. 그랬다가는 잡히게 되니까. 아무리 평민촌이라 해도 그런 걸 추리해 낼 사람은 있는 법이거든. 하지만 일단 해로운 병원균이 평민촌 사람들에게 유입되면 그곳 사람들의 지저분한 생활 방식 때문에 저절로 퍼지게 되어 있어. 물론 그들은 병원균을 만들어 낼 때 그에 대한 항원체도 개발해 두지. 그렇지만 그것을 즉시 풀지 않고 유보해 두곤 해. 희소의 경제학을 실천해서 높은 이익을 확실히 거두는 거야."

"그거 네가 지어낸 이야기야?"

"사업의 관점에서 볼 때 최고의 질병은 장기간의 투병 생활을 요하는 것이지. 이상적으로는, 다시 말해 최고의 이익을 위해서는, 환자가 돈을 모두 써 버리기 직전에 회복되거나 죽어야 해. 이건 정밀한 계산에서 나오는 거야."

"정말 사악한 짓이로군."

"우리 아버지 역시 그렇게 생각했어."

"네 아버지가 아셨어?"

지미는 이제 정말로 집중해서 듣고 있었다.

"아버지도 알게 된 거야. 그랬기 때문에 그들이 아버지를 다리에서 떠밀어 버린 거고."

"누가 그랬는데?"

"차가 달려오고 있는 곳으로 말이지."

"너 편집증 증세를 보이는 거야 뭐야?"

"전혀. 이건 꾸밈없는 사실이야. 그들이 아버지의 컴퓨터를 완전히 정리해 버리기 전에 내가 아버지의 이메일을 해킹했어. 아버지가 수집해 오던 모든 자료가 거기 있었지. 아버지가 비타민 알약에 대해 해 오던 실험들의 모든 것이."

지미는 모골이 오싹해지는 것을 느꼈다.

"네가 안다는 사실을 누가 알고 있지?"

"아버지가 다른 누구한테 얘기했을지 맞혀 봐. 어머니와 피트 삼촌. 아버지는 불량 사이트를 통해 이 사실을 폭로하려고 했어. 그런 사이트들은 폭 넓은 시청자 층을 확보하고 있기 때문에 모든 평민촌에서 건강현인 비타민이 판매되지 못하게 막을 수 있었을 거야. 게다가 음모 전체를 환히 밝혀 주겠지. 금전적인 대혼란이 야기되었을 거야. 일자리 손실을 생각해 봐. 아버지는 우선 그들에게 경고를 하려고 했어."

크레이크는 잠시 말을 멈추었다.

"아버지는 피트 삼촌이 모른다고 생각했지."

"와, 그러니까 그 둘 중 한 사람이……."

"두 사람 모두였을 수도 있어. 피트 삼촌은 마지노선이 흔들리게 되는 걸 원하지 않았을 거야. 어머니는 그저 겁이 났을 거야. 아버지가 몰락하면 당신 자신도 그렇게 되리라고 느꼈겠지. 아니면 시체보안회사의 소행이었을 수도 있어. 아버지가 직장에서 수상한 낌새를 풍겼을 수도 있어. 아마도 그들이 그걸 알아채고 감시하고 있었겠지. 아버지는 모든 것을 암호로 적어 놓았어. 하지만 내가 해킹할 수 있었다면 그들 역시 할 수 있었을 테지."

"정말 이상한 일이군. 그래서 그들이 네 아버지를 살해한 거야?"

"처형했지. 그들이 그렇게 말했어. 아버지가 멋진 계획을 파괴하려 했다고. 자신들은 전체의 유익을 위해 행동하는 거라고 주장했어."

크레이크가 말했다.

두 사람은 그냥 앉아 있었다. 크레이크는 경외하듯 천장을 올려다보고 있었다. 지미는 달리 할 말을 찾지 못했다. 위로의 말

따위는 불필요했다.

이윽고 크레이크가 입을 열었다.

“네 어머니는 왜 그런 길을 택한 거지?”

“몰라. 많은 이유가 있겠지. 거기에 대해선 말하고 싶지 않아.”

“분명 네 아버지도 그런 일에 종사하고 있었을 거야. 건강현인 건과 비슷한 사기 사건. 분명 네 어머니가 그걸 알아냈을 거야.”

“아, 난 그렇게 생각하지 않아. 내 생각엔 어머니가 신의 정원사 사업 같은 것에 연루된 것 같아. 정신병자 무리의 소행 말이야. 어쨌든 우리 아버지는 그 따위의 일은…….”

“분명 네 어머니는 당신이 알고 있다는 사실을 그들도 알아차리기 시작했다는 걸 느꼈을 거야.”

“정말 피곤하군.”

지미는 하품을 했다. 그리고 정말로 갑자기 피로감이 몰려왔다.

“가서 자야겠어.”

멸종마라톤

마지막 날 밤에 크레이크가 물었다.

"멸종마라톤 게임 할래?"

"멸종마라톤?"

지미는 기억해 내는 데 약간의 시간이 걸렸다. 갖가지 사라진 동물들과 식물들이 등장하는 지겨운 웹 상호작용 게임.

"우리가 그 게임을 하던 때가 언제였더라? 아직도 계속될 리 없어."

"그 게임은 결코 중단된 적이 없어."

크레이크가 말했다. 지미는 그 말이 암시하는 바를 알아차렸다. 크레이크 역시 중단하지 않았던 것이다. 그 몇 년 동안 혼자 그 게임을 해 온 것이다. 그래, 크레이크는 아주 끈질긴 놈이지. 새로울 것도 없는 일이야.

"그래, 지금까지 네 점수가 얼마야?"

지미가 예의상 물어 주었다.

"일단 3000점을 따면 대가가 되는 거야."

그것은 크레이크 자신이 대가라는 의미였다. 그렇지 않다면 그것에 대해 언급도 하지 않았을 것이다.

"아, 좋아. 그러면 상을 받게 되는 거야? 꼬리와 양쪽 귀를?"

"보여 줄 게 있어."

크레이크는 이렇게 말하고는 인터넷에 접속해서 사이트를 찾아 열었다. 그곳에는 낯익은 관문이 펼쳐져 있었다. 멸종마라톤. 미친 아담 감독. 아담은 살아 있는 동물들에게 이름을 지어 주었고, 미친 아담은 죽은 동물들에게 이름을 지어 줍니다. 게임을 하시겠습니까?

크레이크는 '예'를 클릭하고 자신의 암호명을 쳐 넣었다. 붉은목크레이크. 작은 실러캔스 상징이 그의 이름 위에 나타났다. 그것은 그가 대가라는 의미였다. 그런 다음 무언가 새로운 것이 나타났다. 지미가 한 번도 본 적이 없는 메시지였다. 대가 붉은목크레이크, 환영합니다. 일반 게임을 하시겠습니까, 아니면 다른 대가 게임을 하시겠습니까?

크레이크는 두 번째 질문을 클릭했다. 좋습니다. 게임방을 찾으십시오. 미친 아담이 당신과 그곳에서 만날 것입니다.

"미친 아담이 사람이야?"

지미가 물었다.

"하나의 집단이야. 아니면 몇 개의 집단일 수도 있고."

"그럼 이 미친 아담은 뭘 하는 거야? 해골과 가죽 수를 세는 일 말고 말이야."

지미는 자신이 바보처럼 느껴졌다. 그것은 제임스 본드 같은 유의 진부하고 오래된 스파이 이야기 디브이디를 보는 것과 비슷했다.

"이걸 봐."

크레이크는 멸종마라톤 사이트를 나와 지역 평민촌 은행 사이트를 해킹해서 들어갔다. 그리고 그곳에서 태양열 자동차 부품 제조업체로 보이는 사이트로 넘어갔다. 타이어의 휠 캡 이미지를 열고 들어가자 폴더가 나타났다. 폴더의 이름은 '화끈한꼬마 여배우'였다. 각 파일에는 이름 대신 날짜가 붙어 있었다. 크레이크는 그중 하나를 선택해 자신의 거점으로 바꾸어 놓고, 그것을 이용해 다른 사이트로 뛰어넘은 다음, 자신의 흔적을 지우고 그곳에서 파일을 열어 이미지를 내려받았다.

그것은 일고여덟 살쯤 된 오릭스의 사진이었다. 그녀는 리본과 꽃 말고는 아무것도 걸치고 있지 않았다. 그녀가 지미에게 노골적이고 경멸적이고 알은체하는 표정을 보여 주었던 바로 그 사진이었다. 그녀의 표정은 지미에게(그가 몇 살 때였던가, 열네 살이었던가?) 크나큰 충격을 주었다. 그는 그녀가 인쇄된 그 종이를 접어서 여전히 깊숙한 곳에 간직하고 있었다. 그 사진은 은밀한 것이었다. 그 자신이 개인적으로 간직한 것. 그 자신의 가책, 그 자신의 수치, 그 자신의 욕망. 크레이크는 왜 그것을 간직해 두

었는가? 왜 그것을 '훔쳤는가.'

지미는 매복에 걸려든 느낌이었다. 그녀가 여기서 뭘 하고 있는 거지? 이건 내 거야! 돌려줘! 그는 소리치고 싶었다. 그는 용의자 대열에 들어 있다. 누군가의 손가락이 그를 가리키고 찌푸린 얼굴이 그를 바라본다. 그러는 동안 과격한 버니스의 복제 인간이 그의 속옷에 불을 지른다. 징벌이 머지않았다. 하지만 무엇에 대한 징벌인가? 그가 무슨 짓을 저질렀는가? 아무것도 하지 않았다. 그저 보기만 했을 뿐이다.

크레이크는 소녀의 왼쪽 눈으로 커서를 옮겨 홍채를 클릭했다. 거기가 입구였다. 게임방이 열렸다.

안녕하세요, 대가 크레이크. 지금 암호를 쳐 넣으세요.

크레이크는 암호를 쳤다. 새로운 문장이 떴다. 아담은 살아 있는 동물들에게 이름을 지어 주었고, 미친 아담은 동물들을 주문 생산합니다.

이내 장소와 날짜가 적힌 일련의 전자 회보가 떴다. 생긴 것으로 보건대 시체보안회사에서 발행한 것이었다. "안전한 주소에만"이라는표시가 있었다.

작은 기생 말벌이 여러 개의 닭고기옹이 설비를 침범했다. 그것은 닭고기옹이에 특정하게 작용하며, 치명적인 변종의 수두균을 갖고 있었다. 설비들은 전염병이 통제될 수 있을 때까지 모두 소각되어야 했다.

클리블랜드에서는 전기 배선의 절연체에 중독된 새로운 형태의 집쥐가 들끓어 전례 없는 주택 화재를 야기했다. 단속 조치는 계속 시험 중이었다.

행복한컵 커피 원두 작물이 모든 종류의 살충제에 내성이 있는 것으로 밝혀진 새로운 콩 바구미 때문에 위험에 처했다.

호저와 비버의 속성을 모두 지닌 소형 설치류가 북서 지역에 나타나 주차 차량의 보닛 아래를 기어 다니며 팬 벨트와 변속 장치를 파괴했다.

아스팔트에 포함된 타르를 먹는 미생물이 주와 주 사이를 연결하는 고속도로를 모래밭으로 만들어 버렸다. 모든 주의 고속도로는 경계 태세에 들어갔으며 검역 벨트가 설치되었다.

"무슨 일이야? 누가 이런 걸 올리는 거야?"

지미가 물었다.

전자 회보가 사라지고 새로운 시작 화면이 나타났다. 미친 아담은 참신한 발안을 원합니다. 좋은 생각이 있습니까? 우리에게 나누어 주십시오.

크레이크는 타자를 쳐 넣었다. 미안, 방해가 있었음. 가야 함.

좋습니다, 대가 붉은목크레이크. 나중에 봅시다. 크레이크는 화면을 닫았다.

지미는 서늘한 느낌, 어머니가 집을 떠났을 때를 떠올리게 하는 그런 느낌을 받았다. 그처럼 금지된 것의 느낌, 잠겨 있어야 할 문이 활짝 열린 것 같은 느낌, 지하에서, 그의 발 바로 아래에서 흐르는 비밀스러운 삶의 흐름이 던져 주는 느낌.

"저게 다 뭐야?"

지미가 물었다. 별것 아닐지도 몰라. 지미는 스스로에게 중얼거렸다. 그냥 크레이크가 잘난 체하는 것일 수도 있어. 크레이크가 정교하게 계획해 둔, 내게 겁을 주기 위해 짜낸 진짜 같은 농담일 거야.

"나도 잘 모르겠어. 처음에는 그냥 또 하나의 미친 동물 해방 조직일 거라고 생각했어. 그런데 그 이상의 무엇이 있는 것 같아. 내가 생각하기에, 그들은 조작 기능을 노리는 것 같아. 전체 체계를 목표로 그걸 폐쇄해 버리려는 거지. 아직까지는 사람들에게 어떤 해도 끼치지 않았어. 하지만 분명 그렇게 할 수 있을 거야."

크레이크가 말했다.

"그 주변에서 얼찡거리지 마! 연루되면 안 돼! 네가 그 조직의 일부라고 의심받을 수도 있잖아. 잡히면 어떡해? 결국 두뇌지지기로 끝장나고 말 거야!"

이제 지미는 겁이 났다.

"나는 잡히지 않아. 그저 둘러보고 있을 뿐이야. 제발 부탁인데, 이 일을 네 이메일에서 언급하지 말아 줘."

"물론이지. 그런데 혹시라도 위험할 수 있는 짓을 왜 하는 거야?"

"궁금했을 뿐이야. 그들은 나를 대기실까지는 들어가게 해 주지만 그 이상은 허락하지 않아. 그들은 조합 사람들이거나 적어도 조합에서 교육받은 이들이야. 복잡한 생명체들을 조작해 내고 있어. 평민촌 사람들이 그런 걸 만들어 낼 수 있다고는 생각되지 않아."

크레이크는 초록색 눈으로 지미를 곁눈질했다. 그의 표정은 (지금 눈사람이 생각하건대) 신뢰를 의미했다. 크레이크는 지미를 신뢰했다. 그렇지 않았다면 숨겨진 게임방을 보여 주지도 않았을 것이다.

"시체보안회사의 덫일 수도 있어."

지미가 말했다.

시체보안회사 요원들은 공작 중인 파괴 분자들을 잡아들이기 위해 그런 음모를 꾸미곤 했다. 그러한 작업을 '콩밭 김매기'라고 부른다는 것을 들은 적이 있었다. 조합에는 그렇게 잠재적이고 치명적 갱도들이 놓여 있었다.

"조심해야 해."

"물론이지."

지미가 정말로 하고 싶었던 말은 이것이었다. 네가 가진 모든 가능성 중에서, 모든 관문 중에서, 왜 그녀를 택한 거지?

하지만 지미는 물을 수 없었다. 진심을 드러낼 수는 없었다.

크레이크를 방문한 기간 동안에 다른 일도 일어났다. 무언가 중요한 일. 그러나 그 당시 지미는 알아차리지 못했다.

첫날 밤, 크레이크의 접이식 간이 소파 침대에서 자고 있을 때 지미는 어떤 외침 소리를 들었다. 그는 밖에서 들려오는 소리라고 생각했다. 마사그레이엄에서라면 장난꾸러기 학생이 내는 소리였을 것이다. 그런데 사실 그것은 크레이크의 방에서 들려오고 있었다. 바로 크레이크가 내는 소리였다.

외침이라기보다는 비명에 가까웠다. 말소리는 전혀 들리지 않았다. 그 일은 지미가 그곳에 머무는 동안 매일 밤 일어났다.

"네가 꾸는 꿈 때문이야."

처음 그 일이 있고 난 이튿날 아침에 지미가 말했다.

"나는 절대로 꿈을 꾸지 않아."

크레이크가 말했다. 그의 입 안은 음식으로 가득 차 있었고, 그는 창밖을 내다보고 있었다. 그렇게 마른 사람치고 크레이크는 무척 많이 먹었다. 빠른 소화 속도, 높은 신진대사율 때문이었다. 크레이크는 에너지를 급속히 태워 버렸던 것이다.

"모든 사람이 꿈을 꿔. 건강현인 고등학교에서 했던 렘 수면 학습 기억나?"

지미가 말했다.

"우리가 고양이를 괴롭혔던 그 수업?"

"가상의 고양이, 그래 맞아. 그리고 꿈을 꿀 수 없는 고양이는 미쳐 버렸지."

"나는 꿈을 기억한 적이 한 번도 없어. 토스트 좀 더 먹어."

"하지만 어쨌든 꿈을 꿀 거야."

"좋아, 그렇다고 하자. 말을 잘못했어. 절대로 꿈을 꾸지 않는다는 뜻이 아니었어. 나는 미치지 않았어. 그러니 나는 꿈을 꾸는 거지. 가설, 논증, 결론, 만일 에이(A)라면 비(B)가 아니다. 이러면 충분해?"

크레이크는 미소를 지으며 커피를 따랐다.

그러니까 크레이크는 자신의 꿈을 전혀 기억하지 못했던 것이다. 그의 꿈을 대신 기억하고 있는 이는 눈사람이다. 기억하고 있는 것보다 더 끔찍한 일, 그것은 눈사람이 그 꿈에 잠겨 그 속에 처박혀 가까스로 걷고 있다는 것이다. 눈사람이 지난 몇 달 동안 살아온 매 순간은 크레이크가 꿈속에서 겪었던 삶이었다. 그러니 그토록 수없이 비명을 지를 수밖에 없었던 것이다.

(9)

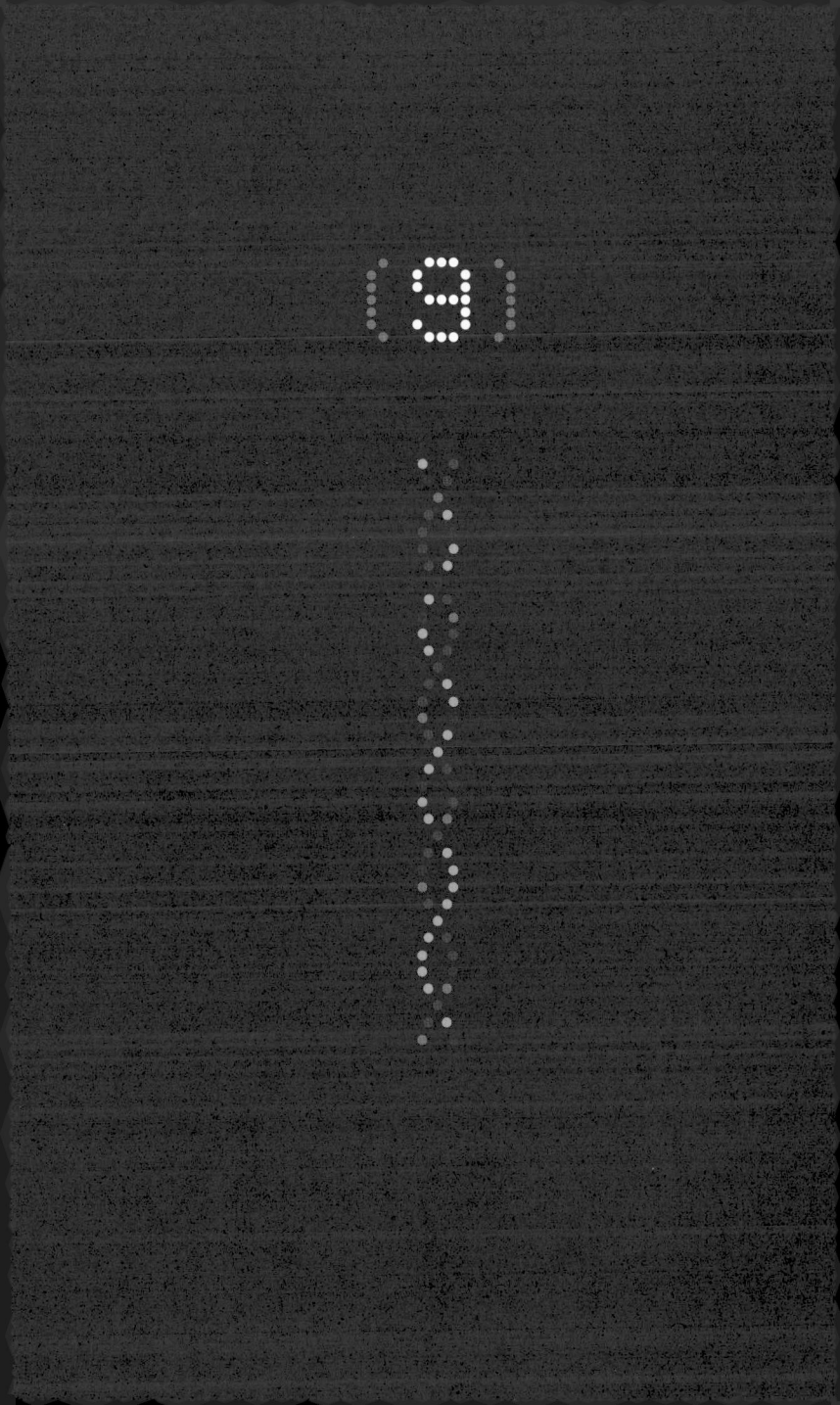

도보 여행

눈사람은 한 시간 정도 걸어서 예전의 공원터를 벗어난다. 그는 쓰레기장이 된 평민촌 대로와 가로와 도로와 거리를 따라 걸으며 내륙 쪽으로 더 깊숙이 걸음을 내딛는다. 부서진 태양열 자동차들이 어지러이 널려 있다. 일부는 다중 충돌 사고로 겹겹이 쌓여 있고, 일부는 불타 버렸으며, 일부는 마치 임시 주차라도 한 것처럼 멀쩡하게 서 있다. 덤프트럭과 미니트럭, 연료전지* 자동차, 구형 가스 자동차와 디젤엔진 자동차도 있고, 전지형 만능 차도 있다. 몇 대의 자전거, 몇 대의 오토바이도 있다. 며칠 동안 지속되었을 교통 혼란을 생각해 본다면, 그것도 나쁘지 않은 선택이다. 두 바퀴 차량으로는 총에 맞거나 다른 것과 충돌하거나 차체에서 떨어지기 전까지는 더 큰 차량들 사이를

* 연료의 연소 에너지를 열로 변환시키지 않고 직접 전기로 변환시키는 장치.

휘젓고 다닐 수 있었을 것이다.

예전에 이곳은 반(半)거주 지역이었다. 이제는 파괴되어 버린 1층에는 상점들이, 그 위로는 작고 어두침침한 아파트가 있었다. 대부분의 간판들이 총알 자국은 있지만 여전히 제자리에 매달려 있다. 평민촌 거주민들은 어떤 종류의 총이든 소지할 수 없게 되어 있는데도 분무 총이 등장하기 전에 사용하던 납 총알을 모아 두었던 것이다. 눈사람은 총알을 전혀 찾을 수 없었다. 물론 그런 총알을 끼워서 쓸 오래된 녹슨 소총 같은 것도 없었지만.

불타거나 폭파되지 않은 건물들은 여전히 그대로 있지만 틈새마다 식물들이 뻗어 나와 있다. 시간이 좀 더 지나면 식물들은 아스팔트에 균열을 내고 벽을 무너뜨리고 지붕을 밀어내 버릴 것이다. 일종의 덩굴식물이 창턱에 그늘을 드리우고 부서진 창문과 기둥과 격자 틀을 기어오르면서 사방 곳곳에 퍼져 있다. 곧 이 구역은 초목이 무성해질 것이다. 만일 눈사람이 이 여행을 훨씬 더 나중으로 미루었더라면 돌아오는 길이 가로막혔을 것이다. 조금 있으면 지금 남아 있는 인간의 거주 흔적은 모두 지워져 버릴 것이다.

하지만 이렇게 가정해 보자.(가정만 해 보는 거야. 눈사람은 생각한다.) 그가 자신의 종족 중 유일하게 남아 있는 이가 아니라고. 다른 이들도 살아 있다고 가정해 보자. 그는 그들이 반드시 존재한다고 강렬히 소망해 본다. 고립된 지역에 생존해 있으면서, 통신망의 두절로 절연되었지만 어떻게 해서든 계속 살아 있을 만일의 잔존자들. 부패로부터 멀리 떨어진 사막의 은신처에 있는 수도사. 계곡에 거주하는 사람들과 결코 교류하지 않는 산속의 염소지기. 밀림의 잊혀진 종족. 일찍이 뭔가 낌새를 챈 생존자들은 접근하는 사람들을 모두 쏴 버리고 자신들의 지하 창고 속에 꼭꼭 숨어 버렸을 것이다. 산악 지대 주민들, 은신자들, 안전한 환영 속에 둘러싸인 방랑하는 미치광이들. 자신들의 오래된 방식을 고수하는 유목민 무리.

어떻게 해서 이런 일이 일어났단 말인가? 우리의 흔적, 폐허가 된 흔적과 맞닥뜨린 우리의 자손들은 이렇게 물을 것이다. 누가 이곳에 살았는가? 누가 이런 것들을 만들었는가? 누가 이것들을 파멸시켰는가? 타지마할, 루브르박물관, 피라미드, 엠파이어스테이트 빌딩. 티브이에서, 오래된 책에서, 엽서에서, 피와장미 게임에서 본 것들. 아무런 마음의 준비도 없는 상태에서 삼차원으로 된 실제 크기의 이런 것들과 대면하게 되는 일을 상상해 보라. 그들은 놀라 도망칠 것이다. 그리고 그 뒤에는 어떤 설명을 원할 것이다. 처음에는 거인이나 신의 소행이었다고 말할 것이다. 그러나 곧 진실을 알고 싶어 할 것이다. 눈사람과 마찬가지로 그들 역시 호기심으로 가득한 원숭이의 두뇌를 가지고 있을 것이므로.

어쩌면 그들은 이렇게 말할지도 모른다. 이것들은 실제가 아니다. 환상일 뿐이다. 이것들은 꿈에 의해 지어진 것이고, 이제 어느 누구도 꿈을 꾸지 않기에 무너지고 있는 것이다.

"논의하기 전에 이런 가정을 한번 해 보자. 우리가 알고 있는 문명이 파괴된다는 가정. 팝콘 좀 먹을래?"

어느 날 밤 크레이크가 말했다.

"그거 진짜 버터야?"

지미가 물었다.

"왓슨크릭에는 최상품만 있어. 일단 붕괴되고 나면 결코 재건될 수 없어."

"왜 그런 건데? 소금 있어?"

"사용 가능한 표층 금속이 모두 고갈되었기 때문이지. 그것이 없다면 청동기시대도, 철기시대도, 강철기시대도, 그리고 그 나머지 시대도 존재할 수 없어. 지하 깊은 곳에 금속이 묻혀 있긴 하지만 그것을 채굴하는 고도의 기술은 사라져 버렸어."

"모든 것을 복구할 수 있을 거야. 그들은 여전히 지식을 간직하고 있을 거야."

지미가 팝콘을 먹으며 말했다. 그렇게 맛있는 팝콘은 무척 오랜만이었다.

"사실 그렇지 않아. 바퀴를 만드는 것과는 달라. 이제는 너무 복잡해졌다고. 지식이 존속하고, 그것을 이해할 만한 학식을 지닌 사람들이 생존해 있다고 치자. 그런 사람들은 정말 소수일 거야. 그리고 그들에겐 아무런 도구가 없어. 알겠어? 전기가 없다고. 일단 그들이 죽고 나면 그걸로 끝이야. 그들은 도제도, 후계자도 없을 거야. 맥주 마실래?"

"차가워?"

"한 세대만 소멸하더라도 모든 것이 끝나게 돼. 모든 것의 한 세대가 말이야. 딱정벌레, 나무, 미생물, 과학자, 프랑스어를 할 줄 아는 사람, 그 모든 것. 한 세대와 다음 세대 사이의 고리가 끊어지면 게임은 영원히 끝나는 거야."

"게임에 대해 말하니까 하는 말인데, 이번엔 네 차례야."

눈사람의 도보 여행은 마치 장애물 코스를 통과하는 것과도 같다. 여러 군데에서 길을 돌아가야 했던 것이다. 이제 그는 덩굴식물로 막혀 버린 좁은 골목길에 서 있다. 덩굴들은 지붕에서 지붕으로 길을 가로질러 길게 늘어져 있다. 머리 위에 드리워진 푸른 이파리 사이로 하늘에서 독수리 몇 마리가 천천히 원을 그리며 날아다니는 것이 보인다. 그것들도 그가 보일 것이다. 그것들은 돋보기 열 개로 보는 것과 같은 시력을 가지고 있기 때문에, 우리 호주머니 속에 든 잔돈까지도 셀 수 있을 것이다. 눈사람은 독수리들에 대해 어느 정도 알고 있다. 그는 독수리들을 향해 말한다.

"아직은 아니야."

하지만 그것들을 실망시킬 필요가 뭐 있는가? 만일 그가 비틀거리며 넘어진다거나 상처를 입는다거나 녹초가 되어 쓰러진다 해도, 그래서 늑개나 돼지구리의 공격을 받는다 해도, 그를 제외한 다른 이들에게는 아무런 영향을 미치지 않을 것이다. 크레이커들은 잘 지내고 있으며 더 이상 그를 필요로 하지 않을 것이다. 한동안은 그가 어디로 사라졌는지 궁금해할 것이다. 하지만 눈사람은 그들에게 이미 그 궁금증에 대한 대답을 해 주었다. 크레이크와 함께 있기 위해 떠난 것이다. 그는 그들의 신화 속에서 두 번째 중요한 인물이 될 것이다. 일종의 대체 데미우르고스* 같은 존재. 그는 실제 모습과 다르게 기억될 것이다. 어느 누구도 그를 애도하지 않을 것이다.

태양이 높이 떠올라 더 강렬한 빛을 내뿜는다. 눈사람은 현기증이 일기 시작한다. 그가 발을 내딛자 굵은 덩굴손 같은 것이 혀를 날름거리며 미끄러져 사라진다. 그는 좀 더 조심해야 한다. 독사들도 있을까? 그가 밟을 뻔한 긴 꼬리 앞쪽에 털투성이의 몸이 달려 있었던가? 그는 정확히 보지 못했다. 그렇지 않기를 바랄 뿐이다. 모든 뱀쥐를 멸종시켰다고 공표되었지만, 한 쌍의 뱀쥐만 있어도 그 주장을 무산시키기에 충분할 것이다. 한 쌍, 뱀쥐의 아담과 이브, 그리고 그것들이 하수구 속을 돌아다니는 상상을 즐기면서 그들에게 번성하라고 명령하는, 악의에 사로잡힌 어느 괴짜. 긴 초록색 비늘이 덮인 꼬리와 방울뱀의

---

* 플라톤 철학에서, 우주의 창조신을 이르는 말.

독아를 가진 시궁쥐. 눈사람은 그런 것들에 대해 생각하지 않기로 한다.

그 대신 기운을 북돋우기 위해 노래를 흥얼거리기 시작한다. 이 노래가 뭐였더라? 「윈터 원더랜드」다. 더 이상 눈이 내리지 않게 된 뒤에도 쇼핑센터에서는 매년 크리스마스 때마다 이 노래를 재활용했다. 녹아 버리기 전의 눈사람을 놀려 대는 듯한 내용의 노래들.

어쩌면 그는 '가증스러운 눈사람'이 아닌지도 모른다. 다른 종류의 눈사람인지도. 사람들이 재미로 만들고 오락거리로 허물어 버리는 미소 짓는 바보, 조약돌로 만들어진 입과 당근으로 된 코 때문에 조롱 섞인 욕을 듣는 존재. 어쩌면 그것이 그의 진짜 모습인지도 모른다. 마지막 호모사피엔스, 인간의 하얀 환영, 오늘은 여기에 존재하지만 내일이면 사라져 버리는 것, 너무 쉽게 쓸려 버릴 수 있고 햇빛 아래에서 녹아 내려 점점 작아지다가 결국 액체가 되어 한 방울씩 똑똑 떨어지면서 사라지는 것. 바로 지금의 눈사람처럼. 그는 멈춰 서서 얼굴에서 땀을 닦아 내고 물 반병을 마신다. 어디선가 곧 물을 발견할 수 있기를 바랄 뿐이다.

앞쪽에 보이는 집들이 드물어지더니 이내 자취를 감춘다. 주차장과 창고가 드문드문 보이고, 시멘트 기둥 사이에 설치된 가시 돋친 철사, 경첩에서 떨어져 나온 정교한 문이 보인다. 확장된 도시와 평민촌 도시의 경계선, 조합의 잔디밭이 펼쳐지기 시작하는 곳. 그곳에는 밀폐 터널 총알기차의 종착역이 있다. 플라스틱 정글짐처럼 색으로 장식된 역. 이곳은 전혀 위험하지 않습니다. 천진한 즐거움이 있을 뿐. 그 색깔들은 이렇게 말하는 듯하다.

하지만 그곳이야말로 위험한 지역이다. 지금까지는 측면 공격을 받을 경우 기어오르거나 몸을 숨길 수 있는 무언가가 있었지만, 이제는 피할 곳도 없고 기둥 같은 것도 거의 없는 열린 공간이 펼쳐져 있다. 눈사람은 이글거리는 태양으로부터 자신을 보호하기 위해 야구 모자 위로 침대보를 끌어올려 아랍 사람처럼 몸을 감싼 다음 최대한 속도를 내어 성큼성큼 걷는다. 밖에서 오랜 시간을 있게 되면 침대보로 감싼 곳까지도 화상을 입을 수 있다. 그가 가질 수 있는 최대의 희망은 빠른 속도를 내는 것이다. 정오가 되기 전에 쉴 만한 곳에 다다라야 한다. 정오가 되면 아스팔트가 너무 뜨거워 걸을 수도 없을 것이다.

이제 눈사람은 조합에 도착했다. 그는 작은 회사들 중 하나인 '동결유전자' 회사로 향하는 옆길을 가로지른다. 전깃불이 나가고 부활을 기다리고 있던 백만장자 2000명의 머리가 어둠 속에서 녹기 시작했을 그때, 파리로 둔갑해 벽에 붙어 구경했더라면 참 재미있었을 것이다. 그 옆에는 뾰족한 귀가 달린 머리를 테스트용 튜브에 집어넣었다 빼냈다를 반복하는 꼬마 요정 마스코트가 있는 '도깨비땅귀신' 회사가 있다. 네온사인이 켜져 있다는 사실에 그는 주목한다. 태양열 접속 기능이, 완전하지는 않지만 그래도 여전히 작동하고 있는 것이다. 그런 네온사인은 원래 밤에만 켜지도록 되어 있다.

드디어 '되젊음' 조합이 보인다. 그가 그토록 많은 실수를 저질렀던 곳, 그토록 많은 오해를 받았던 곳, 마지막 무모한 장난을 벌였던 곳. 그곳은 장기주식회사 농장보다도, 건강현인 조합보다도 크다. 그 모든 것 중 가장 규모가 큰 곳이다.

눈사람은 엉망이 된 감시경과 망가진 탐조등이 있는 첫 바리케이드를 통과하고 검문소를 지난다. 경비원 한 사람이 몸을 반만 밖으로 내민 채 누워 있다. 눈사람은 머리가 없는 것을 보고도 그리 놀라지 않는다. 위기 상황에서는 감정이 격해지게 마련이다. 그는 그 사내가 아직도 분무 총을 가지고 있는지 살피지만 아무것도 찾지 못한다.

그 옆으로 건물이 들어서지 않은 구역이 있다. 크레이크는 그곳을 '무인지'라고 불렀다. 그곳에는 나무도 없다. 그들은 몸을 숨길 만한 것은 모두 밀어 버리고 열 작동 센서로 선을 그어 지면을 정사각형으로 나누어 놓았다. 섬뜩한 체스 판 같은 외관이 자아내던 효과는 이미 사라졌다. 고양이 수염 같은 잡초들이 평평한 지면 전체에 솟아 있다. 눈사람은 몇 분 동안 그 벌판을 살핀다. 그러나 땅 위에 놓인 어떤 물체를 두고 다툼을 벌이는 검은 새 무리를 제외하면 움직이는 것은 아무것도 없다. 그런 다음 그는 앞쪽으로 걸어간다.

이제 눈사람은 정식 진입로에 서 있다. 사람들이 도망가면서 떨어뜨린 물건들이 길을 따라 늘어서 있다. 마치 거꾸로 된 보물찾기 광경처럼 보인다. 트렁크, 옷가지와 장신구가 흩어져 나와 있는 배낭, 찢어져 열린 간단한 여행 가방, 그 옆의 버려진 분홍색 칫솔. 팔찌, 나비 모양의 여성용 머리핀, 젖어서 글씨를 알아볼 수 없게 된 공책.

도주자들은 처음에는 틀림없이 희망을 가지고 있었을 것이다. 나중에 그런 물건들을 쓸 수 있으리라고 생각했을 것이다. 그러나 곧 마음을 돌려먹고 움켜쥔 것들을 놓아 버렸을 것이다.

되젊음 조합

되젊음 조합의 커튼 벽*에 도착했을 즈음, 눈사람은 숨을 헐떡이며 땀을 엄청나게 흘리고 있다. 360센티미터에 달하는 벽의 높이는 여전하지만, 이제는 전기가 흐르지 않고 위에 박힌 뾰족한 철못들은 녹슬어 있다. 그는 누군가가 폭파시킨 듯 보이는 바깥문을 통과한 뒤 그늘 아래 멈춰 서서 초콜릿 에너지 바를 먹고 남은 물을 마신다. 그런 다음 계속 걸어서 해자를 건너고, 한때 무장 시체보안회사 경호원들이 서 있던 초소와 그들이 감시 장치를 살피기 위해 들어가 있던 사방이 유리로 된 작은 사무실을 지나서, 언젠가 그가 지문 사진과 홍채 사진을 제시하라는 지시를 받은 적이 있는 강철 문(이제는 영원히 열려 있는)이 달린 성벽 망루를 지난다.

* 구조물 전체와 관계 없이 자기 무게를 지탱하는 외벽.

그 너머로는 그가 너무도 생생히 기억하는 풍경이 펼쳐져 있다. 가짜 조지 왕 시대 양식과 가짜 튜더 양식, 그리고 가짜 프랑스 시골 양식의 커다란 집이 있는 전원주택지처럼 꾸며진 거주지, 고용인 전용 골프장과 음식점과 나이트클럽과 진료소와 쇼핑센터와 실내 테니스장과 병원으로 이어지는 구불구불한 길들. 오른쪽에는 출입 금지 지역인 위험 생물체 고립 시설이 밝은 오렌지색을 띠고 서 있고, 제 구실을 톡톡히 했던 검은 정육면체 형태의 방탄 유리 성채가 있다. 눈사람이 가고자 하는 곳은 저 먼 곳에 있다. 크레이크의 저주받은 돔의 윗부분이 나무들 위로 둥글고 하얗게 빛나고 있는 중앙 공원. 그 돔을 바라보며 눈사람은 전율한다.

그러나 쓸데없는 한탄을 하며 시간을 허비해서는 안 된다. 눈사람은 천더미와 썩은 시체더미 사이로 발을 내딛으며 중심가를 따라 재빨리 걷는다. 뼈 말고는 별로 남은 것이 없다. 썩은 고기를 먹는 동물들이 이미 볼일을 마친 것이다. 그가 이 길을 통해 빠져나왔을 당시 이곳은 폭동 현장처럼 어지러웠고 도살장 냄새를 풍겼다. 그러나 이제 쥐 죽은 듯 고요하고 악취도 거의 사라졌다. 돼지구리들이 잔디밭을 파헤친 모양이다. 발굽 자국이 사방에 널려 있다. 다행히도 최근 것은 아니다.

그의 최우선 목표는 음식이다. 길을 따라 쇼핑센터가 있는 곳까지 가 보는 것도 해 볼 만한 일이지만(그곳에서라면 더 실속 있는 식사를 할 수 있을 것이다.) 그렇게 하기에는 너무 배가 고프다. 그뿐 아니라 지금 당장 햇빛을 피해야 한다.

그래서 그는 왼쪽에서 두 번째로 난 길로 접어들어 주거 지역으로 들어간다. 벌써 잡초들이 보도의 연석을 따라 무성하게 자라나 있다. 길은 원형을 이루고 있다. 길 안쪽의 둥근 지대에는 가지를 치지 않아 제멋대로 자란 관목 한 무더기가 붉은색과 자주색의 꽃을 과시하고 있다. 이국적인 유전자 조작 식물이다. 몇 년 뒤면 그것들은 사라질 것이다. 혹은 더욱 번성해서 토종 식물들을 잠식해 들어가 씨를 말려 버릴 것이다. 어찌 될지 누가 알겠는가? 이제 전 세계는 통제할 수 없는 엄청난 실험실과도 같이 되어 버렸다. 언제나 그래 왔지. 크레이크는 이렇게 말했을 것이다. 그리고 의도하지 않은 결과라는 정책이 범람하고 있다.

눈사람이 고른 집은 중간 크기의 가짜 앤 여왕 양식*의 집이다. 정문은 잠겨 있지만 마름모 꼴 창유리는 산산조각이 나 있다. 어떤 비운의 약탈자가 그보다 먼저 침입했던 모양이다. 눈사람은 그 가련한 사람이 뭘 찾고 있었던 것일까 생각해 본다. 음식, 쓸데없는 돈 혹은 그저 잠잘 곳? 무엇이 되었든 간에 그에게 큰 도움은 되지 못했을 것이다.

눈사람은 돌로 된 조류 수욕대에서 물 몇 모금을 마신다. 멍청해 보이는 개구리 장식이 있는 수욕대에는 어제 내린 폭우로

---

* 18세기 초 영국의 간소하고 세련된 색조를 가진 장식 양식.

아직까지 물이 가득 차 있으며 새똥도 그다지 많이 떨어져 있지 않다. 새들은 어떤 병을 옮기던가, 그 병균이 똥에도 들어 있던가? 운에 맡기는 수밖에 없다. 눈사람은 얼굴과 목에 물을 묻힌 후 병에 물을 다시 채운다. 그런 다음 행동 개시를 위해 집을 살펴본다. 누군가(그와 같은 누군가)가 어느 모퉁이, 반쯤 열린 문 뒤에서 기다리고 있으리라는 생각을 떨쳐 버릴 수가 없다.

눈사람은 선글라스를 벗어서 두르고 있는 침대보에 동여맨다. 그러고는 깨진 유리창을 통해 안으로 들어간다. 먼저 막대기를 던져 넣은 뒤 한쪽 다리 그리고 다른 쪽 다리를 옮겨 넣는다. 이제 그는 어둠 속에 서 있다. 팔에 곤두선 털이 간지럽게 느껴진다. 폐쇄공포증과 나쁜 기운이 벌써부터 그를 짓누른다. 이곳의 공기는 텁텁하다. 마치 두려움이 농축되어 아직 분산되지 않은 것처럼. 1000개의 썩은 하수구가 한꺼번에 뿜어내는 것 같은 냄새가 난다.

"이봐요! 집에 누구 있어요?"

눈사람이 소리친다. 그렇게 해야만 할 것 같다. 어떤 집이든 잠재적인 거주자가 있을 거라는 생각이 드는 것이다. 그는 그냥 돌아 나가고 싶다. 구역질이 날 것 같다. 하지만 악취 나는 침대보 한 귀퉁이로 코를 틀어막고(적어도 그것은 자기 냄새니까.) 튼튼한 복제 가구처럼 보이는 검은 형상을 지나 넓은 융단 위를 가로지른다. 찍찍거리는 소리, 후닥닥 달아나는 소리가 들린다. 시궁쥐가 이곳을 차지하고 있는 것이다. 그는 발걸음을 조심스럽게 옮긴다. 그는 자신이 시궁쥐들에게 무엇으로 보일지 알고 있다. 살아 있는 썩은 고기. 적어도 그것들은 뱀쥐가 아닌 진짜 시궁쥐인 것 같다. 뱀쥐들은 찍찍거리지 않고 쉭쉭거리는 소리를 낸다.

찍찍거리지 않고 쉭쉭거리는 소리를 냈다, 그는 과거시제로 고쳐 말한다. 그것들은 일소되었다. 멸종되었다. 그렇게 믿어야 한다.

제일 먼저 할 일을 해야 한다. 그는 부엌에서 술 보관용 진열장을 찾아내 재빨리 안을 훑어본다. 버번위스키 반병. 그뿐이다. 빈 병들만 즐비하다. 담배도 없다. 비흡연자의 집이었거나 자신보다 먼저 온 약탈자가 가져갔을 것이다. "제기랄." 그는 그을린 참나무 찬장에 대고 내뱉는다.

그런 다음 까치발을 하고서 카펫이 깔린 층계를 통해 2층으로 올라간다. 왜 진짜 강도라도 되는 것처럼 이렇게 조용히 행동하는가? 그럴 수밖에 없다. 분명 여기에는 사람들이 잠들어 있을 것이다. 분명 그가 내는 소리를 듣고 잠에서 깨어날 것이다. 그렇지만 그는 바보 같은 생각이라는 것을 알고 있다.

욕실의 흙색 타일 위에 한 남자가 파란색과 적갈색 줄무늬로 된 파자마(그에게 남은 유일한 것)를 입고 대자로 누워 있다. 이상하군. 왜 많은 사람들이 비상 상황이면 욕실로 가는 것일까. 눈사람은 생각한다. 이러한 주택들에서 욕실은 성소와 가장 유사한 곳이었다. 홀로 명상할 수 있는 곳. 또한 구토하고, 눈에서 피

눈물을 흘리고, 창자에서 똥을 게워 내고, 자신을 살려 줄 알약을 찾기 위해 필사적으로 의약품 수납장 속을 더듬는 곳이기도 했다.

훌륭한 욕실이다. 기포 목욕 욕조, 벽을 장식하고 있는 멕시코산 세라믹 인어들. 인어들의 머리에는 화관이 씌워져 있고, 금발은 치렁치렁하고, 작지만 둥근 가슴 위의 젖꼭지는 밝은 분홍색이다. 샤워를 하는 것도 나쁘지 않은 생각이지만(이곳에는 아마도 유출식 배출 빗물 예비 탱크가 있을 것이다.) 욕조에 찌든 때가 보인다. 그는 나중을 위해 비누 하나를 챙긴다. 그리고 자외선 차단제를 찾으려고 수납장을 뒤지지만 발견하지 못한다. 반쯤 찬 환희이상 용기, 아스피린 한 통을 재빨리 챙긴다. 칫솔도 챙겨 넣을까 생각하다가 죽은 사람의 칫솔을 입 안에 집어넣는다는 것에 거부감이 들어 치약만 챙긴다. "더 하얀 미소를 위하여." 그는 읽는다. 그에겐 괜찮은 일이다. 그에겐 더 하얀 미소가 필요하다. 무엇을 위해 필요한 것인지 지금은 생각해 낼 수 없지만.

수납장 앞쪽에 붙은 거울은 산산조각이 나 있다. 무력한 분노, 무한한 항의의 마지막 행위이다. 왜 이런 일이? 왜 나에게? 그는 이해할 수 있다. 그 역시 똑같이 행동했을 것이다. 무언가를 부수어 버렸을 것이다. 마지막으로 보게 될 스스로의 영상을 파편으로 부수어 버렸을 것이다. 대부분의 유리 조각은 개수대로 떨어졌겠지만 그는 발을 디딜 때마다 조심한다. 말들처럼, 이제 그의 삶은 발에 달려 있다. 걸을 수 없다면 시궁쥐의 먹이가 될 것이다.

눈사람은 복도를 따라 걷는다. 집의 안주인은 침실에서 킹사이즈의 분홍색과 금색 이불 아래 파묻혀 있다. 한쪽 팔과 견갑골이 이불 밖으로 나와 있고 뼈와 힘줄은 표범 얼룩 무늬 잠옷 속에 감추어져 있다. 얼굴은 다행히도 반대편을 향하고 있다. 그러나 머리카락은 마치 가발처럼 전체가 온전히 보존되어 있다. 검은 머리, 약간의 새치, 요정 같은 모습. 그것과 어울릴 여자의 머리에서 자라고 있다면 매력적으로 보일 머리카락이다.

한때 눈사람은 조금이라도 기회가 있으면 다른 사람들의 책상 서랍을 뒤지곤 했다. 그러나 이 방에서는 그러고 싶지 않다. 어쨌든 모두 비슷한 물건일 것이다. 속옷, 섹스 도구, 모조 장신구, 이런 것들이 몽당연필, 잔돈, 안전핀 같은 것과 섞여 있을 것이고, 운이 좋다면 일기장을 발견할 수도 있을 것이다. 고등학교 시절에 그는 대문자와 느낌표와 극단적인 표현(사랑 사랑 사랑, 증오 증오 증오)이 많고, 나중에 그가 직장에서 받았던 기이한 편지들처럼 색연필로 밑줄이 잔뜩 쳐진 여학생들의 일기장을 읽는 것을 좋아했다. 그는 여학생이 샤워하러 들어갈 때까지 기다렸다가 번개처럼 재빨리 일기장을 훑었다. 물론 그가 보고자 한 것은 자신의 이름이 있는 부분이었다. 읽은 내용이 모두 만족스러운 것은 아니었다.

한 번은 이런 것을 읽은 적도 있었다. 지미 이 더러운 놈 난 네가 이걸 읽고 있다는 걸 알고 있어 난 정말 싫어 내가 너랑 잤다고 해서 널 좋아한다는 의미는 아니야 그러니까 제발 꺼져!!! '싫어' 아래에는 붉은 밑줄 두 줄이, '꺼져' 아래에는 세 줄이 그어져 있었다. 그녀의 이름은 '브렌다'였다. 귀엽고, 껌을 자주 씹고, 생활기술 시간에 그의 앞에 앉곤 했던 그녀. 그녀는 짖기도 하고, 플라스틱 뼈를 물어 오기도 하고, 노란색 물로 된 오줌을 누기 위해 한 발을 들기도 하는 태양열 건전지 로봇 개를 화장대에 두고 있었다. 어떻게 가장 억세고 심술궂은 여자들이 자신들의 침실에는 가장 감상적이고 애잔한 장식품을 놓아 두는지 그는 항상 놀라웠다.

화장대에는 퍼밍 크림, 호르몬 트리트먼트, 작은 유리병과 주사액, 화장품, 화장수 등의 기본 제품들이 놓여 있다. 미늘 창살로 된 블라인드 사이로 들어오는 희미한 빛을 받아 화장품들이 유약으로 색조를 부드럽게 만든 정물화처럼 어둡게 빛난다. 눈사람은 병 하나를 들어 그 안에 든 것을 몸에 뿌린다. 사향 냄새가 이곳에 있는 다른 냄새들을 차단해 주기를 바라면서. 금색 글씨로 '강력 코카인'이라는 상표명이 씌어 있다. 그는 마셔 버릴까 잠시 생각하다가 자신에게 버번위스키가 있음을 떠올린다.

눈사람은 자신을 자세히 살펴보기 위해 타원형 거울 쪽으로 몸을 굽힌다. 침입한 집들에 있는 거울의 유혹을 거부할 수가 없다. 그는 기회가 있을 때마다 자신의 모습을 살펴본다. 충격은 나날이 커져 간다. 낯선 사람이 그를 응시하고 있다. 흐릿한 눈에 푹 꺼진 뺨, 벌레에 물린 딱지로 뒤덮인 사람. 그는 실제 나이보다 스무 살은 더 들어 보인다. 윙크를 하고 미소를 짓고 혀를 내밀어 본다. 그는 정말로 한탄스러운 꼴을 하고 있다. 거울 속 그의 뒤로 보이는 침대 속의 거죽만 남은 여자는 정말 살아 있는 사람처럼 보인다. 마치 금방이라도 그를 향해 돌아앉아 팔을 벌리고 자신을 가지라고 속삭일 것 같다. 그녀와 그녀의 요정 같은 머리카락을 가지라고.

오릭스도 그런 가발을 가지고 있었다. 그녀는 화려하게 꾸미고 자신의 외모를 바꾸어 다른 여자인 척하는 것을 즐겼다. 방 안에서 뽐내고 걸으면서 약간의 스트립쇼를 하고 몸을 흔들고 포즈를 취하곤 했다. 남자들은 변화를 좋아한다고 그녀가 말했다.

"누가 그런 말을 해 줬어?"

지미가 물었다.

"아, 누군가가."

그녀는 이렇게 말하고는 웃음을 터뜨렸다. 그가 그녀를 안아 올리고 그녀의 가발이 떨어지기 직전에 나눈 대화였다……. 지미이! 그러나 지금 그는 오릭스를 생각할 여유가 없다.

그는 방 한가운데 팔을 늘어뜨리고 입을 벌린 채 서 있는 자신을 발견한다.

"나는 그동안 참 어리석었군."

그는 큰 소리로 말한다.

옆방은 아이의 방이다. 그곳에는 화려한 붉은 플라스틱 컴퓨터, 곰인형이 놓인 선반, 기린 무늬의 장식 띠벽지, 그리고 케이스의 그림으로 판단하건대, 극도로 폭력적인 컴퓨터게임이 담긴 시디가 있다. 그러나 그곳에 아이의 시체는 전혀 보이지 않는다. 어쩌면 죽어서 화장이 이루어지던 처음 며칠 사이에 화장되었는지도 모른다. 아니면 부모가 졸도하고 피를 뿜어내자 겁이 나서 다른 곳으로 도망갔을 수도 있다. 눈사람이 밖의 거리에서 지나쳐 온 천 무더기와 시체 무더기 중의 하나가 그 아이였을 수도 있다. 어떤 무더기는 상당히 조그마했기 때문이다.

눈사람은 시트를 넣어 두는 현관 벽장을 찾아서 자신의 더러운 침대보를 새것으로 바꾼다. 이번에는 무지 침대보가 아니라 소용돌이 무늬와 꽃무늬가 있는 것이다. 크레이커들의 아이들이 이것을 보면 감명을 받을 것이다. "저기 봐, 눈사람이 잎사귀를 피워 내고 있어!" 그들은 이렇게 말할 것이다. 그들은 그가 그런 일을 충분히 할 수 있다고 생각할 것이다. 벽장에는 단정히 개켜진 깨끗한 침대보들이 차곡차곡 들어 있지만, 그는 한 장만 집어 든다. 꼭 필요하지 않은 물건들을 무겁게 들고 가고 싶지 않다. 필요하다면 언제든 되돌아올 수 있다.

더러운 침대보를 빨래 바구니에 넣으라고 말하는 그의 어머니의 목소리가 들려오지만(오래된 신경 통로는 쉽사리 소멸되지 않는다.) 그는 침대보를 그냥 마룻바닥에 던져 버리고 아래층으로 내려가 부엌으로 들어간다. 뭔가 통조림 식품을 발견할 수 있다면 좋을 것이다. 대두 스튜 또는 모조 비엔나소시지, 단백질이 든 것은 무엇이든.(채소라도 괜찮을 것이다. 인공이건 아니건 그는 무엇이든 먹어 치울 것이다.) 그러나 창문을 부수어 버린 그자가 찬장 역시 깨끗이 쓸어가 버렸다. 위를 딸깍 하고 잠그게 되어 있는 비닐봉지에는 마른 시리얼만 조금 남아 있다. 그는 그것을 먹는다. 그것은 조작되지 않은 형편없는 유전자로 만든 판지 같은 것이어서, 삼키려면 많이 씹은 다음 물을 마셔야 한다. 그는 캐슈너트가 든 작은 상자 세 개와 총알기차에서 구할 수 있는 스낵 팩 한 상자를 발견하자마자 게걸스럽게 먹어 치운다. 그렇게 오래된 것은 아닌 듯하다. 대두오대두 정어리 통조림도 하나 있다. 그것 말고는 발효되어 검은 갈색으로 변해 버린 케첩 반병밖에 없다.

그는 냉장고를 여는 어리석은 짓은 하지 않는다. 부엌을 채우고 있는 냄새의 일부가 냉장고에서 흘러나오고 있다.

선반 아래에 있는 서랍 속에는 여전히 작동하는 손전등이 들어 있다. 그는 손전등과 양초 조각 몇 개, 성냥을 집어 든다. 제자리에 보관되어 있는 쓰레기용 비닐봉지를 찾아내서 정어리와 나머지 캐슈너트 두 상자, 그리고 버번위스키와 비누와 아스피린을 포함한 모든 것을 한데 집어넣는다. 별로 날카롭지는 않지만 칼도 몇 자루 있다. 그는 칼 두 자루와 작은 냄비를 고른다. 요리할 것이 생기면 유용하게 쓸 수 있을 것이다.

아래층 현관 복도를 따라 있는 부엌과 다용도실 사이에 작은 서재가 있다. 못 쓰게 된 컴퓨터와 팩스와 프린터가 놓인 책상,

필기구를 담는 플라스틱 펜 꽂이, 각종 사전(사전, 동의어 사전, 인용구 사전, 『노턴 현대시 선집』)이 꽂혀 있는 선반. 아마 위층의 줄무늬 파자마를 입은 남자는 언어를 다루는 사람이었을 것이다. 되젊음의 연설 저술가, 관념의 배관공, 장황설의 박사, 임시 고용된 궤변가. 가련한 놈. 눈사람은 생각한다.

시든 꽃이 꽂힌 꽃병과 액자에 든 아버지와 아들의 사진(사진 속 아들은 일고여덟 살쯤 되어 보인다.) 옆에는 전화 메모장이 놓여 있다. 첫 페이지에 "잔디밭 깎기"라고 휘갈겨 씌어 있다. 그다음에는 더 작고 희미한 글씨로 "보건소에 전화하기……."라고 씌어 있다. 볼펜은 마치 힘 빠진 손에서 떨어진 것처럼 여전히 종이 위에 놓여 있다. 구역질과 그에 대한 자각, 그것은 바로 그 순간에 찾아왔을 것이다. 남자가 자신의 흔들리는 손을 바라보며 이유를 생각해 내려고 애쓰는 모습을 눈사람은 눈앞에 떠올릴 수 있다. 남자는 초기에 감염된 경우였을 것이다. 그게 아니라면 잔디밭을 걱정하지는 않았을 테니까.

목덜미가 다시 따끔거리기 시작한다. 왜 자신의 집에 무단 침입했다는 느낌이 드는가? 이곳이 25년 전에 살던 그 집이고, 사라진 아이는 자신인 것 같은 느낌.

회오리바람

눈사람은 거실 커튼 사이로 스며드는 어슴푸레한 빛을 가로질러 집의 전면으로 난 길을 걸어 나가면서 앞으로 갈 길을 그려 본다. 통조림 식품이 많은 집이나 쇼핑센터를 찾아봐야 할 것이다. 맨 위쪽 선반만 살피면서도 하룻밤을 보낼 수 있을 것이다. 그렇게 된다면 좀 더 찬찬히 최상의 물건만을 골라낼 것이다. 누가 알겠는가? 초콜릿 바가 있을지. 식량 문제가 해결된 것이 확인되면 거품 모양 돔으로 가서 무기고를 약탈할 수 있을 것이다. 일단 제대로 작동하는 분무 총을 손에 넣으면 훨씬 안도감을 느낄 것이다.

눈사람은 깨진 유리창 밖으로 막대기를 내던지고는 날카로운 유리에 걸려 새 꽃무늬 침대보가 찢어지거나, 상처를 입거나, 비닐봉지가 터지는 일이 없도록 주의하면서 창밖으로 나간다. 그의 맞은편, 도로로 나가는 길을 막고 있는 마구 자라난 잔디밭 위에서 돼지구리 다섯 마리가 작은 쓰레기 더미를 헤집고 있다. 그는 그 쓰레기 더미가 단지 옷가지가 쌓여 있는 것에 불과하기를 바랄 뿐이다. 수놈 한 마리, 암놈 두 마리, 어린 것 두 마리. 그의 소리를 듣자 놈들이 먹다 말고 고개를 쳐든다. 놈들이 정말로 그를 본 것이다. 그는 막대기를 들고 흔들어 댄다. 보통 그런 행동을 하면 놈들은 도망가 버린다. 돼지구리는 기억력이 좋고, 막대기는 전기 자극기와 비슷하게 생겼기 때문이다. 그런데 놈들이 움직이지 않고 그대로 서 있다. 어리둥절한 듯이 그가 있는 방향 쪽으로 코를 킁킁댄다. 어쩌면 그가 뿌린 향수 냄새를 맡았을지도 모른다. 그 향수에는 포유류의 성 페로몬과 유사한 것이 들어 있을 수도 있다. 이게 그의 천명인가. 발정 난 돼지구리들에게 짓밟혀 죽다니, 얼마나 얼간이 같은 죽음인가.

만일 놈들이 그를 향해 달려들면 어떻게 할 것인가? 창문 안으로 기어 들어가는 것, 단 한 가지의 선택만이 있을 뿐이다. 그럴 시간이나 있을까? 그 망할 놈들은 거대한 몸뚱어리를 나르는 짧은 다리를 가졌음에도 아주 빨리 달릴 수 있다. 부엌칼이 그의 쓰레기 봉투 안에 들어 있다. 하지만 완전히 다 자란 돼지구리에게 해를 입히기에는 그 칼은 너무 짧고 약하다. 트럭 타이어에 과도를 꽂으려는 것과 마찬가지일 것이다.

수놈은 머리를 낮추고 억센 목과 어깨를 구부리더니 몸을 앞뒤로 어색하게 흔들어 대며 결정을 내리고 있다. 그러나 다른 놈들이 어느새 다른 곳으로 이동하기 시작하자, 수놈은 마음을 바꾸고는 경멸의 표시로 길에 똥 한 무더기를 싸 놓고 그들을 따라가 버린다. 눈사람은 놈들이 눈앞에서 사라질 때까지 꼼짝 않고 서 있다가 수시로 뒤를 돌아보며 조심스레 앞으로 걸어간다. 이곳에는 돼지구리들의 흔적이 너무 많다. 그 야수들은 물러가는 척했다가 다음 골목에서 기다리는 짓을 할 정도로 약다. 놈들은 그를 쓰러뜨리고 짓밟은 다음, 그의 몸을 찢어발기고 내장부터 먹어 버릴 것이다. 그는 놈들이 무엇을 좋아하는지 알고 있다. 머리가 좋고 무엇이든 먹어 치우는 동물, 돼지구리. 몇몇 돼지구리들의 교활하고 사악한 머릿속에서는 인간의 대뇌 신피질 조직이 자라고 있을 수도 있다.

그렇다, 저 앞쪽에 놈들이 서 있다. 다섯 마리가 덤불 뒤쪽에서 나오고 있다. 아니, 모두 일곱 마리다. 놈들은 그가 있는 쪽을 바라보고 있다. 등을 돌리거나 뛰는 것은 어리석은 짓일 것이다. 그는 막대기를 들어 올리고 옆걸음질로 그가 오던 방향으로 되돌아간다. 만약 필요하다면 검문소 관리실 안으로 들어가 놈들이 가 버릴 때까지 기다릴 수도 있을 것이다. 그런 다음에는 몸을 숨길 수 있는 골목길을 통해 거품 모양 돔까지 에둘러 가는 길을 찾아야 할 것이다.

그런데 돼지구리들이 지켜보는 가운데 무슨 기묘한 춤이라도 추는 것처럼 그가 미끄러지듯 발걸음을 옮기는 도중에, 남쪽에서부터 먹구름이 부글거리며 일어나 태양을 가려 버린다. 그것은 평상시와 같은 오후 폭풍우가 아니다. 폭풍우가 불기에는 때가 너무 이르고, 하늘은 불길한 초록빛이 도는 노란 색조를 띠고 있다. 회오리바람이 불어오는 것이다. 아주 큰 것이. 이제 돼지구리들은 숨을 곳을 찾아 사라진다.

눈사람은 검문소 관리실 밖에 서서 폭풍이 회전하며 앞으로 나아오는 것을 바라본다. 웅장한 광경이다. 그는 캠코더를 든 아마추어 다큐멘터리 제작자가 이런 폭풍 속으로 빨려 들어가는 것을 본 적이 있다. 해안에서 크레이크의 아이들이 어떻게 지내고 있을지 궁금하다. 만일 크레이크 이론의 살아 있는 결과물들이 모두 하늘로 날려 가 버리거나 커다란 파도에 휩쓸려 바다로 가 버리게 된다면 크레이크에게는 참 애석한 일일 것이다. 그러나 그런 일은 일어나지 않을 것이다. 해수면이 높아질 경우에도 떨어진 잡석들로 형성된 방파제가 그들을 보호해 줄 것이다. 그들은 전에도 회오리바람을 견뎌 낸 적이 있다. 그들은 '천둥의 집'이라고 부르는 콘크리트 블록 더미 가운데에 있는 중심 구덩이로 들어가 회오리바람이 지나기를 기다릴 것이다.

바람이 먼저 강타하면서 탁 트인 벌판에 있는 파편들을 휘젓는다. 이윽고 번개가 구름 사이를 힘차게 지나간다. 좁다란 검은색 원뿔이 지그재그를 그리며 아래로 내려오는 것이 보인다. 이내 어둠이 깔린다. 다행히도 검문소는 그 옆에 있는 치안 건물에 부속되어 지어졌고, 그런 것들은 연료 창고처럼 튼튼하고 견고한 법이다. 눈사람은 첫 빗방울이 들이치자 검문소 안으로 피한다.

날카로운 바람 소리, 쾅 하는 천둥 소리, 못으로 고정시킨 모든 것이 거대한 엔진 속의 기어처럼 윙윙거리는 소리가 들린다. 커다란 물체가 외벽을 강타한다. 그는 쓰레기 봉투 속을 뒤져 손전등을 찾으며 하나의 문을 지나고 또 다른 문을 통해 더 안쪽으로 들어간다. 그가 손전등을 꺼내어 만지작거리고 있을 때 또 한 번의 굉장한 천둥이 치고 머리 위에서는 전등이 깜박거린다. 예전에 타 버렸던 태양계 회로가 또다시 탄 모양이다.

차라리 전깃불이 나가 버리는 게 나을 성싶다. 구석진 곳에 바이오수트가 몇 벌 놓여 있다. 그것을 입고 있는 시체들은 손쓸 방도가 없을 정도로 상태가 좋지 않다. 파일 캐비닛 서랍이 열려 있고 사방에 종이가 흩어져 있다. 경비원들은 매우 당황했던 것 같다. 아마도 사람들이 문 밖으로 나오는 것을 막으려고 했을 것이다. 강제로 격리시키고 가두려던 시도가 있었던 것을 그는 기억한다. 그러나 반사회 분자들(그즈음에 이르러서는 대부분의 사람들이 그렇게 변해 버렸다.)이 침입해서 비밀 파일들을 쓰레기로 만들어 버렸을 것이다. 이런 종잇조각과 저장 디스크가 누군가에게 소용이 있으리라고 믿다니, 그들은 얼마나 낙관적이었던가.

눈사람은 가까스로 바이오수트가 있는 쪽으로 걸어간다. 막대기로 시체들을 찌르고 뒤집어 본다. 생각했던 것만큼 나쁘지 않고 악취도 그리 심하지 않다. 그저 딱정벌레들 몇 마리가 붙어 있을 뿐이다. 물렁물렁한 부분은 거의 다 사라져 버렸다. 무기는 하나도 찾을 수 없다. 반사회 분자들이 다 가져가 버린 모양이다. 그 역시 그렇게 했을 것이다. 그 역시 그렇게 했다.

눈사람은 맨 안쪽 방에서 나와 카운터와 책상이 있는 접수계 구역으로 돌아간다. 갑자기 극심한 피로가 몰려온다. 그는 인체공학적으로 설계된 의자에 앉는다. 너무 오랜만에 의자에 앉아 보는 것이라 기묘한 느낌이 든다. 그는 전기가 다시 나갈 경우에 대비해 성냥과 양초 조각을 꺼내야겠다고 생각한다. 그러면서 조류 수욕대에서 받아 온 물을 마시고 캐슈너트를 두 상자째 먹는다. 밖에서는 바람이 아우성치는 소리가 들린다. 구속에서 벗어난 거대한 동물이 미쳐 날뛰는 것처럼 무시무시한 소리다. 닫아 놓은 문 틈으로 돌풍이 밀려 들어와 먼지를 일으킨다. 모든 것이 덜그럭거린다. 그의 손도 떨린다. 두려워하고 있는 것이다. 자신이 인정하고 있는 것보다 더 많이.

여기에 시궁쥐가 있다면 어떻게 할 것인가? 분명 있을 것이다. 물이 범람하기 시작한다면? 쥐들이 그의 다리로 뛰어오를 것이다! 그는 의자 위로 다리를 끌어올려 인체공학적 손잡이 위에 올려 놓고 꽃무늬 침대보를 다리 주위에 쑤셔 넣는다. 시궁쥐가 몰려오는 소리를 들을 수 있을 가능성은 전혀 없다. 폭풍의 아우성이 너무 큰 것이다.

위대한 사람은 삶에서 도전과 맞닥뜨리기 위해 결연히 일어나야 합니다. 어떤 목소리가 말한다. 이번엔 누구지? 되젊음 티브이에 나오는 동기 부여 강연자, 정장을 입고 어수룩하고 단조로운 목소리로 말하던 사람. 임시 고용된 수다쟁이. 이것은 역사가 우리에게 분명히 가르쳐 준 교훈입니다. 장애물이 높을수록 더 큰 도약을 하게 되는 법이지요. 위기와 대면해야 하는 상황은 당신에게 인간적인 성장을 가져다 줄 것입니다.

"나는 인간적인 성장을 하지 못했어, 이 바보 같으니. 나를 보라고! 난 쪼그라들었어! 내 두뇌는 겨우 포도알만 하다고!"

눈사람이 소리 지른다.

하지만 그는 자신의 두뇌 상태가 어떤지, 더 큰지 작은지 알 수 없다. 비교할 상대가 없다. 그는 안개 속에서 길을 잃어버렸다. 모든 기준점이 사라졌다.

전기가 나간다. 눈사람은 어둠 속에 홀로 남겨졌다.

"그래서 어쨌다는 거야? 빛이 있을 때도 혼자였어. 별다를 게 없지."

그는 스스로에게 말한다. 하지만 분명 큰 차이점이 있다.

이제 그는 각오가 되었다. 마음을 다진다. 손전등을 세워 두고 가느다란 성냥개비를 그어 어렵사리 촛불을 밝힌다. 촛불은 허공에서 거센 외풍에 흔들리면서도 책상 위에 작은 원형의 은은한 노란빛을 던져 주어, 방 안을 어둡지만 안전한 고대의 동굴로 변모시키며 타오른다.

그는 비닐봉지 안을 뒤져서 세 상자째 캐슈너트를 찾아 열고 먹는다. 버번위스키 병을 꺼내 들고 잠시 생각하다가 뚜껑을 열고 마신다. 꿀꺽, 꿀꺽, 꿀꺽. 알코올이로군. 그의 머릿속 만화 대사가 이렇게 진행된다.

오, 자기, 자기 너무 잘하고 있어. 방 한구석에서 여자 목소리가 들려온다.

"아니, 그렇지 않아."

눈사람이 말한다.

바람 한줄기가 휘익 하고 그의 귓전을 스치고는 촛불을 꺼 버린다. 그는 촛불을 다시 켤 기운도 없다. 버번위스키 기운이 뻗치고 있는 것이다. 어둠 속에 있는 편이 차라리 낫다. 오릭스가 부드러운 깃털이 달린 날개를 퍼덕이며 자신을 향해 날아오는 것처럼 느껴진다. 이제 곧 그녀는 그와 함께 있게 될 것이다. 그는 비참함과 평온함이 뒤섞인 상태로 의자 위에 웅크리고 앉은 채 책상에 머리를 대고 눈을 감는다.

(10)

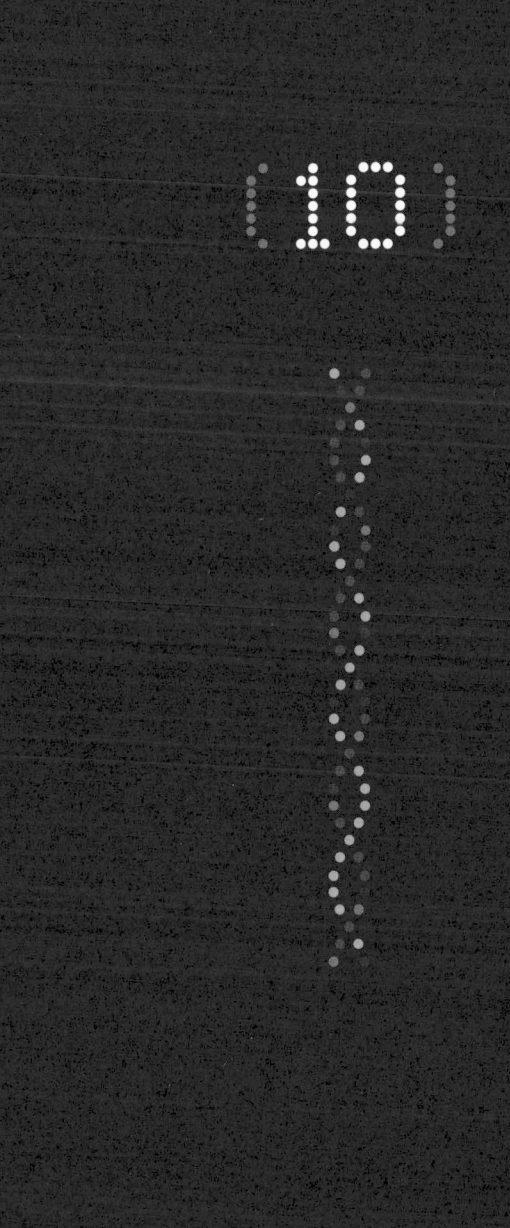

독수리화

혼란스러운 4년을 보낸 뒤 지미는 초라하고 보잘것없는 문제학 학위를 받고 마사그레이엄을 졸업했다. 즉시 직업을 구할 수 없으리라는 그의 예상은 빗나가지 않았다. 그는 수주일 동안 빈약한 이력서를 작성해 보냈고, 아주 빨리 되돌려 받았다. 어떤 때는 말단 직원이 점심을 먹으며 넘겨보다가 묻힌 기름 자국이나 지문이 이력서에 남아 있기도 했다. 그러면 지미는 더러워진 부분만 바꾸어 다시 보냈다.

지미는 마사그레이엄 도서관에서 여름 동안 임시직을 얻었다. 그가 맡은 일은 오래된 책들을 훑어보고, 어떤 책을 디지털 판본으로 남겨야 할지 결정한 다음, 폐기해야 할 책에는 표시를 하는 일이었는데, 어떤 것도 도저히 내버릴 수 없었던 탓에 그 일에서 중도 하차하고 말았다. 그 뒤로 당시 사귀던 개념예술가인 긴 갈색 머리 여자 친구 '아만다 페인'과 동거했다. 그녀에 관한 다른 많은 것들과 마찬가지로 그 이름 역시 꾸며 낸 것이었다. 그녀의 실제 이름은 '바브 존스'였다. 그녀는 자신을 재창조할 필요가 있었다고 말했다. 원래의 바브는 폭력적이고 백인 쓰레기에 지나지 않으며 단 음식에 빠져 사는 가족에게 너무 학대를 당해, 이제는 구부러진 포크로 만든 풍경(風磬)이나 다리가 세 개뿐인 의자처럼 벼룩시장에서조차 팔리지 않는 상품과 다를 바 없다고 주장했다.

지미가 그녀에게 끌린 것은 바로 그 때문이었다. '벼룩시장'이라는 것 자체가 그에게는 이국적인 개념이었다. 그는 그녀를 고쳐 주고 수선해 주고 새롭게 색칠해 주고 싶었다. 그녀를 새로운 존재로 만들어 주고 싶었다. "넌 마음이 따뜻해." 처음으로 자신의 방어벽 안으로 그를 들어오도록 허락하면서 그녀는 이렇게 말했다. 정정, 그녀의 오버롤 안으로.

아만다는 단지 안에 허름한 콘도를 가지고 있었고, 그것을 다른 두 예술가와 나눠 쓰고 있었다. 그들은 둘 다 남자였다. 세 예술가는 모두 평민촌 출신이었으며, 장학금을 받고 마사그레이엄에 진학했다. 그리고 지미같이 특권 계급에 속해 있으면서 기골이 약하고 퇴폐한 조합 출신의 아이들보다 자신들이 더 우월하다고 생각하고 있었다. 그들은 다부지게 고통을 견디며 자신들의 길을 어렵게 헤쳐 와야 했던 것이다. 그들은 현실의 맷돌에 갈려 본 뒤에 비로소 얻게 된 뚜렷한 통찰력을 당당히 내세웠다. 한 남자는 자살을 시도한 적이 있는데, 그 사실은 (그가 암시하기를) 그에게 특별한 우월함을 부여해 주었다. 다른 한 남자는 예술을 택하기 전에, 아니 어쩌면 부업으로 예술도 하게 되기 전에 헤로인을 많이 복용했으며 밀거래를 하기도 했다. 그들이 특별한 매력을 지닌 남자들이라고 생각했던 첫 몇 주가 지나자, 지미는 그들이 허튼소리를 지껄이는 기교가들일 뿐 아니라 허파에 바람이 들어간 무례한 놈들이라고 여기게 되었다.

두 남자는 지미의 존재를 마지못해 용납했다. 지미는 그들의 환심을 사기 위해 때때로 부엌일을 맡아서 하기도 했지만 그의 요리 솜씨는 그다지 신통하지 못했다.(세 예술가는 전자레인지를 경멸했고 스파게티를 직접 삶아 먹었다.) 어느 날 밤, 지미는 닭고기옹이 너겟 한 통을 사 오는 실수를 저질렀다.(체인점이 모퉁이 한 켠에 생겼는데, 그 고기는 생산 방식에 대해 생각하지 않는다면 그런대로 먹을 만했다.) 그 사건 뒤에 아만다를 제외한 두 명은 그에게 거의 말을 걸지 않았다.

그렇다고 해서 두 남자가 둘 사이의 대화까지 중단한 것은 아니었다. 그들은 자신들이 좀 안다고 주장하는 온갖 종류의 시시한 것들에 대해 떠들어 댔으며, 선동적인 말투로 장황한 훈계와 모호한 설교를 계속해서 늘어놓곤 했다. 그런 장광설은 사실 지미가 느끼기에는 지미 자신을 겨냥한 것이었다. 그들에 따르면 6000~7000년 전에 농경이 고안되었을 때 이미 모든 것이 끝나 버렸다는 것이다. 그 후로 인간의 실험은 처음에는 극대화된 식량 공급 때문에 거대주의의 운명에, 그리고 일단 사용 가능한 식량이 싹쓸이된 뒤에는 멸종의 운명에 처하게 되었다고 말했다.

"무슨 해결책이 있어요?"

지미가 물었다. 그는 그들을 골리는 것을 즐기게 되었다. 그들은 그의 말을 판단할 만한 인물들이 아니었던 것이다. 반어법에 민감하지 못한 그 예술가들은 정확한 분석과 정확한 해결책은 별개의 것이며 후자가 없다고 해서 전자가 쓸모없어지는 것은 아니라고 말했다.

어쨌든 해결책이 없는 것인지도 모른다. 인간 사회는 일종의 괴물이며 그것의 주요 부산물은 시체와 폐허뿐이라고 그들은 주장했다. 인간 사회는 결코 자각하지 못하며 똑같은 멍청한 실수를 계속해서 저지르고 단기적 이익과 장기적 고통을 맞바꾼다. 그것은 지구상에 존재하는 모든 생물체를 거침없이 갉아먹은 뒤에, 제조 생산되고 나면 곧 구식이 되어 버릴 플라스틱 폐품의 형태로 똥을 싸 놓는 거대한 민달팽이와 같다.

"마치 당신들 컴퓨터처럼요? 당신들이 미술 작업을 하는 그 컴퓨터 말이에요."

지미가 투덜거렸다.

예술가들은 지미가 하는 말을 무시하며 말했다. 머지않아 지구는 표면을 뒤덮은 기다란 지하 튜브 말고는 아무것도 남지 않게 될 것이다. 그 안의 공기와 빛은 인공적일 것이다. 지구라는 행성의 오존층과 산소층이 완전히 파괴되었기 때문이다. 사람들은 벌거벗은 채 한 줄로 서서 그 튜브 속을 걸어 다닐 것이고, 그들이 볼 수 있는 것은 앞사람의 똥구멍뿐이며, 오줌과 똥은 바닥에 난 구멍으로 배출될 것이다. 그러다가 그들은 디지털화된 구조에 의해 무작위로 잡혀 올라가 옆의 터널로 빨려 들어간 다음 으깨어져서 튜브 내부에 있는 일련의 젖꼭지 모양의 부속물을 통해 다른 이들에게 먹히게 될 것이다. 그 시스템은 자족적이고 영구적이며 모든 사람을 공정하게 다룰 것이다.

"그렇게 되면 전쟁이 사라지겠군요. 우리는 모두 무릎뼈가 굵어질 테고요. 그런데 섹스는 어떻게 되는 거죠? 그런 튜브 속에 들어가 있으면 그리 쉬운 일은 아니겠군요."

지미가 말했다. 아만다는 지미에게 못마땅한 눈초리를 던졌다. 못마땅한, 그러나 공감이 담긴 눈초리. 그녀도 똑같은 의문을 가졌던 것이다.

아만다는 말이 그다지 많은 편이 아니었다. 그녀 자신은 영상에 능한 사람이지 언어에 능한 사람이 아니라고 말했다. 그녀는 그림을 통해 생각한다고 말했다. 지미는 그 점에 대해 개의치 않았다. 약간의 공감각은 상당히 괜찮은 것이다.

"이렇게 해 주면 뭐가 보이지?"

관계 초기, 가장 열렬하던 시기에 지미는 그녀에게 이렇게 물었다.

"꽃들. 두세 송이. 분홍색."

"이렇게 하면 어때? 뭐가 보여?"

"붉은 꽃들. 붉은색과 자주색. 대여섯 송이."

"이건? 오, 자기, 사랑해!"

"네온!"

잠시 후 그녀는 한숨을 내쉬고 이렇게 말했다.

"그건 완전한 꽃다발이었어."

그는 그 보이지 않는 꽃들에 쉽사리 감동받았다. 결국 그 꽃들은 그의 재능에 대한 찬사였던 것이다. 그녀는 엉덩이가 매우 멋졌고 가슴도 진짜였다. 그러나 눈매는 약간 냉혹해 보였다. 그는 그것을 초기에 알아차렸다.

아만다는 원래 텍사스 출신이었다. 그녀는 그곳이 바싹 메말라 모든 것이 날려가 버리기 전의 모습을 기억할 수 있다고 주장했다. '그렇다면 그녀 자신이 말한 것보다 열 살 정도 더 많은 거로군.' 하고 지미는 생각했다. 그녀는 한동안 '독수리 조각'이라는 프로젝트를 진행하고 있었다. 기본이 되는 발상은, 커다란 동물 시체의 부위들을 트럭 가득 싣고서 공터나 버려진 공장의 주차장에 가져가 단어의 형태로 배열한 뒤, 독수리들이 하강해서 그것들을 흐트러뜨릴 때까지의 전체 광경을 헬리콥터에서 기다리며 사진으로 찍는 것이었다. 그녀는 처음에는 상당한 주목을 끌었다. 물론 신의 정원사와 고립된 광인들로부터 증오가 담긴 우편물 몇 자루와 살인 위협을 받기도 했다. 그 편지들 중 하나는 지미의 옛 기숙사 룸메이트인 버니스에게서 온 것이었는데, 그녀는 이제 수사학적 능력이 탁월하게 향상된 것 같았다.

그 뒤에 일련의 심장 부위 농장 사업으로 큰 재산을 모은 주름 많고 타락한 늙은 후원자가 그녀가 하는 작업이 최첨단일 것이라는 환상을 갖고 그녀에게 두둑한 장학금을 지급했다. 정말 잘된 일이었다고, 그만한 돈이 없었다면 자신의 예술 작품을 포기해야만 했을 거라고 아만다는 말했다. 헬리콥터는 값이 비쌌고, 거기에다 안전 허가도 받아야 했다. 시체보안회사 요원들은 영공을 놓고 정말 까다롭게 굴었다고 그녀는 말했다. 그들은 모든 사람이 공중에서 핵 공격을 하고 싶어 한다고 의심했고, 대여 헬리콥터로 어디로든 날아갈 수 있는 허락을 받기 위해서는 뇌물을 잔뜩 짊어진 조합 출신의 왕자가 아닌 이상 그들이 속옷 안쪽까지 더듬도록 내버려 두어야 했다.

그녀가 독수리화(그녀가 사용한 용어였다.)한 단어들은 두 글자로 이루어져야만 했다. 그녀는 그것에 대해 많은 생각을 했다. 각 글자는 양전하나 음전하의 진동을 가지고 있기 때문에 단어를 신중히 선택해야 했다. 그 단어들을 살아나게 한 뒤에 다시 죽여 버린다는 것이 독수리화에 대한 그녀의 구상이었다. 그것은 매우 강력한 과정이었다. "마치 신이 생각하는 것을 보는 것과 같지요." 그녀는 인터넷의 질의응답란에 이렇게 써 놓았다. 이제까지 그녀는 '고통'(그녀가 채팅방 인터뷰에서 밝혔듯이 그것은 자기 이름에 대한 언어 유희였다.*)와 '누구', 그리고 '배짱'이라는 단어로 작

* 영어로 '고통(pain)'은 아만다의 성(姓)인 페인(Payne)과 동음임.

업을 했다. 그녀는 지미가 머물렀던 여름 내내 다음 단어를 생각해 내지 못해 힘겨운 시간을 보냈다.

마침내 삶은 스파게티를 더는 먹을 수 없을 것 같다고 느꼈을 때, 그리고 아만다가 머리카락을 자근자근 씹으며 허공을 응시하고 있는 모습이 더 이상 욕망과 황홀감을 불러일으키지 않게 되었을 때 지미는 일자리를 구했다. '새론당신'이라는 회사였다. 그곳은 매우 낙후된 평민촌 근처에 있었기 때문에 평민촌에 있는 것과 다를 바 없는 작은 조합이었다. 다른 곳을 택할 수만 있다면 그곳에서 일하고 싶을 사람은 그다지 많지 않으리라는 것이 면접 본 날에 그가 받은 느낌이었다. 약간 비굴해 보이던 면접관의 태도도 그것의 설명이 될 수 있을 것이다. 자기보다 앞서 수십 명의 구직자들이 그 회사를 거부했으리라는 것을 지미는 짐작할 수 있었다. 그렇다면(그는 면접관들에게 텔레파시를 보냈다.) 당신들이 염두에 두고 있는 사람은 아닐지 모르지만, 적어도 나는 헐값에 고용할 수 있는 사람이라오.

자신들이 인상 깊게 본 것은 20세기의 자조(自助)에 관한 책을 다룬 지미의 졸업 논문이었다고 면접관들은 말했다. 면접관은 남자 하나, 여자 하나, 이렇게 둘이었다. 그들의 중점 상품 중 하나는 개선에 관한 품목들이라고 했다. 물론 더 이상 책 같은 것이 아니라 디브이디와 시디롬, 사이트 등이었다. 이러한 교육 상품들 자체가 잉여가치를 창출해 내는 것은 아니라고 그들은 설명했다. 잉여가치를 가져오는 것은 최상의 효과를 얻는 데 필요한 장비들과 대체 약품들이었다. 마음과 몸은 함께 움직이게 되어 있으며, 지미가 할 일은 마음 쪽에 관여된 부분을 관리하는 일이 될 것이다. 달리 말하자면 판촉에 관련된 일인 것이다.

"사람들이 원하는 건 완벽해지는 것입니다. 자기 자신들이 말이죠."

남자 면접관이 말했다.

"하지만 그것을 성취하기 위해 거쳐야 할 단계를 표시해 주길 원하지요."

여자 면접관이 말했다.

"단순한 순서로 된 것으로."

남자가 말했다.

"격려와 함께 말이죠. 적극적인 태도 역시."

여자가 말했다.

"그들은 변화 이전과 이후에 대해 듣고 싶어 합니다. 이것은 가능성의 기술입니다. 그러나 물론 확실한 보장은 없지요."

남자가 말했다.

"당신은 과정에 대한 굉장한 통찰력을 보여 주었어요. 당신의 논문에서 말이죠. 우리는 아주 성숙한 생각이라고 보았어요."

여자가 말했다.

"당신이 한 세기에 대해 알고 있다면 다른 모든 세기에 대해서도 알고 있는 것이라고 할 수 있지요."

남자가 말했다.

"하지만 형용사는 변화합니다. 지난해에 유행했던 형용사보다 더 끔찍한 것은 없습니다."

지미가 말했다.

"바로 그겁니다!"

남자는 마치 지미가 우주의 수수께끼를 눈 깜박할 사이에 풀기라도 한 듯한 말투로 외쳤다. 남자는 지미의 손을 으스러져라 움켜쥐며 악수했다. 여자는 따뜻하지만 유약해 보이는 미소를 지었다. 그 미소를 보자 지미는 여자가 결혼을 했는지 궁금해지기 시작했다. 새론당신 회사의 월급은 별 볼일 없었지만 다른 이점이 있을지도 모를 일이었다.

그날 밤 지미는 아만다 페인에게 자신의 행운에 대해 이야기했다. 최근 들어 그녀가 돈에 대해 잔소리를 해 왔기 때문에(사실 잔소리는 아니었다. 그녀는 특기인 길고 무거운 침묵을 깨고 자신의 몫을 다하는 것에 대한 뼈 있는 언급을 하곤 했다.) 지미는 그녀가 기뻐하리라고 생각했다. 닭고기옹이 사건 뒤로 그들의 잠자리는 그다지 좋지 못했다. 어쩌면 그들의 관계는 감동적이고 떠들썩하고 정열적인 몸짓으로 가득한 대단원을 위해 회복의 국면으로 접어들 수도 있을 것이다. 벌써부터 그는 빠져나갈 대사를 연습하고 있었다. 나는 네가 원하는 그런 사람이 아니야, 너는 더 좋은 사람을 만나야 해, 나는 네 삶을 망쳐 놓고 말 거야 등등. 하지만 그런 일들은 단계적으로 열심히 노력해서 이루는 것이 최선이기 때문에, 그는 자신의 새 직업에 대해 상세히 늘어놓았다.

“이제는 집으로 돈을 가져올 수 있을 거야.”

지미는 쾌활하지만 책임감 있게 들렸으면 하는 말투로 이렇게 말을 맺었다.

아만다는 그다지 감동받은 기색이 아니었다. “어디서 일할 거라고?”라고 묻는 것이 그녀의 반응이었다. 그녀가 늘어놓은 말의 요지는 새론당신이라는 회사는 공포증에 시달리는 사람들을 등쳐 먹고 근심 많고 잘 속아 넘어가는 사람들의 은행 계좌를 깡그리 훑어 버리는 것 말고는 아무런 존재 이유가 없는 무리들의 소굴이라는 것이다. 아만다의 친구는 최근에 우울증과 주름살, 불면증을 한꺼번에 고쳐 준다는 새론당신 5개월 프로젝트에 등록했다가 결국 남미산 나무껍질로 만든 마약에 취해 절벽 가장자리에서(아니, 사실은 그녀의 10층짜리 아파트 창문에서) 몸을 날렸다고 했다.

이 이야기를 듣고 나서 지미가 말했다.

“이 직업을 포기할 수도 있어. 영구 실업자의 지위에 참여할 수도 있지. 아니면, 이봐, 감금된 남자로 지낼 수도 있어, 지금처럼 말이야. 농담이야! 농담! 날 죽이지는 말라고!”

그 뒤로 며칠 동안 아만다는 이전보다 말수가 더 줄어들었다. 그런 뒤에 그녀는 막혀 있던 예술적 영감이 떠올랐다고 그에게 말했다. 독수리화 작업의 조각을 위한 다음 단어가 생각난 것이다.

"무슨 단어인데?"

지미가 관심 있는 척하며 물었다.

그녀는 사색에 잠긴 듯한 표정으로 그를 바라보며 말했다.

"사랑."

새론당신

지미는 새론당신 조합에서 마련해 준 작은 아파트로 이사했다. 후미진 침실, 비좁은 부엌, 1950년대 복제 가구. 숙소 면에서 보면 마사그레이엄의 기숙사 방보다 별반 나을 것이 없었지만 적어도 벌레는 적었다. 얼마 지나지 않아 그는, 회사 입장에서 보면 자신은 지겨운 일을 계속하는 노예에 불과하다는 사실을 알게 되었다. 그는 머리를 쥐어짜고 하루에 열 시간씩 동의어 사전의 미로 속을 헤매면서 장광설을 풀어내야 했다. 그 뒤에는 그의 상사가 그가 제출한 것을 평가한 후 수정하라며 돌려주고 또 돌려주기를 반복했다. 우리가 원하는 것은 조금 더…… 조금 덜…… 정확히 말하면 이게 아닌데. 하지만 시간이 지남에 따라 그의 실력은 향상되었다. 향상된다는 것이 무슨 의미든 간에.

화장 크림, 운동 기구, 숨막힐 듯 멋진 화강암 조각 같은 근육을 길러 주는 에너지 바. 몸을 더 뚱뚱하게, 더 날씬하게, 털을 더 많게, 더 적게, 더 희게, 더 짙은 갈색으로, 더 검게, 더 노란색으로, 더 섹시하게, 더 행복하게 만들어 주는 알약. 무엇을 성취할 수 있을 것인지(오, 이렇게 쉽게!)에 대한 전망을 묘사하고 격찬하고 제시하는 것이 그가 맡은 일이었다. 희망과 불안, 욕망과 혐오, 이런 주제가 그의 업무의 중심 수단이었고 그것들을 여러 가지로 변형시켜 사용했다. 때때로 그는 단어를 조합해 내기도 했는데(장력점착력, 식이섬유탐식적인, 페로몬적인) 한 번도 들킨 적이 없었다. 기업 경영자들은 포장에 찍힌 짤막한 설명에 그런 단어가 포함되는 것을 선호했다. 그런 단어는 과학적으로 들릴 뿐 아니라 고객을 설득하는 데도 효과적이기 때문이었다.

자신이 이룬 언어적 조합의 성공을 기뻐하는 것이 마땅하겠지만 지미는 오히려 우울했다. 상사들의 칭찬이 담긴 회사 내 기록은 아무런 의미가 없었다. 그런 칭찬을 하는 사람들은 반쯤 문맹이나 다름없는 이들이었다. 그 모든 것이 증명해 주는 사실은 새론당신 내에 있는 어느 누구도 그가 얼마나 재치 있는지 파악할 능력이 없다는 것이었다. 그는 연쇄살인자들이 왜 경찰에 유용한 단서를 보내는지 이해하게 되었다.

그의 사교 생활은 수년 사이에 처음으로 바닥에 이르렀다. 그가 그와 같은 성적 황폐함 속을 헤매게 된 것은 여덟 살 이후로 처음이었다. 아만다 페인은 사라진 초호처럼 과거 속에서 반짝였고, 좋지 않은 기억은 이제 망각 속에 묻혀 버렸다. 왜 그녀를 그렇게 스스럼없이 저버렸던가? 그는 다음 순번의 여자를 기대하고 있었다. 그러나 그가 희망을 걸었던 새론당신의 여자 면접관은 다시는 눈앞에 나타나지 않았다. 그리고 사무실이나 새론당신의 술집에서 만난 여자들은 목표물을 향해 돌진하는 야비한 상어 같은 이들이거나 감정적으로 너무 굶주린 이들이어서 지미조차 마치 수렁이라도 되는 것처럼 그들을 피했다. 그는 웨이트리스나 희롱하는 신세로 전락했지만 그들마저 그를 냉대했다. 그들은 그와 같은 애송이 달변가를 많이 보아 왔고, 그의 지위가 높지 않다는 것을 알고 있었던 것이다.

회사 카페에서 지미는 이제 다시 홀로 남겨져 모든 것을 새로 시작해야 하는 신참 청년이었다. 그는 자주 조합 쇼핑센터에서 대두오대두 버거를 먹었고, 컴퓨터 앞에서 연장 근무를 하는 동안에는 기름진 닭고기옹이 너겟 한 상자를 우적우적 씹곤 했다. 매주 조합의 사교 바비큐 모임이 있었다. 그것은 모든 사원이 참여해야 하는 빌어먹을 대규모 행사였다. 지미는 그 모임이 끔찍이도 싫었다. 그곳에 모인 사람들의 환심을 사기 위해 노력할 기운이 없었다. 지루한 허튼소리를 다루는 업무를 막 끝낸 참이었던 것이다. 그는 타 버린 대두 핫도그를 뜯어 먹고 눈에 들어오는 모든 사람에 대한 신랄한 비판을 웅얼거리며 주변을 맴돌았다. 그의 머릿속 말풍선 안에 이런 말이 떠올랐다. 축 늘어진 가슴. 빵떡 같은 얼굴에 두부 대가리를 가진 놈. 손가락이나 빠는 광고용 포스터 소년. 냉장고같이 차가운 여자. 자기 할머니를 팔아 치울 놈. 실룩거리는 엉덩이를 가진 소. 방광이 머리에 붙은 멍청이.

때때로 아버지로부터 이메일을 받기도 했다. 전자 생일 카드 같은 것을 생일이 며칠 지난 뒤에 받곤 했다. 돼지구리가 춤추는 그런 종류의 카드. 마치 그가 아직도 열한 살이라는 듯이. 생일 축하한다, 지미. 네 모든 꿈이 이루어지길. 라모나는 그에게 수다스럽고도 충실한 메시지를 써 보내곤 했다. 아직까지 그에게 아기 동생을 갖게 해 주지는 못했지만 여전히 "노력하고 있다."라고 썼다. 그는 호르몬제와 약물, 겔에 찌든 그런 노력의 세부적인 사항을 떠올리고 싶지 않았다. 만일 "자연적"으로 아무 일도 일어나지 않으면 그들은 대행사('유아도우미', '태아산출', '완벽아기' 회사 중 하나)에서 제공하는 "다른 무엇"을 시도해 볼 거라고 했다. 지미가 나온(나오다니, 마치 그가 태어난 것이 아니라 그저 한 번 들른 것처럼) 뒤로 그 분야에는 많은 변화가 있었다. 그녀는 많은 "자료 조사"를 하고 있었다. 그들은 돈을 지불하는 만큼 최상의 것을 원하기 때문이라고 썼다.

대단하군. 지미는 생각했다. 그들은 몇 번의 시도를 할 것이고, 만일 그렇게 해서 얻게 된 아이가 만족스럽지 않다면 그 아이의 각 기관을 재활용해서 자신들이 세부적으로 명시한 것에 딱 들어맞는 아이를 마침내 만들어 낼 것이다. 모든 면에서 완벽한 아이, 수학 전문가일 뿐 아니라 새벽처럼 아름답기까지 한 아이. 그런 다음에는 이 가설상의 놀라운 수재에게 부푼 기대를 쏟아부을 것이고, 이 가련한 아이는 긴장으로 폭발하고 말 것이다. 지미는 그 아이가 부럽지 않았다.

(지미는 그 아이가 부러웠다.)

라모나는 지미에게 휴가 동안에 한 번 다녀가라고 초대했지만 지미는 가고 싶은 마음이 없었다. 그래서 그는 연장 근무를 신청했다. 어떤 면에서는 진심으로 신청한 것이기도 했다. 자신의 직업을 하나의 도전으로 간주하게 되었던 것이다. 어리석은 신조어의 영역에서 자신이 얼마만큼 터무니없는 짓을 할 수 있을 것인지, 그러면서도 여전히 칭송받을 수 있을 것인지.

어느 정도 시간이 흐른 뒤에 지미는 승진했다. 이제 그도 새로운 장난감을 살 수 있게 되었다. 그는 더 괜찮은 디브이디 플레이어, 땀을 먹는 박테리아 덕분에 밤마다 자연정화 작용이 이루어지는 체육복, 소매에 이메일이 나타나고 메시지를 받을 때마다 슬쩍 찔러 알려 주는 셔츠, 의상에 맞추어 색깔이 바뀌는 구두, 말하는 토스터를 장만했다. 토스터는 친구 역할을 해 주었다. 지미, 토스트가 다 되었어. 지미는 더 나은 아파트로 이사했다.

지위가 올라가자 여자가 생겼고, 그다음에는 또 다른 여자, 그리고 그다음에는 또 다른 여자가 생겼다. 그는 더 이상 그 여자들을 여자 친구라고 여기지 않았다. 그들은 애인이었다. 그들은 모두 결혼했거나 결혼과 비슷한 관계를 갖고 있었고, 자신들이 아직 젊다는 것을 증명하기 위해 혹은 남편이나 연인에게 복수하기 위해 몰래 바람 피울 기회를 찾고 있었다. 혹은 상처받은 것을 위로받고 싶어 하기도 했다. 혹은 그저 관심받지 못한다고 느끼기 때문에 그러는 이들도 있었다.

일정에 세심한 주의를 기울이기만 한다면 여러 여자를 한꺼번에 만나지 못할 이유가 없었다. 처음에 지미는 예정에 없던 갑작스럽고 비밀스러운 방문, 서둘러 벨크로를 떼는 소리, 서서히 마룻바닥 위로 쓰러지는 것을 즐겼다. 그러나 머지않아 자신이 애인들에게 여분의 존재가 될 거라고 짐작했다. 심각하게 여겨지지 않되 시리얼 상자에서 찾아낸 어린이용 사은품처럼 여겨지는 존재. 색깔이 화려하고 즐거움을 선사하지만 쓸모는 없는 존재. 여자들이 실제 생활에서 다루어 오던 '2'나 '3' 같은 카드들 중 조커와 같은 존재. 그는 애인들에게 단순한 오락거리였으며, 그녀들 역시 그에게 마찬가지였다. 하지만 그녀들에게는 좀 더 위험한 짓이었다. 만일 꼬리가 잡히면 이혼이나 전례 없는 폭행을 당할 수 있고, 아무리 못해도 폭언 정도는 감수해야 하는 것이다.

한 가지 좋은 점은 그들이 그에게 어른답게 행동하라는 말을 하지 않는 것이었다. 그는 자신이 유치하게 행동하는 것을 그들이 좋아하는 것은 아닐까 미심쩍기도 했다.

그녀들 중 어느 누구도 남편을 떠나 그와 정착하거나 그와 함께 평민촌으로 도망가는 것을 원하지 않았다. 사실 그런 일은 더 이상 가능하지도 않았다. 평민촌은 이제 그곳을 잘 모르는 이들에게는 극도로 위험한 곳이 되었다는 소문이 돌았다.

그리고 조합을 지키는 시체보안회사의 경비는 그 어느 때보다도 삼엄했다.

차고

이후 지미의 삶은 그렇게 흘러갔다. 그것은 마치 그가 초대는 받았지만 장소를 찾을 수 없는 곳에서 열리는 파티와 같았다. 그의 이러한 삶을 누군가는 분명 즐기고 있었을 것이다. 단, 그 순간에 즐기는 이는 그가 아니었다.

지금껏 지미에게 몸을 관리하는 것은 매우 쉬운 일이었다 그러나 이제는 노력을 기울여야 했다. 전에는 배가 전혀 나오지 않았는데, 이제는 체육관 가는 것을 거르면 하룻밤 사이에도 배가 나왔다. 신진대사율이 낮아지고 있었고, 에너지 바 섭취를 줄여야 했다. 스테로이드를 과다하게 섭취하면 성기의 크기가 줄어드는 것이다. 비록 포장지 설명에는 발음할 수 없는 특허 물질을 첨가해서 그런 문제를 해결했다고 씌어 있기는 했지만, 그런 것을 순진하게 믿기에는 지미 자신이 그런 유의 포장지 문구를 너무 많이 써 본 터였다. 새론당신의 소포 재생 6주 코스를 밟았음에도 불구하고 관자놀이 부근의 머리숱이 점점 더 줄어들고 있었다. 그런 것이 사기라는 것을 알아차렸어야 했지만(그 상품의 광고 문구 역시 그가 만든 것이었다.) 광고가 너무 훌륭해서 그 자신마저 설득당했던 것이다. 지미는 크레이크의 머리 언저리는 이제 어떤 모습일지 궁금해졌다.

크레이크는 조기 졸업을 하고 대학원 공부를 한 뒤에 탄탄대로를 밟았다. 이제 그는 가장 강력한 조합 중의 하나인 되젊음에 취직해서 고속 승진을 하고 있었다. 두 사람은 초기에는 이메일로 계속 연락을 주고받았다. 크레이크는 자신이 하고 있는 특별한 프로젝트, 대단히 멋진 무언가에 대해 막연하게만 말했다.

백지 위임장을 받았어. 고위 관리들은 해가 내 엉덩이에서 빛난다고 믿고 있지. 지미, 너도 한번 찾아와. 내가 구경시켜 줄게. 너는 무슨 일을 하고 있다고 했더라?

지미는 만나서 체스 게임이나 하자고 대답했다.

그다음에 크레이크가 보낸 소식은 피트 삼촌이 갑자기 죽었다는 것이었다. 바이러스 때문이었다. 그 정체 모를 바이러스는 거위 똥이 빠져나오듯 순식간에 피트 삼촌의 몸을 훑고 지나가 버렸다. 마치 석쇠 위에 놓인 분홍색 셔벗을 보는 것 같았다. 그는 단번에 녹아 해체되어 버렸다. 일종의 와해 공작이 있었던 게 아닐까 의혹이 제기되었지만 증명된 바가 아무것도 없었다.

너도 거기 있었어?

그렇다고 할 수 있지.

지미는 이에 대해 곰곰이 생각해 보고는 다른 누군가가 그 바이러스를 찾아내지는 않았는지 물었다. 크레이크는 아무도 찾아내지 못했다고 대답했다.

시간이 흐름에 따라 둘이 메시지를 주고받는 횟수는 점점 줄어들었고 그들을 연결해 주던 끈도 점점 가늘어졌다. 서로에게 무슨 할 말이 있겠는가? 지미의 언어 노예 직업은 분명 크레이크가 경멸할 만한 것이었다. 비록 그의 경멸에는 친근함이 묻어 있기는 하겠지만. 그리고 크레이크가 연구하고 있는 것은 지미가 더 이상 이해할 수 있는 무언가가 아닐 터였다. 지미에게 크레이크는 그저 한때 알았던 사람으로 묻혀 갔다.

지미는 갈수록 모든 것에 무심해졌다. 여느 때와 마찬가지로 섹스에 집착했지만 그것마저도 예전 같지 않았다. 그는 성기 때문에 바보가 된 느낌이었다. 마치 성기를 제외한 나머지 부분은 그 끝에 우연히 들러붙은 사소한 혹인 것처럼. 성기 혼자 돌아다닐 수 있게 놓아 둔다면 더 좋아할 것 같았다.

그의 애인들 중 어느 누구도 그와 시간을 보내기 위해 남편이나 남편 비슷한 사람에게 멋들어진 거짓말을 지어내지 못한 밤이면, 그는 쇼핑센터에 영화를 보러 갔다. 자기 자신도 함께 모여 있는 다른 사람들의 일부라는 것을 스스로에게 납득시키기 위한 몸부림이었다. 아니면 뉴스를 보기도 했다. 더 다양한 역병, 더 심한 기근, 더 잦은 홍수, 더 많은 곤충 혹은 미생물 혹은 작은 포유류의 횡행, 더 빈번한 가뭄, 먼 나라 소년 병사들의 더 잦은 망할 놈의 전쟁. 왜 모든 일은 이토록 똑같은 것일까?

평민촌에서는 정치적 암살, 기이한 사고, 설명 불가능한 실종 사건이 일상적으로 일어났다. 혹은 섹스 스캔들이 일어나기도 했다. 뉴스 진행자들은 항상 섹스 스캔들에 흥분했다. 한동안은 스포츠 팀 코치와 어린 소년들 사이에서 사건이 일어났다. 그런 다음에는 사춘기 소녀들을 차고에 가두는 사건이 연달아 일어났다. 소녀들을 가둔 사람들은 그녀들이 하녀로 일했으며, 더 나은 삶을 제공해 주기 위해 누추한 나라들 출신인 그녀들을 그곳으로 데려온 거라고 주장했다. 차고에 가둔 것은 소녀들을 보호하기 위한 것이었다고 했다. 회계사, 변호사, 정원용 가구를 취급하는 상인 등 어엿한 직업을 가진 그들은 법원에 끌려 나와 스스로를 변호해야 했다. 대개는 그들의 부인들이 그들의 변론을 뒷받침해 주었다. 소녀들은 실질적으로 입양된 것이나 마찬가지였으며 거의 가족처럼 대접받았다고 부인들은 주장했다. 지미는 '실질적으로' 그리고 '거의'라는 두 단어가 무척 마음에 들었다.

소녀들이 하는 이야기는 달랐는데, 일부 이야기는 신빙성이 없었다. 어떤 소녀들은 약으로 마취를 당했다고 말했다. 그들은 애완동물 가게 같은 의외의 장소에서 몸을 꼬며 음란한 춤을 춰야 했다. 그 소녀들은 고무 뗏목으로 태평양을 건넜고, 산더미 같은 대두 상품들 속에 숨어서 컨테이너 배를 통해 밀입국하도록 명령받았다. 그들은 파충류를 가지고 난잡한 행동을 하도록 강요받았다. 한편으로 일부 소녀들은 현 상황에 만족하는 것처럼 보였다. 차고에서 지내는 것이 좋다고, 고향에서의 생활보다 더 낫다고 말했다. 식사는 규칙적으로 제공되었으며 일은 그리 힘들지 않았다고 증언했다. 물론 돈은 받지 못했고 다른 곳에 가지 못했던 것은 사실이지만 자신들에게는 그것이 별다르거나 놀라운 일이 아니었다고 했다.

소녀들 중 한 명(샌프란시스코의 부유한 약사의 집 차고에서 발견된 소녀였다.)은 자신이 이전에 영화에 출연했으며 자신의 '주인님'에게 팔리게 되어 기뻤다고 말했다. 소녀의 주인은 인터넷에서 그녀를 보고 몸소 찾아와 그녀를 데려가기 위해 많은 돈을 지불하고 그녀와 함께 비행기를 타고 바다를 건넜다. 그리고 그녀의 영어가 향상되면 학교에 보내 주겠노라고 약속했다. 소녀는 그 남자에 대해 부정적인 말은 단 한마디도 하지 않았다. 소녀는 단순하고 진실되고 솔직해 보였다. 차고 문이 왜 잠겨 있었느냐는 질문을 받자 소녀는 그 안에 아무도 들어오지 못하게 하기 위해서였다고 대답했다. 그 안에서 무엇을 했냐는 질문에는 영어 공부를 하고 티브이를 보았다고 말했다. 그녀를 감금해 둔 사람에 대한 감정을 묻자 자신은 그에게 언제까지나 감사할 것이라고 했다. 검찰관들은 소녀의 증언을 뒤엎지 못했고 남자는 무죄로 석방되었다. 그렇지만 남자는 소녀를 즉시 학교에 보내라는 명령을 받았다. 소녀는 유아심리학을 공부하고 싶다고 말했다.

소녀를 근접 촬영한 것이 뉴스에서 방영되었다. 소녀의 고양이 같은 아름다운 얼굴, 섬세한 미소를 담은 모습이. 지미는 그녀가 누구인지 알 것 같았다. 그는 소녀의 영상을 정지시키고는 그가 열네 살 때부터 간직해 온 낡은 인쇄물을 꺼내 펼쳤다.(그는 그것을 들여다보지는 않았지만 결코 버리지 않은 채 마사그레이엄 아카데미의 성적표 사이에 끼워 두고, 가족 앨범이라도 되는 양 이사하는 곳마다 갖고 다녔다.) 그는 두 얼굴을 비교했다. 그러나 그 후로 너무 오랜 시간이 흘렀다. 인쇄물 속의 소녀는 지금쯤 열일곱, 열여덟, 열아홉 살쯤 되었을 것이다. 그런데 뉴스에 나온 소녀는 그보다 훨씬 어렸다. 그러나 둘의 생김새는 똑같았다. 순수함과 경멸감과 이해심이 뒤섞인 표정. 지미는 마치 바위 골짜기가 내려다보이는 절벽 끝에서 아래로 떨어질 것 같은 어지럼증을 느꼈다. 그 골짜기를 내려다보는 것은 위험한 일이었다.

무기력

시체보안회사 요원들은 지미에 대한 주의를 게을리 하지 않았다. 지미가 마사그레이엄에 있는 동안 그들은 소위 '간단한 대화'를 나누기 위해 1년에 네 번씩 정기적으로 그를 연행했다. 그들은 지미가 똑같은 대답을 하는지 보기 위해 이미 열 번도 더 넘게 했던 질문을 반복했다. "나는 모릅니다."라고 하는 것이 지미가 생각해 낼 수 있는 가장 안전한 대답이었고, 대부분의 경우 그 정도면 잘 넘어갈 수 있었다.

어느 정도 시간이 지난 후 그들은 그에게 사진을 보여 주기 시작했다. 몰래 카메라로 찍은 스틸사진 혹은 평민촌의 은행 현금 지급기에 있는 보안 비디오카메라에서 가져온 것처럼 보이는 흑백사진 혹은 데모, 폭동, 처형 등 이러저러한 뉴스 화면이었다. 그들의 계략은 지미가 그것들 중에서 어떤 얼굴을 알아보는지 살피는 것이었다. 그에게 탐지기를 연결해 놓았기 때문에 그가 모르는 척해도 통제할 수 없는 신경 전기가 솟는 것을 그들은 알아차릴 수 있었다. 지미는 어머니의 모습이 담긴 메릴랜드의 행복한컵 난동 장면이 나오기를 기다렸지만(지미는 그럴까 봐 두려웠다.) 끝내 나오지 않았다.

지미는 오랫동안 외국 엽서를 받지 못하고 있었다.

지미가 새론당신 회사에서 일하기 시작한 뒤로는 시체보안회사 요원들이 그를 잊은 듯했다. 그러나 그것은 사실이 아니었다. 그저 줄을 느슨하게 풀어놓은 것뿐이었다. 그들은 지미나 상대편, 즉 지미의 어머니가 그의 새로운 직위, 그가 지닌 얼마 되지 않는 여분의 자유를 이용해 다시 접촉을 시도하는지 보려고 했던 것이다. 1년 정도 지난 어느 날 귀에 익은 노크 소리가 들려왔다. 그때마다 지미는 그들이라는 것을 알아차렸다. 그들은 내부 통화 장치를 절대로 사용하지 않았기 때문이다. 그들은 문의 암호는 말할 것도 없고 일종의 우회로를 알고 있는 것이 분명했다.

안녕하신가, 지미. 어떻게 지내시나. 자네에게 물어볼 것이 좀 있는데. 자네가 우리를 좀 도와줄 수 있을까 해서 말이야.

그럼요, 기꺼이.

좋아.

이렇게 진행되었다.

지미가 새론당신에서 일한 지 5년이 되던 해에 그들은 마침내 큰 성과를 거두었다.(그게 어디서였더라?) 그때 지미는 몇 시간째 사진을 들여다보던 중이었다. 바다 너머 어느 불모의 산악 지대에서 벌어지는 오지의 전쟁 사진, 죽은 남녀 용병들의 근접 촬영 사진, 먼 곳의 먼지투성이 기근 현장에서 많은 조력단 일꾼들이 굶주린 사람들에게 난폭한 짓을 당하는 사진, 일렬로 늘어선 장대 위에 꽂힌 머리들. 그것은 예전 아르헨티나 사진이라고 시체보안회사 요원들이 말했다. 그러나 누구의 머리인지 혹은 왜 머리가 장대에 꽂혀 있는지에 대해서는 말하지 않았다. 선글라스를 쓴 여러 여자들이 슈퍼마켓 계산대를 통과하는 사진. 신의 정원사들(그 사업체는 이제 불법이 되었다.)의 은신처가 습격당한 후 마룻바닥에 널브러져 있는 10여 구의 시체. 그들 중 하나는 정말로 그의 옛 룸메이트였던 방화광 버니스와 꽤 닮아 보였다. 지미는 그 이야기를 솔직히 털어놓았다. 그러자 그들은 그의 등을 두드려 주었다. 하지만 별다른 관심을 보이지 않는 것으로 보아 그들은 이미 알고 있는 게 틀림없었다. 지미는 버니스에게 측은한 감정이 들었다. 그녀는 정신병자에다 성가신 존재였지만 그래도 그런 죽음은 가당치 않았다.

새크라멘토* 감옥에서 가져온 목격자 확인 사진. 자살 폭격자의 운전면허증 사진.(차가 폭발했다면서 어떻게 운전면허증을 확보할 수 있었지?) 평민촌의 '노터치'라는 누드 바에서 일하는, 팬티를 입지 않은 세 명의 웨이트리스. 시체보안회사 요원들이 재미 삼

* 미국 캘리포니아 주의 주도.

아 보여 준 그 사진은 신경 모니터에 파장을 일으켰다. 그렇지 않았다면 오히려 이상했을 것이다. 주위에서 킬킬거리는 소리가 퍼졌다. 영화 「프랑켄슈타인」의 폭동 장면. 지미는 전에도 그 장면을 보았던 것을 기억했다. 그들은 지미가 계속 긴장하도록 이런 몇 가지 수법을 사용했다.

그 뒤에 등장하는 더 많은 목격자 확인 사진. 지미는 말했다. 아니요, 아니, 아니요, 아무것도 없어요.

그다음에는 일반적인 처형 장면처럼 보이는 사진이 나왔다. 야단법석도, 탈출하는 죄수도, 욕설도 나오지 않았다. 그것을 보고 지미는 처형당하는 사람이 여자일 거라는 사실을 짐작할 수 있었다. 이내 헐렁한 회색 죄수복을 입은 사람이 옷을 질질 끌며 등장했다. 머리는 뒤로 질끈 묶고 손목에는 수갑이 채워져 있고 두 눈은 가려진 상태로, 양쪽에 여간수들이 따라오고 있었다. 분무 총 총살 장면이었다. 총살대도 필요없고 분무 총 하나면 충분했지만 그들은 옛 관습에 따라 다섯 명의 사수를 일렬로 세워 놓았다. 그렇기 때문에 사형 집행자들은 누가 쏜 가상 총알이 처음으로 맞았는지를 두고 잠을 설칠 필요가 없었다.

총살은 반역 행위에만 해당되었다. 다른 경우에는 가스형이나 교수형 혹은 전기형이었다.

어떤 남자의 목소리. 화면 바깥에서 들려오는 말들. 시체보안회사 요원들은 지미가 눈앞에 보이는 것에만 집중하도록 음향을 낮춘 터였다. 간수들이 눈가리개를 벗기는 것으로 보아 남자의 말은 명령인 듯했다. 근접 촬영을 위한 카메라 이동. 여자는 지미를 정면으로, 프레임 너머로 바깥을 바라보고 있었다. 푸른 눈, 솔직하고 반항적이고 참을성 있고 상처받은 듯한 표정. 그러나 눈물은 흘리지 않았다. 그때 갑자기 소리가 커졌다. 안녕. 살인자를 기억해라. 나는 너를 사랑해. 나를 실망시키지 말아다오.

의문의 여지가 없었다. 그 여자는 지미의 어머니였다. 지미는 어머니가 얼마나 늙었는지를 보고 충격을 받았다. 피부는 주름투성이였고 입술은 말라 있었다. 도망 다니는 동안 힘든 생활을 한 탓일까, 아니면 혹독한 취급을 받아서일까? 감옥 속에서, 그들의 손아귀 안에서 얼마나 오랫동안 있었던 것일까? 그들이 어머니에게 무슨 짓을 한 것일까?

“잠깐만요.” 하고 지미는 외치고 싶었지만 그것으로 끝이었다. 뒤로 물러나는 카메라, 다시 씌워지는 눈가리개, 휙휙휙. 잘못된 조준, 뿜어져 나오는 붉은 액체, 하마터면 그녀는 머리가 날아갈 뻔했다. 그녀가 땅에 구겨지듯 쓰러지는 긴 장면.

“여기 뭐 특기할 만한 게 있나, 지미?”

“아니요. 미안합니다. 아무것도 없어요.”

지미가 그 장면을 보게 되리라는 것을 어머니는 어떻게 알았을까?

시체보안회사 요원들은 지미의 심장박동과 에너지의 격동을 알아차렸을 것이다. 몇 가지 모호한 질문(“커피 줄까?”, “소변 보고 싫어?")을 던진 후 그들 중 한 사람이 말했다.

"그래, 이 '살인자'가 누구지?"

"살인자요, 살인자는 스컹크였어요."

지미가 대답했다. 그는 웃기 시작했다. 이렇게, 저지르고 만 것이다. 또 한 번의 배신. 그는 정말 어쩔 수 없는 놈이었다.

"좋은 녀석은 아니었나 봐, 안 그래? 오토바이를 타고 다니는 조직의 일원?"

"아니요. 이해하지 못했군요. 스컹크라고요. 너구컹크. 동물 말이에요."

지미는 더 크게 웃으며 말했다. 그는 머리를 자신의 두 주먹에 묻고서 웃다가 흐느꼈다. 왜 어머니는 그 상황에서 살인자를 끌고 들어간 것일까? 그에게 진짜 그녀라는 것을 알리려는 의도에서였을 것이다. 그가 그녀를 믿을 수 있도록. 그런데 자신을 실망시키지 말라는 것은 무슨 뜻일까?

"미안하네, 그저 확실히 해 두고 싶었을 뿐이야."

두 시체보안회사 요원 중 나이가 좀 더 많은 사람이 말했다.

지미는 총살이 언제 집행된 것인지 물어봐야겠다는 생각은 하지 못했다. 나중에야 그는 아마 수년 전에 일어난 일이었으리라고 짐작했다. 만일 모든 일이 가짜라면? 디지털 조작이었는지도 모른다. 적어도 발포, 피의 분출, 쓰러지는 장면은. 어쩌면 그의 어머니는 아직 살아 있는지도 모를 일이었다. 어쩌면 잡히지 않았는지도. 그렇다면 그는 무엇을 누설한 것인가?

그 뒤의 몇 주 동안은 지미가 기억할 수 있는 한 최악의 시간이었다. 너무 많은 일들이 떠올랐다. 그가 상실한 것들 혹은 더 슬프게도 그가 처음부터 갖고 있지 못했던 많은 것들이. 그 모든 낭비한 시간. 게다가 그는 누가 낭비한 것인지도 알지 못했다.

계속 분노가 끓어올랐다. 처음에는 여러 애인들을 찾았다. 하지만 지미는 침울함에 빠져 그들을 즐겁게 해 주지 못했고, 더 끔찍하게도 섹스에 흥미를 잃어버렸다. 그는 그들의 이메일(뭐가 잘못된 거지? 내가 그런 거야? 내가 어떻게 도울 수 있을까?)에도 답장하지 않았고 그들에게 전화가 와 있어도 다시 걸지 않았다. 옛날 같았으면 어머니의 죽음을 심리극으로 전환시켜 동정을 얻어 냈을 것이다. 그러나 지금은 그렇게 하고 싶지 않았다.

지미가 하고 싶은 것은 무엇이었는가?

지미는 조합의 독신자 바에 갔다. 그곳도 별 재미가 없었다. 그곳 여자들이라면 대부분 알고 있었고, 그들의 감정적 곤궁함은 그가 필요로 하는 것이 아니었다. 인터넷 포르노의 세계로 되돌아가 보았지만 그것의 전성기가 지났다는 사실만 확인했을 뿐이었다. 그저 반복적이고 기계적이었으며 이전에 가지고 있던 매혹이 결여되어 있었다. 그는 뭔가 친숙한 것을 보면 소외감이 덜해지지 않을까 기대하며 화끈한꼬마 사이트를 찾으려고 인터넷을 뒤졌지만 그 사이트는 이미 없어진 뒤였다.

이제 지미는 밤에 혼자 술을 마셨다. 그것은 나쁜 신호였다. 스스로를 우울의 나락에 빠뜨리는 그런 행동을 해서는 안 되었다. 하지만 그는 고통을 누그러뜨려야만 했다. 무엇의 고통이란 말인가? 생살이 찢어진 곳의 고통, 거대하고 무관심한 우주에 대고 그가 몸을 짓찧어 댄 세포막을 손상시킨 곳의 고통. 한 마리 커다란 상어의 입속과도 같은 우주. 열 지어 돋아 있는, 면도칼처럼 날카로운 이빨들.

지미는 자신이 머뭇거리면서 발판을 마련하기 위해 노력하고 있음을 알고 있었다. 그의 삶의 모든 것은 한시적이고 근거가 없었다. 언어 자체도 견실함을 상실했다. 그것은 빈약하고 우발적이고 종잡을 수 없는 것, 접시 위에 놓인 눈알처럼 그가 마냥 미끄러져 굴러다니는 끈적끈적한 막 같은 것이 되어 버렸다. 하지만 아직까지 시력이 남아 있는 눈알이었다. 그것이 문제였다.

지미는 자신의 어린 시절 모습을 기억했다. 낙천적이고, 무심하고, 사뿐히 뛰어다니고, 어둠 속에서도 휘파람을 불 수 있었고, 어떤 일이든 헤쳐 갈 수 있었던 모습. 그냥 눈감아 버릴 수 있었던 모습을. 이제 그는 자꾸만 움츠러드는 자신의 모습을 발견한다. 아주 사소한 실패도 어마어마한 것으로 보였다. 잃어버린 양말, 작동하지 않는 전동 칫솔. 심지어 일출도 너무 눈부시게 느껴졌다. 누군가가 그의 몸 전체를 사포로 빡빡 문질러 놓은 느낌이었다. 그는 스스로에게 말했다. "통제력을 가져 봐.", "조정을 해 봐. 과거는 잊고 앞으로 나아가. 새로운 너 자신을 만들어 봐."

그 모든 긍정적인 구호. 영감을 불러일으키기 위한 그 모든 무미건조한 악담. 그가 정말로 원한 것은 복수였다. 그런데 누구에 대한, 무엇에 대한 복수란 말인가? 그가 그렇게 할 기운이 남아 있다 하더라도, 그가 집중하고 겨냥할 수 있다 하더라도, 그런 일은 쓸데없는 일보다도 못한 일일 것이다.

최악의 밤이면 지미는 오래전에 죽었지만 인터넷에서는 여전히 걸어 다니고 말을 지껄이는 앵무새 알렉스를 불러내어 녀석이 아장아장 걷는 모습을 보았다. 조련사: 이 둥근 공은 무슨 색이지, 알렉스? 둥근 공? 알렉스는 고개를 갸웃하며 생각한다. 파란색. 조련사: 착한 녀석! 알렉스: 코르크넛, 코르크넛! 조련사: 바로 그거야! 그러면 알렉스는 버터를 발라서 구운 작은 옥수수를 받았다. 알렉스가 원한 것은 그것이 아니라 아몬드였다. 그것을 보는 동안 지미의 눈에 눈물이 그렁그렁 맺혔다.

그즈음 지미는 밤 늦도록 잠자리에 들지 않았고, 일단 침대에 눕더라도 천장을 바라보며 쇠퇴한 단어들을 중얼거리면서 그것들로부터 위로를 찾았다. 얼룩무늬 쥐. 실어증. 쟁기. 난제. 내륙수로. 만일 앵무새 알렉스가 그의 것이었다면 둘은 친구 혹은 형제가 되었을 것이다. 그는 녀석에게 더 많은 단어들을 가르쳐 주었을 것이다. 조종(弔鐘). 아일랜드 농부. 슬프도다.

그러나 단어들은 더 이상 위로가 되지 못했다. 그것들은 아무런 의미가 없었다. 다른 사람들이 잊어버린 그런 단어들을 소유하고 있다는 사실이 지미는 더 이상 기쁘지 않았다. 그것은 자신의 젖니를 상자 속에 갖고 있는 것과 다를 바가 없었다.

어렴풋이 잠에 빠질 즈음이면 그의 시선이 미치는 곳 너머에서 하나의 행렬이 나타나 그늘진 곳에서부터 왼쪽으로 움직이며 그의 시야를 가로질러 갔다. 작은 손, 머리 리본, 총천연색의 화환을 지닌 날씬한 어린 소녀들. 벌판은 푸르렀지만 목가적인 풍경은 아니었다. 소녀들은 위험에 처해 있으며 구출을 받아야 했다. 무언가가(어떤 위협적인 존재가) 나무 뒤에 서 있었다.

아니, 어쩌면 그 위험은 그의 안에 존재하는 것인지도 몰랐다. 어쩌면 그 자신이 위험인지도. 그의 두개골 안쪽 공간에 있는 그늘진 동굴에서 내다보고 있는 독아를 가진 동물.

혹은 소녀들 자체가 위험일 수도 있었다. 그럴 가능성은 늘 있었다. 그들이 미끼이고 함정일 수 있었다. 소녀들은 보기보다 나이가 많다는 것, 그리고 보기보다 강하다는 것을 그는 알고 있었다. 지미와는 달리 소녀들은 비정한 지혜를 가지고 있었다.

소녀들은 침착했다. 엄숙하고 정중했다. 그들은 그를 바라보고, 그를 들여다보고, 그를 인정하고, 그를 받아들일 것이다. 그의 어둠을 받아들일 것이다. 그런 다음 미소를 지을 것이다.

오, 자기, 난 자기를 알아. 자기가 보여. 난 자기가 뭘 원하는지 알아.

(11)

돼지구리

지미는 다섯 살 때 살던 집의 부엌에 있다. 탁자 앞에 앉아 있다. 지금은 점심시간이다. 그의 앞에 놓인 접시에는 둥근 빵이 놓여 있다. 판판한 땅콩버터 머리에 빛나는 젤리 미소, 건포도로 된 치아. 그것은 그의 마음을 두려움으로 가득 채운다. 당장 어머니가 부엌으로 들어올지도 모른다. 아니, 그렇지 않을 것이다. 어머니의 의자는 비어 있다. 어머니가 그를 위해 점심 식사를 마련해 놓은 것이다. 그런데 어머니는 어디로 갔는가? 어디에 있는가?

어디서 긁는 소리 같은 것이 들려온다. 벽에서 나는 소리다. 다른 편에 있는 누군가가 구멍을 파서 안으로 들어오려 하고 있다. 그는 벽의 소리 나는 부분을 바라본다. 각기 다른 새들이 나와서 시간을 알려 주는 시계의 아랫부분이다. 투훗 투훗 투훗, 로빈이 노래한다. 그가 해 놓은 짓이다. 그가 시계를 조작해 놓은 것이다. 올빼미는 까옥 까옥 소리를 내고, 까마귀는 치르르 치르르 소리를 낸다. 하지만 그가 다섯 살이었을 때는 이런 시계가 없었다. 이 시계는 나중에 장만한 것이다. 무언가가 잘못되었다. 시간도 틀리다. 그는 그게 무엇인지 말할 수 없다. 그는 공포로 마비된다. 벽의 회칠이 바스러지기 시작한다. 그는 잠에서 깨어난다.

눈사람은 이런 꿈이 정말 싫다. 현재의 삶은 과거가 뒤섞여 들지 않더라도 그 자체만으로도 충분히 끔찍하다. 이 순간을 살아가십시오. 그는 언젠가 여성용 가짜 성감 증대 상품을 사면 사은품으로 주는 달력에 이 문구를 삽입한 적이 있다. 왜 당신 몸을 시계에 붙들어 매려 하십니까, 당신은 시간의 족쇄를 부술 수 있습니다 등등. 더럽고 오래되고 주름진 천 무더기로부터, 아니, 어쩌면 피부인지도 모르는 것으로부터 비상하는 날개 달린 여자의 그림이 함께 그려져 있었다.

그러니까 여기 있는 이 순간, 바로 지금을 그는 살아가야 하는 것이다. 그의 머리는 딱딱한 책상 표면 위에 얹혀 있고, 몸은 의자에 구겨져 박혀 있고, 온몸에 큰 경련이 느껴지는 바로 지금을. 그는 기지개를 켜다가 아픔에 외마디 비명을 지른다.

잠시 동안 자신이 어디 있는지 기억해 내지 못한다. 아, 그렇지. 회오리바람, 검문소 사무실. 사방이 쥐 죽은 듯 고요하다. 바람 부는 소리도, 으르렁거리는 소리도 들리지 않는다. 같은 날 오후인가, 아니면 밤인가, 아니면 다음 날 아침인가? 방으로 빛이 들어온다. 밝은 햇빛. 빛은 카운터 위의 창을 통해 들어오고 있다. 내부 통화 장치가 있는 방탄 유리창. 옛날, 오래전, 아주 오래전에는 그 내부 통화 장치를 통해 업무 보고를 해야 했다. 마이크로 코드로 기록된 자료를 넣어 두는 작은 틈, 24시간 작동하는 비디오카메라, 질의응답 코너로 연결해 주는, 말하는 웃는 얼굴 상자, 이 모든 작동 구조는 말 그대로 산산이 부서졌다. 아마 수류탄이었을 것이다. 파편이 무수히 떨어져 있다.

긁는 소리가 계속된다. 방 한구석에 무엇인가가 있다. 처음에 눈사람은 무엇인지 알아보지 못한다. 그것은 해골처럼 보인다. 이내 참게라는 것을 알아차린다. 쪼그라든 머리만 한 옮은 노란색의 둥근 껍데기. 거대한 집게발 하나. 녀석은 돌무더기 속에서 구덩이를 점점 넓혀 가는 중이다. 눈사람이 묻는다.

"제기랄, 네놈은 여기서 뭘 하는 중이냐? 너는 바깥에 있는 정원을 헤집어야 하는 거야."

그는 참게를 향해 빈 버번위스키 병을 던진다. 빗맞은 병이 산산이 부서진다. 바보 같은 짓이었다. 이제 깨진 유리 파편이 사방에 널린 것이다. 참게는 그에게 맞서기 위해 돌아서서 커다란 집게발을 들어 보이더니 반쯤 판 구덩이 속으로 기어 들어가 그를 노려본다. 저 녀석도 그와 마찬가지로 회오리바람을 피하기 위해 이곳으로 들어왔을 것이다. 그리고 이제 나갈 길을 찾지 못하고 있는 것이다.

그는 의자 위에서 몸을 푼 뒤 뱀이나 쥐 혹은 밟고 싶지 않은 무언가가 있는지 먼저 살펴본다. 그런 다음 양초 조각과 성냥을 비닐봉지에 담고는 앞쪽의 접수 구역으로 이어지는 출입구로 조심스럽게 걸어간다. 등 뒤의 문을 잡아당겨 닫는다. 뒤에서 참게의 공격을 받는 것은 달갑지 않은 일이다.

눈사람은 바깥쪽 출입구에 멈춰 서서 정찰을 한다. 방어벽 위에 내려앉은 까마귀 세 마리를 제외하면 주위에는 어떤 동물도 보이지 않는다. 까마귀들이 서로를 향해 까옥거리고 있다. 아마 그에 대해 이야기하고 있는 것 같다. 하늘은 이른 아침의 진줏빛 도는 회분홍빛을 띠고 있고, 구름은 거의 없다. 풍경은 어제와 다르다. 떨어져 나온 금속 판금들이 여느 때보다 더 많이 보이고, 나무들이 더 많이 뿌리째 뽑혀 쓰러져 있다. 잎사귀들과 나무조각들이 진흙투성이 땅 위에 흩어져 있다.

만일 지금 출발한다면 오전 반나절이면 중심가의 쇼핑센터까지 다녀올 수 있을 것이다. 배에서 꾸르륵 소리가 나지만 그곳에서 아침 식사를 하게 될 때까지 참는 수밖에 없다. '캐슈너트가 좀 남았더라면.' 하는 아쉬움이 남는다. 지금 가진 것은 마지막 방책으로 아껴 두고 있는 대두오대두 정어리뿐이다.

공기는 서늘하고 상쾌하다. 검문소 사무실의 썩어 가는 축축한 냄새를 맡은 뒤에 음미하는 것이라, 짓이겨진 풀잎 냄새가 사치스럽게 여겨진다. 눈사람은 기쁜 마음으로 숨을 들이쉬고는 쇼핑센터 쪽으로 발걸음을 옮긴다. 세 구획을 지난 곳에서 발

길을 멈춘다. 돼지구리 일곱 마리가 어딘지 모를 곳에서 갑자기 나타났다. 놈들은 귀를 앞으로 세운 채 그를 응시한다. 어제 본 놈들과 같은 놈들인가? 그와 눈이 마주치자 놈들이 그가 있는 쪽으로 천천히 걸어오기 시작한다.

놈들은 분명 무슨 생각을 품고 있는 게 틀림없다. 눈사람은 돌아서서 검문소 사무실 방향을 향해 잰걸음으로 걷는다. 놈들이 꽤 멀리 있으니 필요하다면 그는 뛸 수도 있을 것이다. 그는 어깨 너머로 뒤를 돌아본다. 놈들은 이제 더 빨리 걷고 있다. 그는 속도를 내서 달리기 시작한다. 앞에 보이는 통로 너머에 또 다른 무리가 보인다. 여덟아홉 마리 정도 되는 놈들이 무인지를 가로질러 그를 향해 오고 있다. 놈들은 정문에 거의 도달해서 그쪽 방향을 차단하고 있다. 마치 두 무리가 사전에 계획을 세운 것 같다. 그가 검문소 사무실 안에 있다는 것을 알고 그가 나오기를, 포위할 수 있을 만큼 충분히 멀리 나오기를 기다리고 있었던 것처럼.

눈사람은 검문소 사무실에 도착해 출입구로 들어간 뒤 문을 닫는다. 걸쇠가 걸리지 않는다. 전자 자물쇠가 작동하지 않는다. 당연히.

"당연하지!"

그가 소리친다.

놈들은 발굽이나 코를 이용해 문을 열 수 있을 것이다. 돼지구리, 그놈들은 언제나 탈출의 명수였다. 만일 놈들에게 손가락이 있었다면 세계를 지배했을 것이다. 눈사람은 다음 출입구를 통해 접수 구역으로 들어가 등 뒤로 문을 쾅 닫는다. 그 자물쇠 역시 고장이다. 오, 당연하지. 그는 자신이 기대고 잤던 책상을 문에 밀어붙이고 방탄 유리를 통해 밖을 내다본다. 놈들이 여기로 오고 있다. 놈들은 코로 밀어 문을 열고 이제 첫 번째 방에 들어와 있다. 20~30마리에 이르는 놈들은 수컷과 암컷이 섞여 있지만 수컷이 주를 이룬다. 놈들은 꾸역꾸역 들어와 초조한 듯 꿀꿀거리며 그의 발자국 냄새를 맡는다. 그중 한 마리가 창문 너머로 그를 발견한다. 더 시끄럽게 꿀꿀거리는 소리. 이제 놈들 모두가 일제히 그를 올려다본다. 그들 눈에 보이는 것은 시식되기만을 기다리고 있는 맛있는 고기 파이에 붙어 있는 그의 머리다. 가장 큰 수컷 두 마리(물론 날카로운 엄니가 났다.)가 나란히 문 앞으로 와서 어깨로 들이받기 시작한다. 돼지구리들은 협동 작업을 하는 존재들이다. 저 밖에는 엄청난 근력을 가진 놈들도 도사리고 있다.

만일 문을 열지 못하면 놈들은 그가 나올 때까지 기다릴 것이다. 교대를 해 가며 일부는 밖에서 풀을 뜯어 먹고 일부는 그를 감시할 것이다. 영원히 지키고 있을 것이다. 그는 굶어 죽을 수도 있다. 놈들은 그의 냄새를, 그의 살 냄새를 맡을 수 있다.

그제야 눈사람은 참게를 기억해 내고 그것의 동향을 살핀다. 그러나 그것은 사라져 버렸다. 아마 자신의 은신처로 들어가 버렸을 것이다. 그에게도 바로 그런 것이 필요하다. 그만의 은신처.

은신처, 껍데기, 몇 개의 집게발.

"그래, 다음 순서는 뭐지?"

그가 큰 소리로 외친다.

자기, 자긴 끝났어.

라디오

아무런 생각도 떠오르지 않는 멍한 상태로 얼마 동안의 시간이 지난 후, 눈사람은 의자에서 일어선다. 의자에 앉았던 기억이 나지 않지만 분명히 앉았던 것이다. 창자에 경련이 일어난다. 비록 그는 의식하지 못하지만 두려워하고 있는 것이다. 밖에서 밀고 두드릴 때마다 문이 흔들린다. 돼지구리들은 얼마 지나지 않아 문을 부수고 들어올 것이다. 그는 비닐봉지에서 손전등을 꺼내 불을 켠 다음 바이오수트를 입은 두 사내가 바닥에 누워 있는 안쪽 방으로 되돌아간다. 그는 사방에 불을 비춰 본다. 그곳에 닫힌 문 세 개가 있다. 지난밤에 그는 분명 그 문들을 보았을 것이다. 그러나 지난밤에는 도망치는 중이 아니었다.

두 개의 문은 밀어 봐도 열리지 않는다. 어떤 방법으로 잠겨 있거나 다른 쪽이 막혀 있을 것이다. 세 번째 문은 쉽게 열린다. 그곳에, 갑자기 나타난 희망처럼, 계단이 놓여 있다. 가파른 계단. 돼지구리들이 짧은 다리와 살찐 배를 가지고 있다는 생각이 불현듯 떠오른다. 눈사람과는 정반대로.

눈사람은 너무 급히 계단을 올라가는 바람에 꽃무늬 침대보에 걸려 넘어진다. 뒤쪽에서는 흥분한 꿀꿀 소리와 꽥꽥 소리 그리고 책상이 쾅 하며 넘어지는 소리가 들려온다.

그는 밝은 직사각형의 공간 속으로 들어간다. 이게 뭐지? 망루다. 당연히. 그걸 알았어야 했는데. 정문 양쪽에 망루가 있고 방벽을 따라 다른 망루들이 죽 늘어서 있다. 망루 안에는 탐조등, 모니터 비디오카메라, 확성기, 문 잠금 조절 장치, 최루탄 발사구, 장거리 분무 총이 있다. 그렇다, 여기에 화면이, 통제 시설이 있는 것이다. 목표물을 발견하고 조준을 맞춘 다음 단추 누르기. 실제 결과물, 피가 튀는 것, 푹 쓰러지는 모습 같은 것은 직접 볼 필요도 없었다. 아마 혼란이 지속되는 동안 경비원들은 이곳에서 군중을 향해 총을 쏘았을 것이다. 그들이 아직 그렇게 할 수 있었던 동안, 군중이 아직 남아 있던 동안.

이 최첨단 기기들은 이제 작동하지 않는다. 당연히. 그는 비상용 수동 조작법을 찾아보지만(위쪽에서 돼지구리들을 죽여 버리는 것도 괜찮은 방법일 것이다.) 아무것도 없다.

꺼져 버린 스크린들이 걸린 벽 옆에 작은 창문 하나가 있다. 그곳에서 보니 검문소 사무실 문 밖에 모여 있는 돼지구리들 무리가 훤히 보인다. 놈들은 편안해 보인다. 놈들이 인간 사내들이었다면 담배를 피우거나 마약을 즐기고 있었을 것이다. 하지만 경계를 늦추지는 않고 있다. 계속 감시 중이다. 그는 뒤로 물러선다. 놈들이 그를 발견하고 그가 있는 곳을 파악하는 사태를 막아야 한다.

그렇다고 해서 놈들이 모르는 것은 아니다. 그가 계단 위로 올라갔다는 것을 짐작했을 것이다. 그런데 그가 옴짝달싹 못하는 입장에 처했다는 사실도 알고 있을까? 지금으로서는 출구가 보이지 않는다.

그가 즉각적인 위험에 처해 있는 것은 아니다. 놈들은 계단을 올라오지 못한다. 올라올 수 있었다면 벌써 올라왔을 것이다. 주위를 살펴보고 대열을 재편성할 시간이 있다. 재편성이라니, 그 혼자뿐인데 무슨 뚱딴지 같은 생각인가.

경비원들은 여기에서 교대로 선잠을 잤던 것 같다. 옆방에는 두 개의 표준 보급품 군용 침대가 있다. 침대 위에는 어느 누구도, 어떤 시체도 없다. 아마 경비원들도 다른 이들과 마찬가지로 되젊음 조합을 벗어나려고 했을 것이다. 아마 그들도 전염병 균을 피할 수 있으리라 생각했을 것이다.

침대 하나는 정돈되어 있고 다른 하나는 그렇지 않다. 디지털 목소리가 나오는 자명종이 정돈되지 않은 침대 옆에서 여전히 깜박이고 있다. "몇 시야?" 시간을 물어도 시계는 아무런 대답이 없다. 재조정해서 그의 음성에 맞추어 놓아야 하는 것이다.

이곳은 시설이 잘 구비되어 있다. 화면과 게임기와 헤드폰이 부착된 두 개의 똑같은 오락 기구. 옷걸이에 걸린 열대기후용의 흔한 휴가복, 바닥에 떨어진 더러운 수건, 양말. 침대 옆 작은 탁자 위에는 열 장 정도의 인쇄물이 있다. 하이힐 말고는 아무것도 입지 않은 채 물구나무서 있는 마른 소녀, 검은 가죽으로 된 일종의 복합 골절 탈장대를 하고 천장에 붙은 갈고리에 매달려 있는 금발의 여인. 그녀의 눈은 가려져 있지만 입은 '나를 다시 때려 주세요.' 같은 헛소리를 하는 것처럼 벌어져 있다. 수술해서 거대해진 가슴과 축축하고 붉은 입술을 가진, 몸을 앞으로 숙이고서 구멍 뚫은 혀를 내밀고 있는 뚱뚱한 여자. 하나같이 똑같은 구식 사진들.

사내들은 허둥지둥 떠난 것 같다. 아래층에 바이오수트를 입은 채로 죽어 있는 이들이 아마 그들일 것이다. 아귀가 맞는 추리다. 두 사람이 떠난 후 어느 누구도 이곳에 오지 않은 듯하다. 아니, 누군가 왔다 하더라도 가져갈 만한 게 없었을 것이다.

침대 옆 탁자의 서랍에 담배 한 갑이 들어 있다. 한두 개비 정도만 피운 것이다. 눈사람은 담뱃갑을 탁 쳐서 한 개비를 꺼낸 후(눅눅하다. 하지만 지금 같은 심정이라면 호주머니 속 보풀이라도 피우고 싶다.) 담배에 불을 붙일 방법을 찾아 두리번거린다. 비닐봉지 안에 성냥이 있다. 그런데 봉지가 어디 있지? 여기로 급히 올라오다가 그만 계단 위에 떨어뜨린 것 같다. 그는 계단으로 돌아가 내려다본다. 그곳에 정말로 비닐봉지가, 아래층 바닥에서 네 계단 올라온 곳에 놓여 있다. 그는 조심스럽게 아래로 내려가기 시작한다. 그가 손을 뻗어 봉지를 잡으려고 애쓰는데 무언가가 다가온다. 그는 재빨리 뛰어 올라와 돼지구리 한 마리가 미끄러지듯 되돌아가 다시 제자리에 웅크리고 앉는 것을 본다. 놈의 눈이 희미한 빛 속에서 반짝인다. 히죽 웃고 있는 것 같다.

놈들은 쓰레기 봉지를 미끼로 그를 기다리고 있었던 것이다. 그가 원하는 물건이 봉지 안에 들어 있으니 가지러 내려오리라는 것을 알았던 것이다. 교활한, 너무도 교활한 놈들. 맨 꼭대기 계단까지 다시 올라오자 눈사람은 다리가 후들거린다.

낮잠 자는 방 옆에는 진짜 변기가 있는 작은 화장실이 있다. 딱 적당한 때다. 공포가 그의 창자를 마구 뒤흔들어 놓은 참이다. 대변을 본 다음(그곳에는 종이가 있다. 작은 은총과도 같은 종이. 나뭇잎을 사용할 필요가 없는 것이다.) 물을 내리려는 순간, 변기 뒤 탱크에 물이 가득 차 있을 것이고, 그 물이 요긴할 것이라는 생각이 떠오른다. 그는 탱크 뚜껑을 들어 올린다. 정말로 물이 가득 차 있다. 작은 오아시스. 물은 불그스름한 색이 돌지만 냄새는 괜찮다. 그는 머리를 들이밀고 개처럼 물을 마신다. 몸속에 분비된 모든 아드레날린 때문에 목이 타 들어가는 것 같다.

이제 기분이 좀 나아진다. 겁먹고 허둥댈 필요가 없다, 아직까지는. 그는 부엌에서 성냥을 발견하고 담뱃불을 붙인다. 한두 모금 빨고 나니 현기증이 느껴진다. 그래도 너무 황홀하다.

"만약 네가 아흔 살이고 섹스를 할 마지막 기회가 있는데, 그것을 할 경우 죽게 된다 해도, 그래도 할래?"

언젠가 크레이크가 이렇게 물은 적이 있다.

"당연하지."

지미가 말했다.

"이런 중독자."

크레이크가 말했다.

눈사람은 부엌 찬장을 뒤지면서 콧노래를 부른다. 사각형 초콜릿, 진짜 초콜릿. 인스턴트 커피 한 병, 커피 프림 한 병, 설탕 한 병. 크래커에 발라 먹는 새우 페이스트. 모조품이지만 먹을 만하다. 튜브에 든 치즈 음식, 튜브에 든 마요네즈. 채소가 들어 있고 닭고기 향이 첨가된 국수 수프. 보관용 비닐에 든 크래커. 한 무더기의 에너지 바. 이 무슨 횡재인가.

눈사람은 마음을 다잡은 후 냉장고 문을 연다. 이 사내들이 냉장고에 진짜 식품을 그렇게 많이는 넣어 두지 않았을 거라고, 그러니 악취가 그리 지독하지는 않을 거라고 확신하며. 녹아내린 냉동고 속의 상한 고기가 최악이다. 평민촌을 뒤지던 초기에는 그런 것을 많이 목격했다.

냄새 나는 것은 별로 없다. 그저 쭈그러든 사과, 회색 솜털로 덮여 있는 오렌지뿐. 뚜껑을 따지 않은 맥주 두 병.(진짜 맥주다!) 맥주병은 갈색에 목이 좁은 구식 맥주병이다.

그는 병마개를 따고 반쯤 들이켠다. 뜨뜻하지만 무슨 상관인가? 그러고 나서 탁자에 앉아 새우 페이스트, 크래커, 치즈 음식과 마요네즈를 먹고 마지막으로 커피 한 순갈에 프림과 설탕을 섞어 먹는다. 국수 수프와 초콜릿과 에너지 바는 나중을 위해 아껴 둔다.

찬장 한 켠에 손잡이를 감아서 작동시키는 라디오가 있다. 눈사람은 큰 폭풍우나 홍수나 전자 기술을 방해할 만한 어떤 사태에 대비해 이런 것들이 배급되기 시작하던 때를 기억한다. 그의 부모도, 그들이 아직 그의 부모였던 시절에 그런 것을 하나 가지고 있었다. 그는 아무도 모르게 그것을 가지고 장난치곤 했다. 그것에는 건전지를 충전시키기 위해 돌리는 손잡이가 달려 있었고, 한 번 충전하면 반 시간 정도 작동했다.

이 라디오는 고장 난 것 같지 않다. 그는 조작해 보려고 애쓴다. 무슨 소리를 들을 수 있으리라 기대하는 것은 아니다. 그러나 기대하지 않는다고 해서 원하지도 않는 것은 아니다.

무의미한 잡음, 더 심한 잡음, 더 심한 잡음. 그는 에이엠 방송을, 그다음에는 에프엠 방송을 시도해 본다. 아무 말소리도 들리지 않는다. 별빛이 우주 공간을 가로지르며 지나가는 것 같은 소리뿐이다. 크크크크크. 그러고 나서 그는 단파를 시도해 본다. 다이얼을 천천히 그리고 조심스럽게 움직인다. 어쩌면 사람들이 탈출해 간 다른 나라들, 먼 나라들이 있을지도 모른다. 뉴질랜드, 마다가스카르, 파타고니아 같은 곳들.

하지만 사람들은 탈출하려 하지 않았을 것이다. 아니, 대부분은 탈출하지 못했을 것이다. 일단 사태가 벌어지자 그것은 공기로 전파되었다. 욕망과 공포가 전체적으로 확산되었고, 그 둘 사이에서 그들은 자신들의 무덤을 파고 있었을 것이다.

크크크크크. 크크크크크. 크크크크크.

오, 제발 내게 말 좀 해 봐, 무슨 말 좀 해 봐. 무슨 말이든지. 그는 애원한다.

느닷없이 대답이 들려온다. 그것은 목소리, 인간의 목소리다. 유감스럽게도 러시아어처럼 들리는 언어로 말하고 있다.

눈사람은 자신의 귀를 믿을 수 없다. 그는 혼자가 아닌 것이다. 누군가가 뚫고 나간 것이다. 그와 같은 종에 속한 존재가. 단파 전송기를 작동할 줄 아는 누군가가. 그리고 한 사람이 있다면 다른 사람들도 있을 가능성이 있다. 하지만 이 사람은 눈사람에게 별 도움이 되지 않는다. 너무 멀리 있다.

바보! 그는 시비(CB)* 작동법을 잊어버렸다. 위기 상황에서는 시비를 이용하라고 배웠다. 가까운 곳에 누군가 있다면 그들은 시비를 이용하고 있을 것이다.

그는 다이얼을 돌린다. 그가 시도하는 것은 '받으시오'라는 말이다.

크크크크크.

그때 희미하게 남자의 목소리가 들린다.

---

* 'Citizen Band'의 약자. 일반 대중이 사용할 수 있는 일단의 라디오 파장을 말한다.

“내 신호를 읽는 사람이 있습니까? 거기 누구 있어요? 내 신호를 읽을 수 있습니까? 오버.”

눈사람은 버튼을 만지작거린다. 어떻게 보내는 거지? 그는 잊어버렸다. 이놈은 어디 있는 거야?

“나 여기 있어요! 여기 있다고요!”

눈사람이 소리친다.

‘받으시오’ 신호로 되돌아간다. 아무 소리도 들리지 않는다.

벌써부터 다른 생각이 들기 시작한다. 너무 성급히 행동한 것인가? 상대편이 누구인지 어떻게 알겠는가? 점심 식사를 함께 하고 싶지 않은 사람일 수도 있다. 그럼에도 그는 기분이 고조되고 우쭐함마저 느낀다. 이제 더 많은 가능성이 있는 것이다.

방벽

눈사람은 너무 기쁜 나머지(흥분, 음식, 라디오에서 흘러나온 목소리 때문에) 발에 난 상처를 잊고 있었다. 이제야 상처의 통증이 느껴진다. 가시에 찔린 것처럼 날카로운 느낌이다. 그는 부엌 탁자에 앉아 발을 높이 들고 살펴본다. 버번위스키 병 유리 조각이 아직 박혀 있는 듯하다. 그는 상처를 쑤시고 비틀면서 족집게나 좀 더 긴 손톱이 있었으면 하고 바란다. 마침내 그는 작은 파편을 잡아 빼낸다. 아프지만 피는 그다지 많이 나지 않는다.

일단 유리 조각을 빼낸 다음 약간의 맥주로 상처를 씻어 내고 발을 절면서 화장실 안으로 들어가 약장을 뒤진다. 튜브에 든 자외선 차단제(상처에는 아무런 소용이 없다.)와 유효기간이 지난 항생제 연고, 그리고 레몬 냄새가 나는 면도 로션 찌꺼기 말고는 쓸 만한 것이 아무것도 없다. 그는 연고를 상처에 바르고 면도 로션을 그 위에 붓는다. 로션 안에 알코올이 들어 있기 때문이다. 배수관 세제 같은 것을 찾아봐야 하는 건 아닌지 모르겠지만, 너무 심하게 소독하다가 발바닥 전체에 화상을 입고 싶지는 않다. 그저 행운을 바랄 뿐이다. 감염된 발 때문에 이내 움직임이 더뎌질 것이다. 상처를 그토록 오랫동안 방치하지 말았어야 했다. 아래층 바닥에는 병균들이 들끓고 있을 것이다.

저녁에 눈사람은 망루 창문의 좁은 틈으로 일몰을 바라본다. 열 개의 비디오카메라 화면이 모두 켜져 있어 그것들을 통해 장관 전체를 바라보면서 색의 휘도를 높이고 붉은색을 강조할 수 있다면 얼마나 아름다울 것인가. 편안히 기대앉아 마리화나를 피우며 아주 행복하게 표류할 것이다. 스크린이 모두 꺼져 있는 탓에 그는 실제 풍경으로, 그것도 그저 일부만으로 만족해야 한다. 밀감, 그다음에는 홍학, 그다음에는 물에 희석된 피, 그다음에는 태양이 있는 곳 바로 옆의 딸기아이스크림.

희미해져 가는 분홍색 빛을 받으며 서 아래에서 그를 기다리고 있는 돼지구리들은 작은 플라스틱 인형, 아이들의 놀이 상자에서 나온 전원 풍경의 복제품처럼 보인다. 그것들은 장미빛 도는 순수함을 띠고 있다. 먼 곳에서 바라볼 때 그렇게 보이는 다른 많은 것들처럼. 그것들이 그가 아프기를 바란다는 것은 믿기 힘든 사실이다.

밤이 되었다. 눈사람은 침실로 가 정리된 침대 위에 눕는다.

내가 지금 누워 있는 자리는 죽은 사람이 자던 곳이야. 그는 생각한다. 죽은 사람은 이런 일이 일어나리라는 것을 전혀 상상하지 못했다. 아예 짐작조차 하지 못했다. 단서를 갖고 있던, 단서가 될 만한 것을 알아봤어야 함에도 그러지 못했던 지미와는 달리. 만일 내가 크레이크를 더 일찍 죽였다면 달라진 점이 있었을까? 눈사람은 생각한다.

비상 환기구를 힘들여 열어 두었는데도 이곳은 너무 덥고 답답하다. 그는 잠이 오지 않아 양초(그것은 뚜껑이 달린 주석 통 속에 들어 있다. 주석 통은 생존 필수품이다. 이런 주석 통으로 수프를 끓일 줄 알아야 한다.) 하나를 켜고 담배 한 대를 더 피운다. 이번에는 그다지 어지럽지 않다. 그가 갖고 있던 버릇은 여전히 그의 몸속에 남아 사막의 꽃처럼 휴면 상태로 있는 것이다. 알맞은 조건이 주어지면 예전에 탐닉하던 모든 것이 화려한 꽃을 활짝 피울 것이다.

그는 섹스 사이트 인쇄물을 대충 훑어본다. 그 여자들은 그가 좋아하는 타입이 아니다. 너무 불룩하고, 너무 많이 고쳤고, 너무 노골적이다. 지나친 추파와 짙은 마스카라, 소 혓바닥 같은 혀. 그는 욕정이 아니라 환멸을 느낀다.

정정, 환멸의 욕정.

"네가 어떻게."

그는 머릿속에서 붉은 비단으로 된 중국 드레스와 6인치 굽의 구두로 몸치장을 하고 엉덩이에 용 문신을 한 대여 매춘부와 관계를 가지는 상상을 하며 스스로에게 중얼거린다. 그런 상상은 처음이 아니다.

오, 자기.

작고 더운 방에서 눈사람은 꿈을 꾼다. 또다시 어머니 꿈이다. 아니다. 그는 어머니에 대한 꿈을 꾼 적이 없다. 매번 어머니의 부재에 대한 꿈이다. 그는 부엌에 있다. 바람이 귓전에서 휘익 소리를 내며 불고 문이 닫힌다. 벽걸이에는 어머니의 실내복이 걸려 있다. 심홍색의, 텅 빈, 무서운 옷.

그는 심장이 고동치는 것을 느끼며 잠에서 깨어난다. 어머니가 떠난 후 그 실내복을 걸쳐 보았던 것을 이제 기억해 낸다. 그것에서는 여전히 어머니의 체취가, 그녀가 항상 쓰던 재스민 향수 냄새가 났다. 그는 거울 속의 자신을 바라보았다. 늘 짓곤 하던 의혹 서린 차가운 시선이 담긴 소년의 머리가 목에 연결되어 있고 그 아랫부분은 여성스러운 천에 싸여 있었다. 그 순간 그녀를 얼마나 미워했던가. 그는 숨을 쉬기도 힘겨웠고, 증오로 질식할 지경이었으며, 그 증오의 눈물이 뺨을 타고 흘러내렸다. 그럼에도 그는 팔로 자신을 꼭 감싸 안고 있었다.

그녀의 팔로.

눈사람은 목소리가 나오는 디지털 시계를 새벽이 되기 한 시간 전으로 맞추어 놓으며 어떤 목소리일까 짐작해 보았다. "일어나 세수해요. 일어나 세수해요. 일어나 세수해요." 시계는 매혹적인 여자 목소리로 말한다.

"멈춰."

그가 말하자 시계 목소리가 멈춘다.

"음악을 원하세요?"

"아니."

침대에 계속 누워 시계 속 여자와 수작을 벌이고 싶은 유혹을 느끼기는 했지만(아마 대화하는 것과 거의 같을 것이다.) 오늘 그는 이동해야 한다. 해안으로부터, 크레이커들로부터 얼마나 오래 떨어져 있었던가? 그는 손가락으로 꼽아 본다. 첫째 날, 되젊음 조합으로 도보 여행, 둘째 날, 폭풍우, 돼지구리 때문에 꼼짝 못하게 됨. 그렇다면 오늘은 셋째 날이다.

창문 밖으로는 쥐회색 빛이 펼쳐져 있다. 그는 부엌 개수대에 소변을 보고 변기 탱크에 있는 물로 얼굴을 축인다. 어제 저 물을 끓이지 않고 마시는 게 아니었다. 이제 그는 주전자 가득 물을 끓이면서(프로판 버너를 사용할 가스가 아직 남아 있다.) 발을 씻는다. 상처 주위가 약간 불그스름하지만 겁낼 정도는 아니다. 그러고는 설탕과 프림을 잔뜩 넣어 인스턴트 커피를 만든다. 그는 세가지과일 에너지 바를 바나나 기름과 달콤한 광택제의 친숙한 맛을 음미하며 씹어 먹는다. 기운이 솟구치는 것 같다.

어제 이리저리 뛰어다니던 도중에 물통을 잃어버렸다. 그 안에 무엇이 들어 있었는지를 생각하면 오히려 잘된 일이다. 새똥,

장구벌레, 선충. 그는 빈 맥주병에 끓인 물을 채워 넣고는, 침실에서 발견한 극세사로 된 세탁 가방 안에 물과 찾아낸 설탕 전부, 에너지 바 여섯 개를 담는다. 그러고는 자외선 차단제를 바르고 남은 것을 가방에 넣고 가벼운 카키색 셔츠로 갈아입는다. 새 선글라스도 있다. 그래서 자신의 외눈박이 선글라스는 버린다. 그는 반바지 한 벌을 놓고 고민한다. 그러나 반바지는 허리가 지나치게 클 뿐 아니라 다리 뒷부분을 보호해 주지 못하기 때문에 꽃무늬 침대보를 고수하기로 한다. 그는 침대보를 반으로 접어 사롱*처럼 맨다. 그러더니 다시 생각해 보고는 벗어서 세탁 가방 안에 집어넣는다. 움직이다가 어디에 걸릴 수도 있는 것이다. 나중에 다시 입으면 된다. 그는 잃어버린 아스피린과 양초 대신 새것을 챙겨 넣고 작은 성냥 상자 여섯 갑과 과도, 실물과 똑같은 짝퉁 레드삭스 야구 모자를 넣는다. 대탈출극을 벌이는 동안 모자가 땅에 떨어지는 달갑지 않은 일이 일어날 수도 있는 것이다.

됐다. 너무 무겁지도 않다. 이제 탈출이다.

눈사람은 부엌 창문을 부수려고 시도하지만(침대보를 길게 찢어 꼬아서 조합의 방벽으로 내려갈 수 있을 것이다.) 실패한다. 창문은 공격 방지 강화용 유리로 되어 있다. 입구가 내려다보이는 좁은 창문은 당연히 안 된다. 그 사이로 빠져나갈 수 있다 해도, 군침을 흘

* 말레이시아, 인도, 스리랑카 등지에서 이슬람교도들이 남녀 구분 없이 허리에 둘러 입는 옷.

리고 있는 돼지구리 무리 속으로 곧장 추락하게 될 것이다. 화장실에도 높은 곳에 창문이 달려 있지만, 그것 역시 돼지구리들이 있는 쪽이다.

처음에는 주방용 발판, 코르크 마개 따개, 식사용 나이프, 그리고 마지막으로는 도구 보관 벽장에서 발견한 망치와 건전지로 작동하는 드라이버를 이용해 세 시간에 걸친 고된 노동을 한 끝에, 그는 비상 환기구를 해체하고 그 안에 있는 작동 기계를 제거한다. 환기구는 굴뚝같이 위로 뻗어 있고 옆으로 굽은 부분이 있다. 그는 자신이 말랐기 때문에 그 안으로 들어갈 수 있을 거라고 생각한다.(기아 상태도 이점이 있는 것이다.) 그러나 만일 그 안에 몸이 끼면 괴롭고도 우스꽝스러운 죽음을 맞게 될 것이다. 환기구 안에서 쪄 죽다니, 정말 웃긴 일이다. 그는 급조한 밧줄을 부엌 탁자 다리에 붙들어 맨다. 다행히도 탁자 다리가 바닥에 고정되어 있다. 그리고 나머지 부분은 자기 허리에 둘러맨다. 물건이 든 가방은 두 번째 밧줄 끝에 동여맨다. 그는 숨을 죽이고 환기구 안으로 기어 들어가 몸을 꿈틀거리며 나아간다. 다행히도 여자가 아니라서 넓은 엉덩이가 걸리는 일은 없을 것이다. 옴짝달싹할 수 없이 좁은 공간이지만, 이제 바깥 공기 속으로 머리가 나오고, 몸을 한 번 틀자 어깨도 나온다. 방벽까지는 250센티미터 정도 거리다. 급조한 밧줄이 지탱해 주기를 바라며 거꾸로 낙하해야 한다.

마지막 안간힘, 몸이 위로 잠시 들릴 때의 비틀림, 그리고 이제 그는 비스듬히 흔들리고 있다. 그는 밧줄을 붙잡고 자세를 바로 한 뒤 허리에 맨 밧줄을 풀어서 타고 내려온다. 그러고 나서 물건이 든 가방을 잡아당긴다. 아무것도 없다.

제기랄, 빌어먹을. 손잡이를 감아서 작동시키는 라디오를 가져오는 걸 깜박했다. 그렇다고 돌아갈 수는 없는 노릇이다.

방벽은 너비가 180센티미터 정도 되고, 양쪽으로 또 다른 벽이 서 있다. 양쪽 벽들에는 30센티미터 간격으로 긴 틈이 엇갈리게 나 있다. 그것은 관측용일 뿐 아니라 최후 전투용 무기를 배치하는 데에도 유용하다. 방벽은 조합 전체를 에워싸고 있고, 그가 이제 막 벗어난 것과 같은 망루가 일정한 간격으로 세워져 있다.

조합은 직사각형 모양이고 다섯 개의 다른 문이 있다. 그는 이곳의 평면도를 잘 알고 있다. 파라디스에서 일하던 당시에 철저히 연구했던 것이다. 이제 그는 파라디스로 갈 계획이다. 나무들 사이로 솟아서 반달처럼 빛나는 돔이 보인다. 그의 계획은 그곳에서 필요한 것을 확보한 다음, 방벽을 통해 돌아 나와서(만일 상황이 괜찮다면 지상으로 조합을 가로지를 수도 있을 것이다.) 옆문을 통해 밖으로 나가는 것이다.

해가 상당히 높이 떠올랐다. 서두르지 않으면 햇빛에 화상을 입게 될 것이다. 그는 돼지구리들에게 모습을 드러내고 놈들을 비웃어 주고 싶은 충동을 억누른다. 놈들이 방벽 옆으로 따라붙으면서 그가 내려오지 못하게 할 것이다. 그래서 그는 관측용 틈을 지날 때마다 눈에 보이지 않게 몸을 웅크린다.

세 번째 망루에 이르렀을 때 눈사람은 잠시 멈춰 선다. 방벽 너머로 하얀 무언가(회백색 구름 같은 것)가 보인다. 그러나 구름이라고 하기에는 너무 낮게 드리워져 있다. 게다가 모양도 구름과는 다르다. 흔들리는 기둥같이 보인다. 분명 해안 가까운 곳, 크레이커들이 지내는 곳에서 북쪽으로 몇 킬로미터 떨어진 곳일 것이다. 처음에 그는 안개일 거라고 생각한다. 그러나 안개는 저렇게 고립된 기둥 모양으로 솟아오르지 않고 부풀어 오르지도 않는다. 의심할 바 없이 그것은 연기다.

크레이커들은 자주 불을 피운다. 그러나 결코 불을 크게 피우는 일이 없고 저렇게 연기를 많이 내지도 않는다. 어제 휘몰아친 폭풍 때문에 일어난 불일 수도 있다. 낙뢰로 발생한 불이 비 때문에 잦아들었다가 다시 연기를 내는 것일 수도 있다. 아니면 크레이커들이 그의 명령을 어기고 그를 찾아 나선 길에, 그를 집으로 인도하기 위한 신호로 불을 피운 것일 수도 있다. 그건 일어날 법하지 않은 일이지만(그들의 사고방식과는 너무 다른 행동이다.) 혹시라도 사실이라면 그들은 제 길에서 너무 많이 벗어나 있는 것이다.

눈사람은 에너지 바 반 개를 먹고 물을 마시고는 방벽을 따라 계속 걷는다. 이제 조금씩 절룩거리며 발의 상처를 의식하기 시작한다. 하지만 여기서 멈춰 서서 상처를 들여다볼 수는 없다. 최대한 빨리 움직여야 한다. 그에게는 분무 총이 필요하다. 늑개들과 돼지구리들 때문만은 아니다. 때때로 그는 어깨 너머로 뒤돌아본다. 연기는 아직도 그곳에 있다. 단 하나의 연기 기둥. 그것은 주위로 확산되지도 않고 계속 피어오른다.

(12)

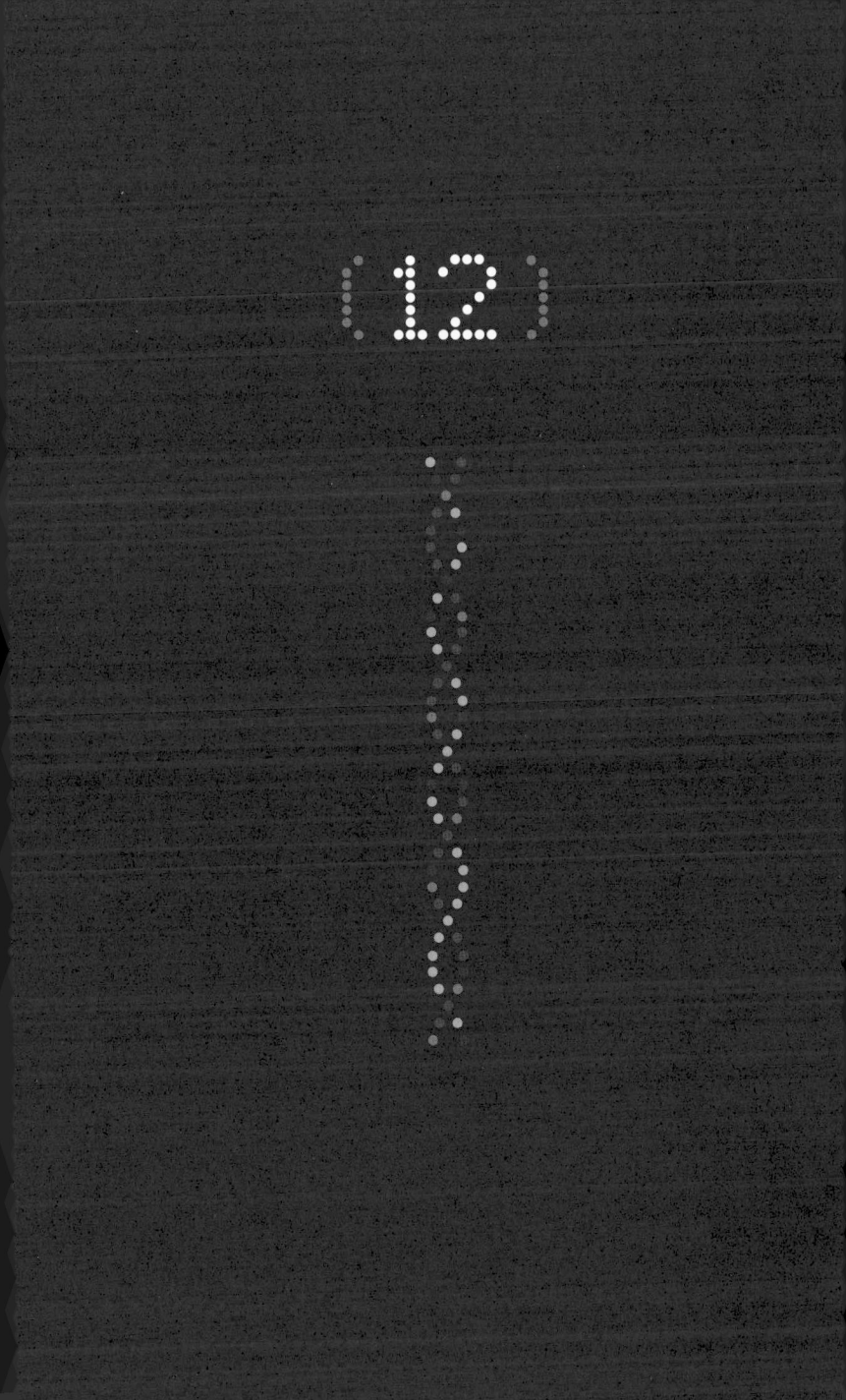

평민촌 배회

눈사람은 반들반들한 흰색 언덕과도 같은 거품 모양 돔을 향해 방벽을 따라 다리를 절며 걷는다. 그것은 신기루처럼 자꾸만 멀어지는 것 같다. 그는 발 때문에 시간을 많이 지체한다. 11시 정도가 되자 콘크리트가 너무 뜨거워 걸을 수가 없다. 그는 침대보를 머리에 덮어쓰고 모자와 열대풍 셔츠 위로도 최대한 많이 두르려고 애쓴다. 자외선 차단제를 바르고 천을 두 겹 둘러도 화상을 입을 수 있는 것이다. 그는 양쪽 알이 제대로 박힌 새 선글라스에 고마움을 느낀다.

그는 다음 망루의 그늘에 쪼그리고 앉아 달이 뜨기를 기다리며 물을 마신다. 최악의 햇빛과 더위가 지나고 매일 찾아오는 뇌우가 휩쓸고 지나가면 세 시간 정도는 더 걸을 수 있을 것이다. 모든 일이 오전과 같이 진행된다면 밤이 되기 전에 파라디스에 도착할 수 있을 것이다.

열기가 쏟아지고 콘크리트에서 다시 반사된다. 그는 그 안에서 긴장을 늦추고, 숨을 깊이 들이쉬고, 지네가 피부 위를 기어가는 것처럼 땀이 뚝뚝 흐르는 것을 느낀다. 감은 눈꺼풀이 파르르 떨린다. 옛날 영화가 머릿속에서 윙윙거리고 탁탁거리는 소리를 내며 돌아간다.

"제기랄, 그놈은 왜 나를 필요로 했던 거야? 왜 나를 그냥 내버려 두지 않았지?"

눈사람이 말한다. 생각해 봐야 부질없는 일이다. 뇌가 녹은 치즈로 변해 버릴 것 같은 더위 속에서는 더더욱. 녹은 치즈는 아니다. 음식의 이미지는 피하는 것이 낫다. 접착제, 풀, 크림 형태로 튜브 속에 든 모발 제품. 한때 그도 그런 것을 사용했다. 그것이 놓여 있던 선반 위의 자리를 정확히 떠올릴 수 있다. 면도칼 바로 옆. 그는 선반이 깔끔하게 정돈되어 있는 것을 좋아했다. 깨끗이 샤워하고 젖은 머리카락에 크림 모발 제품을 손으로 바르던 자신의 모습이 문득 떠오른다. 파라디스에서 오릭스를 기다리던 모습이다.

그의 의도는 선했다. 아니, 적어도 악의는 없었다. 그는 어느 누구에게도 상처를 주고 싶지 않았다. 그토록 심각하게, 실제 시공간 속에서는. 환상 속에서는 그랬을지언정.

그날은 토요일이었다. 지미는 침대에 누워 있었다. 그즈음 들어 아침에 일어나는 것이 무척 힘들었다. 그는 지난주에 두어

번 지각했다. 그전에 지각했던 것, 그리고 그보다 더 전에 지각했던 것을 합치면 곧 곤란한 입장에 놓일 수도 있었다. 흥청대며 술을 마시고 다녀서 그런 것은 아니었다. 오히려 그 반대였다. 그는 사람들과의 접촉을 피하고 있었다. 새론당신 회사의 고위 관계자들은 아직 그를 징계하지 않았다. 아마 그들은 그의 어머니의 존재, 그리고 그녀가 반역자로서 처형당한 것에 대해 알고 있었을 것이다. 물론 그들은 알고 있었다. 그러나 그것은 조합에서 결코 발설되지 않는 일종의 어두운 비밀이었다. 불운, 악한 눈, 전염성일 수도 있어, 모르는 체하는 게 상책이야 등등. 아마 그들은 그를 봐주고 있었을 것이다.

그래도 한 가지 좋은 점이 있었다. 이제 그의 어머니를 목록에서 지워 버렸으니 시체보안회사 요원들이 그를 귀찮게 굴지 않을 거라는 점이었다.

“일어나, 일어나, 일어나…….”

그의 음성 시계가 말했다. 그것은 분홍색 성기 모양의 시계였다. 그 시계는 한 애인이 장난으로 준 것이었다. 그때는 그것이 익살스럽게 여겨졌지만, 그날 아침에는 상당히 모욕적으로 느껴졌다. 그녀에게 그의 존재란 기계적 장난, 그것이 전부였던 것이다. 아니, 그의 여자들 모두에게. 어느 누구도 성적 매력이 없는 사람이 되기를 원하지 않지만, 성적인 걸 제외하면 아무런 의미도 없는 존재가 되는 것 또한 원하지 않는다고 언젠가 크레이크가 말했다. 오, 그렇습니다, 각하. 지미는 생각했다. 또 하나의 인간 수수께끼.

"몇 시야?"

지미가 물었다. 시계는 고개를 숙이더니 다시 튀어 올랐다.

"정오야, 정오야, 정오야……."

"입 닥쳐."

지미가 말했다. 시계는 풀이 죽었다. 시계는 성난 목소리에 반응을 보이도록 조정되어 있었다.

지미는 침대에서 일어나 부엌으로 들어가 맥주를 마시는 게 어떨까 생각해 보았다. 꽤 좋은 생각이었다. 그는 늦게 잠이 들었다. 그의 애인 중 하나, 그에게 시계를 준 바로 그 여자가 그의 침묵의 벽을 뚫고 접근했던 것이다. 그녀는 몇 가지 테이크아웃 음식(너겟과 감자튀김, 그녀는 그가 무엇을 좋아하는지 알고 있었다.)과 스카치위스키 한 병을 들고 10시경에 나타났다.

"당신이 걱정돼서."

그녀가 말했다. 그녀가 정말로 원한 것은 빠르고 비밀스럽게 관계를 갖는 것이었다. 그는 최선을 다했고 그녀는 쾌락을 즐겼다. 그러나 그녀는 그의 마음이 딴 곳에 가 있는 것을 눈치 챘다. 그들은 뭐가 문제야, 내게 싫증이 난 거야, 나는 정말 당신이 걱정돼. 등의 뻔한 입씨름을 해야 했다.

"당신 남편한테서 떠나. 평민촌으로 도망가서 이동주택 단지에서 살자."

지미는 그녀의 말을 가로막으며 말했다.

"오, 내 생각엔…… 진심으로 하는 말 아니지?"

"진심이라면?"

"내가 당신을 소중히 여긴다는 거 당신도 알지. 하지만 내겐 그도 소중해. 게다가……."

"허리 아래쪽만이겠지."

"잘못 들었거든?"

그녀는 품위 있는 여자인지라 "뭐라고?"라고 하는 대신 "잘못 들었거든?"이라고 말한 것이다.

"허리 아래쪽만이라고 했어. 그게 당신이 정말로 소중히 여기는 거지. 여기에 써 드릴까?"

"왜 그런 생각을 하게 되었는지 모르겠는걸. 당신 요즘 들어 너무 야비하게 굴어."

"재미가 전혀 없지."

"그래, 사실이야."

"그럼 꺼져 버려."

그들은 싸웠고 그녀는 울음을 터뜨렸다. 이상하게도 그렇게 하고 나자 지미는 기분이 나아졌다. 그들은 스카치위스키를 다 마셔 버리고는 또 한 차례 섹스를 했다. 이번에는 지미는 즐긴 반면 그의 애인은 그렇지 못했다. 그가 지나치게 거칠게 굴면서 너무 빨리 끝내 버렸고, 또 여느 때와는 달리 그녀가 좋아할 만한 찬사도 늘어놓지 않았던 것이다. 멋진 엉덩이야. 뭐 그런 말들.

그는 그렇게 야비하게 굴지 말았어야 했다. 그녀는 진짜 가슴과 나름대로 힘겨운 문제를 안고 있던 좋은 여자였다. 그는 과연 그녀를 다시 볼 수 있을지 궁금했다. 아마 보게 될 것이다. 헤어질 때 그녀는 예의 나는 당신을 낫게 해 줄 수 있어 하는 표정을 하고 있었던 것이다.

지미가 소변을 보고 냉장고에서 맥주를 꺼내는데 인터폰이 울렸다. 그녀일 것이다. 이렇게 당장 달려오다니. 그는 이내 뿌루퉁해졌다. 그는 스피커폰이 있는 곳으로 갔다.

"가 버려."

지미가 말했다.

"나 크레이크야. 아래층에 있어."

"믿을 수 없어."

지미는 로비에 있는 비디오카메라를 보기 위해 비밀번호를 눌렀다. 정말로 크레이크였다. 지미에게 손짓으로 야유를 하며 미소를 짓고 있는 그의 모습.

"좀 들어가자."

크레이크가 말했고 지미는 문을 열었다. 바로 그 순간, 크레이크야말로 지미가 보고 싶은 유일한 사람이었다.

크레이크는 전과 거의 똑같았다. 똑같은 검은색 옷. 심지어 머리카락도 조금도 빠지지 않았다.

"아니, 여긴 웬일이야?"

지미가 물었다. 처음 대면했을 때 몰려온 기쁨이 한 차례 지나간 후, 지미는 자신이 아직 옷도 챙겨 입지 않았다는 것과 그의 아파트가 무릎까지 오는 먼지 뭉텅이와 담배꽁초와 지저분한 유리그릇과 텅 빈 너겟 상자로 온통 어질러져 있다는 사실에 당혹스러웠다. 그러나 크레이크는 그런 건 눈여겨보는 것 같지 않았다.

"환영받으니 기분 좋군."

"미안해. 요즘 상황이 좋지 못했어."

"그래, 나도 봤어. 네 어머니. 네게 이메일을 보냈는데 답장이 없더군."

"확인하지 않았어."

"이해할 만해. 전기 처형에 나왔지. 폭력 선동, 불법 단체 회원, 상업적 생산물의 보급 방지, 반사회적 반역죄. 아마 마지막 항목은 네 어머니가 참여한 데모 때문이었을 거야. 벽돌 같은 걸 던졌다지. 안된 일이야. 참 좋은 숙녀분이었는데."

지미가 듣기에 '좋은'이라든가 '숙녀'라는 단어는 자신의 어머니에게 들어맞는 것 같지 않았지만, 그런 걸 두고 일찌감치 논쟁을 벌일 생각은 없었다.

"맥주 마실래?"

지미가 물었다.

"아니, 괜찮아. 그냥 널 보러 온 거야. 네가 괜찮은지 보려고."

"난 괜찮아."

크레이크는 지미를 흘깃 보더니 말했다.

“평민촌에 가자. 술집이나 몇 군데 가 보자.”

“그거 농담이지, 그렇지?”

“아니, 정말이야. 통행권이 있어. 내 정기권과 네 것 하나.”

그것을 보고 지미는 크레이크가 진정 거물이라는 것을 깨달았다. 지미는 감탄했다. 하지만 그것보다도 크레이크가 자신을 걱정하고 찾아 나섰다는 사실에 더 감동했다. 최근 들어 가까이 연락을 취하지는 못했지만(지미의 잘못이었다.) 크레이크는 여전히 그의 친구였던 것이다.

그로부터 다섯 시간 뒤에 그들은 뉴뉴욕 북부에 위치한 평민촌을 거닐고 있었다. 그곳까지 가는 데는 몇 시간밖에 걸리지 않았다. 가장 가까운 조합으로 총알기차를 타고 간 다음 무장한 운전사가 모는 시체보안회사의 공식 차를 탔다. 그 차는 크레이크의 명령을 수행하는 사람이 준비해 둔 것으로, 크레이크가 “활동이 이루어지는 중심부”라고 부르는 곳에 그들을 내려주었다. 그러나 크레이크는 자신들이 남의 눈에 띄는 일은 없을 것이고 보호를 받을 것이며 해를 당하는 일은 없을 거라고 말했다.

길을 나서기 전에 크레이크는 지미의 팔에 주사를 놓았다. 그것은 크레이크 자신이 만든 다용도의 단기간용 백신이었다. 크레이크는 설명했다. 평민촌은 미생물을 배양하는 거대한 페트리접시와 같아. 끈적이는 물질과 전염병을 옮기는 원형질이 많이 퍼져 있지. 그것들에 둘러싸여 성장했다면 새로운 병원체가 들어와 극성을 부리지 않는 한 면역력을 갖추고 있게 마련이지만, 조합에서 온 사람은 평민촌에 발을 들여놓는 순간 병균들의 먹이가 되고 말지. 이마에 "나를 잡아먹으시오."라는 표지를 붙이고 다니는 것과 마찬가지라고 할 수 있어.

크레이크는 코에 쓰는 원뿔형 여과기도 가지고 있었다. 그것은 최신 모델로, 미생물을 걸러 줄 뿐 아니라 미립자도 걷어 내주는 것이었다. 평민촌의 대기오염은 한층 더 심각하다고 크레이크는 말했다. 바람 속에 유해 물질이 더 많이 포함되어 있고 공기 회전 정화탑이 더 적게 설치되어 있는 것이었다.

지미는 평민촌에 와 본 적이 한 번도 없었다. 벽을 넘겨다본 것이 전부였다. 그는 드디어 이곳에 오게 되어 무척 흥분했다. 하지만 그렇게 많은 사람들이 서로 그토록 가까이 몸을 부딪혀 가며 걷고 이야기하고 바삐 지나가는 모습에 대해서 미처 마음의 준비를 못한 상태였다. 보도에 침을 뱉는 것은 그가 개인적으로 혐오감을 느낀 행동이었다. 호화로운 차를 탄 부유한 평민촌 주민들, 태양열 자전거를 탄 빈민들. 형광색 스판덱스 옷, 아주 짧은 반바지, 보다 원기 왕성하게 탄탄한 허벅지를 노출시키며 스쿠터를 타고 도로를 휘젓고 다니는 창녀들. 온갖 종류의 피부색, 온갖 크기의 체구. 하지만 모든 가격대의 여자가 있는 것은 아니라고 크레이크는 말했다. 이곳은 최저가 지대였다. 그러니까 윈도쇼핑은 해도 되지만 구매를 해서는 안 되는 것이었다. 나중을 위해 돈을 아껴 두어야 했다.

평민촌 거주자들은 조합 사람들이 흔히 말하던 것처럼 정신 지체자들 같지는 않았다. 적어도 대다수는 그렇지 않았다. 어느 정도 시간이 지나자 지미는 좀 더 긴장을 풀고 이 경험을 즐기기 시작했다. 볼 것이 너무 많았다.(잡상인들은 갖가지 물건을 팔았고, 손에 넣을 수 있는 것이 너무 많았다.) 네온 선전 문구, 게시판, 광고가 곳곳에 붙어 있었다. 그리고 옛날 디브이디 뮤지컬에 나오는 이들과 같은 진짜 노숙자들, 진짜 거지 여인들이 있었다. 지미는 그들이 닳은 장화로 땅을 박차고 일어나 노래를 부르지 않을까 줄곧 기대했다. 거리 구석에 서 있는 진짜 음악가들, 거리 악동들로 구성된 진짜 밴드. 비대칭, 기형. 그들의 얼굴은 조합에서 볼 수 있는 균형 잡힌 얼굴과 전혀 달랐다. 심지어 이가 엉망인 사람도 있었다. 지미는 그 모든 것을 멍하니 바라보았다.

"지갑 조심해. 그렇다고 네게 돈이 필요할 거라는 말은 아니야."

크레이크가 말했다.

"왜 돈이 필요 없어?"

"내가 내는 거야."

"그럴 순 없지."

"다음엔 네가 내."

"좋아."

"자, 여기가 소위 '꿈의 거리'라는 곳이야."

그곳에 있는 상점들은 가격대가 조금 높았고, 진열품들은 정교했다. 지미는 소리 내어 읽었다. 푸른 유전자의 날? 자르고치기를 해 보세요! 만병 치료. 작게 살아갈 필요 있습니까? 골리앗이 되십시오! 꿈의아이 대여. 귓바퀴 치료. 유아침대채우기 주식회사. 워니 워니? 그 친구 롱펠로우!

"그러니까 여기에서 우리의 상품이 금으로 변신하는 거지."

크레이크가 말했다.

"우리의 상품이라니?"

"되젊음에서 만들어 내는 것들 말이야. 우리 회사 그리고 몸 관련 사업을 하는 다른 조합들에서."

"그런 것들이 효과가 있어?"

지미는 그 상품들이 보장하는 내용보다는 선전 문구에 상당히 깊은 인상을 받았다. 지미 같은 부류의 머리는 그런 방향으로 움직이게 마련이었다. 아침의 무거웠던 기분은 사라지고 지미는 무척 신이 났다. 너무 많은 것, 너무 많은 정보가 그에게 밀려들고 있었다. 그의 머리는 그것들에 완전히 점령당했다.

"대부분은 효과가 좋아. 물론 어떤 것도 완벽하지는 못해. 그렇지만 경쟁은 아주 치열하지. 특히 러시아인들, 일본인들, 그리고 물론 독일인들이 뛰어든 분야는. 그리고 스웨덴인들. 하지만 우리는 우리만의 사업을 유지해 오고 있어. 신뢰할 만한 상품만 제공한다는 명성을 가지고 있거든. 전 세계 사람들이 이곳으로 오지. 상품 조사를 하는 거야. 성별, 성적인 경향, 신장, 피부와 눈의 색깔. 그 모든 것에 대한 주문을 받아서, 주문받은 대로 생산하고 또 재생산하는 거야. 이 거리 한 군데에서만 얼마나 많은 돈이 오가는지 너는 상상도 할 수 없을 거야."

크레이크가 말했다.

"술 마시러 가자."

지미가 말했다. 그는 아직 태어나지 않은 가상의 동생을 생각했다. 아버지와 라모나가 쇼핑을 하러 간 곳이 이곳이었을까?

그들은 술을 마시고 음식을 먹었다. 이건 진짜 굴이야, 이건 다이아몬드처럼 희귀한 진짜 일본산 쇠고기이고. 크레이크가 말했다. 아마 어마어마한 돈이 들었을 것이다. 그런 다음 그들은 다른 몇 군데를 둘러보고 마지막으로 곡예용 그네에서 오럴 섹스 하는 것을 보여 주는 술집에 들어갔다. 지미는 어둠 속에서 빛이 나는 오렌지색 음료를 마셨고 똑같은 것을 두어 잔 더 마셨다. 그런 뒤에 크레이크에게 자신의 삶에 대한 이야기를(아니, 자기 어머니의 삶에 대한 이야기를) 입 밖으로 길게 늘어지는 껌 가닥처럼 알아듣기 힘든 긴 문장으로 늘어놓았다. 그러고 나서 그들은 또 다른 장소로 가서 끝없이 긴 초록색 공단 침대 위에서 머리끝부터 발끝까지 피부에 반짝이를 붙여 가상 물고기의 비늘처럼 희미하게 빛나는 두 소녀의 시중을 받았다. 지미는 그토록 잘 비틀고 꼬면서 몸을 돋보이게 하는 여자들은 본 적이 없었다.

직업에 대한 말이 나온 것이 그곳에서였던가, 아니면 앞서 들른 술집에서였던가? 다음 날 아침, 지미는 기억해 낼 수가 없었다. 크레이크는 이런 말을 했다. 직업, 너, 되젊음. 그리고 지미가 뭘 하란 말이야, 화장실 청소? 하고 묻자 크레이크는 웃으며 이렇게 말했다. 그것보단 나은 일이지. 지미는 긍정적으로 대답한 기억은 나지 않지만 분명히 그렇게 했을 것이다. 어떤 직업이든 가리지 않고 받아들였을 것이다. 그는 움직이고 싶었고 앞으로 나아가고 싶었다. 그는 완전히 새로운 무대를 맞이할 준비가 되어 있었다.

환희이상

크레이크와 주말을 보내고 난 월요일 아침, 지미는 단어 장수로서의 또 다른 하루를 보내기 위해 새론당신으로 출근했다. 무척 피곤했지만 그런 기색이 드러나지 않기만을 바랐다. 비록 새론당신 회사는 돈을 지불하는 고객들에게는 온갖 종류의 화학적 실험을 권장했지만, 고용된 직원들이 그렇게 하는 것에 대해서는 난색을 표했다. 말은 되지. 지미는 생각했다. 옛날 밀주 상인들은 술에 취하는 일이 거의 없었다. 적어도 그가 읽은 책에서는 그랬다.

자리에 앉기 전에 지미는 남자 화장실에 가서 거울 속 자기 모습을 점검했다. 그는 게워 낸 피자처럼 보였다. 게다가 지각까지 했다. 하지만 이번에는 아무도 알아채지 못했다. 지위가 너무 높아서 지미가 한 번도 본 적이 없는 고관들이 그의 상사와 함께 갑자기 나타났다. 그들은 지미와 악수하고 그의 등을 가볍게 두

드리고 샴페인같이 생긴 것을 손에 쥐여 주었다. 아, 좋아! 해장술이로군, 꿀꺽꿀꺽꿀꺽! 지미의 머릿속 말풍선 내용은 이러했지만 그는 티 내지 않고 조금씩 들이켰다.

그런 다음 그들은 새론당신에서 지미와 함께 일할 수 있었던 것은 큰 기쁨이었다, 그는 회사의 귀중한 자산이었다, 그가 이제 가게 되는 곳에 따뜻한 희망의 말을 함께 보내 주고 싶다, 그리고 아주 아주 축하한다고 말했다. 그의 고용 해제 퇴직금은 그의 시체보안회사 은행 계좌에 즉시 입금될 것이다. 퇴직금은 그의 재직 기간에 상응하는 것보다 훨씬 더 많을 것이다. 터놓고 말하건대, 새론당신의 동료들은 지미가 훌륭한 새 직장에서 그들을 긍정적으로 기억해 주기를 바라기 때문이다.

그게 뭐건 무슨 상관이야. 지미는 밀폐 총알기차 안에서 이렇게 생각했다. 기차 운행은 그를 위해 조정된 것이었으며 이사 역시 그랬다.(이사 요원들이 도착할 것이다, 그들이 모든 걸 포장할 것이다, 그들은 전문 요원이다, 절대 걱정하지 않아도 된다.) 그는 많은 애인들에게 연락할 시간조차 없었다. 정작 연락했을 때는 이미 크레이크가 개인적으로 조심스럽게 그들에게 통보해 주었다는 사실을 알게 되었다. 크레이크는 정말 긴 촉수를 가진 것 같았다. 어떻게 그들에 대해 알아냈단 말인가? 아마도 지미의 이메일을 해킹해 왔을 것이다. 크레이크에게는 손쉬운 일이다. 하지만 그런 귀찮은 짓을 왜 한단 말인가?

지미, 당신이 보고 싶을 거야. 한 애인이 보낸 이메일 내용이었다.

오, 지미, 당신은 정말 재미있었어. 다른 애인은 이렇게 썼다.

과거형의 메시지들을 읽으며 지미는 섬뜩한 느낌이 들었다. 그가 죽어 버리거나 어떻게 된 것도 아닌데 말이다.

지미는 되젊음 조합에서의 첫날 밤을 귀빈용 호텔에서 보냈다. 그는 미니바에서 물을 타지 않은 진짜 위스키를 마셨다. 그러고는 불빛 말고는 보이는 게 별로 없는 전망창 밖의 풍경을 한동안 내다보았다. 창밖 멀리 아래쪽에서 조명이 밝혀진 거대한 반원 모양의 파라다이스 돔이 보였다. 그 당시 그는 아직 그것이 무엇인지 몰랐다. 그저 스케이트장이라고 생각했을 뿐이다.

다음 날 아침 크레이크는 고속 전기 골프 카트를 타고 지미에게 되젊음 조합을 구경시켜 주었다. 지미는 그곳이 모든 면에서 장대하다는 것을 인정할 수밖에 없었다. 모든 것이 윤이 날 정도로 깨끗했고, 조경이 잘 되어 있었고, 환경도 잘 보존되어 있었으며, 매우 호화로웠다. 신중하게 배치되어 현대 예술 작품으로 둔갑한 많은 태양열 공기 회전 정화탑 덕분에 공기 중에는 분진이 전혀 없었다. 암석수분기는 미기후를 조절해 주었고 접시만큼이나 커다란 나비들이 선명한 색깔의 관목 사이를 떠다니듯 날아다녔다. 그곳에 비하면 왓슨크릭을 비롯해 지미가 가본 다른 모든 조합은 상대적으로 초라하고 구식으로 보였다.

"이 모든 돈이 어디서 나오는 거야?"

지미는 최첨단 호화 쇼핑센터를 지나며 크레이크에게 물었다.

도처에 깔린 대리석, 주랑, 카페, 양치식물, 테이크아웃 음식점, 롤러스케이트 보도, 주스 바, 러닝머신 위에서 달리면 전구가 계속 켜져 있는 자가발전 체육관, 요정과 바다의 신 조각상이 있는 고대 로마풍의 분수.

"불가피한 죽음 앞에서의 슬픔이지. 시간을 멈추고자 하는 소망. 인간의 조건."

크레이크가 말했다.

"별 도움이 되지 않는군."

"곧 알게 될 거야."

그들은 별 다섯 개짜리 되젊음 음식점에서, 에어컨이 작동되는 모조 발코니에 앉아 조합의 유기농 식물 중앙 온실을 내려다보며 점심을 먹었다. 크레이크는 양의 온순한 성질과 높은 단백질 생산성에다가 질병에 대한 저항력이 뛰어나고 메탄 및 오존 파괴 가스를 배출하지 않는 캥거루의 특징을 결합시켜 만든 새로운 오스트레일리아산 유전자 조작 동물인 캥거양을 먹었다. 지미는 건포도로 속을 채운 거세 수탉을 먹었다. 진짜 방목 수탉, 햇빛에 말린 진짜 건포도라고 크레이크가 말했다. 그즈음 지미는 닭고기옹이의 무미건조하고 두부 같은 질감과 역겹지 않은 맛에 익숙해진 터여서 수탉 고기의 풍미가 상당히 강렬하게 느껴졌다.

"내가 일하는 곳의 이름은 '파라디스'야. 우리는 불멸에 대해 연구하고 있어."

크레이크는 대두 바나나 플람베*를 디저트로 먹으며 말했다.

"다른 모든 사람도 마찬가지야. 쥐에 대해서는 어느 정도 성공을 거두었다고 할 수 있지."

"'어느 정도'라는 것이 중요해."

"동결 유전자에 대해 연구하는 이들은 어떻게 됐어? 머리를 냉동시키십시오, 치료법을 알게 되는 때에 몸을 복원시키십시오? 그들 사업이 아주 기세 좋게 진행되고 있잖아. 주식 가격이 꽤 높던데."

지미가 말했다.

"물론. 그리고 냉동된 사람들을 몇 년 뒤에 뒷문으로 내던져 버린 다음 그들 가족에게는 전력이 나갔다고 변명하는 거지. 어쨌든 우리는 급속 냉동 방법은 삭제해 버렸어."

"무슨 뜻이야?"

"우리가 하는 프로젝트에서는, 먼저 죽을 필요가 없어."

"정말로 그렇게 해 본 거야?"

"아직은 아니야. 하지만 연구 개발 예산을 생각해 봐."

"백만?"

"백만의 백만 배야."

"한잔 더 마셔도 돼?"

---

* 과일을 달콤한 소스에 버무려 식후에 먹는 프랑스 요리.

지미가 물었다. 그것은 그대로 받아들이기에는 너무 버거운 정보였다.

"아니. 계속 들어 봐."

"술 마시면서도 들을 수 있어."

"그다지 잘 들을 수는 없지."

"한번 해 보자고."

크레이크의 말에 따르면, 파라디스 내부에서는 두 가지 주요 실험이 진행되고 있었다.(그들은 점심 식사 뒤에 시설을 둘러볼 참이었다.) 첫 번째 것인 환희이상 알약은 기본적으로 예방 차원의 약이다. 그리고 그 이면의 논리는 단순하다. 죽음의 외부적인 원인을 없애면 불멸을 절반은 이미 성취한 것이다.

"외부적인 원인?"

지미가 물었다.

"전쟁, 다시 말해 잘못된 성적 에너지지. 우리는 자주 언급되는 경제적, 인종적, 종교적 요인보다 그 요인이 더 크다고 보고 있어. 전염병, 특히 성적으로 감염되는 것 말이야. 인구 과밀, 그것은 우리가 분명히 목격했듯이 환경 파괴와 영양실조로 연결되지."

지미는 매우 어려운 과업일 거라고 말했다. 그 분야에는 많은 연구가 시도되었으며 그만큼 많은 사람들이 실패했던 것이다. 크레이크는 미소를 지었다.

"처음에 성공하지 못한다면 설명서를 읽어야지."

"무슨 뜻이야?"

"인류를 제대로 연구하는 방법은 인간을 연구하는 거야."

"무슨 뜻이지?"

"바로 앞에 놓여 있는 것을 가지고 작업해야 하는 거지."

환희이상 알약은 인간이 부여받은 자질, 즉 인간 본성의 본질을 장악한 후 그 자질이 기존의 경로보다 더 유익한 경로로 가도록 조정하게끔 설계한 것이다. 그것은 지금은 불행히도 멸종한 피그미족이나 호모 사피엔스 사피엔스의 가까운 친척인 보노보 침팬지에 대한 연구를 토대로 한 것이다. 호모 사피엔스 사피엔스와는 달리 보노보 침팬지는 다혼성(多婚性)과 일부다처제적 성향에 제한을 두지 않았다. 그것들은 무차별적으로 난교를 했고 암수 한 쌍이 짝을 짓는 법이 없었다. 그리고 먹을 때를 제외하면 깨어 있는 시간 대부분을 교미하는 데 보냈다. 그들 종 내부의 공격 인자는 매우 적었다.

그것이 환희이상의 기본 발상이 되었다. 그들의 목표는 한 번에 그리고 동시에 다음과 같은 것을 성취할 수 있는 단일한 알약을 생산하는 것이었다.

1) 이 약을 복용하면 알려진 모든 성병으로부터 보호받을 수 있다. 치명적인 병이든, 불편한 병이든, 단순히 보기 흉한 병이든 상관없다.

2) 이 약은 무제한적인 성적 충동과 성적 탁월함을 일반적인 힘과 행복감과 더불어 제공함으로써, 질투와 폭력으로 이어지는 좌절감과 억눌린 테스토스테론을 줄이고 낮은 자존감을 제거한다.

3) 이 약은 젊음을 연장시킨다.

이 세 가지 기능이 판매의 주안점이 될 거라고 크레이크는 말했다. 그러나 광고에는 포함되지 않을 네 번째 기능이 있다. 환희이상 알약은 남성과 여성 모두에게 한 번에 끝내 버릴 확실한 피임약 역할을 함으로써 인구밀도를 자동적으로 낮추어 줄 것이다. 이러한 기능은 필요에 따라 알약의 성분을 바꿈으로써 반대로 바뀔 수도 있다. 물론 개개인의 차원에서 이루어지는 것은 아니다. 만일 특정한 지역의 인구가 지나치게 감소할 경우에 취할 수 있는 조처다.

"그러니까 기본적으로는 사람들에게 성적 탐닉의 측면에서 최고의 쾌락을 주는 척하면서, 그들이 모르는 사이에 불임으로 만들어 놓는 거야?"

"노골적으로 말해 그렇다고 할 수 있지."

그런 약은 광범위한 이점을 제공할 거라고 크레이크는 말했다. 그 이점은 개인 사용자에게만 국한되는 것이 아니라(시장에서는 개인 사용자의 이점을 강조해야만 실패하지 않겠지만) 사회 전체에 미치는 것이다. 그리고 단순히 사회뿐 아니라 조합 전체에도 영향을 미친다. 투자자들은 바로 그 점, 전지구적인 영향력을 가지게 될 것이라는 점에 깊은 관심을 보였다. 모두 좋은 점이며 나쁜 점은 전혀 없다. 크레이크는 그 점을 매우 기뻐하고 있었다.

"나는 네가 이토록 이타주의자인지 몰랐는걸."

지미가 말했다. 크레이크가 언제부터 인류의 치어리더 역할을 해 온 것일까?

"정확히 말하자면 이타주의가 아니야. 죽느냐 사느냐의 전략이지. 최근에 시체보안회사의 기밀 인구 보고서를 본 적이 있어. 종 전체를 놓고 볼 때 우리는 심각한 문제에 처해 있어. 전문가들이 말한 것보다 상황이 더 좋지 않아. 사람들이 그냥 포기해 버릴 게 두려워 통계를 발표하지 못하고 있는 거지. 내 말을 믿어. 우리의 시공간이 동나고 있어. 지리 정치적으로 주변인 지역에서는 수십 년 동안 자원에 대한 수요가 공급을 초과해 왔어. 그렇기 때문에 기아와 가뭄이 일어난 거지. 하지만 곧 모든 사람의 수요가 공급을 초과하게 될 거야. 환희이상 알약이 있으면 인류는 생존할 가능성이 더 높아지게 돼."

크레이크가 말했다.

"네가 생각하는 바가 뭔데?"

지미는 술을 더 마시지 말았어야 했다. 이제 그는 조금씩 혼동되기 시작했다.

"더 적은 인구, 그러면 더 많은 것이 분배될 수 있지."

"만일 남은 사람들이 매우 탐욕적이고 낭비가 심하다면? 전혀 불가능한 말은 아니잖아."

"그렇지 않을 거야."

"지금 그 약이 있어?"

지미는 그것이 제공해 줄 가능성을 깨닫기 시작했다. 끊임없는 고강도의 섹스, 결과에 대한 책임의 부재. 그것에 대해 생각하자 성적 충동이 조금 더 강해지는 것 같았다.

"그 약이 머리도 다시 자라게 해 줘?"

지미는 그걸 어디서 구할 수 있느냐고 물을 뻔하다가 적시에 말을 멈추었다.

훌륭한 계획이긴 하지만 아직 약간의 손질이 필요하다고 크레이크는 말했다. 그들은 아직까지 모든 면에서 흠 없이 작용하는 약을 만들어 내지 못한 것이다. 여전히 임상 실험의 단계에 머물러 있었다. 한 쌍의 실험 대상자들은 말 그대로 죽을 때까지 섹스만 해 댔고, 다른 대상자들은 할머니와 가정에서 기르는 애완동물까지 강간했으며, 발기 지속증과 성기 분열이라는 유감스러운 경우도 발생했다. 또한 처음에는 성적으로 감염되는 질병 방지 기능이 볼만하게 실패했다. 한 실험 대상자는 온몸의 표피에 커다란 생식기 사마귀가 돋기 시작했다. 그것은 참으로 참담한 꼴이었고, 그들은 레이저와 박피 기술을 동원해 한시적이나마 그것을 치료했다. 간단히 말해, 실패도 있었고 잘못된 방향으로 가기도 했지만 이제는 점차 해결 방법에 접근해 가고 있었다.

두말할 필요도 없이 이 약은 엄청난 돈을 끌어모으게 될 것이라고 크레이크는 말했다. 세계의 모든 나라, 모든 사회에서 필수적으로 먹어야 하는 약이 될 것이다. 물론 비참함과 만족감의 끝없는 지연, 성적인 욕구불만에 존재 이유를 거는 까다로운 종교 집단들은 이것을 좋아하지 않을 것이다. 하지만 그들도 오래 버티지는 못할 것이다. 인간의 욕망, 더 많은 것과 더 나은 것을 원하는 욕망의 흐름이 그들을 압도할 것이다. 이것은 통제권을 쥐고 사태의 추이를 몰아갈 것이다. 역사 전체를 통해 일어났던 모든 큰 변화가 그러했듯이.

지미는 매우 흥미로운 연구라고 말했다. 단, 그것이 지닌 단점이 개선될 수 있다면 말이다. 이름 또한 좋다. 환희이상. 속삭임과도 같은 매혹적인 소리. 그는 흡족해했다. 그러나 그 약을 먹어 보고 싶은 생각은 없었다. 성기가 터지는 것 말고도 그에게는 산더미 같은 문제가 쌓여 있었다.

"실험 대상자는 어디서 구해? 임상 실험을 위해서 말이야."

지미가 물었다.

크레이크는 미소를 지었다.

"가난한 나라들에서. 돈 몇 푼 쥐여 주지. 그들은 자신들이 뭘 먹고 있는지도 몰라. 성 상담소에서도 물론이고. 그들은 기꺼이 도와줘. 창녀촌. 감옥. 그리고 모든 부류의 자포자기한 사람들도. 언제나 그렇듯이."

"나는 어디서 일하게 되지?"

"너는 광고 일을 하게 될 거야."

미친 아담

점심 식사를 한 뒤에 그들은 파라디스로 갔다.

복합 기능 돔은 되젊음 조합의 맨 오른쪽에 있었다. 그 주변에는 자체 공원이 있었다. 기후 조절용 혼합 열대 유전자 조작 식물 조림지가 밀집해 있고, 그 위로 눈먼 눈알처럼 돔이 솟아 있었다. 공원 주위에는 경비 설비가 되어 있으며 감시가 매우 엄중하다고 크레이크가 말했다. 심지어 시체보안회사 요원도 내부 출입이 허락되지 않았다. 파라디스는 크레이크가 고안한 것이었다. 그 발상을 현실화하기로 동의했을 때 그는 그것을 조건으로 내걸었다. 그는 고압적이고 무식한 많은 사람들이 이해하지도 못하는 일에 관여하는 것을 원치 않았다.

당연히 크레이크의 통행권으로 두 사람 모두 들어갈 수 있었다. 그들은 첫 번째 문을 유유히 통과해 나무들에 둘러싸인 도로를 따라갔다. 잠시 후 또 다른 검문소가 나왔다. 그곳에는 덤불이 사람으로 변한 것 같이 생긴 경비원들이 있었다. 그들이 입고 있는 것은 시체보안회사 제복이 아니라 파라디스 정복이라고 크레이크는 설명했다. 그다음에는 더 무성한 나무들, 그다음에는 거품 모양 돔 자체의 굽이진 벽이 보였다. 크레이크가 말했다. 약해 보일지 모르지만 새로운 홍합 접착제와 실리콘, 목석을 본뜬 혼합물로 만들어진 것으로, 최강의 방어력을 갖고 있어. 이 벽은 압력을 받고 난 뒤에는 제 모습으로 돌아가고 갈라진 틈을 자동적으로 수리하기 때문에, 이것을 뚫고 들어가려면 고도로 발달된 도구가 있어야 해. 게다가 이 벽은 계란 껍질처럼 여과하고 호흡하는 기능도 있지. 하지만 그 기능이 작동하려면 태양열에서 유발된 전류가 있어야 해.

그들은 골프 카트를 경비원 한 사람에게 넘긴 뒤 바깥쪽 문을 통해 암호로 신원을 확인했다. 문은 그들 뒤에서 휙 하는 소리를 내며 닫혔다.

"왜 저런 소리를 내는 거지?"

지미가 불안해하며 물었다.

"공기 잠금 장치야. 우주선에서처럼."

"무엇 때문에?"

"이곳이 혹시라도 밀폐되어야 할 경우에 대비해서. 적대적인 생물체, 독소 공격, 광신도 등등. 흔히 볼 수 있는 것들이지."

지미는 약간 이상한 기분이 들었다. 크레이크는 이곳에서 무슨 일이 진행되고 있는지 구체적으로는 말해 주지 않았던 것이다. 그는 그저 "기다려 봐."라고만 말했다.

안쪽 문을 통과하자 익히 보아 온 연구 단지가 펼쳐졌다. 넓은 사무실, 문, 디지털 클립보드를 가진 직원들, 화면 앞에 구부리고 앉은 다른 이들. 그곳은 장기주식회사 농장, 건강현인 조합, 왓슨크릭과 똑같았다. 단지 시설들이 더 새로울 뿐이었다. 크레이크가 말했다. 하지만 눈에 보이는 공장은 껍데기에 불과해. 연구 시설에서 정말 중요한 것은 두뇌의 질이지.

"이 사람들은 최고야."

크레이크는 좌우로 고개를 끄덕이며 말했다. 정중한 미소, 그리고 경외하는 표정(이것은 거짓이 아니었다.)이 그에 대한 화답으로 되돌아왔다. 지미는 크레이크의 정확한 직위에 대해 확실히는 알지 못했다. 그러나 명목상 직함이 무엇이든(크레이크는 대충 얼버무렸다.) 그는 분명 그 모든 사람 가운데 최고였다.

각각의 직원들은 대문자로 적힌 이름표를 달고 있었다. 이름은 한두 단어로만 되어 있었다. 검은 코뿔소. 하얀 사초. 상아 부리 딱따구리. 북극곰. 인디언 호랑이. 푸른 부전나비. 잽싼 여우.

"저 이름들은, 너 멸종마라톤 게임을 유용했구나!"

지미가 말했다.

"저건 단순한 이름이 아니야. 저 사람들이 바로 멸종마라톤이야. 모두 대가지. 지금 네가 보고 있는 이들은 미친 아담, 수확물 가운데 정수라고 할 수 있어."

"농담하는 거지! 그들이 어떻게 여기 있어?"

"저들은 유전자 조작 천재들이야. 그 수탉, 아스팔트를 먹는 미생물, 서해안에서 돌연 발생한 네온 색의 단순 포진, 닭고기 옹이 말벌 등을 조작해 낸 사람들이지."

"네온 포진? 그것에 대해서는 들은 바가 없는데."

지미가 말했다. 상당히 재미있는 일이었다.

"저 사람들을 어떻게 찾아냈지?"

"그들을 찾고 있는 것은 나뿐이 아니었어. 그들은 일부 지역에서 평판이 매우 나빴지. 나는 그저 시체보안회사 요원들보다 앞서서 그들을 확보한 것뿐이야. 아니, 내가 대부분을 확보했다고 할 수 있지."

지미는 나머지 사람들은 어떻게 됐느냐고 물으려다 그만두었다.

"그래서 저들을 납치라도 한 거야 뭐야?"

그랬다고 해도 놀랄 일은 아니었다. 수재 납치는 으레 일어나는 일이었다. 그렇지만 대개 수재들이 납치되는 것은 국가간에 일어나는 일이었고, 한 국가 내에서는 거의 일어나지 않았다.

"그저 그들이 밖에 있는 것보다 이곳에 있는 게 훨씬 더 행복하고 안전할 거라고 설득했어."

"안전해? 시체보안회사의 영지에서?"

"그들에게 안전 보장 증서를 갖다 주었어. 그들 대부분이 내게 동의했지. 특히 그들의 이른바 진짜 신원과 이전 생활에 대한 모든 기록을 없애 주겠다고 제안했을 때 말이야."

"나는 저 사람들이 조합에 반대하는 줄 알았는데. 네가 내게 보여 주었던 것을 생각해 보면, 미친 아담이 하던 일은 상당히 적대적이었어."

"그들은 조합 반대론자들이었어. 아마 지금도 그럴 거야. 하지만 20세기에 일어난 2차 대전 이후 연합군은 많은 독일 로켓 과학자들을 초청해서 함께 일했어. 누구 하나 거절하지 않았던 것으로 기억해. 네가 가장 잘하는 게임이 끝나면 언제든 다른 곳으로 판을 옮길 수 있는 거야."

"만일 그들이 방해 공작을 시도하거나 혹은……."

"도망치려고 하면? 그래, 처음에는 그런 사람이 몇몇 있었지. 단체로 움직인 건 아니야. 이곳에서 한 일을 해외로 유출시키려고 생각한 거지. 지하로 들어가거나 다른 곳에서 독립을 하려는 생각도."

"어떻게 됐어?"

"그들은 평민촌 육교에서 떨어졌어."

"농담하는 거야?"

"말하자면 그렇다는 거야. 너도 새 이름이 필요해. 미친 아담 식의 이름 말이야. 그래야 이곳에 적응하지. 내가 여기서 크레이크니까 너는 다시 티크니로 돌아가는 게 어떨까 싶은데. 옛날에 우리가 하던 식으로. 그때 우리가 몇 살이었더라?"

"열네 살."

"그때가 결정적인 시기였지."

지미는 그곳에 좀 더 있고 싶었지만 크레이크가 벌써 재촉하고 있었다. 지미는 그들 일부와 이야기를 나누고 그들의 이야기를 듣고 싶었다. 예컨대 그들 중 자신의 어머니를 아는 사람이 있는지 알고 싶었다. 하지만 나중에라도 기회가 있을 거라고 생각했다. 다른 한편으로 생각해 보면, 그렇지 못할 수도 있었다. 그들은 지미가 알파 늑대, 은색 등 고릴라, 우두머리 사자인 크레이크와 함께 있는 것을 본 것이다. 어느 누구도 지미와 너무 가까이 지내지 않을 것이다. 그들은 그를 앞잡이라고 생각할 것이다.

파라디스

그들은 크레이크의 사무실에 들렀다. 지미가 그곳에 좀 더 익숙해질 수 있게 하기 위해서라고 크레이크가 말했다. 그곳은 지미가 예상한 대로 많은 기기가 있는 넓은 공간이었다. 벽에는 그림이 붙어 있었다. 오렌지색 접시 위에 놓인 가지. 그것은 지미가 기억하는 한 크레이크가 소유한 공간에서 처음으로 보는 그림이었다. 지미는 저것이 크레이크의 여자 친구냐고 물어보려다가 그만두었다.

지미는 미니바로 눈길을 돌렸다.

"저기에 뭐 좀 있어?"

"나중에."

크레이크가 대답했다. 그는 여전히 냉장고 부착용 자석 수집품을 가지고 있었다. 그러나 이번에는 다른 것들이었다. 과학적인 경구는 하나도 없었다.

신이 있는 곳에 인간은 거주하지 않는다.

두 개의 달이 존재한다. 당신이 볼 수 있는 것과 볼 수 없는 것.

두 무스 다인 레벤 안더른.*

우리는 우리가 아는 것보다 더 많은 것을 이해한다.

나는 생각한다, 그러므로.

인간으로 살아간다는 것은 한계를 부수는 일이다.

꿈은 먹이를 찾아 자신의 은신처를 몰래 벗어난다.

"너 여기서 정말로 뭘 하는 거야?"

지미가 물었다.

크레이크는 미소를 지었다.

"'정말로'가 뭐야?"

"조작꾼."

지미가 말했다. 하지만 더는 할 말을 찾지 못했다.

이제 심각하게 생각해 봐야 할 시간이야. 우리가 하고 있는 또 한 가지 일을 보여 줄게. 이곳 파라디스에서 중심이 되는 일을 말이야. 네가 이제 보게 될 것은……. 글쎄, 묘사가 불가능한 거야. 간단히 말해, 내 평생을 건 작업이라고 할 수 있지. 크레이크가 말했다.

---

* Du musz dein Leben andern. 문법적으로 완전하지 못한 독일어 문장이지만 풀이하자면 '너는 네 삶을 바꾸어야 한다.'라는 의미이다.

지미는 그에 걸맞은 엄숙한 표정을 지었다. 그다음 순서는 무엇인가? 물론 소름 끼치는 새로운 음식이겠지. 간이 열리는 나무, 소시지 덩굴. 아니면 양모를 생산하는 일종의 애호박. 지미는 마음을 가다듬었다.

크레이크는 지미를 이곳저곳으로 안내했다. 곧 그들은 커다란 전망창 앞에 도달했다. 사실 그것은 전망창이 아니라 한 면이 거울로 된 창이었다. 지미는 창 안쪽을 들여다보았다. 그곳 한가운데에는 나무와 식물로 채워진 널따란 공간이 있고 그 위에는 푸른 하늘이 있었다.(진짜 푸른 하늘이 아니라 거품 모양 돔의 완만하게 굽이진 천장이었다. 그것에는 새벽, 아침, 저녁, 밤을 모방해서 나타내 주는 교묘한 투사 장치가 구비되어 있었다. 모양이 변하는 가짜 달도 있다는 것을 지미는 나중에 알게 되었다. 가짜 비도 내렸다.)

바로 그때 크레이크의 아이들을 처음으로 보았다. 그들은 벌거벗었지만 누디뉴스에 나오는 사람들과는 달랐다. 다른 사람들의 이목에 대한 거리낌 같은 것이 전혀 없었다. 처음에 지미는 그들의 존재를 믿을 수 없었다. 그들은 너무도 아름다웠다. 검은색, 노란색, 흰색, 갈색, 모든 피부색이 존재했다. 그들 하나 하나가 절묘한 아름다움을 지니고 있었다.

"저들은 로봇이야 뭐야?"

지미가 물었다.

"가구점에서 전시품 갖춰 놓는 것 알지?"

"그런데?"

"저들은 전시품이야."

이것은 진보의 논리적 고리의 결과야. 크레이크는 파라디스 라운지에서 술을 마시며 말했다(가짜 종려나무, 녹음된 음악, 진짜 캄파리*, 진짜 청량음료). 일단 프로테오놈**이 완전히 분석되고 이종간 유전자와 부분 유전자 조작이 활발히 이루어지고 있던 상황에서는 파라디스 프로젝트 혹은 그와 비슷한 것은 시간문제에 불과했다. 지미가 본 것은 7년간의 시행착오를 거친 집중적인 연구의 부수적 결과였다.

"처음에 우리는 평범한 인간 배(胚)를 변형시켜야 했어. 그 배를 어디서 구했는지는 상관하지 마. 하지만 이 사람들은 수이 제네리스***야. 이제 스스로 증식하고 있어."

크레이크가 말했다.

"일곱 살보다는 좀 더 성숙해 보이는걸."

크레이크는 자신이 삽입한 고속 성장 요소에 대해 설명했다.

"또한 이들은 서른 살에 돌연사하도록 설계되어 있어. 갑자기 병에 걸리는 일도 없이. 늙지도 않지. 이런 모든 걱정거리가 없는 거야. 그냥 쓰러져 버리지. 그들은 그것에 대해 모르고 있어. 아직까지 그들 중 죽은 사람이 없었거든."

---

* 진한 오렌지 향에 쌉싸래한 맛이 나는 식전주.

** 프로테옴과 같은 의미지만 자주 사용되지 않는 용어이다.

*** Sui generis. 자신에게서 파생된 존재, 즉 독자적 존재를 뜻한다.

"나는 네가 불멸을 연구하고 있는 줄 알았는데."

"불멸이라는 건 일종의 개념이야. '죽을 운명'을 존재로 간주한다면, 즉 죽음이 아니라 그것에 대한 선지식과 두려움이라고 생각한다면, '불멸'이란 그런 두려움의 부재가 되는 거지. 아기들은 불멸의 존재야. 공포를 삭제해 내고 나면 우리는……."

"응용수사학 기초 과정같이 들리는군."

"뭐라고?"

"별것 아니야. 마사그레이엄에서 배운 거지."

"아, 그래."

다른 나라에 있는 조합들도 비슷한 논리적 노선을 따라오고 있다고 크레이크는 말했다. 그들은 자체적인 표준을 개발하고 있었다. 그렇기 때문에 거품 모양 돔 안의 사람들은 철저히 비밀로 남아 있어야 했다. 침묵하기로 결의할 것, 특별히 허가를 받지 않는 한 폐쇄 회로 내부의 이메일만 사용할 것, 방위 지역 내부에 속하되 공기 잠금 장치 외부에 있는 거주지에 살 것. 이렇게 하면 어떤 직원이 병에 걸릴 경우 감염의 가능성을 줄일 수 있었다. 파라디스 모델은 면역 체계 기능을 향상시켰기 때문에 그들 사이에서는 전염병이 퍼질 가능성이 낮았다.

복합 건물 외부의 사람들은 누구도 출입이 허가되지 않았다. 아니, 극소수만이 드나들 수 있었다. 물론 크레이크는 밖으로 나갈 수 있었다. 파라디스와 되젊음의 최고 거물들 사이의 교섭을 맡고 있었던 것이다. 하지만 그는 아직까지 그들이 이곳에 출입하는 것을 허락하지 않고 계속 기다리게 만들었다. 그들은 자신들이 투자한 것에 대해 초조해하는 탐욕스러운 무리였다. 그들은 불쑥 총을 빼어 들고 너무 빨리 판매하려 들 것이다. 게다가 너무 많이 지껄여 대서 경쟁자에게 정보를 흘릴 것이다. 그 사내들은 모두 허풍선이였다.

"그러니까, 나도 일단 여기 들어왔으니까 절대로 못 나가는 거야? 그런 말은 하지 않았잖아."

지미가 말했다.

"너는 예외가 될 거야. 네 두개골 속에 있는 것만으로는 아무도 너를 납치하지 않을 거야. 너는 그냥 광고만 하는 거야. 기억하지?"

크레이크가 말했다. 그러나 나머지 팀원들(미친 아담 선수단)은 그 기간 동안 기지에만 머물러야 한다고 말했다.

"그 기간이라니?"

"우리가 일반에 공개할 때까지."

곧 그렇게 될 것이었다. 되젊음 회사는 다양한 상품으로 시장을 강타할 수 있기를 희망하고 있었다. 그들은 구매자들이 고르고 싶어 하는 신체적 혹은 정신적 혹은 영적인 모든 특징을 구체화시킨, 전적으로 선택된 아기를 만들어 낼 수 있을 것이다. 지금 팔리고 있는 방법은 마구잡이라고 크레이크는 말했다. 특정한 유전병을 선별할 수 있는 것은 사실이지만 그것을 제외하면 손상과 낭비가 심하다는 것이다. 고객들은 자신들이 지불한 액수에 상응하는 상품을 살 수 있는 것인지 알지 못했다. 그뿐 아니라 의도하지 않은 결과가 숱하게 벌어지기도 했다.

하지만 파라디스의 방법으로는 99퍼센트의 정확성이 보장된다. 선택된 특징을 지닌 전체 인류가 창조될 수 있다. 물론 아름다움은 대부분이 요구하는 특징일 것이다. 순종적 기질 또한. 세계의 여러 지도자가 그것에 관심을 보였다. 파라디스는 이미 자외선 차단 피부, 신체에 장착된 방충제, 정제되지 않은 식물을 소화시킬 수 있는 전례 없는 능력을 개발했다. 병원체에 대한 면역 기능 면을 보자면, 이제껏 약을 통해 이루어지던 것들은 곧 선천적인 특징이 될 것이다.

파라디스 프로젝트에 비하면 환희이상 알약조차 조잡한 도구에 불과하다. 그렇지만 환희이상은 채산성이 좋은 임시방편이 될 것이다. 그런데 장기적으로 보면, 이 두 가지가 복합되었을 때 미래의 인류가 얻게 될 이점은 경탄할 만한 것이다. 약과 프로젝트, 그 두 가지는 불가분하게 연결되어 있다. 약은 계획성 없는 생식을 멈추게 할 것이고, 프로젝트는 그것을 더 고차원적인 방법으로 대체해 줄 것이다. 두 가지는 단일한 계획의 두 단계라고 말할 수 있을 것이다.

한때 상상조차 할 수 없던 일들이 이곳의 팀에 의해 성취되었다는 것은 정말 놀라운 일이라고 크레이크는 말했다. 그것을 통해 변화한 것은 다름 아닌 오래된 영장류의 두뇌였다. 그것의 파괴적인 특징, 즉 현재 세계의 병적 상태를 유발한 특징은 사라졌다. 예를 들어 인종차별주의(혹은 파라디스에서 소위 의사 종분화라고 부르는 것)는 단순히 인간 유대 기제를 교체함으로써 견본 집단에서 사라졌다. 파라디스 사람들은 피부색을 결코 인지하지 못한다. 그들 사이에서는 위계질서가 존재할 수 없다. 위계질서를 창조해 냈던 신경 복합체가 그들에게는 결여되어 있기 때문이다. 그들은 사냥꾼도 아니고 땅에 굶주린 농지 경작자도 아니기 때문에 텃세권도 존재하지 않는다. 백성들을 괴롭히던 '성안의 왕'이라는 꼭두각시용 조종 줄은 그들에게서 완전히 제거되었다. 그들은 나뭇잎과 풀과 뿌리와 한두 가지의 나무 열매만을 먹고 산다. 그렇기 때문에 식량은 언제나 풍부하고 쉽게 손에 넣을 수 있다. 그들의 성(性)은 계속되는 괴로움이 아니며 사나운 호르몬의 구름도 아니다. 인간을 제외한 모든 포유류처럼, 그들 역시 정기적으로 발정기에 도달한다.

사실 이들은 물려줄 것이 아무것도 없기 때문에 가계, 결혼, 이혼 같은 것은 존재하지 않을 것이다. 자신들의 거주 환경에 완전히 적응하기 때문에 주택이나 도구 혹은 무기 같은 것, 또 말이 났으니 말이지만 옷도 만들어 낼 필요가 없다. 이들은 왕국, 성상, 신, 돈 같은 위험한 상징적 표현을 고안해 낼 필요도 없다. 가장 좋은 점은 자신들의 배설물을 재활용한다는 것이다. 뛰어난 유전자 조작 기술을 통해 유전적 재료를 결합시킴으로써…….

"잠깐만. 하지만 대부분의 그런 특징들은 보통 부모들이 아기한테서 기대하는 자질이 아니잖아. 너무 지나친 거 아냐?"

지미가 말했다.

"내가 말했잖아. 이들은 전시품이라고. 이들은 가능성의 예술을 대표하는 거야. 우리는 장래의 구매자들을 위한 개별적 특징을 열거한 다음 주문 제작을 할 수 있는 거지. 모든 사람이 이 모든 복잡한 특징을 원하는 건 아니야. 우리도 알고 있어. 하지만 얼마나 많은 부모들이 매우 아름답고 똑똑하면서 풀 말고는 아무것도 먹지 않는 아기를 원하는지 알게 되면 정말 놀랄걸. 극단적 채식주의자들은 그 작은 항목에 매우 많은 관심을 갖고 있어. 우리가 시장 조사를 했지."

그래, 좋아. 그런 아기는 잔디 깎는 기계의 두 배 몫을 하겠군. 지미는 생각했다.

"말은 할 수 있어?"

지미가 물었다.

"물론 할 수 있지. 말하고 싶은 게 있을 때에는."

"농담도 해?"

"제대로 된 농담이라고는 할 수 없지. 농담을 하려면 모난 구석, 조금은 악한 면이 있어야 해. 많은 시행착오가 있었고 아직도 시험하는 중이야. 하지만 농담을 없애 버리는 데 성공했다고 생각해."

크레이크는 잔을 들며 지미에게 미소를 지었다.

"네가 여기 와서 기쁘다, 코르크넛. 대화를 나눌 누군가가 필요했어."

지미는 파라디스 돔 내부에서 입을 정장을 지급받았다. 그의 물건들은 그가 도착하기 전에 이미 이곳에 배달되었고 각각 있어야 할 자리에 정돈되어 있었다.(속옷은 속옷 서랍에, 셔츠는 단정하게 개켜진 채로, 전동 칫솔은 플러그가 연결되어 충전이 된 상태로.) 단, 그가 기억하는 것보다 물건들이 더 많았다. 더 많은 셔츠, 더 많은 속옷, 더 많은 전동 칫솔. 에어컨은 그가 선호하는 온도에 맞추어져 있었다. 그리고 맛있는 간식(멜론, 프로슈토, 진짜처럼 보이는 상표가 붙은 프랑스산 브리 치즈)이 식탁 위에 놓여 있었다. 식탁! 그는 처음으로 식탁을 갖게 된 것이다.

사랑에 빠진 크레이크

번개가 번득이고 천둥이 치고 비가 억수로 쏟아진다. 너무 심하게 쏟아져서 공중이, 사방이 하얗게 보인다. 고형 안개가 덮인 것처럼. 마치 유리가 움직이는 것 같다. 눈사람(멍텅구리, 어릿광대, 겁쟁이인 눈사람)은 망루 위에 웅크리고 앉아 머리 위에 손을 얹고 모든 사람의 조롱거리인 양 비바람 세례를 맞는다. 그는 인간 로봇이다, 인간이다, 기형이다, 가증스러운 존재다. 그는 전설이 될 것이다. 전설을 전해 줄 누군가가 살아남는다면 말이다.

그의 말을 들어 줄 사람이 옆에 있다면 그는 어떤 말의 직물을 짜낼 것인가, 어떤 넋두리를 늘어놓을 것인가. 사랑에 빠진 자의 사랑하는 여인에 대한 푸념 혹은 그런 것과 비슷한 것. 주제는 무궁무진하다.

이제 눈사람은 자신의 기억 속에서 가장 중요한 부분에 도달한다. 비극이라면 이렇게 씌어 있을 것이다. 오릭스 등장하다. 결정적 순간. 그런데 어떤 결정적 순간인가? 어린이 포르노 사이트에서 머리에는 꽃을 꽂고 턱에는 생크림을 묻히고 오릭스 등장하다. 혹은 변태의 차고에서 나타난 10대 뉴스거리로 오릭스 등장하다. 혹은 크레이크의 내부 성소에서 완전히 벌거벗고 선생 노릇을 하는 오릭스 등장하다. 혹은 머리에 타월을 감고 샤워실에서 나온 오릭스 등장하다. 혹은 백랍 회색 실크 바지 정장과 점잖은 중간 높이 굽 구두를 신고 서류 가방을 든, 조합의 세계적 판매 전문가의 모습으로 오릭스 등장하다? 이 모든 것 중 어떤 것인가, 그리고 처음부터 마지막까지 하나로 연결해 주는 끈이 있다는 것을 어떻게 확신할 것인가? 오릭스는 단 한 명이었는가, 아니면 여러 명이었는가?

어떻든 상관없어. 빗물이 얼굴을 타고 흘러내린다.

오, 지미, 그건 정말 긍정적인 태도야. 네가 그걸 알아냈다니 정말 기뻐. 파라디스는 사라졌지만 너는 파라디스를, 훨씬 더 행복한 파라디스를 네 안에 갖고 있는 거야. 그리고 은방울 같은 웃음소리가 그의 귓전에 울려 퍼진다.

지미는 첫날 오후에 거울 창을 들여다보았을 때 오릭스를 분명 보았을 텐데도 즉시 알아보지 못했다. 크레이커들처럼 그녀도 옷을 전혀 입지 않았고, 크레이커들처럼 그녀도 아름다웠다. 그랬기 때문에 먼 곳에서 보았을 때 그녀는 눈에 띄지 않았다. 아무런 장식 없이 길고 검은 머리채를 늘어뜨린 채 등을 돌리고 있었으며 일단의 사람들에게 둘러싸여 있었다. 그저 전체 광경의 일부에 불과했다.

며칠 후 크레이크가 나무들 틈에 감춰 둔 소형 카메라로 찍은 영상이 담긴 모니터의 화면 조작법을 지미에게 보여 주고 있을 때 지미는 그녀의 얼굴을 보게 되었다. 그녀는 카메라 쪽을 보고 있었고, 바로 거기에 그 표정, 그 눈초리, 그의 내부로 곧장 파고들어 그의 진정한 모습을 있는 그대로 꿰뚫어 보는 눈초리가 있었다. 다른 점 한 가지가 있다면 눈동자였다. 그녀의 눈은 크레이커들과 마찬가지로 빛을 발하는 초록색이었다.

그 눈을 응시하면서 지미는 순간적으로 순수한 환희, 순전한 공포를 느꼈다. 이제 그녀는 더 이상 단순한 사진 속의 인물이 아니었다. 그의 새로운 회춘 특별실 침대의 세 번째 널빤지와 매트리스 사이에 보관된 판판한 인쇄물 속에 비밀스럽고 어둡게 머물러 있는 단순한 이미지가 더 이상 아닌 것이다. 갑자기 그녀는 실제의 삼차원적 존재로 나타났다. 그는 그녀의 꿈을 꾸는 느낌이었다. 어떻게 사람이 한 번의 눈길, 눈썹의 움직임, 팔의 곡선에 그런 식으로 한순간에 사로잡힐 수 있단 말인가? 그러나 그는 사로잡혔다.

"저게 누구야?"

지미가 크레이크에게 물었다. 그녀는 어린 너구컹크를 안고서 주위에 둘러선 이들에게 내보이고 있었다. 다른 이들은 너구컹크를 부드럽게 쓰다듬었다.

"저 여자는 저들의 일부가 아니잖아. 저기서 뭘 하고 있는 거지?"

"저들의 선생이야. 우리는 중개인, 그러니까 저들 수준에서 소통할 수 있는 누군가가 필요했지. 단순한 개념만 가르칠 뿐 형이상학적인 것은 전혀 없어."

"저 여자가 뭘 가르치는데?"

지미는 무관심한 척하며 물었다. 크레이크 앞에서 어떤 여자에게 너무 많은 관심을 보이는 것은 어리석은 짓이었다. 은근한 조롱이 뒤따르게 마련이었다.

"식물학과 동물학."

크레이크는 미소를 지으며 대답했다.

"다른 말로 하자면 무엇을 먹지 않을지, 무엇이 그들을 물어뜯는 지에 관한 거지. 무엇을 해치지 말아야 하는지에 관해서도."

크레이크가 덧붙였다.

"그렇게 하기 위해서 저 여자도 벌거벗어야 하는 거야?"

"저들은 옷을 한 번도 본 적이 없어. 옷은 저들을 혼란스럽게 할 뿐이야."

오릭스가 가르치는 것은 간단했다. 한 번에 한 가지씩 가르치는 게 최고지. 크레이크가 말했다. 파라디스의 모델들이 멍청한 것은 아니었다. 하지만 그들은 거의 백지 상태부터 시작했기 때문에 반복 학습을 좋아했다. 그 분야의 전문가인 다른 직원이 매일의 학습 내용을 오릭스와 함께 살펴보았다.(그녀가 설명하려고 하는 나뭇잎, 곤충, 포유류, 파충류에 대해서.) 그런 뒤에 그녀는 자신의 인간 페로몬을 감추기 위해 감귤류에서 추출한 화학 합성물을 몸에 뿌렸다. 그렇게 하지 않으면 문제가 생길 수 있었다. 남자들이 그녀의 냄새를 맡고 교미할 시기라고 착각하기 때문이었다. 준비가 끝나면 그녀는 무성한 잎사귀 뒤에 숨겨져 있는 '재조화' 출입구를 통해 그 안으로 들어갔다. 그렇게 함으로써 크레이크의 아이들 마음에 불필요한 의문을 불러일으키지 않고 그들의 거주지에 나타나고 사라질 수 있었다.

"저들은 그녀를 신뢰해. 그녀는 태도가 훌륭하지."

크레이크가 말했다.

지미는 마음이 무너지는 것 같았다. 크레이크가 사랑에 빠진 것이다. 난생처음으로. 단순히 크레이크가 거의 입에 담지 않는 찬사를 발설했다는 사실 때문이 아니었다. 그것은 그의 어조에서 드러났다.

"저 여자를 어디서 발견했지?"

지미가 물었다.

"한동안 알아 왔어. 왓슨크릭에서 대학원 공부를 할 때부터."

"저 여자도 그곳에서 공부했어?"

만일 그렇다 해도 그게 어쨌다는 말인가? 지미는 생각했다.

"정확히 말하면 그건 아냐. 학생 편의국을 통해서 만났어."

"너는 학생이었고, 그녀는 네게 제공된 서비스였다는 거야?"

지미는 가벼운 말투를 유지하려고 애쓰며 물었다.

"그렇다고 할 수 있지. 편의국에 내가 뭘 원하는지 말해 줬어. 그런 부분에서는 아주 상세하게 주문할 수 있지. 사진이나 비디오 시뮬레이션 같은 것을 보여 주는 식으로. 그러면 그들은 최선을 다해 주문에 일치하는 것을 찾아 줘. 내가 원한 유형이 어떻게 생긴 거였느냐 하면, 그 사이트의 쇼 기억해?"

"어떤 쇼?"

"내가 네게도 인쇄물을 줬잖아. 화끈한꼬마. 너도 알지."

"전혀 모르겠는걸."

"우리가 즐겨 보던 그 쇼. 기억 안나?"

"그런 것 같군. 희미하게."

"나는 멸종마라톤 출입구로도 그를 이용했지. 그 소녀 말이야."

"아, 알겠어. 각자 취향이 다른 법이지. 너는 포르노에 나오는 꼬마 같은 용모를 원했단 말이지?"

"물론 그들이 찾아낸 사람은 미성년자는 아니었어."

"물론 아니었겠지."

"그런 다음 나는 개인적으로 계약했어. 그렇게 하면 안 되는 거였지만 우리 모두 조금씩 규정을 어겼지."

"규정은 어기라고 있는 거야."

지미는 점점 더 기분이 나빠졌다.

"그러고 나서 내가 이곳의 책임자로 여기로 오게 되었을 때 그녀에게 보다 공식적인 직위를 제안할 수 있었지. 그녀는 아주 기뻐하며 승낙했어. 이제까지 받던 급료의 세 배가 되는 돈과 많은 특전이 주어졌거든. 그뿐 아니라 그녀는 그 일에 호기심이 생긴다고 말했어. 정말 헌신적인 직원이라고 말할 수 있지."

크레이크는 독선적인 옅은 미소, 대장다운 미소를 지어 보였다. 지미는 그를 한 대 치고 싶었다.

"대단한데."

지미는 칼날이 몸을 관통하는 느낌이었다. 발견하자마자 잃어버리게 되다니. 크레이크는 그의 가장 좋은 친구였다. 정정. 그의 유일한 친구. 지미는 그녀에게 손가락 하나 댈 수 없을 것이다. 어떻게 그럴 수 있겠는가?

그들은 오릭스가 샤워실에서 나오기를 기다렸다. 그곳에서 그녀는 호신용 스프레이 냄새를 씻어 버리고 발광성 초록색 콘택트렌즈를 빼내고 있다고 크레이크가 말했다. 크레이커들이 그녀의 갈색 눈을 보았다면 매우 당황했을 것이다. 그녀는 아직 젖은 머리를 땋은 채로 나타났고, 소개를 받자 작은 손으로 지미의 손을 잡고 악수를 했다.(내가 그녀와 손을 잡다니. 정말로 그녀의 손을 만졌어! 지미는 열 살짜리 소년처럼 생각했다.)

이제 그녀는 옷을 입고 있었다. 연구실 표준 복장인 재킷과 바지 차림이었다. 그녀가 걸치고 있으니 꼭 침실용 잠옷처럼 보였다. 앞주머니 위에는 이름표가 달려 있었다. 오릭스 베이사.

그 이름은 크레이크가 보여 준 목록 중에서 그녀가 직접 고른 것이었다. 그녀는 물을 아끼는 동아프리카의 점잖은 초식동물이 된다는 생각에 기뻐했지만, 자신이 고른 동물이 멸종되었다는 말을 듣고 상심했다. 크레이크는 파라디스에서는 일이 그런 식으로 이루어진다고 설명해야 했다.

그들 세 명은 파라디스 직원 카페테리아에서 커피를 마셨다. 그들의 대화는 크레이커들(오릭스는 그들을 이렇게 불렀다.)에 관한 것과 그들이 어떻게 지내고 있는지에 관한 것이었다. 매일 매일 똑같아. 오릭스가 말했다. 그들은 언제나 조용히 만족하며 살아간다. 이제는 불 피우는 방법을 알게 되었다. 너구컹크를 좋아했다. 그녀는 그들과 시간을 보내는 것이 매우 편안하다.

"자신들이 어디서 왔는지 물은 적이 있나요? 자신들이 여기서 뭘 하는지?"

지미가 물었다. 그 순간 그런 것에 대해서는 아무런 관심이 없었지만, 노골적으로 드러내지 않고 오릭스를 바라보기 위해 대화에 참여하고 싶었던 것이다.

"넌 이해를 못하고 있구나."

'넌 정말 바보구나.' 하는 암시를 담은 목소리로 크레이크가 말했다.

"그런 것은 편집 삭제되어 버렸어."

"음, 사실은 그런 질문을 했어. 오늘, 누가 자신들을 만들었느냐고 물었어."

오릭스가 말했다.

"그래서?"

"그래서 사실대로 말해 줬지. 크레이크가 만들었다고. 그들에게 크레이크는 매우 현명하고 선하다고 말해 줬어."

크레이크를 향한 존경의 미소. 지미는 보지 않은 것만 못한 것을 목격하고 만 것이다.

"이 크레이크라는 자가 누구인지 묻던가? 그들이 크레이크를 만나고 싶어 해?"

크레이크가 물었다.

"별 관심은 없는 것 같았어."

지미는 밤낮으로 고통에 시달렸다. 오릭스를 만지고 경배하고 예쁘게 포장된 소포처럼 그녀를 열고 싶었다. 비록 그 안에 무언가(해로운 뱀 혹은 사제 폭탄 혹은 치명적인 가루 같은 것)가 숨겨져 있을지도 모른다는 의구심이 들기는 했지만. 물론 그녀는 안에 그런 무시무시한 것을 품고 있지는 않았을 것이다. 다만 상황 자체가 그것을 포함하고 있었다. 그녀는 접근 제한 구역이야. 지미는 스스로에게 거듭 되뇌었다.

지미는 할 수 있는 한 고상하게 행동했다. 그는 그녀에게 전혀 관심을 보이지 않았다. 적어도 보이지 않으려고 노력했다. 그는 자주 평민촌에 가서 술집에 있는 소녀들을 돈으로 샀다. 프릴을 단 소녀들, 스팽글을 단 소녀들, 레이스를 단 소녀들, 매수할 수 있는 소녀들이라면 누구든. 그는 제 몸에 크레이크의 속성 백신 주사를 놓았다. 이제 그도 자신만의 시체보안회사 경호원을 거느릴 수 있었기 때문에 매우 안전했다. 처음 몇 번은 스릴이 넘쳤다. 하지만 이내 그것은 오락거리로 전락했고, 시간이 더 지나자 단순한 습관이 되어 버렸다. 그 어떤 것도 오릭스를 향한 마음을 막는 수단이 되지 못했다.

그는 직장에서 빈둥거리며 시간을 허비했다. 별달리 힘들게 해결해야 할 문제도 없었다. 환희이상 알약은 가만히 있어도 팔릴 것이고, 그의 도움은 필요하지 않았다. 하지만 얼마 있으면 시장에 공식적으로 진출할 예정이어서 그와 그의 직원들은 전시물과 몇 가지 매력적인 광고문을 마련했다. 콘돔을 던져 버리세요! 환희이상, 완전한 몸의 경험을 위하여! 시시하게 살지 말고 대담하게 살아요! 옷을 찢어발기며 미친듯이 웃고 있는 남자와 여자의 시뮬레이션. 그다음에는 남자와 남자. 그다음에는 여자와 여자. 이 부분에서는 콘돔 문구를 삭제했다. 그다음에는 세 사람. 그런 쓰레기 같은 것은 잠자면서도 고안해 낼 수 있었다.

그가 잠잘 수 있다고 친다면 말이다. 밤이면 그는 뜬눈으로 누워 자신을 질책하며 스스로의 운명을 탄식했다. 질책, 탄식, 유용한 단어들. 침울. 실연한. 연인. 버림받은. 기묘한.

그런데 그 무렵 오릭스가 지미를 유혹했다. 그것을 달리 어떻게 표현하겠는가? 그녀는 그의 숙소에 일부러 찾아왔다. 그녀는 곧장 걸어 들어와 단 2분 만에 그의 속마음을 털어놓게 만들었다. 그는 마치 열두 살 소년이 된 느낌이었다. 분명 그녀는 이 방면에 경험이 많았고 처음부터 너무도 스스럼없이 행동했기 때문에 지미는 깜짝 놀랐다.

"네가 그렇게 불행해하는 걸 보고 싶지 않았어, 지미. 나 때문에 그러는 것 싫어."라는 것이 그녀의 설명이었다.

"내가 불행하다는 걸 어떻게 알았지?"

"아, 나는 언제나 알아."

"크레이크는 어떻게 된 거야?"

그녀가 자신을 처음으로 유혹하고 뒤흔들어 놓고 숨가쁘게 만든 뒤에 지미가 물었다.

"너는 크레이크의 친구야. 그는 네가 불행한 것을 원치 않을 거야."

지미는 정말 그럴 것이라고는 생각되지 않았다.

"마음이 불편한걸."

"무슨 말을 하는 거야, 지미?"

"너는, 그는……." 이런 얼간이!

"크레이크는 더 높은 차원의 세계에 살고 있어, 지미. 관념의 세계에서 살아가지. 그는 중요한 일을 하고 있어. 소일할 시간이 없다고. 어쨌든 크레이크는 내 상사야. 너는 즐기기 위한 상대이고."

"그래, 하지만……."

"크레이크는 모를 거야."

그리고 그 말은 정말인 듯싶었다. 크레이크는 알지 못하는 것 같았다. 그녀에게 너무도 매료되어 다른 낌새를 채지 못하는 것일 수도 있었다. 아니면 사랑이란 정말로 눈이 머는 것인지도 모른다고 지미는 생각했다. 혹은 눈을 멀게끔 만드는 것. 크레이크는 오릭스를 사랑했다. 그 점은 의심할 바가 없었다. 지미는 그것 때문에 참담한 기분이 들었다. 크레이크는 그녀를 공공연하게 어루만지기까지 했다. 크레이크는 결코 누구를 어루만지는 그런 부류의 사람이 아니었다. 그는 항상 신체적인 거리를 두었다. 그런데 이제는 오릭스의 몸을 쓰다듬는 것을 즐겼다. 그녀의 어깨, 그녀의 팔, 그녀의 잘록한 허리, 그녀의 완벽한 엉덩이. 내 거야, 내 거라고. 크레이크의 손은 말하고 있었다.

그뿐 아니라 그는 그녀를 신뢰하는 것처럼 보였다. 지미보다 그녀를 더 신뢰하는 것 같았다. 그녀는 판매 전문가야. 크레이크는 말했다. 그는 그녀에게 환희이상 시약 일부를 주었다. 그녀는 학생 편의국에서 함께 일한 옛 친구들을 통해 평민촌에 유용한 연락망을 가지고 있었다. 그런 이유로 그녀는 세계 이곳저곳으로 많은 여행을 해야 했다. 성 상담소들이지. 크레이크는 말했다. 창녀촌이야. 오릭스는 말했다. 누가 실험을 더 잘할 것인가?

"네가 스스로를 실험 대상으로만 삼지 않는다면."

"아, 아니야, 지미. 크레이크는 그렇게 하지 말라고 했어."

"너는 항상 크레이크가 하라는 대로 해?"

"그는 내 상사니까."

"그가 네게 이것도 하라고 했어?"

휘둥그레진 눈.

"뭘 말이야, 지미?"

"지금 네가 하고 있는 것 말이야."

"오, 지미. 넌 늘 농담을 하는구나."

그녀가 다른 곳에 가 있는 시간이 지미에게는 매우 고통스러웠다. 그는 그녀를 걱정하고, 그리워하고, 그녀가 자신과 함께 있지 않다는 사실 때문에 그녀를 증오했다. 그녀는 여행에서 돌아오면 밤늦게 그의 방에 불쑥 나타나곤 했다. 크레이크의 일정이 어떻게 되든 간에 그녀는 항상 지미를 만나러 왔다. 일단 그녀는 크레이크에게 간단한 보고를 하고 자신의 활동과 성과에 대해 설명했다. 환희이상이 얼마나 많이 팔렸고, 어디에 배포했으며, 이제까지 어떤 결과가 있는지에 대해서. 설명은 정확해야 했다. 크레이크는 무척 집요한 사람이었다. 그러고 나서 그녀는 소위 사적인 영역을 처리했다.

오릭스의 말에 따르면 크레이크의 성욕은 직접적이고 단순하다고 했다. 지미와의 섹스처럼 흥미를 자아내는 것이 아니라는 것이다. 즐거움은 없고 그저 일에 불과했다. 하지만 그녀는 진심으로 크레이크를 존경했다. 그는 뛰어난 천재였다. 그러나 크레이크가 어느 날 밤 그녀에게 좀 더 오래 머무르기를 바라거나 혹은 한 번 더 하기를 원할 경우 그녀는 변명을 둘러대곤 했다. 시차 부적응, 두통 같은 그럴듯한 변명을. 그녀가 지어내는 이야기에는 흠이 없었다. 그녀는 세계에서 가장 뛰어난 포커페이스의 거짓말쟁이였다. 그런 식으로 바보 같은 크레이크에게 작별 키스를 하고, 미소를 지어 보이고, 손을 흔들고, 문을 닫고, 그다음 순간에는 바로 이곳으로, 지미의 곁으로, 그와 함께 있기 위해서 왔다.

함께. 그것은 얼마나 강력한 말인가.

지미는 그녀의 존재에 결코 싫증 나지 않았다. 그녀는 매번 새로웠고, 상자 가득 담긴 비밀 같았다. 어떤 순간에라도 그녀는 자신을 열어 보이며 그에게 핵심적인 것, 삶, 그녀의 삶 혹은 그의 삶 중심에 숨겨진 것을 드러낼 수 있었다. 그가 알게 되기를 열망해 온 것. 그가 항상 원해 온 것. 그것은 무엇일까?

"그 차고 안에서 무슨 일이 있었던 거지?"

지미가 물었다. 그는 그녀의 예전 삶을 두고 그녀를 가만히 놓아두지 못했다. 그는 알아내려는 욕망에 사로잡혔다. 그때에 관한 어떤 세부 사실도 그는 사소한 것으로 생각하지 않았고, 그녀 과거의 어떤 가슴 아픈 파편도 작은 것으로 여기지 않았다. 아마도 그녀의 분노를 찾아내려고 했을 것이다. 하지만 그는 결코 찾아낼 수 없었다. 그 분노는 너무 깊이 묻혀 있거나 전혀 존재하지 않았을 것이다. 하지만 그는 그렇다는 것을 믿을 수 없었다. 그녀는 피학대 도착증 환자도 아니고 성자도 아닌 것이다.

그들은 지미의 침대에 누워 컴퓨터에 연결된 디지털 티브이를 켜 놓고 동물적 요소가 가미된 성교 사이트를 보고 있었다. 잘 훈련된 독일 셰퍼드 두 마리와 몸이 유연하고 털을 깡그리 깎은 몸 전체에 도마뱀 문신을 새긴 색소 결핍증 환자. 음향은 꺼져 있고 영상만 떠 있었다. 에로틱한 바탕화면.

그들은 가장 가까운 쇼핑센터에 있는 테이크아웃 음식점에서 사 온 너겟을 대두튀김, 샐러드와 함께 먹고 있었다. 샐러드 채소의 일부는 되젊음 온실에서 나온 시금치였다. 살충제, 아니 허용되지 않은 살충제를 사용하지 않은 것. 다른 채소는 양배추 유전자 조작물이었다. 거대한 양배추 나무, 그것은 끊임없이 생산해 내는, 매우 산출력 좋은 작물이었다. 하수구 냄새를 살짝 풍겼지만 특별한 드레싱이 그 냄새를 제거해 주었다.

"무슨 차고 말이야, 지미?"

오릭스가 말했다. 그녀는 주의를 기울이고 있지 않았다. 그녀는 손으로 먹는 것을 좋아하고 날붙이를 싫어했다. 왜 끝이 날카로운 금속 덩어리를 입속에 집어넣어야 하는 거지? 그녀는 날붙이를 사용하면 음식에서 주석 맛이 난다고 했다.

"무슨 차고인지 알잖아. 샌프란시스코에 있는 거. 그 불쾌한 녀석. 너를 사서 비행기에 태워 데려온 다음 자기 마누라한테 네가 하녀였다고 말하게 시킨 작자."

"지미, 왜 그런 꿈을 꾸지? 나는 차고에 갇힌 적이 한 번도 없어."

그녀는 손가락을 핥고 나서 너겟을 한입 크기로 찢어 지미 입속에 넣어 주었다. 그러고는 그에게 자신의 손가락을 핥게 했다. 그는 그녀의 작은 타원형 손톱 주위를 혀로 핥았다. 그것은 그녀가 그에게 먹히지 않으면서 가장 가까이 다가갈 수 있는 방법이었다. 그녀가, 아니 그녀의 일부가 그의 안에 있는 것이다. 섹스는 그와 반대였다. 섹스를 하는 동안에는 그가 그녀 안에 있었다. 너를 내 것으로 만들 거야. 옛날 책에 나오는 연인들은 이렇게 말하곤 했다. 그들은 결코 너를 나로 만들 거야라고 말하지 않았다.

"그게 너였다는 거 알고 있어. 화면에서 봤어."

지미가 말했다.

"무슨 화면?"

"일명 하녀 스캔들. 샌프란시스코에서 일어났던 거 말이야. 그 역겨운 자식이 네게 섹스를 하도록 강요했어?"

"오, 지미."

한숨.

"그걸 마음에 두고 있었구나. 나도 봤어, 티브이에서. 왜 그런 남자를 걱정하는 거지? 나이가 너무 많아서 이제 죽었을 법한 사람인데."

"걱정하는 게 아니야. 그런데 그가 그렇게 했어?"

"어느 누구도 차고에서 내게 섹스를 강요하지 않았어. 내가 말했잖아."

"좋아. 정정하지. 누구도 네게 강요하지 않았어. 그런데 어쨌든 하긴 한 거야?"

"너는 나를 이해하지 못해, 지미."

"하지만 나는 이해하고 싶어."

"그래?"

잠깐의 침묵.

"이 대두튀김 정말 맛있어. 생각해 봐, 지미. 이 세상에 이런 튀김을 한 번도 먹어 보지 못한 사람들이 수백만 명이야. 우리는 정말 행운아야!"

"말해 줘. 화내지 않을게."

그것은 분명 그녀였을 것이다.

한숨.

"그는 친절한 사람이었어."

옛날 이야기를 하는 듯한 어조로 오릭스가 말했다. 때때로 지미는 그녀가 단순히 그를 즐겁게 해 주기 위해 말을 지어내는 것은 아닐까 의구심이 들기도 했다. 때로는 그녀의 과거 전체가 (그녀가 그에게 말해 준 모든 것이) 지미 자신이 날조해 낸 것이라는 느낌이 들기도 했다.

"그는 어린 소녀들을 모집하고 있었어. 기사에 나온 대로 그가 내 비행기 값을 내주었지. 그가 아니었다면 나는 여기 있지 못했을 거야. 너는 그를 좋아해야 한다고!"

"내가 왜 그런 위선적이고 독실한 척하는 나쁜 놈을 좋아해야 해? 너는 내 질문에 대답하지 않았어."

"지미, 나는 대답했어. 이제 그만둬."

"그 자식이 너를 얼마나 오랫동안 차고에 가둬 둔 거야?"

"거긴 아파트와 비슷했어. 그들 집에는 방이 충분하지 않았어. 그들은 나 말고 다른 소녀들도 거둬들였거든."

"그들이라니?"

"그와 그의 부인. 그들은 우리를 도우려고 애썼어."

"그리고 그 여자는 섹스를 싫어했다, 이거야? 그것 때문에 그 여자가 네 존재를 참아 준 거야? 네가 늙은 호색한을 그녀에게서 제거해 준 거냐고?"

오릭스는 한숨을 쉬었다.

"너는 항상 사람들을 나쁘게만 생각해, 지미. 그녀는 믿음이 매우 독실한 사람이었어."

"빌어먹게 독실했겠지."

"상스러운 말 하지 마, 지미. 나는 너와 함께 있는 시간을 즐기고 싶어. 내겐 시간이 별로 없어. 곧 떠나야 해. 할 일이 있거든. 그렇게 오래전에 일어난 일을 왜 상관하지?"

그녀는 그에게 몸을 기울이고 너겟 기름이 묻은 입술로 키스했다. 상처용 연고, 유질의, 호화로운, 관능적인, 외설스러운, 음란한, 감미로운. 지미의 머릿속에서 여러 단어가 스쳐 갔다. 그는 언어 속으로, 감각 속으로 주저앉았다.

잠시 후 그가 말했다.

"어디 가는 건데?"

"오, 어떤 곳. 그곳에 도착하면 전화할게."

그녀는 그에게 절대로 말해 주지 않았다.

테이크아웃 음식

이제 눈사람이 머릿속에서 반복해서 재생하던 부분이 나온다. 만일 그랬다면이라는 말이 그의 머릿속을 맴돈다. 하지만 만일 그랬다면 뭐가 어떻게 되었을 거라는 것인가? 그가 어떻게 다르게 말하고 행동할 수 있었겠는가? 어떤 변화가 사태의 추이를 바꾸어 놓을 수 있었겠는가? 전체적으로 보면 그럴 수 있는 것은 아무것도 없다. 미세한 부분을 들여다보면 무수히 많다.

가지 마. 이곳에 머물러 줘. 적어도 그랬다면 그들은 함께 있을 수 있었을 것이다. 어쩌면 그녀는 생존했을지도 모른다. 그러지 못했을 이유가 없다. 그랬다면 그녀는 바로 지금 이곳에 그와 함께 있을 것이다.

먹을 것 좀 사 올게. 그냥 쇼핑센터에 가는 거야. 바람을 쐬어야겠어. 산책 좀 하려고.

나도 같이 갈게. 이곳은 안전하지 않아.

바보 같은 소리! 경비원들이 사방에 있는걸. 그들은 모두 내가 누군지 알아. 나보다 더 안전한 사람이 누가 있겠어?

예감이 좋지 않아.

사실 예감이 좋지 않거나 한 일은 없었다. 그날 밤 그는 행복했다. 행복하고도 나른한 기분. 그녀는 예정보다 한 시간 빨리 그의 방에 도착했다. 이제 막 크레이커들에게 더 많은 나뭇잎들과 풀들에 대해 가르치고 온 참이어서 샤워의 물기가 마르지 않은 채였다. 그녀는 붉은색과 오렌지색 나비 무늬가 가득한 기모노 같은 옷을 입고 있었다. 검은 머리는 분홍색 리본으로 땋은 뒤 위로 꼬아 올려 느슨하게 핀으로 꽂았다. 그녀가 가쁜 숨을 쉬면서 즐거운 흥분으로 끓어오르는 모습으로 혹은 그런 척하는 모습으로 서둘러 그의 방에 다다랐을 때 그가 맨 먼저 한 일은 그녀의 머리를 풀어 내리는 것이었다. 땋은 머리는 그의 손을 세 번 감을 수 있을 정도로 길었다.

"크레이크는 어디 있지?"

지미가 속삭였다. 그녀에게서는 감귤 냄새, 짓이겨진 풀 냄새가 풍겼다.

"걱정하지 마, 지미."

"어디 있는데?"

"파라디스 외부에 있어. 밖으로 나갔어. 회의가 있거든. 돌아와도 나를 보려고 하지 않을 거야. 오늘 밤엔 생각할 게 있다고 했거든. 그는 생각 도중에는 절대 섹스를 원하는 일이 없어."

"넌 나를 사랑하니?"

그녀의 웃음소리. 그 웃음은 무슨 의미였을까? 바보 같은 질문. 왜 그런 걸 묻지? 너는 말이 너무 많아. 혹은 이런 뜻이었을까. 사랑이 뭔데? 혹은 이런 뜻이었을지도. 네 꿈속에서나.

그리고 시간이 흘러갔다. 그녀는 다시 머리를 틀어 올리고 기모노를 걸친 뒤 장식 띠를 둘러맸다. 지미는 그녀 뒤에 서서 거울을 들여다보았다. 그는 그녀의 몸을 감싸 안고 그녀가 이제 막 입은 옷을 벗겨 내고 모든 것을 다시 시작하고 싶었다.

"아직 가지 마."

지미가 말했다. 하지만 그녀에게 아직 가지 마 같은 말을 하는 것은 아무런 소용이 없었다. 그녀는 어떤 일을 결정하면 기어이 했다. 때때로 그는 자신이 그녀의 비밀 방문 일정표에 들어 있는 단순한 왕진 장소에 불과하다는 느낌이 들기도 했다. 밤이 지나기 전에 그녀가 돌보아야 할 사람들이 많은 것은 아닐까 하는 의구심이 들기도 했다. 가치 없는 생각이지만 전혀 터무니없는 것은 아니었다. 그와 떨어져 있는 동안에 그녀가 무엇을 하는지 그로서는 도저히 알 길이 없었다.

"곧바로 돌아올게. 피자 사 올게. 다른 거 뭐 필요한 거 있어, 지미?"

그녀는 분홍색과 붉은색의 작은 샌들에 발을 집어넣으며 말했다.

"이 모든 하찮은 것을 다 내던지고 다른 곳에 가 버리는 건 어때?"

지미는 충동적으로 말했다.

"여기를 떠나서? 파라디스를? 왜?"

"우리가 함께 있을 수 있잖아."

"지미, 넌 정말 재미있어! 우린 지금 함께 있잖아!"

"우리는 크레이크한테서 벗어날 수 있어. 지금처럼 몰래 만나지 않아도 돼. 우리는……."

"하지만 지미."

휘둥그레진 눈.

"크레이크는 우리를 필요로 해!"

"나는 그가 알고 있다고 생각해. 우리에 대해서 말이야."

지미는 자신이 한 말을 믿지 않았다. 아니, 믿기도 하고 믿지 않기도 했다. 분명 그들은 최근 들어 보다 부주의하게 행동했다. 크레이크가 어떻게 그걸 눈치 채지 못했겠는가? 그렇게 다방면으로 똑똑한 사람이 이 일에서는 완전히 멍청할 수 있단 말인가? 아니면 크레이크가 지미를 능가할 만큼 약삭빠른 놈이란 말인가? 만일 그렇다 해도 아무런 징후가 보이지 않았다.

지미는 도청 장치를 찾기 위해 자신의 방을 자주 빗자루로 쓰는 버릇이 생겼다. 숨겨진 미니 마이크, 소형 카메라. 그는 무엇을 찾아야 할지 알고 있었다. 아니, 적어도 그렇게 생각했다. 그러나 아무것도 발견할 수 없었다.

사실은 징후가 보였지. 징후가 있었는데 내가 알아차리지 못했어. 눈사람은 생각한다.

예를 들어, 언젠가 크레이크가 이렇게 말한 적이 있다.

"사랑하는 사람의 고통을 덜어 주기 위해 그 사람을 죽일 수 있겠어?"

"안락사시키는 걸 말하는 거야? 애완 거북이를 안락사시키는 것처럼?"

지미가 물었다.

"그냥 대답해 봐."

"모르겠어. 어떤 종류의 사랑, 어떤 종류의 고통인데?"

크레이크는 화제를 바꾸었다.

그 뒤 어느 점심시간에 크레이크가 말했다.

"만일 내게 무슨 일이 일어나면 파라디스 프로젝트를 네가 맡아 주기 바란다. 내가 여기를 떠나 있을 때는 항상 네가 책임을 맡아 주었으면 해. 그걸 내무 규정으로 정했어."

"무슨 일이라니, 무슨 뜻이야? 어떤 일이 일어날 수 있는 건데?"

"너도 알잖아."

지미는 경쟁 회사들에 납치되거나 공격당하는 것을 의미하는 거라고 생각했다. 조합의 수재들에게 그것은 끊임없는 위험요소였다.

"물론이지. 하지만 첫째, 너에 대한 경호는 최고 수준이고, 둘째, 이곳에는 나보다 훨씬 더 능력이 뛰어난 사람들이 많아. 나는 이런 일을 이끌어 나갈 수 없어. 나는 과학적 지식이 없다고."

지미가 말했다.

"이 사람들은 전문가야. 하지만 그들은 파라디스의 모델들을 다룰 만한 타인에 대한 공감력이 없어. 그 방면에서는 아무런 쓸모가 없지. 그들은 매우 참을성 없이 행동할 거야. 심지어 나도 할 수 없는걸. 나는 그들의 관심사에 도저히 눈높이를 맞춰 줄 수가 없어. 그렇지만 너는 보다 다재다능하지."

크레이크가 말했다.

"무슨 뜻이야?"

"너는 그냥 앉아서 아무것도 하지 않고 시간을 보낼 수 있는 위대한 능력을 가지고 있잖아. 바로 저들처럼."

"고맙군."

"아니, 진심이야. 나는, 나는 네가 그 일을 해 주었으면 좋겠어."

"오릭스는 어떻게 하고? 그녀는 크레이커들에 대해 나보다 훨씬 더 잘 알고 있잖아."

지미와 오릭스는 크레이커들이라고 불렀지만 크레이크는 그렇게 부르는 일이 결코 없었다.

"내가 사라지면 오릭스도 없어질 거야."

크레이크가 말했다.

"순장이라도 할 셈이야? 제기랄, 안 돼! 네 장례식 장작 더미

위에서 그녀를 희생시킨다고?"

"그와 비슷한 거지."

크레이크가 웃으며 말했다. 그때 지미는 크레이크의 말을 농담으로 받아들였고, 크레이크의 엄청난 자존심의 증후로만 여겼다.

"크레이크가 우리를 몰래 감시하고 있는 것 같아."

그 마지막 날 밤에 지미는 이렇게 말했다. 단순히 오릭스에게 겁을 주려고 한 말이었는데, 그 말을 입 밖에 낸 순간 그것이 사실일 수도 있을 거라는 생각이 들었다. 어쩌면 그녀를 부추겨 자신과 함께 도망가도록 하기 위해 한 말일 수도 있었다. 하지만 지미에게 구체적인 계획 같은 것은 전혀 없었다. 도망간다고 해도 어디에서 살 것인가, 어떻게 크레이크의 추적을 피할 것인가, 어떻게 돈을 벌 것인가? 지미가 포주로 변신해서 그녀에게 기생하며 살아가야 할 것인가? 지하조직으로 들어가지 않는 한 지미는 시장성 있는 기술, 평민촌에서 사용할 만한 기술이 없었다. 아마 그들은 지하조직으로 들어가야 할 것이다.

"그가 질투하고 있는 것 같아."

"오, 지미. 크레이크가 왜 질투를 하겠어? 그는 질투 같은 건 좋아하지 않아. 그건 잘못된 거라고 생각하지."

"그도 인간이야. 좋게 생각하고 말고는 중요한 게 아니야."

"지미, 내 생각엔 질투를 하는 건 너인 것 같아."

오릭스는 미소를 지으며 까치발을 하고 서서 그의 코에 키스했다.

“너는 좋은 남자야. 하지만 나는 절대로 크레이크를 떠날 수 없어. 나는 크레이크를 믿어. 그의,(그녀는 단어를 찾으려고 애썼다.) 그의 통찰력을 믿어. 그는 세계를 더 나은 곳으로 만들고 싶어 해. 내게 항상 그렇게 말했어. 나는 정말 훌륭한 것이라고 생각해. 그렇지 않아, 지미?”

“나는 그의 말을 믿지 않아. 그가 그렇게 말한다는 것은 알고 있어. 하지만 나는 결코 속아 넘어가지 않아. 그는 그 따위 일엔 상관도 하지 않는다고. 그가 관심을 두는 것은 오직…….”

“오, 넌 잘못 알고 있어, 지미. 그는 문제점을 발견했어. 나는 그가 옳다고 생각해. 세상엔 사람들이 지나치게 많고, 그 때문에 사람들이 나빠지고 있어. 나는 경험을 통해 알고 있어, 지미. 크레이크는 매우 똑똑한 사람이야!”

지미는 그녀에게 크레이크를 욕하는 바보짓은 하지 말았어야 했다. 어떤 의미에서 크레이크는 그녀의 영웅이었다. 아주 중요한 의미에서. 크레이크가 그녀의 영웅이므로, 지미 자신은 아닌 것이다.

“알았어. 그렇다고 치지.”

적어도 그는 돌이킬 수 없는 실수를 저지르지는 않았다. 그녀가 그에게 화를 내지 않았던 것이다. 그것이 중요한 점이었다.

나는 얼마나 유약한 놈이었던가. 그토록 매혹되어 있었다니.

그토록 반해 있었다니. 눈사람은 생각한다. 그때만이 아니라 지금도 마찬가지다.

"지미, 약속해 줘."

"물론이지. 뭔데?"

"만일 크레이크가 여기 없다면, 어디로 가 버린다면, 그리고 나 역시 이곳에 없다면, 크레이커들을 돌봐 줘."

"여기 없다고? 네가 왜 여기를 떠나는 건데?"

다시 찾아드는 불안감, 의심. 그들은 함께 도망칠 계획을 세우고 있는 것일까? 그를 뒤에 남겨 두고? 정말 그런 것인가? 그는 오릭스에게는 일종의 장난감, 크레이크에게는 궁정 어릿광대 같은 존재에 지나지 않았던 것인가?

"신혼여행이라도 가는 거야 뭐야?"

"어리석은 소리 하지 마, 지미. 그들은 모두 아이들 같아. 누군가를 필요로 한다고. 친절하게 대해 줘야 해."

"사람 잘못 골랐어. 그들과 함께 5분 넘게 보내야 한다면 나는 미쳐 버릴 거야."

"네가 할 수 있다는 거 알아. 진심으로 말하는 거야, 지미. 그렇게 하겠다고 말해 줘. 나를 실망시키지 말고. 약속하지?"

그녀는 그를 쓰다듬으며 팔에 연달아 키스를 해 댔다.

"좋아. 가슴에 십자가를 긋고 맹세하지. 이제 행복해?"

그렇게 한다고 무슨 돈이 드는 것도 아니었다. 순전히 가정에 불과한 일이었던 것이다.

“그래, 이젠 행복해. 빨리 돌아올게, 지미, 내가 돌아오면 같이 피자 먹자. 안초비를 넣을까?”

그녀는 무슨 생각을 하고 있었을까? 눈사람은 궁금하다. 이 질문을 백만 번째 던지는 것 같다. 그녀는 얼마만큼 짐작하고 있었던 것일까?

공기 잠금 장치

지미는 그녀를 기다렸다. 처음에는 조바심을 내면서, 그다음에는 불안해하면서, 그다음에는 공포에 질려서. 피자 두 개를 만드는 데 그렇게나 오랜 시간이 걸리지는 않았을 것이다.

첫 번째 보고서는 9시 45분에 들어왔다. 크레이크는 외출 중이고 지미가 두 번째 상급자였기 때문에, 그를 호출하기 위해 비디오 모니터실에서 직원을 보내 왔다.

처음에 지미는 흔히 일어나는 일, 또 다른 사소한 유행병 또는 생물 테러의 발발, 새로운 뉴스거리에 불과한 것이리라고 생각했다. 열 바이오수트를 입은 남녀 직원들이 여느 때와 마찬가지로 화염방사기와 격리 텐트와 표백제 상자와 석회 보관함을 이용해 그것을 처리하고 있을 터였다. 어쨌든 그것은 브라질에서 일어난 일이었다. 아주 멀리 떨어진 곳이었다. 그러나 크레이크가 만든 내부 규정에 따르면 어디서 일어난 어떤 일이든 돌발 상황은 모두 보고하도록 되어 있었기 때문에, 지미는 추이를 지켜보러 갔다.

그 뒤에 일어난 또 다른 사태, 그다음, 그다음, 그다음, 속사포같이 일어나는 사건들. 타이완, 방콕, 사우디아라비아, 봄베이, 파리, 베를린. 시카고 서쪽의 평민촌. 모니터 화면에 나타난 지도에는 마치 누군가가 물감이 잔뜩 묻은 붓을 흔들어 댄 것처럼 온통 붉은 불이 켜져 있었다. 그것은 단순히 몇 개의 고립된 전염병 지역이 아니었다. 대형 사건이 터진 것이다.

지미는 크레이크의 휴대전화로 전화를 걸었지만 아무 응답이 없었다. 그는 모니터 작업반에게 뉴스 채널로 돌려 보라고 말했다. 끔찍한 출혈병 사태가 벌어지고 있다고 뉴스 해설자들은 말했다. 증상은 고열, 눈과 피부에서의 출혈, 경련, 그다음에는 내부 장기의 파열, 그리고 죽음으로 이어졌다. 가시적인 병의 시작에서 마지막 죽음에 이르는 시간이 놀랍도록 짧았다. 병균은 공기로 전염되는 것인 듯 보였지만 수인성일 가능성도 있었다.

지미의 휴대전화가 울렸다. 오릭스였다. 지미가 소리쳤다.

"너 어디 있어? 빨리 돌아와. 너 혹시……."

오릭스는 울고 있었다. 오릭스가 우는 것은 너무 드문 일이어서 지미는 당황했다.

"오, 지미. 미안해. 나는 전혀 몰랐어."

"괜찮아."

그는 그녀를 위로하기 위해 이렇게 말하고는 물었다.

"무슨 뜻이야?"

"그게 그 알약 속에 있었어. 내가 배포하던 알약, 내가 팔던 알약에 말이야. 내가 갔던 바로 그 도시들이야. 그 약은 사람들을 돕기 위한 것인데! 크레이크가 말하기를……."

연결이 끊어졌다. 지미는 전화를 걸려고 시도했다. 따르릉 따르릉 따르릉. 그 뒤에 딸깍 하는 소리. 그리고 아무 소리도 들리지 않았다.

그 균이 이미 되젊음 조합 내부에 들어왔다면 어떻게 할 것인가? 만일 그녀가 그것에 노출되었다면? 만일 그녀가 문전에 나타난다면 그는 그녀를 밀어낼 수 없을 것이다. 그녀가 몸의 모든 구멍에서 피를 쏟고 있다 해도 그렇게는 할 수 없을 것이다.

자정이 되자 사태는 거의 동시다발적으로 일어났다. 댈러스. 시애틀. 뉴뉴욕. 병균은 도시에서 도시로 전염되어 퍼지는 것이 아니라 한꺼번에 여러 곳에서 돌출하고 있었다.

이제 모니터실에는 세 명의 직원이 남아 있었다. 코뿔소, 하얀 돌고래, 하얀 사초. 한 사람은 노래를 흥얼거리고 있고, 다른 한 사람은 휘파람을 불고 있었다. 세 번째 사람(하얀 사초)은 울고 있었다. 이건 대형 사건이야. 앞의 두 사람이 이미 이렇게 말한 터였다.

"우리의 대체 시스템이 뭐죠?"

"우리는 뭘 해야 하나요?"

"할 일은 아무것도 없어요. 이곳은 안전해요. 우리는 사태가 호전되기를 기다리면 됩니다. 저장실에는 비축물이 충분해요."

공포에 허둥대지 않으려고 애쓰며 지미가 말했다. 그는 불안한 표정의 세 얼굴을 돌아보았다.

"우리는 파라디스를 보호해야 해요. 잠복 기간이 얼마나 되는지, 누가 보균자인지 우리는 알지 못합니다. 어느 누구도 들어오게 해서는 안 됩니다."

지미의 말에 그들은 약간 안심했다. 지미는 모니터실 밖으로 나가 맨 안쪽 문과 공기 자물쇠로 연결되는 문의 암호를 변경했다. 그렇게 하는 사이 그의 비디오 휴대전화가 울렸다. 크레이크였다. 작은 화면에 나타난 그의 얼굴은 평상시와 다름이 없었다. 술집에 있는 것 같았다.

"너 어디 있는 거야? 무슨 일이 일어나고 있는지 몰라?"

지미가 소리쳤다.

"걱정할 만한 건 아니야. 모든 것이 잘 통제되고 있어."

크레이크는 술에 취한 것 같았다. 보기 드문 모습이었다.

"무슨 망할 놈의 모든 것? 전 세계적인 역병이야! 흑사병이라고! 환희이상 알약에 들어 있다는 그게 도대체 뭐야?"

"그건 누가 말해 줬지? 귀여운 계집애가?"

크레이크가 물었다. 분명 그는 취해 있었다. 술에 취하거나 무슨 약에 취한 것이다.

"상관 마. 사실이지, 그렇지?"

"나, 쇼핑센터에 있는 피자 가게에 있어. 곧 갈게. 그곳 잘 지켜."

크레이크는 전화를 끊었다. 어쩌면 그가 오릭스를 찾았는지도 몰라. 아마도 그녀를 안전하게 데리고 올 거야. 지미는 생각했다. 그리고 이어서 생각했다. 너, 얼간이 같은 놈.

지미는 파라다이스 프로젝트를 점검하러 갔다. 밤하늘 시뮬레이션이 작동 중이었고 가짜 달이 빛나고 있었다. 크레이커들은 그가 보기에는 평화롭게 잠들어 있었다. 그는 유리창을 통해 그들에게 속삭였다. "좋은 꿈 꿔. 푹 자라. 너희는 편안히 잠들 수 있는 유일한 존재들이야."

그다음에 일어난 일들은 슬로모션 장면 같았다. 음소거를 해둔 포르노, 광고가 없는 두뇌지지기 같았다. 열네 살 때의 크레이크와 지미가 디브이디로 보고 있었다면 배꼽이 빠지도록 웃었을 도가 지나친 멜로드라마 같은 것.

처음에는 기다림이 계속되었다. 지미는 자신의 사무실 의자에 앉아 스스로에게 침착하라고 중얼거렸다. 오래된 단어 목록들이 머릿속에서 맴돌고 있었다. 대체성 있는, 급속 번식하다, 순전한, 수의, 매춘부. 잠시 후 그는 일어섰다. 재잘재잘 지껄임, 만학자. 그는 컴퓨터를 켜고 뉴스 사이트를 검색했다. 밖에서는 엄청난 혼란이 벌어지고 있고 앰뷸런스는 턱없이 부족했다. 침착하라는 정치적 연설이 벌써 진행되고 있었고, 집에 머물러 있으라고 떠들어 대는 메가폰을 단 차량들이 거리를 돌아다니고 있었다. 기도가 쏟아져 나왔다.

연쇄. 음침한. 시샘하다.

지미는 비상용 저장실로 가서 분무 총을 집어 들어 몸에 끈으로 맨 뒤 그 위에 느슨한 열대기후용 재킷을 걸쳤다. 그는 모니터실로 돌아가 세 직원에게 자신이 조합의 시체보안회사 경비대와 연락을 취했으며(거짓말이었다.) 이곳에는 급박한 위험이 없다고 말했다. 그것 역시 거짓말이었지. 그는 생각했다. 그는 크레이크에게 연락을 받았다면서, 앞으로 며칠간 기운 내서 일해야 할 테니 각자 방으로 돌아가 잠을 자라고 크레이크가 지시를 내렸다고 말했다. 그들은 안심한 듯 보였다. 그리고 기꺼이 지시사항을 수행했다.

지미는 공기 잠금 장치가 있는 곳까지 그들을 데려간 뒤 숙소로 이어지는 복도로 내보내 주었다. 그들이 걸어가는 뒷모습을 바라보았다. 그들이 죽어 있는 모습이 보이는 듯했다. 유감스럽지만 어쩔 수 없는 일이었다. 그들은 셋이고 그는 혼자였던 것이다. 만일 그들이 히스테리를 일으킨다면, 만일 그들이 복합 건물 밖으로 뛰쳐나가거나 친구들을 이곳으로 불러들인다면, 그는 통제력을 잃게 될 것이다. 거품 모양 돔 안에 있는 사람은 이제 그 자신과 크레이커들뿐이었다.

그는 뉴스를 좀 더 지켜보면서 기분을 북돋우기 위해 스카치 위스키를 마셨다. 그러나 마시는 속도는 조절했다. 병약한 이. 후

두음. 밴시.* 숭람.** 그는 아무런 희망도 없이 오릭스를 기다렸다. 그녀에게 무슨 일이 일어난 것이 틀림없었다. 그렇지 않다면 그녀는 이곳으로 돌아왔을 것이다.

새벽녘이 되자 출입구 모니터가 삑삑거렸다. 누군가 공기 잠금 장치의 비밀번호를 누르고 있었다. 물론 그것은 작동하지 않았다. 지미가 비밀번호를 바꾸어 놓은 것이다.

비디오 인터폰이 거슬리는 소리를 냈다.

"뭘 하고 있는 거야? 문 열어."

크레이크가 말했다. 그는 화난 얼굴, 화난 말투였다.

"나는 '플랜 비(Plan B)'를 따르는 거야. 생물학 공격이 발생할 경우 어느 누구도 실내에 들이지 말 것. 네 명령이야. 내가 공기 잠금 장치를 봉쇄했어."

"어느 누구라는 건 나를 제외한 거야. 코르크넛처럼 행동하지 마."

"네가 보균자가 아니라는 걸 내가 어떻게 알지?"

"난 아니야."

"내가 그걸 어떻게 아느냐고?"

"내가 이 사태를 미리 알고 주의를 했다고 해 두자. 어쨌든 너

---

* 울음소리로 죽을 사람이 있다는 사실을 알린다는, 아일랜드 민화에 나오는 여자 유령.

** 십자화과의 두해살이풀. 열매는 해독제나 해열제로 쓰고 잎은 쪽빛 물감의 재료로 쓴다.

는 그것에 대한 면역력을 지니고 있어."

크레이크가 힘없이 말했다.

"내가 왜?"

그날 밤 지미의 머리는 논리를 따라가는 데 민첩하지 못했다. 크레이크가 한 말 중에 뭔가 잘못된 점이 있는 것 같았지만 지미는 그것이 무엇인지 지적해 낼 수 없었다.

"항체 혈청이 평민촌 백신에 들어 있었어. 네가 그 주사를 얼마나 많이 맞았는지 기억하지? 진창 속에서 허우적거리고 사랑의 번민으로 인한 슬픔 속에 빠지기 위해 평민촌에 갈 때마다 말이야."

"네가 그걸 어떻게 알았지? 내가 어디 있었는지, 내가 뭘 원했는지 어떻게 알았어?"

지미가 말했다. 심장이 마구 뛰었다. 그는 명료하게 생각할 수 없었다.

"바보같이 굴지 마. 나를 들여보내 줘."

지미는 공기 잠금 장치로 들어오는 문의 비밀번호를 눌렀다. 이제 크레이크는 맨 안쪽 문 앞에 서 있었다. 지미는 공기 잠금 장치 비디오 모니터를 켰다. 실물 크기의 크레이크 머리가 바로 눈앞에 떠 있었다. 그는 폐인처럼 보였다. 그의 셔츠 깃 위에 무언가(피인가?)가 묻어 있었다.

"너 어디에 있었어? 싸우고 있었어?"

지미가 물었다.

"너는 아무것도 몰라. 이제 나를 들여보내 줘."

"오릭스는 어디 있어?"

"여기 나와 함께 있어. 그녀도 무척 힘들어했어."

"그녀에게 무슨 일이 있었던 거지? 밖에서 무슨 일이 일어나고 있는 거야? 그녀가 직접 말하게 해 줘!"

"그녀는 지금 말할 수가 없어. 그녀를 들어 올릴 수가 없단 말이야. 난 몇 군데 부상을 입었어. 이제 그만 개자식같이 굴고 문 열어."

지미는 분무 총을 꺼내 들었다. 그런 다음 비밀번호를 눌렀다. 그러고는 뒤로 물러서서 옆으로 몸을 숨겼다. 팔에 난 털들이 모조리 곤두서 있었다. 우리는 우리가 알고 있는 것보다 더 많은 것을 이해한다.

문이 활짝 열렸다.

크레이크의 베이지 색 열대기후용 옷에 적갈색 얼룩이 튀어 있었다. 그의 오른손에는 저장실에 있는 평범한 잭나이프가 들려 있었다. 두 개의 칼날과 손톱정리용 줄과 코르크 마개 따개와 작은 가위가 달린 그런 칼. 다른 한 팔로는 오릭스를 끌어안고 있었다. 그녀는 잠든 것처럼 보였다. 얼굴은 크레이크의 가슴에 묻혀 있었고, 분홍색 긴 리본을 묶은 땋은 머리카락은 등 뒤로 늘어져 있었다.

지미가 믿을 수 없다는 표정으로 얼어붙은 채 바라보고 있을 때 크레이크가 오릭스를 자신의 왼팔 위에 쓰러지도록 손을 놓았다. 그는 웃음기 없는 얼굴로 지미를 마주 보았다.

"나는 너를 믿는다."

크레이크가 말했다. 그러고는 그녀의 목을 그었다.

지미는 그를 쏘았다.

(13)

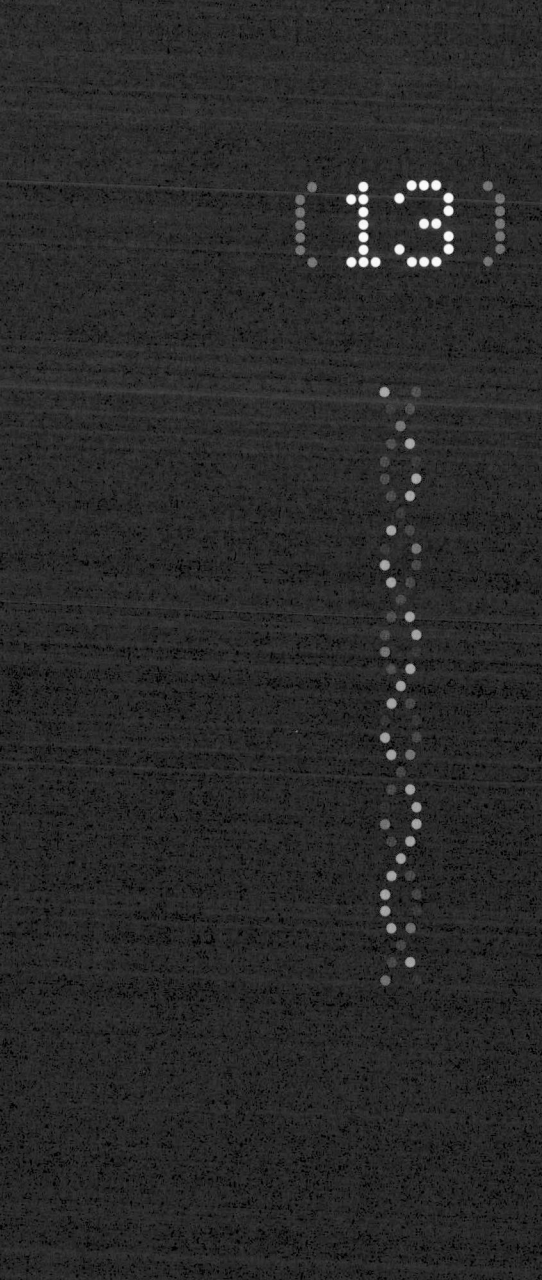

거품 모양 돔

폭풍이 지나간 뒤에 공기는 더 차가워진다. 멀리 있는 나무들 사이로 안개가 피어오르고, 해가 저물고 새들이 저녁 노래를 시작한다. 까마귀 세 마리가 머리 위를 날아간다. 새들의 날개가 검은 불꽃처럼 번득인다. 그들이 하는 말이 선명히 들려오는 듯하다. 크레이크! 크레이크! 그들이 부르고 있다. 귀뚜라미들은 오릭스를 부르고 있다. 환청이 들리는 거야. 눈사람은 생각한다.

눈사람은 고통스럽게 발걸음을 내딛으며 방벽을 따라 나아간다. 그의 발은 씹어 짓이겨 놓은 뜨거운 살로 채워진, 거대한 삶은 비엔나소시지처럼 느껴진다. 뼈도 없이 금방이라도 터질 듯한 소시지. 그 안에서 부글거리는 병균이 무엇이든 간에 그것은 분명 망루에 보관된 항생제에 내성이 있는 균이다. 아마 파라디스 안에서, 크레이크의 마구 파헤쳐진(그는 그곳이 얼마나 엉망인지 알고 있다. 그곳을 그렇게 헤집어 놓은 것은 바로 그 자신이다.) 비상용 저장실에서보다 효과적인 무언가를 찾을 수 있을 것이다.

크레이크의 비상용 저장실. 크레이크의 놀라운 계획. 크레이크의 최첨단 생각들. 크레이크, 크레이크 왕국의 왕, 크레이크는 아직도 그곳에 있고, 아직도 그곳을 소유하고 있으며, 아직도 자기 영역의 통치자다. 이제 빛의 거품 모양 돔이 아무리 어둡게 변했다 할지라도. 어둠보다 더 어둡게. 그리고 그 어둠의 일부는 눈사람 자신의 어둠이다. 그가 그것을 도왔던 것이다.

"그 부분까지는 가지 말자."

눈사람은 말한다.

자기, 자긴 이미 거기에 있어. 한 번도 그곳을 떠난 적이 없지.

파라디스를 둘러싼 공원이 내려다보이는 여덟 번째 망루에서 눈사람은 위쪽 방으로 연결되는 문들이 열려 있는지 살펴본다.(가능하다면 층계를 통해 내려가고 싶다.) 그러나 문은 모두 잠겨 있다. 그는 관측용 틈으로 조심스럽게 아래쪽 지상을 내려다본다. 거대하거나 중간 크기의 생명체는 보이지 않는다. 다만 큰 나무 밑 덤불에서 잰 발소리가 들려올 뿐. 그는 그저 다람쥐 소리이기를 바란다. 그는 침대보를 꼬아 만든 줄을 꺼내어 한쪽 끝을 환기구 도관에 맨 뒤(허술하지만 그 방법밖에 없다.) 다른 쪽 끝을 방벽 가장자리 아래로 내려뜨린다. 2미터가 조금 넘게 모자라지만 아픈 발로 착지하지 않는 한 뛰어내릴 수 있을 것이다. 그는 가짜 밧줄을 타고 내려간다. 거미처럼 줄 끝에 매달린 채 주저

한다. 뛰어내리기 위한 기술이 필요한 것 아닐까? 낙하산에 대해 뭘 읽었더라? 무릎을 굽히는 것과 관련된 무엇. 그는 곧바로 뛰어내린다.

두 발로 착지한다. 고통이 극심하다. 진흙투성이 땅에서 한동안 뒹굴며 창에 찔린 동물처럼 신음한 뒤, 낑낑거리며 두 발로 선다. 정정, 한 발로 선다. 부러진 곳은 없는 것 같다. 그는 목발로 쓸 만한 막대기를 찾아 두리번거리다 곧 하나를 발견한다. 막대기가 지닌 좋은 점은 나무에서 자란다는 사실이다.

이제는 목이 마르다.

그는 초목과 웃자란 잡초 사이로 깡충깡충 뛰면서 이를 갈며 나아간다. 가는 길에 커다란 바나나 민달팽이를 밟고 하마터면 넘어질 뻔한다. 그 촉감이 싫다. 차갑고 찐득찐득한 느낌. 마치 거죽을 벗겨 차갑게 식힌 근육같이. 기어 다니는 콧물. 그가 크레이커였다면 사과했을 것이다. 미안해, 내가 너를 밟았구나, 오릭스의 아이야, 나의 부주의함을 용서해 주렴.

그는 한 번 해 본다.

"미안하다."

무슨 소리가 들렸는가? 대답하는 소리가?

민달팽이가 이야기를 시작한다 해도 지체할 시간이 없다.

그는 거품 모양 돔에 도착해서 하얀색의 뜨거운 얼음과도 같은 언덕 위를 돌아 정문으로 간다. 공기 잠금 장치 문은 그가 기억하는 대로 열려 있다. 그는 숨을 깊이 들이쉰 후 안으로 들어간다.

여기 크레이크와 오릭스가, 그들의 잔해가 남아 있다. 그들은 독수리화되어 있다. 그들의 시체가 이곳저곳에 흩어져 있고, 작고 큰 뼈들이 뒤섞여 흐트러져 있다. 마치 거대한 퍼즐처럼.

바로 여기에 눈사람이 있다. 멍청한 바보, 얼간이, 경박한 놈, 허수아비, 얼굴에서는 땀을 물같이 흘리고 커다란 주먹으로 가슴을 쥐어뜯으면서, 자신의 유일한 사랑과 이 세상에서 가장 소중한 친구를 내려다보고 있다. 크레이크의 텅 빈 눈구멍이 눈사람을 올려다본다. 이전, 공허한 눈으로 올려다보던 그때처럼. 그는 두개골에 박힌 모든 치아를 드러내며 미소 짓고 있다. 오릭스는 얼굴을 아래로 향하고 마치 통곡하듯이 머리를 반대 방향으로 돌리고 있다. 그녀의 머리카락에 묶인 리본은 변함없는 분홍색이다.

오, 어떻게 슬퍼할 것인가? 그는 그것마저도 하지 못한다.

눈사람은 안쪽 출입구를 통과하고 보안 구역을 지나 직원 숙소로 들어간다. 습하고 신선하지 못한 텁텁한 공기. 제일 먼저 가야 할 곳은 저장실이다. 그는 별 어려움 없이 그곳을 찾는다. 몇 개의 별빛을 제외하면 어둠뿐이지만 그에겐 손전등이 있다. 곰팡이와 쥐 혹은 시궁쥐 냄새가 나지만, 그것 말고는 그가 마지막으로 이곳을 떠난 뒤로 변한 것이 거의 없는 것 같다.

그는 약품 선반을 찾아 그 속을 헤집는다. 압설자, 거즈 패드,

화상 연고, 직장 체온계 한 상자. 그런 것을 항문에 꽂아 보지 않아도 그는 자신의 몸이 펄펄 끓고 있다는 것을 알 수 있다. 알약 형태로 되어 있어 천천히 약효를 발휘하는 서너 가지의 항생제, 그리고 크레이크의 마지막 남은 단기간용 평민촌 수퍼 살균 혼합제 한 병. 그곳에 다녀와, 하지만 시계가 12시를 알리기 전에 돌아와야 해. 그러지 않으면 너는 호박으로 변해 버릴 거야. 크레이크는 이렇게 말하곤 했다. 눈사람은 상표를 읽는다. 크레이크의 정확한 표기. 그리고 분량을 어림짐작한다. 이제는 병을 들 기운조차 없다. 뚜껑을 여는 데 한참이 걸린다.

꿀꺽 꿀꺽 꿀꺽. 건배. 그의 머릿속 말풍선.

그러나 그걸 마셔서는 안 된다. 그는 깨끗한 피하주사약 한 상자를 찾아서 제 몸에 주사를 놓는다.

"죽어라, 발의 세균들아."

이렇게 말하고는 자신의 옷, 한때 자신의 옷이었던 정장이 있는 쪽으로 절름거리며 걸어가 축축하고 정리되지 않은 침대 위에 축 늘어져 그대로 정신을 잃는다.

앵무새 알렉스가 그의 꿈에 등장한다. 앵무새는 창문으로 날아 들어와 그와 가까운 곳에 놓인 베개 위에 내려앉는다. 이번에는 밝은 초록색 몸에 자주색 날개와 등대처럼 빛나는 노란색 부리를 갖고 있다. 눈사람은 행복과 사랑의 감정에 휩싸인다. 앵무새는 머리를 돌려 처음에는 한쪽 눈으로, 그다음에는 다른 쪽 눈으로 그를 바라본다.

"파란 삼각형."

앵무새가 말한다. 이내 그것은 눈 부위부터 홍조를 띠기 시작하더니 붉은색으로 변한다. 소름 끼치는 변화다. 마치 앵무새 형태의 전구가 피로 가득 채워지는 것처럼.

"나 이제 가 버린다."

앵무새가 말한다.

"안 돼, 기다려."

눈사람이 외친다. 아니, 외치려고 한다. 그의 입이 움직이지 않는다.

"아직 가지 마! 내게 말해 줘……."

그때 바람이 휘익 불어오고 알렉스는 사라져 버린다. 그리고 눈사람은 어둠 속에서 땀에 흥건히 젖은 채로 예전에 쓰던 침대 위에 있는 자신을 발견한다.

낙서

다음 날 아침, 발 상태가 약간 나아진 것 같다. 붓기가 가라앉고 통증도 줄어들었다. 저녁이 되면 크레이크의 강력 주사약을 한 번 더 놓을 것이다. 하지만 남용해서는 안 된다. 매우 독한 약이다. 지나치게 많이 사용하면 그의 세포들이 포도알처럼 터져 버릴 것이다.

햇빛이 천창 벽을 마주 보고 있는 차단 유리 벽돌을 통해 스며 들어온다. 그는 유체를 이탈한 감지 장치가 된 느낌으로 자신이 한때 거주했던 공간을 돌아다닌다. 여기 그의 벽장이 있고, 여기 그가 입었던 열대기후용 셔츠와 반바지가 옷걸이에 단정히 걸려, 조금씩 곰팡이가 피고 있다. 신발도 있다. 그러나 이제는 더 이상 신발을 신는 것을 견딜 수 없을 것이다. 아마 발굽을 단 기분일 것이다. 게다가 그의 감염된 발은 신발에 들어가지도 않을 것이다. 선반 속에 차곡차곡 개켜져 있는 속옷. 왜 그런 옷을 입었던가? 이제는 그런 것들이 괴상한 속박 도구로 보일 뿐이다.

그는 저장실에서 작은 상자와 통조림을 발견한다. 아침 식사로 토마토소스에 버무린 차가운 라비올리*와 에너지 바를 먹고 미지근한 코카콜라로 입가심을 한다. 술이나 맥주는 모두 동이 났다. 그가 여기에 고립되어 있던 몇 주 동안에 모조리 마셔 버린 것이다. 잘된 일이다. 그는 술을 최대한 빨리 마셔 버리고 모든 기억을 새하얀 잡음으로 바꿔 버리고 싶었다.

이제는 그럴 수가 없다. 그는 과거 시간 속에 옴짝달싹 못하게 갇혀 있다. 젖은 모래가 솟아오르고, 그는 아래로 가라앉는다.

크레이크를 쏘아 죽인 후, 그는 내부 문의 암호를 다시 바꾸고 완전히 봉쇄했다. 크레이크와 오릭스는 공기 잠금 장치 속에 서로 겹쳐 누워 있었다. 그는 차마 그들에게 손을 댈 수 없어서 그대로 놓아두었다. 순간적으로 스치는 낭만적 충동(오릭스의 땋아 내린 검은 머리 한 타래를 잘라 내면 어떨까.)을 느꼈지만 물리쳐 버렸다.

그는 자신의 방으로 돌아가 스카치위스키를 마셨고, 이내 죽을 만큼 또 퍼마셨다. 그를 잠에서 깨운 것은 외부 문에서 들려온 초인종 소리였다. 하얀 사초와 검은 코뿔소가 다시 들어오려

---

*네모나 반달 모양으로 만든 이탈리아식 만두.

고 한 것이다. 당연히 다른 이들도 그렇게 할 터였다. 지미는 그 소리를 무시했다.

다음 날 그는 대두 토스트 네 개를 만들어 억지로 먹고 물 한 병을 마셨다. 그의 몸 전체가 돌에 부딪힌 발가락 같았다. 무감각하지만 통증이 느껴지는.

그날 그의 휴대전화가 울렸다. 크레이크를 찾는 시체보안회사 고위직 요원이었다.

"그 개자식에게 그 잘난 대가리를 가지고 여기로 와 사태를 해결하라고 하시오."

"그는 여기 없습니다."

지미가 말했다.

"전화받는 사람은 누구요?"

"말씀드릴 수 없습니다. 보안 사항입니다."

"이봐요, 당신이 누구든 간에 그 불쾌한 놈이 어떤 종류의 사기를 꾸미고 있었는지 내 대강 알고 있소. 그놈이 내 손에 잡히는 날에는 목을 동강내고 말 테요. 분명 그놈은 이것에 대한 백신을 갖고 있을 테고, 우리가 가진 소중한 것들을 죄다 긁어모을 거요."

"정말입니까? 정말로 그렇게 생각해요?"

"그 개자식이 거기 있다는 거 알고 있소. 그리로 가서 문을 폭파해 버리겠어."

"나라면 그런 짓은 하지 않겠습니다. 이곳에서 아주 괴이한 미생물의 활동이 나타나고 있어요. 아주 기이한 일입니다. 이곳은 지옥보다 더 뜨거워요. 내가 지금 바이오수트를 입고 그 미생물을 다루고 있는데, 내가 감염된 상태인지는 나도 모르겠습니다. 뭔가 단단히 잘못되었어요."

"오, 빌어먹을. 여기서? 되젊음 조합 안에서? 나는 우리가 완전히 차단되었다고 생각했는데."

"그렇습니다, 고약한 돌발 상황이지요. 내가 해 줄 수 있는 충고는 버뮤다 쪽을 살펴보라는 겁니다. 내 생각엔 그가 현금을 잔뜩 챙겨서 그곳으로 간 것 같은데요."

"그러니까 놈이 우리를 배반한 거로군, 더러운 자식. 자발적으로 경쟁에 뛰어들더니. 말이 되는군. 앞뒤가 착착 맞아떨어져. 이봐요, 조언 고맙소."

"행운을 빕니다."

"그럼, 물론이오. 당신도 행운을 비오."

다른 어느 누구도 외부 문에서 초인종을 울리지 않았고, 어느 누구도 들어오려고 하지 않았다. 조합 사람들은 아마 그 소식을 들었을 것이다. 직원들은 일단 경비원들이 사라졌다는 것을 알아차린 후 모두 밖으로 몰려 나가 최단거리를 통해 외곽문으로 서둘러 갔을 것이다. 그들이 자유라고 착각한 것을 찾기 위하여.

지미는 하루에 세 번씩 크레이커들을 살폈다. 마치 관음증 환자처럼 들여다보면서. '처럼'이라는 직유법은 사실이 아니다. 그는 정말로 관음증 환자였다. 그들은 행복해 보였다. 아니, 적어도 만족한 것처럼 보였다. 그들은 풀을 뜯어먹고 잠을 자고 언뜻 보기에는 아무것도 하지 않으면서 몇 시간 동안 태연히 앉아 있곤 했다. 어머니들은 아기들을 돌보고 어린이들은 놀이를 했다. 남자들은 둥글게 둘러서서 오줌을 쌌다. 여자 중 한 명이 푸른 시기에 도달하고 남자들은 구애 춤을 추고, 노래를 부르고, 손에 꽃을 들고서는 박자에 맞춰 푸른 성기를 흔들어 댔다. 그러고 나서는 관목 숲 사이에서 다섯 명으로 구성된 이들의 다산 축제가 벌어졌다.

어쩌면 나도 그들과 친교를 맺을 수 있을 거야. 그들에게 바퀴 만드는 법을 가르쳐 주고 지식의 유산을 남겨 줄 수 있을 거야. 내가 아는 모든 단어를 전수해 줄 수도 있겠지. 지미는 생각했다.

아니, 그는 그럴 수 없을 것이다. 그럴 희망이 없었다.

그들은 때때로 불안해 보이기도 했다. 무리 지어서 수군거리기도 했다. 숨겨진 마이크를 통해 그들의 목소리가 흘러나왔다.

"오릭스는 어디 있지? 그녀는 언제 돌아오는 거야?"

"그녀는 항상 돌아와."

"여기 와서 우리를 가르쳐야 하는데."

"그녀는 항상 우리를 가르쳐 줘. 그녀는 지금 우리를 가르치고 있어."

"지금 여기 있어?"

"오릭스에게는 여기 있는 것과 없는 것이 똑같은 거야."

"그래, 그녀가 그렇게 말했어."

"그게 무슨 뜻인데?"

그것은 수다스러운 채팅 룸 한구석에서 이루어지는 광적인 신학적 논쟁처럼 들렸다. 지미는 그것을 계속 듣고 있을 수가 없었다.

그 나머지 시간 동안 지미 역시 먹고, 자고, 아무것도 하지 않은 채 앉아 있곤 했다. 처음 두 주 동안은 인터넷이나 티브이 뉴스를 통해 세계에서 일어나는 사건들을 주시했다. 교통수단이 마비되고 슈퍼마켓이 습격당하면서 도시에 일어나는 폭동들, 전기 작동 체계가 무너지면서 발생한 폭발 사고, 어느 누구도 끄지 못하는 화재. 군중들은 기도하고 회개하기 위해 교회와 모스크, 유대교회당, 사원을 가득 채웠다. 그러나 한데 모여 예배하는 곳에서는 병균에 노출될 가능성이 더 높다는 것을 깨닫고는 모두 그곳에서 뛰쳐나왔다. 작은 마을과 시골 지역으로의 대탈출 행렬이 이어졌고, 그런 지역의 주민들은 금지된 소형 화기나 곤봉, 쇠스랑을 들고 몰려드는 피난자들을 막으려고 애썼다.

뉴스 진행자들은 처음에는 그 사태에 완전히 빠져서, 헬리콥터에서 촬영을 하며 축구 경기라도 지켜보는 양 탄성을 올리곤 했다. 저게 보이십니까? 믿을 수 없는 광경입니다! 브래드 씨, 어느 누구도 믿기 힘들 겁니다. 이제 막 우리가 목격한 것은 신의 정원사 광신도 무리들이 닭고기옹이 생산품을 해방시키는 광경이었습니다. 브래드 씨, 정말 우습군요, 저 닭고기옹이라는 것들은 걷지도 못하네요! (웃음소리) 이제 스튜디오 나와 주세요.

이러한 초기 파괴 행위가 일어나던 도중이었을 거야. 한 천재가 돼지구리들과 늑개들을 풀어놓은 것은. 눈사람은 생각한다. 오, 정말 고맙기도 하지.

거리의 설교자들은 스스로에게 채찍질을 가하는 고행을 하며 종말을 부르짖었다. 그러나 그들은 다소 실망한 것 같았다. 트럼펫 소리와 천사는 어디 있는가? 왜 달은 핏빛으로 변하지 않는가? 전문가들이 정장 차림으로 화면에 나타났다. 의학 전문가들, 감염 비율을 보여 주는 그래프, 유행병이 퍼진 범위를 표시하는 지도. 그들은 예전 대영제국의 지도처럼 그것을 표시하는 데 진한 분홍색을 사용했다. 지미는 다른 색깔을 보고 싶었다.

뉴스 논평자들은 두려움을 감추지 않았다. 다음은 누구 차례일까요, 브래드 씨? 백신은 언제쯤 나올까요? 글쎄요, 사이먼 씨, 제가 들은 바에 따르면 그들은 쉬지 않고 연구하고 있다고 합니다. 하지만 이제까지 이 사태를 통제할 수 있는 사람은 아무도 없는 듯합니다. 이건 대형 사건입니다, 브래드 씨. 사이먼 씨, 참 적절한 말씀을 해 주셨군요. 하지만 우리는 이전에 다른 대형 사건도 해결하지 않았습니까. 격려의 미소, 엄지손가락 사인, 초점이 흐려진 눈동자, 창백한 얼굴.

다큐멘터리들이 신속히 제작되었다. 그들은 바이러스의 영상(적어도 그들은 바이러스를 분리하는 데 성공했다. 그것은 흔한 젤리 과자에 척추가 달린 모양이었다.)과 그것을 분리해 낸 방식에 대해 설명해 주었다. 이것은 맹독성 유전자 조작물 같습니다. 이종간 감염에서 일어난 변종인지, 누군가가 자의적으로 만들어 낸 것인지는 그저 추측에 맡길 수밖에 없습니다. 박식한 사람들은 모두 고개를 끄덕인다. 그들은 좀 더 쉽게 논의할 수 있도록 바이러스에 이름을 붙였다. 그 이름은 주브(JUVE)*다. 초고속 최강 특이 바이러스. 아마도 그들은 이제 어떤 것, 크레이크가 열심히 매달리고 있던 무엇이 되젊음 조합의 가장 깊은 핵심부에 안전하게 숨겨져 있다는 사실을 알고 있었을 것이다. 그러면서 크레이크는 세계에 대한 심판을 내리고 있었지. 그런데 왜 그가 그런 권리를 갖고 있었단 말인가? 지미는 생각했다.

음모론이 만연했다. 이것은 종교에 관련된 일이다, 이것은 신의 정원사들 짓이다, 이것은 세상을 지배하기 위한 계략이다 등등. 첫 번째 주에는 물을 끓여 마시고 여행을 하지 말라는 지침이 공포되었다. 악수하는 것도 비권장 사항이 되었다. 그 주에

* 'Jetspeed Ultra Virus Extraordinary'의 약자.

는 라텍스 고무장갑과 코에 쓰는 여과기가 날개 돋친 듯 팔렸다. 흑사병이 기승을 부린 동안에 유행했던 정향을 꽂은 오렌지만큼이나 효과가 있겠지. 지미는 생각했다.

속보입니다. 치명적인 주브 바이러스가 이제까지 안전하던 피지에서도 발생했습니다. 시체보안회사 대표는 뉴뉴욕을 재난 지역으로 선포했습니다. 주요 도로가 봉쇄되었습니다.

브래드 씨, 이 병균은 정말 빠르게 움직이고 있군요. 사이먼 씨, 정말 믿어지지 않는 일입니다.

"변화는 그 속도에 따라 어떤 체제에 의해서든 적응될 수 있지. 머리로 벽을 쳐 봐. 아무런 일도 일어나지 않지. 하지만 같은 머리로 같은 벽을 시속 15000킬로미터의 속도로 치면 벽이 피투성이로 변하지. 지미, 우리는 지금 속도의 터널 속에 있는 거야. 물이 배보다 빨리 흐르게 되면 아무것도 통제할 수 없어."

크레이크는 이렇게 말하곤 했다.

나는 귀를 기울이고는 있었지만 아무것도 듣지 못했어. 지미는 생각했다.

두 번째 주에는 전적인 전시 체제에 들어갔다. 급히 소집된 유행병 관리인들이 감독을 맡게 되었다. 현장 진료소, 격리 캠프, 마을 전체, 그다음에는 도시 전체가 강제격리되었다. 그러나 의사들과 간호사들이 이 병에 걸리면서 혹은 겁에 질려 도망가 버리면서 이러한 노력은 곧 허사로 돌아갔다.

영국은 항구와 공항을 폐쇄했습니다.

인도 쪽 통신이 모두 두절되었습니다.

더 이상의 통지가 있을 때까지 병원은 출입 금지입니다. 몸이 아프다면 물을 많이 마신 뒤 비상 전화번호로 연락하십시오.

절대로, 절대로 도시를 탈출하려고 시도하지 마십시오.

뉴스를 진행하는 것은 더 이상 브래드도, 사이먼도 아니었다. 브래드와 사이먼은 사라졌다. 다른 사람들이 그 뒤를 이어서, 그리고 또 다른 사람들이 그 뒤를 이어서 진행했다.

지미는 비상 전화번호로 전화를 걸어 보았다. 더 이상 서비스를 제공하지 않는다는 녹음 메시지가 들려왔다. 그는 아버지에게 전화를 걸었다. 몇 년 동안 하지 않았던 일이었다. 그러나 그 전화 역시 불통이었다.

지미는 자신의 이메일을 뒤졌다. 최근에 온 메시지는 없었다. 있는 것이라곤 삭제하지 않은 옛 생일 카드뿐이었다. 생일 축하한다, 지미, 네 모든 꿈이 이루어지기를. 날개 달린 돼지들.

개인적으로 운영되는 사이트에는 아직까지 인공위성을 통해 소통이 되고 있는 장소를 깜박거리는 불로 표시해 놓은 지도가 올려져 있었다. 지미는 점점이 켜진 빛들이 깜박이는 것을 홀린 듯이 바라보았다.

지미는 충격에 빠져 있었다. 그렇기 때문에 상황을 이해할 수 없었다. 모든 일이 영화처럼 느껴졌다. 그렇지만 바로 여기에 그 자신이 있고, 공기 잠금 장치 속에는 오릭스와 크레이크가 죽어 있었다. 이것은 환영이라고, 사실처럼 보이는 일종의 농담일 거라고 생각될 때마다 그들의 모습을 보러 갔다. 물론 방탄 유리창을 통해서였다. 그는 맨 안쪽 문을 열어서는 안 된다는 것을 알고 있었다.

그는 크레이크의 비상용 저장실에 있는 것을 먹으며 생존했다. 처음에는 얼린 음식을 먹었다. 만일 거품 모양 돔의 태양열 체계가 고장 나면 냉동고와 전자레인지가 더 이상 작동하지 않을 것이므로 기회가 있을 때 '닭고기옹이 미식가 만찬'을 재빨리 먹어 치우는 게 현명한 짓이었다. 그는 크레이크가 보관해 둔 마약을 다 피워 버렸다. 그런 방법으로 사흘 분량의 공포를 맛보지 않고 넘길 수 있었다. 처음에는 음주량을 정해 놓았지만 이내 상당한 양을 마셔 버렸다. 맨정신으로는 뉴스를 똑바로 볼 수 없었던 것이다. 무감각해져야 했다.

"믿을 수 없어, 믿을 수가 없단 말이야."

그는 중얼거리곤 했다. 그리고 큰 소리로 혼잣말을 하기 시작했다. 나쁜 징조였다.

"이건 실제로 일어나고 있는 일이 아니야."

인류 전체가 지옥으로 빠져 들어가는 동안, 어떻게 그는 그 깨끗하고 건조하고 단조롭고 평범한 방 안에서 캐러멜 대두알과 호박 치즈 슈크림을 게걸스럽게 먹어 치우고 알코올로 머릿속을 어지럽히면서 완전한 실패인 자신의 개인적 삶을 곰곰이 생각하고 있을 수 있단 말인가?

최악의 사실은 저 밖에 있는 사람들의 존재(그들의 공포, 고통, 대규모의 죽음)가 그에게 진정으로 다가오지 않는다는 점이었다. 호모 사피엔스 사피엔스는 원시 부족의 숫자인 200명이 넘는 사람들을 개별적으로 구별하지 못했다고 크레이크는 항상 말했고, 지미는 그 숫자를 두 명으로 축소시키곤 했다. 오릭스는 그를 사랑했을까, 사랑하지 않았을까? 크레이크는 그들의 관계를 알고 있었을까, 알았다면 얼마만큼 알고 있었을까? 그는 내내 그들을 엿보고 있었던 것일까? 장대한 대단원이 원조 자살이 되도록 계획해 두었던 것일까? 그는 다음 단계에 무슨 일이 일어날지 알고 있었고 살아남아 자신이 해 놓은 일의 결과를 차마 볼 수 없어서, 지미로 하여금 자신을 쏘게 유도한 것일까?

아니면 일단 시체보안회사가 그에게 압력을 가하기 시작하면 백신 제조법을 내놓지 않을 수 없으리라는 것을 알았던 것일까? 그는 이것을 얼마나 오랫동안 계획해 왔던 것일까? 피트 삼촌과 심지어 자기 어머니까지 실험 대상으로 삼았던 것은 아닐까? 그 많은 것이 위기에 처한 상황 속에서 그는 실패를, 또 하나의 무능한 허무주의자로 가라앉는 것을 두려워했던 것은 아닐까? 아니면 질투심 때문에 고통받았던 것일까, 사랑 때문에 머리가 멍해진 것이었을까, 그것은 복수였을까, 그는 단순히 지미가 자신을 고통에서 벗어나게 해 주기를 바랐던 것일까? 그는 정신병자였을까, 아니면 논리적 결론을 통해 문제를 해결하는 지적으로 우수한 사람이었을까? 그런데 그 둘 사이에 무슨 차이점이 있기는 한 것일까?

그는 그런 식으로 감정의 수레바퀴를 계속 돌려 가며 완전히 정신을 잃을 때까지 술을 마셔 댔다.

그러는 동안 하나의 종의 최후가 바로 그의 눈앞에서 펼쳐지고 있었다. 계, 문, 강, 목, 과, 속, 종. 그것은 다리가 몇 개인가? 호모 사피엔스 사피엔스가 북극곰, 흰돌고래, 야생 당나귀, 굴파기 올빼미, 그 길고 긴 목록에 동참하게 되는 것이다. 오, 고득점입니다, 대가님.

때때로 그는 음향을 꺼 놓고 단어를 중얼거렸다. 다육 다즙 조직의. 형태론. 반소경의. 사절판의. 곤충 배설물. 그러고 나면 마음이 차분하게 가라앉았다.

사이트와 티브이 채널이 하나씩 사라져 갔다. 몇몇 앵커들과 골수 뉴스 진행자들은 자신의 죽음을 녹화하기 위해 카메라를 설치해 놓았다. 비명 소리, 녹아 내리는 피부, 파열되는 눈알, 그 외의 모든 것을. 얼마나 연극적인가. 지미는 생각했다. 티브이에 나오기 위해 사람들이 하지 못할 일은 없는 것이다.

"넌 정말 냉소적인 놈이로구나."

지미는 스스로에게 말했다. 그러고는 흐느끼기 시작했다.

"제기랄, 그렇게 감상적으로 굴지 마."

크레이크는 그에게 이렇게 말하곤 했다. 하지만 왜 안 되는

가? 왜 감상적으로 행동해서는 안 되는가? 누군가가 그의 취향을 검사하러 다니는 것도 아니지 않은가?

가끔 지미는 자살을 생각하기도 했다.(의무적으로 그렇게 해야만 할 것 같았다.) 그러나 그럴 힘이 없었다. 어찌 되었건 간에 자신을 죽이는 일은 나이티나이트닷컴에서처럼 관중을 위해서 하는 행위인 것이다. 지금 그리고 현재라는 상황을 두고 보았을 때 그것은 품격이 결여된 행동이었다. 그는 크레이크의 즐거움 어린 멸시와 오릭스의 실망을 상상할 수 있었다. 하지만 지미! 왜 포기해? 너는 해야 할 일이 있어! 약속했잖아, 기억해?

어쩌면 그는 자기 자신의 절망을 심각하게 받아들일 수 없었던 것인지도 모른다.

결국 옛 디브이디 영화 말고는 볼거리가 모두 사라져 버렸다. 지미는 「키 라르고」에서 험프리 보가트와 에드워드 로빈슨을 보았다. 그는 더 많은 것을 원해, 그렇죠, 로코? 그래, 그거야, 더 많은 것! 바로 그거야, 나는 더 많은 것을 원해. 당신이 충분하다고 여길 때가 과연 올까요? 아니면 앨프리드 히치콕의 「새」를 보았다. 펄럭펄럭펄럭, 이이크, 비명 소리. 슈퍼스타 새들이 지붕에 매여 있는 곳에 줄이 연결되어 있는 것이 보였다. 아니면 「살아 있는 죽은 자들의 밤」을 보았다. 비틀, 아아악, 갉작갉작, 꿀꺽, 꾸르륵. 그러한 약간의 망상증은 그에게 위로가 되었다.

그런 다음 디브이디를 끄고 텅 빈 화면 앞에 앉아 있었다. 어둑어둑한 가운데 그가 이제껏 알아 왔던 모든 여자가 그의 눈앞을 지나가곤 했다. 심홍색 실내복을 입고 있는 다시 젊어진 모습의 어머니 역시. 오릭스는 하얀 꽃을 들고 맨 마지막에 등장했다. 그녀는 그를 바라보다가 천천히 그의 시야를 벗어나 크레이크가 기다리는 어둠 속으로 걸어 들어갔다.

그런 몽상은 쾌락에 가까웠다. 적어도 몽상이 진행되는 동안에는 모든 이가 살아 있었다.

지미는 그런 상태가 오래 지속될 수 없다는 것을 알고 있었다. 파라디스 중심부에서는 크레이커들이 나뭇잎과 풀을 그것들이 자라나는 것보다 더 빠른 속도로 먹어 치우고 있었다. 그리고 곧 태양열 체계가 고장 나고 예비 에너지마저 동이 나게 될 터였다. 지미는 그런 것들을 어떻게 고쳐야 하는지 전혀 알지 못했다. 그 뒤에는 공기 순환이 멈추고 문 자물쇠도 동결되어 버릴 것이다. 그렇게 되면 그와 크레이커들 모두 실내에 갇혀 질식사하게 될 것이다. 아직 시간이 있을 때 그들을 밖으로 데리고 나가야 했다. 그러나 너무 때가 이르거나 혹은 필사적인 사람들이 아직 밖에 있는 한 그렇게 할 수 없었다. 필사적이라는 것은 위험할 수도 있음을 의미하는 것이었다. 그가 피하고 싶은 상황은 한 무리의 몰락해 가는 미치광이들이 무릎을 꿇고 그를 잡아당기며 이렇게 외치는 것이었다. 우리를 치료해 주세요! 치료해 주세요! 그는 바이러스에는 면역력이 있을지 몰라도(물론 크레이크가 그에게 거짓말을 하지 않았다면) 보균자들의 분노와 절망에 대해서는 면역력을 지니고 있지 않았다.

어쨌든 어떻게 그가 그곳에 서서 어떤 것도 너희를 구해 줄 수 없다라고 말할 수 있겠는가?

어스름과 축축함 속에서 눈사람은 이 공간 저 공간을 오간다. 이곳은 그의 사무실이다. 그의 컴퓨터는 책상 위에 앉아서 마치 파티에서 우연히 마주친 버림받은 여자 친구처럼 그를 무표정하게 마주 보고 있다. 컴퓨터 옆에는 그가 마지막으로 사용했던 종이 몇 장이 놓여 있다. 그가 마지막으로 사용한 것이 될 종이가. 그는 호기심에 이끌려 종이를 집어 든다. 한때 그 자신이었던 지미라는 사람이 더 이상 존재하지 않는 세계를 교화하기 위해 전달하려 했던, 아니 적어도 기록하려 했던(손자국을 내가며 검은색 펜으로 썼던) 그것이 도대체 무엇인가?

관계자분께. 지미는 프린터를 사용하지 않고 볼펜으로 썼다. 그때 그의 컴퓨터는 이미 고장 난 상태였다. 그는 열심히 손으로 계속 썼다. 그때까지도 희망을 갖고 있었음에 틀림없다. 상황이 바뀔 수 있을 거라고, 앞으로 누군가, 권력을 가진 누군가가 나타날 거라고 여전히 믿고 있었다. 그리고 그때가 되면 자신이 쓴 것이 의미를, 맥락을 갖게 될 거라고. 크레이크가 언젠가 말했듯이 지미는 낭만적 낙관주의자였던 것이다.

저는 시간이 별로 없습니다. 지미는 썼다.

서두로는 그다지 나쁘지 않았군. 눈사람은 생각한다.

저는 시간이 별로 없습니다. 그러나 최근에 일어난 특이한 사건 대재난에 대한 설명이 될 만한 것이라고 제가 믿는 바를 적어 보겠습니다. 저는 이곳에서 크레이크라고 알려진 사람의 컴퓨터를 점검해 보았습니다. 그가 그것을 켜 놓았습니다. 일부러 그렇게 한 것이라고 저는 생각합니다. 그리고 저는 주브 바이러스가 이곳 파라디스 돔에서 크레이크가 직접 고른 그리고 이후에 제거해 버린 유전자 조작물로 만들어진 것이며 그 뒤에 환희이상 제품에 삽입되었다는 사실을 보고 드릴 수 있습니다. 더 많은 보급을 위해 계시 노출 요소가 설정되어 있었습니다. 첫 번째 분량의 바이러스는 모든 선택된 지역에 살포될 때까지 활성화되지 않았습니다. 그런 이유로 해서 질병이 일련의 신속하고도 중복된 파도의 형태로 돌발적으로 나타난 것입니다. 그 계획이 성공을 거두는 데는 시간이 핵심적 요소였습니다. 사회적 혼란은 최대화되었고 백신의 개발은 효과적으로 방지되었습니다. 크레이크 자신은 바이러스와 백신을 함께 개발했지만 자신의 원조 자살 죽음에 앞서 백신을 제거해 버렸습니다.

비록 환희이상 프로젝트의 다양한 직원들이 성과급 작업식으로 주브 바이러스를 만드는 데 공헌했지만, 크레이크를 제외하면 어느 누구도 그것의 효과가 어떤 것이 될지 몰랐으리라는 것이 제 확신입니다. 크레이크의 동기에 대해서는 그저 추리할 수밖에 없습니다. 아마도…….

여기서 글은 끝난다. 크레이크의 동기에 대한 지미의 추리가 무엇이었든 간에 그것은 기록되지 않은 것이다.

눈사람은 종이를 구겨서 바닥에 떨어뜨린다. 딱정벌레들에게 먹혀 버리는 것이 이런 글의 운명이다. 지미는 크레이크의 냉장고 부착용 자석 문구에 대해 언급할 수도 있었을 것이다. 냉장고 자석을 보면 한 사람에 대해 많은 판단을 할 수 있는 법이다. 하지만 그 당시 지미는 그것에 대해 별다른 생각을 하지 않았다.

잔존자

3월의 두 번째 금요일(그는 달력에서 날짜들을 지워 가고 있었다. 왜 그랬는지는 아무도 모를 일이다.)에 지미는 크레이커들에게 자신의 모습을 처음으로 드러냈다. 옷은 벗지 않았다. 그는 그것에 대해 확실히 선을 그었다. 그는 회춘의 열대기후용 카키색 정복 한 벌을 입었다. 겨드랑이 쪽은 그물 처리가 되어 있고 천 개쯤 되는 호주머니가 달려 있었다. 그리고 그가 가장 좋아하는 모조 가죽 샌들을 신었다. 크레이커들은 그의 주변에 모여들어 경이로운 눈빛으로 조용히 그를 바라보았다. 직물을 본 적이 한 번도 없었던 것이다. 크레이크의 아이들은 속삭이며 손가락질을 했다.

"당신은 누구세요?"

크레이크가 에이브러햄 링컨이라고 명명한 사람이 물었다. 키 크고 갈색 피부에 마른 듯한 남자. 무례한 말투는 아니었다.

다른 평범한 남자가 그렇게 물었더라면 그 말투가 무뚝뚝하다거나 공격적이라고까지 느껴졌을 테지만, 그들은 기교 어린 언어를 사용하지 않았던 것이다. 그들은 둘러대기, 완곡어법, 겉치레 찬사 같은 것을 한 번도 배운 적이 없었다. 언어 사용에서 그들은 평이하고 단도직입적이었다.

"내 이름은 눈사람이다."

지미가 말했다. 그는 이것에 대해 거듭 생각해 왔다. 더 이상 지미 혹은 짐이라는 이름으로 불리고 싶지 않았고 티크니는 더더욱 싫었다. 티크니로서의 변신은 그다지 만족스럽지 못했다. 그는 과거를 잊어야 했다. 먼 과거, 가까운 과거, 모든 형태의 과거를. 그는 현재에만 존재해야 했다. 아무런 죄책감도, 기대감도 없이. 크레이커들이 그렇듯이. 아마도 다른 이름이라면 그것을 가능하게 해 줄 것 같았다.

"당신은 어디서 왔나요, 오, 눈사람?"

"나는 오릭스와 크레이크가 있는 곳에서 왔다. 크레이크가 나를 보낸 것이다."

눈사람이 말했다. 어떤 의미에서는 맞는 말이다.

"그리고 오릭스 역시."

그는 문장 구조는 간단하게, 메시지는 명확하게 했다. 거울벽 너머로 오릭스가 하는 것을 보고 배웠다. 그리고 그녀가 말하는 것을 듣고.

"오릭스는 어디로 갔나요?"

"그녀는 해야 할 일이 있어."

눈사람이 말했다. 그것이 그가 생각해 낼 수 있는 전부였다. 그녀의 이름을 말하는 것만으로도 목이 메어 왔다.

"크레이크와 오릭스가 왜 당신을 우리에게 보냈나요?"

퀴리 부인이라고 불리는 여자가 물었다.

"너희를 새로운 장소로 데려가기 위해서지."

"하지만 이곳이 우리가 사는 곳인걸요. 우리는 지금 우리가 있는 곳에 만족해요."

"오릭스와 크레이크는 너희가 이곳보다 더 좋은 곳에 살기를 바라고 있어. 먹을 것이 더 많은 곳에."

그들은 고개를 끄덕이며 미소를 지었다. 그들이 잘 알고 있듯이 오릭스와 크레이크는 그들이 잘되기를 바라는 것이다. 그것만으로도 그들에게는 충분한 것 같았다.

"당신의 피부는 왜 그렇게 느슨한 거죠?"

아이들 중 하나가 물었다.

"나는 너희와는 다른 방식으로 만들어졌어."

눈사람이 말했다. 그는 그들과의 대화가 게임처럼 재미있다고 느껴지기 시작했다. 이들은 백지와 같았고, 그는 자신이 원하는 것은 무엇이든 이들에게 새겨 넣을 수 있었다.

"크레이크는 나를 두 종류의 피부로 만들었어. 그중 하나는 벗겨 낼 수 있는 거지."

그는 그들에게 보여 주기 위해 열대기후용 조끼를 벗었다. 그들은 그의 가슴에 난 털을 흥미롭게 쳐다보았다.

"이건 뭐예요?"

"깃털이야. 작은 깃털들. 오릭스가 특별한 선물로 내게 주었지. 알겠니? 더 많은 깃털들이 내 얼굴에서 자라고 있어."

그는 아이들이 짤막한 수염을 만지도록 내버려 두었다. 최근 들어 면도할 필요성을 느끼지 못했기 때문에 면도를 게을리 하고 있었다. 그래서 수염이 조금씩 돋아 있었다.

"그렇군요. 알겠어요. 그런데 깃털이 뭐죠?"

아, 그렇지. 그들은 깃털을 본 적이 없는 것이다.

"오릭스의 아이들 일부는 깃털을 가지고 있어. 그런 것들을 새라고 하지. 우리는 그것들이 있는 곳으로 갈 거야. 그러면 너희도 깃털이 무엇인지 알게 되겠지."

눈사람은 자신의 능란함에 감탄했다. 그는 가벼운 발동작과 손놀림으로 진실 주위에서 우아하게 춤추고 있었던 것이다. 하지만 그것은 지나칠 정도로 쉬웠다. 그들은 아무런 의문 없이 그가 하는 모든 말을 받아들였던 것이다. 그렇게 계속된다면(몇 날이고 몇 주고) 지루함에 고함을 지르는 자신의 모습을 눈에 볼 수 있을 듯했다. 그는 생각했다. 저들을 뒤에 내버려 둘 수도 있어. 그냥 내버려 두는 거지. 저들이 스스로를 방어하게 하는 거야. 내 알 바 아니잖아.

그러나 그는 그렇게 할 수 없었다. 비록 크레이커들은 그와 상관 없는 존재였지만 이제는 그가 그들을 책임지고 있는 것이다. 그들에게 그 말고 누가 있단 말인가?

따지고 보면 그 역시 그들 말고 누가 있겠는가?

눈사람은 경로를 미리 계획했다. 크레이크의 저장실에는 지도가 잘 구비되어 있었다. 그는 자신도 한 번도 가 보지 않은 해안으로 크레이크의 아이들을 데려갈 것이다. 그것은 기대할 만한 일이었다. 드디어 바다를 보게 되는 것이다. 그는 어릴 적 어른들이 해 준 이야기에서처럼 해안을 걸어 다닐 것이다. 수영까지 하게 될지도 모른다. 그렇게 나쁘지는 않을 것이다.

크레이커들은 지도에 초록색으로 칠해져 있고 나무 기호로 표시된 수목원 가까이 있는 공원에서 살 수 있을 것이다. 그곳은 그들에게 편안한 안식처가 될 것이며 분명 먹을 수 있는 잎사귀가 많을 것이다. 그가 먹을 물고기도 분명히 있을 것이다. 그는 몇 가지 필수품을 챙긴 다음(너무 많지 않게, 너무 무겁지 않은 것으로. 결국은 그가 그것을 모두 지고 가야 했던 것이다.) 분무 총에 가상 총알을 가득 채웠다.

떠나기 전날 밤 그는 연설을 했다. 그들의 새롭고 더 나은 보금자리로 향할 때 남자 둘과 함께 앞장서서 걷겠다고 말했다. 그는 가장 키가 큰 사람을 뽑았다. 그들 뒤로 여자들과 아이들이 따라올 것이고 양 가장자리로는 남자들이 한 줄로 서서 따르게 될 것이다. 그리고 나머지 남자들이 뒤따라오게 될 것이다. 크레이크가 그것이 적절한 방법이라고 말했기 때문에 그들은 그렇게 해야 한다.(만일의 위험에 대한 언급은 피하는 것이 최상책이었다. 그것을 말하려면 지나치게 많은 설명이 필요했다.) 만일 움직이는 것을 발견하면 무엇이든, 어떤 형태의 것이든 그에게 즉시 알려야 한다. 크레이커들이 보게 될 어떤 것들은 아주 기이할 수도 있다. 그러나 놀라서는 안 된다. 그에게 제때에 알려 주기만 한다면 그런 것들은 그들에게 해를 입히지 못할 것이다.

"왜 그들이 우리를 해친다는 거죠?"

서저너 트루스가 물었다.

"실수로 너희를 해칠 수 있어. 너희가 넘어질 때 땅이 너희를 다치게 하듯이."

눈사람이 말했다.

"하지만 우리를 다치게 하는 것은 땅이 원하는 바가 아니에요."

"오릭스는 땅이 우리의 친구라고 말했어요."

"그것은 우리에게 먹을 것을 길러내 줘요."

"그래, 그렇지만 크레이크는 땅을 단단하게 만들었어. 그렇지 않았다면 우리가 그 위를 걸을 수 없었을 거야."

눈사람이 말했다.

그들이 그것을 이해하는 데는 1분 정도의 시간이 소요되었다. 그런 다음 많은 이들이 고개를 끄덕거렸다. 눈사람은 머리가 핑 도는 것 같았다. 자신이 이제 막 내뱉은 말의 비논리성에 머리가 어지러웠다. 그렇지만 계략은 잘 맞아떨어졌다.

새벽빛이 비칠 때 그는 마지막으로 문의 비밀번호를 누르고 거품 모양 돔을 열었다. 그리고 크레이커들을 파라디스 밖으로 이끌고 나갔다. 그들은 크레이크의 유해가 땅 위에 널브러져 있는 것을 보았다. 하지만 크레이크가 살아 있을 때 그를 본 적이 한 번도 없었기 때문에 그것이 전혀 중요하지 않다는 것, 일종의 껍질, 일종의 깍지에 지나지 않는 것이라는 눈사람의 말을 순순히 믿었다. 자신들의 창조자가 현재 어떤 모습에 처해 있는지 목격했다면 큰 충격을 받았을 것이다.

오릭스는 얼굴을 아래로 향하고 있고 몸은 실크에 싸여 있었다. 그들은 그녀를 전혀 알아보지 못했다.

돔을 둘러싸고 있는 나무들은 싱싱한 푸른색이었다. 모든 것이 오염되지 않은 원시 상태처럼 보였다. 그러나 그들이 되젊음 조합 영역에 도착하자 파괴와 죽음의 증거가 온 사방에 널려 있었다. 뒤집힌 골프 카트, 물에 젖어 읽을 수 없게 된 인쇄물, 부품이 다 해체된 컴퓨터. 돌 무더기, 나부끼는 천, 반쯤 뜯어먹힌 사체. 고장 난 장난감. 독수리들은 아직도 자신들의 일에 열중하고 있었다.

"저, 눈사람, 저게 뭐죠?"

저건 죽은 몸이야, 어떻게 생각해?

"저건 혼돈의 일부야. 크레이크와 오릭스는 너희를 위해서 혼돈을 제거하는 중이야. 너희를 사랑하니까. 그런데 아직까지 일을 다 끝내지 못한 거야."

눈사람이 말했다. 그들은 이 대답에 만족하는 듯했다.

“혼돈은 냄새가 무척 나쁘네요.”

나이가 많은 아이들 중 하나가 말했다.

“그래, 혼돈은 언제나 나쁜 냄새를 풍기지.”

미소를 지으려고 애쓰며 눈사람이 말했다.

조합 정문에서 다섯 구획 떨어진 곳의 옆길에서 한 남자가 비틀거리며 그들을 향해 걸어오고 있었다. 그는 질병의 마지막 두 단계에 접어든 사람이었다. 핏방울이 땀처럼 그의 이마에 맺혀 있었다.

“나를 데려가 주세요!”

남자가 외쳤다. 무슨 말인지 알아듣기 힘들었다. 분노한 짐승 소리처럼 들렸다.

“거기 그대로 서 있어.”

눈사람이 소리쳤다

크레이커들은 놀란 채로 응시하며 서 있었다. 그러나 겉으로 보아서는 겁에 질리지는 않은 듯한 기색이었다. 남자는 비틀거리며 쓰러졌다. 눈사람은 남자를 쏘았다. 그는 전염이 걱정되었다. 크레이커들이 이 병에 걸릴 수도 있는지, 아니면 그들의 유전적 요소는 완전히 다른 것인지? 분명 크레이크는 그들에게 면역 기능을 부여했을 것이다. 그렇지 않겠는가?

그들이 외벽에 도착했을 때 또 한 사람이 접근했다. 이번에는 여자였다. 그녀는 검문소 관리실에서 갑자기 비틀거리며 나오더니 흐느껴 울면서 한 아이를 붙잡았다.

"도와주세요! 나를 여기 놓아 두지 마세요!"

여자가 애원했다. 눈사람은 그 여자도 쏘았다.

두 사건이 일어나는 동안 크레이커들은 놀란 표정으로 지켜보고 있었다. 그들은 눈사람이 들고 있는 작은 막대기가 내는 소음과 사람들이 쓰러지는 것을 연관 짓지 못했다.

"저건 왜 쓰러지는 거지요, 오 눈사람? 저건 남자인가요, 여자인가요? 저것도 당신처럼 여분의 피부를 가지고 있네요."

"저건 아무것도 아니야. 그저 크레이크가 꾸고 있는 한 편의 악몽에 불과해."

그들이 꿈에 대해 이해하고 있다는 사실을 눈사람은 알고 있었다. 그들 역시 꿈을 꾸었던 것이다. 크레이크는 꿈을 제거할 수 없었다. 우리는 꿈에 단단히 연결되어 있어. 그는 말하곤 했다. 그는 노래 부르는 것 또한 제거할 수 없었다. 우리는 노래에 단단히 연결되어 있지. 노래와 꿈은 서로 얽혀 있었다.

"왜 크레이크는 이런 악몽을 꾸는 건가요?"

"그가 그 꿈을 꿈으로써 너희가 다시 꾸지 않아도 되도록."

눈사람이 말했다.

"그가 우리 대신 고통받다니 슬픈 일이에요."

"우리는 정말 미안함을 느껴요. 그에게 감사해요."

"악몽은 곧 끝나게 되나요?"

"그래, 이제 곧."

미쳐 날뛰는 개 같은 여자를 만난 마지막 사건은 그야말로 위기일발이었다. 이제 눈사람의 손이 떨리고 있었다. 그는 술을 마시고 싶었다.

"크레이크가 잠에서 깨어나면 이것도 끝나게 되나요?"

"그래, 그가 깨어나면."

"그가 아주 빨리 깨어났으면 좋겠어요."

그렇게 해서 그들은 함께 걸어서 무인지를 지나고, 가는 곳마다 풀을 뜯어먹거나 나뭇잎과 꽃을 따기 위해 이곳저곳에서 멈춰 서기도 했다. 여자들과 아이들은 손을 잡고 걸었고, 그들 중 몇몇은 수정같이 맑은 목소리로, 양치식물이 펼쳐지는 것 같은 목소리로 노래를 부르기도 했다. 그다음에는 비스듬하게 나아가는 시가 행렬 혹은 종교 분파의 행렬처럼 평민촌 거리를 구불구불 돌아서 통과했다. 오후 폭풍우가 불어오는 동안에는 몸을 피했다. 문과 창문이 제 구실을 전혀 할 수 없게 되어서 대피할 곳을 찾는 것이 쉽지 않았다. 그 뒤에 상쾌해진 공기를 마시며 그들은 계속 길을 나아갔다.

그들이 가는 길에 서 있는 일부 건물에서는 아직도 연기가 피어오르고 있었다. 많은 질문이 쏟아졌고, 많은 설명을 해야 했다. 저 연기는 뭔가요? 그건 크레이크가 가지고 있는 거야. 왜 저 아이는 눈이 없어진 채 누워 있나요? 그건 크레이크의 뜻이었어 등등.

눈사람은 되는대로 지어냈다. 그는 자신이 얼마나 걸맞지 않은 목자인지 알고 있었다. 그들을 안심시키기 위해 그는 위엄 있고 신뢰할 만하고 현명하고 친절해 보이기 위해 최선을 다했다. 평생 동안 저지른 부정직함이 그에게 도움이 되었다.

마침내 그들은 공원 가장자리에 도착했다. 그때까지 눈사람은 죽어 가는 사람 단 둘만을 쏘았을 뿐이다. 그들에게 호의를 베풀어 준 것이었기 때문에 심한 죄책감을 느끼지는 않았다. 그는 다른 일들에 대해 더 큰 죄책감을 느꼈다.

밤늦게야 그들은 드디어 해안에 도착했다. 나무 잎사귀들이 바스락거리고, 물결은 부드럽게 너울거리고, 지는 해는 물결 위에 분홍색과 붉은색으로 반사되고 있었다. 모래는 흰빛이었고, 앞바다에 서 있는 탑에는 새들이 가득 모여 있었다.

"이곳은 정말 아름다워요."

"아, 보세요! 저게 깃털인가요?"

"이 장소의 이름은 뭐죠?"

"이곳은 '집'이란다."

눈사람이 말했다.

(14)

우상

눈사람은 저장실을 샅샅이 뒤져 들고 갈 만한 것들을 꾸린다. 말린 것이나 남은 통조림 음식, 손전등과 건전지, 지도와 성냥과 초, 탄약 다발, 도관용 테이프, 물 두 병, 진통제 알약, 항생제 겔, 자외선 차단 셔츠 두 장, 그리고 가위 달린 작은 칼 하나. 물론 분무 총도. 그는 막대기를 집어 들고 공기 잠금 장치 출입구를 통해 밖으로 나간다. 크레이크의 시선, 크레이크의 미소를 외면하면서. 그리고 비단 수의에 싸인 오릭스를 외면하면서.

오, 지미. 그건 내가 아니야!

새들의 노래가 시작된다. 이른 새벽의 빛은 깃털 같은 잿빛을 띠고 있고 대기는 안개에 싸여 있다. 거미줄에 이슬이 진주처럼 맺혀 있다. 만일 그가 어린아이였다면 태곳적의 마술과도 같은 이 광경이 신선하고 새롭게 느껴졌을 것이다. 그러나 현재의 그는 이것이 환상에 불과하다는 것을 알고 있다. 일단 해가 뜨고 나면 모든 것이 사라져 버릴 것이다. 그는 지면을 반쯤 가로지르다가 멈춰 서서 숲 사이에 잃어버린 풍선처럼 부풀어 올라 있는 파라디스를 마지막으로 다시 한 번 바라본다.

눈사람은 조합의 지도를 갖고 있다. 이미 그것을 연구해서 자신의 경로를 결정했다. 그는 주요 도로를 가로질러 골프장으로 간 다음 골프장을 무사히 건너간다. 꾸러미와 총이 벌써 무겁게 느껴지기 시작한다. 그는 멈춰 서서 물을 마신다. 이제 해가 솟아올랐고 독수리들이 날아오른다. 독수리들이 그를 발견했다. 그들은 그의 절뚝거리는 발걸음을 알아채고 그를 지켜볼 것이다.

그는 주거 지역으로 간 다음 학교 운동장을 가로지른다. 외벽에 닿기 전에 돼지구리 한 마리를 쏘아야 했다. 놈은 그냥 노려보고만 있었지만 그는 척후병이라고 확신했다. 살려 두었다면 다른 놈들에게 알려 주었을 것이다. 옆문에서 그는 잠시 멈춘다. 이곳에는 망루가 있고 방벽으로 올라가는 길도 있다. 그는 위로 올라가서 자신이 보았던 연기를 확인하고 싶은 생각이 든다. 그러나 검문소 관리실로 가는 문이 잠겨 있어서 그냥 나간다.

해자에는 아무것도 없다.

그는 무인지를 지나간다. 이곳은 위태로운 길이다. 그는 곁눈질로 털이 북슬북슬한 어떤 것이 움직이는지 주시하고, 잡초 더미가 형태를 바꾸지는 않을까 걱정한다. 마침내 그는 평민촌에 다다른다. 매복 공격에 대비하면서 좁은 길을 지나간다. 그러나 그를 뒤쫓는 것은 아무것도 없다. 오직 독수리들이 그가 밥이 되기를 기다리며 머리 위에서 선회하고 있을 뿐이다.

정오가 되기 한 시간 전, 그는 나무 위에 올라가 잎사귀 그늘 아래 몸을 숨긴다. 그곳에서 그는 대두오대두 비엔나소시지 통조림을 먹고 물 한 병을 마신다. 일단 걸음을 멈추자 발의 아픔이 심해진다. 주기적으로 통증이 찾아오고 마치 작은 신발을 껴 신은 것처럼 뜨겁고 빽빽하게 느껴진다. 그는 절상 부위에 항생제 겔을 바르지만 그다지 큰 기대는 하지 않는다. 그를 침범한 병원균이 필시 저항 작용을 개시해 부글거리면서 그의 육체를 곤죽으로 만들고 있을 것이다.

수목 위에서 지평선을 살펴보지만 연기처럼 보이는 것은 발견되지 않는다. 수목, 좋은 단어다. 수목 생활을 했던 우리 조상들은 나뭇가지 사이에 자리를 잡은 채 적들에게 똥을 싸곤 했어. 모든 비행기와 로켓과 폭탄은 이러한 영장류의 본능을 복잡하게 확장시킨 것에 불과하지. 크레이크는 이렇게 말하곤 했다.

만일 내가 여기서, 이 나무 위에서 죽으면 어떻게 될 것인가? 눈사람은 생각한다. 내가 그런 죽음을 맞는 것이 마땅한가? 왜? 누가 나를 찾아낼 수 있겠는가? 찾아낸다 한들 무엇을 하겠는가? 아, 여기 봐, 또 죽은 사람이야. 빌어먹게 대단한 일이군. 흙처럼 흔해 빠진 거지. 그래, 하지만 이 사람은 나무 위에 있잖아. 그래서, 누가 상관한대?

"나는 그냥 죽은 사람이 아니야!"

그는 큰 소리로 말한다.

물론 아니죠! 우리 모두는 독특한 존재들이에요! 그리고 죽은 사람들은 모두 자신들만의 특별한 방식으로 죽죠! 자, 누가 우리만의 특별한 단어를 사용해서 죽는 것에 대해 이야기해 볼까요? 지미, 넌 몹시 이야기하고 싶어 하는 것 같구나. 너부터 시작해 보면 어떨까?

오, 고통. 이것이 연옥인가, 만일 연옥이라면 왜 초등학교 1학년 때와 이리도 비슷한 것인가?

두어 시간 동안 불안정한 휴식을 취한 뒤 눈사람은 계속 걷다가 오후의 폭풍우를 피해 평민촌 콘도의 잔여물 속에 숨는다. 죽은 사람이고 산 사람이고 간에 그 안에는 아무도 없다. 그러고 나서 그는 조금씩 속도를 내면서 다리를 절며 계속 걷는다. 남쪽으로, 이내 동쪽으로 길을 바꿔 가며 해안을 향해 나아간다.

'눈사람 물고기 길'에 다다르자 안도감이 몰려온다. 눈사람은 자신의 나무가 있는 왼쪽으로 접어드는 대신 마을을 향해 비틀거리며 걸어간다. 피곤해서 잠을 자고 싶지만 크레이커들을 안심시켜야 한다. 자신이 안전하게 돌아왔다는 것을 보여 주고 왜 그렇게 오래 떨어져 있었는지 설명하고 크레이크한테 받은 메시지를 전달해야 하는 것이다.

그것에 대해서는 약간의 거짓말을 지어내야 한다. 크레이크는 어떻게 생겼나요? 나는 그를 볼 수 없었어. 그는 덤불 속에 있었어. 불타는 덤불, 그렇게 말하지 못할 이유가 없지 않은가? 얼굴의 특징에 대해서는 얼버무리는 것이 최선이다. 하지만 그가 몇 가지 명령을 내렸다. 나는 일주일에 물고기 두 마리(아니, 세 마리로 하자.)와 나무뿌리와 열매를 받아야 한다. 아마 해초도 덧붙이는 것이 좋을 것이다. 그들은 어떤 종류가 유익한지 알고 있을 것이다. 그리고 게(참게가 아닌 다른 종류의 게) 역시. 그는 그들에게 게를 쪄 오라고 명령할 것이다. 한 번에 열두 마리씩. 물론 그 정도는 지나친 요구가 아닐 것이다.

크레이커들을 보고 난 뒤에는 새로운 식량을 챙겨 넣고 그 일부를 먹을 것이다. 그리고 나서 자신의 편안한 나무에서 눈을 붙일 것이다. 그러면 기운이 날 것이고 머리도 잘 돌아가게 될 것이다. 그리고 다음에 무엇을 해야 할지 생각할 수 있을 것이다.

다음의 무엇에 대해 뭘 생각하겠단 말인가? 너무 어려운 질문이다. 하지만 주위에 다른 사람들이, 그 자신과 같은 사람들(연기를 피울 줄 아는 사람들)이 있다고 가정해 보라. 그는 그들을 맞이하기 위해 어느 정도 반듯한 꼴을 갖추고 싶어질 것이다. 그는 몸을 씻고(이번 한 번만은 각오하고 목욕물 안에도 들어갈 것이다.) 이번에 가져온 깨끗한 자외선 차단 셔츠를 입고 아마도 칼에 부착된 작은 가위로 수염을 잘라 낼 것이다.

제기랄, 손거울을 가져오는 것을 잊어버렸다. 시원찮은 놈!

마을 가까이 다가감에 따라 들어보지 못한 소리(높고 낮은 목소리, 남녀의 목소리가 한데 뒤섞인 괴이한 중얼거림)가 들려온다. 두 음조로 이루어진 조화로운 소리다. 노랫소리라기보다는 읊조리는 소리처럼 들린다. 그런 다음 쨍 하는 소리, 핑 하는 소리, 쿵 하는 소리. 저들이 뭘 하고 있단 말인가? 그것이 무엇이든 그들은 그와 같은 짓을 한 적이 한 번도 없었다.

여기 경계선이 있다. 냄새는 나지만 보이지는 않는 오줌으로 된, 날마다 남자들이 새롭게 만드는 화학 성분의 벽. 눈사람은 그 선을 넘어서 조심스럽게 앞으로 나아가 관목 뒤에서 찬찬히 들여다본다. 여기 그들이 있다. 그는 재빨리 머릿수를 세어 본다. 어린이들 대다수, 어른 다섯 명을 제외한 나머지 어른들이 모두 있다. 그 다섯 명은 아마도 숲 속에서 짝짓기를 하고 있을 것이다. 그들은 괴상하게 생긴 형상, 허수아비 같은 인형 주변에 반원을 그리며 앉아 있다. 그들의 관심은 온통 인형에 집중되어 있다. 눈사람이 관목 뒤에서 다리를 절며 걸어 나오는데도 그들은 처음에는 그를 발견하지 못한다.

오오오. 여자들이 노래한다.

문. 남자들이 읊조린다.

저게 아멘인가? 그럴 리 없다! 크레이크가 그렇게 주의를 주었는데, 저들을 저런 유의 모든 타락으로부터 순수하게 지켜야 한다고 그렇게 주장했는데 저런 일이 일어날 수는 없다. 그리고 그들은 그 단어를 눈사람한테 배우지도 않았다. 저것은 일어날 수 없는 일이다.

짹. 핑핑핑핑. 쿵. 오오오, 문.

이제 타악기 무리가 보인다. 악기는 타이어의 휠 캡과 금속 막대 (그것이 짹 하는 소리를 낸 것이었다.) 그리고 나뭇가지에 매달린 일련의 빈 병들과 그것을 치는 커다란 숟가락이다. 쿵 소리는 기름 드럼통을 부엌용 나무 망치로 쳐서 낸 소리였다. 저런 물건들을 어디서 구한 것일까? 필시 해변에서 주워 왔을 것이다. 그는 마치 오래전에 탁아소에서 보았던 리듬 밴드를 초록색의 큰 눈을 가진 아이들이 재현하고 있는 것을 바라보는 듯한 착각에 빠진다.

저것은 무엇인가. 조상 혹은 허수아비, 아니면 어떤 무엇? 그것은 머리와 누더기 천으로 된 몸을 가지고 있다. 얼굴같이 보이는 것도 있다. 조약돌 하나로 된 눈, 검은색의 외눈, 아마 단지 뚜껑인 것 같다. 턱 부위에는 낡은 걸레쪽이 붙어 있다.

이제 그들이 그를 발견했다. 그들은 허둥지둥 일어나더니 달려와 그를 맞이하며 둘러싼다. 모두가 행복하게 미소 짓고 있다. 아이들은 웃으며 깡충깡충 뛴다. 일부 여자들은 흥분해서 박수를 치고 있다. 그것은 그들이 평상시에 보여 주는 것보다 더 흥분된 반응이다.

"오, 눈사람! 오, 눈사람! 우리에게 돌아왔군요!"

그들은 손가락 끝으로 그를 부드럽게 만진다.

"우리가 당신을 부를 수 있다는 걸 알았어요. 당신이 우리 목소리를 듣고 돌아오리라는 것도요."

아멘이 아니었던 것이다. 오, 눈사람이었다.

"우리가 당신의 상을 만들었어요. 우리 목소리를 보다 쉽게 당신에게 전달하기 위해서요."

예술을 경계해야 해. 그들이 예술 행위를 하기 시작하는 순간부터 문제가 생기는 거야. 크레이크는 이렇게 말하곤 했다. 모든 종류의 상징적 사고는 몰락을 알리는 신호라는 것이 크레이크의 견해였다. 그다음에 그들은 우상을 만들어 낼 것이고 장례와 무덤 용품, 그리고 사후 생명, 그리고 죄, 선상 문자 비(B) 그리고 왕, 그다음에는 노예와 전쟁을 고안해 낼 것이다. 눈사람은 그들에게 묻고 싶다. 뚜껑과 걸레만을 가지고 눈사람의 복제품을 만든 것은 누구의 생각이었는가? 그러나 그 질문을 하려면 잠시 기다려야 한다.

"봐! 눈사람한테 꽃이 피었어!"

(눈사람의 새 꽃무늬 침대보를 발견한 아이들의 말이다.)

"우리도 우리한테 꽃이 피게 할 수 있나요?"

"하늘로의 여행은 힘들었나요?"

"우리도 꽃을! 우리도 꽃을!"

"크레이크가 우리에게 어떤 메시지를 보냈나요?"

"왜 내가 하늘에 다녀온 거라고 생각하지?"

눈사람은 최대한 감정을 드러내지 않으며 묻는다. 그는 자기 머릿속의 전설 파일을 클릭해 본다. 그가 언제 하늘에 대해 언급한 적이 있던가? 크레이크가 어디에서 왔는지에 대한 우화를 이야기해 준 적이 있던가? 아, 이제 기억이 난다. 그는 크레이크에게 천둥과 번개의 속성을 부여했다. 당연히 그들은 크레이크가 구름의 나라로 돌아갔다고 추측한 것이다.

"우리는 크레이크가 하늘에 산다는 사실을 알고 있어요. 그리고 회전하는 바람을 보았어요. 그것이 당신이 간 방향으로 따라갔어요."

"크레이크가 당신을 위해 보낸 거죠. 당신이 나는 것을 돕기 위해서."

"이제 당신은 하늘에 다녀왔으니까 크레이크와 거의 마찬가지예요."

그들의 말을 반박하지 않는 것이 상책이지만, 그가 날 수 있다고 그들이 믿게 내버려 둘 수는 없다. 이내 시범을 보여 달라고 할 것이다.

"회전하는 바람은 크레이크가 하늘에서 내려오기 위한 것이었어. 그가 위에서 아래로 내려오기 위해 바람을 일으킨 것이지. 그는 저 위에 머물지 않기로 결정했어. 태양이 너무 뜨거웠거든. 그러니까 나는 하늘에서 그를 만난 게 아니야."

눈사람이 말한다.

"그는 어디 있나요?"

"거품 모양 돔 안에. 우리가 떠나온 그곳 말이야. 그는 파라디스에 있어."

그것은 사실이다.

"그곳에 가서 그를 만나도록 해요. 우리는 거기로 가는 길을 알아요. 우리는 기억하고 있어요."

나이 많은 아이 하나가 말한다.

"너희는 그를 볼 수 없어. 너희는 그를 알아보지 못할 거야. 그는 풀로 변신했어."

눈사람은 약간 날카로운 목소리로 말한다.

아니, 이건 어디에서 튀어나온 생각인가? 너무 피곤해서 갈피를 못 잡고 있는 것이다.

"크레이크가 왜 음식이 되어 버린 거죠?"

에이브러햄 링컨이 묻는다.

"그건 네가 먹을 수 있는 풀이 아니야. 그건 나무와 비슷한 거야."

눈사람이 말한다.

혼란스럽다는 표정들.

"그는 당신에게 말을 하잖아요. 그가 나무라면 당신에게 어떻게 말을 하죠?"

이것은 설명하기 매우 힘들 것이다. 그는 실수를 저질렀다. 계단 맨 꼭대기에서 균형을 잃고 비틀거리는 느낌이다.

그는 사태를 장악하기 위해 안간힘을 쓴다.

"그건 입이 있는 나무야."

"나무들은 입이 없어요."

한 아이가 말한다.

"잠깐, 좀 봐. 눈사람이 발을 다쳤어."

한 여자가 말한다. 퀴리 부인인가, 사카자웨아인가? 여자들은 언제나 그의 불편함을 알아챈다. 그들은 화제를 딴 데로 돌려 그의 불편함을 덜어 주려고 노력한다.

"우리는 그를 도와야 해."

"그에게 물고기를 갖다 주자. 지금 물고기 먹고 싶어요, 눈사람? 당신을 위해 죽을 물고기를 보내 달라고 오릭스에게 부탁할게요."

"그렇게 하면 좋겠군."

그는 안도하며 말한다.

"오릭스는 당신이 건강하기를 원해요."

잠시 후 그들은 그를 땅 위에 눕히고 그를 향해 가르랑거리는 소리를 낸다. 통증이 약간 누그러진다. 그러나 그들의 힘든 노력에도 불구하고 부어오른 상처 부위는 완전히 가라앉지 않는다.

"상처가 깊은가 봐요."

"더 많이 가르랑거려야 해."

"나중에 다시 해 볼게요."

이제 그들은 익혀서 나뭇잎에 싼 물고기를 가져와 그가 먹는 모습을 즐겁게 바라본다. 그는 배가 고프지 않지만(열 때문이다.)

열심히 먹는다. 그들에게 걱정을 끼치고 싶지 않다.

아이들이 어느새 자신들이 만든 상을 부수어 구성 부분으로 해체해 버린다. 그들은 그 부품들을 해안에 도로 가져다 놓을 것이다. 오릭스가 그렇게 가르쳐 주었어요. 여자들이 말한다. 무언가를 사용하고 나면 원래 자리로 되돌려 놓을 것. 눈사람 상은 그 역할을 다했다. 이제 진짜 눈사람이 그들에게 되돌아왔고, 그렇기 때문에 또 다른, 덜 만족스러운 대체물을 가지고 있을 이유가 없는 것이다. 눈사람은 한때 자신의 수염이었던 것, 한때 자신의 머리였던 것이 분해되어 아이들 손에 들려 나가는 것을 보며 이상한 감정에 사로잡힌다. 마치 자기 자신이 해체되어 흩뿌려지는 느낌이다.

설교

"당신과 같은 이들 몇몇이 여기에 왔었어요."

눈사람이 물고기를 먹을 만큼 먹고 나자 에이브러햄 링컨이 말한다. 눈사람은 나무 몸통에 몸을 기대고 있다. 그의 발은 마치 잠든 것처럼 이제 약간만 따끔거린다. 그 역시 나른하게 졸음이 온다.

눈사람은 깜짝 놀라 깨어난다.

"나와 같은 이들?"

"다른 종류의 피부를 가진 사람들이요, 당신처럼 말이에요. 그리고 그중 한 사람은 얼굴에 깃털이 있었어요, 당신처럼요."

나폴레옹이 말한다.

"어떤 사람도 깃털을 갖고 있었지만 그렇게 길지는 않았어요."

"우리는 그들도 크레이크가 보낸 이들이라고 생각했어요, 당신처럼요.”

“여자도 한 명 있었어요.”

“그녀는 오릭스가 보낸 게 틀림없어요.”

“그녀한테서는 푸른 냄새가 났어요.”

“그녀의 여분의 피부 때문에 푸른색을 볼 수가 없었어요.”

“그녀에게 꽃을 바치면서 성기로 신호를 보냈지만 그녀는 기뻐하는 반응을 보이지 않았어요.”

“또 다른 피부를 가진 남자들도 기뻐하는 것 같지 않았어요. 그들은 화난 것처럼 보였어요.”

“우리가 인사를 하려고 다가갔는데 그들은 도망가 버렸어요.”

눈사람은 그 장면을 상상할 수 있었다. 초자연적으로 완벽하고 멋진 근육을 가진 남자들이 집단으로 다가와 그들만의 특이한 노래를 부르고 초록색 눈을 번득이며 푸른색 성기를 함께 흔들면서 강시 영화의 엑스트라들처럼 양 손을 쭉 내뻗고 있는 광경은 정말로 오싹한 장면이었을 것이다.

이제 눈사람의 가슴은 흥분 혹은 두려움 혹은 그 두 가지가 혼합된 감정으로 매우 빠르게 뛰고 있다.

“그들이 뭘 가지고 있었지?”

“한 사람은 소리 나는 막대를 갖고 있었어요, 당신 것처럼요.”

눈사람의 총은 지금 감추어져 있다. 그들은 파라디스에서 탈출할 때 보았던 것을 기억하는 것이다.

"그런데 그들은 그것으로 아무런 소리도 내지 않았어요."

크레이크의 아이들은 그 모든 것에 대해 너무 태연했다. 그것에 함축된 의미를 전혀 알아차리지 못하는 것이다. 마치 토끼에 대해 이야기하는 듯한 말투다.

"그들이 언제 왔지?"

"오, 아마 하루 전일걸요."

과거에 일어난 일을 그들을 통해 알아내려고 하는 것은 무용한 일이다. 그들은 날짜를 세지 않으니 말이다.

"그들이 어디로 갔지?"

"저쪽으로 갔어요. 해안을 따라서. 왜 그들은 우리한테서 도망가는 거죠, 오, 눈사람?"

"아마도 크레이크의 목소리를 들었을 거야. 아마 그가 그들을 부르고 있었을 거야. 그들은 팔에 빛나는 것을 갖고 있었어요, 당신처럼요. 크레이크의 목소리를 듣기 위한 그것이요."

사카자웨아가 말한다.

"내가 물어보지. 내가 가서 그들과 이야기하겠어. 내일 하도록 하지. 지금은 잠을 자러 가야겠다."

눈사람이 말한다. 그는 몸을 똑바로 일으키다가 통증으로 움찔한다. 아직도 그는 아픈 발에 몸무게를 많이 실을 수 없다.

"우리도 함께 가겠어요."

여러 명의 남자가 말한다.

"아니야. 그건 좋은 생각이 아니야."

"하지만 당신은 아직 몸이 좋지 않아요. 당신은 가르랑거리는 소리를 더 들어야 해요."

조제핀 황후가 말한다. 걱정하는 기색이다. 작은 주름이 그녀의 미간에 나타난다. 그렇게 주름살로부터 완전히 자유로운 얼굴에서 정말 보기 드문 표정이다.

눈사람은 그들의 말에 따른다. 가르랑거리는 새로운 팀(이번에는 남자 셋과 여자 하나다. 그들은 그에게 강력한 약이 필요하다고 생각한 것이다.)이 그의 발치에 웅크리고 앉는다. 그는 자신의 몸 안에서 그에 응답하는 전율을 느끼려고 애쓴다. 그러면서 그 방법이 이들에게만 효과가 있도록 고안된 것은 아닐까 궁금해한다. 이러한 의문을 품은 것은 이번이 처음이 아니다. 가르랑거리지 않는 사람들은 치료 과정을 면밀히 지켜본다. 일부는 낮은 목소리로 이야기를 나눈다. 30분 뒤에는 새로운 팀이 일을 이어받는다.

그는 그 소리를 들으며 긴장을 풀어야 한다는 것을 알지만 그럴 수가 없다. 그는 앞으로 일어날 일을 연습하고 있다. 어쩔 수 없는 일이다. 그의 마음이 바삐 움직인다. 그의 반쯤 감은 눈 뒤로 예상 가능한 상황들이 번득이고 서로 충돌한다. 아마도 모든 일이 잘될 것이다. 아마도 그 낯선 세 사람은 마음이 따뜻하고 건전하고 좋은 의도를 가지고 있을 것이다. 아마도 그는 크레이커들을 보다 적절한 견지에서 그들에게 소개할 수 있을 것이다. 한편으로 그 새로운 사람들은 크레이크의 아이들을 기묘하거나 야만적이거나 혹은 비인간적이고 그들에게 위협이 되는 존재라고 생각할 수도 있을 것이다.

옛 역사에서 비롯된 영상들이 그의 머릿속을 스쳐 지나간다. 피와장미 게임의 보조 단추, 칭기즈칸의 해골 무더기, 다하우* 에서 나온 신발과 안경 더미, 불타는 시체로 가득 채워진 르완다의 교회, 십자군의 예루살렘 약탈. 화환과 과일 선물을 들고 기쁨의 미소를 지으며 크리스토퍼 콜럼버스를 환영했지만 곧바로 학살당하거나 자신들의 아내가 강간당하는 동안 침대 밑에 묶여 있었던 아라와크 인디언들.

하지만 왜 최악의 상황을 상상하는가? 어쩌면 그들은 겁이 나서 도망가 버린 건지도, 어쩌면 다른 곳으로 옮겨 간 건지도 모르는 일이다. 어쩌면 병에 걸려 죽어 가고 있는 건지도 모른다.

혹은 아닐 수도 있다.

정찰을 하러 가기 전, 특별 임무(이제 그는 이렇게 생각한다.)를 시작하기 전, 그는 크레이커들에게 일종의 연설을 해야 한다. 일종의 설교 같은 것. 크레이크가 그들에게 남겨 놓은 몇 가지 계율을 선포해야 한다. 그런데 문제는 그들에게 계율이 필요없다는 점이다. 너는 이렇게 하지 말지어다 같은 것은 그들에게 아무런 득

---

* 뮌헨 북서쪽으로 16킬로미터 떨어진 마을. 1933년 히틀러 통치 당시에 최초로 만들어진 수용소가 있다. 원래 반체제 인사들을 감금하기 위해 만들어졌지만 얼마 뒤에 유대인과 집시까지 수용하는 곳이 되었고, 그곳에서 수십만에 달하는 사람들이 목숨을 잃었다.

이 되지 못할 테고 이해조차 하지 못할 것이다. 그런 것은 그들 안에 이미 선천적으로 부여되어 있는 것이다. 그들에게 거짓말이나 도둑질, 강간, 탐욕을 금하는 것은 아무 소용이 없을 것이다. 그들은 개념조차 파악하지 못할 것이다.

그렇지만 그는 무슨 말이든 해야 한다. 그들에게 기억할 만한 몇 가지 말을 남겨 두어야 한다. 실용적인 조언이라면 더 좋을 것이다. 그는 자신이 빨리 돌아오지 않을 수도 있다고 말해야 한다. 다른 이들, 여분의 피부와 깃털을 가진 사람들은 크레이크가 보낸 사람들이 아니라는 것을 말해 주어야 한다. 그들이 가진 소리 나는 막대를 빼앗아 바다에 던져 버려야 한다고 말해야 한다. 그는 그 사람들이 폭력적으로 행동하거나(오, 눈사람, 제발, 폭력적인 것이 뭐예요?) 혹은 여자를 강간하려 들거나(강간이 뭐죠?) 혹은 아이들에게 음란한 짓을 하려고 들면(뭐라고요?) 혹은 자신들을 위해 일하도록 강요하면…….

절망적이군, 절망적이야. 일이 뭐죠? 일이란 네가 뭔가를 건설할 때(건설하는 게 뭐죠?), 아니면 뭔가를 기를 때(기르는 게 뭐죠?) 네가 그걸 하지 않으면 사람들이 너를 때리거나 죽이기 때문에 혹은 네가 그걸 하면 그들이 돈을 지불하기 때문에 하는 행위를 가리킨단다.

돈이 뭐죠?

아니, 그는 이런 것에 대해서는 말할 수 없다. 그는 이렇게 말할 것이다. 크레이크는 너희를 내려다보고 있단다. 오릭스는 너희를 사랑해.

그는 눈을 감고 자신의 몸이 부드럽게 들리고 운반되고, 또다시 들리고, 또다시 운반되고, 누군가의 품에 안기는 것을 느낀다.

(15)

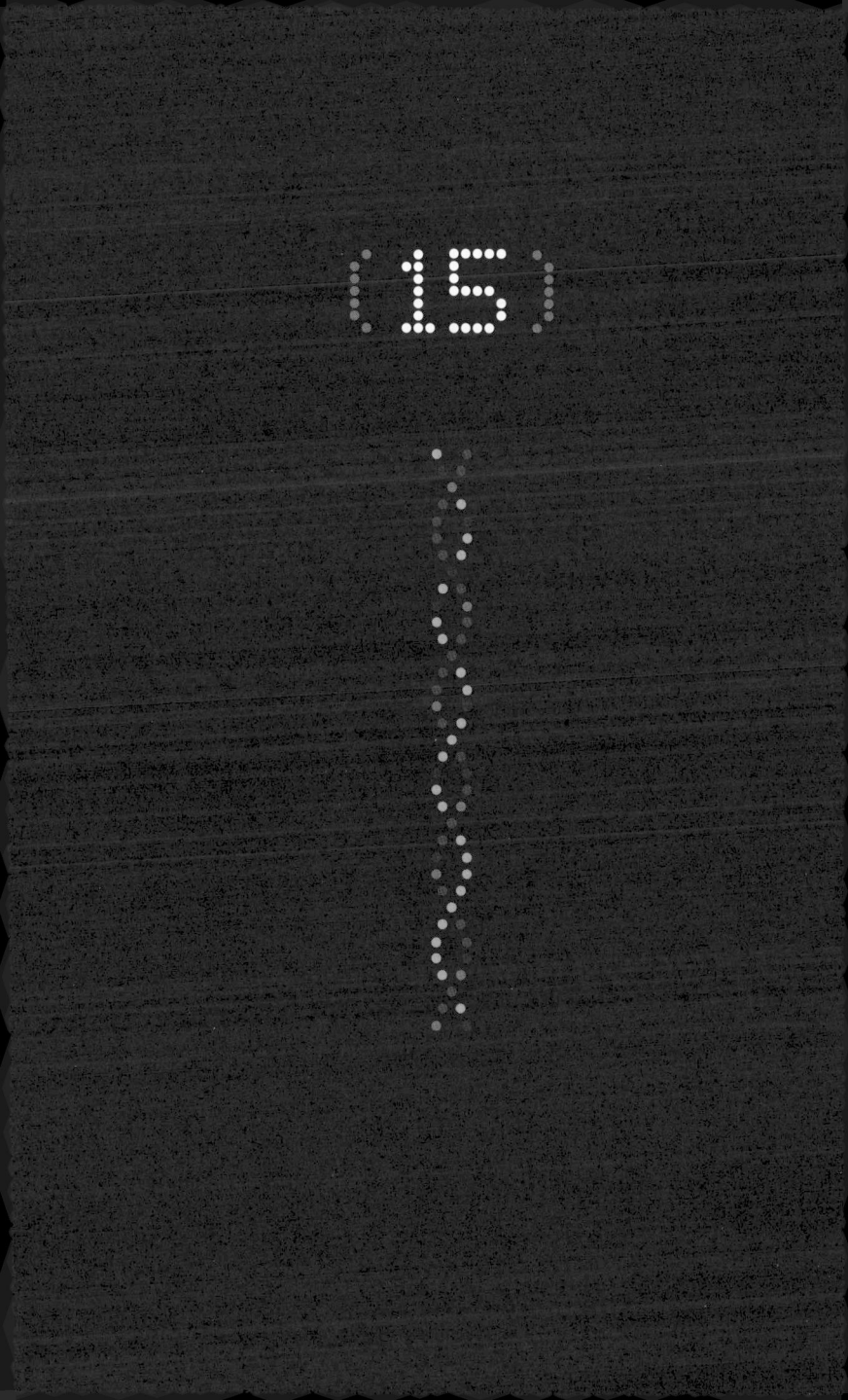

발자국

눈사람은 새벽이 되기 전에 잠에서 깬다. 그는 꼼짝 않고 누워서 파도가 밀려오는 소리에 귀를 기울인다. 쏴아, 쏴아, 쏴아, 심장박동 같은 그 리듬. 눈사람은 자신이 아직 잠에서 깨지 않았다고 믿고 싶다.

동쪽 수평선에 도사린 엷은 잿빛 안개가 이제 장밋빛으로 타는 아침노을에 물들며 밝아 오기 시작한다. 저 빛깔이 여전히 따스하게 느껴지다니 참으로 이상한 일이다. 그는 그것을 황홀하게 바라본다. 그것을 달리 표현할 말이 없다. 황홀. 마치 커다란 육식조에게 붙들린 것처럼 그는 마음을 완전히 사로잡힌 채 넋을 잃는다. 어떻게 이제까지 일어난 모든 일 이후에도 세상은 이토록 여전히 아름다울 수 있단 말인가? 그것은 세상이 정말 아름답기 때문이다. 앞바다 건너의 탑에서는 인간의 소리와 전혀 닮지 않은 새들의 날카로운 울음소리와 노랫소리가 들려온다.

눈사람은 숨을 깊이 들이쉰 뒤 땅 위에 야생동물이 있는지 살펴본 다음 나무에서 내려와 온전한 발을 땅에 먼저 딛는다. 그는 모자 안쪽을 살펴보고는, 개미 한 마리를 손가락 끝으로 퉁겨낸다. 개미 한 마리가 그 자체만으로 온전한 의미에서 살아 있다고 말할 수 있을까, 아니면 그것이 쌓아 올린 개밋둑과 연관되었을 때에야 비로소 살아 있다는 말이 타당성을 갖게 되는 것일까? 크레이크의 오래된 난문.

그는 발을 절며 해안을 가로질러 물가로 걸어가 발을 씻으며 따끔거리는 소금기를 느낀다. 종기가 생겼던 것 같다. 그것이 밤 동안에 터졌던 모양이다. 이제 상처가 아주 크게 느껴진다. 파리들이 그의 몸에 내려앉을 기회를 노리며 주위에서 윙윙거린다.

그는 나무가 줄지어 서 있는 곳으로 느릿느릿 물러나 꽃무늬 침대보를 벗어서 나뭇가지에 걸어놓는다. 무엇인가 발에 거치적거리는 것이 싫다. 그는 아무것도 입지 않고 눈부신 빛을 차단하기 위해 야구 모자만 쓴다. 선글라스 없이도 앉아 있을 수 있다. 아직 이른 시간이라 괜찮다. 그는 모든 미세한 움직임을 잡아내야 한다.

그는 메뚜기들 위에 소변을 보면서 그것들이 윙윙 소리를 내며 움직이는 모습을 그리움에 젖어 바라본다. 그의 이런 일상적인 행동도 이미 과거 속으로 들어서고 있는 것이다. 손을 흔들어 작별 인사를 하며, 공간과 시간 속에서 가차 없이 너무 빠르게 뒤로 물러나는 기차 창 속 연인의 모습처럼.

눈사람은 저장소로 가서 입구를 열고 물을 약간 마신다. 발의 통증이 너무 심하다. 상처 부위가 다시 붉어지고 발목은 부어올랐다. 상처 속으로 들어간 무엇인지 모를 그것이 파라디스에서 가져온 항생제 혼합물과 크레이커들의 치료를 압도한 것이다. 그는 항생제 젤을 문질러 바른다. 진흙처럼 소용없는 그것을. 다행히도 그에게 아스피린이 조금 있다. 그것이 통증을 완화시켜 줄 것이다. 그는 아스피린 네 알을 삼키고 힘을 보충하기 위해 에너지 바 반 개를 먹는다. 그런 다음 분무 총을 꺼내어 가상 총알의 배터리 셀팩을 점검한다.

그는 이 일을 할 채비가 되지 않았다. 몸이 좋지 않다. 그는 공포에 질려 있다.

가만히 있으면서 사태가 진전되기를 기다릴 수도 있을 것이다.

오, 자기. 자기는 내 유일한 희망이야.

눈사람은 균형을 잡기 위해 막대기를 짚고 최대한 나무 그늘 아래를 고수하면서 해변을 따라 북쪽으로 걸어간다. 하늘이 환해지고 있다. 서둘러야 한다. 이제 가느다란 기둥 모양으로 피어오르는 연기가 보인다. 그곳까지 가는 데 한 시간 혹은 그 이상이 걸릴 것이다. 저 사람들은 그에 대해 알지 못한다. 그들은 크레이커들에 대해서는 알고 있지만 그에 대해서는 모르기 때문에 그가 나타나리라고는 전혀 예상하지 못하고 있을 것이다. 그것이 그가 가진 최대의 승산이다.

그는 나무 사이로 절뚝거리며 움직인다. 손에 잡히지 않는 무해한 풍문처럼. 자기 종족을 찾아가는 길.

여기, 모래 위에 인간의 발자국이 있다. 또 다른 발자국도 보인다. 이곳의 모래는 건조하기 때문에 발자국이 선명하지 않다. 그러나 틀림없다. 그리고 발자국이 바다까지 길게 이어져 있다. 여러 다른 크기의 발자국. 모래가 축축해지는 부분에서는 좀 더 확실히 볼 수 있다. 이들은 무엇을 하고 있었던 것일까? 수영, 낚시? 몸을 씻고 있었던 것일까?

그들은 신발 혹은 샌들을 신고 있었다. 여기서 그들은 신발을 벗어 들었고 여기서 다시 신었다. 그는 온전한 발로 가장 큰 발자국 옆에 자신의 발자국을 내본다. 일종의 서명 같은 것. 그가 발을 들자마자 팬 곳에 물이 차오른다.

그는 이제 연기 냄새를 맡을 수 있고 목소리도 들을 수 있다. 그는 아직 사람이 있을지도 모르는 빈집에 걸어 들어가는 것처럼 살금살금 걸어간다. 그들이 그를 보면 어떻게 할 것인가? 야구 모자 말고는 아무것도 입지 않고 분무 총을 든 벌거벗은 털투성이 미친 사람. 그들은 어떤 행동을 할 것인가? 소리를 지르며 도망갈 것인가? 공격할 것인가? 환희와 형제애로 그를 두 팔 벌려 환영할 것인가?

그는 나뭇잎 뒤에 숨어서 엿본다. 오직 세 사람만이 불 주위에 앉아 있다. 그들은 시체보안회사의 일일 특별 품목인 분무총을 가지고 있다. 그러나 그것은 땅 위에 놓여 있다. 그들은 여위고 지친 모습이다. 각각 갈색 피부와 흰 피부를 지닌 두 남자, 차 색깔 피부의 한 여자. 남자들은 카키색의 더러워진 열대기후용 정복을 입고 있고, 여자는 일종의 유니폼(간호사, 경호원?) 잔여물을 걸치고 있다. 예전에는, 저렇게 살이 빠지기 전에는 예뻤을 것이다. 이제 여자는 깡마르고 머리카락은 빗자루처럼 뻣뻣하다. 세 사람 모두 쇠약해 보인다.

그들은 무언가(일종의 고기)를 굽고 있다. 너구컹크인가? 그렇다. 저기, 땅 위에 꼬리가 놓여 있다. 아마 총으로 쏘았을 것이다. 불쌍한 놈.

눈사람은 너무 오랫동안 구운 고기 냄새를 맡아보지 못했다. 그의 눈가가 젖어 드는 것은 그 때문인가?

이제 그는 떨고 있다. 다시 열이 나기 시작한다.

그다음에는 무엇을 할 것인가? 침대보 한 자락을 지팡이에 묶어 백기처럼 흔들며 나아갈 것인가? 평화 협정을 위해 왔습니다. 그러나 그는 침대보를 가져오지 않았다.

아니면 이렇게 말할 수도 있을 것이다. 당신들에게 많은 보물을 보여 줄 수 있습니다. 하지만 그것은 안 된다. 그에게는 그들과 교역할 만한 것이 아무것도 없고 그들 역시 아무것도 없다. 그들 자신을 제외하고는. 그들은 그에게 귀를 기울일 수 있을 것이고 그의 이야기를 들을 수 있을 것이다. 그도 그들의 이야기를 들을 수 있을 것이다. 적어도 그들은 그가 거쳐온 일들을 어느 정도 이해할 수 있을 것이다.

혹은 구식 서부영화에서처럼 이건 어떨까. 네놈들을 모두 날려 버리기 전에 내 땅에서 꺼져 버려. 손 들어. 뒤로 물러나. 분무 총을 그대로 둬. 그러나 그것이 끝은 아닐 것이다. 그들은 셋이고 그는 혼자인 것이다. 그가 그들의 입장이라면 할 일을 그들도 똑같이 할 것이다. 그들은 도망간 후 잠복해서 몰래 살펴볼 것이다. 어둠 속에서 슬며시 접근해 바위로 그의 머리를 내리칠 것이다. 그들이 언제 올지 그는 결코 알 수 없을 것이다.

눈사람은 지금 끝내 버릴 수도 있다. 그들이 그를 보기 전에, 아직 그에게 힘이 남아 있을 때. 그가 아직 일어설 수 있을 때. 그의 발은 신발 가득 흐르는 불처럼 느껴진다. 그렇지만 저 사람들은 지금까지 그에게 어떤 나쁜 짓도 저지르지 않았다. 그들을 냉혹하게 죽여 버려야 할 것인가? 그가 그렇게 할 수 있을까? 만일 그들을 죽이다 멈추면 그들 중 하나가 그를 먼저 죽일 것이다. 당연히.

"내가 어떻게 하면 좋겠어?"

그는 텅 빈 허공에 대고 속삭인다.

알 수 없는 일이다.

오, 지미, 넌 정말 재밌어.

나를 실망시키지 마.

습관처럼 눈사람은 자신의 시계를 든다. 시계가 공허한 얼굴을 내보인다.

0시로군. 눈사람은 생각한다. 갈 시간이다.

옮긴이의 말

인간 광우병의 홍역이 영국 전체를 한 차례 휩쓸고 간 후였던 1999년 가을, 나는 영국에 도착했다. 초식동물에게 동물성 사료를 먹여서 생긴 뇌의 변형. 그리고 이종 간의 교차 감염. 영국 정부가 문제의 심각성을 알아차리고 철저한 조치를 취하겠다고 약속했지만, 쇠고기에 대한 사람들의 의구심은 사그라지지 않았다. 동물의 부산물을 쓰레기로 버리는 대신 사료로 활용하여 경제성을 높이고자 했던, 일견 "합당하게" 보였던 조치는 결국 자연의 법칙을 위반한 인간에게 재앙으로 되돌아왔다. 그뿐 아니다. 지난 수십 년간에 걸친 지나친 어획으로 대구가 고갈되어 캐나다 동부 뉴펀들랜드 주의 주요 생업인 어업이 일시 중단되었다는 소식이 들려온다. 밴쿠버의 한 여자가 다이어트를 목적으로 참치 통조림을 매일 하나씩 먹었다가 수은 중독에 걸렸다는 소식도 있다. '사스'처럼 그 존재도, 출처도, 치료 방법도 모호한 병균들이 부지불식간에 나타나 우리의 목숨을 위협한다. 지구 온난화로 지구 곳곳의 기후가 극단적으로 변화하고, 지진, 태풍, 해일 같은 자연재해가 늘어 간다. 기아 문제에 대한 해결이 되리라 믿었던 유전자 조작 식품이 실제로는 체내의 질서를 교란한다는 연구 결과도 발표되었다. 이런 소식들을 접할 때마다 우리는 한숨을 내쉬며 이렇게 탄식한다. "우리의 미래는 어떻게 될 것인가?"

『시녀 이야기』에 이은 마거릿 애트우드의 두 번째 디스토피아 소설 『오릭스와 크레이크』는 이러한 염려와 전망을 상상적으로 발전시켜 낸 작품이다. 이 작품이 제기하는 '만약'이라는 가정은 다음과 같다. 우리가 이미 나아가고 있는 이 경로를 계속해서 따라간다면 어떻게 될 것인가? 우리는 지금 이 길을 얼마나 빠른 속도로 나아가고 있는가? 이러한 사태의 추이를 막을 의지를 가진 사람은 누구인가? 인구의 폭발적 증가, 자원 고갈, 환경 파괴, 후기 자본주의의 횡포 그리고 유전공학, 생명공학, 나노 기술 등과 같은 과학 기술의 남용에서 초래되는 위협이 한데 맞물리며 인간의 생존을 위협하는 이 시점에, 우리가 스스로를 재난에서 구출할 미덕은 무엇인가? 애트우드는 자신의 디스토피아 소설 속에 묘사된 것들 중 비현실적인 요소는 하나도 없다고 말한다. 모든 것이 역사적 전례를 지니고 있거나 현재 진행 중이거나 머지않은 미래에 성취될 개연성이 높은 사실에 기반하고 있기 때문이다. 애트우드가 『시녀 이야기』와 『오릭스와 크레이크』는 공상 과학 소설이 아닌 사변 소설이라고 주장하는 이유도 바로 여기에 있다. 애트우드는 『오릭스와 크레이크』를 집필하기에 앞서 동물 멸종, 생명공학, 기후 변화, 나노 기술, 줄기 세포 연구, 노예제도, 비디오게임, 바이오 테러 등 폭넓은 분야에 대한 조사를 거쳤다. 이 같은 조사에 바탕을 둔 사변 소설은 역사성이나 지리적 측면에서 모호한 공상 과학 소설에 비해 훨씬 더 현실성과 시사성을 갖는다.

애트우드는 『오릭스와 크레이크』 이전에 발표한 여러 작품들에서도 과학 기술 남용의 폐해와 환경적 재앙에 대한 우려를 표시해 왔다. 1988년에 출간된 『고양이 눈』에서는 곤충학자인 아버지의 입을 빌려, 인간의 편의에 맞춰 "자연을 대수롭지 않게 다루는 것"의 위험에 대해 경고한다. 1991년에 출간된 단편소설집 『황무지 생존 비결』에 수록되어 있는 「납의 시대」에서는 19세기 중반 3차 프랭클린 탐사대의 비극적 종말과 20세기 후반에 일어나는 원인 모를 죽음을 대비시킨다. 19세기 프랭클린 탐사대원들의 불가사의한 죽음이 당시 새로운 기술이었던 납땜 통조림 음식으로 인한 납중독 때문이었다면, 현대의 죽음은 "산성비, 소고기에 들어 있는 성장 호르몬, 생선에 함유된 수은, 채소에 뿌려진 살충제, 과일에 분사된 독성 물질" 때문에 빚어지는 것이다. 즉, 인간이 그 폐해를 잘 알면서도 스스로에게 자행한 행위의 결과인 것이다. 어획과 사냥, 밀렵, 서식지 파괴 등을 통해 수많은 동식물을 멸종시켜 온 인류는 결국 자기 자신도 파멸로 몰아넣고 말 것인가? 호모 사피엔스 사피엔스 역시, 멸종된 생물들의 긴 목록에 기록된 한 항목으로 전락하게 될 것인가?

『시녀 이야기』와 『오릭스와 크레이크』는 '미국 동부'라는 지리적 배경을 공유하고 있지만, 각 작품이 묘사하고 있는 디스토피아의 종류는 서로 다르다. 정부와 법이 완전한 통제권을 가지는 전제주의 사회를 배경으로 한 『시녀 이야기』와는 달리, 『오릭스와 크레이크』에서는 중앙 집권적 권력을 가진 정부의 존재를 찾아볼 수 없다. 작은 정부를 향한 시도가 마침내 "성공"하여 모든 권력이 거대 자본을 앞세운 초국가적 대기업들로 넘어간 것이다. 이윤의 창출이 모든 행동의 동기가 되고, 현실은 가상현실로 대치된다. 외부 세계는 직접경험되는 것이 아니라 인터넷과 텔레비전을 통해 여과되어 나타난다. 모든 것이 간접경험되고 편집을 통해 교묘하게 걸러지는 이러한 상황에서, 인간은 외부 세계와 유리되고 타인의 고통에 무감각해진다. 예를 들어, 글렌과 지미에게 있어 국제 인신매매, 소아 매춘, 불공정 커피 무역 및 세계화에 대한 시위, 사형 장면 등은 인터넷을 통해 중계되는 오락 거리에 불과하다.

돈벌이의 수단으로 응용될 수 있는 과학에 자질을 가진 글렌/크레이크는 별다른 갈등 없이 현 체제 속으로 편입될 수 있는 반면, 가치를 인정받지 못하는 인문학적 소양을 지닌 지미/눈사람은 끊임없는 갈등을 겪는다. 지미/눈사람이 보여 주는 언어에 대한 천착은 인문학적 가치, 인간 상상력의 가치가 폄하되어 가는 체제에 대한 어설픈 도전이다. 또한 눈사람의 기억 감퇴와 더불어 하나하나 소멸해 가는 단어들은, 위기 상황에 놓인 수많은 희귀 언어의 운명을 떠올리게 한다. '영어'라는 제국적 언어가 괴물처럼 그 영향력을 넓혀 가는 상황에서, 가치와 존립이 위협받고 있는 소수민족 언어, 즉 희귀 언어는, 생물 다양성의 상실과 궤를 같이 한다. 일견 하찮게 보이는 생물의 소멸이 결국 생태계의 교란과 파괴를 불러오듯이, 희귀 언어의 멸종은 그 언어에 담긴 지식 및 사상 체계, 세계관의 상실을 가져올 것이다. 그리고 그 상실은 인류의 몫이 될 것이다.

『오릭스와 크레이크』는 미래에 대한 예언이 아니다. 이것은 인류가 현재의 위험한 무한 질주를 멈추지 않을 때 결국 도달하게 될 종착점을 상상적으로 재현해 보임으로써 우리에게 윤리적 결단을 촉구하는 노작가의 엄중한 경고라고 할 수 있다. 자연주의자 M. T. 켈리와의 인터뷰에서 애트우드는 우리 시대가 처한 독특한 입지를 지적한다. 이전 시대 사람들 역시 오늘날의 우리와 마찬가지로 수많은 생물을 멸종시켰고 환경적 재앙을 야기했다. 그들과 우리 사이에 차이점이 있다면, 이전 시대 사람들은 자신들의 행동이 가져올 결과에 대해 전혀 알지 못했고 그것을 진보라고 맹목적으로 믿었다는 점이다.(납땜 통조림이 기술의 쾌거라고만 생각했던 빅토리아 시대의 영국인들처럼.) 반면 오늘날의 우리는 발전과 진보의 이면에 존재하는 어두운 전망과 위험성에 대해 잘 인식하고 있다. 그 앎이 실천으로 나타날 것인가? 너무 늦기 전 사태의 흐름을 변화시킬 정치적 의지를 우리는 가지고 있는가? 답은 우리 각자에게 달려 있다.

2008년 가을

차은정

옮긴이 **차은정**

이화여자대학교 영어영문학과와 같은 과 대학원을 졸업하고, 영국 서식스 대학교에서 영문학 박사 학위를 받았다. 상명대학교와 천안대학교에서 강의를 했으며, 옮긴 책으로 마거릿 애트우드의 『오릭스와 크레이크』, 『고양이 눈』, 『눈먼 암살자』 등이 있다.

오릭스와 크레이크

1판 1쇄 찍음 2008년 11월 21일
1판 1쇄 펴냄 2008년 11월 28일
2판 1쇄 펴냄 2019년 10월 10일
2판 4쇄 펴냄 2025년 3월 14일

지은이 마거릿 애트우드
옮긴이 차은정
발행인 박근섭, 박상준
펴낸곳 (주)민음사

출판등록 1966. 5. 19. (제16-490호)
주소 서울특별시 강남구 도산대로1길 62(신사동)
강남출판문화센터 5층 (우편번호 06027)
대표전화 02-515-2000 / 팩시밀리 02-515-2007

www.minumsa.com

ISBN 978-89-374-5454-7 04840
ISBN 978-89-374-5453-0 (세트)